Judith Lennox

Das Haus der Malerin

PIPER

Zu diesem Buch

Als ihre Großmutter Edith stirbt, erbt Rose ein Haus in den dichten Wäldern von Sussex, von dessen Existenz sie bislang nicht einmal wusste. Wenig später findet sie heraus, dass Edith eine jüngere Schwester namens Sadie hatte. Von Neugier gepackt, begibt Rose sich auf die Spuren ihrer unbekannten Großtante, einer talentierten Künstlerin, die von einem Tag auf den anderen unter nie geklärten Umständen verschwand. Während ihre eigene Ehe eine dramatische Wendung nimmt, taucht Rose immer tiefer in Sadies Lebensgeschichte ein, in ein Künstlermilieu, das ihr fremd ist, und in Geheimnisse, die viel zu lange verschwiegen wurden.
»Das Haus der Malerin« ist die mitreißende Familiensaga um eine starke Frau, die beim Versuch, die blinden Flecken in der Geschichte ihrer Familie aufzudecken, das eigene Glück und die echte Liebe fast übersieht. Und die einen Neuanfang wagen muss, um nicht alles zu verlieren.

Judith Lennox, geboren 1953 in Salisbury, wuchs in Hampshire auf. Sie ist eine der erfolgreichsten Autorinnen des modernen englischen Gesellschaftsromans: Seit ihrem Durchbruch mit »Das Winterhaus« vor zwanzig Jahren gelangt sie mit jedem neuen Buch auf die deutschen Bestsellerlisten. Immer wieder beschäftigt sie sich in ihren Romanen mit Jahren des Umbruchs und den Herausforderungen, die diese an ihre Figuren stellen. Judith Lennox liebt das Gärtnern und ausgedehnte Wanderungen, alte Häuser und historische Stätten. Mit ihrem Mann lebt sie in Cambridge; die beiden sind Eltern von drei erwachsenen Söhnen.

Judith Lennox

Das Haus der Malerin

Roman

Aus dem Englischen von
Mechtild Ciletti

PIPER

Mehr über unsere Autoren und Bücher:
www.piper.de

Wenn Ihnen dieser Roman gefallen hat, schreiben Sie uns unter Nennung des Titels »Das Haus der Malerin« an *empfehlungen@piper.de*, und wir empfehlen Ihnen gerne vergleichbare Bücher.

Von Judith Lennox liegen im Piper Verlag vor:
Bis der Tag sich neigt
Serafinas später Sieg
Der Garten von Schloß Marigny
Die geheimen Jahre
Das Winterhaus
Tildas Geheimnis
Am Strand von Deauville
Picknick im Schatten
Die Mädchen mit den dunklen Augen
Zeit der Freundschaft
Das Erbe des Vaters
Alle meine Schwestern
Der einzige Brief
Das Haus in den Wolken
Das Herz der Nacht
Der italienische Geliebte
An einem Tag im Winter
Ein letzter Tanz
Die Frau des Juweliers
Das Haus der Malerin
Meine ferne Schwester

FSC
www.fsc.org
MIX
Papier aus verantwortungsvollen Quellen
FSC® C083411

Ungekürzte Taschenbuchausgabe
ISBN 978-3-492-31467-1
Januar 2021

Titel der englischen Originalausgabe:
»Hidden Lives«, Headline Review, London 2018

erschienen im Verlagsprogramm Pendo
Redaktion: Matthias Teiting, Leipzig
Umschlaggestaltung: U1berlin / Patrizia Di Stefano
Umschlagabbildung: Mark Owen/Trevillion Images;
John Greim/Arcangel; Xinzheng/Getty Images
Satz: Uhl + Massopust, Aalen
Gesetzt aus der Stempel Garamond
Druck und Bindung: CPI books GmbH, Leck
Printed in the EU

Prolog

Sussex, Dezember 1928

SIE STIEGEN AUS DEM AUTO, einem viersitzigen Austin 12. Die Luft roch würzig nach feuchter Erde und faulendem Laub, zudem nach etwas Fleischigem, Bitterem. Edith stellte sich Sporen vor, die von den schwammigen gelben Pilzen an den Baumstämmen über die Straße schwebten. Es war kälter als in London, kälter sogar als in Nutcombe, unten im Tal, wo sie angehalten hatten, um im Dorfladen Pfefferminzbonbons zu kaufen. Sie zog ihren Pelzkragen höher.

»Heiliger Bimbam«, sagte Cyril, als er das Haus sah.

»Gefällt es dir?«

»Ich weiß nicht recht«, meinte er. »Es ist ziemlich überwältigend.« Er trat ein paar Schritte zurück und schob seine Brille hoch. »Oder doch, ich glaube, ja.« Er gab ihr einen Kuss. »Ich glaube, ich werde begeistert sein.«

»Ich wusste es.« Edith war wie beschwipst von der Freiheit: ein Tag ohne Haushalt, ein Tag mit den zwei Männern, die ihr die liebsten waren, in diesem schönen, lichterfüllten Haus.

Sie hatte gewusst, dass *Gull's Wing* Cyril gefallen würde. Wie sollte es auch anders sein: Das Märchenschloss aus Glas, Holz und Stein stand am Höhenweg, der den Grat entlangführte. Die kluge, ordnende Hand ihres Vaters verriet sich in der scheinbaren Einfachheit des Baus, der so leicht hingesetzt schien, als könnte ihn ein Windstoß von der Höhe fegen. Die Fassade entlang, dem Anschein nach beinahe zu fragil, um das überhängende Dach zu tragen, reihten sich Säulen, schlank wie die hohen, hageren Nadelbäume des Paley High

Wood auf der gegenüberliegenden Straßenseite. Die blassgraue Holzverschalung leuchtete in der Wintersonne und ließ an die Segel eines Schiffs denken – oder die Schwingen eines Meeresvogels.

Cyril hatte den Wagen hinter dem Bentley von Ediths Vater abgestellt. Sie sagte: »Daddy muss im Haus sein.«

Die Tür war angelehnt. Cyril stieß sie auf. »Mr. Lawless?«, rief er. »Edward? Wir sind da.«

Edith hörte Stimmen aus dem oberen Stockwerk. »Ich wusste gar nicht, dass Mama auch kommt«, sagte sie, und auf dem Weg nach oben erklärte sie Cyril: »Daddy hat das Wohnzimmer in den ersten Stock gelegt, damit man die Aussicht genießen kann. Die Küche und die Spülküche und dergleichen, das ist alles im Parterre.«

Als sie durch die breite Flügeltür traten, fiel Ediths erster Blick auf ihren lächelnden Vater, der ihr mit seinem vertraut schiefen Gang entgegenkam, die Folge eines Fahrradunfalls vor dem Krieg in Berlin.

Dann sah sie Sadie am Fenster stehen, und ihre Freude versickerte wie Wasser aus einem Becken, in dem man den Stöpsel gezogen hat. Sie hatte nicht erwartet, ihre Schwester hier zu treffen: Sadie, die, hübsch und lebhaft, wie sie war, alle überstrahlen und die ganze Aufmerksamkeit ihres Vaters für sich in Anspruch nehmen würde. Sadie, die ihr alles verderben würde.

Cyril legte den Arm um sie, um ihr zu zeigen, dass er verstand, was in ihr vorging. »Ein atemberaubendes Haus, Edward«, sagte er zu ihrem Vater. »Da kann man nur gratulieren.« Aber Edith gelang es nicht, ihre Mimik zu beherrschen und Groll und Enttäuschung zu verbergen.

Ihr Vater hatte sie nach Sussex eingeladen, um ihr das fertige Haus zu zeigen, und sie war an diesem Tag in der Erwartung nach *Gull's Wing* gefahren, ihn ganz für sich zu haben. Und nun war Sadie da. Sie wusste, dass sie sich selbst den Tag verderben und ihr Vater sich von ihrer Einsilbigkeit abwenden würde, um sich stattdessen mit Sadie zu unterhalten. Was er vielleicht ohnehin getan hätte. Ihm und Sadie fiel das Reden so leicht. Mit einer Wendigkeit, die Edith fehlte, wechselten die beiden vom oberflächlichen Geplauder zum tiefgründigen Gespräch und zurück. Sie selbst war zu bemüht und wirkte in ihrer krampfhaften Suche nach der klugen oder geistreichen Bemerkung, die seinen Beifall finden würde, oftmals langsam und schwerfällig.

Sie verharrte den Rest des Tages in ihrer vorwurfsvollen Haltung, und als sie um fünf zur Rückfahrt nach London aufbrachen, verabschiedete sie sich kühl und mit pflichtschuldigem Kuss von ihrem Vater, ohne zu ahnen, dass es ihre letzte Begegnung sein würde. Wenig später reisten ihre Eltern nach Frankreich, und man sah sich über Weihnachten nicht. Drei Wochen später verunglückte das Flugzeug, in dem Edward und Victoire Lawless von Le Touquet aus nach Sussex zurückflogen, in einem Schneesturm vor der Küste. Die Zeitungen brachten Nachrufe, und das Telefon läutete unablässig, als Freunde und Kollegen anriefen, um ihr Beileid zu bekunden. Eben noch waren sie da gewesen, nun waren sie fort, ausgelöscht vom wirbelnden Weiß.

Ihre Tränen flossen unaufhörlich, und als sie schluchzend zu Cyril sagte, dass ihr Vater nun niemals mehr stolz auf sie sein würde, schüttelte er den Kopf. »Er war stolz auf dich, Liebling. Ich weiß es. Ich habe es gesehen.« Seine Worte trösteten sie ein wenig, aber später, nach der Eröffnung des Testaments, entdeckte sie, dass Cyril, der klügste Mensch, den sie kannte, der Mann, der sich kaum je irrte, in diesem Fall doch geirrt hatte. Sie liebte die zwei Häuser, die ihr Vater in Sussex gebaut hatte, *The Egg* und *The Gull's Wing*, doch er hatte sie beide Sadie hinterlassen. Wenn er ihr *Gull's Wing* vermacht hätte und das kleinere *The Egg* Sadie, wäre das gerecht gewesen, da Sadie die Jüngere war; aber selbst wenn er ihr nur *The Egg* vererbt hätte, hätte sie gewusst, dass er ihrer gedacht – dass er sie geliebt hatte.

Im ersten Moment des Schocks wurde ihr übel – dann packte sie die Wut. Sie schrie Cyril an, dass sie das Testament anfechten werde, worauf er ihr behutsam erklärte, dass ein solches Vorgehen sinnlos sei. Das Testament war formgerecht abgefasst und bezeugt. Edward Lawless hatte weder unter einer Einschränkung seiner geistigen Fähigkeiten gelitten noch unter unzulässiger Beeinflussung gestanden.

Edith gab Sadie die Schuld. Erst viel, viel später erkannte sie, dass sie ihrem Vater die Schuld hätte geben sollen.

»Sadie ist nicht verheiratet«, argumentierte Cyril, bemüht, vernünftig mit ihr zu reden. »Es besteht kaum Aussicht, dass sie je heiraten wird. Deshalb hat dein Vater ihr die Häuser hinterlassen, zu ihrer Sicherheit.«

Edith entgegnete bitter, Sadie sei selbst schuld an ihrer Situation. Welcher Mann wolle schon eine Frau heiraten, die sich wie eine Zigeunerin kleidete und eigensinnig darauf bestand, sich ihren Lebensunterhalt selbst zu verdienen? Eine Frau, die fluchte und in der Öffentlichkeit rauchte?

»Edith, Edith«, flehte Cyril, »du darfst Sadie nicht hassen. Damit tust du dir nur selbst weh.«

Und genauso war es gekommen. Sie ließ ihre Schwester ganz einfach aus ihrem Leben gleiten. Sadie, die Glanz in jedes Zimmer brachte, die glitzernd und sprunghaft war wie ein Waldbach, die temperamentvoll und spritzig sein konnte, aber auch schweigsam und in sich gekehrt. Seit dem Tag ihrer Geburt hatte Sadie bei ihrer älteren Schwester derart widerstreitende und schwer zu entwirrende Gefühle hervorgerufen, dass diese am Ende zornig und erschöpft die Flucht angetreten hatte.

I

Surrey, Mai 1970

Edith Fullers Freunde und Bridgepartner standen mit steifen Gliedern vom Tisch auf, um sich die Beine zu vertreten und noch etwas miteinander zu plaudern, als das Trauermahl zu Ende ging.

Robert Martineau legte seiner Frau den Arm um die Schultern. »Wie fühlst du dich?«

»Es geht schon«, antwortete Rose. »Aber Großmutter wird mir fehlen.« Sie sah lächelnd zu ihm auf. »Unsere gemeinsamen Mittagessen: Curry und rosa Pudding.«

»Ich weiß, Liebes.« Robert sah auf seine Uhr. »Ich muss los.«

»Ich dachte, du wolltest dir den Nachmittag freinehmen?«

»Zu viel Arbeit. Leider. Wir sehen uns später.« Robert gab ihr noch einen Kuss, dann ging er.

»Rose.«

Sie drehte sich um, als sie die Stimme ihres Vaters hörte. »Hat Katherine das nicht schön gemacht, Dad?« Ihre sechsjährige Tochter Katherine hatte am Morgen bei der Trauerfeier Rudyard Kiplings Gedicht *If* – vorgelesen.

»Ich hatte feuchte Augen. Ich geb's zu.« Giles Cabourne öffnete die Saaltür. »Ich muss etwas mit dir besprechen, Rose. Wollen wir einen Moment hier rausgehen, wo es ruhiger ist?«

Nachdem sie sich vergewissert hatte, dass Katherine und ihre kleine Schwester, die vierjährige Eve, sich bestens mit einer alten Freundin der Familie unterhielten, folgte sie ihrem Vater in den Korridor.

»Deine Großmutter hat mich zu einem ihrer Testamentsvollstrecker bestellt«, sagte Giles. »Abgesehen von einigen kleineren Vermächtnissen hat sie alles dir hinterlassen, Rose.«

»Oh, Dad.« Sie drückte die Hand auf den Mund.

»Es ist kein Vermögen, aber immerhin einiges an Geld, und ihre Wohnung, natürlich.«

»Ich hatte keine Ahnung. Damit habe ich überhaupt nicht gerechnet.« Aber wem sonst hätte ihre Großmutter ihre Habe hinterlassen sollen? Edith Fuller war Witwe gewesen und hatte nur eine Tochter gehabt, Louisa, Roses Mutter, die vor neun Jahren gestorben war. Und Rose war selbst ein Einzelkind.

Ihr Vater sagte: »Und es ist noch ein Haus in Sussex da.«

Rose und ihr Vater drückten sich an die Wand, um eine Bedienung in schwarzem Kleid und weißem Rüschenschürzchen vorbeizulassen, die ein Tablett voller Gläser trug.

»Ein Haus?«, wiederholte Rose erstaunt. »Was für ein Haus, Dad?«

Giles strich sich mit einer Hand über das gelichtete graue Haar. »Ich erinnere mich vage, mal davon gehört zu haben. Es ist Jahre her. Ich hatte es, ehrlich gesagt, komplett vergessen.«

»Ein Haus …«

»Irgendwo in der Pampa. Keine Ahnung, in was für einem Zustand es sich befindet. Ediths Anwalt zufolge hat es ihr schon sehr lange gehört. Sie hat nie darin gewohnt, hat es immer vermietet. Du kennst deine Großmutter, Rose – sie war nie sehr mitteilsam. Wie dem auch sei, das Haus gehört jetzt dir, Schatz.«

Eine Schulfreundin ihrer Großmutter, eine zierliche Frau, einen Kopf kleiner als Rose, mit einem schwarzen Hut und einem Mantel aus lavendelblauem Seidenkrepp, trat aus dem Saal, um sich zu verabschieden.

Man gab sich die Hände, bedankte sich und wünschte sich gegenseitig alles Gute.

Als sie wieder allein waren, zog Giles einen Umschlag aus seiner Jackentasche und reichte ihn Rose. »Edith hat in ihrem Testament darum gebeten, dass dir nach ihrem Tod dieser Brief übergeben wird. Vielleicht erfährst du darin mehr.«

Sie fühlte sich benommen. »Granny hat nie mit mir über das Haus gesprochen. Nie.«

Bei einem Blick durch die Glastür sah sie Eve eifrig damit beschäftigt, das Salz aus den Streuern auf den Tisch zu kippen und einen kleinen, glitzernden weißen Berg anzuhäufen.

»Dad, ich muss rüber.« Sie umarmte ihren Vater kurz. »Eine Wohnung und ein Haus ... Wahnsinn.« Dann lief sie in den Saal, nahm ihre kleine Tochter bei der Hand und führte sie sehr bestimmt vom Tisch weg.

Auf den ersten Blick hätte man Katherine und Eve sicher nicht für Schwestern gehalten. Katherine war groß, schlank und langgliedrig, hatte die grauen Augen ihrer Mutter und das feine, glatte, rotblonde Haar ihrer Großmutter Martineau geerbt. Eve war klein und stämmig, mit braunen Augen, die sie von Robert mitbekommen hatte, und wuscheligen dunklen Locken. Katherine war ein liebevolles und großzügiges Kind, eine kleine Perfektionistin, die von sich selbst und anderen erwartete, dass sie ihr Bestes gaben, manchmal aber auch ungeduldig und gereizt reagieren konnte. Eve war ein Energiebündel, ein kleines Plappermaul, ein sonniges, unbekümmertes Kind, das bisweilen von einem wilden Kummer erfasst wurde. Dass die beiden Schwestern waren, erkannte man höchstens an ihrer Lebhaftigkeit und der Ähnlichkeit eines Blicks oder einer Bewegung.

Nachdem Rose ihre jüngere Tochter zu Hause in Walton-on-Thames zu Bett gebracht hatte, ging sie zu Katherine, die drüben in ihrem Zimmer im Schlafanzug auf dem Boden kniete und mit ihrem Spirograph kämpfte.

»Ach!« Ein frustrierter Aufschrei. »Der Stift rutscht immer raus.«

»Leg das jetzt weg, Schatz. Du kannst morgen weiterspielen. Wo ist dein Buch? Bis acht darfst du noch lesen.« Rose tippte auf den Wecker auf dem Nachttisch.

Als sie die Mädchen endlich beide im Bett hatte, ging sie nach unten. Robert kam wenig später nach Hause. In der Küche, wo das Abendessen auf dem Herd köchelte, machte sie zwei Gin Tonics, und nachdem sie Robert sein Glas gebracht hatte, erzählte sie ihm vom Testament ihrer Großmutter, der Wohnung und dem Haus in Sussex.

»Du meine Güte«, sagte er, »meine Frau, die Immobilienkönigin.«

»Dieses Haus… ich hatte keine Ahnung, dass es überhaupt existiert. Wahrscheinlich ist es eine alte Bruchbude. Ich versteh nicht, warum Granny nie was davon gesagt hat. So ein Haus ist doch eine zu große Sache, um sie so einfach unter den Tisch fallen zu lassen. Findest du nicht auch?«

»Doch, find ich auch.«

»Es hat sogar einen Namen – *The Egg*. Ziemlich schräg, oder? Grannys Vater hat es gebaut. Du weißt schon, der Architekt.« Sie sah ihn forschend an. »Robert?«

»Hm?«

Er gab sich den Anschein, als hörte er zu, aber er war mit seinen Gedanken woanders. Sein Blick war abwesend.

»Ist irgendwas?«, fragte sie.

»Was?« Ein flüchtiges Lächeln. »Aber nein, gar nichts. Schlafen die Mädchen schon?«

»Eve bestimmt. Katherine auf gar keinen Fall.«

»Ich seh mal nach ihnen.«

»George hat angerufen«, rief sie ihm nach, als er schon auf dem Weg nach oben war.

George war Roberts älterer Bruder, unverheiratet, hoher Beamter in irgendeinem Ministerium. Die beiden Brüder verstanden sich nicht.

Mit gerunzelter Stirn drehte Robert sich um. »Was wollte er denn?«

»Mit dir über die Feier für deine Eltern reden.« Lionel und Mary Martineau würden bald ihren 40. Hochzeitstag feiern. »Festreden und Blumen.«

Als sie später zu Bett gingen, presste sie sich an ihn. Er wandte sich ihr zu und spielte mit den Fingerspitzen über die kleinen Höcker auf ihrem Rücken. Ihre Umarmung war voller Hast und Bedürftigkeit.

Danach schlief Robert ein. Rose jedoch ließ die Erinnerung an die Ereignisse des Tages nicht schlafen: die Beerdigung ihrer Großmutter, das unerwartete Erbe – und das Haus in Sussex, *The Egg*.

In dem Brief hatte ihre Großmutter geschrieben:

»In den 1920er-Jahren baute mein Vater, der Architekt Edward Lawless, auf seinen Grundstücken in Sussex zwei Häuser. Beide zeichnen sich durch ihre moderne Gestaltung aus. Mein Vater sagte immer, sie seien seine Meisterwerke, sein Vermächtnis. Er und meine Mutter hatten vor, sich in Gull's Wing *niederzulassen, dem größeren Haus, das er am Höhenweg erbaut hatte, doch kurz nach seiner Vollendung kamen sie beide im Januar 1929 ums Leben. Danach wurde das Haus verkauft. Dir, Rose, vermache ich das kleinere der zwei Häuser,* The Egg. *Ich habe es immer vermietet, doch mein letzter Mieter, Mr. Manners, der mehr als ein Jahrzehnt dort gelebt hat, ist vor sechs Monaten gestorben; es steht also derzeit leer.«*

Es folgte eine ziemlich komplizierte Wegbeschreibung – *eine Straße, die in Nutcombe an der Kirche vorbeiführt… du musst an der Wegbiegung auf halber Höhe parken… ein Fußweg durch die Bäume.* Dazu, in Papier eingeschlagen, zwei Schlüssel, ein Yale-Schlüssel und ein kleinerer.

Sie hatte Durst. Unten in der Küche ließ sie sich ein Glas Wasser einlaufen. Sie wusste wenig über ihre Urgroßeltern, Ediths Eltern. Edward Lawless war ein Architekt gewesen, der zusammen mit seiner Frau bei einem Flugzeugunglück ums Leben gekommen war – das war so ziemlich alles. Nun erfuhr sie, dass die beiden sich ein Haus gebaut, es jedoch nie bewohnt hatten. *Gull's Wing*. Vielleicht hatte ihre Großmutter deshalb nie von dem Haus in Sussex gesprochen, weil es zu eng mit dem tragischen Tod ihrer Eltern verbunden war.

In jedem Haus steckt viel von einem selbst. Sie und Robert hatten ihr Haus vor fünf Jahren gekauft, ein großzügiges Reiheneckhaus, zu Beginn des 20. Jahrhunderts erbaut, mit Erkern und einem Windfang, wie zu jener Zeit üblich. Sie hatten sich in die hohen Räume verliebt und in den Glanz des Lichts auf den Holzdielenböden. Die Zimmer hatten Stuckleisten und gekachelte offene Kamine, und hinter dem Haus war ein verwilderter Garten mit Rosen, Jelängerjelieber und Brombeerbüschen. Nach ihrem Einzug hatten sie das Haus in Eigenregie von oben bis unten renoviert, gemalert und tapeziert. Sie hatten die Armaturen erneuert, sogar neue Leitungen gelegt und die Vollendung des Werks mit einer Flasche Champagner auf der Terrasse gefeiert. Der Garten war noch immer eine Wildnis – sie besaßen beide kein Talent zum Gärtnern.

Das Chaos und die Strapazen jener Tage fehlten ihr gewiss nicht, aber gerade jetzt musste sie daran denken, wie nahe sie einander bei der Arbeit gewesen waren. Wären sie heute in das Haus gezogen, so hätten sie Handwerker genommen. Roberts Geschäfte – zwei Autowerkstätten, mehrere kleine Ingenieurbüros und seine neueste Erwerbung, ein Flugfrachtunternehmen – hatten sich in den letzten Jahren glänzend entwickelt, und er hätte sich für den aufwendigen Umbau gar nicht mehr die Zeit nehmen können.

Als sie Robert kennenlernte, war sie einundzwanzig gewesen, hatte gerade ihr Bachelorstudium in Physik abgeschlossen und überlegt, ob sie weiterstudieren sollte. Einerseits zog es sie in die Welt hinaus, andererseits hatte ein Abschluss als Master of Science durchaus praktische Vorteile. Um sich

Bedenkzeit zu geben, nahm sie für den Sommer eine Aushilfsstellung bei einem Ingenieurbüro an, wo sie etwas Geld verdienen und Erfahrung sammeln konnte.

Als die Sekretärin des Direktors in Urlaub ging, bat man Rose einzuspringen. Genau an dem Tag kam Robert zu Besuch. Sie begrüßte ihn am Empfang. Auf der Treppe nach oben erkundigte er sich nach ihrem Namen; im Flur, auf dem Weg zum Büro des Direktors, bat er sie, mit ihm essen zu gehen. Sie sah noch mehr in ihm als sein gutes Aussehen und seinen Charme, etwas Beständigeres vielleicht; jedenfalls sagte sie Ja.

Robert war ein Mann, der unweigerlich auffiel, groß und breitschultrig, kontaktfreudig und selbstsicher, dunkel, mit einer starken Ausstrahlung. Er hatte etwas im Blick, das ihr zeigte, dass ihre Antwort ihm wichtig war. Beim Essen entdeckte sie, dass er nicht nur tatkräftig und entschlossen, sondern auch intelligent, witzig und großzügig war.

Sechs Monate später heirateten sie. Katherine wurde im folgenden Jahr geboren. Mit zweitem Namen wurde sie Louisa getauft, nach Roses Mutter, die drei Jahre zuvor an Brustkrebs gestorben war. Eve Mary Rose – Mary war sie nach Roberts Mutter benannt, die gesund und munter mit ihrem Mann in Oxfordshire lebte – kam zwei Jahre später zur Welt.

Rose räumte das bisschen Geschirr auf, das noch auf dem Abtropfbrett neben der Spüle lag. Das feine Gefühl von Langeweile, das sich eingestellt hatte, seit Eve im April zur Schule gekommen war, die Lustlosigkeit, die Richtungslosigkeit und die Unzufriedenheit, die sie mit der Erfüllung häuslicher Aufgaben und gesellschaftlicher Verpflichtungen zurückzudrängen versuchte, senkten sich über sie wie eine graue Hülle. Sie hatte Ambitionen gehabt. Sie hatte sich ein Leben mit großen, ja, ungewöhnlichen Zielen vorgestellt, stattdessen war sie, ohne sich eigentlich wirklich dafür entschieden zu haben, Hausfrau geworden. So wie ihre Mutter, die nie etwas anderes getan hatte, als sich um Haus und Familie zu kümmern. Rose hatte gemeint, bei ihr würde es anders werden, aber was tat sie? Sie bewirtete Roberts Geschäftsfreunde und klaubte seine Socken zusammen. Es hatte einmal eine Zeit gegeben, vor Katherines Geburt, da hatte sie Roberts Sachen aus Prinzip einfach liegen lassen. Inzwischen hatte sie ihren Widerstand aufgegeben und räumte ihm brav hinterher.

Manchmal hatte sie das Gefühl, immer kleiner und dünner zu werden, zu etwas zu schrumpfen, das sie nie hatte sein wollen. Die Gewichte hatten sich verlagert. Robert arbeitete viel, und es gab keine festen Zeiten, sehr oft führte er abends Kunden zum Essen aus. Bisweilen begleitete sie ihn. Häufiger lehnte er ihr Angebot mit der Begründung ab, sie werde sich nur langweilen.

Vielleicht sollte sie sich eine Halbtagsarbeit suchen. Sie war allerdings wenig optimistisch, dass sie mit ihrem Angebot, einem angestaubten Bachelorabschluss in Physik und Arbeitszeiten, die sich nach den Tagesläufen ihrer Töchter richten mussten, Erfolg haben würde. Doch es quälte sie, dass das Kreuzworträtsel zur einzigen intellektuellen Herausforderung des Tages geworden war, und sie wusste sehr wohl, dass sie sich die langen, stillen Abende gelegentlich schöntrank.

Sie haderte mit sich selbst. Es begann ja schon zur Gewohnheit zu werden, dieses ständige Wühlen in ihrer Unzufriedenheit, diese Suche nach einer Möglichkeit des Ausbruchs – woraus denn? Aus einem sorgenfreien, komfortablen Leben. Sie hatte ihren eigenen Wagen, regelmäßige Urlaube, eine Putzfrau. Sie hatte zwei hübsche, gesunde Töchter und einen Ehemann, der sie liebte.

Trotzdem fehlte ihr Eve, ihre Kleine, ihr fröhliches Geplapper, der innige Kontakt mit der kleinen, warmen Hand, wenn sie zusammen einkaufen gingen. Sie hasste die Stille, die sich in den leeren Räumen staute, sie hasste die strukturlosen Tage, wenn die Kinder in Kindergarten und Schule waren, und es fiel ihr schwer zu begreifen, dass die Zeit der frühen Mutterschaft mit ihrem sprudelnden Überschwang von Gefühlen für immer vorbei war. Vielleicht sollten sie versuchen, noch ein Kind zu bekommen. Sie war erst neunundzwanzig, reichlich Zeit.

Ihr fiel das unerwartete Vermächtnis ihrer Großmutter ein, mit dem sie zumindest in den kommenden Wochen mehr als genug zu tun haben würde. Eine Wohnung musste aufgelöst, ein mysteriöses Haus in Sussex besichtigt werden. Die Aussicht munterte sie auf. Sie trank das Glas Wasser aus und ging wieder nach oben.

Die Wohnung in Weybridge war vollgestellt mit schweren, dunklen Möbeln und überladen mit Andenken an die Jahre, die Edith Fuller als Frau eines Kolonialbeamten im Ausland verbracht hatte – Drucke von Old Delhi, eine schwarze Holzfigur und, vor dem offenen Kamin, das platt getretene, verblasste Fell irgendeines bedauernswerten wilden Tiers.

Rose nahm zuerst die Schränke in Angriff. Kleider waren etwas so Persönliches, so stark mit Erinnerungen an den verbunden, der sie getragen hatte. Ein weinroter Mantel mit Pelzkragen rief ihr einen Herbstausflug in den Bushy Park ins Gedächtnis, wo in der Ferne die Rehe wie Schatten im Dunst gestanden hatten, während ihre Großmutter von den Safaris in Kenia erzählte und die beiden kleinen Mädchen unter den Bäumen herumtollten. Als sie einen Liberty-Schal zur Hand nahm, der noch zart nach Arpège duftete, dem Parfum ihrer Großmutter, traten ihr Tränen in die Augen.

Richtig kennengelernt hatte sie ihre Großmutter erst vor relativ kurzer Zeit. Als sie ein Kind gewesen war, hatten Edith und ihr Mann Cyril im Ausland gelebt – zunächst in Indien und später, nachdem Britisch-Indien seine Unabhängigkeit erlangt hatte, in Kenia. Regelmäßig zweimal im Monat waren Luftpostbriefe eingetroffen. Wenn ihre Großeltern zu Besuch kamen, wohnten sie im Haus der Familie in Weybridge, in dem damals noch Roses Vater lebte. Meist flogen sie schon einen Monat später zurück nach Afrika, und Rose musste drei Jahre auf ihren nächsten Besuch warten. Nach Cyrils Tod verkaufte Edith das gemeinsame Haus in Nairobi und kehrte nach England zurück. Roses Mutter, Ediths Tochter Louisa, war zu der Zeit schon krank, und Rose und ihre Großmutter versuchten einander Trost zu spenden. Edith war kein Mensch gewesen, der emotionale Nähe suchte oder förderte, dennoch hatten sie einander geliebt und respektiert.

In einer Schublade entdeckte Rose regelrechte Schätze: ein Abendkleid aus minzgrünem Satin, schräg geschnitten, ein Paar blassgraue Glacéhandschuhe und ein zierliches Perlentäschchen. Sie legte die Sachen auf die Seite, um sie mit nach Hause zu nehmen. Die Taschenbücher von Dennis Wheatley und Eric Ambler, beides Autoren, die ihre Großmutter gemocht hatte, würde sie in ein Antiquariat bringen. Mehrere Bände einer Militärgeschichte Indiens beschloss sie aufzuheben. Vielleicht würde ihr Schwiegervater an ihnen Gefallen finden.

Aber was sollte sie mit dem Vogelkäfig aus Elfenbein anfangen und der unglaublich hässlichen Elefantenuhr, die ihre Großmutter so geschätzt hatte? Oder mit dem cremefarbenen Wedgwood-Porzellan und der Midwinter-Teekanne, schön zwar und eng mit der Person ihrer Großmutter verbunden, aber so wertvoll, dass sie jedes Mal zittern würde, wenn Katherine oder Eve ihnen nur nahe kamen? Sie fragte sich, ob das Haus in Sussex – *The Egg* – ebenso mit Möbeln und Schnickschnack überladen war wie diese Wohnung. Hoffentlich nicht. Wenn es möbliert vermietet gewesen war, würde sie dort wohl eher durchgesessene Sofas und bunt zusammengewürfeltes Geschirr vom Flohmarkt vorfinden. Wie sollte sie mit dieser unerwarteten Erbschaft umgehen? Robert ging davon aus, dass sie beide Immobilien verkaufen würde, sobald das Testament eröffnet war. Rose war sich noch nicht sicher.

Als Nächstes nahm sie sich den Sekretär aus afrikanischem Padouk vor, ein Riesenmöbel, mit vergoldeten Schnitzereien gekrönt, oben und unten Schränkchen und Schubladen und in der Mitte eine Schreibfläche.

Sie klappte die Schreibplatte auf und sah sich den Inhalt der verschiedenen Fächer an: ein grüner Osmiroid-Füller, eine Flasche Quink und eine Handvoll Bleistifte, eine Schere und eine Rolle Tesa, Rechnungen und Quittungen, mit Gummibändern gebündelt.

Als sie an einem kleinen, leicht zu übersehenden Elfenbeinknopf unter den Schreibtischfächern zog, öffnete sich eine flache Schublade, in dem eine Mappe in einem orangefarbenen, mit gelben und goldenen Vögeln bedruckten Einband lag. Briefe und einige Fotografien glitten heraus: ein Mann mit Tropenhelm, hoch auf einem Elefanten, dann ein Säugling, dessen zerknittertes Gesichtchen von Spitzengeriesel umrahmt war.

Auf eine weiße Postkarte hatte jemand mit Tusche die Karikatur einer Frau in einem wadenlangen, pelzbesetzten Mantel und einem Kapotthut gezeichnet. Den Hut tief über die Augen gezogen, stakste sie auf hohen Absätzen unsicher die Straße entlang. Rose drehte die Karte um. »Bin ich nicht der letzte Schrei, Schatz?«, stand auf der Rückseite. »Wenn ich nur sehen könnte, wohin ich eigentlich gehe.« Unterschrieben mit »S«.

Rose machte sich eine Tasse Nescafé, den ihre Großmutter mit Vorliebe getrunken hatte. Wie oft hatten sie hier mittags bei einer Kanne Nescafé gesessen und dazu die von ihrer Großmutter geliebten Geleefrüchte gegessen, die Rose stets mitbrachte, wenn sie sie besuchte. Und während ihre Großmutter Geschichten aus Indien und Afrika erzählte, behielt Rose ständig Eve im Auge, damit diese keines der kostbaren Objekte im Zimmer hinunterwarf. Edith Fuller hatte eine klare, gebieterische Art zu sprechen. Rose vermutete, dass sie den Ton kultiviert hatte, als sie in den Kolonien über Turban tragende Diener, Boys und Hausmädchen geboten hatte – Zubehör einer anderen, untergegangenen Welt.

Sie stellte die Kaffeetasse auf einen Beistelltisch und setzte sich mit der Schreibmappe aufs Sofa. Eine Fotografie flatterte zu Boden, und sie hob sie auf. Der Schnappschuss in Schwarz-Weiß zeigte zwei junge Frauen, beide in losen, wadenlangen Mänteln, mit Hüten, die – aus irgendeinem festen Material, Samt vielleicht – wie gedrechselt wirkten. Obwohl das Foto sicher fünfzig oder sechzig Jahre alt war, erkannte Rose ihre Großmutter auf den ersten Blick. Mit achtzig war Edith eine große, hagere Frau gewesen, mit schmalem, länglichem Gesicht, aus dem zwischen den hohen Wangenknochen scharf die gebogene Nase hervorsprang. Und so wirkte sie auch auf dem alten Foto, nur eben weit jünger und entsprechend weicher in den Konturen. Und natürlich waren ihre Haare nicht grau, sondern dunkel.

Die junge Frau neben ihr war kleiner und zierlicher. Ihr hübsches, ebenmäßig geschnittenes Gesicht erhellte ein offenes Lächeln. Von der Krempe ihres Hutes hing frech eine Troddel zu ihrer Schulter hinab, und sie hatte eine Hand erhoben, um sich eine helle, windgezauste Haarsträhne aus den Augen zu streichen. Rose drehte das Foto um und las die beiden Namen, die in verblasster Tinte auf der Rückseite standen. »Edith«, bestätigte, was sie schon erkannt hatte: dass die Größere der Frauen ihre Großmutter war. Die andere hieß Sadie. Vielleicht, dachte Rose, war das jene »S«, die die Karikatur auf der Postkarte gezeichnet hatte.

Sie trank einen Schluck Kaffee und sah sich die Briefe in der Mappe an. Neugierig, aber auch mit einem gewissen Widerstreben, im Privatleben ihrer Großmutter zu kramen, entfaltete sie eines der Schreiben. Es war von einer Frau namens Margery Burton, auf den ersten Blick ein freundschaftlicher Gruß, bei näherem Hinsehen eine Bitte um Geld. Ein dickes Bündel Briefe stammte von Cyril, ihrem Großvater. Vielleicht waren es Liebesbriefe. Sie legte sie zur Seite.

In einem weiteren Bündel waren mit einem rosa Bändchen einige Briefe von Louisa, ihrer Mutter, zusammengefasst. Rose hatte viele Briefe von ihrer Mutter zu Hause, Briefe, die diese ihr geschrieben hatte, als sie auf dem Internat und an der Universität gewesen war. Seit ihrem Tod konnte Rose sie nicht mehr lesen. Sie war nicht sicher, ob sie es je wieder können würde.

Als sie schon dachte, alle Briefe aus der Mappe genommen zu haben, entdeckte sie in einem flachen Seitenfach doch noch ein dünnes Bündel und öffnete den obersten Umschlag aus schwerem cremefarbenen Papier. Bevor sie zu lesen begann, warf sie einen Blick zum Ende des Texts.

Sadie. Diesen Brief hatte also die hübsche, blonde Sadie geschrieben, die auf dem Foto zu sehen war. Die Schrift war altmodisch, aber sehr klar.

Rose begann zu lesen: »Ich kann unmöglich alle vierzehn Tage zu Philip Sprott nach London fahren, Edith. Das wäre viel zu teuer – bei seinen Honoraren und den Bahnpreisen. Außerdem geht es mir inzwischen wirklich gut. Du brauchst Dir um mich keine Gedanken zu machen, wirklich nicht.« Man hörte förmlich die Gereiztheit hinter den Worten.

In einem anderen Brief schrieb Sadie: »Ich bin voraussichtlich vom 5. bis zum 9. in der Stadt. Passt es euch, wenn ich vorbeikomme? Ich habe Louisa ja seit Ewigkeiten nicht gesehen. Hat sie schon Schulferien, ist sie zu Hause?« Und ein Stück weiter unten auf derselben Seite: »Zu dieser Jahreszeit ist es herrlich hier in *The Egg*, die Schlüsselblumen blühen, und die Vögel zwitschern aus voller Kehle. Ich hoffe sehr, Du kommst mich bald mal besuchen.«

Das war interessant. Sadie hatte also in *The Egg* gelebt. Der Briefkopf bestätigte es: *The Egg, Paley High Wood, Nutcombe, Sussex*. Vielleicht hatte Sadie die Wohnung von Edith gemietet – aber nein, der Ton der Briefe deutete auf eine persönlichere Beziehung hin. Vielleicht hatte Edith das Haus eine Zeit lang einer Freundin überlassen.

Rose sah auf die Uhr, es war gleich Viertel nach drei. Höchste Zeit, dass sie losfuhr, wenn sie Katherine und Eve in Walton-on-Thames von der Schule abholen wollte. Als sie begann, die Briefe zu ordnen, fiel ihr Blick auf einen Namen, der als Absender auf einem blauen Luftpostumschlag stand: *Sadie Lawless*.

Sie kniff die Augen zusammen. Lawless war der Mädchenname ihrer Großmutter gewesen. War Sadie Lawless vielleicht eine Verwandte? Sie überflog den kurzen Brief und las ihn gleich noch ein zweites Mal, um sicherzugehen, dass sie richtig verstanden hatte.

Sadies Schreiben brachte Rose zwei Erkenntnisse: zum einen, dass *The Egg* nicht immer Edith gehört hatte. In den frühen 1930er-Jahren war das Haus Sadies Eigentum gewesen. Aber – sie schaute auf das Datum – im Oktober 1934 hatte Sadie das Haus Edith überlassen.

»*The Egg* gehört jetzt Dir, Edith«, schrieb Sadie. »Ich habe die Unterlagen an Mr. Copeland geschickt. Ich will nicht mehr hier sein. Das Haus macht mir Angst, und außerdem war es nicht richtig von Vater, es mir zu vermachen – das weiß ich jetzt.«

Die zweite Erkenntnis war eine Riesenüberraschung. Sadie Lawless war nicht irgendeine Verwandte von Edith.

Sie war ihre Schwester.

Rose hatte gemeint, ihre Großmutter zu kennen, aber das war offenbar nicht der Fall gewesen. Edith hatte eine Schwester gehabt. »Wie groß unsere Differenzen auch sein mögen, Edith«, hatte Sadie Lawless am Ende ihres Briefes geschrieben, »Du bist meine Schwester.«

Robert roch nach Tabak und Alkohol, als er sich in den frühen Morgenstunden leise neben ihr im Bett ausstreckte.

»Ein Kunde«, murmelte er, als sie fragte, wo er gewesen sei. »Tommy Henderson. Du weißt schon, der Besitzer vom Riley's in Gateshead. Eine Nervensäge.« Er zog sie an sich, schob seine Hand auf ihre Brust und schlief augenblicklich ein.

Als Rose am nächsten Morgen das Haus betrat, nachdem sie Katherine und Eve zur Schule gebracht hatte, griff sie beinahe wider ihren Willen in die Taschen seines Trenchcoats, der am Ständer im Flur hing. Was glaubte sie denn zu finden? Heimlichkeiten. Jeder Mensch hatte seine Heimlichkeiten. Ihre Großmutter hatte jede Menge davon gehabt. Roberts würden vielleicht durch einen Brief, eine Rechnung oder ein Taschentuch mit Lippenstiftflecken an den Tag kommen. Vor ein paar Jahren hatte er einen Flirt – er hatte geschworen, es sei nur ein Flirt gewesen – mit der Frau eines Bekannten gehabt. Daran musste Rose jetzt denken. Die langen Abende, seine Zerstreutheit … Er verschwieg ihr etwas, dessen war sie sich sicher.

Die Taschen waren leer. Beschämt vertrieb sie die hässlichen Gedanken.

Was war eine Ehe ohne Vertrauen? Robert hatte geschäftliche Schwierigkeiten. Er würde sie regeln, wie immer. Sie musste ihm vertrauen.

Sie mahlte Kaffee und schaltete die Kaffeemaschine an, dann setzte sie sich mit der orange-goldenen Mappe an den Tisch. Irgendwann in der Nacht war ihr klar geworden, dass sie Sadies Briefe hatte finden *sollen*. Ihre Großmutter hatte es so beabsichtigt. Sie hatte ihr etwas mitteilen wollen. Oder sie dazu bringen wollen, dass sie etwas *tat*. Etwas, das mit dem Haus und ihrer Schwester Sadie zusammenhing.

Die Kaffeemaschine blubberte vor sich hin, während Rose die Briefe herausnahm und auf dem Tisch auslegte. Insgesamt waren es fünfundzwanzig, einige auf dem teuer wirkenden cremefarbenen Leinenpapier geschrieben, andere auf dünneren blauen oder weißen Bögen. Sadie hatte jeden ihrer Briefe datiert. Es dauerte eine Weile, sie in chronologischer Reihenfolge zu ordnen, und sie gönnte sich dazwischen eine Pause, um sich einen Becher Kaffee zum Tisch zu holen.

Alle Briefe waren in der ersten Hälfte der 1930er-Jahre geschrieben. Der erste, vom Oktober 1930, war das kurze, gereizte Schreiben, das Rose am Vortag in der Wohnung ihrer Großmutter überflogen hatte. Edith hatte zu der Zeit in London gelebt. Sadies letzter Brief datierte vom Oktober 1934 und war nach Delhi gegangen, wo Edith damals gelebt hatte. Weitere Briefe gab es nicht. Warum? Warum hatte Sadie von diesem Zeitpunkt an ihrer Schwester nicht mehr geschrieben? Was war passiert?

Als Rose den ersten Brief noch einmal las, sah sie, dass im Briefkopf eine Adresse in Cambridge angegeben war. »Ich kann unmöglich alle vierzehn Tage zu Philip Sprott nach London fahren, Edith. Das wäre viel zu teuer – bei seinen Honoraren und den Bahnpreisen. Außerdem geht es mir inzwischen wirklich gut.«

Philip Sprott musste ein Arzt sein. Sadie war krank gewesen und hatte sich von Dr. Sprott behandeln lassen, den sie in jener Zeit – da es den National Health Service noch nicht gab – vermutlich aus eigener Tasche bezahlen musste. Rose las weiter. »Die Meyricks waren unglaublich nett. Toby hat mich in seinem Arbeitszimmer übernachten lassen, und Constance hat mich rührend umsorgt. Es geht mir viel besser jetzt. Jeden Nachmittag mache ich einen Spaziergang im Midsommer Common, ganz egal, wie das Wetter ist.« Dann ein paar Zeilen über die Bücher, die sie gelesen, ein Nachmittagskonzert, das sie besucht hatte. Weiter unten hieß es:

»Mabel, Horace und Rosalind sind natürlich ganz entzückende Kinder, aber sie lassen einem kaum Zeit, einen Gedanken zu Ende zu denken. Nicht dass ich in letzter Zeit viele Gedanken hervorgebracht hätte, die zu Ende zu denken sich gelohnt hätte, aber ich weiß, ich werde mich von Grund auf erholt fühlen, wenn ich wieder arbeiten kann. Glaub nicht, dass ich mich verkriechen werde. Ich habe vor, so aktiv zu bleiben, dass mir keine

Zeit zum Grübeln bleibt. Eine neue Umgebung und die neue Lebensweise werden mich von meinen Erinnerungen ablenken.«

Rose vermutete, dass die Erinnerungen, von denen Sadie sich ablenken wollte, mit dem plötzlichen Tod ihrer Eltern zu tun hatten, die bei dem Flugzeugunglück im Jahr zuvor ums Leben gekommen waren. Sie selbst hatte mit gerade zwanzig mit dem Tod ihrer Mutter fertigwerden müssen. Der Schicksalsschlag hatte eine tiefe Wunde gerissen, die noch heute schmerzte und wohl nie ganz verheilen würde. Der Fotografie nach war Sadie die jüngere der beiden Schwestern. Rose rechnete nach – Edith war zur Zeit ihres Todes achtzig gewesen –, und sie kam zu dem Ergebnis, dass Sadie, wie sie selbst, um die zwanzig gewesen sein musste, als ihre Mutter ums Leben kam. Und sie hatte bei dem Unglück zusätzlich noch den Vater verloren.

Rose nahm sich den nächsten Brief vor, der eine Woche nach dem ersten geschrieben war.

»Nun bin ich also endlich hier. The Egg *ist fertig eingerichtet, und es ist eine Pracht. Du hättest die armen Männer sehen sollen, die meine Druckpresse diesen fürchterlichen Matschweg zum Haus hinauftragen mussten. Sie haben sich bitter beschwert, bis ich sie mit Tee und riesigen Stücken Kuchen versorgt habe, danach waren sie viel umgänglicher. Mrs. Thomsett aus dem Laden in Nutcombe hat mir sehr geholfen und empfahl mir Boxells Werkstatt, wo Mr. Boxell persönlich mir versprach, sich nach einem gebrauchten Fahrrad für mich umzuhören. Weißt Du noch, welchen Zauber der Wald im Herbst besitzt, Edith? Du musst mich ganz bald besuchen.«*

Das Läuten des Telefons riss Rose aus der Lektüre. Robert wollte wissen, ob es ihr recht sei, wenn er am Abend Gäste mitbrachte. Noch während sie automatisch bejahte, merkte sie, wie erleichtert sie war, dass er nicht wieder einen langen Abend außer Haus verbringen wollte. Er hatte viel zu tun, weiter nichts. Alles war in bester Ordnung.

Sie setzte sich in ihren Mini, und während sie ins Zentrum fuhr, um für den Abend einzukaufen, ging sie in Gedanken das Menü durch.

Melone als Vorspeise, Crêpes zum Nachtisch. Nein, keine Crêpes, das war zu viel Aufwand in letzter Minute. Besser Zitronenbaiser, das konnte sie im Voraus zubereiten. Das Hauptgericht … nicht Bœuf Bourguignon, da reichte die Zeit nicht. Moussaka? Nein, das sah nach schneller Küche aus. Sie entschied sich für Chicken à la King.

Nachdem sie die Läden abgeklappert und alles Nötige besorgt hatte, ging sie in die öffentliche Bibliothek. In verschiedenen Londoner Adressbüchern schlug sie zuerst Sadie Lawless nach und dann, nachdem sie von Sadie keine Spur gefunden hatte, Philip Sprott. Ihrem Gefühl nach konnte er ein Londoner Modearzt gewesen sein, mit einer Praxis in der Harley Street vielleicht.

Sie fuhr mit der Fingerspitze die Spalten des Adressbuchs entlang, die das Gebiet um die Harley Street einschlossen. Kein Philip Sprott. Sie erweiterte die Suche und stieß schließlich auf den passenden Eintrag: »Dr. Philip Sprott«. Nicht in der Harley Street, sondern in der Handel Street in Bloomsbury. Als sie aus der Bibliothek auf die Straße hinaustrat, begann es zu regnen.

Zu Hause machte sie das Zitronenbaiser und stellte es in den Kühlschrank, bevor sie in Roberts Arbeitszimmer ging und die Nummer in der Handel Street anrief.

Eine Frau meldete sich. »Praxisgemeinschaft Handel Street. Guten Tag.«

Rose fragte nach Dr. Sprott. Er habe gerade einen Patienten bei sich, sagte die Arzthelferin. Ob sie ihm etwas ausrichten könne.

Es fiel ihr schwer, ihr Anliegen zu erklären. Es hörte sich abwegig an, selbst für sie. Die Frau am Telefon fand das offensichtlich auch.

»Neunzehnhundertdreißig? Das war vor vierzig Jahren. So lange heben wir unsere Unterlagen nicht auf.«

»Ich habe gehofft, Dr. Sprott könnte sich an sie erinnern.«

»Ich glaube wirklich nicht …«

»Würden Sie ihn bitte fragen? Ich wäre Ihnen sehr dankbar«, sagte Rose mit Entschiedenheit. »Meine Großtante hieß Sadie Lawless.« Sie nannte nochmals ihren eigenen Namen und ihre Telefonnummer und verabschiedete sich.

Sobald die Mädchen im Bett waren, zog Rose sich um, schlüpfte in ein schmales Maxikleid aus schwarzem Chiffon mit Trompetenärmeln und tiefem V-Ausschnitt. Sie bürstete ihre langen, dunkelbraunen Haare, sodass sie glatt über ihre Schultern fielen, und frischte ihr Make-up auf.

Wo blieb Robert? Es war schon halb acht. Die Gäste waren für acht Uhr angesagt. Sie schaute aus dem Erkerfenster zur Straße hinaus, sah aber nichts, nur die Autos, die durch den Regen rasten, und den schwimmenden Abfall im Rinnstein.

Als das Telefon läutete, lief sie nach unten. Das musste Robert sein. Doch die Stimme, die sich meldete, war fremd.

»Spreche ich mit Mrs. Martineau?«

»Ja. Und wer sind Sie, bitte?«

»Mein Name ist Philip Sprott. Sie haben heute in der Praxis angerufen und nach Sadie Lawless gefragt.«

Rose setzte sich in Roberts Ledersessel. »Danke, dass Sie so schnell zurückrufen, Dr. Sprott. Das ist sehr nett. Soweit ich weiß, war Sadie Lawless eine Patientin von Ihnen. Ich wollte eigentlich wissen, ob Sie sich noch an sie erinnern können.«

»O ja. Als ich von Ihrem Anruf hörte, war plötzlich alles wieder da. Darf ich fragen, welchen Grund Ihr Interesse an Sadie Lawless hat?«

»Sie ist meine Großtante. Von ihrer Existenz habe ich erst vor ein paar Tagen erfahren, nach dem Tod meiner Großmutter, als ich Briefe von Sadie gefunden habe. Ich würde sie gern ausfindig machen, falls sie noch lebt – schon um sie wissen zu lassen, dass ihre Schwester gestorben ist. Und da in einem ihrer Briefe Ihr Name erwähnt wurde, dachte ich …«

»Ich fürchte, da kann ich Ihnen nicht wirklich weiterhelfen.« Philip Sprott hatte eine tiefe, angenehme Stimme. »Wir haben seit Jahrzehnten keinen Kontakt mehr. Aber manche Patienten bleiben einem im Gedächtnis, ja, ich erinnere mich an Ihre Großtante. Sie war eine sehr lebendige, intelligente und charmante junge Frau. Aber tief gedrückt von Trauer.«

Durchs Fenster beobachtete Rose den Tanz der Regentropfen auf dem Pflaster. »Wegen des Todes ihrer Eltern?«

Philip Sprott antwortete nicht gleich. Dann sagte er: »Mrs. Martineau, Sie wissen, dass ich Psychiater bin?«

Psychiater. »Nein, ich dachte …«

»Ich praktiziere nur noch eingeschränkt. Ihre Großtante war eine meiner ersten Patientinnen, ich war damals jung und unerfahren. Es ist zwar sehr lange her, aber meines Wissens kennt die ärztliche Schweigepflicht keine Verjährung.«

»Natürlich, das verstehe ich, Dr. Sprott.«

»Sie sagten, dass Ihre Großmutter vor Kurzem gestorben ist?«

»Ja.«

»Das tut mir sehr leid. Tja, was kann ich Ihnen sagen …? Ich erinnere mich, dass die Beziehung der Schwestern schwierig war. Sie waren altersmäßig weit auseinander – zehn Jahre, glaube ich.«

»Und Sadie war die jüngere Schwester?«

»Ja. Sie kam nach einem Nervenzusammenbruch zu mir. Ihr Verlobter hatte sie verlassen. Dieser Bruch, so bald nach dem Verlust der Eltern … die menschliche Seele ist eben nicht grenzenlos belastbar.« Wieder eine Pause. Dann setzte Philip

Sprott hinzu: »An den Namen des Verlobten erinnere ich mich nicht. Immerhin weiß ich noch, dass ich sein Verhalten infam fand. Er war Antiquitätenhändler, was allerdings kaum relevant ist. Ihre Großtante war Lehrerin.«

»Und sie hat gemalt.« Rose dachte an den zweiten Brief. *Du hättest die armen Männer sehen sollen, die meine Druckpresse diesen fürchterlichen Matschweg durch die Bäume zum Haus hinauftragen mussten.*

»Ja.« Er klang amüsiert. »Sie hat während der Sitzungen oft gezeichnet. Sie sagte, das wirke entspannend auf sie. Den offenen Kamin… oder die Platanen vor dem Fenster. Manchmal hat sie auch mich gezeichnet. Eine Skizze hat sie mir geschenkt. Ich habe sie wahrscheinlich noch irgendwo. Sie kam ungefähr ein, anderthalb Jahre lang zu mir. Danach bekam ich ab und zu eine Postkarte, aber das hörte dann auf. Ich nahm an, sie hätte das Vergangene endgültig hinter sich gelassen. Tut mir leid, dass ich Ihnen nicht mehr sagen kann, Mrs. Martineau.«

Rose hörte die Haustür zufallen. Sie dankte Dr. Sprott und beendete das Gespräch.

Robert zog gerade im Flur seinen nassen Mantel aus.

»Wo warst du denn so lang?«, fragte sie. »Die Gäste kommen in fünf Minuten.«

»Das weiß ich.« Es klang verärgert. Dann änderte er den Ton. »Entschuldige. Tut mir leid, Schatz. Es war alles ein bisschen… Die Arbeit, du weißt doch, wie es ist. Wir haben den Gibson-Vertrag nicht bekommen.«

»Das tut mir leid, Robert.« Sie küsste ihn. »So ein Pech.«

»Ach, klappt das eine nicht, klappt das andere.« Aber seine unbekümmerten Worte passten nicht zu dem Schatten, der über sein Gesicht flog. Ein Ausdruck von Furcht und Unruhe – so flüchtig, dass sie hätte glauben können, er sei ihrer Einbildung entsprungen.

»Was ist denn?«, fragte sie liebevoll. »Sag's mir, Liebling. Sag mir, was los ist.«

»Nichts, gar nichts. Ich bin einfach müde.« Er lächelte halbherzig. »Ich könnte einen Drink gebrauchen. Gib mir zwei Minuten. Ich ziehe mich schnell um.«

Als es läutete, musterte Rose im Flurspiegel kurz ihr Gesicht. Sie setzte ein Lächeln auf und öffnete die Tür.

»Hugh, Vivienne… Wie schön, euch zu sehen. Kommt doch rein.«

2

Sussex und Surrey, Mai 1970

Der Sussex High Weald ist eine bewaldete Hügellandschaft zwischen London und Englands Südküste. Rose erinnerte sich an lang vergangene Geografiestunden, in denen sie die geologischen Merkmale des High Weald mit Buntstiften hatte kenntlich machen müssen – Braun für die Tonböden der Täler, Orange für den Sandstein der hohen Berggrate, Blau für die Wasserläufe, die tiefe, steilwandige Täler durchströmten.

Sie hatte die Karte ausgebreitet neben sich auf dem Beifahrersitz liegen, und am Armaturenbrett klebte der Zettel, auf dem sie sich die Namen der Dörfer und Städte notiert hatte, die sie durchfahren musste. Dem starken Regen vom Vortag war Sonnenschein gefolgt, der in den verbliebenen Pfützen auf der Straße glitzerte, und sie spürte, wie ihre Stimmung sich auf der Fahrt durch das sanft gewellte maigrüne Land aufhellte. Als sie das Fenster herunterkurbelte, wehte Frühlingsduft zu ihr herein.

Sie lenkte den Wagen an den Straßenrand und stieg aus. Glockenblumen bedeckten mit lichtblauem Schleier den kupferfarbenen Boden zu Füßen der Bäume, die sich den Hang hinaufzogen. Ein Bach stürzte die Böschung hinunter zu einem Abfluss, über dem braune Blätter lagen. Rose aß einen Apfel und konnte sich kaum satthören am lärmenden Vogelgezwitscher. Dann brauste unter Hupengedröhn ein Lastwagen mit ein paar Männern vorbei, die ihr durchs offene Fenster zujohlten, und sie stieg wieder in den Mini und fuhr weiter.

Die Straßen schlängelten sich in immer engeren Windungen, je tiefer sie ins Land hineinfuhr. Manchmal zeigte sich zwischen den Bäumen ein strohgedecktes Haus oder ein See, in dessen Wasser sich das Himmelsblau spiegelte. Das Grau des Winters verblasste, darunter blühte es in kräftigen Farben.

Das Waldgebiet rund um *The Egg* trug den Namen Paley High Wood. Als Rose das Dörfchen Nutcombe erreichte, bremste sie ab, um sich in Ruhe umschauen zu können. Ein Pub, ein Lebensmittelgeschäft, eine kleine Sozialsiedlung und eine Zeile roter Backsteinbungalows. Strohgedeckte Häuser standen zwischen mehreren auffälligeren Bauten.

Die Straße neben der Kirche war schmal, kaum breiter als der Mini, und führte einen steilen Hang hinauf. Dort wurde sie zum Tunnel, da die Bäume so nahe zusammenrückten, dass ihre Äste einander berührten. Hin und wieder brach ein Sonnenstrahl ins Dunkel und fleckte die Straße mit blendenden Lichtsprenkeln.

An einer scharfen Kurve, deren Seitenstreifen eine ebene Fläche aus festgetretener Erde und Kies war, bremste sie ab und parkte. War dies die Stelle, die ihre Großmutter in dem Brief beschrieben hatte? Sie spähte durch das Dickicht. Wo war der Fußweg? Rundherum nichts als Bäume. Doch dann sah sie jenseits etwas Weißes aufblitzen, wie den Reflex eines hellen Kiesels auf dem Grund eines dunklen Sees.

Schauer von Regentropfen fielen auf sie herab, als sie den Wald betrat, zuerst von den Büschen am äußeren Rand, dann vom frischen Laub der Bäume. Ihre Füße versanken fast im Matsch, und sie war froh, dass sie daran gedacht hatte, ihre Gummistiefel mitzunehmen. Auf dem braunen Waldboden leuchteten kleine Blumenbüschel, und nun konnte sie auch einen Pfad erkennen: eine schmale, dunkle Bahn unter den hohen, schlanken Bäumen. Vogelgezwitscher umgab sie, durchbrochen vom beharrlichen Ruf eines Kuckucks, der immer wieder aus einer anderen Richtung kam.

Die gelegentlichen weißen Schimmer verdichteten sich zu einem Haus: Ediths Haus, früher Sadies und jetzt ihres. Obwohl mehr als vierzig Jahre vergangen waren, seit Edward Lawless seine Meisterwerke vollendet hatte, wirkte das Haus unglaublich modern, ein herausfordernder Gegensatz zu der uralten englischen Waldlandschaft. Man hätte es mit Kinderbauklötzen nachbauen können: hinten standen zwei quadratische Blöcke aufeinandergetürmt, vorn lag quer ein längerer Block. Die glatte Betonoberfläche erinnerte tatsächlich an Eierschale – zudem war es kleiner, als sie erwartet hatte, in eine Lichtung eingebettet.

Beim Näherkommen sah sie, dass die beiden flachen Dächer mit welkem Laub übersät waren, als wollte der Wald den bleichen Eindringling in seiner Mitte tilgen. Langsam ging sie um das Haus herum. Auf einer Seite, die nahezu ganz aus Glas bestand, schloss sich eine rechteckige Terrasse an. Die Bodenplatten wirkten dunkel und feucht unter den Häufchen zusammengewirbelten Laubs. Ziemlich optimistisch, diese Terrasse. Hatte ihr Urgroßvater sich vorgestellt, dass die Bewohner des Hauses sich hier in Liegestühlen in der Sonne rekeln würden? Die Bäume mussten in die Höhe geschossen sein, seitdem Edward Lawless den Bau fertiggestellt hatte; jetzt nämlich warfen sie ihre Schatten über den gesamten Außenbereich.

Sie überquerte die Terrasse und spähte durchs Glas ins Innere. Das Bild verschwamm unter den zitternden Spiegelungen der Bäume, die Schatten überlagerten die Formen im Inneren – Sofa, Tisch, Sessel.

Die Haustür fand sie auf der anderen Seite. Rose sperrte auf und drückte den Schalter neben der Tür. Das Deckenlicht erhellte einen schmalen Flur, und sie sah sich blinzelnd um. Das erdige Aroma des Waldes war hier überdeckt von einem muffigen Geruch, der an Trödelmärkte und feuchte Schränke erinnerte. Sie fröstelte in der klammen Kälte des Hauses, das zu lange unbewohnt gewesen war.

Auf einer Seite des Flurs befanden sich drei Türen aus hellem, fein gemasertem Holz. Die erste führte in eine Garderobe mit hölzernen Kleiderhaken und einem schmalen Bord darin, das vermutlich für Hüte und Handschuhe gedacht war. Hinter der zweiten verbarg sich eine Abstellkammer mit Besen und Trittleitern und hinter der dritten eine Toilette, in der ein fadenscheiniges Handtuch von einem Haken herabhing und im Waschbecken der Rest eines Seifenstücks dahinschmolz. Der Hahn tropfte; sie drehte ihn energisch zu, aber er tropfte weiter.

Am Ende des Flurs öffnete sich zur Linken ein schmucker Küchenbereich, der abgesehen von Kühlschrank und Herd, so vermutete Rose, noch mit den ursprünglichen Einbauten ausgestattet war. Bei den ökonomisch eingepassten Schränken und den drei runden Fenstern unter der Decke musste sie an die Kabine eines Ozeandampfers denken. Es war, als durchpflügte *The Egg* einen Unterwasserwald.

An die Küche schloss sich ein Wohnzimmer an, das ihr wahrhaft den Atem raubte. Die Schatten der Bäume, die durch die großen Fenster fielen, schienen mit den Sonnenkringeln auf den hellen Bodenfliesen zu tanzen. In diesem rein weißen Kubus würde man behaglich in der Wärme des eisernen Ofens sitzen und der Natur zusehen können, wenn Sturm und Regen losbrachen. In der Sommerhitze würde man die Glastüren zur Terrasse öffnen und die kühle Waldluft hereinströmen lassen.

Während sie am Fenster stand und hinausblickte, stellte sie sich vor, wie sie mit Robert und den Kindern an den Wochenenden herkommen würde. Katherine und Eve könnten auf Bäume klettern und sich im Wald ein Lager bauen; sie würden alle zusammen wandern gehen. Sie würden hier übernachten und morgens von Sonnenschein und Vogelgezwitscher geweckt werden – wie traumhaft das würde! Die Möbel – die geblümte Couchgarnitur, das billige Fichtenholzregal samt Sideboard und Tisch, die Ediths verstorbenem Mieter, Mr. Manners, gehört haben mussten – würde sie durch Stücke ersetzen, die dem modernen Stil des Hauses entsprachen.

Sie sah die Schränke im Wohnzimmer und in der Küche durch, entdeckte aber nur ein Puzzlespiel, einen braun verfärbten Henkelbecher und ein Päckchen Tee, eine Flasche Scheuermilch und einen steif getrockneten grauen Putzlappen. Sie wusste selbst nicht, was sie zu finden gehofft hatte – irgendein Zeugnis von Sadie vielleicht, einen Hinweis darauf, warum sie aus dem Haus geflohen war und es Edith geschenkt hatte. Aber das Haus war nicht sonderlich groß und von beinahe klösterlicher Einfachheit; es ließ Unordnung nicht zu, bot keine Verstecke, etwa unter einer losen Diele, in denen man Liebesbriefe oder geheime Tagebücher hätte aufbewahren können. Es gab nirgends dunkle Winkel, alles war dem Licht preisgegeben.

Sie ging hinauf ins obere Stockwerk, das, weniger großzügig, aus zwei Räumen und einem Badezimmer bestand. Der kleinere Raum, mit Blick nach hinten, war leer. Ein paar Fliegen hatten hier den Tod gefunden und lagen wie eine Handvoll verstreuter Rosinen auf dem Fensterbrett. Als sie zum Fenster hinaussah, bemerkte sie eine rechteckige Betonplatte – eine Sickergrube vermutlich – und, nicht weit entfernt, einen Weg, der den Hügelhang hinunterführte.

Im größeren der beiden Zimmer stand ein abgezogenes Bett mit durchgelegener Matratze, eine Erinnerung an den unbekannten Mr. Manners. Der Raum befand sich auf einer Höhe mit den unteren Ästen der Bäume, und Rose fragte sich, ob ihr Urgroßvater das Haus deshalb *The Egg* genannt hatte: nicht wegen seiner äußeren Erscheinung, sondern weil es ins Geäst der Bäume gebettet war wie in ein Nest.

Die hohen Fenster blickten zum tiefer liegenden der beiden Flachdächer hinaus. Bei schönem Wetter hatte Sadie es vielleicht als Sonnenterrasse genutzt. Rose stellte sich vor, wie sie das Fenster öffnete und hinausstieg, eine Decke auf dem

Asphalt ausbreitete, um sich, einen Cocktail zur Hand, der Sonne hinzugeben – in einem züchtigen Badeanzug aus den 1930er-Jahren, minzgrün vielleicht oder pink. War Sadie Lawless der Typ Frau gewesen, der sich in Pink gekleidet hätte?

Sie konnte *The Egg* nicht verkaufen. Dieses Haus war ein Teil ihrer Familiengeschichte, ihres Erbes. Hierher musste Sadie sich nach den Katastrophen geflüchtet haben, die über ihr Leben hereingebrochen waren – der tragische Unfalltod ihrer Eltern, die Affäre ihres Verlobten. Und trotzdem hatte sie es vier Jahre später einfach aufgegeben. »*The Egg* gehört jetzt Dir, Edith«, hatte Sadie in ihrem letzten Brief geschrieben. »Ich habe die Unterlagen an Mr. Copeland geschickt. Ich will hier nicht mehr sein, das Haus macht mir Angst. Es war nicht recht von Vater, es mir zu vermachen – das weiß ich jetzt.« In diesen Worten steckte Furcht, ja, aber auch Schuldbewusstsein. Was konnte Sadie so stark geängstigt haben? Die Einsamkeit und Abgeschiedenheit des Ortes möglicherweise. Und die Schutzlosigkeit, der man sich vielleicht ausgesetzt fühlte, wenn man hinter diesen Glaswänden lebte.

Rose ging wieder nach unten. Nach einem kleinen Kampf mit dem Schloss der Glastür trat sie vom Wohnzimmer auf die Terrasse. Hier draußen waren keine Häuser zu sehen, keine Straßen, keine Dörfer oder sonstige Zeugnisse der Zivilisation des 20. Jahrhunderts. Die Hänge vor ihr waren vom dichten Grün der Bäume überzogen, durch deren Äste höchstens hier und dort ein Lichtstrahl drang. Sie schleppte einen Sessel auf die Terrasse – der Boden war zu nass, um sich daraufzusetzen – und sog genießerisch die Wärme auf, während sie sich ihre belegten Brote und den Kaffee aus ihrer Thermosflasche schmecken ließ. Sie fühlte sich unbeschwert und frei wie im Urlaub oder früher während des Studiums.

Nach einer Weile kehrten jedoch die Gedanken an die Ereignisse der vergangenen Nacht zurück, und sie begann wieder unruhig zu werden. Sie hätte gern den flüchtigen Schatten der Angst vergessen, den sie in Roberts Blick bemerkt hatte, aber es gelang ihr nicht. Robert war ein optimistischer Mensch, sein Selbstvertrauen grenzenlos. Dinge, die sie in tiefste Mutlosigkeit stürzten, prallten an ihm ab. Geschäftliche Schwierigkeiten sah er als Herausforderungen, denen er sich mit Kampfesfreude stellte.

Er hatte heute draußen auf dem Flugfeld zu tun, einem Stück Land nicht weit von Weybridge. Rose dachte daran, zu ihm hinauszufahren, wenn sie die Mädchen von der Schule abgeholt hatte. Früher, als Katherine und Eve noch sehr klein gewesen waren, hatte sie das häufig getan, und sie hatten sich dann alle zusammen in irgendein Pub mit Garten gesetzt. Sie würde ihm also nicht hinterherschnüffeln, nicht direkt. Vielleicht sollte sie es trotzdem bleiben lassen, vielleicht war es ein wenig hinterhältig. Aber sie wusste schon, dass sie fahren würde.

Von der Terrasse aus ging sie unter den Bäumen hindurch zu dem Weg, den sie vom oberen Stockwerk aus bemerkt hatte. An den hohen Böschungen zu beiden Seiten wuchsen Unkraut und Gestrüpp. Wasser, das von den schweren Regengüssen der Nacht übrig war, sprang über die Steine und den Sand zum Tal hinunter. Als Rose zurückschaute, konnte sie zwischen den Baumstämmen die hellen Mauern des Hauses erkennen.

Sie wollte das andere Haus von Edward Lawless sehen, das größere, *Gull's Wing*, auf der Höhe des Grats. Während sie aufwärtsstieg, wichen die Laubbäume dunklen, dicht stehenden Tannen. In der trockenen Erde unter ihnen gediehen kaum andere Pflanzen, die Luft roch nach ihrem Harz.

Durch ein Gitter aus dürren, stacheligen Ästen wurde die Straße sichtbar. Ihr war, als tauchte sie aus einer Höhle auf, und sie brauchte einen Moment, um sich zu orientieren. Auf der anderen Straßenseite stand eine lange Backsteinmauer, sicher zwei Meter hoch, der sie folgte, bis sie zu einem schmiedeeisernen Tor gelangte. Ein Namensschild in der Mauer sagte ihr, dass sie *Gull's Wing* gefunden hatte.

The Egg war zauberhaft, *Gull's Wing* überwältigend. Dieses Haus hatte nichts von der stillen Zurückhaltung seines Gegenstücks. Es war vier- oder fünfmal so groß, eine Symphonie aus Glas, Holz und Keramik, die mit starker und selbstbewusster Stimme von Edward Lawless' Vision kündete. Die Fassade war beinahe ganz aus Glas, das Dach wurde von hellen, schlanken Säulen getragen, die Rose an einen griechischen Tempel erinnerten.

Durch das Gitter des Tores, das mit einem Vorhängeschloss gesichert war, konnte sie die Haustür erkennen, streng und abweisend bis auf ein kleines quadratisches Fenster in Augenhöhe. Die ganze gläserne Fassade war mit Vorhängen abgeschirmt. Bei genauerem Hinsehen bemerkte Rose an einer Stelle zwischen den Stoffbahnen das fischähnliche Zucken einer kurzen Bewegung.

»Seien Sie vorsichtig, sonst lässt sie die Hunde raus!«

Rose drehte sich um. Hinter ihr bremste ein junges Mädchen ihr Fahrrad, vielleicht fünfzehn oder sechzehn, gestreiftes Schulkleid, rotblonde Zöpfe und eine rosa Brille. Sie lehnte das Rad an die Mauer und hob eine Einkaufstüte aus dem Korb.

Rose grüßte. »Kennst du die Leute, die hier wohnen?«

»Hier wohnt nur Mrs. Chiverton.« Das Mädchen stellte den Korb ans Tor. »Ich geh immer für sie einkaufen. Sie redet mit niemandem. Wenn sie Sie sieht, werden gleich die Hunde da sein.« Das Mädchen stieg wieder auf ihr Rad. »Ich muss los. Tschüss«, rief sie und rollte schon den Hang hinunter.

Die Haustür öffnete sich, zwei rotbraune Jagdhunde schossen heraus, rannten den Weg hinunter und sprangen am Tor hoch. Rose trat zurück. Die Hunde bellten ihr hinterher, als sie die Straße hinauf zurück zum Waldweg ging. Erst als sie ein gutes Stück den Hohlweg hinunter war, verklangen Kläffen und Winseln.

Sie war nur noch ein paar Meter von *The Egg* entfernt, als auf dem Waldboden etwas aufblitzte: eine Glasscherbe oder eine Münze vielleicht. Sie stocherte mit einem Stock in der Erde. Regenbäche hatten hier welkes Laub und Humus weggespült und den darunterliegenden Sandboden freigelegt.

In der Hocke sitzend scharrte Rose den Boden auf und grub einen kleinen Erdklumpen aus. Die Form des Gegenstands wurde deutlicher, als sie die Erde davon abschälte.

Sie hatte einen Ring gefunden. So dreckverkrustet sah er nach nichts aus – billiger Woolworth-Glitzer. Sie nahm ihn mit und hielt ihn in der Toilette unter den Wasserhahn.

Nachdem sie ihn gründlich gewaschen und mit einem Zipfel ihres Chiffonschals getrocknet hatte, funkelte er in einem opulenten Glanz, der ihn als echt auswies. Es war keine Imitation. Sie hatte unter dem welken Laub nur wenige Schritte von *The Egg* entfernt einen goldenen Ring gefunden. In der helleren Beleuchtung des Flurs sah sie ihn sich genau an. Mehrere quadratische Steine mit grünem Feuer schmückten in einer Traube den Ring, dessen Reif mit kleinen, glanzlosen schwarzen Steinen verziert war. Als sie ihn im Licht drehte, entdeckte sie eine Gravur auf der Innenseite des Reifs. Stirnrunzelnd hielt sie ihn höher und versuchte, die altmodische Schrift zu entziffern.

Du, meine Erwählte, bist meine ganze Freude.

Ein Liebespfand. Wie wunderschön, so etwas an einem sonnigen Nachmittag zu finden, dachte sie, als sie ihn in ein Seitenfach ihrer Tasche schob und ihre Sachen zusammenzusuchen begann.

Auf dem Rückweg zu ihrem Mini fiel ihr etwas ein, das Philip Sprott ihr erzählt hatte. Sadie war mit einem Antiquitätenhändler verlobt gewesen. Der Ring, den sie gefunden hatte, schien sehr alt zu sein. Vielleicht hatte er Sadie gehört. Vielleicht hatte sie ihn von dem Verlobten bekommen, der sie verlassen hatte, und sie hatte ihn hier vor vierzig Jahren verloren.

Nachdem Rose die Mädchen bei Freunden abgeholt hatte, fuhr sie zum Flugfeld.

Robert hatte die Firma Martineau Aviation unter ihrem Namen eintragen lassen, und sie fühlte sich ein wenig als Miteigentümerin. Als sie allerdings darauf bestand, an der ersten Vorstandssitzung teilzunehmen, hatte er erklärt, das sei nicht nötig, ihr Name stehe lediglich aus steuerlichen Gründen im Register, was sie in ihrer Entschlossenheit, an der Sitzung teilzunehmen, nur bestärkt hatte.

Sie war gern draußen auf dem Flugfeld, es faszinierte sie immer wieder, die Maschinen – zwei Douglas DC-3 und eine ausladende Armstrong Whitworth Argosy – die Startbahn hinunterrollen zu sehen, bevor sie Geschwindigkeit aufnahmen und sich elegant in die Luft erhoben. Sie hatte einige Ahnung vom Fliegen – ihr Vater war bei der Royal Air Force gewesen –, trotzdem erschien ihr der Moment, wenn die schweren Maschinen vom Boden abhoben, stets wie ein Wunder.

Der Vorstand bestand nur aus ihr selbst und Robert, der als stellvertretender Direktor fungierte, sowie Roberts Buchhalter, Clive Miller. Nadelstreifenanzüge mit breiten Revers, schicke Hemden, Zapata-Schnauzer und eine geölte Zunge, das war Clive, für Rose der Prototyp eines erfolgreichen Gebrauchtwagenhändlers. Robert leitete die Sitzungen routiniert; Lucy Holbrook, seine Sekretärin, eine sympathische Frau in Roses Alter, führte das Protokoll.

An der letzten Sitzung hatte auch der Betriebsleiter, Ted Wilkinson, teilgenommen. Hinterher, als sie das Bürogebäude verließ, lief er ihr nach. »Sie brauchen doch Ihre Zeit nicht mit diesem Kram zu verschwenden, Mrs. Martineau«, sagte er lässig und mit spöttischem Blick. »Eine hübsche Frau wie Sie, Sie haben bestimmt Besseres zu tun, Einkaufen oder Tennisspielen oder womit Frauen wie Sie sonst die Zeit totschlagen.« Er war weg, bevor ihr eine schlagfertige Antwort einfiel.

Rose parkte etwas entfernt von dem ebenerdigen Gebäude, in dem die Büros untergebracht waren. Der orangefarbene Windsack zuckte und hüpfte, auf dem Flugfeld, das auf einer Anhöhe lag, war es immer windig. Sie ging mit den Mädchen über die Rollbahn, und sie warteten einen Moment, um eine Maschine zu beobachten, die gerade hereinkam. Aus dem Bürogebäude trat Dan Falconer, Wilkinsons rechte Hand, der erst vor Kurzem seine Stellung hier angetreten hatte. Der Wind bewegte sein blondes, leicht lockiges Haar.

»Hallo, Dan.«

»Hallo, Mrs. Martineau.« Er wandte sich den Mädchen zu. »Hallo, ihr beiden.«

»Das ist Katherine, und das Eve. Sagt guten Tag, Kinder.«

Katherine schaute weiter blinzelnd zum Himmel. »Es ist die Argosy.«

»Gut erkannt«, sagte Dan. »Zehn Minuten vor der Zeit. Den ganzen Flug seit Marseille Gegenwind.«

»Als ich mal mit dem Flieger geflogen bin«, erklärte Eve, »war ich über den Wolken.«

»Du bist noch nie geflogen«, sagte Katherine geringschätzig.

»Ja, aber im Spiel. Im Spiel bin ich in einem Flieger geflogen. Bis nach Bournemouth.«

Dan ging weiter. Rose sah seiner hochgewachsenen Gestalt nach, wie er über die Rollbahn ging, und sie unterdrückte einen Anflug von Ärger. Dan Falconer war seine Zeit wohl zu schade, um sie an eine Hausfrau wie sie zu verschwenden. Die Mädchen stritten immer noch. Sie nahm sie bei der Hand und eilte mit ihnen ins Gebäude.

Dan blieb an der Rollbahn stehen und beobachtete die Maschine bei der Landung. Er war nur herausgekommen, um Ted Wilkinson zu entfliehen, seinem direkten Vorgesetzten, der Streit suchte. Wilkinson hatte ihn angewiesen, ein halbes Dutzend Aufträge abzuzeichnen, und Dan hatte ihn darauf aufmerksam gemacht, dass sie noch gar nicht richtig durchkalkuliert waren. Daraufhin hatte Wilkinson ihn einen »aufgeblasenen kleinen Wichtigtuer« genannt. Die Mechaniker, Max und Gareth, die sich in Hörweite befanden, hatten sich über ihre Arbeit gebeugt und so getan, als sähen und hörten sie nichts.

Dan hatte vor vier Monaten bei Martineau Aviation angefangen. Es hätte ein gut gehendes kleines Unternehmen sein können, wären nicht zwei Dinge gewesen: Der Betriebsleiter war ein fauler und destruktiver Trinker, und der Eigentümer, Robert Martineau, interessierte sich im Grunde überhaupt nicht für die Fliegerei. Dan kannte diesen Typ – der Spekulant, der nur in eine Branche einstieg, um seine Investitionen zu streuen. Das funktionierte bei der Fliegerei nicht. Man musste Interesse haben, man musste die Fliegerei lieben mit allem, was dazugehörte. In der Fliegerei wurden weit häufiger Illusionen zerstört als Vermögen verdient. Martineau hatte das Unternehmen billig gekauft, weil es mit Verlust arbeitete. Anderthalb Jahre später arbeitete es immer noch mit Verlust.

Nach Abschluss seines Studiums war Dan zunächst bei einem kleinen Automobilzulieferer beschäftigt gewesen, bevor er zu einer Charterfluggesellschaft in Cardiff wechselte. Das Frachtchartergeschäft war riskant und unzuverlässig; man bewegte sich immer auf Messers Schneide und fuhr schnell Verluste ein, wenn die Maschinen nicht auf jeder Etappe des Flugs voll ausgelastet waren. Es gab viele Faktoren, die ein Unternehmen aus der Bahn werfen konnten, Faktoren, auf die man keinen Einfluss hatte – Streiks, Unglücksfälle, schlechtes Wetter. Trotzdem war Dan schnell dem Reiz dieser Welt erlegen. Er hatte einige Zeit gebraucht, um sich mit seiner unerwarteten Besessenheit anzufreunden. Sie war eine Verrücktheit, eine Leidenschaft wider alle Vernunft.

Das Unternehmen in Cardiff war bankrottgegangen, als eine Carvair bei schlechter Sicht in Rotterdam die Landebahn verpasste und in einen Deich raste. Die fünf Besatzungsmitglieder kamen ums Leben. Die Firma schleppte sich noch eine Zeit lang weiter, aber die Zeichen waren nicht länger zu übersehen.

Daniel packte seine Sachen und nahm die Stellung bei Martineau Aviation am anderen Ende des Landes an.

Er war als Stellvertreter des Betriebsleiters Ted Wilkinson eingestellt worden. Wilkinson, der in einem Armenviertel von Wakefield aufgewachsen und mit zwölf von der Schule abgegangen war, hatte sich von der Pike auf hochgearbeitet: »Mir hat keiner was geschenkt, Sportsfreund!« Er ließ Dan, den feinen Pinkel mit abgeschlossener Schulbildung und Universitätsstudium, von Anfang an deutlich spüren, wie sehr er ihn verachtete. In Dans erster Woche bei Martineau Aviation war Salz in seinem Tee, Pornobildchen klebten auf seinem Schreibtisch, als der Chef und seine Frau zu Besuch kamen, seine Jacke war in Motoröl getunkt worden. Aber Dan hatte noch nie etwas aufgegeben, was er wirklich wollte, und er war entschlossen, Wilkinson abzulösen. Wilkinson war ein Trinker, ein Lügner, einer, der andere Menschen schikanierte; früher oder später würde er es so weit treiben, dass selbst Martineau es nicht mehr übersehen konnte.

Die Argosy rollte die Landebahn hinunter. Dans Gedanken wanderten zu Rose Martineau. Sie war eine gut aussehende Frau, eine von Martineaus Trophäen. Groß und schlank in Jeans und T-Shirt, mit langem dunklen Haar, das im Wind flatterte, hatte sie gleich seine Aufmerksamkeit auf sich gezogen, als er aus dem Büro trat. Schon seit seinem Eintritt in die Firma fielen ihm die kleinen Tricks auf, mit denen Martineau und sein Buchhalter arbeiteten, um Steuern zu umgehen. Man konnte das Pfiffigkeit nennen. Oder Betrug. Auch Rose Martineau diente diesen Machenschaften. Martineau hatte seine Frau in den Vorstand geholt, um die Steuern zu senken. Dan hätte interessiert, ob sie wusste, dass sie benutzt wurde.

Es war Freitag, der Tag, an dem er sich gewöhnlich mit Celia traf, aber da sie bei ihrer Schwester zum Geburtstag eingeladen war, hatten sie ihre Verabredung auf Samstag verlegt. Sie wollten in einem Restaurant in Kew essen, bevor sie ins Kino gingen, um sich einen Horrorfilm anzusehen. Dan fand Horrorfilme albern, aber Celia hatte eine Schwäche dafür.

Als Robert die Haustür aufsperrte, sagte Rose noch einmal: »Es ist ein erstaunliches kleines Haus. Wirklich etwas Besonderes, Robert. Du musst es dir anschauen. Wir könnten alle über ein Wochenende hinfahren.«

Er zeigte kaum eine Reaktion. Auf dem Flugplatz hatte sie die Mädchen bei Lucy Holbrook abgesetzt, bevor sie bei Robert klopfte und eintrat. Er hatte aufgeblickt wie ertappt, dann kurz ins Telefon gesagt: »Ich muss Schluss machen«, und aufgelegt. Rose hätte gern gewusst, mit wem er telefoniert hatte. Und warum er den Anruf so abrupt beendete.

Im Haus schleuderten Katherine und Eve ihre Ranzen und Schulblazer zu Boden. Bevor Rose sie ermahnen konnte, die Sachen aufzuräumen, sagte Robert leise: »Rose, wir müssen etwas besprechen. Nicht im Beisein der Mädchen, aber sobald sie im Bett sind.«

»Was denn?« Sie war erschrocken. »Ist etwas passiert?«

Er schüttelte den Kopf.

»Nicht jetzt. Nachher.«

Während Rose Eve aus der Wanne half und sie in ein Badetuch wickelte, überwältigte sie die Gewissheit, dass Robert eine Affäre hatte. Damit wäre erklärt, warum er so häufig erst mitten in der Nacht nach Hause kam, warum er so zerstreut wirkte, warum er am Nachmittag das Telefongespräch abgebrochen hatte, als sie zu ihm ins Zimmer gekommen war. Wie eine Warnung, eine Vorahnung von Gefahr tauchte die Erinnerung daran auf, wie er die Hand über den Hörer gelegt hatte. Mit wem betrog er sie? Mit einer seiner Kundinnen … oder mit Lucy Holbrook, seiner Sekretärin? Lucy war eine attraktive Frau. Männer hatten oft Verhältnisse mit ihren Sekretärinnen.

Sie zog Eve fest an sich und drückte ihr Gesicht an den kleinen festen Körper. Nein, das würde er nie tun, wie konnte sie so etwas überhaupt denken. Was dann? Schulden … Unregelmäßigkeiten … Es war durchaus vorstellbar, dass Clive wieder einmal einen seiner raffinierten Steuertricks abgezogen hatte.

Als die Kinder im Bett waren, ging sie hinunter. Robert stand mit einem Glas Whisky in der Hand in der Küche. Er lächelte, aber seine Augen blieben stumpf.

»Auch einen?«

»Nein, danke. Was wolltest du mit mir besprechen?«

»Ich weiß nicht, wo ich anfangen soll.« Er sah sie an. »Es ist so … Rose, es wird etwas Schlimmes passieren.«

»Was denn?«, fragte sie. »Sag es mir. Du machst mir Angst.«

»Die Presse wird mit allen möglichen Unterstellungen über mich herziehen.«

»Unterstellungen?«, wiederholte sie verständnislos.

»Am Sonntag, fürchte ich.«

»Sonntag?« Sie konnte nur seine Worte sinnlos nachplappern.

»Ja. Deshalb musst du Bescheid wissen.«

»Was denn für Unterstellungen?«

»Über mein Privatleben. Das ist natürlich alles nicht wahr.«

»Was ist nicht wahr? Robert, bitte …«

»In den Zeitungen wird behauptet, ich würde zu einer Gruppe von Männern gehören, die bei einem gewissen Callgirl verkehrt haben.« Seine Stimme zitterte vor Wut.

»Was? Das ist ja lächerlich.« Es war so absurd, dass sie beinahe erleichtert aufatmete. »Wie kommen die Zeitungen denn darauf?«

»Es kann nur ein Irrtum sein. Ich bin mit ein paar von den Männern, die in die Sache verwickelt sind, befreundet. Irgendjemand muss meinen Namen erwähnt haben …« Er presste die Lippen aufeinander. »Unbeabsichtigt.«

»Was sind das für Männer?«

»Johnny … Die Presse wird ein Riesending draus machen, wegen Johnny. Mich wird man nur als Randfigur erwähnen.«

Robert und Johnny Pakenham waren in der Schule beste Freunde gewesen. Mit einundzwanzig hatte Johnny einen Sitz im Oberhaus geerbt und dazu weitläufige Güter in Wiltshire. Impulsiv, dekadent, immer für einen Skandal gut. Zu seinen Freunden zählten Popstars, Schauspielerinnen und Politiker; er war als Gastgeber wilder Drogenpartys bekannt, bei denen drei Tage und drei Nächte durchgefeiert wurde. Die Presse liebte Johnny Pakenham, diesen lässigen und eleganten Typen, der etwas von der pantherhaften Geschmeidigkeit Mick Jaggers ausstrahlte.

Rose hatte sich bemüht, Johnny zu mögen, weil er zu Roberts ältesten Freunden gehörte und bei ihrer Hochzeit Trauzeuge gewesen war. Obwohl er ihr gegenüber stets liebenswürdig und charmant war, spürte sie seine Herablassung. Er fand sie wahrscheinlich ganz hübsch, aber zu konventionell, zu spießig. Wenn er sie ansah, dann immer mit einem amüsierten Lächeln auf den Lippen und einem Schimmer Verachtung in den blassblauen Augen. Sie hätte es Johnny zugetraut, der Presse rein aus Jux Roberts Namen zum Fraß hinzuwerfen.

»Dieses Mädchen …«, sagte sie.

»Eine billige kleine Nutte. Du weißt schon.«

Sie wusste gar nichts. Solche Frauen lebten in einer anderen Welt. Sie sah ihn scharf an. »Kennst du sie?«

»Natürlich nicht.« Er lachte verärgert. »Kann sein, dass sie mir mal irgendwo über den Weg gelaufen ist. Wenn ja, kann ich mich nicht daran erinnern.«

»Wie heißt sie?«

»Rose, ihr Name spielt keine Rolle.«

»Ich erfahre ihn doch sowieso, oder nicht?«

Widerstrebend sagte er: »Sie heißt Debra Peters.«

Ihren Namen zu wissen machte alles noch schlimmer. »Du sagst, du bist ihr möglicherweise begegnet, Robert. Wo?«

Er antwortete betont gleichgültig. »Ich muss meine Kunden manchmal ausführen. Sie hat in einem Nachtlokal gearbeitet …« Er verzog den Mund. »Bevor sie sich auf lukrativere Geschäfte verlegt hat.«

»Nicht die Art von Nachtlokal, wo wir zusammen hingehen, nehme ich an.«

»Sieh mich nicht so an, Rose. So – kritisch. Schau mal, manchmal führt man Leute aus, von denen man sich etwas erhofft, einen guten Preis zum Beispiel. Oder ich brauche Rohstoffe aus dem Norden – Bolton oder Bradford. Da muss ich die Leute einladen und ihnen etwas bieten, und sie erwarten natürlich etwas Besonderes, ein bisschen mehr Action als zu Hause, je schlüpfriger, desto besser. Natürlich zeige ich ihnen Soho, natürlich landen wir da auch in Striplokalen. Tut mir leid, dass meine Welt nicht so sauber und rein ist wie deine, aber so ist es nun mal.« Er nahm sich zurück. »Entschuldige. Es ist ja nicht deine Schuld. Aber es hat doch alles nichts zu bedeuten.«

Wirklich nicht? Sie kaute nachdenklich auf der Unterlippe. »Du musst ihnen erklären, dass man sie falsch informiert hat. Die Presse, meine ich.«

»Das habe ich schon getan.«

»Wie haben sie reagiert?«

»Das läuft so nicht. Sie hören ein Gerücht und blasen es zum Skandal auf.«

»Um welche Zeitung geht es?«

»Die *News of the World.*« Er schwenkte den Rest Whisky in seinem Glas. »Das sind die Allerschlimmsten, die bringen jeden Schund und scheren sich einen Dreck um die Wahrheit.«

»Und was werden sie schreiben? Dass du mit dieser Frau geschlafen hast?« Sie hörte, wie ihre Stimme schrill wurde.

»Ja.« Sein Gesicht war finster, rot vor Wut. »Und anderes widerliches Zeug.«

Sie konnte es nicht glauben. Eine Zeitung, die im ganzen Land gelesen wurde, würde Robert öffentlich beschuldigen, mit einem Callgirl verkehrt zu haben. Alle würden es erfahren. Ihre Freunde ... ihre Familie ... Roberts Eltern, ihr Vater. Sie war nicht einmal zornig, nur verwirrt. Wie hatte das passieren können?

Er zog sie an sich und schloss sie in seine Arme. »Schatz, es tut mir so leid. Ich wollte dir das unbedingt ersparen, ich dachte, ich könnte es gleich im Keim ersticken, aber diese Schweine sind offenbar entschlossen, die Story zu bringen.«

Er tat ihr plötzlich leid. »Das ist so gemein, für dich, meine ich.«

Er streichelte ihr Haar und küsste sie. »Komm, trink was«, sagte er und schenkte ihr einen Whisky ein.

Sie lachte ein wenig. »Das hast du Johnny zu verdanken. Sie werfen dich mit ihm in einen Topf.«

»Ja, das stimmt.«

»Wie lang weißt du es schon?«

Er gab einen Spritzer Wasser ins Glas und reichte es ihr. »Sie haben mich heute Nachmittag angerufen. Um mir mitzuteilen, dass sie die Story am Sonntag im Blatt haben werden.«

Sie sah ihn forschend an. »Aber du wusstest schon vorher davon, oder?«

»Ich habe vor ein paar Wochen davon gehört.«

Ihr war übel. Unmöglich konnte sie jetzt die Scholle braten, die feucht glänzend und cremeweiß auf einem Teller auf der Arbeitsplatte wartete.

»Ich wollte dich nicht beunruhigen.« Er öffnete eine Dose Oliven. »Ich habe gehofft, es wäre nur ein Sturm im Wasserglas.«

Rose hatte ein merkwürdiges Bild vor Augen, von einem kalten Wind, der durch Walton-on-Thames fegte und auf seinem Weg Bonbonpapierchen und Zigarettenschachteln mitriss. Und auch ihre kleine Familie, die sie sicher geglaubt hatte. Es kränkte sie, dass er ihr nichts gesagt hatte. Dieser Mangel an Vertrauen traf sie härter als der Gedanke, ihre Namen in sämtlichen Zeitungen zu sehen.

Sie trank einen Schluck Whisky. »Ich dachte, wir würden uns alles erzählen.«

»Rose, bitte, verstehe doch … ich wusste nicht, was ich tun sollte.«

»Vielleicht hat sie – diese Frau – dich mit einem anderen verwechselt.«

»Ja, vielleicht. Ich regle das, ich versprech's dir. Es wird eine Weile ziemlich unangenehm werden, und dann wird die ganze Geschichte in Vergessenheit geraten. Aber ich möchte, dass du vor dem großen Knall mit Katherine und Eve wegfährst – zu meinen Eltern oder zu deinem Vater, was dir lieber ist.«

Sie schüttelte den Kopf. »Kommt nicht infrage.«

»Rose, Rose, du verstehst nicht.« In seinem Blick lag echte Verzweiflung. »Die nächsten Tage werden fürchterlich. Vor unserer Tür werden Reporter lauern, uns wird kein Stück Privatleben bleiben. Bei derartigen Geschichten ist jeder Freiwild für die Presse – du und die Kinder auch. Sobald das nächste Opfer gefunden ist, legt sich der Sturm, und sie lassen uns in Ruhe, aber es wäre trotzdem besser für euch, wenn ihr nicht hier wärt.«

»Wir bleiben hier.« Sie stellte das Glas weg und umfasste seine Hände. »Wir bleiben zusammen, ganz gleich, was passiert. Wie kannst du nur glauben, ich würde flüchten und dich mit dieser Sache allein lassen? Wir sind eine Familie. Und überleg doch mal, was würde das für einen Eindruck machen, wenn ich jetzt verschwinde? Wenn es aussähe, als hätte ich mich von dir getrennt!«

Er runzelte die Augenbrauen und seufzte. »Ja, ja, du hast wahrscheinlich recht.«

Als er sie umarmte, streifte sein stoppeliges Kinn ihre Stirn. Er drückte sie fest an sich, und sie spürte seinen Herzschlag durch sein Hemd, ein kräftiges, gleichmäßiges Pochen.

»Gott«, murmelte er. »Was für ein Albtraum.«

»Kann nicht Neil mit ihnen reden?« Neil Whittaker war Roberts Anwalt. »Kann er nicht mit einer Klage drohen? Robert, das ist doch eindeutig Verleumdung … da muss Neil was tun können.«

Seine Hände glitten herab, er wandte sich von ihr ab. »Ich habe schon mit Neil gesprochen.«

»Und?«

»Er hat's versucht, aber nichts erreicht. Er meint, wir sollten fürs Erste improvisieren, je nachdem, wie es kommt.« Seine Stimme war tonlos.

Neil war ein guter Anwalt, absolut ehrlich und integer. Es fiel Rose schwer, zu verstehen, warum er nichts unternehmen wollte. Dass Robert sich seinem Anwalt anvertraut hatte, noch bevor er mit ihr gesprochen hatte, fühlte sich an wie ein Dolchstoß. Er hatte sie schonen wollen, sagte sie sich. Er hatte gehofft, die Sache werde im Sand verlaufen, ehe sie etwas davon mitbekam.

Der gewohnte Alltag, der vor nur einer Stunde noch auf sie gewartet hatte, war nun von einer Zukunft verdrängt worden, die dunkel und unabsehbar war. Als sie sich an die Unzufriedenheit mit ihrem Leben, an ihre Langeweile und Rastlosigkeit erinnerte, erkannte sie, wie undankbar sie gewesen war. In diesem Moment hätte sie alles dafür gegeben, die vertraute Alltäglichkeit zurückholen zu können, die schönen Stunden, die sie am Morgen damit zugebracht hatte, *The Egg* und seine Umgebung zu erkunden.

3
Surrey, Mai – Juni 1970

Das Läuten der Türglocke schrillte durch die Stille und riss Rose aus dem Schlaf. Es war Sonntagmorgen. Robert musste schon länger auf sein, er stand in dunkler Hose und frischem weißen Hemd am Fenster.

»Wer ist das?«, fragte sie verschlafen.

»Ein Reporter.«

Mit einem Schlag hellwach, setzte Rose sich auf und sah auf die Uhr. Es war noch nicht einmal sieben.

»Ich mach das.« Robert knöpfte eine Manschette zu. »Geh mit den Mädchen nach unten. Und bleibt unbedingt hinten im Haus.« Er ging hinaus.

Sie hörte das Knirschen und Rasseln der Türschlösser. Das Gebimmel hörte auf, und in der erneuten Stille schien das Haus zu vibrieren. Eve kam ins Schlafzimmer und kroch, den Daumen im Mund, zu ihr ins Bett. Katherine folgte ihr, lief zum Fenster und hob den Vorhang an.

»Was wollen die Männer da?«

»Katherine, komm weg da.«

»Ich schau doch nur.«

»Komm her, Schatz.« Sie holte ihre Tochter vom Fenster.

Das Telefon läutete. Robert rief: »Schon gut. Ich geh hin.«

Rose raffte den Vorhang ein Stück zur Seite. Auf der anderen Straßenseite stand eine ganze Gruppe Männer, einige von ihnen mit Kameras, einige Zigaretten rauchend. Noch während sie hinaussah, schaute einer zu den oberen Fenstern herauf. Flüchtig trafen sich ihre Blicke, ein Blitzlichtgewitter brach los. Als hätte sie sich die Finger verbrannt, ließ sie den Vorhang fallen.

Ihr Herz raste. Sie fühlte sich eingekreist, belagert, und es war grauenvoll.

»Kommt frühstücken, ihr beiden.« Sie zog den Gürtel ihres Morgenrocks zu. Die Mädchen rannten nach unten.

Sie hatten vor den breiten Erkerfenstern im Erdgeschoss, die von der Straße aus leicht einsehbar waren, keine Gardinen aufgehängt, weil sie die altmodisch und spießig fanden. Jetzt bedauerte sie das. Solange die Reporter nicht abzogen, würde sie die schweren Vorhänge geschlossen halten müssen. Das halbe Haus würde im Dunkeln liegen.

In der Küche holte sie die Frühstücksflocken aus dem Schrank, schnitt ein paar Scheiben Brot zum Toasten ab und setzte das Teewasser auf. Sie hatte keinen Hunger und war viel zu nervös, um sich zu setzen. Wieder läutete das Telefon, gleichzeitig plumpste etwas durch den Briefschlitz. Sie ging nachsehen.

Robert war in seinem Arbeitszimmer am Telefon. Eine Zeitung – nicht die *Times*, sondern irgendein Boulevardblatt kleineren Formats – lag zusammengerollt auf dem Teppich. Sie nahm sie mit in die Küche.

Vor der Arbeitsplatte stehend, mit dem Rücken zu den Kindern, die Schultern nach vorn gekrümmt, las sie die Schlagzeile auf der Titelseite – »Mitglied des Oberhauses in Sittenskandal verwickelt«. Ein Foto zeigte Johnny und ein junges Mädchen. »Johnny Pakenham und das neunzehnjährige Callgirl Debra Peters beim Verlassen des Nachtklubs in der Dean Street.« Debra Peters trug ein Minikleidchen und kniehohe Stiefel. Das helle schulterlange Haar war aus dem Gesicht zurückgenommen, und sie blickte, ohne zu lächeln, direkt in die Kamera. Blass getönte Lippen, stark geschminkte Augen. Aber hübsch. Stupsnase, hohe Wangenknochen und leicht schräg stehende Augen, sie wirkte halb kindlich, halb exotisch.

Neunzehn … Lieber Gott! Johnny war, wie Robert, vierunddreißig. Rose überflog den Artikel, blätterte weiter, um die Fortsetzung auf einer der Innenseiten zu finden. »Zu den Freiern der appetitlichen Blondine gehört …« Der Name »Robert Martineau« sprang ihr sofort ins Auge, traf sie wie ein Schlag.

»Herrgott noch mal, Rose, was soll das, warum liest du diesen Mist?« Roberts Stimme war laut.

»Hier steht's.«

»Ja, natürlich steht's da. Das hab ich dir doch gesagt.«

»Was steht da?«, fragte Katherine.

»Die Karte krieg ich.« Eves Arm steckte bis zum Ellbogen im Karton mit den Frühstücksflocken.

»Nein, die krieg ich. Die Flugzeugkarten gehören mir. Du hast die Popstars.« Katherine entriss ihrer Schwester den Karton, und die Flocken regneten auf den Tisch.

»Ich mag aber die Popstars nicht.« Eve begann zu weinen.

»Hört auf, alle beide!« Rose packte den Karton, stellte ihn in den Schrank und fuhr Eve durch die dunklen Locken.

Schon wieder läutete das Telefon. Robert ging hin. »Zu den Freiern der appetitlichen Blondine gehört Pakenhams alter Schulfreund, der Geschäftsmann Robert Martineau.« Rose goss den Tee auf und stellte die Kanne zusammen mit einem Teller Toast auf ein Tablett, um es ihm ins Arbeitszimmer zu bringen.

Durch die offene Tür hörte sie Roberts Stimme, leise und sarkastisch. »Im Augenblick ist dein guter Ruf das geringste meiner Probleme. Entschuldige, ich muss Schluss machen. Viel zu tun.« Er knallte den Hörer auf.

Rose stellte das Tablett auf seinen Schreibtisch. »Hier, du musst was essen. Wer war das eben?«

»Mein reizender Bruder, wer sonst? Eine Riesenhilfe, wie immer.« Er verzog das Gesicht. »Hast du mit deinem Vater gesprochen?«

»Nein.«

»Tu's, bevor er es von ihnen erfährt.« Er wies mit einer kurzen Kopfbewegung in Richtung Straße.

»Robert, können wir denn gar nichts machen?«

»Im Moment nicht.« Er fuhr sich mit den Fingern durch die Haare. »Es tut mir leid, Darling. Du kannst das Telefon gleich haben, wenn ich mit Neil gesprochen habe. Vielleicht hat er eine Idee, was wir mit den Kerlen da draußen tun können. Vielleicht kennt er jemanden mit Beziehungen.«

Rose stellte sich vor, wie sie ihrem Vater sagte, dass Robert öffentlich angeprangert wurde, weil er angeblich Kontakt zu einer Prostituierten hatte. Sie konnte sich nicht erinnern, das Wort »Prostituierte« je vor ihrem Vater ausgesprochen zu haben. Beinahe undenkbar, es jetzt zu tun.

Sie ging nach oben, um den Mädchen ihre Sachen herauszulegen. Sie konnte sich einen zweiten Blick aus dem Schlafzimmerfenster nicht verkneifen. Ihre Nachbarin, eine elegant gekleidete Frau Mitte vierzig, war auf dem Weg über die Straße, um mit einem der Reporter zu reden. Sie stellte sich das Gespräch vor.

»Was tun Sie hier?«

Und darauf: »Haben Sie noch nicht Zeitung gelesen?«

Die Frau drehte sich zum Haus der Martineaus um. Ihre Nachbarn, dachte Rose. Ihre Freunde, ihre Familie. Auch Roberts Mitarbeiter würden über sie klatschen und ihre Witze machen. Die Lehrer der Mädchen, die Mütter am Schultor.

Robert kam ins Zimmer. »Du kannst das Telefon jetzt haben.«

»Ich glaube, ich fahre lieber hin und rede direkt mit Dad. Das ist wahrscheinlich einfacher.«

»Sobald du aus dem Haus gehst, werden sie über dich herfallen wie eine Meute Hunde.«

»Wir können nicht den ganzen Tag drinnen bleiben«, sagte sie gereizt. »Ich meine, wir können die Mädchen nicht einsperren. Überleg doch mal. Das geht nicht.«

»Okay.« Er runzelte die Stirn und rieb sich nachdenklich das Kinn. »Vielleicht ist es gar nicht so schlecht. Aber dann gehen wir alle vier. Wie gehen alle zusammen.«

Die Blitzlichter blendeten sie. Fragen prasselten auf Robert ein, als der den Mädchen die Autotür öffnete.

»Was wissen Sie über Johnny Pakenham und Debra Peters, Mr. Martineau? Wie lang sind die beiden schon befreundet?«

Robert lächelte und sagte ruhig: »Kein Kommentar, meine Herren.« Er stieg in den Wagen und legte den Gang ein.

Der Jaguar fuhr an. Roberts Mund war starr, sein Blick hart. Eves Frage, »Daddy, warum haben die Männer uns fotografiert?«, blieb unbeantwortet.

Auf der Fahrt durch Walton-on-Thames löste sich Roses Spannung ein wenig. Wenn sie später nach Hause kamen, würden die Reporter gelangweilt das Feld geräumt haben, um sich ein neues Opfer zu suchen – Johnny wahrscheinlich. Robert hatte recht, ihr wahres Interesse galt Johnny.

»Fahren wir in den Bushy Park«, meinte Robert. »Habt ihr Lust, Kinder?«

»Darf ich ein Eis haben, Daddy?«

»Eve, du hast eben erst gefrühstückt. Du bist ein kleiner Vielfraß.« Robert machte Schmatzgeräusche.

»Gar nicht wahr. Ich bin ein Mädchen.«

»Aber natürlich, Süße.«

Rose sagte: »Eine Stunde in den Park, damit sie sich austoben können. Dann zu Dad.«

»Okay.« Robert schaltete herunter, als sie sich einer Kreuzung näherten. »Neil meint, ich soll mit der Presse reden«, erklärte er.

Rose starrte ihn an. »Warum?«

»Um ihnen meine Version der Story zu liefern.«

»Es gibt keine Story, also auch keine Version davon.«

»Rose, wir müssen ihnen zeigen, dass wir eine glückliche Familie sind. Die Gerüchte ersticken.«

»*Wir?*«

»Ich brauche dich an meiner Seite. Das wird entscheidend sein. Sagt Neil.«

»Es ist mir egal, was Neil sagt.«

Das war offenbar heftiger herausgekommen, als sie beabsichtigt hatte, denn Katherine rief: »Mami?«

»Alles gut, Schatz.« Sie senkte die Stimme. »Es kommt doch nicht auf Neil an.«

»Darling, ich weiß, wie unangenehm die Sache ist, aber es wird nur ein paar Minuten dauern. Der Gedanke dahinter ist, dass sie uns in Ruhe lassen werden, wenn wir eine öffentliche Erklärung abgeben. Du brauchst kein Wort zu sagen, nur freundlich zu lächeln, den Rest mach ich.«

»Eine Pressekonferenz …?«

»Ja, wenn du so willst. Die Mädchen müssen auch dabei sein.«

»Nein!« Sie brauchte gar nicht erst zu überlegen. »Nein, auf keinen Fall.«

»Rose, ich verstehe ja, wie du dich fühlst, aber wir müssen die Öffentlichkeit auf unsere Seite ziehen, und das wird uns am ehesten gelingen, wenn wir zeigen können, dass Debra Peters ein billiges Flittchen ist, das Kapital daraus schlagen will, eine unschuldige Familie in den Dreck zu ziehen.«

Rose schaute nach hinten zu Katherine und Eve. »Ich will nicht, dass die beiden damit irgendwie in Berührung kommen«, flüsterte sie.

»Ja, ich weiß, ich finde es ja auch grässlich, und es tut mir leid.«

»Du hast gesagt, das Ganze würde verpuffen. Du hast gesagt, wir werden beim nächsten Skandal schon vergessen sein.«

»Aber bis dahin können sie mir schwer schaden. Ein guter Ruf ist wichtig im Geschäftsleben. Nur ein Foto, mehr nicht, Rose. Ich verspreche es dir. Dann bringst du die Mädchen ins Haus.«

Sie brannte vor Zorn – auf die Presse, die sie so bedrängte, auf Debra Peters, die Lügen verbreitete, und auf Robert, der etwas so Unmögliches von ihr forderte.

Er drückte ihre Hand. »Bist du dabei?«

»Wenn es sein muss.« Sie wandte sich ab und blickte hinaus auf die vorüberziehenden Häuser und die Menschen auf der Straße.

»Danke, Schatz. Ich habe den Termin für heute Nachmittag vereinbart.«

Mit einem Ruck drehte sie den Kopf. »Du hast was?«

»Es ist doch das Beste, wenn wir das Ganze so schnell wie möglich über die Bühne bringen.«

»Du hast den Termin schon ausgemacht? Ohne mich zu fragen?«

»Rose, Liebling.«

Sie versuchte, ihre Empörung hinunterzuschlucken. *Heute Nachmittag*. Aber vielleicht hatte er recht, vielleicht war es wie bei einer Prüfung oder einem unangenehmen Arztbesuch – man musste die Sache hinter sich bringen, um sie vergessen zu können.

»Da ist noch etwas«, sagte er und setzte den Blinker, um rechts abzubiegen. »Die Presse wird mich nach Debras Notizbuch fragen.«

»Welches Notizbuch?«

»Sie hat über ihre Kunden Buch geführt, mit Daten und Namen und so weiter. Sie hat das Buch der *News of The World* verkauft. So sind die an meinen Namen gekommen.«

Erneut spürte sie die eisige Beklemmung, die sich erstmals am Freitagabend ausgebreitet hatte, als Robert mit der Sprache herausgerückt war.

»Das verstehe ich nicht. Wie kommt dein Name da hinein?«

»Weiß ich doch nicht.« Sein Blick war wütend. »Sie will natürlich möglichst viel Geld rausschlagen. Das Ganze ist reine Erfindung, begreifst du denn nicht? Ich wollte nicht, dass du unvorbereitet bist, wenn sie davon anfangen. Es tut mir so wahnsinnig leid, dass ich dir das zumuten muss, Schatz, aber ich mache es wieder gut, ich versprech's dir. Wir bringen die Mädchen übers Wochenende zu meinen Eltern und fahren irgendwo Schönes hin – nach Paris oder Rom.«

Sobald er den Wagen geparkt hatte, stürzten die Mädchen ins Freie. Sie folgten langsamer. Winzige Tauperlen hingen an den Gräsern unter den Bäumen, wo es trotz der Sonne feucht und schattig war. In der grauen Ferne hob ein Hirsch den Kopf mitsamt Geweih. Er wirkte zweidimensional und unwirklich und war so schnell wieder verschwunden, dass Rose sich fragte, ob er ihrer Einbildung entsprungen war.

Sie stieß die Füße ins feuchte Gras. Ihre Töchter sollten vor den Kameras posieren wie dressierte Tiere. Dieses Mädchen, diese Debra Peters, behauptete, Roberts Name stehe in ihrem widerlichen Notizbuch. Und alles des Geldes wegen, aus Gier, ohne einen Gedanken daran, was sie anderen antat. In diesem Moment hätte Rose dieser Person am liebsten ein Messer in die Brust gestoßen.

»Glaubst du, er sagt die Wahrheit?«, fragte Celia.

Dan wendete die Steaks. »Martineau? Sicher bin ich mir nicht.«

Es war Dienstag. Dienstagabends kam Celia immer zum Essen zu Dan nach Kew. Sie wohnte in einer Einzimmerwohnung in Tufnell Park und war selbst keine begeisterte Köchin. Also kochte Dan. Heute Abend gab es Steak, Pilze und grünen Salat dazu. Celia achtete auf ihre schlanke Linie, daher keine Kartoffeln.

Sie stand mit einem Glas Wein in der Hand an die Tischkante gelehnt, klein und zierlich, mit einer hübschen Figur und seidigen schulterlangen Haaren, die so hellbraun waren wie ihre Augen. Sie hatten sich vor anderthalb Jahren in einem Pub in Holborn kennengelernt, als ihre Verabredung sie versetzt und Dans damalige Freundin, eine temperamentvolle Brünette namens Rebecca, ihn einfach stehen gelassen hatte und gegangen war. »Verdammt noch mal, du hast echt keinen Funken Leidenschaft im Leib, oder?«, hatte sie ihn zum Abschied angeschrien. Dan hatte ihr nachlaufen wollen, aber da war Celia erschienen. »Sie können mich auf einen Drink einladen, wenn Sie mögen«, hatte sie gesagt. Er war angetan von ihrer zierlichen Schönheit, außerdem hatten Rebeccas Worte ihn verletzt. Er lud Celia zu einem Gin Tonic ein, sie unterhielten sich prächtig, und am Ende war der Abend doch kein Reinfall geworden.

Hin und wieder redeten sie davon, dass sie zusammenziehen könnten, aber Celia arbeitete bei einer Bank in der City und hatte keine große Lust, täglich von Surrey aus zu pendeln, und auch Dans Vorschlag, seine Wohnung zu verkaufen und irgendwo ins Zentrum von London zu ziehen, war bei ihr nicht auf Begeisterung gestoßen. Es sei doch eine schöne Wohnung, meinte sie, und wenn sie wirklich umziehen wollten, wäre es doch besser zu warten, bis sie sich ein eigenes Haus leisten könnten. Es war wirklich eine schöne Wohnung, Dan fühlte sich sehr wohl dort, und was Celia sagte, war vernünftig, also lebten sie weiterhin getrennt.

»Diese Schnösel aus den besseren Kreisen bilden sich ein, sie könnten sich alles leisten«, sagte sie.

Dan nahm die Steaks aus der Pfanne. »Für Wilkinson war das natürlich ein gefundenes Fressen, er hat sofort seine Witze über Handschellen und Peitschen gerissen. Die anderen sind loyaler. Lucy Holbrook hatte Mitleid mit Mrs. Martineau.«

»Glaubst du, sie wusste davon?«

Er warf ihr die *Sun* zu. Auf der Titelseite prangte ein Foto von Rose Martineau mit brav zurückgesteckten Haaren in einem hellen Rock und einer kurzärmeligen Rüschenbluse. Sie wirkte bieder und seltsam geschlechtslos in der Aufmachung. Martineaus Töchter, beide in geblümten Kleidchen, standen rechts und links von ihrer Mutter, die sie an den Händen hielt. Rose Martineau lächelte, aber ihr Blick, der auf ihren Mann gerichtet war, wirkte leer.

»Du hast doch für diesen Quatsch nicht etwa Geld ausgegeben, Dan?«, sagte Celia, sparsam wie immer.

»Die hat jemand mit ins Büro gebracht. Ich dachte, es würde dich interessieren.« Er stellte die Teller auf den Tisch. »Wenn sie davon gewusst hätte, hätte sie ihn doch rausgeschmissen, meinst du nicht?«

Celia nahm sich vom Salat. »Da wäre ich nicht so sicher. Wie kann man mit einem Mann zusammenleben, ohne so was zu merken? Also wirklich, da muss man schon ziemlich blind sein. Aber vielleicht findet sie ja, dass es die Sache wert ist. Sie wohnen bestimmt in einer Riesenvilla und machen tolle Urlaube. Vielleicht *will* sie nichts davon wissen.«

Dan konnte sich nur schwer vorstellen, dass eine Frau beide Augen zudrückte, wenn der Vater ihrer Kinder regelmäßig bei einem teuren Callgirl verkehrte. Andererseits hatte er schon vor Langem festgestellt – schon in seiner Kindheit –, dass die Menschen zu Dingen fähig waren, die ihm selbst undenkbar schienen.

Celia betrachtete die Fotografie. »Sie ist eigentlich ganz attraktiv, nicht? Aber die Klamotten! Wahnsinnig spießig. Wahrscheinlich will sie süß und mädchenhaft wirken, aber so richtig kriegt sie das nicht hin. Sie sollte mehr Selbstbewusstsein haben.«

»Ich finde sie ziemlich sympathisch.«

»Ehrlich, Dan, du kannst so ein Softie sein.« Ihre Stimme hatte einen scharfen Unterton, und er hielt es für klüger, das Thema fallen zu lassen. Celia wurde leicht eifersüchtig.

Sie aßen zusammen, danach gingen sie zu Bett und schliefen miteinander. Dan versuchte Celia zu überreden, über Nacht zu bleiben – er wachte morgens gern neben ihrem warmem, kleinen Körper auf –, aber sie hatte ihre Zahnbürste nicht dabei, außerdem hatte ihr Chef, der Bankdirektor, in aller Frühe eine Besprechung, zu der sie erscheinen musste. Es blieb ihm nichts anderes übrig, als sie zum Bahnhof zu bringen, wo sie sich mit einem Kuss trennten.

Auf dem Heimweg dachte er über ihre Unterhaltung nach. Hatte Robert Martineau dieses Mädchen, Debra Peters, wirklich für Sex bezahlt? Das behaupteten zumindest die Zeitungen. Aber um geschäftlich so erfolgreich zu sein wie Martineau, musste man schon einiges in der Birne haben, würde er also ein solches Risiko eingehen? Andererseits ließ Martineaus Kauf der maroden Flugfrachtgesellschaft auf ein übersteigertes Selbstvertrauen schließen, um nicht zu sagen auf seine Arroganz. Robert Martineau hatte einen beneidenswerten Start ins Leben gehabt, er stammte aus guter Familie, hatte die besten Schulen besucht. Wahrscheinlich hatte seine Familie ihm zu Beginn seiner geschäftlichen Karriere mit einer kräftigen Finanzspritze geholfen. Hatte ihn das übermütig gemacht? Ihn veranlasst zu glauben, er könne sich alles leisten?

Dans Start war wenig beneidenswert gewesen. Fragte man seine Eltern, so würden sie zur Rechtfertigung ihrer Torheiten wahrscheinlich erklären, sie seien von Leidenschaft getrieben gewesen. Dan seinerseits hätte sie schlicht als pflichtvergessen bezeichnet. Sie hatten sich getrennt, als Dan vier Jahre alt gewesen war; sein Vater, um bei einer Friseurin in Weymouth einzuziehen, seine Mutter, um eine Boutique zu eröffnen, die in so kurzer Zeit so viel Geld verschlang, dass sie nach anderthalb Jahren das Haus der Familie verkaufen musste, um ihre Schulden zu bezahlen. Dan war zu seinem Vater nach Weymouth gekommen, während seine Mutter eine neue Bleibe für sich und ihn suchte. Seine Stiefmutter hatte so wenig für ihn übriggehabt wie sein Stiefbruder, ein muffiger Junge namens Terence, der Dans Bücher beschmierte und ihm seine Meccano-Konstruktionen kaputt machte.

Nach sechs Monaten hatte seine Stiefmutter genug von ihm und schickte ihn zurück zu seiner Mutter, die mittlerweile in einer Einzimmerwohnung in Green Lanes lebte. Sie hatte eine Stellung in einem Textilgeschäft angenommen, die sie aufgab, als sie Norman kennenlernte. Norman nannte sich Impresario, was nichts anderes hieß, als dass er der Fahrer einer Jazzband war. Eine Weile lief alles ganz gut, sie waren fast ständig mit der Jazzband auf Achse, was im Sommer viel Spaß machte, im Winter allerdings weniger lustig war. Dan versäumte die Schule. Seine Mutter und Norman begannen zu streiten, und Dan landete wieder in der Einzimmerwohnung in Green Lanes. Sein Vater lebte inzwischen nicht mehr in Weymouth. Er war nach Cromer in Norfolk übergesiedelt, wo er eine dicke Blondine namens Molly heiratete, die eine Frittenbude betrieb.

Und so weiter und so fort. Wenn er überhaupt jemandem die verworrene Geschichte seiner Kindheit erzählte – was er höchst selten tat, da er sich ihrer schämte –, brach er immer ab, wenn er bei Molly ankam. Er wusste, dass seine Lebensgeschichte langweilig war. Mit elf hatte er die Aufnahmeprüfung fürs Gymnasium bestanden und endlich einen Weg aus der Misere gesehen: Gute Noten, ein Universitätsstudium, am besten in einem naturwissenschaftlichen Fach, dort lagen die besten Chancen auf einen sicheren Arbeitsplatz für junge Leute wie ihn, die keine stabile Familie im Hintergrund hatten. Er hatte sich in der Schule gut geführt und das Glück gehabt, auf Lehrer zu treffen, die seinen Ehrgeiz anerkannten und seine Begabung förderten. Mit achtzehn hatte er London verlassen, um in Sheffield zu studieren.

Seine Eltern besuchte er selten, aber regelmäßig. Seine Mutter lebte inzwischen in einer Kommune im Lake District, und sein Vater, der sich vor einigen Jahren von seiner dritten Frau getrennt hatte, hauste in einem Wohnwagen an der Ostküste. Dan hatte in seiner Kindheit gelernt, sich nicht durch das chaotische Leben der anderen in den Sumpf ziehen zu lassen. Was er bewunderte, waren ein klarer Verstand, Beständigkeit und Vertrauenswürdigkeit. Was Robert Martineau in seiner Freizeit trieb, kümmerte ihn einen Dreck, aber seine Zukunft war ihm wichtig, und wenn die Firma an diesem Skandal zugrunde zu gehen drohte, würde er, ohne zu zögern, seine Kündigung einreichen.

Am Mittwoch setzte Robert die Mädchen auf seinem Weg zu einer geschäftlichen Besprechung an der Schule ab. Rose ging um zehn aus dem Haus, um Einkäufe zu machen. Sie hätte die Zeitungen gern ignoriert, aber dafür brachte sie nicht die nötige Willenskraft auf. Sie kaufte die *Sun* und setzte sich in ein Café. Von der Titelseite lächelte ihr Bobby Moore entgegen. Sie bestellte einen Kaffee, und als die Bedienung gegangen war, begann sie in der Zeitung zu blättern.

Jemand sagte: »Entschuldigen Sie, hätten Sie etwas dagegen, wenn ich mich zu Ihnen setze? Es ist viel los heute Morgen.«

Sie hob den Kopf. Eine junge Frau – blond, in Jeans und einem dunkelrosa T-Shirt – wies auf den Platz ihr gegenüber.

»Nein, bitte.«

»Danke. So voll ist es hier selten.« Die junge Frau setzte sich. Dann sagte sie erschrocken: »Du meine Güte, sind Sie das?«

Sie starrte auf die Fotografie in der Zeitung. Sie zeigte Rose vor einer Gruppe von Bäumen, deren Schatten auf ihr helles Kleid fielen.

Rose legte hektisch die Zeitung zusammen und stopfte sie in ihre Tasche.

»Entschuldigen Sie.« Die junge Frau war sichtlich verlegen. »Ich wollte nicht neugierig sein. Falls es ein Trost ist, das Foto ist toll. Wenn mich jemand fotografiert, kneife ich die Augen zu und seh aus wie die böse Hexe. Sie sehen großartig aus.«

Rose rang sich ein Lächeln ab. »Danke.«

»Hört sich an, als hätten Sie einen harten Tag. Hier, nehmen Sie eine.« Die Frau hielt ihr eine zerknitterte Packung Rothmans hin.

»Danke, nein.«

»Ja, ich weiß, eine schlechte Angewohnheit, aber ich schaff's nicht, damit aufzuhören. Ich bin eben schwach. Ich heiße übrigens Melanie Jones. Stört es Sie, wenn ich rauche?«

»Gar nicht.«

Das Feuerzeug klickte. »Alles in Ordnung?«

»Ja, ja.« Die Bedienung brachte den Kaffee. Rose rührte einen Löffel Zucker hinein. Normalerweise nahm sie keinen Zucker, aber das Foto hatte sie aus der Fassung gebracht.

Melanie Jones sagte: »Wenn Sie reden möchten... Ich weiß, wir kennen uns nicht, aber manchmal hilft das.«

»Ich habe dieses Kleid seit Sonntag nicht mehr angehabt.« Es war ihr unangenehm, dass ihre Stimme zitterte. »Wir waren im Bushy Park, mein Mann und ich und die Kinder. Ein Fotograf muss uns aufgelauert haben.«

»So eine Gemeinheit.«

»Er muss uns die ganze Zeit beobachtet haben. Wie schrecklich.«

»Sie fühlen sich bestimmt sehr allein.« Sie zog an ihrer Zigarette.

»Ja, das stimmt.« Darüber hatte sie noch gar nicht nachgedacht. Die vielen Leute, die sie einfach nicht in Ruhe ließen, und trotzdem fühlte sie sich einsam.

»Wie alt sind Ihre Kinder?«

»Katherine ist sechs und Eve vier.«

»Hübsche Namen.«

»Haben Sie auch Kinder?«

Ein Lachen. »Ich habe noch keinen Mann gefunden, der so verrückt wäre, mich zu heiraten. Aber ich geb die Hoffnung nicht auf. Dann hätte ich auch gern ein Mädchen, oder zwei, so wie Sie. Jungs können so wild sein.«

»Robert hätte gern einen gehabt.«

»Ihr Mann ist ein echter Kerl, hm?«

»Ja, könnte man so sagen. Er liebt jedenfalls Fußball und schnelle Autos. Aber es macht ihm überhaupt nichts aus, zu Hause zu helfen, und er ist so liebevoll mit den Mädchen.«

»Das ist wirklich rührend, Rose. Gut, dass Sie auch eine andere Seite an ihm sehen.«

Die Alarmglocken schrillten. Sie warf Melanie Jones einen scharfen Blick zu. »Was, sagten Sie gleich wieder, machen Sie beruflich?«

»Ich hab gar nichts gesagt. Sind Sie auch berufstätig?«

»Nein, jetzt nicht mehr. Sie sind Reporterin, stimmt's?«

»Ja, aber ich bin nicht so wie die anderen.«

Rose stand auf.

»Ich kann Ihnen helfen«, sagte Melanie Jones.

»Nein, ganz sicher nicht.« Sie war wütend. »Lassen Sie mich gefälligst in Ruhe.«

»Ich schreibe für die Frauenseite. Lassen Sie mich einen Exklusivbericht bringen, und ich verspreche Ihnen, dass man Sie in einem freundlichen Licht sehen wird. Die Frauen werden hin und weg sein von Ihnen. Sie sind eine schöne Frau und Mutter von zwei entzückenden kleinen Mädchen. Es wäre nur vernünftig, Mrs. Martineau. Bisher haben wir nur Debra Peters' Version der Story gehört. Es würde Ihrem Mann helfen. Man muss Feuer mit Feuer bekämpfen in diesem Geschäft.«

»Nein.« Sie brachte das Wort vor Wut nur mit Mühe heraus.

Melanie Jones hielt sie am Jackenärmel fest, als sie sich abwandte. »Debra Peters' Freund hat uns ihren Terminkalender verkauft. Ich habe ihn gesehen. Der Name Ihres Mannes kommt sieben Mal darin vor. Er belügt Sie, Mrs. Martineau.«

»Das ist nicht wahr.« Sie riss sich los.

»Leider doch.« Melanie schob Rose, die ungeschickt nach Kleingeld zum Bezahlen kramte, ihre Karte in die Handtasche. »Wenn Sie es sich anders überlegen sollten, rufen Sie mich an. Bis jetzt hat sich die Aufmerksamkeit hauptsächlich auf Johnny Pakenham gerichtet, aber das wird nicht so bleiben. Sie müssen sich schützen, Mrs. Martineau. Sie müssen an Ihre zwei kleinen Mädchen denken.«

Auf dem Heimweg ertappte sie sich dabei, dass sie mehrmals über die Schulter blickte und überlegte, ob der Mann dort ihr folgte oder die Frau auf der anderen Straßenseite gleich eine Kamera zücken würde. Wie dumm und naiv konnte man eigentlich sein? Robert hatte sie ausdrücklich davor gewarnt, mit anderen zu reden, aber sie hatte nichts Eiligeres zu tun gehabt, als dieser Frau ihr Herz auszuschütten. Hatte sie irgendwelche intimen Geheimnisse verraten? Eigentlich nicht. Aber sie fühlte sich missbraucht und beschmutzt.

Was Melanie Jones über den Terminkalender erzählt hatte, konnte nur gelogen sein. Sie hatte es darauf angelegt, Zweifel zu säen, um einen Keil zwischen sie und Robert zu treiben. Journalisten logen häufig, um die Leute zum Reden zu bringen. Diese Frau war eine Lügnerin. Sie hatte zwar nicht direkt gelogen, als sie sich vorgestellt hatte, aber sie hatte Rose ganz bewusst zu täuschen versucht.

Trotzdem machten die letzten Worte der Reporterin ihr Angst. *Sieben Mal. Er belügt Sie, Rose.* Sie begann langsam zu begreifen, dass die hässlichen Fangarme des Skandals ihr Leben umschlangen, ganz gleich, ob an der Sache etwas dran war oder nicht. Sie wurde in diese entsetzliche Welt hineingesogen, ebenso ihre Freunde, Verwandte und Kollegen, bis nur noch Schmutz übrig war. *Sieben Mal.* Warum ließ das, was die Reporterin da behauptet hatte, sie nicht los? Weil die Information so präzise war, dachte sie. Es wäre leichter gewesen, ihre Worte beiseitezuschieben, hätte sie »ein paarmal« oder »mehrmals« gesagt.

Robert besaß, wie Johnny, eine draufgängerische Seite. Ein Leben, das glatt und in geraden Bahnen dahinlief, war nichts für ihn. Er liebte das Risiko. Rose wollte sich nicht vorstellen, wie Robert und Johnny auf irgendeiner Party oder in einem Nachtklub feierten, wie Jonny die blauen Augen zusammenkniff und sagte: »Na komm, Robbie, was ist schon dabei?« Und wie Robert dann lachend mit den Schultern zuckte: »Warum nicht?« Ob sie wollte oder nicht, die Bilder ließen sich nicht verdrängen.

Sieben Mal. Niemals würde sich Robert mit einer Prostituierten einlassen. Dazu war er nicht der Mensch. Er war ein Familienmensch, warm und liebevoll, der Mann, der sie im Sturm erobert hatte. Er war ihr Partner, ihr Geliebter, ihr bester Freund, und sie vertraute ihm rückhaltlos.

Aber in diesen letzten schrecklichen Tagen hatte sich etwas aufgetan, was ihre Ehe in einem anderen, härteren Licht zeigte. Robert hatte ihr so vieles verheimlicht. Erst angesichts der drohenden Enthüllung hatte er mit ihr gesprochen. Nun musste sie sich fragen, was er ihr noch verschwieg. Welche Geheimnisse hatte er vor ihr?

Sie fühlen sich bestimmt sehr allein. Freunde hatten angerufen und ihr Trost und Teilnahme angeboten, aber sie hatte sie alle abgewiesen. Ein Gefühl tiefer Demütigung trennte sie von den anderen, und sie erkannte jetzt, dass die innere Isolation und die öffentliche Schande vielleicht einen Keil zwischen sie und Robert treiben würden. Das durfte sie nicht zulassen. Sie durfte nicht zulassen, dass Zweifel und Misstrauen durch die Risse sickerten. Sie liebte Robert, und er liebte sie, das war das Einzige, was zählte.

Trotzdem spürte sie, als sie an einigen Presseleuten vorbei ins Haus lief, den kalten Schatten des Zweifels in sich. Debra Peters' Freund hatte das Notizbuch an die Zeitung verkauft. Melanie Jones hatte behauptet, das Buch gesehen zu haben. Hatte sie diese Details wirklich erfunden?

Die Putzfrau war krank, im Haus war nichts aufgeräumt, überall lagen Spielsachen herum, der Wäschekorb quoll über, und am Nachmittag wollte ihr Vater zum Tee kommen. Sie wischte die Böden, bügelte die Wäsche, aber auch die monotone Arbeit konnte sie nicht von den quälenden Gedanken ablenken.

Rose stellte Salz und Pfeffer auf den Küchentisch. »Mir ist heute etwas Komisches passiert.«

Robert, der eben nach Hause gekommen war, zog seine Jacke aus. »Was denn?«

Sie erzählte ihm von der Begegnung mit Melanie Jones und wie diese sie getäuscht hatte.

»Herrgott noch mal.« Es klang müde und frustriert.

»Sie behauptet, sie hätte dieses Notizbuch gesehen, und dein Name hätte sieben Mal daringestanden, Robert.«

Er sah sie an, wollte etwas sagen, aber sie schnitt ihm das Wort ab.

»Am schlimmsten fände ich es«, sagte sie langsam und betont, »wenn du mich belogen hättest. Das könnte ich dir nie verzeihen.«

Er schüttelte den Kopf. »Wie kannst du auf so jemanden hören?«

»Dann schwör's mir. Schwöre mir, dass zwischen dir und Debra Peters nie etwas war.«

»Da war nie etwas. Ich schwöre, Rose.«

Er nahm sie in die Arme, und sie lehnte tief erleichtert ihren Kopf an seine Schulter.

»Ich liebe dich.« Er streichelte ihren Nacken. »Ich liebe dich so sehr.«

Am nächsten Morgen ging Robert aus dem Haus, als Rose noch vor dem Spiegel saß und sich schminkte. Laute Stimmen auf der Straße ließen sie ans Fenster treten. Als sie den Vorhang zur Seite zog, sah sie, wie Robert einen Journalisten beim Revers packte, ihm die Kamera entriss und sie mit Wucht zu Boden schleuderte. Dann stieg er in seinen Jaguar und raste los.

»Dieser Dreckskerl hat es nicht anders verdient«, sagte er nur, als Rose ihn am Abend auf den Zwischenfall ansprach.

Am Freitag waren die Journalisten verschwunden, die Straße war leer. Auf der Titelseite der *Sun* hatte ein Bild von Robert die Fußballweltmeisterschaft vom ersten Platz verdrängt. Die Aufnahme zeigte ihn, wie er mit verzerrtem Gesicht den Fotografen angriff, und der Text unter dem Foto war nicht weniger eindeutig: »In einem heftigen Wutausbruch beschuldigte Martineau Miss Peters, ein geldgieriges und verlogenes Luder zu sein.« In einem zweiten Artikel im Innenteil bestätigte Johnny Pakenham die Richtigkeit der Presseberichte. »Ich hab gern etwas Abwechslung im Leben«, hatte er dem Bericht zufolge gesagt. »Geht das nicht allen Männern so?« Ein Foto zeigte ihn und Debra Peters beim Einsteigen in ein Auto. Johnny lächelte, das Gesicht der Frau war hart wie immer.

Roses Schwiegereltern lebten in Charlbury in Oxfordshire in einem Herrenhaus aus dem 17. Jahrhundert, das mit dem dunkelgoldenen Kalkstein aus den Cotswolds erbaut war. Mit drei breiten Giebeln empfing es einen am Ende einer breiten gekiesten Auffahrt, zudem war es von einem parkähnlichen Garten umgeben, den ein Bach begrenzte.

Robert parkte in der Auffahrt und schaltete den Motor aus. »Ach, Mensch, diese Jubelfeier hat mir gerade noch gefehlt.«

Rose drückte seine Hand. Es ging ihr selbst nicht anders, dachte sie, als sie Katherine und Eve aus dem Auto ließ. Sie hätte gut auf die Feier verzichten können; ihr war nie weniger danach gewesen, sich Verwandten und Freunden, ihrer Neugier und ihrem Urteil auszusetzen.

Drinnen im Haus war alles geschäftige Betriebsamkeit, Kellnerinnen eilten mit Tabletts umher, auf denen Besteck und Gläser klirrten, die Eingangshalle war frei vom gewohnten Durcheinander der Schirme, Angelruten und Wachsjacken. Lionel Martineau, ein großer, hagerer Mann mit dem Charisma des alten Patriziers, winkte ihnen zu. Rose hatte sich mit ihren Schwiegereltern, ruhigen, kultivierten, ein wenig puritanischen Leuten, immer gut verstanden.

Lionel schüttelte Robert die Hand und gab Rose einen trockenen Kuss auf die Wange.

»Deine Mutter macht gerade die Blumen«, sagte er, nachdem sie ihm gratuliert hatten, und Robert schnappte sich die beiden Mädchen, um sie zu ihrer Großmutter zu bringen.

Die Terrassentüren waren geöffnet, auf dem Rasen unter den Zedern waren weiß gedeckte Tische aufgestellt. Rose entdeckte George, Roberts älteren Bruder, auf der Terrasse, wo er letzte Anweisungen gab. George war größer und knochiger als Robert und sah längst nicht so gut aus. Er hatte eine lange, spitze Nase und ein breites Kinn, und in seinen Augen, ein Farbton zwischen Blau, Grau und Braun, lag häufig ein Ausdruck stechender Neugier.

Rose trat zu ihm. »Hallo, George.«

»Oh, Rose.« Sie küssten sich auf die Wange.

»Wie geht es dir?«

Ihr Schwager blickte schlecht gelaunt zu den Tischen auf dem Rasen. »Ich hasse es, im Freien zu essen. Ich habe nie verstanden, was daran so verlockend sein soll.«

»Na, so sind wir eben – wir Briten. Am ersten Tag, der nach Sommer riecht, setzen wir uns zum Picknick ins Grüne.«

Er lächelte. »Du siehst jedenfalls sehr sommerlich aus.«

Sie trug ein rosa-weiß geblümtes Seidenkleid und dazu eine Perlenkette, die Robert ihr zu ihrem letzten Geburtstag geschenkt hatte. »Danke. Nicht zu sehr nach königlicher Gartenparty?«

»Überhaupt nicht. Sehr passend. Wie hältst du das alles aus?«

Sie war froh, dass die Sonnenbrille sie vor seinem forschenden Blick schützte. »Ganz ehrlich«, sagte sie leise. »Es ist furchtbar. Einfach furchtbar.«

»Du Arme. Was für eine Woche.«

»Ich gebe zu, ich bin froh, dass sie vorbei ist.« Rose holte tief Atem und lächelte so strahlend, wie es ihr möglich war, bevor sie das Thema wechselte. »Die Blumen sind im Auto.«

Sie hatte bei einem Blumengeschäft in Walton-on-Thames zwei Dutzend Rosen bestellt. George und Robert sollten sie ihrer Schwiegermutter nach den Festreden überreichen.

Sie liefen um das Haus herum zur Auffahrt. »Der Garten sieht schön aus«, bemerkte sie.

»Ja, Mama hat einen neuen Gärtner. Er vollbringt anscheinend wahre Wunder.«

Sie nahm das Bukett aus dem Kofferraum und zeigte es George.

»Ja, nicht übel.« Ihr Schwager begutachtete die Blumen. »Ich persönlich bevorzuge ja Apricot, aber nun ja. Und du, bist du mehr der Typ Frau für rote Rosen?«

»Ich habe für Rosen nicht viel übrig. Zu steif und protzig. Ein bisschen albern, ich weiß, bei meinem Namen.«

»Ich kann mir vorstellen, dass der Roseneinkauf nicht unbedingt ganz oben auf deiner Liste stand, ich meine, wo die Presse die ganze Woche euer Haus belagert hat.«

Der blaue Himmel, die Frühlingsdüfte und die Aussicht auf einen Tag fern vom Albtraum der vergangenen Woche begannen ihre Wirkung zu tun. Sie spürte, wie die innere Anspannung nachließ. »Ich hoffe, das Schlimmste ist jetzt vorbei«, sagte sie.

»Meinst du?«

»Die Presseleute sind weg. In den letzten Tagen hat sich niemand mehr vor dem Haus rumgetrieben. Sie haben wahrscheinlich neue Opfer gefunden.«

»Vielleicht hast du ja recht.«

Sie hörte seine Skepsis. »George?«

»Ich hoffe es. Wirklich, Rose.«

»Was soll das heißen?«

Er runzelte die hohe Stirn. »Ich fand Militärstrategien immer schon faszinierend, wie du weißt. Meine Biografien über Napoleon und Wellington … Robert ist da immer ein bisschen geringschätzig. Aber ein General schickt niemals seine gesamte Streitmacht auf einmal in die Schlacht. Niemals.«

Der mitleidige Schimmer in seinen Augen irritierte sie, und sie fragte noch einmal nach: »Hast du etwas gehört, George?«

Er lächelte. »Komm, bringen wir die armen Dinger ins Haus, bevor sie verwelken.«

In der Eingangshalle kam Robert ihnen entgegen. »Ich glaube, Mutter könnte Hilfe gebrauchen mit den Blumen.«

Rose ging in den Küchenvorraum, wo Mary Martineau Tulpen in diverse Vasen stopfte.

»Das war nie meine Berufung.« Ihre Schwiegermutter bot ihr die Wange zum Kuss. »Da lobe ich mir doch einen schönen Wohltätigkeitsausschuss oder einen Krankenhausverwaltungsrat. George meinte gleich, ich sollte das einen Blumenhändler machen lassen, und er hatte recht.«

»Komm, ich mach weiter, wenn du willst, Mary.«

Ihre Schwiegermutter begann abgeschnittene Blätter und Stängel zusammenzufegen. »Wir lesen ja solche Zeitungen nicht«, sagte sie, »aber man bekommt es eben doch mit. Das ist doch alles Unsinn, Rose, oder nicht?«

»Aber natürlich«, erwiderte sie ruhig.

Ein kleines Aufatmen. »Das dachte ich mir.«

Es war nach zehn Uhr, als sie wieder zu Hause ankamen. Die Mädchen, die sich beim French Cricket und beim Ponyreiten auf der Koppel verausgabt hatten, schliefen sofort ein. Rose jedoch, die gemeint hatte, ihr müsste es genauso gehen, fand keinen Schlaf, und je mehr sie darauf wartete, desto ruheloser und gereizter wurde sie. Als der Blick auf die Uhr ihr schließlich zeigte, dass es beinahe zwei war, gab sie auf. Sie zog ihren Morgenrock über und ging nach unten, wo sie sich eine Tasse Tee und eine Scheibe Toast zubereitete und beides mit ins Wohnzimmer nahm. Sie hatte auf dem Fest kaum etwas gegessen, hatte keinen Appetit gehabt.

Im Wohnzimmer zog sie den Vorhang ein Stück zur Seite und sah, dass alles still war. Die Straße und die kleine Grünanlage gegenüber lagen menschenleer unter dem dunklen, verhangenen Himmel. Die Buschrosen im Vorgarten wirkten wie aus schwarzem Papier, die Scheinwerfer eines vorbeifahrenden Autos huschten über den Asphalt. Sie ließ die Ereignisse des Tages an sich vorüberziehen wie einen Filmstreifen, der sich immer von Neuem wiederholte.

Vielleicht hatte George sie provozieren wollen, vielleicht war er einfach taktlos gewesen, aber das glaubte sie nicht. Er hatte sie warnen wollen. Nur, wovor? Ihrer Zuversicht – ohnehin wackelig – hatte das Gespräch nicht gutgetan. Sie hatte sich den ganzen Nachmittag mit den Gästen unterhalten, Freunden und Nachbarn von Lionel und Mary, aber innerlich war sie nicht dabei gewesen. Beim Mittagessen und während der Festreden hatte sie es nicht lassen können, Robert zu beobachten, der am Kopf der Tafel neben seiner Mutter saß.

Sie versuchte, ihr Vertrauen in Robert gegen die Angst in die Waagschale zu werfen, dass Melanie Jones die Wahrheit gesagt haben könnte. Aber sie traute ihrem eigenen Urteil nicht mehr, alle vernünftigen Überlegungen wurden von Unsicherheit und Angst zerfressen. Dass sie sich so hilflos in die Abgründe des Zweifels ziehen ließ, zeigte einen Mangel an Loyalität ihrem Mann gegenüber. Trotzdem hatten sich im Lauf des Tages ihre Befürchtungen immer weiter verdichtet, sodass sie Rose nun wie eine starre Schale umschlossen, die nicht mehr zu sprengen war.

Sie drehte den Kopf, als sie ein Geräusch hörte. Robert stand in der Tür.

»Rose, was ist denn?«

»Ich kann nicht schlafen.«

Er nahm sie in die Arme.

»Komm wieder ins Bett.«

»Gleich. Es wird doch alles gut, oder?« Sie sah in sein vertrautes Gesicht, das im gedämpften Licht von Schatten verdunkelt wurde.

»Aber ja doch.« Er küsste sie voller Zärtlichkeit. »Ich verspreche es dir.«

Sie musste auf dem Sofa eingeschlafen sein. Als sie erwachte, drang Sonnenlicht durch die Vorhänge. Sie ging zum Fenster und sah zutiefst niedergeschlagen, dass die Presseleute wieder da waren. Redend und rauchend standen sie mit ihren Kameras vor dem Haus, und unter ihnen war auch Melanie Jones.

Im Flur zog sie ihren Trenchcoat über und schlüpfte in ein Paar alte Schuhe. Dann öffnete sie die Tür und ging hinaus.

»Lasst mal, Leute.« Melanie Jones kam über die Straße auf sie zu.

»Gehen Sie!« Es kostete sie Anstrengung, ruhig zu bleiben. »Lassen Sie uns endlich in Ruhe.«

»Lesen Sie das, Mrs. Martineau.« Eine Zeitung wurde ihr in die Hand gedrückt.

Als sie wieder im Haus war, klappte sie das Blatt auseinander, und ihr Blick fiel sofort auf die Schlagzeile: »Debra – die Wahrheit«. Auf diesem Foto lachte Debra Peters, blutjung und ausgelassen. Sie las den Artikel. Dann ging sie nach oben. Robert schlief noch. Sie warf die Zeitung neben ihn aufs Kopfkissen und ging wieder nach unten, um den Mädchen das Frühstück zu machen. Das Telefon läutete, jemand klopfte an die Haustür. Sie goss sich eine Tasse Tee auf, den sie nicht hinunterbrachte.

Katherine und Eve aßen ihre Frühstücksflocken, als Robert in die Küche kam.

»Rose«, sagte er.

»Ich bringe die Mädchen zu meinem Vater.«

»Rose, bitte …«

»Sei still.« Ihr Blick flog von Katherine zu Eve. »Sei einfach still.«

Nach dem Frühstück ging sie mit den Mädchen nach oben und half ihnen beim Anziehen. Ihr Mini stand in einer Seitenstraße, die vom Garten aus erreichbar war. Als sie den Motor anließ, hörte sie einen lauten Ruf und sah mehrere Männer im Laufschritt um die Straßenecke kommen. Sie trat das Gaspedal durch, der Mini machte einen Satz und brauste davon.

In dem Artikel in der *News of the World* erklärte Debra Peters ihre Beziehung mit Robert – war das das richtige Wort? Besuche bei einer Prostituierten, konnte man das als Beziehung bezeichnen? Die Sache habe jedenfalls im vergangenen Herbst begonnen. Es war wohl einer dieser langen Abende gewesen, ein vorgeschobenes Geschäftsessen. Vielleicht hatte er zu ihr gesagt: »Das kannst du dir sparen, Schatz, das wird eine langweilige Angelegenheit.« Sie konnte sich nicht erinnern.

Das erste von sieben Treffen hatte im Oktober des vergangenen Jahres stattgefunden. Debra Peters war gnadenlos und hatte kein Blatt vor den Mund genommen. Jedes Treffen war in ihrem Terminkalender aufgelistet, mit Datum und Uhrzeit und inklusive der Einzelheiten zu den sexuellen Vorlieben und den besonderen Merkmalen des Freiers. Roberts Blinddarmnarbe und das Muttermal auf dem Brustbein, sein Faible für Leder und Peitschen – alles war in Debra Peters' Buch vermerkt.

Sie hatte der Redaktion ihre Erlaubnis zu dem Artikel als Rache auf Roberts Beschimpfungen gegeben. »Robert Martineau bezichtigte Debra der Geldgier und der Lüge – aber der Lügner ist Martineau, der wohlhabende Geschäftsmann.« Die BBC hatte die Story aufgegriffen. Am frühen Abend, während ihr Vater in einem anderen Zimmer mit Katherine und Eve spielte, hatte Rose sich die Aufnahmen von Robert und dem Callgirl auf dem Bildschirm angesehen.

Sie stellte den Wagen vor dem Haus ab. Ein Blitzlicht flammte auf, aber das störte sie inzwischen nur noch, weil es ihre Kopfschmerzen verstärkte. Als sie die Tür hinter sich schloss, kam Robert aus dem Arbeitszimmer.

»Wo sind die Mädchen?«, fragte er.

»Bei meinem Vater. Ich hole nur ihre Sachen, dann fahre ich auch wieder.«

»Können wir reden?«

»Nein. Ich will, dass du verschwindest.«

»Rose, ich erwarte ja nicht, dass du mir verzeihst – das würde mir nicht einfallen, ich weiß, dass ich das nicht verdiene –, aber können wir wenigstens miteinander reden?«

Sie stand beim Garderobenständer neben der offenen Tür zum Arbeitszimmer. Als sie in dieses Haus gezogen waren, hatte sie Schichten grünen und braunen Lacks von der Tür entfernt, bevor sie das Holz in einem weichen Gelbton lackiert hatte. Sie hatten den Garderobenständer, ein Arts-and-Crafts-Stück, das mit blau-weißen Delfter Kacheln eingelegt war, zusammen in einem Trödelladen in Kingston-on-Thames entdeckt.

»Ich packe meinen Koffer«, sagte sie, »dann fahre ich wieder zu meinem Vater. Ich erwarte, dass du aus dem Haus bist, wenn ich Katherine und Eve morgen von der Schule abhole.«

»Morgen …«, wiederholte er.

Sie verlor die Beherrschung.

»Das ist mein Zuhause. Und ich kann deinen Anblick nicht mehr ertragen. Ja, Robert, morgen.« Die letzten Worte hatte sie geschrien.

Stolpernd rannte sie nach oben. Den Koffer, den sie aus dem Schrank holte, hatte sie für ihre erste gemeinsame Reise nach Italien gekauft: Umbrien und die Toskana, kleine Städte auf Hügelkuppen und Umarmungen in heißen, billigen Hotels. Vielleicht war Debra Peters nicht die erste Prostituierte, bei der er gewesen war. Vielleicht hatte ihm immer etwas gefehlt, und er hatte versucht, es anderswo zu finden. Vielleicht war sie im Bett langweilig, prüde, nicht experimentierfreudig genug. »Ich hab gern etwas Abwechslung im Leben. Geht das nicht allen Männern so?« Vergangene Woche hatte sie geglaubt, sie sei schon ganz unten, aber es taten sich noch dunklere Tiefen auf.

Während sie die Schuluniformen, Haarbürsten und Zahnbürsten für die Mädchen packte, musste sie daran denken, wie sie mit der neugeborenen Eve auf dem Arm nach Hause gekommen war.

Robert liebte seine Töchter, dessen war sie sicher, wenn auch sonst nichts mehr sicher war. Was war falsch gelaufen? Was hatte sie falsch gemacht?

Roberts Lüge hatte ihr ganzes Leben zur Farce gemacht. Er hatte alles beschmutzt. Er hatte dieses Haus beschmutzt, ihr gemeinsames Heim, mit allem, was sich darin befand. Er hatte die Kleider beschmutzt, die sie trug, den Schmuck, den er ihr geschenkt hatte. Er hatte ihre Freundschaften beschmutzt, denn von nun an würden ihre Freunde sie mit anderen Augen sehen. Er hatte ihre Beziehung zu seiner Familie beschmutzt – sie würde diese Menschen zukünftig anders betrachten und sich fragen, ob sie eine Verdorbenheit in sich trugen, die sie an Robert weitergegeben hatten. Er hatte die Orte beschmutzt, an denen sie zusammen gewesen waren, die Pubs, die Restaurants, die gemeinsamen Urlaube. Er hatte ihre Erinnerungen beschmutzt, es gab keinen Moment ihres gemeinsamen Lebens mehr, auf den sie mit Freude zurückblicken konnte. Jedes Wort zwischen ihnen war Lüge gewesen, jede Berührung. Sie war in Scham und Schande gestürzt. Sie musste ein anderer Mensch werden.

Als sie im Schlafzimmer ihre Schminksachen einpackte, wurde sie von so tiefer Verzweiflung überwältigt, dass sie sich aufs Bett setzen musste. Ihr Kopf dröhnte, als würde er gleich zerspringen. Sie war ein gläsernes Etwas, dünn und zerbrechlich. Noch ein kalter Hauch, und sie würde zerfallen. Ihre Ehe, ihr Zuhause, das Leben, das sie geführt hatte – alles hohl und ohne Wert. Roberts Gesicht zu sehen und seine Stimme zu hören zerriss ihr das Herz. Und doch konnte sie an nichts anderes denken.

4

Surrey und Cambridge, Juni 1970

»Wann fahren wir wieder heim, Mama?«, fragte Eve, als Rose sie zu Bett brachte.

»Bald«, antwortete Rose.

»Am Donnerstag?«

»Nein, nicht am Donnerstag.«

»Sie weiß gar nicht, wann Donnerstag ist«, sagte Katherine.

»Doch, weiß ich. Donnerstag ist gestern.«

Katherine lachte sie aus. »Gestern war Montag, Blödie. Daddy kommt morgen.«

»Nein, Schatz. Ich sag Großvater, er soll euch Gute Nacht sagen.«

»Ich versteck mich!« Eve sprang zu Katherine ins Bett und zog sich die Decke über den Kopf. Katherine sah ihre Mutter mit kühlem Blick an. Eve mochte geschluckt haben, dass sie lediglich ihrem Opa paar Tage Gesellschaft leisteten, aber Katherine wusste, dass etwas nicht stimmte.

Rose ging in die Küche hinunter, wo ihr Vater abspülte. »Du sollst ihnen noch Gute Nacht sagen, Dad.«

Giles ging nach oben. Rose trocknete ein paar Teller ab und stellte sie ins Regal. Dies war das Haus ihrer Kindheit, aber es schien ihr fremd. Alles schien ihr jetzt fremd, nichts war mehr richtig.

»Ach, lass das doch, Liebes.« Giles kam in die Küche zurück. »Setz dich rüber, und entspann dich ein bisschen.«

Sie ging ins Wohnzimmer, aber sie setzte sich nicht hin, sie konnte sich nicht entspannen. In den letzten Tagen schwankte sie ständig zwischen unkontrollierbarer nervöser Energie und tiefer Erschöpfung. Ihr Blick wanderte über die Stücke auf dem steinernen Kaminsims: eine kleine Bronze Ganeshas, des Elefantengotts und Herrn der Hindernisse; ein Modell einer Avro Lancaster, eines Flugzeugs, das ihr Vater im Krieg geflogen hatte; und ein Foto ihrer Mutter, das im letzten Familienurlaub in Schottland aufgenommen war. Ihre Mutter trug einen dicken Pullover in der Farbe blühender Heide. Rose strich mit den Fingerspitzen über das Glas, und eine Welle des Kummers überschwemmte sie. Hätte ihre Mutter sie jetzt in die Arme nehmen können. Hätte sie ihr Gesicht in das warme, grobe Gewebe des Pullovers drücken und weinen können.

»Fertig«, sagte ihr Vater von der Tür her.

Sie drehte sich blinzelnd um. »Lagen sie noch zusammen in einem Bett, als du gegangen bist?«

»Ich hielt es für das Beste, sie einfach zu lassen. Eve schläft schon. Ich trage sie später rüber. Möchtest du etwas trinken, Rose?«

»Ach, ja, bitte.«

Giles inspizierte den Schrank, als könnte sich etwas anderes als der übliche Glenfiddich und Tio Pepe hineinverirrt haben.

»Ich nehme einen Sherry«, sagte sie, seiner Frage zuvorkommend. Sie hatte in diesen letzten Tagen zu viel Whisky getrunken und ständig Kopfschmerzen. Zumindest glaubte sie, es käme vom Whisky. Vielleicht waren die Kopfschmerzen aber auch eine Folge dessen, was Robert getan hatte, und des endlosen, betäubenden Prozesses der Erkenntnis, wie wenig sie ihm bedeutet haben musste.

Ihr Vater reichte ihr ein Glas. »Es wird wieder besser, Liebes«, sagte er tröstend.

»Woher willst du das wissen?«, fuhr sie ihn ärgerlich an.

»Ich weiß, wie ich mich nach dem Tod deiner Mutter gefühlt habe.«

Am liebsten hätte sie gesagt: »Das war etwas ganz anderes, Mama hatte dich nicht nach Strich und Faden belogen«, aber sie erkannte rechtzeitig, wie herzlos das gewesen wäre. Sie schloss ihre Hände um das Glas und bemühte sich, ihre Gefühle zu beherrschen.

»Ich verstehe einfach nicht, wie er so etwas tun konnte«, sagte sie leise. »Das ist es, Dad. Ich versuche es, aber ich kann es nicht.«

»Diese Dinge brauchen Zeit, Rose.«

»Wenn ich es doch endlich begreifen würde. Ich kann mich ein paar Minuten ablenken, aber dann fällt mir alles wieder ein, es ist grauenhaft.«

Ihr Vater streichelte ihr die Schulter, bevor er sich in einen Sessel setzte. »Nach dem Tod deiner Mutter habe ich, glaube ich, nur noch aus Gewohnheit weitergelebt. Ich musste mich auf den Beinen halten, für dich, so wie du für Katherine und Eve weitermachen musst. Ich habe geatmet, gegessen, mit den Leuten geredet, obwohl mir überhaupt nicht danach zumute war. Und mit der Zeit – und es war eine lange, lange Zeit, glaub mir – hat mir die Routine geholfen.«

»Ich kann nicht mehr nach Hause.«

»Ich weiß. Lass dir Zeit. Du kannst hierbleiben, solange du willst.«

Sie blickte auf ihr Glas. »Ich weiß nicht mehr, was ich mit mir anfangen soll. Es geht, wenn die Mädchen da sind, aber wenn ich allein bin …«

»Ich kann mir ein paar Tage freinehmen, wenn dir das hilft, Liebes.«

Sie schüttelte den Kopf. »Nein, Dad, ich muss allein klarkommen.« Sie zog ihre Strickjacke enger. Trotz der milden Sommerluft war ihr ständig kalt. »Ich weiß nicht, was ich den Mädchen sagen soll. Ich kann ihnen nicht sagen, was ihr Vater getan hat. Warum hat er daran nicht gedacht? Dass er nicht an mich gedacht hat, meinetwegen, aber hat er sich je überlegt, was er seinen Kindern antut?«

Sie weinte wieder. Sie wischte sich das Gesicht mit den Fingern ab und wies mit einer Geste ihren Vater zurück, als er aufstehen wollte.

»Ich nehme an«, hörte sie ihn sagen, »er hat völlig impulsiv gehandelt.«

»Sieben Mal?« Sie sah ihn wütend an. »Ist das impulsiv, wenn man sieben Mal die gleiche Gemeinheit begeht?«

»Ich will Robert nicht in Schutz nehmen. Es fällt mir schwer genug, ihm nicht an die Kehle zu springen.«

Bei diesen Worten ihres friedliebenden Vaters, aus dessen Mund sie selten auch nur einen Fluch gehört hatte, musste Rose wider Willen lächeln.

»Tu das nicht, Dad. Es würde nichts bringen.«

»Es wäre eine Genugtuung, aber du hast natürlich recht, helfen würde es nicht.« Giles goss ihr noch etwas Sherry ein. »Ich kann dir nur raten, such dir eine Beschäftigung, tu irgendwas, bis du wieder klar denken kannst. Lies, löse Kreuzworträtsel, geh spazieren, ganz egal, nur tu etwas. Warte mit den großen Entscheidungen, bis du dafür bereit bist.«

Die Nächte waren am schlimmsten. Wenn sie noch einmal nach den Kindern gesehen hatte und selbst schlafen ging, nahm sie zwei Aspirin und las eine Weile. Dann knipste sie das Licht aus und kroch unter die Decke.

Sofort überfielen sie die Bilder: Robert, wie er in einem halbseidenen Nachtlokal mit Debra Peters Champagner trank. Robert mit Debra Peters im Bett, zwei nackte, zuckende Körper, in Schweiß gebadet. Immer noch war Ungläubigkeit das stärkste Gefühl. Eine Fassungslosigkeit ohne Ende. Der Schock tönte in ihr nach, als wäre eine Saite angezupft worden, deren Schwingungen niemals verebbten.

Sie machte das Licht wieder an und setzte sich auf. Ein Taschenbuch lag neben der Lampe, ein Leon Uris, den sie sich aus dem Bücherschrank ihres Vaters geholt hatte. Am

Lesezeichen sah sie, dass sie die ersten Kapitel gelesen hatte, aber nichts davon war ihr im Gedächtnis geblieben.

Sie stand auf, öffnete eine Schublade und nahm den Ring heraus, den sie im Wald vor *The Egg* gefunden hatte. Geheimnisvoll funkelnd lag er auf ihrer Hand. Sie hatte ihn erst vor knapp zwei Wochen aus der Erde geschält, aber es schien ihr viel länger her zu sein. In dieser kurzen Zeit hatte ihr Leben eine Gestalt angenommen, die sie nicht mehr erkannte. Wenn der Ring Sadie gehört hatte, warum hatte sie ihn behalten, nachdem ihr Verlobter sie verlassen hatte? Vielleicht aus dem gleichen Grund, aus dem sie ihren eigenen Verlobungsring, den Robert ihr vor neun Jahren an einem Strand in Cornwall an den Finger gesteckt hatte, noch nicht in den nächsten Abfluss geworfen hatte. Der Ring hatte Sadie zu viel bedeutet. Wie weh es auch tat, ihn zu sehen – ihn fortzuwerfen wäre ihr vorgekommen, als verleugnete sie einen kostbaren Teil ihres Lebens. Als wäre die Zeit der Verheißung und des Glücks nun ausgelöscht.

Rose probierte den Ring an. Er passte nicht an den dritten Finger ihrer linken Hand, er war zu klein. Sie hatte in der Wohnung ihrer Großmutter keine Fotos der Schwestern mehr gefunden, nur den einen Schnappschuss der beiden in den langen Mänteln, zu denen sie die Samthüte trugen. Sadie hatte darauf kleiner und zierlicher gewirkt als Edith, aber sie musste kräftige Hände gehabt haben, wenn sie eine Druckpresse betätigen konnte. Wenn der Ring wirklich Sadie gehört hatte, wie war er dann in den Wald gekommen?

Rose hatte bisher selten mit Niederlagen umgehen müssen – und das Scheitern ihrer Ehe mit Robert war so tiefgreifend, dass es ihr Selbstgefühl erschütterte. Sie hatte den Glauben an sich selbst verloren. Sie sah keine Zukunft mehr für sich. Und doch musste sie ihrer Töchter wegen standhalten. Sie konnte sich einen Zusammenbruch nicht erlauben.

Sie konnte nicht ändern, was geschehen war, sie konnte nur versuchen, sich irgendwie abzulenken. Was hatte ihr

Vater gesagt? »Tu etwas.« Rose wusste, dass er recht hatte. Und während sie den Ring betrachtete, wusste sie schon, was sie tun würde. Sie würde Sadie suchen. Sie würde herausfinden, was aus ihr geworden, wohin sie verschwunden war, nachdem sie im Oktober 1934 *The Egg* aufgegeben hatte. Und was ihr dort so große Angst gemacht hatte. Wenn sie mit der Suche nach Sadie Lawless beschäftigt war, würde sie nicht darüber nachdenken, wie Robert morgens beim Aufwachen überlegt haben musste, vielleicht am Abend mal wieder zu diesem Flittchen Debra zu gehen. *Und wenn ich heimkomme, spiele ich mit meinen Töchtern und schlafe mit meiner Frau.*

Was wusste sie bisher? Dass Sadie die jüngere und hübschere der zwei Schwestern gewesen war. Dass sie und Edith sich nicht verstanden hatten. Das hatte der Psychiater, Philip Sprott, ihr erzählt, und Sadies letzter Brief bestätigte es: »Wie groß auch die Differenzen zwischen uns sein mögen, Edith…« Sadie war Künstlerin gewesen, sie war eine lebendige, intelligente und reizvolle junge Frau gewesen. *The Egg* hatte ursprünglich ihr gehört, war ihr vermutlich vom Vater vererbt worden. Warum hatte er das Haus Sadie vermacht und nicht Edith, der älteren Schwester? Könnte das die Spannungen zwischen den zwei Frauen ausgelöst haben?

Rose las noch einmal den ersten Brief, den Sadie von *The Egg* aus geschrieben hatte. Ihre Fröhlichkeit erschien ihr jetzt gezwungen, als hätte Sadie ihrer Schwester etwas vorgespielt. »*The Egg* ist fertig eingerichtet, und es ist eine Pracht… Weißt Du noch, welchen Zauber der Wald im Herbst besitzt, Edith?«

Sadie versuchte, das Beste aus ihrer Situation zu machen. Die Zeit heilt alle Wunden – das hatte sie vermutlich von zahllosen guten Freunden zu hören bekommen. Sadie sagte sich, dass sie immer nach vorn schauen musste, niemals zurück, und dass der Umzug nach *The Egg* ihr die Möglichkeit geben würde, sich auf ihre Kunst zu konzentrieren. Wenn sie Inspiration nötig hatte, brauchte sie nur aus einem Fenster zu den Silberbirken mit ihren gesprenkelten Stämmen hinauszusehen oder zu dem Rotkehlchen, das auf einem Zweig mit roten Beeren trällerte. Sie beschloss, gleich am nächsten Morgen mit ihrem Gesundheitsprogramm zu beginnen. Sie würde um sieben aufstehen und zu Fuß nach Nutcombe hinunterlaufen, um einzukaufen – eine Flasche Milch, Brot und eine Zeitung. Sie würde das Haus aufräumen, Holz hacken für den Herd und danach an einem Druck arbeiten. Am Nachmittag würde sie eine lange Wanderung unternehmen und ihr Skizzenbuch mitnehmen. Sie würde nicht grübeln oder den Gedanken darüber nachhängen, was hätte sein können.

Die Möbel – einige waren Erbstücke ihrer Eltern, andere Fundstücke vom Flohmarkt – wirkten irgendwie plump in diesem schlichten weißen Kubus. Als langsam die Nacht durch die großen Glasfenster drang, ergriff sie eine Sehnsucht nach London, nach den Cafés und Konzerten, den Ausstellungen und Buchhandlungen. Sie hatte das hier nicht durchdacht. Sie war einem Impuls gefolgt, einem kopflosen Verlangen nach der Einfachheit des Landlebens und der Illusion, die weiße Klarheit von *The Egg* könnte Ordnung in ein Leben bringen, das aus den Fugen geraten war. Aber es klappte nicht: Sie hatte das Chaos mitgenommen in die Isolation. Sie fühlte sich von der Welt abgeschnitten, wurzellos und entsetzlich allein.

Sie konnte die Ängste, die sie überfielen, nicht bändigen. Sie sehnte sich nach dem Geliebten, der sie verlassen hatte. »Ich kann dich nicht heiraten, es wäre nicht richtig, ich spüre es«, hatte er zu ihr gesagt. Oder: »Ich habe eine andere kennengelernt.« Ihr graute vor dem Zubettgehen in dem frostigen kleinen Haus, in der Nacht fehlte er ihr am meisten. Sie wurde immer weniger, immer blasser, und sie fragte sich, ob es irgendjemandem auffallen würde, wenn sie vom Angesicht der Erde verschwand.

Rose schaltete die Deckenbeleuchtung ein und entfaltete Sadies nächsten Brief, den sie im November 1930 geschrieben hatte.

»Mr. Boxell von der Werkstatt hat Wort gehalten. Er hat ein erstklassiges Fahrrad für mich aufgetan. Ich habe es tannengrün lackiert, und es sieht richtig schick aus. Du hättest mich sehen sollen, wie ich neulich den Hügel hinuntergesaust bin zum Bahnhof!«

Es folgte die humorvolle Beschreibung eines Kampfes mit dem widerspenstigen Kochherd, der damit endete, dass sie die Dosensuppe kalt essen musste. Im nächsten Absatz wurden die Namen einiger Freunde erwähnt. Sadie und eine Frau namens Pearl hatten bei Jimmy in Victoria Tee getrunken. Der *Splinter*, was auch immer das sein mochte, brachte nichts ein, deshalb reparierte Jimmy Fahrräder, um die Miete bezahlen zu können. Jimmy hatte Sadie gebeten, ein paar Drucke für den *Splinter* anzufertigen, also handelte es sich vermutlich um eine Zeitschrift oder etwas Ähnliches. »Etwas Politisches«, schrieb Sadie. »Das wird mir Spaß machen. Kernige Bauernmägde mit Sicheln im Weizen zum Beispiel.«

Rose kam der Gedanke, dass sie Sadie vielleicht über die erwähnten Freunde finden könnte, falls Sadie irgendwo die Nachnamen genannt hatte. Sie blätterte weitere Briefe durch, überflog die Texte. Andersfarbige Briefmarken fielen ihr auf, sie kniff die Augen zusammen, einige von Sadies Briefen waren in Frankreich und Spanien aufgegeben worden. Rose fiel der Brief ein, den Sadie von Cambridge aus geschrieben hatte, vom Haus ihre Freundin Constance aus, und sie zog das Schreiben aus dem Umschlag. Erfreut las sie den Briefkopf mit Constance Meyricks Adresse: Maids Causeway, Cambridge.

Sie kehrte zu dem Brief über das Fahrrad zurück. Im letzten Absatz schrieb Sadie: »Ich habe die Chivertons noch nicht zu Gesicht bekommen. Ich dachte, sie würden vielleicht vorbeikommen. Aber vielleicht sind sie verreist. Sie führen wahrscheinlich ein mondänes Leben. Als sie das Haus gekauft haben, sind wir uns gar nicht begegnet, aber ich könnte mir vorstellen, dass sie nicht zu übersehen wären, wenn sie einem in Nutcombe über den Weg liefen.«

Rose legte sich wieder hin. Bilder zogen ihr durch den Sinn: das im Wald versteckte Haus; der Hohlweg, der Anstieg zum Grat; *Gull's Wing*, dieser Glaspalast hinter der schützenden Mauer; und das junge Mädchen im gestreiften Kleid, das den Einkaufskorb am Tor abgestellt hatte. »Hier wohnt nur Mrs. Chiverton … Sie redet mit niemandem. Wenn sie Sie sieht, werden gleich die Hunde da sein.«

Auf dem Rückweg zum Auto, nachdem sie Katherine und Eve in die Schule begleitet hatte, kam sie an einer Frau vorüber, die sie flüchtig kannte, Suzy Masters, die Mutter einer Klassenkameradin von Katherine. Sie zwang sich zu einem Lächeln und grüßte.

Suzy sah durch sie hindurch und wandte sich dann einer Frau zu, die neben ihr stand. »Dass die überhaupt noch in den Spiegel schauen kann. Ihm so was durchgehen zu lassen. Erbärmlich.«

Ihre Stimme war deutlich hörbar, und einige der anderen Eltern machten verlegene Gesichter. »Ich habe von nichts gewusst«, wollte Rose sagen, aber sie brachte keinen Ton heraus. Blind rannte sie zu ihrem Wagen, hätte beinahe die Schlüssel fallen lassen. Sie rutschte auf den Sitz und umfasste mit zitternden Händen das Lenkrad.

Würde es immer so bleiben? Wartete an jedem Tag nun eine neue Demütigung auf sie? Sie atmete ein paarmal tief durch, um sich zu beruhigen, dann ließ sie den Motor an. Sie hatte mit ihrem Vater vereinbart, dass er die Mädchen von der Schule abholen würde, damit sie nach Cambridge fahren konnte, wo sie Sadies Freundin Constance Meyrick zu erreichen hoffte. Wegen dieser dummen Person würde sie bestimmt nicht den Kopf einziehen und sich im Haus ihres Vaters verkriechen.

Und außerdem, dachte sie bitter, als sie losfuhr und sich in Richtung North Circular Road hielt, hatte diese Suzie nicht irgendwie recht? Sie musste wirklich blind gewesen sein, um nicht zu merken, was vorging. Völlig blind.

Sie ließ den Wagen in einer Seitenstraße stehen und ging die lange, abschüssige Maids Causeway entlang, bis sie das Haus fand, ein altes, elegantes Gebäude, drei Stockwerke hoch. Eine Steintreppe führte zu der schwarzen Haustür hinauf.

Sie läutete. Eine weißhaarige Frau in einem tiefroten Leinenkleid öffnete ihr. »Entschuldigen Sie, wenn ich störe«, sagte Rose, »aber ich suche Constance Meyrick.«

»Die haben Sie gefunden.« Constance Meyrick musterte Rose durch ihre Nickelbrille. »Kennen wir uns?«

»Nein.« Rose stellte sich vor und berichtete von den Briefen, die sie in der Schreibmappe ihrer Großmutter entdeckt hatte. Als sie Sadie Lawless erwähnte, blitzten Constances blaue Augen auf.

»Sadie! Mein Gott, wie lange habe ich den Namen nicht mehr gehört. Sie sind also ihre Großnichte? Bitte, kommen Sie herein.«

Durch ein Buntglasfenster fiel das Licht in gelben und blauen Sprenkeln auf den Dielenboden der Eingangshalle. Die eine Wand war von Bücherregalen eingenommen, an der anderen hingen gerahmte Fotografien, auf denen zumeist Kinder zu sehen waren.

»Ich hüte heute meinen Enkel«, erklärte Constance. »Wir spielen im Garten.«

Sie führte Rose durch ein Zimmer, in dem eine Sitzgarnitur mit verblichenen geblümten Bezügen stand, dann auf eine Terrasse hinaus, die von efeuüberrankten Mauern umgeben war. Im Schatten stand ein rostiger schmiedeeiserner Tisch mit passenden Stühlen, und auf dem Boden hockte ein dunkelhaariger Junge und stapelte Plastikautos in einem großen Pappkarton.

»Fergus, das ist Rose«, sagte Constance. Fergus musterte Rose mit einem kurzen Blick, dann wandte er sich wieder seinen Autos zu.

Während Constance drinnen Tee machte, versuchte Fergus in den Karton zu klettern. Rose hob ihn hinein und schob ihn mit Tüt-tüt-tüt den schmalen Backsteinweg zwischen den Blumenbeeten hinunter zum Ende des Gartens, wo ein Baum mit großen weißen, wachsartigen Blüten seinen Schatten warf.

»Ah, Sie bewundern meine Magnolie«, rief Constance, als sie herauskam und das Teetablett auf den Tisch stellte. »Das Haus ist jetzt eigentlich viel zu groß für mich. Meine Kinder finden, ich sollte mir etwas Kleineres suchen. Ich sage dann immer, ich brauche die Zimmer, damit ich sie alle unterbringen kann, wenn sie zu Besuch kommen, aber in Wahrheit bringe ich es nur nicht übers Herz, meine Magnolie zu verlassen. Toby und ich haben sie im Herbst nach unserem Einzug gepflanzt. Fergus, wo ist dein Hütchen? Komm und trink etwas, Schatz.«

Rose schob den Karton mit dem Jungen zur Terrasse zurück.

»Ich habe oft darüber nachgedacht, was aus Sadie geworden sein mag«, sagte Constance, als sie das Kind auf den Schoß zog. »Sie ist so plötzlich verschwunden.«

»Erinnern Sie sich, wann Sie sie zuletzt gesehen haben?«

»Irgendwann in den 1930er-Jahren, 1934, glaube ich. Im Herbst… ja, es muss der Herbst gewesen sein, weil ich da mein viertes Kind erwartet habe. Sadie hat im Ausland gelebt. Ich bekam ab und zu eine Karte von ihr, und dann plötzlich Stille. Ich habe ihr natürlich geschrieben, aber ich bekam keine Antwort.« Constance hielt stirnrunzelnd inne. »Ich weiß, dass ich es später bedauert habe, mich nicht mehr bemüht zu haben. Dass ich diese Freundschaft so einfach zu Ende gehen ließ. Sadie und ich haben uns lange gekannt, seit unserer Schulzeit in Hampstead. Aber mir ging es damals gar nicht gut, die Schwangerschaft war schwierig, dann das Kind, das ständig schrie – ich war froh, wenn ich irgendwie durch den Tag kam. Aber später … Ich hatte Sadie sehr gern. Sie hatte keine Kinder, wissen Sie, und der Gedanke, dass sie vielleicht glaubte, ich hätte sie einfach vergessen, hat mich belastet.«

Rose nahm den Ring aus ihrer Tasche und zeigte ihn Constance. »Den habe ich in der Nähe des Hauses in Sussex gefunden. Könnte er ihr gehört haben – könnte es ihr Verlobungsring sein?«

Constance drehte den Ring in ihrer Hand, dann gab sie ihn Rose zurück. »Ich kann mich leider nicht erinnern. Er scheint sehr alt zu sein. Könnte sein. So ein auffallendes Geschenk würde zu ihm passen. Zu Felix, meine ich.«

»Sadies Verlobter.«

»Ja, dieser erbärmliche Mensch.« Sie schenkte Fergus etwas zu trinken ein und stellte Rose eine Tasse Tee hin. »Ich meine, er sah ausgesprochen gut aus und war sehr charmant, aber mir war klar, dass er absolut unzuverlässig war. Ganz sicher nicht der Mann für eine Ehe. Aber Sadie hat das zu spät bemerkt. Na ja, wir Frauen haben ein Talent dafür, uns etwas vorzumachen, nicht wahr?« Constance machte ein nachdenkliches Gesicht. »Man hätte Sadie nicht als klassische Schönheit bezeichnen können, aber sie war so unglaublich lebendig. Die Männer fanden sie sehr attraktiv.«

Hatte sie sich auch etwas vorgemacht?, fragte sich Rose und schob den Gedanken schnell beiseite. »Ich habe mit ihrem Psychiater gesprochen, Philip Sprott«, sagte sie. »Er hat mir erzählt, dass sie einen Zusammenbruch hatte.«

»Nach der Klinik kam sie zu uns, um sich zu erholen. Sie blieb einen Monat oder vielleicht sechs Wochen, ich weiß nicht mehr genau. Anfangs ging es ihr sehr schlecht, aber ich glaube, es half ihr, hier zu sein, bei Freunden, jedenfalls besserte sich ihr Zustand allmählich.«

»Und warum ist sie nicht zu ihrer Schwester gegangen?«

Constance bot Rose einen Teller Kekse an. »Sadie hat Edith die Schuld daran gegeben, dass sie in der Psychiatrie landete. Sie hat es dort kaum ausgehalten. Diese psychiatrischen Kliniken waren ja damals nicht unbedingt erfreuliche Einrichtungen. Aber vielleicht hat Edith keine Alternative gesehen. Sadie war wirklich sehr krank.«

Fergus hockte wieder im Karton und trank Orangenlimonade aus einem Schnabelbecher. Constance drückte ihm den Sonnenhut tiefer in die Stirn. »Viele Frauen unserer Generation mussten die Hoffnung auf Ehe und Familie irgendwann aufgeben. Der Krieg – da sind so viele Männer gefallen. Damit musste Sadie leben. Aber sie hatte einen großen Freundeskreis. Ich bin sicher, das war ihr Trost.«

»In ihren Briefen ist von einem Jimmy und einer Frau namens Pearl die Rede. Kannten Sie die beiden?«

Constance lächelte. »Jimmy Corrigan. Schotte. Rote Haare. Pearl hat Sadie auf der Kunstakademie kennengelernt, der Slade-Akademie. An ihren Nachnamen erinnere ich mich nicht. Sie war Sadies engste Freundin. Der arme Jimmy hat Sadie geliebt, aber ich glaube, sie hat es nicht einmal gemerkt. Wie gesagt, wir Frauen können sehr blind sein.«

Fergus goss den Saft aus dem Becher auf die Fliesen. Constance füllte eine kleine Gießkanne an einem Wasserhahn an der Wand und gab sie ihm.

»In den Briefen wurde auch ein Ehepaar erwähnt, die Chivertons«, fuhr Rose fort. »Sie haben *Gull's Wing* gekauft. Wissen Sie etwas über diese Leute?«

»Oh ja.« Constances Blick kehrte von dem kleinen Jungen zu Rose zurück. »Und ich glaube, Sie kennen sie auch, Rose. Sadie hat das Haus damals an Tom Chiverton verkauft.«

Rose war verblüfft. »Tom Chiverton, den Lyriker?«

»Ja.«

»Oh.« Sie schwieg einen Moment. Diese Neuigkeit musste sie erst einmal verarbeiten. »Wie interessant«, sagte sie. »Ich hatte keine Ahnung.«

»Man hörte damals sehr viel von ihm. Er hat im Rundfunk Vorträge gehalten.« Constance lächelte. »Alle fanden ihn wahnsinnig aufregend.«

»Wir haben in der Schule ein paar Gedichte von ihm gelesen.« Und eine Zeile hatte sich in Roses Gedächtnis festgesetzt, aus einem Gedicht, das sie vor Jahren hatte auswendig lernen müssen. »Zwei Bäume stehen vor meinem Fenster, der eine Silber, der andere Gold.«

Constance stand auf, um die Gießkanne aufzufüllen. »Ich weiß noch, ich habe mich damals gefreut, dass Tom und Diana Chiverton in Sadies Nähe lebten. Ich hoffte, sie würde sich mit ihnen anfreunden. Ich meine, er war Dichter und sie Malerin, ich dachte, da hätten sie etwas gemeinsam. Ich hab mir Sorgen um sie gemacht, so ganz allein in diesem abgelegenen Haus. Sie hat vorher in London gelebt, und ich habe sie oft besucht, wenn ich in der Stadt war. Sie wohnte immer in Untermiete oder in Pensionen. Sie verfügte über etwas Geld aus einem Treuhandfonds, den ihr Vater eingerichtet hatte, und brauchte deshalb zum Glück nie in einem Wohnheim zu hausen wie so viele andere unverheiratete Frauen damals.«

Ein leichter Luftzug strich durch die Bäume, und ein Schatten fiel auf Constances Gesicht. »Ich habe versucht, Sadie zu überreden, länger bei uns zu bleiben«, sagte sie. »Aber sie wollte nicht. Deshalb war ich froh, als sie mir schrieb, dass Diana Chiverton sie zum Abendessen eingeladen hatte.«

5

Sussex und London, Oktober 1930

Sadie war draussen auf der Terrasse und wusch in einem Eimer Druckerfarbe aus den Lappen, die sie bei der Arbeit gebraucht hatte, als Hundegebell und das Geräusch knackender Äste sie aufschreckten. Zwischen den Hainbuchen und Eichen am Rand des Hohlwegs schossen, flink wie Gazellen, zwei rotgoldene Hunde hindurch.

»Ilonka! Gizi!«, rief die hochgewachsene Frau, die mit langen Schritten durch das Waldstück zwischen dem Hohlweg und dem Haus lief. Sie trug einen langen, pelzbesetzten schwarzen Mantel und eine scharlachrote Kosakenmütze, unter der in wilden Locken ihre schwarzen Haare herabfielen. Die Temperaturen waren an diesem Tag gefallen, ein schneidender Wind riss die Blätter von den Bäumen, und das Gesicht der Frau war gerötet. Es war ein markantes Gesicht, beherrscht von lebhaften dunklen Augen, über denen sich kräftige schwarze Brauen wölbten. Sadie war beeindruckt von ihrer Schönheit.

Sie wies zu einem Tunnel im Unterholz. »Sie sind da langgelaufen.«

»Diese Schlingel.« Die Frau klopfte sich mit der Hand auf den Oberschenkel. »Ilonka! Hierher! Los jetzt!«

»Wie Kinder, nehme ich an.«

Erst jetzt schien die Frau sie wirklich wahrzunehmen. »Oh, Hunde machen viel mehr Spaß. Wohnen Sie hier?«

»Ich bin Sadie Lawless.« Sadie fühlte sich von der Fremden gemustert. »Nehmen Sie es mir nicht übel, wenn ich Ihnen nicht die Hand gebe, sie ist voll Druckerfarbe.«

»Ich bin Diana Chiverton.«

Das war also Tom Chivertons Frau. »Dann wohnen Sie in *Gull's Wing*.«

»Ja. Es freut mich, Sie kennenzulernen, Miss Lawless. Wir kennen uns noch nicht, oder? Verzeihen Sie die Frage, aber Tom und ich hatten, als wir das Haus gekauft haben, wahnsinnig viel um die Ohren. Da kam gerade *Mondsüchtig* heraus, wissen Sie.«

»Den Verkauf hat mein Anwalt abgewickelt«, sagte Sadie. »Nein, wir kennen uns noch nicht.«

Die zwei Hunde kamen durch die Buchsbäume getrottet. »Das ist Gizi, und das ist Ilonka.« Diana Chiverton kraulte die sehnigen Hälse der Tiere. »Es sind ungarische Vorstehhunde, Jagdhunde.«

»Schöne Tiere«, sagte Sadie, die das Gefühl hatte, dass eine solche Bemerkung von ihr erwartet wurde.

»*Herrliche* Tiere. Und unglaublich treu. Ich bewundere Treue. Meiner Ansicht nach ist sie die wichtigste Eigenschaft überhaupt. Wie kommt denn die Druckerschwärze an Ihre Hände, Miss Lawless?«

Sadie kippte das schmutzige Wasser unter einen Baum. »Ich arbeite an einem Linoldruck.«

»Kennen Sie Stanley Chute? Er macht die wundervollsten Holzschnitte.«

»Nur dem Namen nach.«

»Er ist ein Freund von uns. Vielleicht kann ich Sie miteinander bekannt machen.«

Dianas Blick glitt zum Haus.

»Tom und ich haben schon überlegt, ob Sie das Haus verkaufen wollen. Es hat so lange leer gestanden.«

»Nein, das verkaufe ich nie.« Treue war, wie Diana Chiverton gesagt hatte, eine bewundernswerte Eigenschaft, und für Sadie würde *The Egg* immer mit den Erinnerungen an ihren Vater und ihrer beider Leidenschaft für das Projekt verbunden sein.

»Ich werde Tom erzählen, dass das Haus endlich bewohnt ist. Er macht gern frühmorgens einen Waldlauf.«

Wieder hatte Sadie das Gefühl, dass eine Reaktion von ihr erwartet wurde. Sie war die Eigentümerin des Waldes rund um das Haus – bat Diana Chiverton um ihre Erlaubnis?

»Ich hoffe, er wird das auch weiterhin tun«, sagte sie entgegenkommend.

»Wir spazieren oft mit unseren Gästen unter den Bäumen herum. Es ist einfach herrlich hier.«

Nein, Diana Chiverton dachte nicht daran, sie um Erlaubnis zu bitten – sie machte Besitzrechte geltend. Aber niemand konnte den Paley High Wood je besitzen; selbst Sadie war lediglich für eine gewisse Zeit die Hüterin.

Diana wandte sich mit ihren Hunden zum Gehen. »Ich will Sie nicht länger aufhalten, Miss Lawless, Sie haben sicher viel zu tun. Auf Wiedersehen.«

Sadie gab den Gruß zurück, sah ihr aber nicht nach, sondern begann, die Tücher zum Trocknen auf der Terrasse auszubreiten. Sie fand, dass sie der Frau genug Aufmerksamkeit gewidmet hatte. Die nämlich hatte Diana Chiverton von dem Moment an gefordert, als sie mit ihren Hunden aus dem Wald getreten war wie die Göttin Diana persönlich. Sadie hatte den Verdacht, dass das Bild ganz bewusst hervorgerufen werden sollte, um sie zu beeindrucken, vielleicht sogar einzuschüchtern. Sie fragte sich, ob das Erscheinen der Nachbarin so zufällig gewesen war, wie sie vorgegeben hatte. Vielleicht hatten die Chivertons sie bemerkt, als sie vor ein paar Tagen an *Gull's Wing* vorbei den Grat entlanggewandert war, oder aber es hatte sich in den Läden im Dorf herumgesprochen, dass *The Egg* wieder bewohnt war.

Diana Chiverton hatte Sadie mit einem kühlen Lächeln und genau der Redensart abgetan – »Ich will Sie nicht aufhalten« –, die ihre Mutter stets gebraucht hatte, um sich unerwünschter Besucher zu entledigen oder solcher Leute, die beim Reden kein Ende fanden. War Dianas Bemerkung, dass sie sich nicht erinnere, ob sie einander bereits kannten, absichtlich beleidigend gewesen? Es war schwer zu sagen. »Da kam gerade *Mondsüchtig* heraus, wissen Sie.« Sie hatte von Tom Chivertons letztem Gedichtband gesprochen, der von der Kritik hochgelobt worden war.

Als es langsam dunkel wurde, ging sie hinein und machte Feuer im Ofen. Das Haus kühlte schnell aus – mit den riesigen Fenstern und dem flachen Dach. Es war unwahrscheinlich, dass sie mit den Chivertons viel zu tun habe würde, und ihr war das nur recht. Dianas Vorschlag, sie mit Stanley Chute bekannt zu machen, war nur eine Floskel gewesen. Sadie, die ihre gewohnte Arbeitskleidung getragen hatte, eine farbverschmierte Hose und einen alten Pulli mit Löchern an den Ellbogen, vermutete, dass Diana sie nicht gerade passend für ihre Gesellschaft fand.

Doch als sie am nächsten Morgen aufstand, lag unter dem Briefschlitz eine Einladung für den Abend nach *Gull's Wing*. Der Ton war herzlich: »... wollen wir Sie zu einem kleinen zwanglosen Abendessen bitten. Ich verstehe, wenn Sie ablehnen müssen, die Einladung kommt ja sehr spät, aber Tom und ich würden uns sehr freuen, Sie zu sehen.«

Sadie stellte sich Tom vor, wie er in sportlichem Lauf den Hohlweg hinuntergekommen war und den Brief bei ihr eingeworfen hatte. Vielleicht hatte sie vorschnell geurteilt und Diana Unrecht getan. Niedergeschlagenheit und Einsamkeit machten sie bitter und kleinlich. Es war nur allzu leicht, Tom und Diana zu grollen, die in dem Haus lebten, das ihre Eltern eigentlich für sich selbst gebaut hatten. Sie durfte ihnen diese Dinge nicht zum Vorwurf machen. In gewisser Hinsicht war Tom Chiverton ja ihr Retter. Er hatte einen angemessenen Preis für das Haus bezahlt, das viel Interesse auf sich gezogen hatte, aber kaum Angebote. Die meisten Interessenten hatten sich dann doch an der unkonventionellen Architektur von *Gull's Wing* gestoßen. Tom hingegen hatte den Blick für seine Schönheit gehabt.

Abends um sechs trat Sadie vor ihren Kleiderschrank. Mit dem schwarzen Wollkleid würde sie nichts falsch machen, aber ihr war schon klar, dass Diana Leute verachtete, die auf Nummer sicher gingen. Sie nahm daher ein olivgrünes Samtkleid mit Stickerei am Ausschnitt heraus. Bemüht unkonventionell vielleicht, aber sie liebte das Stück. Sie strich sich die Haare hinter die Ohren und steckte Brillantohrringe an. Lippenstift, Puder, dann schlüpfte sie in Trenchcoat und Gummistiefel und machte sich auf den Weg.

Die Taschenlampe spendete ihr Licht, als die die Straße hinaufging. *Gull's Wing* war das Meisterwerk ihres Vaters. Er hatte das Haus gebaut, um zu zeigen, welcher Visionen er fähig war. Mit *The Egg* hatte er anderes im Sinn gehabt, hatte demonstrieren wollen, dass auch ein einfaches Haus, das gewöhnliche Leute sich leisten konnten, schön und ungewöhnlich sein konnte. Er hatte vorgehabt, Häuser nicht nur für die Reichen, sondern für Menschen jeglicher Klasse zu entwerfen, ein ganzes Dorf von Häusern wie *The Egg* hatte ihm vorgeschwebt. Die Idee zu *The Egg* war da gewesen, bevor er überhaupt an *Gull's Wing* gedacht hatte. Sadie erinnerte sich an den Abend, als er ihr und ihrer Mutter die ersten Entwürfe vorgelegt hatte. Es sei nur der Keim eines Gedankens, hatte er erklärt, und Sadie hatte gesagt, es sehe aus wie ein Ei, das darauf warte, ausgebrütet zu werden, und so war der Name entstanden.

Als sie sich dem Haus näherte, bemerkte sie die festlichen Lichterketten zwischen den Säulen der Fassade und war, wie jedes Mal beim Anblick von *Gull's Wing*, überwältigt. Aber war das ein Wunder? Es war geschaffen worden, um der Welt den Atem zu rauben. Ursprünglich war das Haus zur Straße hin offen gewesen, doch die Chivertons hatten das ganze Grundstück entlang einen niedrigen Zaun ziehen lassen.

Ein Hausmädchen öffnete ihr die Tür, ein hübsches junges Ding, sehr jung, fünfzehn oder sechzehn.

»Wenn Sie mir Ihre Stiefel geben, Miss, mach ich sie Ihnen sauber.«

»Danke. Wie heißen Sie denn?«

»Ivy, Miss.«

»Danke, Ivy.«

Der Grundriss des Hauses war ungewöhnlich. Auf der einen Seite der Eingangshalle befanden sich Küchenräume und Garderobe, auf der anderen lagen die Ateliers, Vorratsräume und Dienstbotenzimmer. Eine Treppe führte zu einem großen offenen Wohnzimmer hinauf. Schlafzimmer und Bäder lagen noch einmal eine Etage höher im zweiten Stock.

In der langen, großzügigen Eingangshalle hingen drei große Gemälde in kräftigen Farben. Neben der Tür, die zum Garten hinausging, stand eine etwa anderthalb Meter hohe Holzfigur, eine stilisierte Darstellung eines liebenden Paares. Auf einem Bord lagen Stapel von Briefen, Büchern und Zeitschriften neben zwei Schädeln – der eine der eines Pferdes, der andere der einer Eule.

Das Stimmengewirr aus dem ersten Stockwerk wurde lauter, als sie die Treppe hinaufging. Ivy öffnete die Flügeltür, und Sadie sah sich einer Schar von Gästen gegenüber, die mit Gläsern in der Hand und Zigaretten zwischen den Fingern in kleinen Gruppen beieinandersaßen oder -standen und sich angeregt unterhielten.

Ein langer, rechteckiger Esstisch, an dem gut zwanzig Personen Platz hatten, nahm die eine Seite des Raumes ein. Drei große Sofas in Weinrot und einem gedeckten Orange bildeten ein Hufeisen um den Kaminofen, vor dem auf einem Vorleger die Hunde Ilonka und Gizi schliefen. Auf der anderen Seite des Raumes stand ein Flügel. Die Fenster waren hinter orange-rot gestreiften Vorhängen verborgen. Sadie hatte keine Vorhänge in *The Egg* – ihr Vater hatte Vorhänge verabscheut, er fand sie überflüssig und spießbürgerlich –, aber vielleicht hielten Tom und Diana sie für nötig, um sich vor neugierigen Gaffern zu schützen. Vielleicht fühlte Tom sich von Autogrammjägern verfolgt.

Gesprächsfetzen flogen zu ihr.

»... eine Meditation über das Gedächtnis, sagte er zu mir ...«

»... eine durchaus warme Begrüßung, aber es wurde spürbar frostig, als ...«

»... ließ sich endlos über Roger Fry aus, wirklich stundenlang ...«

Also doch kein »kleines zwangloses Abendessen«. Der Lärm und das helle Licht waren für Sadie nach vierzehn Tagen absoluter Zurückgezogenheit ein Schock.

Diana Chiverton rauschte ihr in einem silbergrauen Abendkleid entgegen. Das dunkle Haar fiel ihr in seidigen Wellen auf die Schultern.

»Miss Lawless, wie schön, dass Sie kommen konnten. Tom!« Dianas Stimme übertönte den Lärm. »Tom, komm und sag Guten Abend.«

Ein Mann, der in einem Kreis von Bewunderern Hof hielt, drehte den Kopf und hob die Hand zum Zeichen, dass er gehört hatte. Tom Chiverton, groß und breitschultrig, war sicherlich der stattlichste Mann im Raum. Seine Körperhaltung, ganz gespannte Aufmerksamkeit, und sein mächtiger Kopf verliehen ihm etwas Löwenhaftes. Auf Fotos in den Zeitungen wirkte er hübsch, in Wirklichkeit sah er blendend aus. Eine lockige Strähne dunklen Haars fiel ihm in die Stirn, und im Profil kamen seine klar geschnittenen Züge – die aristokratische Nase, das kantige Kinn und die volle Oberlippe – vorteilhaft zur Geltung.

Er kam durchs Zimmer auf sie zu. »Miss Lawless – Sadie –, es ist mir eine große Freude, Ihre Bekanntschaft zu machen. Diana hat mir viel von Ihnen erzählt.« Eine flüchtige Berührung mit den Fingerspitzen, kein Händedruck. Dunkelbraune Augen mit hellen Reflexen, die sie interessiert betrachteten.

Er lächelte. »Es war aber auch höchste Zeit, dass unsere Wege sich nicht mehr nur auf dem Papier kreuzen, sondern wir uns persönlich kennenlernen, finden Sie nicht auch, Sadie? Hätten Sie abgesagt, ich hätte Sie morgen wieder eingeladen. Ich hätte Sie auf Knien angefleht, bis Sie kapituliert hätten.«

»Tom, hör auf damit«, mahnte Diana. »Die arme Sadie wird ja ganz rot.«

Zum Essen wurde Shepherd's Pie mit Lauch und Karotten serviert. Das Gemüse, verkündete Diana, hatte Tom selbst gezogen.

»Poetenlauch«, meinte jemand. »Sie sollten etwas dazu reimen, Tom.«

»Tom reimt nicht«, bemerkte Diana kalt.

»Jetzt weißt du's, Miles«, sagte eine junge Frau in einer Folklorebluse.

»Bitte vielmals um Entschuldigung.« Miles verneigte sich in Richtung Diana.

Der Mann neben Sadie – jung, rote Haare, grüne Augen und ein schmales, wie gemeißelt wirkendes Gesicht – murmelte: »Miles wird um Verzeihung bitten müssen, sonst wird er nicht wieder eingeladen. Reime – oh Gott!« Er lächelte ihr zu. »Ich bin Rufus Vaughan.«

»Sadie Lawless«, sagte sie. »Woher kennen Sie die Chivertons? Sind Sie Lyriker wie Tom?«

»Nein. Ich bin Tänzer und Choreograf. Tom und ich planen eine Zusammenarbeit. Tanz und gesprochenes Wort. Ich bin mit Dianas Bruder zur Schule gegangen. Meine Eltern haben in Indien gelebt, da habe ich manchmal bei seiner Familie gewohnt – also, bei Dianas Familie.«

Sein Blick ruhte auf Diana am anderen Ende der Tafel. Sadie fragte sich, ob er in sie verliebt war. Es hätte sie nicht gewundert, wenn eine ganze Reihe der Männer im Raum in Diana verliebt gewesen wäre.

»Das war nett von ihnen.«

»Ja. Sie waren überhaupt nette Leute. Ich habe Sie hier noch nie gesehen.«

»Ich bin eine Nachbarin.«

»Oh, damit hätte ich nicht gerechnet, dass Tom und Di Nachbarn haben. Ich dachte, das wäre der Witz an diesem Haus – seine göttliche Weltabgeschiedenheit.« Rufus sah sich um. »Es ist ein außergewöhnliches Haus, aber es hat etwas Unnahbares.«

»Mein Vater hat es gebaut.«

»Oh! Im Ernst? Ja, ganz offensichtlich. Tut mir leid, das war taktlos von mir.«

»Bitte, entschuldigen Sie sich nicht. Es ist ein Haus, das man entweder liebt oder hasst.«

Sie unterhielten sich über Rufus' Arbeit, bis das Mädchen, Ivy, das Geschirr abräumte. Eine Gabel schlug klirrend an ein Weinglas, und es wurde still. Diana stand auf. »Ich sehe, ihr habt es euch alle hübsch gemütlich gemacht, aber ihr kennt ja den Chiverton-Brauch.«

Rufus Vaughn stand auf. »Bäumchen wechsle dich. War nett, mit Ihnen zu reden, Sadie.«

Die Gäste erhoben sich von ihren Stühlen und sammelten Servietten und Weingläser ein. Nur Tom Chiverton blieb auf seinem Platz am Kopf der Tafel. Diana stand hinter ihm und dirigierte ihre Gäste. Eine lange, blasse Hand ruhte auf der Schulter ihres Mannes, die andere streichelte seine dunklen Haare. Zu ihrer Überraschung sah Sadie sich auf den Platz an Toms Seite kommandiert.

»Ich höre, Sie machen Drucke«, sagte er, als der Nachtisch, Apple Crumble, gereicht wurde.

»Ja, hauptsächlich Linolschnitte.«

»Sie nehmen Ihre Arbeit ernst, vermute ich.« Er sah sie mit grimmigem Blick an. »Ich kann Leute nicht ausstehen, die ein bisschen herumpanschen und sich dann als Maler bezeichnen.«

»Ich pansche nicht. Ich habe in den letzten Jahren nicht so viel gemacht, wie mir lieb gewesen wäre, weil ich unterrichtet habe – um Geld zu verdienen.« Sie sagte es mit Stolz, ohne Verlegenheit darüber, dass sie gezwungen gewesen war, sich ihren Lebensunterhalt zu verdienen. Sie vermutete, dass viele in diesem Zimmer über derart praktische Notwendigkeiten nicht nachzudenken brauchten.

Zu ihrer Überraschung sagte Tom: »Ich habe selbst ein paar Jahre unterrichtet, Englisch und Latein. Mir hat es Spaß gemacht. Es ist eine ehrenhafte Tätigkeit. Unterrichten Sie immer noch?«

»Nein, ich habe es aufgegeben.«

»Und warum?«

»Ich war verlobt und wollte heiraten.«

Warum hatte sie ihm das erzählt? Sie hätte ja nicht lügen, nur ein wenig die Wahrheit abändern müssen, aber Tom Chiverton hatte etwas an sich, das Ehrlichkeit forderte. Sie hatte den Verdacht, dass er ausweichende Antworten verachtete, wenn er sie bemerkte.

Sie fand ihn anziehend, und gleichzeitig war er ihr nicht ganz geheuer. Und doch, stellte sie fest, fühlte sie sich wohl mit diesem Abend, ihre Freude an Gespräch und Gesellschaft war zurückgekehrt.

»Aber Sie haben nicht geheiratet«, sagte er.

»Nein.« Mit kurz aufflackerndem Schmerz dachte sie an Felix. »Es hat nicht geklappt. Er ist jetzt mit jemand anderem zusammen.« Ob diese andere wohl immer noch die alberne, boshafte Dahlia Knight war? Oder hatte er schon die Nächste? Bei Felix würde es immer irgendeine Frau geben.

»Sie werden mir vielleicht widersprechen, aber ich bin überzeugt, diese Geschehnisse haben alle ihren Sinn.« Sie sah Verständnis in seinen dunklen Augen. »Ich glaube an Schicksal und Fügung. Es gibt etwas, das über uns wacht, etwas, das immer weiß, was das Richtige für uns ist, auch wenn wir es im Moment vielleicht noch nicht erkennen.«

»Gott, meinen Sie?« Sie konnte die Geringschätzung in ihrem Ton nicht ganz unterdrücken.

»Nicht im konventionellen Sinn, nein. Eine Lebenskraft ... eine Essenz. Sie finden, ich rede Blödsinn, oder?«

Er hatte recht, aber sie gab es nicht zu. Stattdessen sagte sie: »Felix wäre ein miserabler Ehemann geworden – das ist mir jetzt klar.«

»Ich fürchte, viele Männer sind miserable Ehemänner«, meinte er mit dem Anflug eines Lächelns. »Aber manchmal habe ich den Eindruck, dass wir damit genau der Typ sind, den die Frauen bevorzugen.«

Sie fand es merkwürdig, dass er sich zu den miserablen Ehemännern zählte. Und die Pauschalisierung störte sie. Allzu viele Männer schienen überzeugt, genau zu wissen, was Frauen sich wünschten, und dabei irrten sie sich so oft.

»Wie können Sie das sagen?«, fragte sie. »Was die eine Frau sich wünscht – Kinder, eine Familie –, ist vielleicht für eine andere eine grauenvolle Vorstellung.«

»Das Schwierige ist, dass Männer und Frauen nicht das Gleiche wollen. Eine Frau sucht zumeist nach dem Mann, der sie vervollständigt. Männer andererseits sind von Rastlosigkeit und Unzufriedenheit getrieben. Das kann kaum zu Glück führen.«

»Wovon redet ihr beide? Ihr seid ja ganz vertieft in euer Gespräch.«

Sadie blickte auf.

Diana hatte sich zu ihnen gesellt.

»Wir reden über die Ehe, Liebste«, sagte Tom.

»Ich hoffe, du langweilst die arme Sadie nicht. Anderer Leute Liebesgeschichten sind immer zum Gähnen.« Sie streichelte mit den Fingerrücken Toms Wange und sagte dann: »Der Tod Ihres Vaters war ein großer Verlust für die Architektur, Sadie. Es ist sicher seltsam für Sie, das Haus so wiederzusehen. So anders. Ich hoffe, es ist keine allzu große Enttäuschung.«

»Ich finde, dieser Raum strahlt eine wunderbare Wärme aus. Er ist sehr wirkungsvoll. Er gefällt mir.«

»Alles Dianas Werk«, bemerkte Tom. »Diese Dinge überlasse ich grundsätzlich ihr. Sie hat einen unvergleichlichen Sinn für Farben.«

Sie unterhielten sich über die Arbeiten von Le Corbusier und Peter Behrens, Zeitgenossen von Edward Lawless, dann wurde der Kaffee serviert, und Tom wandte sich der Frau zu, die auf der anderen Seite neben ihm saß. Sadie war erleichtert und enttäuscht zugleich.

Ihr anderer Nachbar, ein kräftiger, unverkennbar genussfreudiger Mann, der sich als Roger Eriksson vorstellte, sagte: »Tja, jetzt müssen Sie leider mit mir vorliebnehmen. Ich bin nur ein prosaischer Romanschreiber. Ein ziemlicher Abstieg nach unserem illustren Dichter. Helen, meine Frau, ist meine Eintrittskarte zu dieser Veranstaltung. Da drüben ist sie, in dem rosa Kleid. Hallo, Süße.«

Er winkte einer attraktiven blonden jungen Frau zu. Helen Eriksson war Sadie dem Namen nach bekannt. Sie war ein aufsteigender Stern am Opernhimmel.

»Ich bin hier nur geduldet«, fuhr Roger fort. »Ich bezweifle, dass Tom und Di leidenschaftliche Krimileser sind.« Er stocherte in den Resten seines Nachtischs. »Mich amüsiert das immer wieder – sie betrachten sich als hochkultiviert, trotzdem bekommt man jedes Mal Internatsessen vorgesetzt. Da fragt man sich doch, ob die perfekte Diana nicht doch eine Schwachstelle hat. Sie kann offensichtlich nicht kochen.«

»Hat sie keine Köchin?«

Rogers Augen blitzten. »Oh, es gab eine, aber die ist anscheinend heute Morgen gegangen. Die Dienstboten der Chivertons kann man in zwei Kategorien einteilen: Die einen sind betört von ihnen und bleiben ewig, und die anderen laufen bei der ersten Gelegenheit auf und davon.« Er sah Sadie an. »Sie sind die Lückenbüßerin, stimmt's?«

»Was meinen Sie?«

»Poppy Seaforth hat Grippe und musste im letzten Moment absagen. Diana will keine ungerade Zahl am Tisch haben. Tom übrigens auch nicht. Für einen intelligenten Menschen ist er erschreckend abergläubisch.«

Die Erkenntnis, dass sie nur eingeladen war, um für eine gerade Anzahl an Gästen zu sorgen, trübte Sadies Vergnügen an dem Abend. Bald entfernten sich die ersten Gäste vom Tisch, Zigarettenetuis wurden geöffnet und herumgereicht. Tom stand an der Kredenz und schenkte Brandy ein. Er machte eine Pause, um Diana in die Arme zu nehmen. Sie küssten sich und flüsterten miteinander. Sie passen perfekt zueinander, dachte Sadie, beide groß, dunkel und gut aussehend, beinahe das Klischee des idealen Paares.

Sie spürte, dass die anderen Gäste sich auf eine lange, gesellige Nacht einstellten, auf die sie selbst keine Lust hatte. Als sie ihren Kaffee getrunken und eine Zigarette geraucht hatte, dankte sie den Chivertons für den Abend und verabschiedete sich.

»Wollen Sie wirklich allein nach Hause laufen?«, fragte Diana zweifelnd, als sie sie zur Haustür brachte. Sadie, die spürte, dass ihre Gastgeberin sich wieder den Gästen widmen wollte, beruhigte sie.

Sie beschloss, nicht die Straße zu nehmen, sondern durch den Wald nach Hause zu gehen. Der Weg war kürzer, und es spielte ja keine Rolle mehr, wenn sie sich jetzt noch die Beine mit Matsch bespritzte. Sie musste es ausprobieren. Von den vergangenen zwei Wochen abgesehen hatte sie immer in Städten gelebt, die Vorstellung, dass sie auf dem Land nachts Angst haben könnte, gefiel ihr nicht.

Der Lichtstrahl der Taschenlampe glitt vor ihr über dichte schwarze Nadelbäume und Haselbüsche. Sie merkte, wie sie sich mit wachsender Entfernung von *Gull's Wing* entspannte. Das dünne, sandige Rinnsal in der Mitte des Hohlwegs glitzerte feucht im Mondlicht. Auf halbem Weg blieb sie stehen und schaltete die Lampe aus. Als ihre Augen sich an die Dunkelheit gewöhnt hatten, erkannte sie, dass der Wald bei Nacht keineswegs gesichtslos war. Baumstämme, Unterholz, Senken und kleine Hügel hoben sich im Licht des Vollmonds aus dem Schatten. Eine Eule rief, und irgendein kleines, erschrockenes Tier huschte Schutz suchend durchs Unterholz. Das silbrige Licht, das in schrägen Strahlen vom Himmel fiel, enthüllte eine verzauberte Welt, die von geheimem Leben erfüllt war.

Vielleicht hatte Roger Eriksson recht. Vielleicht hatten Tom und Diana sie wirklich eingeladen, um die Zahlen auszugleichen. Aber es musste nicht der einzige Grund sein. Als sie gegangen war, hatte Diana gesagt: »Schauen Sie jederzeit herein, wenn Sie an unserem Haus vorbeikommen.« Diana war keine Frau, die sich mit langweiligen oder gewöhnlichen Leuten abgab, sie hätte sie nicht aufgefordert, sie wieder zu besuchen, wenn sie kein Interesse an ihr gehabt hätte. Wenn der Abend also eine Prüfung gewesen war, so hatte sie bestanden.

»Es ist einfach so«, sagte Sadie, »dass ich Edith peinlich bin. Eine Lawless bekommt keinen Nervenzusammenbruch.«

Sadie und ihre beiden besten Freunde, Pearl Foster und Jimmy Corrigan, saßen in Jimmys Zimmer in der Nähe des Victoria-Bahnhofs, von wo Sadie den Zug nach Sussex nehmen wollte. Jimmy, der aus Glasgow kam, war groß, mager, rothaarig und knochig. Er war der Herausgeber einer Zeitschrift namens *Splinter*. Das Blatt lief mehr schlecht als recht, deshalb besserte Johnny der leidenschaftlicher Radler war, sein Einkommen mit Fahrradreparaturen auf. Drei teilweise auseinandergenommene Exemplare beanspruchten das letzte Restchen Platz in dem kleinen, dunklen Raum. Er war spartanisch eingerichtet – Jimmy besaß weder Sessel noch Sofa –, dafür gab es jede Menge Bücher, Zeitungen und Zeitschriften, die auf Regalen oder dem Fußboden gestapelt waren.

»Vielleicht hat Edith Angst um dich«, meinte Pearl. Sie hatte die vollen schwarzen Haare und großen dunklen Augen ihrer indischen Großmutter geerbt. Sie hatten sich gleich am ersten Tag auf der Slade-Akademie angefreundet. Sadie hatte in ihrer Porträt-Phase Pearl oft gezeichnet und gemalt.

Im Zimmer war es so kalt, dass Sadie ihren Mantel angelassen hatte. Sie war am Morgen bei Philip Sprott gewesen und dann zum Mittagessen bei Edith.

»Ach was«, sagte sie, »Ich bin ihr peinlich – das war immer schon so. Wenn wir von meinem ›Leiden‹ reden, wie sie es nennt, schickt sie Louisa aus dem Zimmer. Als wäre ich ansteckend. Bei Edith muss immer alles vertuscht werden. Denkt nur daran, wie schnell sie mich in diese grauenvolle Klinik verfrachtet hat.«

»Ja, da war's wirklich furchtbar«, sagte Jimmy.

Pearl drückte Sadies Hand. »Wir hatten alle solche Angst um dich.«

Die vierzehn Tage in der Klinik gehörten zum Schlimmsten, was Sadie je erlebt hatte. Sie konnte sich an das, was ihr dort widerfahren war – der totale Verlust von Willensfreiheit, Selbstbestimmung und Intimität –, nicht ohne ein Gefühl tiefster Demütigung erinnern. Sie hatte Edith nicht verziehen, dass sie sie hatte einsperren lassen. Schwestern sollten aufeinander achten, sich umeinander kümmern. Und was hatte Edith getan, als sie sie am meisten gebraucht hatte?

Heute waren sie allerdings einigermaßen versöhnlich auseinandergegangen, sie hatten sich beide Mühe gegeben, Edith, indem sie ihr vorschlug, über Weihnachten zu ihnen zu kommen, und Sadie, indem sie sich in ihr Schicksal ergab und ihr dankte.

»Sie besteht weiterhin darauf, dass ich zum Psychiater gehe«, sagte sie.

»Ja, aber der hinreißende Philip …« Pearl lächelte träumerisch. »Ich hätte nichts dagegen, mich bei Philip Sprott auf die Couch zu legen und ihm von mir zu erzählen.«

Sadie hatte Philip als Analytiker gewählt, weil er der Freund eines Freundes war. Und weil er jung und zugänglich und freundlich war und ihr nicht, wie der Psychiater in der Klinik, das Gefühl vermittelte, klein und dumm und ohne Wert zu sein. Bei ihm war die Analyse, die ihr an sich zu persönlich war, nicht ganz so unerträglich. Aber ja, sein gutes Aussehen konnte schon störend sein.

»Nimm noch eins, Spatz«, Jimmy schob ihr den Teller mit den Keksen hin. »Du siehst dünn aus.«

»Jetzt erzähl doch mal von Tom Chiverton, wir sind schon so gespannt«, sagte Pearl. »Auf Fotos sieht er ja ziemlich furchterregend aus. So finster und grüblerisch.«

»Er ist sehr umgänglich.« Sadie merkte, dass sie auswich. »Umgänglich« war nicht das richtige Wort, um Tom Chiverton zu beschreiben, er hatte Ernsthaftigkeit ausgestrahlt. Sie versuchte es von Neuem. »Ein so oberflächliches Geplätscher wie hier gerade unter uns kann ich mir mit ihm nicht vorstellen.«

»He, das ist eine Beleidigung.« Jimmy zündete sich eine Gold Flake an. »Soll das heißen, dass Tom Chiverton mehr Tiefgang hat als wir?«

»Ach, jetzt halt mal die Klappe, Jimmy«, sagte Pearl.

»Wir haben uns sehr ernsthaft unterhalten. Über die Arbeit, Religion, Ehe …«

»Ehe?« Jimmy zog die Augenbrauen hoch. »Der alte Bock hat versucht, sich an dich ranzumachen.«

»Ganz sicher nicht.« Sadie beugte sich vor, um sich von Jimmy Feuer für ihre Zigarette geben zu lassen. »Das würde er nie tun.«

»Quatsch. Jeder Mann würde es bei dir versuchen, wenn er eine Chance sähe.«

»Nein, da irrst du dich.« Sie stieß einen dünnen Rauchfaden aus. »Tom und Diana sind verrückt aufeinander.«

Das Gespräch wandte sich Pearls Schwierigkeiten mit ihrem verheirateten Freund Ralph zu, der an der Slade unterrichtete. Sie hätten fast nie mehr als eine Stunde miteinander, sagte Pearl seufzend. Sie lebte mit ihrer Mutter zusammen, konnte also Ralph nicht zu sich einladen, und er selbst hatte seine Familie. Sadie bot Pearl an, ein Wochenende in *The Egg* zu verbringen – sie selbst könne in der Zeit bei einer Freundin unterkommen. Pearl danke ihr und erklärte niedergeschlagen, sie glaube nicht, dass Ralph sich die Zeit nehmen könne. Dann küsste sie beide zum Abschied und machte sich auf den Weg nach Hause, zu ihrer Mutter.

Als Jimmy, der sie hinausgebracht hatte, wieder ins Zimmer kam, sagte er: »Ich schaff's irgendwie nicht, ihr zu sagen, dass dieser verdammte Ralph sie nur hinhält. Aber irgendwann wird sie's schon merken.«

Sadie war nicht so sicher. Manchmal war es leichter zu glauben, was man glauben wollte. »Hast du Felix mal gesehen?«, fragte sie.

»Auf dem Fest bei den Porters.«

»War er …?« Es war ein Fehler, diese Frage zu stellen, aber sie musste es einfach wissen. »War er mit jemandem da?«

»Lass das doch«, sagte Jimmy liebevoll.

»Sag's mir.«

»Na ja, mit dieser Dahlia Sowieso.«

»Hast du mit ihm geredet?«

»Nein, weil ich ihm sonst eine reingehauen hätte.«

»Edith kann natürlich nicht davon aufhören.« Sadie ahmte den Ton ihrer Schwester nach. »Ich wusste von Anfang an, dass er nichts taugt.«

»Aber das stimmt ja auch, Sadie.« Jimmy sah sie mit seinen blauen Augen an. »Deine Schwester hat recht – er taugt nichts.«

Die Gedanken an Felix hatten sie den ganzen Tag begleitet. So war das immer, wenn sie nach London kam. Heute hatte sie die Erinnerungen abgewehrt, der Versuchung widerstanden, die Orte aufzusuchen, an denen sie gemeinsam gewesen waren, oder in seiner Wohnung in Kensington anzurufen. Es hatte sie eine Menge Kraft gekostet.

Im Zug, der aus London hinausstampfte, war ihr kalt. Die Heizung im Abteil funktionierte offenbar nicht, und sie rieb sich die Hände, um sie zu wärmen. Mit dem Daumen strich sie über den Ring, den Felix ihr geschenkt hatte. Sie trug ihn jetzt an der rechten Hand. Das Vernünftigste wäre es wahrscheinlich, ihn wegzupacken, aber ihr fehlte die Willenskraft. Die Worte auf seiner Innenseite, »Du, meine Erwählte, bist meine ganze Freude«, erinnerten sie daran, dass er sie einmal geliebt hatte.

Sie schlug das Buch auf, das sie bei Hatchards gekauft hatte, Tom Chivertons neuen Gedichtband *Mondsüchtig*, und versuchte zu lesen. Aber schon bald merkte sie, dass sie sich nicht konzentrieren konnte. Sie packte das Buch wieder ein und sah zum Fenster hinaus. Warum löste der Anblick von Straßenlampen und erleuchteten Fenstern heute Abend solche Traurigkeit aus? Das Gefühl von Sinnlosigkeit und Bedauern, das sie ständig zu unterdrücken versuchte, brach über sie herein. So viele Gedanken, so viele Erinnerungen – sie überließ sich ihnen.

Sie hatte Felix Rudd im Oktober 1929 auf einer Hochzeit im West End kennengelernt. Ihre Eltern waren da schon acht Monate tot gewesen, aber sie hockte noch immer im finsteren Tunnel der Trauer. Die Braut war eine gute Freundin, sie hatte die Einladung nur aus Pflichtbewusstsein angenommen.

Felix, der am anderen Ende des Speisesaals stand, in dem das Hochzeitsfrühstück stattfand, bemerkte, dass sie ihn ansah. Ihre Blicke verfingen sich ineinander, und heiße Röte schoss ihr ins Gesicht. Trotzdem schaute sie nicht weg. Den ganzen Vormittag musste sie sich zwingen, ihn nicht anzustarren. Später, im Ballsaal, stand er plötzlich neben ihr. Der Moment veränderte ihr Leben. Felix tanzte wie ein junger

Gott, er war leichtfüßig und führte sie mit sanftem Druck. Als der Abend zu Ende ging, lud er sie zum Essen ein. Vierzehn Tage später waren sie ein Paar.

Felix Rudd war geistreich, witzig und sprunghaft. Er hatte schwarze lockige Haare und schräg stehende kohlschwarze Augen, war schlank und beweglich und verfügte über einen scharfen Verstand. Im gleichen Alter wie Sadie, war er knapp dem Gemetzel des Krieges entgangen. Sie verliebte sich auf den ersten Blick so maßlos in ihn, dass die Trauer, die sie seit dem Tod ihrer Eltern begleitet hatte, von ihr abfiel, als wäre sie von einem schweren schwarzen Mantel befreit worden. Liebe und Begehren erschütterten sie mit der Macht eines Stromstoßes und rissen sie ins Leben zurück.

Felix wohnte in der Kensington Church Street in einer Wohnung über seinem Antiquitätengeschäft. Von seinen Großeltern hatte er zwei Wohnungen in Maida Vale geerbt, die er vermietete. Er besaß einen Blick für das Schöne und das Wertvolle und eine Reihe reicher und wählerischer Kunden. Seine Eltern vergötterten ihn, er war belesen und behauptete, politisch links orientiert zu sein. Sadie ging manchmal mit ihm zu politischen Veranstaltungen, häufiger ins Kino. Er konnte empfindlich und launisch sein, und sie hatten einige spektakuläre Auseinandersetzungen, bei denen Teller flogen und Türen knallten. Die Versöhnung danach war jedes Mal das reine Glück. Er war egozentrisch – Sadie schrieb es der Tatsache zu, dass er ein Einzelkind war –, aber dagegen standen sein unwiderstehlicher Charme und seine Energie. Er war ein leidenschaftlicher Liebhaber, sie sehnte sich Tag und Nacht nach ihm.

Felix war ein Nachtgeschöpf, fühlte sich am wohlsten in schäbigen kleinen Nachtklubs in Soho, wo der Türsteher einen nur einließ, wenn er einen kannte, und der Zigarettenqualm die Dreimannband umwölkte, die mit schriller Musik die Gäste unterhielt. Die Lokale waren oft fensterlos und schummrig. Sadie erinnerte sich daran, dass sie gedacht hatte, wenn einmal Licht in diese finsteren Höhlen dränge, würde alles darin zu Staub zerfallen.

Felix machte sie mit Orten bekannt, an denen sie nie zuvor gewesen war. Einmal flohen sie bei einer Polizeirazzia in einem Nachtklub durch ein Toilettenfenster, Felix fing sie unten auf, nachdem sie sich durch die kleine Öffnung gezwängt hatte, und dann rannten sie beide lachend durch eine Gasse davon. Ein anderes Mal feierten sie auf einem Boot auf der Themse, bis versehentlich jemand die Leinen losmachte und sie den Fluss hinunter zur Mündung trieben, wo ein Boot der Küstenwache sie abfing und an Land zurückschleppte. An einem stillen Fleckchen im Hyde Park rauchten sie Haschzigaretten, die sie einem Musiker abgekauft hatten. Und sie schnupften Kokain, Sadie allerdings nur ein Mal, weil sie, nachdem das Hochgefühl verflogen war, in ein tiefes Loch der Depression fiel, aus dem sie tagelang nicht herauskam.

Philip Sprott erzählte sie davon nichts. Philip wertete oder tadelte nie. Vielmehr zwang er einen, sich selbst ins Gesicht zu sehen, was nach Sadies Meinung schlimmer war. Anfang 1929 war das Flugzeug, in dem ihre Eltern den Kanal überflogen hatten, abgestürzt und in Flammen aufgegangen. Acht Monate später hatte sie sich Hals über Kopf in die Liebe gestürzt und war selbst spektakulär darin verbrannt.

Als Felix sie Ende Februar fragte, ob sie ihn heiraten wolle, sagte sie ohne Zögern Ja. Seine Familie war erfreut über die Verlobung, Edith weniger. Als Sadie und Felix sie zum Tee besuchten, war ihre Ablehnung deutlich spürbar. Selbst Felix wirkte in dieser dumpfen, viktorianisch anmutenden Atmosphäre gebremst, und sein geistreicher Witz verpuffte zu einer Geschwätzigkeit, die völlig danebenging.

Drei Wochen vor der Hochzeit kam er zu ihr und bat sie, ihn freizugeben. »Mir ist klar geworden, dass ich nicht für die Ehe geschaffen bin«, sagte er. »Es wäre dir gegenüber nicht fair, Sadie, du verdienst etwas Besseres.« Er krampfte die Hände ineinander und machte ein gequältes Gesicht. »Ich dachte, du wärst die Richtige. Aber ich weiß nicht, ob es für mich überhaupt ›die Richtige‹ gibt. Wenn ich ans Heiraten denke, habe ich das Gefühl zu ersticken. Es ist wie ein Gebrechen. Ein schreckliches Manko, dem ich mich nicht widersetzen kann.«

Der Zug fuhr in East Grinstead ein. Die Luft schmeckte nach Ruß und Kälte, sie lief schnell zum anderen Bahnsteig hinüber, wo die kleine Dampfbahn nach Nutcombe wartete. Sie suchte sich ein freies Abteil und schob die Tür zu. Ein Pfiff, die Dampfwolken drängten sich ans Fenster, und der Zug fuhr ab.

In Nutcombe überquerte sie den Bahnsteig und holte ihr Fahrrad. Der dünne Lichtschein ihres Scheinwerfers erhellte ihren Weg den Hügel hinauf. Sie fuhr schnell, auf den Pedalen stehend, durch den schweigenden Wald, wo sich in der Kälte Raureif gebildet hatte. Wer so hoch flog, riskierte immer den Absturz. War Felix schlecht für sie gewesen? Ja – das erkannte sie jetzt. Und trotzdem hing sie noch immer dem Hochgefühl dieser Liebe nach. Sie konnte nicht bereuen, ihn geliebt zu haben, auch wenn es noch sosehr schmerzte. Ihre Gedanken flogen zu einem Tag, den sie in der Bretagne verbracht hatten. Es war in den Schulferien gewesen, und sie hatte ihn auf eine Einkaufsreise nach Frankreich begleitet. Sie fuhren an die Küste und liebten sich in einer abgeschiedenen kleinen Bucht mit feinem Sand, die sie sich gesucht hatten, um ein Picknick zu machen und zu baden. Die Vollkommenheit dieses Tages würde sich niemals mehr überbieten lassen. Ganz gleich, wie alt sie wurde, wie einsam und unglücklich sie war, die Erinnerung an das bewegte Meer, den salzigen Geschmack seiner Haut und die Wärme der Sonne auf ihren nackten Körpern würde bleiben.

Äste und Zweige waren nackte Kohlestriche vor dem weißen Himmel, nur die Buchen hielten an ihren braunen gekräuselten Blättern fest. Sadie machte jeden Nachmittag einen Spaziergang, weil ihr das Laufen guttat und sie nachts dann besser schlief. Sie hatte das Gefühl, es half ihr mehr als die Analyse bei Philip Sprott.

Im Dorfladen bediente sie das junge Mädchen, Winnie Thomsett. Sadie machte ihr ein Kompliment über ihre Frisur, ein kompliziertes Gebilde, das von zahllosen Nadeln gehalten wurde, und kaufte ein Brötchen und einen Apfel. Danach ging sie ein kurzes Stück aus dem Dorf hinaus bis zu einem Fußweg, der von der Straße abzweigte und sie einen steilen, grasbewachsenen Hang hinaufführte zu einer Gruppe Ulmen. Dort setzte sie sich auf einen Baumstumpf, und nachdem sie etwas gegessen hatte, zeichnete sie zuerst die Ulmen und die Krähenkolonie, die darin Platz genommen hatte, dann Nutcombe, dessen Häuser sich unten im Tal wie Bauklötze am Flussufer gruppierten.

Der Weg führte weiter durch eine abwechslungsreiche Landschaft aus Feldern, Hecken und Gehölzen. Es begann zu regnen, braune Pfützen sammelten sich auf dem Weg, und Sadies Stiefel versanken im Matsch. Sie setzte ihre Kapuze auf, als sie in den langen Forstweg einbog, der sie zum Paley High Wood zurückführen würde.

Im dichten Haselgebüsch, das eine Seite der Spur begrenzte, bemerkte sie eine Eule, die mit aufgeplustertem Gefieder auf einem Ast hockte. Bevor sie zu ihrem Fotoapparat greifen konnte, erhob sich der Vogel mit weit ausgebreiteten Schwingen und schwebte in tiefem Flug über die Felder davon. Sadie kramte im Rucksack nach Bleistift und Papier, um das Bild festzuhalten. Ihre Finger rutschten an dem nassen Bleistift ab, aber sie war nicht unzufrieden mit ihrer Skizze: der Aufwärtsschwung der Flügel, die Streckung des Körpers waren getroffen.

Als sie hinter sich ein Geräusch hörte, drehte sie sich um. Ein Reiter näherte sich auf dem Forstweg, und sie drückte sich in die Büsche, um ihn vorbeizulassen.

Durch den Regenschleier erkannte sie Tom Chiverton. Er trug eine Öljacke, und das dunkle, lockige Haar klebte ihm feucht am Kopf. Er wirkte kraftvoll und robust, unangefochten von der rauen Witterung.

Er zügelte sein Pferd. »Sadie, wie nett. Guten Tag. Was haben Sie gezeichnet. Darf ich es sehen?«

Sie zeigte ihm die Skizze. »Bei uns hocken die Vögel nachts auf dem Dach und veranstalten ein Riesen-Hu-huu«, sagte er. »Diana sagt, sie könne deswegen nicht schlafen. Das ist eine schöne kleine Zeichnung. Ich nehme Sie mit zurück nach *The Egg*, wenn Sie wollen.«

»Auf dem Pferd?«, fragte sie verdutzt.

Er lachte. »Ja, natürlich auf dem Pferd. Sie brauchen keine Angst zu haben, ich bin ein guter Reiter. Und Roman kann leicht zwei Leute tragen. Im Übrigen sind Sie ja leicht wie eine Feder, das seh ich gleich.«

»Das ist nett, Tom, aber nein, danke. Ich laufe gern im Regen.«

»Umso besser.« Er hob grüßend die Hand. »Dann auf Wiedersehen.«

Er trieb sein Pferd an, blickte aber noch einmal zu ihr zurück und rief: »Kommen Sie doch morgen zum Mittagessen. Gegen zwölf. Keine Widerrede, Sadie – bis morgen!« Er drückte dem Tier die Absätze in die Seiten, und bald waren Pferd und Reiter im Regen verschwunden.

Sadie war heiß, trotz der Kälte und des Regens, der ihr über das Gesicht rann. Warum hatte sie Toms Angebot ausgeschlagen, wo sie doch völlig durchgefroren und bis auf die Haut nass war und nur noch nach Hause wollte. Weil sie niemals reiten gelernt hatte und das große, muskulöse Tier ihr unheimlich war?

Nein, Tom selbst und die Vorstellung, ihm so nah zu sein, hatten sie abgeschreckt. Bei ihm hatte ihre Ablehnung vielleicht eine Mischung aus Mitleid und Verachtung hervorgerufen – die Verachtung des starken, selbstbewussten Mannes für die Frau, die ihn verschmähte, weil sie von körperlicher Nähe nichts wissen wollte. Dann aber hatte er ihre Reaktion falsch interpretiert. Und das war gut so, sagte sie sich, während sie rannte, um in den Schutz der Bäume zu gelangen. Besser, er verachtete sie, als dass er erkannte, was sie selbst sich gerade erst eingestanden hatte: wie heftig sie sich zu ihm hingezogen fühlte.

6

Surrey und London, Juli 1970

WALTON-ON-THAMES DÖSTE IN DER Sommerhitze. Rose zog ihre Jacke aus, als sie das Arbeitsamt verließ.

»Wenn sich etwas ergibt, geben wir Ihnen Bescheid, Mrs. Martineau.« Der Ton, den die Sachbearbeiterin, eine Miss Pritchard – um die fünfzig, selbst gestrickter Kurzarmpullover, Schmetterlingsbrille – ihren letzten Worten mitgegeben hatte, machte Rose unmissverständlich klar, wie unwahrscheinlich es war, dass sich eine Stellung für sie würde finden lassen. »Wenn Sie nur besser Maschine schreiben würden«, hatte Miss Pritchard gesagt und mit einer Fingerspitze, die in einem genoppten Gummiüberzug steckte, Roses magere Bewerbungsunterlagen durchgeblättert. »Oder mehr Erfahrung vorweisen könnten.«

Sie hatte reichlich Erfahrung, dachte sie wütend, als sie sich im Lebensmittelgeschäft anstellte, um Obst und Gemüse einzukaufen. Sie wusste, wie man einen kranken Säugling pflegte und einer ängstlichen Sechsjährigen durch ihre erste Klavierprüfung half. Sie konnte ein Drei-Gänge-Menü für acht Personen kochen und einen großen Haushalt so führen, dass er reibungslos lief. Sie konnte organisieren und verstand es, auf andere Menschen einzugehen. Aber das alles zählte offensichtlich nicht. »Die meisten Arbeitgeber erwarten zumindest Kurzschrift, Mrs. Martineau. Ich könnte vielleicht etwas als Kontoristin für Sie finden.«

Rose bezahlte für ihre Einkäufe und trat auf die sonnenhelle Straße hinaus. Vielleicht könnte sie unterrichten. Es müsste doch möglich sein, eine Privatschule aufzutreiben, wo man ihr Physikstudium schätzen würde und bereit wäre, über das Fehlen eines Pädagogikdiploms hinwegzusehen. Aber sie wusste, dass sie für den Unterricht nicht die nötige Gelassenheit besaß. Früher hatte sie die vielleicht gehabt, ja, aber jetzt nicht mehr. Die Fassungslosigkeit über Roberts Vertrauensbruch, die sie anfänglich gelähmt hatte, war einer Wut gewichen, die unablässig in ihr tobte, vom Moment des Erwachens bis zu dem Augenblick, wenn sie abends erschöpft einschlief.

Sie ging zu ihrer Wohnung. Sie war eine Woche bei ihrem Vater geblieben, dann war sie mit den Mädchen nach Walton-on-Thames zurückgekehrt. Aber sie fühlte sich dort nicht mehr zu Hause, es war, als hätte sich durch das Scheitern ihrer Ehe das Haus selbst verändert. Die Zimmer sahen unnatürlich aufgeräumt aus und ein wenig trist, wie die Kulissen eines Theaterstücks über Ehestreit und eine verlassene Ehefrau.

Dabei hatte Robert sie gar nicht verlassen, sie hatte ihn hinausgeworfen. Nur ein Wort hätte sie sagen müssen, und er wäre zurückgekommen. Sie hätte sich keine Arbeit suchen und nicht mehr täglich zusehen müssen, wie sehr die Mädchen ihren Vater vermissten. Sie würde ihm nur verzeihen müssen. Nur. Rose konnte sich nicht vorstellen, wie sie ihm je verzeihen sollte. Robert verdiente sie nicht. Gegen ihren Willen lauschte sie noch immer auf das Geräusch seines Schlüssels in der Tür oder das Rascheln seines Regenmantels, der achtlos aufgehängt vom Garderobenständer rutschte. Das Arbeitszimmer war immer noch seines. Das Schlafzimmer teilte sie mit ihren Erinnerungen an ihn. Wahrscheinlich hätte sie die Möbel umstellen, dem Zimmer ein anderes Gesicht geben sollen, aber sie brachte es nicht über sich.

Das Haus drückte ihr die Luft ab. Sie hatte in den Wochen seit der Veröffentlichung des Artikels, »Debra – Die Wahrheit«, nicht mehr richtig geschlafen. Das Sichdrehen und Wälzen, das Einklopfen auf das Kopfkissen, die Suche nach einer kühlen Stelle im Bett waren zu einem allabendlichen Ritual geworden. Und unablässig trieben in ihren Gedanken dieselben Plagegeister ihr Unwesen: Debra Peters, Johnny Pakenham und Robert.

Sie versuchte sich abzulenken, aber immer wieder quälten sie neue Gedanken – ihre Angst um die Kinder, ihre finanzielle Abhängigkeit, ihre Einsamkeit. Sie hatte immer in einer Gemeinschaft gelebt, bei ihren Eltern, im Studentenwohnheim, dann in einer Wohngemeinschaft und schließlich in ihrer Ehe. Nie war sie die einzige Erwachsene im Haus gewesen. Sie hatte Fantasien über Debra Peters, wenn auch sicher andere als Robert. Sie stellte sich vor, wie sie auf dieses Mädchen einredete, um ihr die Konsequenzen ihrer Habgier und Unanständigkeit klarzumachen. Sie malte sich aus, wie Debra sie weinend um Vergebung bat, und dann kippte das Bild, und Debra lachte ihr geringschätzig ins Gesicht und stakste in ihrem Miniröckchen mit wippendem Po davon.

Selbst ihre Suche nach Sadie kam zum Stillstand. Sie hatte mittlerweile alle Briefe gründlich gelesen. Sadies irritierende Gewohnheit, ihre Freunde nur beim Vornamen zu nennen – Lachlan, Madge, Roger und Helen, Alma, Pearl –, machte die Suche schwer. Constance Meyrick, Sadies Freundin in Cambridge, hatte zwar den Nachnamen von Jimmy Corrigan geliefert, aber der Versuch, ihn über die Telefonbücher ausfindig zu machen, war bisher erfolglos geblieben. Keiner der J. Corrigans, die Rose erreichte, war der richtige, die meisten gingen nicht einmal ans Telefon. Sie hatte an die J. Corrigans geschrieben, die sie nicht definitiv ausschließen konnte, und gefragt, ob sie Sadie kannten.

Aber Jimmy konnte nach Australien ausgewandert sein. Er konnte inzwischen tot sein. In einem der Briefe, die Sadie aus Spanien geschrieben hatte, war eine Zeichnung von ihm, die einen hochaufgeschossenen, mageren Mann in einer für die 1930er-Jahre typischen weiten Hose und einem weißen Hemd mit offenem Kragen neben einem altmodischen

Auto zeigte. Aus dem Brief vom Juni 1933 erfuhr Rose, dass Sadie und Jimmy in diesem Sommer in der Iberischen Meseta herumgereist waren, bevor sie schließlich in Madrid landeten. »Ich habe Olivenöl für Jimmy gekauft. Der Arme hat so einen Sonnenbrand«, hatte Sadie geschrieben. »Er ist krebsrot.«

Auch bei ihrer Suche nach Tom Chiverton war sie nicht weitergekommen. Sie hatte Diana Chiverton nach *Gull's Wing* geschrieben und angefragt, ob sie sich an Sadie erinnere, aber nie eine Antwort erhalten.

Als das Telefon läutete, ging sie ins Arbeitszimmer.

»Hallo?«

»Rose, ich bin's.«

»Robert.« Sie brachte es nicht über sich, einen Gruß auszusprechen oder nach seinem Befinden zu fragen. Das hätte es ihm nur leichter gemacht. Kindisch, aber so war es nun einmal.

»Ich rufe an, weil du mir ein paar Papiere unterschreiben musst. Ich dachte, ich könnte vielleicht heute vorbeikommen.« Er redete in einem Ton, als wäre nichts geschehen.

»Was für Papiere?«

»Ich verkaufe den Luftfracht-Betrieb.«

»Tut mir leid, ich habe gerade viel um die Ohren.« Eine Lüge.

»Rose, es dauert nur einen Moment.« Sie hörte den Unterton der Gereiztheit und verspürte einen Anflug von Triumph.

»Schick mir die Unterlagen einfach zu, ich schicke sie dir dann zurück. Wiedersehen, Robert.« Sie legte auf.

Aber ihre Genugtuung darüber, ihn geärgert zu haben, verflog schnell, und es blieben nur Leere und Trauer. Es wäre leichter gewesen, nie wieder mit ihm zu reden, aber das war unmöglich, er war der Vater ihrer Kinder und bezahlte ihren Unterhalt. Robert, der sie rundum belogen hatte, übernahm noch immer ihre Rechnungen. Sie hatten immer noch ein gemeinsames Bankkonto. Sie konnte die Wohnung ihrer Großmutter nicht verkaufen, weil das Testament noch nicht eröffnet war, und solange sie nicht verkauft war, war sie von Robert abhängig. Sie musste eine Arbeit finden und ihr eigenes Geld verdienen. Die Enttäuschung über ihren morgendlichen Besuch beim Arbeitsamt drückte sie von Neuem nieder.

In der Küche machte sie sich eine Tasse Kaffee und ein Brot und setzte sich auf die Terrasse. Das Buch, das sie bei der städtischen Bibliothek ausgeliehen hatte, nahm sie mit. Es war eine Biografie von Tom Chiverton mit dem Titel *Der Dichter der Downs*.

Sie machte es sich in einem Korbsessel bequem, und während von oben die Sonne herunterbrannte, blätterte sie im Stichwortverzeichnis nach Hinweisen auf Sadie Lawless. Sie fand eine Passage über Sadies Vater, den Architekten Edward Lawless, und den Bau von *Gull's Wing*, aber nichts über Sadie. Constance Meyrinck hatte ihr erzählt, dass Sadie mit Tom und Diana Chiverton bekannt gewesen war, und dass sie hier nirgends erwähnt wurde, war verwunderlich und enttäuschend. So viele bekannte Namen im Register, aber nicht Sadies. Vielleicht war sie nicht berühmt genug, vielleicht war der Biograf, Geoffrey Graham, der Ansicht gewesen, eine unbedeutende Malerin verdiene keinen Platz unter all den gefeierten Zeitgenossen.

Das Buch klappte bei einem Foto von Tom Chiverton auf. Dem Untertitel war zu entnehmen, dass die Aufnahme in den South Downs gemacht worden war. Es musste Winter gewesen sein, denn der Dichter stand vor Sturmwolken und kahlen Bäumen. Die Hände waren tief in die Taschen seines langen Mantels vergraben, an seinen Stiefeln klebte Matsch, und ein unsichtbarer Wind zerrte an seinen dunklen Haaren. Er hatte eine breite, klare Stirn, und der Blick der tief liegenden Augen unter den schweren Lidern war wie ein Angriff auf den Betrachter, eine Herausforderung, sich abzuwenden.

Tom Chiverton, dachte Rose, war ein bemerkenswert attraktiver Mann gewesen.

Sie las ein paar Seiten über Chivertons Kindheit in Hampshire. Der Text war unlebendig und behäbig, nichts weiter als eine langweilige Auflistung der Vorfahren des Dichters – vor allem Förster und Schmiede – und der Männer, die ihn in der Schule unterrichtet hatten. Sie blätterte vor zu dem Kapitel, das sich mit seinem Tod befasste. Tom Chiverton war 1957 an Lungenkrebs in *Gull's Wing* gestorben. Seine Frau Diana hatte ihn in seinen letzten Lebensmonaten gepflegt.

Das hieß, dass Diana danach noch dreizehn Jahre lang allein in dem Haus gelebt hatte. Die Chivertons hatten keine Kinder gehabt. In der Mitte des Buchs war ein altes Foto von Diana. Zwei Hunde, die ähnlich aussahen wie die beiden rotbraunen Tiere, die am Gitter von *Gull's Wing* hochgesprungen waren, standen neben ihr. »Diana mit ihren geliebten ungarischen Vorstehhunden Ilonka und Gizi.« Diana Chiverton war eine schöne Frau gewesen, sie wirkte vital und lässig elegant in der dunklen langen Hose und weißen Bluse. Rose stellte sich vor, wie sie von ihren tollenden Hunden begleitet mit federndem Schritt den Hohlweg hinunterging.

Sie klappte den Band zu und schloss im warmen Sonnenschein die Augen. Eine Stunde später fuhr sie aus dem Schlaf hoch, hob das Bibliotheksbuch auf, das ihr vom Schoß gerutscht war, sah auf ihre Uhr, stieß einen Schrei aus und stürzte, nachdem sie sich Schlüssel und Handtasche geschnappt hatte, aus dem Haus. Benommen von der Hitze und dem Nachmittagsschläfchen eilte sie im Laufschritt die Straße hinunter zur Schule der Mädchen.

Als sie ankam, wurden die Kindergartenkinder gerade hinausgebracht. Sie gab Eve einen Kuss und sah nach, ob sie auch ihre Sachen mithatte. Katherine kam ein paar Minuten später aus dem Gebäude.

»War's schön, Schatz?«

»Geht schon«, sagte Katherine muffig.

Der Kummer im Blick ihrer älteren Tochter zerriss Rose das Herz. »Komm, erzähl mir, was dich bedrückt, Katie Lou«, sagte sie liebevoll.

»Mama, hör auf.« Katherine wandte sich ab. »Und nenn mich nicht so. Das ist albern.«

»Ist dir der Unterricht schwergefallen?«

»Nein, du redest Blödsinn.«

Normalerweise hätte Rose ihrer Tochter diesen Ton verboten, heute sagte sie nichts.

»War jemand gemein zu dir?«

»Nein!«

Katherine schlurfte aufreizend mit den Sohlen ihrer Sandalen über den Bürgersteig. Rose ließ es ihr eine Zeit lang durchgehen, dann sagte sie: »Lass das, du machst die Sandalen kaputt.«

Katherine seufzte laut.

Eve hüpfte singend neben ihnen her.

»Hör auf zu singen, blöde Gans«, sagte Katherine und gab ihrer Schwester einen Klaps.

»Katherine, nein!«, sagte Rose scharf.

Eve, die die Launen ihrer Schwester kannte, begann noch lauter zu singen. Rose nahm Katherine bei der Hand. Die strebte erst von ihr weg, dann aber entspannten sich die kleinen Finger, und sie lehnte den Kopf an Roses Arm.

Im Haus lag ein brauner Umschlag unter dem Briefschlitz. Während die Mädchen Milch tranken und dazu ihre Kekse aßen, sah Rose die Dokumente durch, die Robert ihr geschickt hatte, mit Kreuzchen und Kommentaren an den Stellen versehen, an denen ihre Unterschrift nötig war.

Sie hatte ihn immer mit seiner ungeformten Schuljungenschrift aufgezogen, jetzt krampfte sich bei ihrem Anblick etwas schmerzhaft in ihr zusammen. Immer noch, nach fünf Wochen Trennung, konnte plötzlich ein Gefühl des Unwirklichen sie überwältigen. Auch dass er das Luftfrachtunternehmen verkaufen wollte, machte sie traurig. Sie hatte gern an den

Sitzungen teilgenommen, schon weil sie sich dann ausnahmsweise nicht nur als Hausfrau und Mutter gefühlt hatte. Mit dem Kugelschreiber in der Hand strich sie über das oberste Blatt und bekam plötzlich eine unglaubliche Wut auf Robert und seine Selbstherrlichkeit. Nach allem, was er getan hatte, erwartete er immer noch, dass sie sprang, wenn er pfiff. Sie warf den Kugelschreiber weg. Sollte er doch schmoren.

Sie legte die Papiere ins Arbeitszimmer. Dann übte sie zuerst mit Eve Lesen und half danach Katherine bei den Hausaufgaben – eine mühsame halbe Stunde Rechtschreiben, nicht die Stärke ihrer Tochter. Hinterher waren sie alle müde und gereizt, deshalb ließ sie die Mädchen eine halbe Stunde fernsehen, während sie das Abendessen vorbereitete. Anschließend spielten sie noch eine Weile im Garten, und dann ging es für die Kinder in die Wanne und ins Bett.

Um diese Tageszeit war Roberts Abwesenheit am schmerzlichsten spürbar. Es war niemand da, der beim French Cricket mit übertriebener Tollpatschigkeit den Ball fallen ließ, kein Ungeheuer schlich sich die Treppe hinauf und versetzte Eve in wohligen Schrecken, wenn es mit lautem Brüllen ins Bad sprang. Rose versuchte ihr Bestes, aber das Monster war nie ihre Rolle gewesen, und sie wusste selbst, dass es übertrieben bemüht wirkte.

Als die Kinder im Bett waren, schenkte sie sich in der Küche ein Glas Wein ein, trank einen kräftigen Schluck und fühlte sich etwas besser. Ihr Blick fiel auf das Bibliotheksbuch auf dem Küchentisch. *Der Dichter der Downs* hatte sich für ihre Suche nach Sadie als wenig hilfreich erwiesen. Sie musste sich etwas anderes einfallen lassen.

Kurz entschlossen holte sie ihr Adressbuch und suchte die Telefonnummer ihres Freundes Tony Marsh heraus. Sie hatte Tony vor zehn Jahren auf einer Party in Bristol kennengelernt, als sie noch studiert hatte. Er arbeitete im Antiquitätengeschäft. Vielleicht konnte er ihr etwas über den Ring sagen, der vielleicht Sadie Lawless gehört hatte.

»Hallo«, sagte sie, als er sich meldete. »Ich wollte mal hören, was du machst?«

»Ach, mir ist ein Schrank auf den Fuß gefallen. Jetzt ist der Knöchel gebrochen.«

»Oh, Tony, du Armer.«

»Vor allem ist es verdammt langweilig, immer nur mit dem Fuß auf dem Hocker in der Bude zu sitzen. Schön, dass du dich meldest, Rose. Wie geht's dir denn?«

»Ganz gut«, antwortete sie ausweichend.

»Wirklich?«

Sie seufzte. »Nein, es ist furchtbar. Einfach furchtbar. Ich kann nur versuchen, mich irgendwie abzulenken, und deshalb wollte ich dich fragen… meinst du, du könntest irgendwo mit mir zu Mittag zu essen? Morgen vielleicht?«

Tony Marsh unterschied sich vom Rest ihres Freundeskreises. Er war in ärmlichen Verhältnissen auf dem Land aufgewachsen und mit fünfzehn von der Schule abgegangen, um sich zur Marine zu melden; sein linker Unterarm trug noch die Narben eines Maschinenraumbrands. Rose wusste nicht, wie alt er war – wahrscheinlich vierzig oder fünfzig inzwischen. Er war klein und drahtig von Statur wie ein Jockey und, auch wenn er sich mit der tänzerischen Anmut eines Profiboxers bewegte, definitiv kein attraktiver Mann. Das hohlwangige Gesicht war gelblich und verschrumpelt, vielleicht vom jahrelangen Umgang mit den Chemikalien, die er beim Restaurieren alter Möbel gebrauchte. Aber er war ein treuer und redlicher Mensch mit Sinn für Humor, und in den dunklen Zeiten der Krankheit ihrer Mutter war er immer für sie da gewesen, wenn sie Ablenkung gebraucht hatte oder auch nur jemanden, der mir ihr schweigen konnte. Er besaß ein Gespür für das Ungewöhnliche, eine Gabe dafür, im alten Plunder einer Hausentrümpelung oder unter dem Trödel eines Flohmarkts kleine Schätze zu entdecken, und als sie damals das Haus in Walton-on-Thames eingerichtet hatte, hatten sie ein paar sehr vergnügliche Nachmittage damit verbracht, zusammen über Land zu fahren und Antiquitätenhändler und Trödelläden abzuklappern.

Sie hatten sich in einem verqualmten kleinen Londoner Pub in der Nähe des Waterloo-Bahnhofs verabredet, und als sie kam, wartete Tony schon an einem Ecktisch, wie immer in olivgrüner Moleskinhose und einer uralten mausgrauen Tweedjacke mit zerschlissenen Manschetten. Um den Hals trug er seinen unvermeidlichen gelben Schal. Seine langen, dünnen grauen Haare waren mit einer Schnur zusammengebunden, einem Schnürsenkel, soweit Rose erkennen konnte.

Sie nahmen einander kurz in die Arme, er roch nach Pfefferminzbonbons und Zigaretten. »Ich hab in den vergangenen Wochen versucht, dich anzurufen«, sagte er, »aber du bist wirklich schwer zu erreichen, Rose.«

»Ich musste das Telefon aushängen.« Sie setzte sich an den verschrammten Tisch. »Dauernd belästigen einen irgendwelche Leute. Journalisten und dergleichen.«

Und Bekannte, die in alles ihre Nase hineinstecken mussten, und Freunde – sie hatte sie jedenfalls für Freunde gehalten –, die ihre Neugier und ihre Schadenfreunde kaum zügeln konnten. Die Gesellschaft selbst ihrer besten Freundinnen, Frauen, die zuverlässige Ehemänner hatten und ein glückliches Familienleben führten, war für sie nur noch schwer zu ertragen. Viel einfacher war es, mit jemandem wie Tony zu sprechen, der selbst einiges mitgemacht hatte.

Er hinkte mit seinem kaputten Fuß zum Tresen, um ihr einen Wodka Lemon zu holen, und schob ihr, als er sich wieder zu ihr gesetzt hatte, eine Packung Players über den Tisch.

»Nein, danke.«

»Willst du drüber reden?«, fragte er, nachdem er sich selbst eine Zigarette angezündet hatte.

»Eigentlich nicht, nein.« Sie zuckte mit den Schultern. »Mein Mann ist mit einer teuren Prostituierten ins Bett gegangen. Was gibt's da groß zu reden?«

»Ich fand schon immer, dass er ein egozentrisches Schwein ist.«

»Dann hattest du recht.« Sie sah ihn nachdenklich an. »Du warst nie verheiratet, oder?«

»Es gab da mal 'ne Frau. Sie ist mit einem anderen abgehauen. Meine Schuld, ich hatte ein paar Probleme mit der Polizei.« Er klopfte die Asche seiner Zigarette ab. »Die Ehe ist nichts für mich. Ich bin gern frei und ungebunden.«

»Ich habe einen Ring gefunden.« Rose nahm das Schmuckstück aus ihrer Tasche. »Und wollte dich fragen, ob du mir vielleicht etwas über ihn sagen kannst.«

Tony zog eine Lupe heraus und musterte mit zusammengekniffenen Augen den Ring. »Wenn du sagst, du hast ihn *gefunden* ...«

»Er lag im Wald in der Nähe eines Hauses, das ich von meiner Großmutter geerbt habe.«

»Der Ring ist hübsch«, sagte er. »Und sehr alt, wenn ich mich nicht irre.«

»Wie alt?«

»Ich bin kein Fachmann für alten Schmuck, Rose, aber der Inschrift nach würde ich sagen, elisabethanische oder jakobinische Zeit.«

»Weißt du, was das für Steine sind?«

»Die grünen dürften Smaragde sein. Da bin ich ziemlich sicher. Bei denen hier weiß ich es nicht.« Er tippte auf die schwarzen Steine im Reif des Rings. »Ich kann ihn jemandem zeigen, wenn du ihn mir eine Weile überlassen willst. Es sollte nicht allzu lang dauern.«

»Das wäre schön. Danke, Tony. Ich würde nämlich gern wissen, ob er vielleicht meiner Großtante gehörte. Sie hat früher in dem Haus gelebt. Ich versuche, sie zu finden, habe aber wenig Glück dabei.«

Als ihre Imbissteller gebracht wurden, bestellte Rose noch zwei Drinks. Sie unterhielten sich über die Höhen und Tiefen des Antiquitätenhandels und über Kevin, Tonys halbwüchsigen Sohn, den er mit einer verflossenen Geliebten hatte. Der Junge war ein Dickkopf – genau wie Tony selbst es einmal gewesen war, vermutete Rose. »Über die Arbeit, die ich ihm biete, verzieht er nur das Gesicht«, sagte Tony verdrossen. »Hält sich für was Besseres.«

Als Rose anderthalb Stunden später im Zug zurück nach Walton-on-Thames saß, nahm sie die Chiverton-Biografie aus ihrer Tasche und schlug sie auf. Sie war inzwischen bei den Kapiteln angelangt, die sich mit Chivertons ersten dichterischen Erfolgen befassten, den Bänden *Mondsüchtig* und *Ellipse*, die Ende der 1920er- beziehungsweise Anfang der 1930er-Jahre erschienen waren. Die Lektüre wäre sicher spannend gewesen, hätte sich der Biograf nicht mehr oder weniger damit begnügt, die Preise aufzuzählen, die Chiverton gewonnen, und die Vorträge und Reden, die er gehalten hatte.

Dennoch konnte nicht einmal Geoffrey Cranhams strohtrockene Prosa verbergen, dass Tom Chiverton in den Jahren, als Sadie in *The Egg* lebte, einen kometenhaften Aufstieg erlebte. Die Chivertons – und *Gull's Wing* – schienen der Mittelpunkt eines erlesenen Künstlerkreises gewesen zu sein; im Register fanden sich die Namen der Dichter Louis MacNeice und Geoffrey Grigson sowie des Komponisten Constant Lambert. War Sadie zu Gast gewesen bei diesen Abenden in *Gull's Wing*, die ihren Glanz vom frischen Ruhm der jungen Künstler bezogen, oder hatte Tom Chiverton, der gefeierte Dichter, auf Sadie, die Malerin, die es niemals zu Ruhm gebracht hatte, herabgeblickt?

Ihr kam der Gedanke, dass sie Sadie Lawless vielleicht auf einem anderen Weg auf die Spur kommen konnte. Vielleicht hatte Sadie ihre Drucke verkauft, vielleicht hatte sie ausgestellt. Sie beschloss, mit ihrem Schwager George zu sprechen, der in der Kunstwelt bewandert war. Sie wollte ihn ohnehin anrufen, sie hatte seit der Feier ihrer Schwiegereltern keinen Kontakt mehr mit ihm gehabt, und er sollte nicht glauben, dass sie ihn mied oder ablehnte, nur weil sie mit Robert nichts mehr zu tun haben wollte. Die Martineaus hatten sie ein paar Tage nach dem Erscheinen von Debra Peters' Enthüllungen angerufen. Es war ein steifes und mühseliges Gespräch gewesen, bei dem Mary ständig den Tränen nahe war und Lionel unverhohlen angewidert vom Verhalten seines Sohnes. Der Skandal schien endlos zu wuchern, wie eine Bakterienkolonie auf verdorbenem Fleisch.

Sadie Lawless war unverheiratet gewesen und hatte allein gelebt. Constance Meyrick hatte erwähnt, dass sie meistens zur Untermiete oder in Pensionen gewohnt hatte. Und von Philip Sprott, dem Psychiater, hatte Rose erfahren, dass Sadie unterrichtet hatte – Kunst vermutlich. Sie hatte also ihren eigenen Lebensunterhalt verdient. Sadie hatte ihre Zeit und ihre Begabung darauf verwendet, sich eine berufliche Karriere aufzubauen. Rose verspürte einen Anflug von Neid. Nach ihrem Abgang von der Slade-Akademie musste Sadie ihren Weg klar vor sich gesehen haben.

Rose konnte keinen solchen Weg für sich erkennen, keine Tätigkeit, die sie befriedigen und ihr zugleich finanzielle Unabhängigkeit garantieren würde. Unglücklich dachte sie über die vergangenen Jahre nach. Sie hatte von ihrem Physikstudium kaum Gebrauch gemacht, war seit beinahe acht Jahren keiner Tätigkeit außer Haus nachgegangen, es sei denn, man rechnete die Vorstandssitzungen von Martineau Aviation hinzu, an denen sie teilgenommen hatte. Sie wünschte, sie hätte sich mehr in die Firma einbringen, besser mit ihrem Betrieb vertraut machen können, anstatt nur die Entscheidungen abzusegnen, die Robert ganz allein getroffen hatte. Und jetzt wollte er das Unternehmen verkaufen, sodass ihr auch das letzte Stück Mitbestimmung noch genommen wurde.

Als der Zug in Walton-on-Thames einfuhr, kam ihr ein Gedanke. Was würde passieren, wenn sie die Unterlagen nicht unterschrieb, die Robert ihr zugesandt hatte? Sie suchte ihre Fahrkarte heraus, stand auf und begab sich auf den Weg zur Tür. Der Gedanke, der sie beschäftigte, machte ihr beinahe Angst, gleichzeitig aber reizte er sie ungeheuer. Konnte sie einen solchen Plan wirklich umsetzen? Hatte sie das Zeug dazu? Und vor allem, hatte sie den Mut dazu?

Sie dachte an ihr Gespräch mit Miss Pritchard auf dem Arbeitsamt, an die Tage, die sich sinn- und ziellos vor ihr dehnten, an ihre verhasste Abhängigkeit von Robert. Sie musste, wie Sadie, neu anfangen. Sie musste ihre negativen Gefühle, ihre vermeintliche Unzulänglichkeit und Wertlosigkeit abschütteln und herausfinden, was wirklich in ihr steckte.

Robert hatte das Unternehmen unter ihrem Namen registriert, er konnte Martineau Aviation nur verkaufen, wenn sie den Vertrag unterschrieb. Vielleicht lag hier die Möglichkeit für sie, ihren Kindern und sich selbst den Weg in die Zukunft zu bereiten.

Rose sagte: »Ich habe nicht unterschrieben.«

Robert stöhnte. »Herrgott noch mal, Rose, was ist daran so schwer? Was hast du denn sonst zu tun?«

Sie bezwang den Zorn, der sie bei seinen Worten überkam. Es galt, ruhig und sachlich zu bleiben, keinesfalls durfte sie jetzt ihren Emotionen nachgeben. Sie gingen ins Arbeitszimmer, und sie schloss die Tür.

»Warum willst du die Firma verkaufen, Robert?«

»Sie wirft nicht genug ab.« Sie spürte sein Widerstreben, den Fehlschlag einzugestehen, als er hinzufügte: »Ich habe nicht gedacht, dass es so lang dauern würde, sie erfolgreich zu machen. Das Luftfrachtgeschäft ist mir zu spezialisiert. Ich würde das Kapital lieber in etwas anderes investieren.«

»Du verkaufst nicht, weil du daran zweifelst, dass damit überhaupt Geld zu verdienen ist?«

»Nein … Es ist einfach nicht meine Arbeitsweise, verstehst du? Wenn ein Unternehmen nicht innerhalb von, sagen wir, zwei Jahren einen anständigen Gewinn abwirft, behalte ich die Sparten, die gut laufen, den Rest stoße ich ab. So hab ich das immer schon gemacht.« Er runzelte die Stirn. »Warum willst du das wissen?«

»Weil ich möchte, dass du das Unternehmen mir überlässt. Und zwar nicht nur nominell.« Robert wollte etwas sagen, sie ließ ihn aber nicht zu Wort kommen. »Ich möchte in der Firma arbeiten. Ich möchte sie leiten. Als mein Eigentum.«

Er lachte kurz auf. »Rose –«

»Hör auf zu lachen, Robert.« Diesmal ließ sich ihr Zorn nicht verbergen. »Ich brauche Arbeit. Ich brauche eine Möglichkeit, für die Mädchen zu sorgen, spar dir also das Lachen.«

»Tut mir leid.« Er sah zu den Papieren, die vor ihm auf dem Schreibtisch lagen. »Ich wollte nicht … Es kam nur so überraschend. Rose, es ist ein Luftfrachtunternehmen.«

»Und? Das weiß ich.«

»Du hast nicht die geringste Ahnung von der Luftfahrt.«

Das stimmte nicht. Ihr Vater war Flieger gewesen, bis er Anfang der 1950er-Jahre den Dienst bei der Royal Air Force quittiert hatte, um in die Wirtschaft zu gehen. In dem Haus, in dem sie aufgewachsen war, gab es überall Fotos und Modelle der verschiedensten Flugzeuge. Ihr Vater hatte sie von klein auf gelehrt, die Flugzeuge, die sie am Himmel sah, nach der Form zu unterscheiden. Und dank ihres Physikstudiums hatte sie mehr als nur eine Ahnung von der technischen Seite des Fliegens.

Aber sie sagte nichts. »Ich bin lernfähig.«

»Du kannst nicht einfach sagen, so, das mach ich jetzt. Das ist etwas anderes, als einen Haushalt zu führen.«

»Das ist mir klar. Ich albere hier nicht herum, Robert. Es ist mir ernst.«

Robert neigte zum Jähzorn, sie sah ihm an, welche Anstrengung es ihn kostete, sich zu beherrschen. Leise und betont ruhig sagte er: »Dein Mut ist bewundernswert, aber ich sag dir gleich, es wird nicht klappen.«

»Warum nicht?« Sie war fast die ganze Nacht aufgeblieben, hatte Pläne gemacht, alles niedergeschrieben, was ihr wichtig erschien. Sie hatte förmlich gespürt, wie sie sich mit ihrem Entschluss veränderte. Die ewige Mattheit war verschwunden, sie fühlte sich lebendig und voller Energie.

»Man könnte sagen, dass ich eher als du dazu befähigt bin, eine Charterfluggesellschaft zu leiten, Robert. Immerhin habe ich ein halbwegs relevantes Studium absolviert.«

Robert hatte sein Studium nach dem ersten Jahr an den Nagel gehängt. Er sagte gern, er habe sich dafür entschieden, lieber an der Universität des Lebens zu studieren. Er sah sich als tatkräftigen und risikofreudigen Teufelskerl. Rose hatte diese Meinung einmal geteilt, jetzt sah sie bei ihm eher einen Mangel an Ausdauer und Hingabe. Wäre sie nicht so blind gewesen, so hätte sie sich vielleicht denken können, dass er mit dieser Haltung auch an andere Dinge des Lebens heranging. An die Ehe, zum Beispiel. Oder die Liebe.

Er schüttelte den Kopf. »Nein, Rose. Das ist eine hirnverbrannte Idee. Einfach lächerlich.«

Sie musste sich von ihm abwenden und zum Fenster hinausschauen. Aus dem Nachbarzimmer hörte sie die Geräusche der Fernsehsendung, die die Mädchen sich ansahen. Wenn sie und Robert sich jetzt anbrüllten, würden die Kinder es mitbekommen, und man wusste ja, welche seelischen Schäden verfeindete Eltern bei ihren Kindern anrichten konnten. So etwas durfte nicht passieren.

Sie drehte sich wieder um. »Was ist daran so hirnverbrannt?«, fragte sie ruhig.

»Na ja, das liegt doch auf der Hand.« Auch Robert bemühte sich, seine Gefühle im Zaum zu halten. »Du hast keine Ahnung davon, wie man einen Betrieb leitet.«

»Die hattest du auch nicht, als du die Werkstatt gekauft hast.«

»Und es war verdammt hart. Ich habe einen Fehler nach dem anderen gemacht.«

»Aber du hast daraus gelernt. Ich kann genauso lernen.«

Er tippte mit dem Zeigefinger auf den Schreibtisch. »Ja, aber du musst die finanzielle Seite begreifen – okay, gut, das kannst du wahrscheinlich, ja, das kannst du sicher –, aber es gehört auch Gespür dazu, ein Riecher dafür, was funktionieren und was nicht funktionieren kann. Glaubst du ehrlich, dass du den hast? Und –«, er hob eine Hand, um ihrem Einwurf zu begegnen, »du musst den Respekt der Leute gewinnen. Das braucht Zeit. Männer wie die Piloten, Eric und Roy – oder wie Ted Wilkinson –, du kannst nicht erwarten, dass sie dich blind akzeptieren.«

»Ich glaube nicht, dass ich Wilkinson behalten würde.«

»Dann kommt da schon die erste heikle Aufgabe auf dich zu: einem Angestellten zu kündigen. Du wirst fortwährend schwierige Entscheidungen treffen müssen. Du wirst den Leuten Dinge sagen müssen, die sie nicht hören wollen. Du wirst vielleicht gute Leute entlassen müssen, Leute, die du magst und bewunderst, um die Lohnkosten niedrig zu halten.«

»Ich weiß, dass es nicht leicht wird, aber ich will es versuchen. Ich werde alles lernen, was ich wissen muss.« Sie achtete darauf, ruhig zu sprechen, in neutralem Ton. Wenn sie dieses Gespräch mit Robert nicht auf vernünftiger Ebene führen konnte, wie sollte sie dann angemessen mit den Männern und Frauen umgehen können, die bei Martineau Aviation angestellt waren?

Sie lehnte sich an die Schreibtischkante. »Wenn ich dich recht verstehe, sagst du, dass die Angestellten keine Frau an der Spitze haben wollen.«

»Ja, genau das sage ich. Du kannst so emanzipiert sein, wie du willst, Rose, aber die Fliegerei ist eine Männerdomäne, und du wirst dir die Zähne daran ausbeißen.«

»Das bekommen wir Frauen doch seit mindestens hundert Jahren zu hören, wenn wir eine lohnenswerte Karriere anstreben. Früher konnten nur Männer Ärzte werden. Oder

Wissenschaftler … oder Anwälte. Wenn wir Frauen gewartet hätten, bis die Gesellschaft uns akzeptiert, wären wir heute noch Lehrerinnen und Krankenschwestern und sonst nichts.«

Er seufzte. »Ich sag's dir nur. Ich kenne einige andere Fluggesellschaften, und nicht eine wird von einer Frau geleitet.«

»Dann wird's vielleicht Zeit, dass sich das ändert.«

Er zuckte mit den Schultern und schwieg einen Moment. Dann sagte er: »Wenn ich dir die Firma übergebe, was habe ich dann davon? Einen Riesenverlust. Ich brauche das Geld, ich habe Pläne. Warum also sollte ich dir das Unternehmen abtreten?«

Weil du mir etwas schuldest, nach dem, was du mir angetan hast, dachte sie. Ich pack dich beim Geld, Robert, da, wo du am empfindlichsten bist. Ich lasse dich bezahlen.

Aber das sagte sie nicht. Ein neues Leben auf Groll und Rache zu gründen, das konnte nicht gut gehen. Und ihre Beweggründe waren ja auch ganz andere. Sie strebte nicht nach Rache, sie wollte eine Lücke füllen, die schon lange da war, beinahe ohne dass sie es gemerkt hatte.

Sie versuchte es von Neuem. »Was für ein Leben wünschst du dir für Katherine und Eve?«

Er kniff die Augen zusammen. »Dass sie glücklich werden natürlich.«

»Und wie helfen wir ihnen dabei?«

»Indem wir ihnen Liebe und Geborgenheit geben …« Er brach ab, einen Ausdruck der Scham im Gesicht. »Du brauchst es mir nicht unter die Nase zu reiben, Rose.«

»Das tue ich gar nicht. Eine gute Ausbildung ist auch wichtig, oder nicht?«

»Ja, natürlich. Da waren wir uns immer einig.«

»Und was sollen sie mit der guten Ausbildung anfangen, wenn sie rundherum nur die Grenzen sehen, an die wir Frauen stoßen? Was soll ich sagen, wenn Katherine mich fragt, warum ich Physik studiert habe, wenn ich dann doch nur Hausfrau bin, die Wäsche mache und Kuchen backe? Ich brauche eine Antwort für sie, Robert. Eine gute.«

Fröstelnd schlang sie die Arme um ihren Oberkörper. Sie war müde, sie wünschte, er würde gehen. Dieses Zusammensein mit ihm trieb nur wieder den Schmerz an die Oberfläche, der sowieso nie ganz verschwand.

»Du hast mich verletzt«, sagte sie ruhig. »Ich glaube, du hast nicht die leiseste Ahnung davon, wie schwer diese letzten Monate waren. Ich kann mir nicht vorstellen, je wieder froh und glücklich zu sein. Ich warte immer noch darauf, dass ich morgens aufwache, ohne dass mir übel wird, sobald mir wieder einfällt, was passiert ist. Wenn ich aus dem Haus gehe, habe ich das Gefühl, dass die Leute mich anstarren und über mich tuscheln. Ich brauche diese Arbeit. Ich will nicht als betrogene Ehefrau durchs Leben gehen. Die Leute sollen mich an dem messen, was ich tue und was ich bin, nicht an dem, was du mir angetan hast. Aber ich brauche die Arbeit auch wegen unserer Töchter.«

Er senkte den Kopf. »Vielleicht versuche ich dich zu schützen, Rose. Vielleicht möchte ich nicht, dass du scheiterst.«

»Ich habe nicht vor zu scheitern. Und wenn doch, hab ich's wenigstens versucht. Robert, mir ist klar, dass ich viel verlange. Ich weiß, es wird dich Geld kosten und möglicherweise in Schwierigkeiten bringen. Aber ich habe eine Idee, die vielleicht hilft. Du kannst das Haus verkaufen. Dann wäre etwas Geld da, auch wenn es wahrscheinlich nicht ausreicht, um dich voll zu entschädigen. Es wäre doch –«

Sein Gesicht hatte sich verfinstert. »Das Haus verkaufen? Ist das dein Ernst?«

»Ja.«

»Ich werde das Haus auf keinen Fall verkaufen. Wo willst du mit den Kindern leben?«

»In der Wohnung meiner Großmutter.« Der Gedanke war ihr bei ihren nächtlichen Überlegungen gekommen. Die Wohnung war groß und gemütlich, wenn auch altmodisch. Vor allem aber konnte sie von dort aus bequem das Flugfeld erreichen, das ja ganz in der Nähe von Weybridge gelegen war.

»In Ediths Wohnung? Lieber Gott«, sagte er ärgerlich und wandte sich ab. »Du hast dir das alles schon genau zurechtgelegt, wie? Aber wir verkaufen dieses Haus nicht, Rose. Es ist unser Zuhause.«

»Ich hasse es.«

»Wie kannst du so etwas sagen?«

»Wie kannst du mit einer neunzehnjährigen Prostituierten ins Bett gehen?«

Es dauerte eine Weile, ehe er wieder etwas sagte. »Was willst du, Rose? Soll ich sagen, dass es mir leidtut? Ja, es tut mir leid, jede Sekunde an jedem verdammten Tag. Ich war ein Idiot. Was ich getan habe, war dumm und gemein, und ich werde es mein Leben lang bereuen. Ich habe weggeworfen, was mir das Wichtigste gewesen ist. Für nichts. Ich wollte, ich könnte die Zeit zurückdrehen, aber das kann ich nicht.«

»Du hast mich belogen.« Ihr Ton war kalt.

»Ja.«

War das Scham in seinem Blick? Es wäre nur gerecht. »Du hast gedacht, du kämst damit durch. Ich frage mich, was du mir sonst noch verheimlicht hast.«

»Das ist unfair.«

»Findest du?«

Er ballte unwillkürlich die Fäuste. »Ich kann das Vergangene nicht ungeschehen machen. Aber du könntest mir noch eine Chance geben.«

»Nein, Robert. Bitte, ich will nicht darüber reden.«

Er schien etwas sagen zu wollen, breitete dann aber nur resigniert die Hände aus. Ihr taten die Schultern weh vor Anspannung. In der Stille hörte sie das Rattern eines Rasenmähers und das Plärren eines Transistorradios.

»Und wenn ich ablehne?«, fragte er.

»Dann weiß ich, was du von mir hältst«, antwortete sie.

»Dass ich eine Frau ohne Fähigkeiten und ohne Wert bin. Und das würde für mich einiges klären.«

»Wovon redest du?«

»Ich würde mich mit einem Anwalt über eine Scheidung unterhalten.«

Er schüttelte den Kopf. »Ich wusste nicht, dass du so gnadenlos sein kannst.«

»Bin ich gnadenlos?« Sie blickte ihm in die Augen. »Immer wenn ich dich ansehe, Robert, immer wenn ich an dich denke, komme ich mir klein und hässlich vor, mit Füßen getreten. Jetzt weißt du, wie ich mich fühle.«

»Rose.« Er schien tief getroffen und senkte den Blick. »So darfst du dich nicht denken«, sagte er gedämpft. »Nicht meinetwegen. Ich bin es nicht wert.«

Er setzte sich in den Ledersessel. Sie schwiegen beide. Rose fühlte sich wie ausgehöhlt und bedauerte beinahe, dieses Gespräch begonnen zu haben. Der Preis – die Zerstörung all dessen, woran ihr Herz gehangen hatte – war zu hoch.

Endlich sagte er: »Okay. Gut. Du kannst die Firma haben.« Er sah sie an. »Es wird nicht leicht werden, aber ich wünsche dir Glück.«

Sie war tief erleichtert. »Danke.«

»Ich muss erst noch mit Neil reden. Und mit Clive.«

»Clive will ich nicht im Vorstand haben.«

»Dann musst du dir einen anderen Buchhalter suchen.«

»Das werde ich.«

Er stand auf. »Ich hole die Mädchen.« Er hatte versprochen, mit ihnen auf einen Hamburger zu Wimpy zu gehen. »Ich sage Neil, er soll die Papiere aufsetzen. Sobald er so weit ist, gebe ich dir Bescheid.«

An der Tür wandte er sich noch einmal um. »Dir wird nicht viel Zeit bleiben, um die Firma auf Vordermann zu bringen, Rose«, sagte er. »Es müssen einige Kredite zurückbezahlt werden. Drei bis sechs Monate höchstens, würde ich sagen.«

Als Robert und die Mädchen gegangen waren, das Haus still und leer war, lehnte Rose sich in der Küche an die Arbeitsplatte, schloss die Augen und atmete tief durch. Jetzt gab es kein Zurück. Sie würde es wagen. Sie würde eine Luftfrachtgesellschaft leiten.

Sie wusste nicht, wo sie beginnen sollte. Und sie hatte Angst vorm Fliegen.

Als sie später den Wäschekorb nach oben trug und die Sachen sortierte, die gewaschen werden mussten, fragte sie sich, ob Sadie damals, als sie nach *The Egg* gezogen war, auch ein neues Leben hatte beginnen wollen. Ob sie gehofft hatte, in der Abgeschiedenheit Bilder von leuchtender Schönheit malen zu können, und ob auch sie vor dem Sprung ins Unbekannte Angst gehabt hatte.

7

Sussex, November 1930

Als Sadie kam, hatte es sich bereits ein halbes Dutzend Gäste auf den orangefarbenen und weinroten Sofas im Wohnzimmer von *Gull's Wing* bequem gemacht. Tom Chivertons Lippen streiften zur Begrüßung flüchtig ihre Wange.

»Hallo, mein Liebling.« Roger Eriksson, der Krimiautor, winkte lässig. Seine Frau Helen lächelte ihr zu.

Eine Frau in einem auffallenden senfgelben Kleid mit großen schwarzen Knöpfen klopfte auf den freien Platz neben sich. Sie war, so schätzte Sadie, ungefähr zehn Jahre älter als sie selbst, attraktiv, entschieden unkonventionell. Das glatte braune Haar trug sie in einem Pagenkopf, dessen lange Stirnfransen fast die lebhaften grauen Augen verdeckten.

»Kommen Sie, setzen Sie sich zu mir, Sadie.«

»Danke.«

»Ich bin Alma Rathbone.« Sie reichte Sadie eine schmale Hand mit roten Nägeln, an der mehrere schwere Ringe hingen. »Wir haben uns neulich beim Abendessen hier gesehen, aber ich glaube, zu einem Gespräch sind wir gar nicht gekommen. Der gut aussehende Halunke dort drüben im Sessel ist mein Mann Martin.«

Martin drehte sich um, als er seinen Namen hörte. Sadie konnte ihrer Nachbarin nur zustimmen, wirklich ein gut aussehender Mann mit sehr ebenmäßigen Zügen, scharfen blauen Augen und einem wohlgeformten Mund, der allerdings einen abschätzigen, beinahe grausamen Zug hatte. Sie kannte ihn von irgendwoher … Von einem Theaterplakat, dachte sie.

»Sie haben die Prüfung also bestanden, Sadie«, sagte er.

»Martin«, mahnte Alma. »Halt den Mund.«

Martin redete weiter, als hätte er nichts gehört. »Wir sind die Crème de la Crème, wissen Sie? Der engste Kreis um Tom und Diana.«

»Also wirklich, Martin, halt die Klappe. Er ist so unglaublich eingebildet«, fügte Alma amüsiert hinzu. »Diana hat mir erzählt, dass Sie Malerin sind, Sadie. Öl? Oder malen Sie Aquarell?«

Sie unterhielten sich über ihre Arbeit. Alma war Modeschöpferin und verkaufte ihre Kreationen über einen exklusiven kleinen Salon in Knightsbridge. Auch das senfgelbe Kleid, das sie anhatte, war ihr eigener Entwurf.

»Ich habe ein paar Kleider für Diana entworfen«, erzählte sie. »Sie ist natürlich das ideale Modell, groß und schlank, und dazu diese bewundernswert gerade Haltung. Die orange Seidenbluse sieht doch blendend an ihr aus, finden Sie nicht auch?«

Ihr Gespräch wurde von Diana unterbrochen, die sie zu Tisch bat. Sadie wurde zwischen Alma Rathbone und Roger Eriksson platziert.

Tom schenkte roten Bordeaux ein, und Ivy trug eine Fleischpastete herein. Dazu gab es Dauphine-Kartoffeln und buntes Buttergemüse. Sadie vermutete, dass Diana eine neue Köchin engagiert hatte.

Während das Mädchen die Teller herumreichte, erzählte Diana ihren Gästen von einem netten Erlebnis, das Tom bei seinem letzten Aufenthalt in London wiederfahren war: Im Green Park war einer jungen Frau der Hund durchgebrannt, und Tom hatte sich auf die Straße gestürzt, um ihn vor den Autos zu retten. Die junge Frau, die zufällig eine Ausgabe von *Mondsüchtig* in der Tasche hatte, erkannte ihn.

»Und dann«, schloss Diana, »bat sie ihn doch tatsächlich mitten im Hupengedröhn, das Buch zu signieren.«

Alle lachten, und Tom sagte: »Na, wenigstens hat sie mich nicht auf die Straße rausgejagt wie die Frau bei Foyles.«

»Fürchterlich, diese Frauen«, warf Diana ein.

»Ja, es sind immer die Frauen, nicht, Tom?«, meinte Martin trocken. »Lästig.«

»Euch muss doch hier draußen der Trubel fehlen«, bemerkte Roger.

»Nicht im Geringsten.«

»Ach, komm, Diana. Die Theater, die Kinos … Ich kann mir nicht vorstellen, dass du dich an einem dunklen Winterabend nicht nach einem schicken Restaurant sehnst.«

»Überhaupt nicht.« Dianas Ton war frostig.

»London ist eine Kloake«, sagte Tom. »Hier können wir frei atmen.«

Roger lächelte. »Du hast immerhin noch eine Wohnung in der Kloake, Tom.«

»Weil es nicht anders geht. Ich würde liebend gern immer hier sein, aber der Verlag und meine Leser möchten mich hin und wieder zu Gesicht bekommen. Das ist bei dir doch sicher ähnlich.«

»Ich kann nicht behaupten, dass es ein großes Problem ist. Die Londoner Presse steht nicht gerade Schlange, um ein Interview mit mir zu bekommen. Muss ganz schön hart sein, Tom. Aber na ja, das ist der Preis des Ruhms.«

»Ich betrachte so ein Gespräch im Rundfunk immer als Chance, mit anderen zu teilen, was mir am meisten am Herzen liegt. Ich habe von diesem Haus erzählt, was wir daraus machen wollen, warum wir es kauften, was wir für die Zukunft planen. Mit den Nebengebäuden habe ich schon angefangen.«

Ein Mann mit Brille namens Lewis Emery schaute in den Regen hinaus. »Ich hoffe nur, sie werden nicht weggespült, Tom«, meinte er.

Helen Eriksson seufzte. »Hört dieser Regen denn gar nicht mehr auf?«

»Es wird heller«, sagte Tom, während er ihnen Wein nachschenkte.

»Quatsch«, widersprach Roger. »Das hält heute den ganzen Tag an.«

Das Gespräch wandte sich der frisch in Auftrag gegebenen Oper zu, einer Interpretation der Sage von Leda und dem Schwan, in der Helen eine der großen Partien singen würde, und schwenkte dann zu den letzten Forschungsarbeiten Lewis' und seiner Frau Polly, beide Archäologen. Sadie war mit solchen Gesprächen praktisch seit ihrer Geburt vertraut. Ihre Eltern hatten mit ihren Freunden, die aus allen Teilen Europas kamen, häufig bis tief in die Nacht hinein diskutiert. Angenehme, warmherzige Menschen waren das gewesen, ernsthaft und hochgebildet, die meisten Sozialisten oder auch Kommunisten. Die Mode hatte sie wenig interessiert, immer hafteten ein paar Stäubchen Asche oder Tabakblättchen aus der Pfeife an den abgetragenen Tweedjacken der Männer, die hochgesteckten Frisuren der Frauen waren nie perfekt, die Spitzenkrausen an ihren altmodischen Blusen manchmal ein klein wenig angeschmuddelt.

Doch während beim intellektuellen Austausch an der Tafel der Chivertons die Bälle hin und her flogen, fiel Sadie auf, dass etwas fehlte. Ihre Eltern konnten sich stundenlang mit ihren Freunden über irgendeinen französischen Philosophen auseinandersetzen, aber sie versäumten es nie, sich nach den Familien, den Kindern und Enkeln der anderen zu erkundigen. Fotos wurden herumgereicht und bewundert, man hörte sich wohlwollend Anekdoten über die musikalische Begabung oder die schulischen Erfolge irgendeines Enkels an. Im Haus der Chivertons wurde Familie mit keinem Wort erwähnt. Tom und Diana hatten keine Kinder. Es hätte Sadie interessiert, ob die anderen Paare ebenfalls kinderlos waren.

Nach dem Essen verteilte man sich auf die Sofas und Sessel, Diana schenkte Kaffee ein, und Helen Eriksson wurde an den Flügel gebeten. Alma blätterte die Noten um, während Helen eine musikalische Fassung von Ariels Lied aus Shakespeares *Der Sturm* vortrug. Tom ging mit den Männern nach unten. Er wollte ihnen die Flinte zeigen, die er kürzlich gekauft hatte, um der Rattenplage in der Scheune ein Ende zu bereiten.

Sadie trat ans Fenster. Tom hatte recht behalten, es hatte aufgehört zu regnen, auf den feuchten Kopfsteinen im Hof glitzerte die Sonne. Auf einem Zaun am Ende des Gartens hatte man eine Blechdose aufgestellt, Martin Rathbone legte gerade auf sie an. Sadies Blick wanderte von Martin zu Tom, der bei der Stalltür stand. Der Wind riss an seinen lockigen dunklen Haaren, er hatte im Gegensatz zu den anderen keinen Mantel übergezogen, sondern war im Jackett. Seine Haltung war voll gespannter Energie, wie bei einem Tier, das zum Sprung ansetzt, und seinem Lächeln sah man an, dass er es genoss, im Freien zu sein.

»Schauen Sie sich die Männer an. Sie haben nicht die geringste Chance gegen Tom.«

Sadie wandte sich Diana zu, die neben sie getreten war. »Ist er ein guter Schütze?«

»Alles, was Tom macht, macht er hervorragend. Habe ich Ihnen erzählt, wie wir uns kennengelernt haben? In Northumberland, bei meinen Verwandten. Es war ein kalter Tag im Mai, trotzdem sind einige von uns unten im Fluss schwimmen gegangen. Tom schwamm wie ein Otter, so schnell und wendig. Keiner der anderen Männer konnte mit ihm mithalten.« Diana wandte den Blick vom Fenster und sah Sadie an. »In dem Moment wusste ich, dass ich ihn heiraten würde. Ich war zwanzig Jahre alt.«

»Wie romantisch.«

»Romantisch?« Diana lachte. »Tom würde sich amüsieren, wenn er das hörte. Wenn Sie ihn besser kennen würden, würden Sie ihn bestimmt nicht für romantisch halten. Es würde ihm nicht einfallen, mir Blumen mitzubringen oder mich zu einem stimmungsvollen Abendessen einzuladen. Ich würde das auch gar nicht wollen. Was zählt, ist die Leidenschaft, nicht irgendwelche abgeschmackten romantischen Gesten.

Da sind Tom und ich völlig einer Meinung. Aber das sind wir eigentlich in allem.«

Sadie dachte unwillkürlich, dass eine solche Einhelligkeit die Gespräche ziemlich einschränken musste. Worüber redete man, wenn man stets einer Meinung war? Aber sie sagte nur: »Sie schätzen ihn sicher sehr.«

»Wir schätzen einander. Tom sagt immer, dass er ohne mich nichts hätte erreichen können.« Mit einem kleinen Seufzer neigte sich Diana näher zum Fenster. »Er ist einfach grandios«, murmelte sie.

Sadie sah zu, wie Tom die Blechdose auf einem weiter entfernt stehenden Sockel platzierte und die Flinte hob. Ein Schuss krachte mit lautem Widerhall in den Bäumen, die Dose sprang hoch und fiel zu Boden. Diana lächelte fein in sich hinein, dann kehrte sie zu den anderen Frauen zurück, um ihnen Kaffee nachzuschenken.

Um vier Uhr verabschiedete sich Sadie. Es war fast dunkel. Unter den nackten schwarzen Ästen der dicht stehenden Bäume, von denen noch der Regen tropfte, folgte sie dem Weg. Immer wieder machte sie halt, um hier Blätter oder Zweige, dort ein, zwei Federn aufzuheben oder ein paar brüchige Pilze zu pflücken, die blass wie Elfenbein waren.

Wieder zu Hause, ging sie in ihr Atelier hinauf. Die Zeichnung von der Eule vom vergangenen Nachmittag lag noch auf dem Fensterbrett. Sie riss sie in Stücke, nahm dann ein großes quadratisches Stück Karton und klebte die Fragmente auf. Auf dem Tisch breitete sie die Dinge aus, die sie aus dem Wald mitgebracht hatte, und schob sie auf der Collage herum, bis sie für jedes den richtigen Platz gefunden hatte.

Sie arbeitete bis in den Abend. Draußen schrie eine Eule, und der Wind strich durch die Bäume. Um neun ging sie nach unten und machte sich etwas Suppe warm. Sie nahm die Schale mit ins Wohnzimmer und stellte sich ans Fenster. Zum ersten Mal störte es sie, dass keine Vorhänge da waren. Sie fühlte sich preisgegeben, allzu sichtbar durch das Glas, das sie vom Wald trennte, zu sichtbar und zu greifbar.

»›Heute Nacht ging ich unter einem Himmel aus gehämmertem Metall …‹«, sprach sie murmelnd die Zeile aus dem Titelgedicht von *Mondsüchtig* vor sich hin. Aus einer Fußnote in dem Buch wusste sie, dass Tom es auf einer Mitternachtswanderung durch den Wald komponiert hatte. Die Worte, so sorgfältig gewählt wie Perlen, die zu einer Halskette aufgefädelt waren, hatten sich in ihrem Gedächtnis festgesetzt, hart, klar und kalt. Sie fragte sich, ob dies der Wald war, durch den Tom gegangen war, Paley High Wood, und ob er, wenn das zutraf, je stehen geblieben war und durch die großen Fenster von *The Egg* geblickt hatte. Und sie dachte an ihn, wie sie ihn an diesem Nachmittag gesehen hatte, als er im Hof stand, an der kräftigen Schulter das Gewehr, mit dem er den meisterhaften Schuss abgab.

Ihr ging der Gedanke durch den Kopf, dass Diana sie mit ihrer Lobrede über ihre perfekte Ehe hatte warnen wollen. Aber es erschien ihr unwahrscheinlich, und auf jeden Fall war es unnötig gewesen. Sadie glaubte zu wissen, was für eine Frau Diana Chiverton war – eine Frau, deren Leben von der Liebe zu einem Mann getrieben und bestimmt wurde. Sie war selbst so eine Frau gewesen, und flüchtig flackerte Neid in ihr auf, weil Diana besaß, was sie zu entbehren lernen musste: die Verbindung mit einem Mann, den sie liebte, Gemeinschaft und Erfüllung.

Eine Woche später stand schnaufend und mit rotem Gesicht Roger Eriksson bei ihr vor der Tür.

»Sadie, Sie müssen mich retten«, erklärte er theatralisch.

Sie ließ ihn herein. »Wovor denn?«

»Dem Sonntagsspaziergang.« Er wischte sich die Stirn mit seinem Taschentuch und strich sich mit beiden Händen über die Haare. »Ich habe Tom und Di gesagt, ich hätte eine Verabredung. Ich bin völlig erschöpft. Ich bin für solche Expeditionen nicht geschaffen. Ich wäre ja ins Pub gegangen, aber ich habe Angst, dass die beiden auch dort landen. Zehn Kilometer sind wir gestern um irgendeinen Berg herummarschiert, wo uns ununterbrochen der Wind um die Ohren pfiff. Ich dachte, ich komme um. Tom ist der reinste Sklaventreiber. Wenn sie sich bei Ihnen melden, müssen Sie sagen, dass Sie arbeiten.«

»Ich arbeite wirklich. Kommen Sie.«

Sie gingen in ihr Atelier hinauf. An einem Nachmittag im Wald war sie unter einer Gruppe Ulmen auf das zerfledderte Gefieder einer Taube gestoßen, an dem stellenweise noch kleine Fetzen Fleisch hafteten. Sie hatte die Äste in Kohle gezeichnet, schwarze Kerben in weißem Grund, wie Sprünge im Eis, und Teile zerrupften Gefieders darübergelegt. Ein Bild ganz in Schwarz-Weiß, dazu ein einziger Spritzer Rot: eine Darstellung nicht der Gewalt an sich, sondern ihrer Folgen. Nicht die Eule, dachte sie, sondern das Zeugnis von ihr.

»Ziemlich grausam«, sagte er.

»Genauso wollte ich es. Die Natur ist grausam.«

»Oh, jetzt fangen Sie bloß nicht damit an.« Roger ließ sich in einen Sessel fallen. »Wenn ich noch ein Wort über die Gewalt der Natur höre, breche ich in Tränen aus.«

»Haben Sie Hunger? Ich wollte mir gerade etwas zu essen machen.«

»Oh, herrlich.« Mit einer Grimasse fügte er hinzu: »Tom und Diana planen ein Picknick. Im November!«

»Ich mache uns ein Brot.«

In der Küche schnitt sie einen Laib Brot auf. Robert sah sich neugierig um und sagte: »Ich weiß nicht, wie sie es hier aushalten. Ich würde anfangen, Selbstgespräche zu führen. Darf ich das haben?« Er wies auf den Brotkanten. Kauend an die Arbeitsplatte gelehnt, bemerkte er in einem Ton, als teilte er ihr ein Geheimnis mit: »Es war Tom, der unbedingt hier raus, nach Sussex, ziehen wollte. Diana war anfangs gar nicht begeistert.«

»Sie scheinen sich hier aber doch sehr wohlzufühlen.«

»Oh, sie würden sich niemals eine Blöße geben. Die Chivertons machen doch keine Fehler. Aber möchte irgendjemand ernsthaft mitten im Winter auf einem matschigen Acker leben? Diana ist mitgegangen, weil sie ihn vergöttert.«

»Das ist doch ein guter Grund, Roger.«

»Ich weiß nicht, ob es für Tom gut ist, wenn er immer seinen Willen bekommt.« Er wirkte innerlich amüsiert.

Sadie schob ihm ein belegtes Brot auf einem Teller zu. Er dankte ihr.

»Ich sag ja nicht, dass er nicht ganz verrückt nach ihr ist. Diana ist eine äußerst attraktive Frau. Und zwischen den beiden spürt man nie die kleinen Gereiztheiten, die es zwischen den meisten Ehepaaren gibt. Ehrlich, ich hoffe, sie streiten wie Hund und Katze, wenn sie allein sind. Kann ich ein bisschen Senf haben, Sadie?«

Sie reichte ihm das Glas und ein Messer dazu, und während er den Senf dick auf sein Brot strich, fuhr er fort: »Aber die Einzigen, mit denen sie es aushalten, sind natürlich sie selbst. Sie sind krasse Egoisten, das muss Ihnen doch aufgefallen sein. Wahnsinnig amüsant und gescheit – er ist jedenfalls gescheit, bei ihr bin ich mir nicht so sicher –, aber absolut egozentrisch.«

»Warum besuchen Sie sie, wenn Sie sie nicht mögen?«

»Ich habe nicht gesagt, dass ich sie nicht mag. Sie haben auch ihre netten Seiten. Man kann sich gut mit ihnen unterhalten, und Tom ist ungemein belesen. Aber es gibt eben nur wenige Menschen, die ich uneingeschränkt mag. Helen, meine Tochter und meine Mutter. Das sind sie so ziemlich alle.« Er zuckte mit den Schultern. »So bin ich nun einmal.«

»Ich wusste gar nicht, dass Sie eine Tochter haben, Roger.«

Er öffnete seine Brieftasche, nahm ein Foto heraus und zeigte es ihr.

»Das ist meine kleine Kathleen. Sie ist vier.«

Das Bild zeigte ein kleines Mädchen mit blonden Zöpfen und einem offenen Lachen. »Die ist ja hinreißend«, sagte Sadie.

»Zum Glück schlägt sie Helen nach. Dieses Wochenende kümmert sich das Kindermädchen um sie.«

»Die Chivertons haben keine Kinder, oder?«

Er schüttelte den Kopf. »Denen liegt beiden nichts an Kindern. Tom meint, sie würden ihn nur bei seiner Arbeit stören, und Diana zieht Hunde und Pferde vor. Wenn sie Kinder hätten, müssten sie ja mal an jemand anderen denken als an sich.« Roger biss von seinem Brot ab. »Sie reden im Moment nur von der neuen Oper. Tom schreibt das Libretto, wissen Sie. Er nimmt in letzter Zeit alle möglichen Aufträge an, weil er finanziell ein bisschen unter Druck steht«, fügte er indiskret hinzu.

»Aber er ist doch so erfolgreich«, meinte Sadie erstaunt.

»Lyrik bringt nichts ein. Tom muss andere Sachen machen, um sein Geld zu verdienen – Sonderausgaben, Anthologien und solches Zeug. Er versucht sich gern auf anderen Gebieten. Manchmal denke ich, dass er ein Dilettant ist. Oder vielleicht hat er Mühe, seinen vielen Talenten gerecht zu werden.«

Sadie fragte sich, ob hinter Rogers zynischen Bemerkungen die Eifersucht des weniger erfolgreichen Schriftstellers steckte. Sie setzte Teewasser auf. »Tom und Diana unterhalten immerhin ein großes Haus.«

»Ich spreche ja auch nicht von einer Geldknappheit wie zum Beispiel bei einem Straßenkehrer oder einem kleinen Angestellten. Aber sie besitzen beide kein eigenes Vermögen.« Er ging ins Wohnzimmer hinüber und sah vorsichtig zum Fenster hinaus, als hätte er Angst, Tom könnte ihnen zuhören. »Das ist hier wohl der perfekte Ort, um über ein gebrochenes Herz hinwegzukommen«, bemerkte er.

Sie warf ihm einen scharfen Blick zu. »Hat Tom Ihnen davon erzählt?«

»Tom hat's Diana erzählt, Diana Helen, und Helen mir.«

»Oh.«

Albern, dachte sie, es Tom übel zu nehmen, dass er über ihre private Geschichte gesprochen hatte. Sie hatte es ihm ja nicht verboten.

»Ich bin hier, um zu arbeiten, Roger«, sagte sie, »nicht um mit dem Schicksal zu hadern.«

»Sicher, sicher.« Es klang vorsichtig, als er hinzufügte: »Darf ich Ihnen etwas sagen? Einen Rat geben?«

Sie vermutete, dass er seinen Rat so oder so anbringen würde, ob sie es ihm erlaubte oder nicht. Also nickte sie.

»Verlassen Sie sich nicht auf die beiden.« Er hielt abwehrend einen Finger hoch, als sie etwas entgegnen wollte. »Und stehen Sie nicht auf Abruf für sie zur Verfügung. Tom und Diana sind sehr einnehmend und verstehen es, ihren Charme spielen zu lassen, aber so schnell, wie sie einen hochjubeln, können sie einen auch wieder fallen lassen.«

»Wie meinen Sie das?«

»Na, wenn man ihnen nicht mehr passt, wird man ausgemustert. Ich wäre schon vor Monaten von der Bildfläche verschwunden, wenn es Helen nicht gäbe. Tom verkehrt mit den Großen und Einflussreichen und sorgt dafür, dass es auch jeder mitbekommt. Ich sage nicht, dass Angeberei dahintersteckt – keineswegs. Tom sieht das als Teil seiner Aufgabe, Teil dessen, was es heißt, Tom Chiverton zu sein, und da hat er zweifellos recht. Verstehen Sie, Tom und Di sehen sich als eine eigene Kunstform – als Unternehmen. Sie brauchen die Bewunderung, aber sie legen großen Wert darauf, ihr Privatleben zu schützen, und wehe, das ignoriert jemand. Ich bezweifle, dass sie irgendjemanden lieben können außer sich selbst. Ich habe in *Gull's Wing* die sympathischsten Leute getroffen, die von den beiden nach allen Regeln der Kunst umworben worden waren, und dann sah man sie plötzlich nie wieder. Man wird vielleicht hofiert, weil man unterhaltsam ist oder Beziehungen hat oder sich dekorativ ausnimmt, aber man darf ja nicht glauben, dass das anhalten wird. Und wenn man ihnen wirklich in die Quere kommt, also … sie sind beide keine versöhnlichen Menschen.«

Roger biss wieder von seinem Brot ab und sagte mit vollem Mund: »Ich mag Sie, Sadie. Sogar ein alter Zyniker wie ich merkt, dass Sie ein weiches Gemüt haben. Verlassen Sie sich nicht auf sie, das ist alles. Genießen Sie Tom und Di so, wie sie sind, aber lassen Sie sich nicht zu sehr auf die beiden ein.«

Der Reif, der das Gras im Schatten der Bäume grau erscheinen ließ, war seit Tagen nicht getaut, und ihr Atem stieg in kleinen weißen Wölkchen auf. Eine klirrende Kälte, die jedes Blatt gefror, hielt den Wald umfangen, und die nach Harz riechende Luft brannte eisig in ihrer Lunge.

Das Krachen eines Schusses zerriss die Stille, und als Sadie auf der Höhe des Grats aus dem Wald auf die Straße hinaustrat, sah sie Diana mit dem Gewehr im Hof von *Gull's Wing* stehen. Sie hatte ihren langen schwarzen Mantel an, und ihr schwarzes Haar flatterte wild im Wind, als sie erneut anlegte. Der nächste Schuss krachte, und etwas Schwarzes taumelte durch die Luft zu Boden. Einer der Hunde rannte los und schnappte es sich.

Diana senkte die Flinte und winkte Sadie zu. »Diese widerlichen Krähen verschmutzen den ganzen Hof«, rief sie. »Eine Plage. Ich dachte, ich nehm sie mir vor, solange es noch hell ist. Kommen Sie rein, Sadie.«

»Ich will Sie nicht stören.«

»Ach, da machen Sie sich mal keine Sorgen«, sagte Diana herzlich und führte sie ins Haus. »Sie haben nicht zufällig unterwegs ein Auto, einen schwarzen Delage, gesehen?«

»Nein, leider nicht.«

»Bitte gehen Sie nach oben. Mein Bruder Maurice ist da irgendwo. Ich mache inzwischen Tee.«

Ein großer, schlanker Mann mit dunklen Haaren, vielleicht Mitte zwanzig, schätzte sie, offenkundig Dianas Bruder, stand aus einem Sessel auf, als sie ins Zimmer trat.

»Hallo, ich dachte, Sie wären Elizabeth.«

»Nein, ich bin Sadie – Sadie Lawless. Und Sie sind Maurice?«

»Maurice Hever. Freut mich.« Er sah etwas enttäuscht aus. »Di sagte, dass Elizabeth kommen würde.«

»Ich kenne sie leider nicht.«

»Sie ist eine gute Freundin. Sagen Sie, haben Sie Tom schon gesehen? Sein Gesicht ist übel zugerichtet. Er ist mit einem Kerl aneinandergeraten, der heimlich das Haus fotografierte. Und der hat ihm die Kamera ins Gesicht gehauen.«

»Schlimm?«

Maurice lachte. »Den anderen hat's schlimmer erwischt. Dafür hat Tom gesorgt. Anscheinend konnte der Kerl sich kaum noch auf den Beinen halten.«

»Und wo ist Tom jetzt?«

Maurice wies mit einer vagen Geste nach unten. »Sein Verleger ist hier. Irgendein wahnsinnig wichtiges Gespräch.« Mit den Händen in den Hosentaschen ging er zum Fenster. »Sind Sie zu Fuß gekommen?«

»Ja. Ich wohne nicht weit von hier.«

»Ihnen ist kein schwarzes Auto auf der Straße aufgefallen?«

»Leider nicht.«

Er sah angespannt nach draußen. »Ich warte auf Freunde von mir. Sie haben sich verspätet. Sie mussen eine Reifenpanne gehabt haben. Wir wollen nach Cornwall runterfahren. Ich könnte jetzt was essen, Sie nicht? Ich seh mal nach, was ich auftreiben kann.«

Sadie setzte sich auf ein Sofa, als er gegangen war, und blätterte in einer Zeitschrift. Von unten hörte sie undeutlich Stimmen.

Als es draußen hupte, stand sie auf und ging zum Fenster. Eine große schwarze Limousine stand am Straßenrand. Sie sah, wie Maurice einen Koffer in den Kofferraum warf und dann winkend und mit Lebewohl-Rufen in den Wagen einstieg.

Was tu ich hier, dachte Sadie. Tom und Diana waren beschäftigt, und sie störte. Sie beschloss, noch fünf Minuten zu warten und sich dann unter irgendeinem Vorwand zu verabschieden. Ruhelos lief sie im Zimmer hin und her. Ein Papierstapel lag auf einem kleinen Tisch, ein mit der Maschine geschriebener Text voller Korrekturen in schwarzer Tinte. Ein Satz sprang ihr ins Auge: *Die Unschuld der Begierde*. Sie glaubte, ihn zu verstehen, allerdings wäre es ihr schwergefallen, seine Bedeutung auch zu erklären.

Auf den Beistelltischen standen leere Tassen und Gläser. Stechpalmen und Tannenzweige in einer großen Steingutvase verströmten einen starken, medizinischen Duft, und Sadie hatte das unheimliche Gefühl, dass der Wald sich ins Haus drängte und es mit Kälte und Feuchtigkeit überzog.

Die fünf Minuten waren um. Sie ging ins Erdgeschoss hinunter, den Stimmen nach.

»... immer das Gleiche«, sagte ein Mann. »Das abgegriffene ländliche Idyll. Ist das alles, was wir zustande bringen?«

»Also, abgegriffen würde ich es nicht nennen«, sagte ein anderer.

»Aber ist es relevant? Das ist doch die Frage.«

»Das Idyll wird ständig neu interpretiert durch das Prisma der Gegenwart.«

»Aber es ist nie so reizvoll, wie es immer dargestellt wird.«

»Als hätten Sie eine Ahnung.« Zum ersten Mal mischte sich Tom ins Gespräch. Sein Ton war schneidend, und Sadie blieb im Korridor stehen. »Leute wie Sie, Rex, halten doch Hampstead für die reinste Wildnis. Hatten Sie Angst, die Wölfe könnten Sie fressen, als Sie vom Bahnhof hier raufgelaufen sind? Ich verspreche Ihnen, wenn wir Sie als Knochenbündel am Straßenrand finden, schreibe ich Ihnen einen schönen Nachruf.«

»Tom, ich meinte doch nur –«

»Ich *bin* das ländliche Idyll. Es ist *hier.*« Sadie stellte sich vor, wie Tom sich mit der Faust auf die Brust klopfte. »Daran hängt mein Herz. Es gibt nichts, was ich mehr liebe, und wenn Sie das nicht verstehen oder es belanglos finden, dann sollten Sie vielleicht verschwinden.«

»Tom, es geht doch nicht darum, dass wir Ihre Arbeit nicht schätzen. Bitte verstehen Sie das. Aber für ein amerikanisches Publikum –«

»Zum Teufel mit den verdammten Amerikanern. Und zum Teufel mit Ihnen und Ihrer ignoranten Engstirnigkeit.«

Eine Tür wurde zugeknallt. Als Sadie Schritte hörte, zog sie sich auf die Treppe zurück.

Sie hörte, wie Diana sagte: »Tom, Liebster …«

»Meine Arbeit bedeutet mir alles«, sagte er wütend. »Wieso scheint das niemand zu begreifen?«

»Doch, ich, Liebster. Und du bedeutest mir alles.«

»Ach, Herrgott noch mal. Lass mich in Frieden.«

Wieder knallte eine Tür. Tom hatte die Beherrschung verloren. Männer verloren leicht die Beherrschung. Die Diskussionen im Haus waren heute mit Emotionen geladen, die Sadie nicht betrafen, und mit Spannungen, von denen sie, eine Außenstehende, nichts wissen sollte. Vielleicht sollte sie nach Diana sehen. Sie hatte Tom noch nie in diesem Ton mit ihr reden hören. Aber nein, sie war sicher, Diana wäre es peinlich, dass jemand diesen Wortwechsel mit angehört hatte. Besser, sie gab sich ahnungslos.

Sie ging wieder ins Wohnzimmer hinauf und schaute zum Fenster hinaus in den Hof, wo die Schweine im Schlamm schnüffelten und die sandfarbenen und braunen Hühner aufgeplustert unter einer Hecke hockten. Tom war nach draußen gegangen. Er stand neben der Scheune und rauchte eine Zigarette. Selbst aus dieser Entfernung konnte sie erkennen, dass die eine Gesichtshälfte von blauen Flecken übersät war.

Diana kam mit dem Teetablett herein.

»Ich sollte jetzt gehen«, sagte Sadie. »Ich sehe doch, dass Sie alle zu tun haben.«

»Unsinn.« Dianas Stimme war betont munter. »Sie bleiben natürlich. Tom wäre enttäuscht, Sie nicht zu sehen.«

Sadie bezweifelte das, aber sie setzte sich und ließ sich von Diana mit den zwei Männern bekannt machen, die einen Augenblick später ins Zimmer kamen – Rex und Edwin, Mitarbeiter von Toms Verlag. Rex war ein wohlgenährter junger Mann in einem petrolfarbenen Jackett mit roter Krawatte; Edwin war älter und wirkte sehr vornehm.

»Sadie.« Sie blickte zur Tür, als sie Toms Stimme hörte. »Sie sehen bezaubernd aus heute.« Er wandte sich den beiden Männern zu, die auf einem der weinroten Sofas Platz genommen hatten. »Sadie ist eine hochbegabte Malerin. Ich bin ihr einmal bei schauerlichem Regen begegnet, als sie eine Eule zeichnete, sehr gelungen. Ich hoffe, Sie haben die Zeichnung gerahmt, Sadie.«

»Ich habe sie zerrissen und in einer Collage verwendet.«

Er lachte und setzte sich neben Diana. »Moderne Kunst.«

Diana reichte Brötchen und Kuchen herum. Im Lauf des Gesprächs erfuhr Sadie, dass Edwin und Rex nach *Gull's Wing* gekommen waren, um mit Tom über eine geplante Lesereise durch Amerika zu sprechen. Rex, dem unangenehm warm zu sein schien so nah beim Feuer, zupfte wiederholt an seiner Krawatte. Er ging Tom, der dem armen Mann immer wieder über den Mund fuhr, sichtlich auf die Nerven. Sadie musste an ein großes hungriges Tier denken, das mit einem verängstigten kleinen Häschen sein Spiel trieb. Er bemühte sich überhaupt nicht, seine Stimmung zu verbergen, sondern reagierte mit offenem Ärger oder beißendem Sarkasmus auf alles, was ihm nicht passte. Als die Auseinandersetzung zunehmend hitzig wurde, zog Diana Sadie mit ins Gespräch, und Sadie fragte sich, ob Diana vielleicht deshalb darauf bestanden hatte, dass sie blieb, damit sie als Puffer zwischen Tom und den zwei Männern fungieren konnte.

Als das Gespräch in friedlichere Gewässer einschwenkte und man begann, sich über Ley-Linien zu unterhalten, geriet Tom ins Schwärmen über Alfred Watkins' Arbeit zu dem Thema.

»Ich bin Watkins einmal begegnet«, sagte er. »Ein faszinierender Mann. Und ein glänzender Fotograf.«

»In diesem Teil Englands wimmelt es doch nur so von historischen Stätten«, bemerkte Rex unklug. »Man braucht bloß zwei Sehenswürdigkeiten miteinander zu verbinden, und schon hat man eine gerade Linie.«

Tom entgegnete kalt: »Meiner Meinung nach folgt die Höhenstraße einem Pfad neolithischen Ursprungs. *Gull's Wing* selbst ist auf einer Ley-Linie erbaut. Sie sollten vielleicht ein bisschen offener sein, Rex.« Jeder Muskel seines großen, kräftigen Körpers war gespannt, als er sich vorbeugte. »Nicht alles lässt sich greifen und säuberlich beweisen. Die Liebe zum Beispiel lässt sich nicht greifen. Sowenig wie Sehnsucht oder Eifersucht oder Hass oder eines der anderen Gefühle, die uns zu Menschen machen. Heißt das, dass sie nicht existieren?«

»Ich finde, das ist nicht ganz das Gleiche. Die *Wirkung* der Liebe kann man tatsächlich spüren. Ein Gefühl kann man spüren.«

»Danke für den Hinweis. Man könnte meinen, ich hätte nicht die letzten zwanzig Jahre damit zugebracht, das eine oder andere über die Liebe zu schreiben.«

»Es war nicht meine Absicht … Ich wollte damit nicht sagen –«

»Dann halten Sie einfach den Mund«, fuhr Tom ihn an.

Es war dunkel geworden. Diana stand auf, um die Vorhänge zuzuziehen. Auf dem Rückweg zu ihrem Platz blieb sie stehen und kraulte Tom den Kopf. Die Art, wie sie es tat, erinnerte Sadie an die Sanftheit, die sie ihren Hunden gegenüber zeigte. »Oh, ich glaube, Beweise für Liebe lassen sich leicht finden«, sagte sie. »Meinen Sie nicht auch, Sadie?«

Sadie antwortete nicht gleich. Zum einen, weil sie nicht irgendetwas Unüberlegtes sagen und damit Tom weiter verärgern wollte, zum anderen, weil sie sich eben der Liebe wegen nach *The Egg* zurückgezogen hatte. Die ganzen letzten Monate hatte sie sich bemüht, mit den Konsequenzen der Liebe fertigzuwerden, da wollte sie jetzt nicht irgendeine glatte Antwort geben, die nicht aufrichtig war.

»Ich glaube, dass die Liebe einen Abglanz hinterlässt«, sagte sie. »Ich glaube, wenn wir sie wirklich erfahren, wird ein Teil dieses Abglanzes uns immer bleiben.« Unwillkürlich berührte sie den Ring an ihrer rechten Hand, strich mit den Fingerspitzen über das Krönchen aus Smaragden. Sie erinnerte sich, dass Diana gesagt hatte, Leidenschaft sei das Einzige, was zählte. War das richtig? Leidenschaft gehörte sicher dazu, aber sie konnte auch egoistisch und zerstörerisch sein.

Die anderen nickten zustimmend, aber sie achtete kaum darauf. Was sie in den Monaten hier oben erkannt hatte, war, dass sie zwar geliebt hatte, Felix jedoch nicht. Kein Abglanz war auf ihn gefallen; hätte er in einen Spiegel geblickt, sein Bild wäre unverändert gewesen. Die Worte, die in den Ring eingeschrieben waren, den er ihr geschenkt hatte – »Du, meine Erwählte, bist meine ganze Freude« –, hatten sich in seinem Fall lediglich auf eine flüchtige Leidenschaft bezogen. Er hatte nach ihrem Zusammenbruch kein einziges Mal versucht, mit ihr Verbindung aufzunehmen, nicht einmal, um sich nach ihrem Befinden zu erkundigen. Er hatte sie nicht geliebt, hatte sie niemals wahrhaft geliebt. Es war schwer, das zu akzeptieren, und schmerzhaft, aber sie hatte es fast geschafft.

Das Gespräch schleppte sich nur noch dahin, der Nachmittag schien seinem Ende zuzugehen. Sadie entschuldigte sich, um die Toilette im Erdgeschoss aufzusuchen. Flüchtig betrachtete sie im Spiegel ihr Gesicht, gerötet von der Hitze des Feuers, die Haare recht wirr. Sie kühlte sich die Wangen mit Wasser und fuhr sich mit den Händen durch die Haare.

Als sie in den Korridor hinaustrat, traf sie dort Tom an. »Stanley hat mir die erste Serie Holzschnitte geschickt. Möchten Sie sie sehen?«

»Ja, gern.«

In Toms Arbeitszimmer beleuchtete eine elektrische Lampe deckenhohe Bücherregale an zwei der vier Wände. Der Raum lag nach vorn hinaus, im Sommer schützte ihn wahrscheinlich das von Säulen getragene Vordach vor direkter Sonneneinstrahlung. Über einem runden Tisch, mit Briefen und Notizbüchern beladen, hing eine Korktafel, auf der Zeitungsausschnitte, Fotos, Blätter und Federn befestigt waren – Tom schien ein Sammler zu sein wie sie. Sein Schreibzeug und ein Block aus schwerem weißen Papier lagen auf einem kleinen, etwas klapprig wirkenden Schreibtisch.

Er breitete mehrere Illustrationen vor ihr aus. »Sie sind sehr schön, finden Sie nicht?«

Stanley Chute hatte drei kleine ovale Holzschnitte gefertigt; von einem Hasen, der durch Gras sprang; einem Fuchs, der über ein Feld schlich; und einem Dachs, der aus seinem Bau hervorkam. Jeder Holzschnitt war von einem kurzen, mit der Hand geschriebenen Reim begleitet.

»Sie sind hervorragend«, sagte sie. »So lebensecht.«

»Und zugleich haben sie etwas Mystisches und Zeichenhaftes. Sie erfassen das Wesen des Tiers, meinen Sie nicht auch?«

»Doch, ganz und gar. Wie wollen Sie sie verwenden?«

»Edwin möchte eine Sonderausgabe von *Mondsüchtig* herausbringen. Ein gut gemachtes Buch mit Originalgrafiken verkauft sich immer. – Verzeihen Sie mir, Sadie.«

Sie sah ihn erstaunt an. »Was denn?«

»Meine schlechte Laune heute Nachmittag.« Er verzog den Mund. »Dieser Esel, dieser Rex – am liebsten hätte ich ihm eine runtergehauen. Diese amerikanische Tour hätte zu keinem ungünstigeren Zeitpunkt kommen können.«

»Lässt sie sich nicht verschieben?«

»Rex und Edwin behaupten, nein.« Mit plötzlicher Erbitterung sagte er: »Die Tour … die Sonderausgabe … sie zwingen mich, an Dingen zu arbeiten, die Verkaufszahlen bringen, und das, was mir am Herzen liegt, zu vernachlässigen. Es macht mich krank. Wirklich.«

»Bedeutet es denn so viel Mehrarbeit für Sie?«

»Edwin will unbedingt, dass ich drei oder vier Gedichte mit einschließe, die noch nie irgendwo veröffentlicht wurden. Ich muss also entweder abbrechen, woran ich seit sechs Monaten arbeite, und das an einem Punkt, an dem ich gerade beginne, eine neue Stimme zu entdecken, oder ich poliere ein paar alte Sachen auf, von denen ich weiß, dass sie zweitklassig sind. Es ärgert mich, derart genötigt zu werden. Das ist eine Form von Sklaverei.«

»Können Sie nicht ablehnen?«

Seine Augen verdunkelten sich. »Nein, eben nicht. Dieses Haus kostet mehr, als ich vorausgesehen habe.«

Sadie erinnerte sich an Rogers Bemerkung, dass die Chivertons knapp bei Kasse seien. Es stimmte also.

»Wenn die anderen kommen«, fuhr Tom fort, »wird es leichter. Ich werde wohl eine Art Miete verlangen müssen, obwohl ich das eigentlich vermeiden wollte.«

»Die anderen?«

»Es war immer mein Plan, *Gull's Wing* mit verwandten Seelen zu teilen – Schriftstellern und Malern, mit Menschen, die meine Vision von einem natürlichen Leben teilen. Wir hatten von Beginn an vor, die Scheune zu renovieren, um sie bewohnbar zu machen. Ich habe angefangen, das Dach zu reparieren. Das ist ein großes Projekt und wird einige Zeit in Anspruch nehmen.«

»Aber wird Sie das nicht vom Schreiben abhalten?«, fragte sie. »Wäre es nicht besser, für das Dach einen Handwerker zu nehmen? Obwohl, das würde wahrscheinlich teuer werden.«

»Ich arbeite gern mit den Händen, Sadie. Ich brauche den

Kontakt mit Stein und Holz und Erde. Ich muss körperlich arbeiten, mich mit den Elementen auseinandersetzen.« Er ballte die Fäuste. »Ich brauche etwas Handfestes, an dem ich mich abarbeiten kann.«

»Ja, manchmal tut es gut, sich körperlich zu verausgaben.«

»Genau. Sonst ist man ewig rastlos. Na, jedenfalls hoffe ich, dass ich bis zum Sommer mit dem Dach fertig bin, damit die ersten Mitglieder unserer kleinen Gemeinschaft einziehen können.«

»Glauben Sie nicht, es wird Sie stören, andere Menschen um sich zu haben?«

»Ich hoffe nicht.« Zerstreut blätterte Tom in den Zeichnungen auf dem Schreibtisch. »Früher kam mir ein Gedicht ganz von selbst in den Sinn, wenn ich in den Hügeln herumgewandert bin. Ich habe einen Fuß vor den anderen gesetzt, und die Zeilen reihten sich aneinander. Es war, als hätten sie nur darauf gewartet, von mir gefunden zu werden. Diese Gabe scheine ich leider verloren zu haben. Manchmal habe ich nichts als Geplapper im Kopf, das meiste davon unglaublicher Blödsinn, und dann wünschte ich, alle würden mich in Ruhe lassen. Ich bewundere Sie, Sadie. Sie schotten sich ab und konzentrieren sich auf Ihre Arbeit.«

Sie sagte überrascht: »Wenn Sie wüssten, wie mager die Ergebnisse in den letzten Monaten waren, würden Sie das nicht sagen.«

»Aber Sie machen weiter. Und das nach schweren persönlichen Rückschlägen.«

»Vielleicht weil ich daraus Kraft ziehe. Und …« Sie hielt inne, um zu überlegen. »Vielleicht bin ich jetzt die, die ich wirklich bin. Vielleicht war die andere, die Sadie, die Felix heiraten wollte, gar nicht wirklich ich.«

Er sah sie mit diesem Lächeln an, das so ungeheuer anziehend wirkte. »Ich muss sagen, Sie kommen mir nicht vor wie eine dieser jungen Frauen, die in der Ehe das einzige Glück sehen.«

»Bevor ich Felix kennenlernte, habe ich nie an Heirat gedacht.«

»Sie sind ein Mensch, der seine Freiheit braucht, wie ich. Ich habe auch meine Vorbehalte, was die Ehe angeht.«

Die Bemerkung verwunderte sie. Tom und Diana schienen so perfekt zueinanderzupassen, in ihrer Ehe so glücklich zu sein.

»Ich habe meine Zweifel an den künstlichen Einschränkungen, die die Ehe auferlegt«, fügte er hinzu. »Diana und ich haben lange und ausführlich darüber gesprochen, bevor wir uns zur Heirat entschlossen. Aber durch meine Arbeit stehen wir im Rampenlicht, und es wäre mir unerträglich, wenn man über sie klatschen würde.«

»Ja, das verstehe ich. Sie wollten sie schützen.«

»Ich persönlich sehe mich nicht als jemand, der für die Ehe geschaffen ist.«

Das hörte sich an, als sähe er es auch heute noch so. Sie fand es befremdlich, dass er so etwas sagte, während oben seine Frau saß und sich bemühte, seine aufgebrachten Kollegen zu besänftigen.

»Glauben Sie denn, man kann jemals ganz frei sein?«, fragte sie. »Meinen Sie nicht, dass es immer Grenzen gibt, die wir nicht überschreiten können oder dürfen?«

»Kommen Sie, Sadie, das ist Ihrer nicht würdig.« Den Kopf leicht zur Seite geneigt, sah er sie an, halb vorwurfsvoll, halb amüsiert. »In meinen Augen sind Sie keine Frau, die nach einem Vorwand sucht, um sich dem Leben nicht in seiner ganzen Intensität zu stellen.«

Sie spürte eine Spannung im Raum und fragte sich, ob sie nicht wieder nach oben gehen oder zumindest dem Gespräch eine andere Wendung geben sollte. Aber sie wollte die gute Stimmung nicht zerstören. Es war zu angenehm, sich offen äußern zu können und zu erleben, dass jemand, der so vital und eigenständig war wie Tom, ihr ernsthaft zuhörte.

Und außerdem redete er ja noch.

»Das erste Mal habe ich Sie im Wald bei Ihrem Haus gesehen, Sadie. Ich kam durch die Bäume gelaufen, und da waren Sie plötzlich, auf der Lichtung beim Holzhacken. Sie haben mich nicht bemerkt. Ich bin eine Weile stehen geblieben und habe Ihnen zugesehen. Sie hatten einen grünen Mantel an, und Ihre flatternden Haare glänzten wie Gold. Sie wirkten wie eine Gestalt aus einem Märchen. Eine Zauberin oder eine Elfe. Ja, das ist das Wort, das mir in den Sinn kommt, wenn ich an Sie denke – ›elfisch‹. Ihr feines, helles Haar … Ihre blaugrünen Augen … die hohen Wangenknochen und das spitz zulaufende Kinn.«

Während er sie beschrieb, berührte er sie, streichelte ihre Haare, zeichnete mit einer Fingerspitze die Kontur ihrer Wange nach. Sie stand wie gebannt, wahrhaftig verzaubert.

»Sie sind so ein ätherisches, zartes Geschöpf«, murmelte er. »Für Sie muss ich ein Fels sein. Sie und ich, Sadie, wir sind wie die Berge und der Regen. Wir begegnen einander, und dann trennen wir uns, aber jeder hat beim anderen eine Spur hinterlassen.«

Seine Lippen berührten die ihren, und sie schloss die Augen, als sie sich seinem Kuss überließ, der fordernder wurde. Sie spürte seinen Körper, der warm und drängend ihre Berührung suchte. Sie hörte den Wind draußen, die rauschenden Bäume, dann Schritte auf der Treppe.

Seine Umarmung erschlaffte, und entsetzt von sich selbst, trat sie hastig einen Schritt zurück. Was hatte sie sich dabei gedacht, Tom Chiverton zu küssen, während oben Diana die Gäste bewirtete? Sie rannte aus dem Zimmer, wie gejagt.

Ilonka und Gizi lagen im Flur und hoben kurz die Köpfe. Sadie lief nach oben und setzte sich aufs Sofa. Diana fragte, ob sie noch eine Tasse Tee wolle, und sie schüttelte den Kopf. Das Herz schlug ihr zum Zerspringen, und ihr Mund war wie ausgetrocknet, sie glaubte nicht, dass sie fähig wäre, die Tasse ruhig zu halten. Rex kam aus der Toilette, setzte sich und begann von einem Film zu erzählen, den er gesehen hatte. Ein paar Minuten später erschien auch Tom wieder. Er massierte mit einer Hand leicht den Nacken seiner Frau, während er seine Meinung zu dem Film zum Besten gab.

Wenig später hatte Sadie sich wieder so weit gefasst, dass sie sich mit Anstand verabschieden konnte. Toms Lächeln und der leichte Kuss auf ihre Wange waren rein freundschaftlich.

8

Surrey und London, August 1970

Als die Angestellten von Martineau Aviation an diesem Freitagmorgen das Sitzungszimmer verließen, sagte Ted Wilkinson etwas, das selbst für seine Verhältnisse an Geschmacklosigkeit kaum zu überbieten war. Der Mann machte sich nicht einmal die Mühe, die Stimme zu senken, und Dan Falconer war ziemlich sicher, dass Rose Martineau ihn hören konnte.

Wilkinson stand im Hangar, klatschte in die feisten Hände und sagte: »Na, da wird der Schuppen wohl den Bach runtergehen, wenn diese Kuh hier das Sagen hat. Von jetzt an müssen wir nach der Hausfrauenpfeife tanzen, Max. Wie findest du das, hm? Das muss begossen werden, wenn du mich fragst.«

Der Mechaniker schüttelte den Kopf. »Ich muss mir noch das Rad anschauen.«

»Ich glaub nicht, dass es der Dame auffällt, wenn du mal fünf gerade sein lässt.« Wilkinson verzog geringschätzig den Mund und wandte sich Dan zu. »Kommst du mit?«

»Nein.«

»Jetzt hab dich nicht so. Los, komm schon.«

Wilkinson baute sich unangenehm nah vor ihm auf und tippte ihm mit dem Zeigefinger auf die Brust. In seinen blassblauen Augen glomm kaum unterdrückte Streitlust. Er nutzte seine Größe und seine schwammige Massigkeit gern dazu, andere zu bedrohen.

Max schaute weg, aber Dan blieb ungerührt. »Ich bleibe hier«, sagte er.

»Schlappschwanz. Mach doch, was du willst.«

Wilkinson nahm seine Jacke und zog mit Max im Schlepptau ab. Dan wartete ein paar Minuten. Als er selbst hinausging, brauste Wilkinsons Vauxhall die Betonpiste hinunter zur Straße, die zum nächsten Pub führte. Wenn er in zwei, drei Stunden zurückkam, würde er sich nur mit Max' Hilfe auf den Beinen halten können. Dan hatte dem Jungen geraten, sich von Wilkinson nicht zu seinem Zechkumpan machen zu lassen, aber Max fürchtete um seine Arbeit. Wikinson konnte rachsüchtig sein.

Dan ging bis an den Rand des Grases und blieb im kühlen Wind stehen, der über den flachen Hügel strich, auf dem das Flugfeld gelegen war. Eine DC-3, die ehrwürdigste alte Maschine des Unternehmens, stand auf der Rollbahn. Wenn die Firma pleiteging, würden sie sie verkaufen müssen. In einem hatte Wilkinson recht: Wenn Mrs. Martineau keinen guten Start hinlegte, würde die Firma nicht lange durchhalten. Sie wussten alle, dass sie rote Zahlen schrieben.

Dan kehrte in das kleine Büro zurück, das er sich mit Wilkinson teilte. Es war die Aufgabe des Betriebsleiters, Charterangebote vorzubereiten, Standorte zu prüfen, Flugpläne auszuarbeiten und zu jeder Zeit über die jeweiligen Frachten informiert zu sein. Das Unternehmen drohte unterzugehen, weil sie nicht genug Aufträge hereinbekamen. Die Maschinen standen zu oft still.

Rational betrachtet, bestand kaum eine Chance, dass Rose Martineau erreichen würde, was ihrem Mann nicht gelungen war. Es war nicht unwahrscheinlich, dass Dan würde gehen müssen. Celia drängte ihn längst, sich nach etwas Neuem umzusehen, schon seitdem Martineaus Verwicklung in den Peters-Skandal öffentlich geworden war.

Aber Rose Martineau nicht wenigstens eine Chance zu geben erschien ihm zu hart. Dan schlüpfte in seine Jacke und ging den Korridor hinunter. Lucy Holbrook saß an ihrem Schreibtisch und tippte auf der Maschine.

»Ist Mrs. Martineau da?« Er wies mit einer Kopfbewegung zur geschlossenen Tür des Büros.

»Ja. Was gibt's denn, Dan?«

Ohne Lucy zu antworten, klopfte Dan an und trat ins Büro. Rose stand am Schreibtisch, vor sich Akten und Notizbücher. Sie hob den Kopf.

»Entschuldigen Sie«, sagte er, »kann ich Sie einen Moment sprechen?«

Sie lächelte. »Bitte, Dan.«

»Wenn Sie die geringste Hoffnung haben wollen, die Firma wieder hochzubringen, sollten Sie ernsthaft erwägen, Ted Wilkinson zu entlassen.«

Da sie nichts sagte, beschloss er, kein Blatt vor den Mund zu nehmen. »Der Mann ist faul und nachlässig, und er schikaniert die Leute. Damit vergiftet er die Atmosphäre in den Werkstätten und im Hangar. Mir persönlich macht das nichts aus, aber es färbt ab auf die jüngeren Männer. Er schubst sie herum. Ted ist ein Trinker, er trinkt jeden Mittag seine vier, fünf Bier und schläft dann am Nachmittag seinen Rausch aus. Im Moment ist er wieder im Pub, mit Max. Max ist nur mitgegangen, weil er vor Ted Angst hat. Er ist ein guter Arbeiter, aber er tut, was Ted sagt.«

Sie klappte einen Karteikasten zu. »Sie wollen mir also sagen, dass Wilkinson seine Aufgaben nicht erfüllt.«

»Genau das, Mrs. Martineau.«

»Nennen Sie mich Rose. Wir brauchen keine Förmlichkeiten.«

»Er war vielleicht früher mal gut, aber jetzt nicht mehr.«

Sie runzelte die Stirn. »Setzen Sie sich«, sagte sie. »Ich wollte ohnehin mit Ihnen sprechen. Ich überlege, was wir tun können, um die Firma zu retten.«

Dan setzte sich ihr gegenüber.

Sie klopfte mit ihrem manikürten Fingernagel auf den Schreibtisch. »Angenommen, Sie wären an meiner Stelle, wo würden Sie anfangen?«

»Ich würde herausfinden, wo die größten Probleme liegen, und dann nach Lösungen suchen.«

Sie blickte auf das Blatt Papier, das vor ihr lag. »Woran liegt es, dass wir keine Gewinne machen?«

»Zunächst mal an den Kosten.«

Sie nickte. »Personal, Treibstoff, Wartung der Maschinen. Die Gebäudemiete, die Nebenkosten. Können wir die Personalkosten reduzieren?«

Dan bemerkte, dass eines der Blätter auf dem Schreibtisch eine Personalliste war. Jeder Name war mit handgeschriebenen Notizen versehen. Ihre Stellen standen alle auf dem Spiel – auch seine eigene, vermutete er.

»Braucht es für den Posten des Betriebsleiters wirklich zwei Leute?«, fragte sie.

»Eigentlich nicht. Die Arbeit ist für einen Mann zu schaffen, wenn der bei der Sache ist. Ich könnte das.«

Sie blickte wieder auf ihre Liste. »Wir bezahlen zwei Mechaniker.«

»Zwei sind das Minimum. Eigentlich bräuchten wir drei. Wenn eine Maschine sich verspätet, müssen Sie bei der Landung trotzdem noch einen Mechaniker auf das Flugfeld stellen können. Max und Gareth sind gute Arbeiter. Das Gleiche gilt für die Piloten und Copiloten – sie kommen von der Royal Air Force, was Besseres gibt's nicht. An der Besatzung und den Mechanikern darf man nicht sparen. Sie brauchen außerdem einen Lademeister zur Kontrolle der Ladung und ihrer richtigen Verteilung in der Maschine.«

»Unsere Treibstoffkosten erscheinen mir sehr hoch. Könnten wir vielleicht einen preisgünstigeren Lieferanten finden? Zum Beispiel, indem wir Barzahlung anbieten?«

»Ich prüf das.«

»Danke. Und die Gebäudemiete – vielleicht könnte man da noch mal neu verhandeln.«

»Das hat Mr. Martineau versucht, aber mit den Leuten war nicht zu reden.«

Wieder machte sie sich eine Notiz.

»Wir haben mehr Fläche, als wir brauchen«, sagte Dan. »Eine Möglichkeit wäre, die leer stehenden Räume unterzuvermieten. Ich könnte auch das prüfen.«

»Ja, bitte, Dan. Und die Maschinen – brauchen wir wirklich drei? Haben wir genug Aufträge, um drei Maschinen in Betrieb zu halten?«

»Die könnten wir haben, wenn wir uns wirklich darum kümmern.« Er wollte gar nicht daran denken, dass die ältere der beiden DC-3s im Hangar eingemottet oder, schlimmer noch, verkauft werden würde.

»Und …« Sie schlug eine Seite um. »Setzen wir die Preise nicht zu niedrig an?«

»Für manche Strecken vielleicht. Es kommt auf die Konkurrenz an. Auf den stark beflogenen Strecken muss man aufpassen, dass man nicht unterboten wird.«

»Marseille macht Verluste. Sollten wir uns da zurückziehen?«

»Finde ich nicht. Der Haken ist nur, dass kaum Geld in unseren Taschen landet.«

»Wieso nicht?«

»Es kommt zu oft vor, dass der Frachtraum nicht auf dem Hin- und dem Rückflug ausgelastet ist. Wenn wir leer zurückfliegen, müssen wir trotzdem Treibstoff und Besatzung bezahlen, verdienen aber keinen Penny. Marseille gehört zu unseren längeren Flügen, da sind die Treibstoffkosten hoch. Leere Maschinen kosten Geld.«

»Aber warum sind sie leer?«

»Weil Mr. Martineau die Geschäfte nicht angekurbelt hat.« Dan sah nicht ein, warum er um den heißen Brei herumreden sollte.

Sie zuckte nicht mit der Wimper. »Und wie ließe sich daran etwas ändern?«

»Sie müssten mit den Import-Export-Agenturen reden, sie dazu bringen, dass wir mehr Aufträge bekommen. In Marseille sollten wir uns nach einem neuen Agenten umschauen. Für den Mann, mit dem wir derzeit arbeiten, sind wir nur ein kleiner Fisch, er vergibt die besten Aufträge an seine größeren Kunden. Suchen Sie jemanden, der gerade im Aufbau ist und sein Geschäft erweitern will. Der wird keine so hohen Provisionen verlangen. Es wäre natürlich gut, wenn Sie Französisch sprächen.«

»Das tu ich.«

Na, klar. Rose Martineau hatte selbstverständlich die entsprechende Schulbildung genossen und ihre Sommerferien an den entsprechenden Orten verbracht.

Er sagte: »Sie müssen bereit sein abzulehnen, wenn die Bedingungen nicht stimmen.«

Sie zog ein wenig die Augenbrauen hoch, und er fragte sich, ob sie fand, er sei zu weit gegangen. Aber sie nickte und sagte: »Ich glaube, das wär's erst einmal. Danke Ihnen, Dan.«

Als er aufstand, fügte sie hinzu: »Ich möchte, dass Sie fürs Erste die Betriebsleitung übernehmen.«

»Von wann an?«

»Sofort. Drei Monate Probezeit. Ach, und wenn Mr. Wilkinson zurückkommt, dann richten Sie ihm doch aus, dass ich ihn sprechen möchte.«

Um fünf packte Rose ihre Unterlagen ein. Auf dem Heimweg wollte sie bei ihrem Vater vorbeifahren, um Katherine und Eve dort abzuholen. Die beiden hatten seit Ende der vergangenen Woche Ferien, und ihr Vater hatte sich den Tag freigenommen, um auf sie aufzupassen.

»Lucy, ich muss gehen.« Sie trat ins Vorzimmer und legte der Sekretärin einen Stapel Papiere auf den Schreibtisch. »Könnten Sie sich bitte um diese Sachen kümmern? Es ist leider eilig.«

»Natürlich.« Lucy sah von ihrer Schreibmaschine auf. »Alles in Ordnung, Rose?«

»Ja, alles gut, danke.«

»Ich hab ziemlich schnell begriffen, dass ich mich am besten irgendwo verschanze, wenn Ted Wilkinson im Zimmer ist. Komisch, dass gerade solche Männer, die für Frauen gar nichts übrighaben, so schlimme Grapscher sind.«

Roses Gespräch mit Wilkinson, der angetrunken und aggressiv bei ihr erschien, war unschön gewesen. Sie hatte ihn mit einer Abfindung von einem Monatslohn fristlos entlassen und vom Hausmeister, einem ehemaligen Berufssoldaten, vom Gelände führen lassen.

»Ich glaube nicht, dass er gern für eine Frau gearbeitet hätte«, sagte sie.

Lucy, die einen pflaumenfarbenen Lippenstift aufdrehte, kicherte. »Na, das ist ja wohl die Untertreibung des Jahrhunderts.«

Rose merkte, wie die Spannung allmählich von ihr abfiel. »Und wie ist es mit Ihnen, Lucy? Macht es Ihnen nichts aus, für mich zu arbeiten?« Sie erinnerte sich, dass Roberts Sekretärin einmal zu ihr gesagt hatte, für sie leite sich ihr Status von dem Mann ab, für den sie arbeite: wichtiger Mann, wichtige Position, wichtige Sekretärin.

»Weshalb sollte es? Wir kommen sicher gut miteinander aus.« Sie sah Rose von der Seite an, während sie sich die Lippen nachzog. »Und meine Stellung, ist die sicher?«

»So sicher wie alle Stellungen hier«, antwortete Rose ehrlich.

Als sie sich in ihr Auto setzte, empfand sie vor allem Erleichterung darüber, dass sie den ersten Tag hinter sich hatte. Sie hatte nacheinander mit allen Angestellten gesprochen. Dan Falconer hätte ihr gar nicht zu raten brauchen, Wilkinson zu entlassen; wenn sie noch irgendwelche Bedenken gehabt hatte, waren diese nach der unverschämten Bemerkung bei der Morgenbesprechung verschwunden: »Jetzt schwingt also die Alte die Peitsche.« Nein, sie hatte Wilkinson ohne Bedauern vor die Tür gesetzt und war überzeugt, dass Dan die Aufgabe wesentlich besser erfüllen würde.

Dan Falconer war eindeutig ein gut aussehender Mann, groß, blond und sportlich, mit auffallenden blauen Augen und einem ebenmäßigen Gesicht. Aber attraktiv fand sie ihn nicht. Aussehen spielte eine Rolle – Persönlichkeit nach Roses Auffassung eine wichtigere. Und Dan war ein kalter Fisch. Er hatte nicht ein einziges Mal gelächelt während ihres Gesprächs, kein Zeichen des Entgegenkommens oder der Ermutigung gegeben. Kein »Willkommen in der Firma« oder »Wenn ich irgendetwas tun kann …« Er war zugeknöpft und distanziert gewesen, und sie hatte nach der halben Stunde mit ihm den Eindruck gehabt, dass er sie geprüft hatte statt umgekehrt.

Nicht einmal seine Beförderung hatte ihm eine Gefühlsäußerung entlocken können. Seine Aufmerksamkeit war einzig darauf gerichtet, die Firma Martineau Aviation auf Erfolgskurs zu bringen, und dafür war sie ihm dankbar. Sie brauchte jemanden wie ihn, wenn sie sich auf dem Gebiet des Luftfrachtgeschäfts mit all seinen Tücken zurechtfinden wollte. Wenn er tatsächlich so ein Verstandesmensch war, würde er sich umso besser für seine Aufgabe eignen. Ein Betriebsleiter musste wissen, wann er ein Angebot, das sich womöglich nicht auszahlen würde, auszuschlagen hatte. Er musste mit aller Hartnäckigkeit verhandeln, um das zu erreichen, was auf den ersten Blick unerreichbar schien. Dafür, vermutete sie, war Dan Falconer genau der richtige Mann.

Im Übrigen hatte sie seit dem Tag, an dem ihre Welt zusammengebrochen war, nicht mehr das geringste Interesse an Männern, geschweige denn an erotischen Abenteuern. Robert schien mit seinem Betrug diese Seite von ihr völlig abgetötet zu haben. Zum Glück, denn sie musste jetzt ihre ganze Aufmerksamkeit und Kraft auf die Firma konzentrieren und dafür sorgen, dass die Kinder die Umwälzungen in ihrem Leben möglichst unbeschadet überstanden.

In etwas mehr als einer Woche würden sie in Ediths Wohnung in Weybridge umziehen. Tony Marsh wollte sich am

Samstagmorgen dort mit ihr treffen, um ihr beim Ausräumen zu helfen. Sie musste so bald wie möglich ein Kindermädchen oder eine Haushaltshilfe einstellen, damit die Kinder versorgt waren und sie sich nicht weiterhin auf provisorische Arrangements mit ihrem Vater verlassen musste. Sie musste eine neue Schule für die Mädchen suchen, da der Flughafen am anderen Ende von Weybridge lag und sie nicht die Zeit haben würde, um sie vor der Arbeit nach Walton-on-Thames hinüberzufahren.

Sie konnte es sich nicht leisten, eine Chefin zu sein, die wegen familiärer Verpflichtungen spät ins Büro kam und früh nach Hause ging. Das würde die Männer in ihren Befürchtungen und Vorurteilen nur bestärken. Anders als Robert, der häufig durch Abwesenheit geglänzt hatte, musste sie jeden Tag in der Firma sein, um sich bis ins Kleinste mit dem Betrieb vertraut zu machen. Rechnungen mussten bezahlt, Kredite bedient werden, und es war ihre Aufgabe, Mittel und Wege zu finden, um Martineau Aviation am Leben zu erhalten und wieder zu einem gesunden Unternehmen zu machen. Sie hatte sich die Zahlen genau angesehen, und sie waren nur wenig ermutigend.

Nach dem Gespräch mit Dan hatte sie den Verwalter des Firmenanwesens angerufen, der ihr versprach, mit seinem Auftraggeber zu klären, ob eine Mietminderung möglich sei. Die Ablehnung war eine Stunde später erfolgt. Rose wusste, dass sie kein Druckmittel besaß. Sie hätte vielleicht drohen können, sich ein anderes Gelände zu suchen, aber was, wenn der Vermieter es hätte darauf ankommen lassen? Jeder Umzug wäre mit Kosten verbunden, die die Firma sich nicht leisten konnte, und mit einer Arbeitsunterbrechung, die sich wiederum auf ihre ohnehin schon unzureichenden Einnahmen auswirken würde. Sie mussten bleiben, wo sie waren, und an anderer Stelle zu sparen versuchen.

Mit der Entlassung von Ted Wilkinson hatte sie bereits einen ersten Schritt unternommen. Weitere Einsparungen boten sich auf den ersten Blick nicht an. Lucy Holbrook war unentbehrlich, sie kannte das Geschäft in- und auswendig, und an der Flugbesatzung und den Mechanikern konnte man, wie Dan gesagt hatte, ebenfalls nicht sparen. Blieben nur Reggie, der Hausmeister, und Fred, der Nachtwächter, die jedoch beide auf dem abseits gelegenen Gelände, auf dem kostspieliges Gerät lagerte, unbedingt gebraucht wurden.

Eine genaue Prüfung der Firmenfinanzen hatte zu allerlei bestürzenden Entdeckungen geführt. Roberts Mitgliedschaft im Golfklub war ebenso über die Firma gelaufen wie die in verschiedenen Londoner Klubs. Es waren Honorare an diverse Berater bezahlt worden, von denen einige, wie Rose an den Namen erkannte, zu Roberts Freundeskreis zählten. Sie bezahlten einen Agenten in Rom, der ihnen seit mehr als einem Jahr nicht einen einzigen Auftrag gebracht, dafür aber Robert zu seinen Wintersportausflügen eingeladen hatte.

Vielleicht hatte Martineau Aviation sogar seine geselligen Abende in dem Klub finanziert, in dem er Debra Peters kennengelernt hatte.

An alledem traf sie eine Mitschuld. Sie hatte Tom Wilkinson entlassen, weil er seine Stellung missbraucht hatte, aber sie selbst hatte als – wenn auch nur nominelle – Vorstandsvorsitzende der Firma korrupte Geschäftspraktiken geduldet. Die entsprechenden Ausgaben würden unverzüglich aus den Büchern genommen werden, trotzdem fühlte sie sich beschmutzt von diesen Geschichten.

Giles und Katherine waren mitten in einer Partie Schach, als Rose bei ihrem Vater ankam. Eve kniete am Couchtisch und schnitt mit einer Plastikschere Papierformen aus. Als sie Rose bemerkte, sprang sie auf und warf sich ihrer Mutter in die Arme.

Katherine hob nur den Kopf und sagte: »Wir müssen doch noch nicht gehen, oder? Wir sind gerade mitten im Spiel.«

»Im Ofen steht noch etwas Auflauf«, sagte Giles. »Setz dich hin und iss, Schatz, während ich hier dieses kleine Schachgenie besiege.«

»Opa!« Katherine war empört. »Du besiegst mich nicht – ich gewinne.«

Rose ging mit Eve in die Küche. Mit dem Kind auf dem Schoß setzte sie sich an den Tisch und aß den Auflauf gleich aus der Form. Eves Schilderung ihrer Erlebnisse des Tages waren verworren und wurden großenteils in Babysprache vorgetragen.

»Danke dir, Dad«, sagte Rose, als sie zwanzig Minuten später mit den Kindern das Haus verließ.

»Wir hatten viel Spaß. Was machst du morgen mit ihnen?«

»Abbies Mutter nimmt sie.« Abbie war Katherines beste Freundin. »Robert holt sie dann gegen Abend ab.«

»Gib mir Bescheid, wenn du Hilfe brauchst.«

Sie lächelte. »Es reicht schon, wenn du mich erträgst. Und mir sagst, ob ich gerade drauf und dran bin, etwas total Hirnverbranntes zu tun.«

Giles lachte. »Du meinst, ein Luftfrachtunternehmen leiten zu wollen? Rose, ich bin stolz auf dich.«

Sie umarmte ihn. »Danke, Dad. Ich wollte dich eigentlich fragen, ob du dir vorstellen könntest, mit an Bord zu kommen, aber dann dachte ich, lieber noch nicht.«

»Das würde nach Vetternwirtschaft riechen.«

»Ja. Und Robert hat ein paar recht dubiose Sachen gemacht. So was soll man mir nicht nachsagen können.«

»Das versteh ich. Aber du kannst jederzeit kommen, wenn du einen Rat brauchst. Ich geb ihn dir gern, wenn ich kann. Du weißt ja, wo ich bin, Schatz. Du schaffst das, Rose. Ich glaube fest an dich.«

Sie fuhren nach Walton-on-Thames zurück. Rose hatte begonnen, für den Umzug zu packen, und die Zimmer wirkten bereits öde und fremd mit den geleerten Regalen, den kahlen Wänden, den Kartons, die in den Ecken gestapelt waren. Zwar hatte sie zu Robert gesagt, sie hasse dieses Haus, dennoch brach es ihr beinahe das Herz, den Ort zu verlassen, an dem sie fünf Jahre glücklich gewesen war.

Nachdem die Mädchen gebadet hatten, brachte sie Eve zu Bett und ließ sich danach von Katherine, schon im Schlafanzug, ihre letzten Klavierstücke vorspielen. Als dann auch Katherine im Bett war, ging sie die Aufzeichnungen durch, die sie sich im Büro gemacht hatte. Sie hatte sich gerade die Liste ausländischer Agenturen vorgenommen, die Lucy ihr zusammengestellt hatte, als sie lautes Poltern hörte und gleich darauf fürchterliches Geschrei.

Sie rannte nach oben. Eve stand schreiend neben ihrem Bett, umgeben von den Scherben des Keramikständers ihrer Nachttischlampe.

»Schätzchen, was ist denn passiert?« Rose nahm ihre Tochter auf den Arm und setzte sich mit ihr aufs Bett.

»Ich bin runtergefallen.« Eve schluchzte.

»Von wo bist du runtergefallen?«

»Von da.« Eve trat zornig gegen den Nachttisch. »Ich wollte zum Fenster rausschauen. Aber es war zu hoch oben, und da bin ich da draufgeklettert. Und dann bin ich runtergefallen.«

Rose redete beruhigend auf sie ein und streichelte ihr dabei die Haare. »Warum wolltest du denn zum Fenster rausschauen, Evie?«

»Ich wollte sehen, ob Daddy kommt. Ich wollte, dass er mir noch Gute Nacht sagt.«

»Ach, Schatz…« Sie hatte Schreckensbilder vor sich. Was, wenn es Eve gelungen wäre, aufs Fensterbrett zu klettern und das Fenster zu öffnen? Sie hätte hinunterstürzen können. Oder sie hätte das Kabel aus der Lampe reißen und einen Stromschlag bekommen können.

Sie nahm sich zusammen und sagte tröstend: »Du siehst Daddy morgen. Er holt euch beide ab, und dann fahrt ihr zu ihm. Das ist doch schön, nicht?«

»Ich hab's schöner gefunden, als er noch hier gewohnt hat.«

»Ich weiß, Kleines.«

Sie hielt Eve auf dem Schoß, bis sie eingeschlafen war, dann legte sie sie ins Bett. Nachdem sie die Scherben der Lampe aufgefegt hatte, schenkte sie sich einen großen Gin Tonic ein. Lieber Gott, was machte sie da eigentlich? Wie hatte sie sich einbilden können, sie könnte ein Unternehmen leiten und gleichzeitig zwei Kinder großziehen? Und dann auch noch der Umzug.

Sie ging nach oben.

Die Sachen aus der Küche und dem Kinderzimmer würde sie zuletzt packen, aber sie konnte schon mal mit ihrem eigenen Zimmer anfangen. Mit einer Mischung aus Ungeduld und Beklemmung begann sie, ihre Wintermäntel, Pullover, Wollröcke, Stiefel und dicken Jacken in Tragetaschen und Kartons zu stopfen.

Als das Telefon läutete, lief sie nach unten und hob ab.

»Entschuldige, dass ich mich erst jetzt melde, Rose«, sagte George, Roberts älterer Bruder. »Ich habe mich inzwischen bei ein paar Leuten nach Sadie Lawless erkundigt.«

»Vielen Dank, George, das ist nett. Hast du irgendwas erfahren?«

»Ja, du wirst's nicht glauben. Sie war Grafikerin und Malerin und wurde damals von einer Galerie in der Jermyn Street vertreten.«

Rose lehnte sich an den Schreibtisch. »Sie war also wirklich Künstlerin?«

»O ja, allerdings. Die Galeristin, die mit ihr zusammengearbeitet hat, hieß Madge Danford. Das war in den 1930er-Jahren. Danford ist 1962 gestorben. Jetzt leitet Nerissa Taylor die Galerie. Mit ihr habe ich auch gesprochen. Sie hat deine Großtante nie kennengelernt, aber offenbar hat Miss Danford häufig von ihr gesprochen. Ach, und übrigens, Rose, sie besitzt zwei von Sadie Lawless' Gemälden. Ich hab's ja mehr mit der Aquarellmalerei des 19. Jahrhunderts, aber ich fand sie ziemlich gut. Ich habe gesagt, du würdest dich bei ihr melden.«

»Tausend Dank, George.«

»Gern geschehen.«

Sie fand sein undeutliches Nuscheln verdächtig und fragte: »George? Ist irgendwas?«

»Nein, nein, alles bestens.«

Sie stellte ihn sich in seiner Wohnung in der Charles Street vor – dunkle Regale voll dicker geschichtlicher Wälzer, braune Ledersessel vor dem offenen Kamin mit Delfter Kacheln – und eine Bemerkung von Robert kam ihr in den Sinn: »Sieht aus wie in einem verstaubten Herrenklub, wo man vielleicht zum Sterben hingehen würde, oder wenn man sowieso schon halb tot ist.«

»George«, fragte sie vorsichtig, »bist du betrunken?« Sie wusste, dass er trank, aber im Allgemeinen ließ er es sich nicht anmerken.

»Nicht betrunken«, sagte er mit Bedacht, »aber auch nicht ganz nüchtern. Und du?«

»Ach, du weißt schon.« Ihr Glas war leer. »Kleine Entspannung am Abend. Aber was ist mit dir?«

»Gar nichts.«

George Martineau war ein verschlossener Mensch. Rose konnte sich nicht erinnern, mit ihm je über persönliche Dinge gesprochen zu haben. Sie machten Konversation – über eine Oper vielleicht, die er sich angesehen hatte, ein Buch, das sie gelesen hatte.

»George? Jetzt mal ehrlich.«

Er lachte verlegen. »Es ist leider etwas peinlich Banales. Ein gebrochenes Herz.«

Sie bemühte sich, ihre Überraschung zu verbergen. »Oh, das tut mir leid. Ich wusste nicht, dass du eine Freundin hattest.«

»Ich hatte keine Freundin, Rose. Hatte nie eine.«

Sie war offenbar müder, als sie selbst gemerkt hatte, denn sie brauchte einen Moment, um zu begreifen. Dann sagte sie nur: »Oh.«

»Genau. Oh!«

»George, entschuldige, das war blöd von mir. Ich hatte keine Ahnung.«

»Woher auch? Ich habe mein Bestes getan, um meine, äh, Neigungen für mich zu behalten.«

»Warum denn? Es ist doch nicht mehr verboten.«

»Ich mag's nicht, wenn über mich geklatscht wird.« Er seufzte. »Ich weiß, du findest mich ziemlich arrogant und langweilig.«

»Nur manchmal. Sonst hab ich dich sehr gern.«

»Danke«, sagte er still, »das bedeutet mir eine Menge.« Nach einer kurzen Pause fügte er hinzu: »Aber ehrlich gesagt bin ich zu arrogant, um mich den typischen Kommentaren auszusetzen. Homosexualität ist zwar nicht mehr gesetzlich verboten, aber es gibt noch genug Leute, die mit Ablehnung oder Spott reagieren. Robert zum Beispiel ... der ist Hetero durch und durch ... für ihn wäre das ein gefundenes Fressen.«

»Also, so unsensibel ist er nun auch wieder nicht.« Robert mochte sein Fehler haben, aber er war weder engstirnig noch hämisch. »Er würde wahrscheinlich ein paar alberne Bemerkungen machen, und damit wär's gut.«

»Ja, aber ich weiß nicht, ob ich die albernen Bemerkungen ertragen könnte.«

»Du bist nicht der Einzige, der Heimlichkeiten hat.«

»Nein.« Er lachte ein wenig zu lang. »Komisch, oder? Robert und sein Callgirl ... Ich und Peter ... Aber ich weiß schon, was Vater erträglicher finden würde.« Er schwieg einen Moment, dann sagte er: »Darum wäre es nett, wenn du die Neuigkeiten für dich behalten könntest ... Es geht nicht nur um die Familie, einige meiner Bekannten würden mich nicht mehr kennen wollen, wenn sie das wüssten.«

Sind solche Bekannten überhaupt der Mühe wert?, hätte sie gern gefragt, sagte aber stattdessen: »Wart ihr lange zusammen, du und dein Freund?«

»Sechs Jahre.«

Als sie schwieg, fügte er hinzu: »Er ist ein hinreißender Mann. Kultiviert, intelligent und herzlich. Kein käuflicher kleiner Stricher, falls du dir so was vorgestellt haben solltest.«

»Hab ich nicht.«

»Nein, natürlich nicht, entschuldige.« Er seufzte wieder. »Tut mir leid. Er ist verheiratet, verstehst du. Frau und Kind. Das war natürlich eine Riesenbelastung für ihn, und …« Kurzes Schweigen. »Er sagt, dass wir uns nicht mehr sehen können. Ich habe ihn angefleht, es sich noch mal zu überlegen.« Seine Stimme klang tieftraurig.

»Ach, George, du Armer.«

»So viel Selbsterniedrigung hätte ich nie von mir erwartet, aber na ja – man lernt nie aus. Mit der Zeit wird es schon besser werden. Jedenfalls sagt man das, oder?«

»Ja, sagt man.«

»Du warst immer eine starke Frau, Rose.«

»Meinst du?« Manchmal fiel es ihr schwer, sich zu erinnern, wie sie gewesen war, bevor ihr Leben zu Bruch gegangen war. »Es ist leicht, stark zu sein, wenn man nicht auf die Probe gestellt wird.«

»Ich habe immer deine Haltung bewundert. Haltung ist ziemlich aus der Mode, nicht? Ich schätze sie trotzdem.« Ein kurzes, trockenes Lachen. »Das Erbitternde ist, dass man sich trotz allem weiter nach Liebe sehnt. Ist es zwischen dir und Robert endgültig vorbei?«

»Ich weiß es nicht.«

Sie drehte das Telefonkabel um ihre Hand.

»Für Robert, glaube ich, nicht. Ach, es ist so ein Durcheinander, George. Oft hasse ich ihn.«

»Aber nicht immer.«

»Nein.« Es war ein Seufzen. »Nicht immer.«

Sie beendeten das Gespräch wenig später. Die Hitze des Tages hatte sich im Haus gesammelt. In der stickigen Küche ließ sie sich ein Glas Wasser einlaufen und machte sich dann einen zweiten Gin Tonic, bevor sie oben noch einmal nach den Mädchen sah.

Eve schlief tief und fest, in einem Arm ihren Plüschpanda. Rose fragte sich, ob der Rückfall ihrer Tochter in die Babysprache ein Zeichen dafür war, dass sie sich verlassen fühlte. Heiße Angst überflutete sie, als sie daran dachte, was sie sich vorgenommen hatte und wie sich die Arbeit auf das Leben ihrer Kinder auswirken würde. Aber gab es eine Alternative? Klein beigeben und ewig von Robert abhängig sein? Irgendeine Tätigkeit ausüben, die sie nicht befriedigte?

Ihre Töchter sollten wissen, dass es für Frauen andere Möglichkeiten gab, als zu heiraten und Kinder zu bekommen. Sie sollten zu tüchtigen, gut ausgebildeten Menschen heranwachsen, die sowohl finanziell als auch geistig unabhängig waren.

Ja, sie hatte das Unternehmen für sich selbst übernommen, aber sie tat es auch für Katherine und Eve.

Sie musste noch eine weitere Liste schreiben: fertig packen, vor dem Umzug Großmutters Wohnung ausräumen und putzen, zur Bank gehen und den Kredit verlängern lassen, eine neue Agentur in Marseille suchen, ein Kindermädchen einstellen, neue Schule suchen.

»Du schaffst das.« Die Worte ihres Vaters gaben ihr Mut. Sie durfte nur den Glauben nicht verlieren. Wenn sie nicht selbst an sich glaubte, wer dann?

Dem Moment der Panik folgte die Entdeckung, dass der vergangene Tag ihr gutgetan hatte – trotz all ihrer Sorgen, trotz der erschreckenden Zahlen, trotz Ted Wilkinsons Unverschämtheit ihr gegenüber und trotz der erfolglosen Mietverhandlungen. Die Langeweile und das Gefühl der Sinnlosigkeit hatten sich verflüchtigt, waren verdrängt worden von der gespannten Erwartung angesichts der Herausforderungen, die auf sie warteten. Zum ersten Mal seit Wochen – oder Monaten, oder sogar Jahren – fühlte sie sich wirklich lebendig.

Sie zog Katherines verwurstelte Bettdecke gerade und hob ein heruntergefallenes Buch auf: *The Observer's Book of Aircraft*, von dem Katherine gar nicht genug bekommen konnte. Dann ging sie in ihr Zimmer und setzte sich aufs Bett. Hasste sie Robert, wie sie das zu George gesagt hatte? Sie trank einen kräftigen Schluck Gin. Ja, oft hasste sie ihn. Aber die übermächtige Wut, die sie unmittelbar nach dem Enthüllungsartikel in der Zeitung gepackt hatte, begann sich zu legen. Stattdessen empfand sie manchmal eine tiefe Traurigkeit. Sie hatte so viel verloren – sie hatten beide so viel verloren. Sie konnte nicht einmal bedauern, ihn geheiratet zu haben. Ohne ihn hätte sie die Kinder nicht, das Schönste, was ihr das Leben geschenkt hatte.

Zwischen ihr und Robert war eine Zeit lang alles gut gewesen, dachte sie. Aber sie hatte nicht bemerkt, als es sich geändert hatte. In der Rückschau erkannte sie, dass sie die Signale ignoriert und sich viel zu lange vorgemacht hatte, alles wäre reine Harmonie. Und als aus dem leisen Schwelen schließlich ein lodernder Brand geworden war, zerfiel ihr ganzes schönes, sicheres Leben zu Asche.

Vielleicht war man niemals sicher. Vielleicht war das, was man für Sicherheit hielt, eine ständige Gratwanderung. Rose zog die Schubladen ihres Nachttischs auf und sortierte die Sachen, die darin lagen: Dinge, die gleich gepackt werden mussten; solche, die man für zuletzt lassen konnte; ein altes Notizbuch und ein Rest Lippenbalsam zum Wegwerfen.

Die orange-goldene Mappe mit Sadie Lawless' Briefen lag in der untersten Schublade. Ihr Gespräch mit George ging ihr durch den Kopf, als sie sie aufschlug: »Einige meiner Bekannten würden mich nicht mehr kennen wollen, wenn sie es wüssten«, hatte er gesagt. Eine Vermutung regte sich, die mit ihren Erinnerungen an den Inhalt der Briefe zu tun hatte. Sie begann, sie nochmals zu lesen, um ihren Verdacht zu überprüfen. »Ich habe die Chivertons noch nicht zu Gesicht bekommen. Ich dachte, sie würden vielleicht vorbeikommen«, schrieb Sadie in ihrem ersten Brief an Edith, der im Oktober 1930 in *The Egg* geschrieben war. »Vielleicht sind sie verreist. Sie führen wahrscheinlich ein mondänes Leben.«

In ihrem nächsten Brief schilderte Sadie eine Abendeinladung in *Gull's Wing*: »Das Wohnzimmer ist kaum wiederzuerkennen. Diana Chiverton scheint ein Faible für leuchtende Farben zu haben. Man sollte meinen, Weinrot und Orange würden sich beißen, aber es sieht fantastisch aus.«

In einem anderen Brief, eine Woche später, antwortete Sadie offenbar auf Kritik von Edith:

»Das Leben in The Egg *zwingt mich, mich an Einsamkeit zu gewöhnen, und das ist doch gut, da ich wahrscheinlich den Rest meines Lebens allein bleiben werde. Mach Dir keine Gedanken, Edith, ich weiß, ich darf mich nicht verstecken; ich weiß, ich darf nicht zur Einsiedlerin werden. Aber ich muss einen Sinn finden. Es kann gut sein, dass ich meine besten Arbeiten schon gemacht habe. So etwas kommt bei Künstlern vor, wie du vielleicht weißt. Vielleicht ist der Funke schon erloschen, und ich muss mir eine andere Betätigung suchen, etwas, das mir Freude macht und mir lohnenswert erscheint. Denn keinesfalls will ich mich ohne Licht, Liebe oder Leidenschaft durch mein restliches Leben schleppen.«*

Und dann, eine Seite weiter:

»Ich war gestern zum Mittagessen in Gull's Wing. *Es war wirklich nett. Tom und Diana sind unkonventionelle Menschen, aber Diana begegnet einem offen und herzlich, und das Gespräch wird nie langweilig, wenn Tom dabei ist. Erinnerst Du Dich an die Farce, die wir im Aldwych Theater gesehen haben? Der Mann, der den*

Tennislehrer gespielt hat, war auch da. Wir haben Scharade gespielt, und er und Tom waren ganz großartig.«

Sadies nächster Brief berichtete von einem Abendessen bei Tom und Diana Chiverton: »Nur ich und die Erikssons, ein ausgesprochen netter Abend. Hast du Toms Vortrag im Radio gehört? Am Freitagabend. Ich habe ihn verpasst, weil ich in *The Egg* keinen Empfang habe. Ich habe Mr. Boxell von der Werkstatt danach gefragt, aber er sagt, es sind einfach zu viele Bäume.« In einem Brief zwei Wochen später erzählte Sadie auf mehreren Seiten von einer Wanderung mit Tom und Diana und einem weiteren Paar, Alma und Martin: »Auf dem Rückweg hat es in Strömen gegossen«, schloss sie. »Ich hatte meine Mütze vergessen, aber zum Glück lieh Tom mir seinen Südwester, sonst wäre ich wahrscheinlich ertrunken. Als wir wieder in *Gull's Wing* waren, setzten wir uns alle ans Feuer, und Ivy brachte uns große Tassen heiße Schokolade zum Aufwärmen.«

Danach klaffte eine Lücke. Wie es schien, hatte Sadie erst am 12. Dezember wieder an Edith geschrieben.

»Ich muss Dir von meinen Schülern erzählen. Mrs. Greene ist mit einem pensionierten Oberst verheiratet, und sie leben in Nutcombe. Sie züchtet Schneeglöckchen aller Art und hofft, dass sie bei mir lernen wird, sie zu malen. Dann gibt es Colin Ferrers, er ist siebzehn und kommt extra mit dem Fahrrad aus Crowborough. Er möchte gern auf die Kunstakademie, und ich hoffe, das wird ihm gelingen, denn er ist wirklich begabt. Außerdem habe ich drei kleine Mädchen, Iris, acht Jahre alt, und ihre fünfjährigen Zwillingsschwestern Holly und Heather. Es macht großen Spaß mit ihnen, auch wenn sie wie die wilden Hummeln sind. Ich kann mir vorstellen, dass ihre Mutter jedes Mal erleichtert aufatmet, wenn sie sie hier abgesetzt hat und wieder heimfährt. Ronald Lee ist

Witwer. Er hat einen Hof und ist leidenschaftlicher Ornithologe. Er hat im Krieg die rechte Hand verloren und möchte lernen, mit der linken zu zeichnen. Meine letzte Schülerin war eine Überraschung. Winnie Thomsett fragte, ob sie bei mir Unterricht nehmen könne. Ich werde ihr vorschlagen, sich mit Colin Ferrers zusammenzutun, dann wird es billiger für die beiden.«

Und schließlich ein paar Zeilen über Weihnachten. Sadie würde offensichtlich bei Edith feiern und schlug vor, einige Stechpalmenzweige zur Dekoration des Fuller'schen Hauses mitzubringen.

Dann folgte wieder eine lange Pause, diesmal von einem Monat, ehe Sadie ihrer Schwester schrieb. Tom und Diana Chiverton wurden in diesem Schreiben vom 15. Januar mit keinem Wort erwähnt. Auch im nächsten und übernächsten nicht. Rose sah die restlichen Briefe in der Mappe durch.

Ihr Gedächtnis hatte sie nicht getrogen. Ein halbes Dutzend Briefe, in denen Sadie praktisch über nichts anderes als die Chivertons berichtete, und dann war plötzlich keine Rede mehr von ihnen. Ein halbes Dutzend Briefe, in denen Sadie den Eindruck vermittelte, die Chivertons wären zu ihren besten Freunden geworden.

Und dann Schweigen. Warum?

»Indische Möbel verkaufen sich im Moment nicht schlecht«, meinte Tony Marsh, während er mit einer Hand über die Türen des Padouk-Sekretärs strich. »Der geht bestimmt sofort weg.« Er schwang sich die strähnigen graubraunen Haare aus der Stirn und wandte sich Rose zu. »Ich nehme alles, wenn's dir recht ist – die Möbel und den ganzen Rest.«

Rose und Tony hatten sich in Edith Fullers Wohnung getroffen, um diese gemeinsam mit Tonys Sohn Kevin auszuräumen. Ihr fiel eine Last von den Schultern.

»Im Ernst? Auch das Tigerfell? Und diese scheußliche Uhr?«

»Gerade die Uhr. Die stell ich ins Schaufenster. Wetten, sie steht da keinen Tag?« Sein Blick wanderte durch das Zimmer. »Solche Sachen werden in den Hotels und Geschäften als Dekoration verwendet, für die Atmosphäre. Gibt's irgendwas, was du behalten willst, Rose?«

»Das Porzellan vielleicht. Weiß der Himmel, was ich damit anfangen soll, aber es ist einfach so schön und eine Erinnerung an Edith – wenn wir zusammen gegessen haben und sie mir von Indien erzählt hat.«

»Kevin packt es dir ein. Wenn du es dann lagern willst, ist es schon in Kartons.«

»Ich habe was für dich, warte, Kevin«, rief er seinem Sohn zu, der dabei war, zwei Leuchter in Seidenpapier einzuschlagen. »Bring die Ladung zum Wagen raus.«

Kevin, klein und drahtig wie sein Vater, hievte einen Riesenkarton in die Höhe und schleppte ihn hinaus.

Tony gab ihr den Ring zurück, den sie oben bei *The Egg* gefunden hatte, und drückte ihr dazu einen Zettel in die Hand.

»Ich hab ihn zuerst einem Bekannten in Hatton Garden gezeigt«, berichtete er. »Dann ist mir Clara Partridge eingefallen. Ich hab eine Weile gebraucht, um sie zu finden, sie zieht ziemlich oft um – kann die Miete nicht zahlen und macht sich dann alle paar Monate bei Nacht und Nebel aus dem Staub. Wenn's um antiken Schmuck geht, gibt es aber keine Bessere als Clara. Der Ring hat's ihr richtig angetan. Sie hat dir was dazu aufgeschrieben.«

Rose entfaltete den Zettel. Die Handschrift war groß und ungelenk.

»Sie hat Arthritis«, erklärte Tony.

Rose las. »Was wissen Sie schon über Ihren Ring?«, hatte Clara Partridge geschrieben. »Dass er sehr schön und sehr alt ist, nehme ich an. Meiner Meinung nach stammt er aus dem späten sechzehnten Jahrhundert. Den Namen des Goldschmieds, der ihn gefertigt hat, kann ich Ihnen leider nicht verraten, aber über die Steine kann ich Ihnen etwas sagen. Es handelt sich um einen Quincunx aus rechteckigen Smaragaden in einer Cabochonfassung.«

»Quincunx?« Rose sah Tony fragend an. »Cabochonfassung?«

»Na ja, das ist eine besondere Art der Fassung«, sagte Tony und fuhr mit dem Finger über das Krönchen des Rings. »Und Quincunx heißt, dass es fünf Steine sind, die so gruppiert sind wie die fünf Punkte auf einem Würfel.«

Rose las weiter. »Der Reif ist neunkarätiges Gold, flach und mit neun schwarzen Diamanten besetzt.«

»Diamanten ...«

»Ja, schwarze Diamanten. Ziemlich ungewöhnlich.«

»Ich wusste gar nicht, dass es so was gibt.« Sie hielt den Ring ans Licht. »Sie funkeln gar nicht. Trotzdem sind sie schön, nicht?«

Rose überflog die letzten Sätze auf dem Zettel. »Es gibt kein romantischeres Schmuckstück als einen Ring«, hatte Clara Partridge geschrieben. »Jeder Ring hat eine Geschichte zu erzählen, und ich könnte mir vorstellen, dass dieser hier, mit dieser innigen Inschrift, etwas ganz Besonderes zu erzählen hat.«

Rose steckte sich den Ring an den Finger, schob den Zettel in ihre Tasche und umarmte Tony.

»Vielen Dank, Tony. Soll ich nicht Miss Partridge etwas für ihre Mühe bezahlen?«

»Wie wär's, wenn ich hier etwas mitnehme, was ihr gefallen könnte? Wenn dir das recht ist. Ich glaube, ihr wäre das lieber. Ich denke, wir werden noch den ganzen Tag zu tun haben. Ich werfe den Schlüssel bei dir ein, wenn wir fertig sind, ja?«

»Ja, gut, danke.«

Katherine und Eve hatten bei ihrem Vater in seiner neuen Wohnung in Chelsea übernachtet, und es war ausgemacht, dass Rose sie später abholen würde. Vorher wollte sie noch in die Galerie in der Jermyn Street, in der Sadie Lawless vor langer, langer Zeit ihre Grafiken und Bilder ausgestellt hatte.

Sie nahm den Bus bis Piccadilly Circus und ging von dort aus das kurze Stück bis zur Jermyn Street zu Fuß. London war heiß und staubig an diesem Samstagmorgen und voller Menschen, die es eilig hatten. Rote Doppeldeckerbusse rumpelten schwerfällig die Piccadilly hinunter und sandten schwarze Rußwolken zum glasklaren blauen Himmel.

Die elegante grauweiße Fassade der Danford Gallery nahm sich gut aus zwischen ihren Nachbarn, einem schicken Restaurant auf der einen Seite und einem Herrenmodegeschäft auf der anderen. Der Ausstellungsraum drinnen war ein weißes, luftiges Oval, an den Wänden frühe Werke von Graham Sutherland, Expressionistisches in Grau und Schwarz, Tiefgrün und Frühlingsgelb.

Ein sehr junges und sehr schönes Mädchen fläzte desinteressiert hinter einem Tresen. Sie sah kurz auf, als Rose eintrat, und widmete sich dann wieder der Lektüre ihrer Zeitschrift. Rose fragte nach Nerissa Taylor. Das Mädchen fegte sich die langen Haare aus dem Gesicht, griff zum Telefon und sagte muffig und fehlerhaft: »Nerissa, hier ist eine Mrs. Martin, die Sie sprechen möchte.« Eine Frau um die vierzig, deren apartes, schmales Gesicht von vollen braunen Locken umrahmt war, kam durch die Hintertür der Galerie. Sie trug ein ärmelloses Midikleid aus kastanienbraunem Crêpe.

»Hallo! Ich bin Nerissa Taylor. Was kann ich für Sie tun?«

»Ich bin Rose Martineau.« Rose reichte Nerissa Taylor die Hand. »Mein Schwager, George Martineau, hat Sie neulich aufgesucht – meinetwegen. Ich bin die Großnichte von Sadie Lawless.«

Nerissa Taylors hellbraune Augen blitzten. »Oh, herzlich willkommen. Ich freue mich, Sie kennenzulernen.«

»Bitte sagen Sie doch Rose. Ich versuche ein bisschen mehr über Sadie herauszubekommen. George hat mir erzählt, dass Ihre Galerie sie früher vertreten hat.«

»In den 1930er-Jahren, ja. Darf ich Ihnen einen Kaffee anbieten?« Nerissa rief dem Mädchen am Tresen zu: »Heidi, zwei Kaffee bitte.« Dann wandte sie sich wieder Rose zu. »Ich habe Sadie Lawless nie kennengelernt. Das war alles lange vor meiner Zeit. Madge schätzte ihre Arbeit sehr. Sadie war eine der ersten Künstlerinnen, die sie unter Vertrag nahm.«

»Wissen Sie zufällig, wann genau das war?«

»Madge hat Sadie von 1931, vielleicht von 1932 an vertreten. Sie hielt sie für sträflich unterschätzt.« Ein Schulterzucken. »Sie wissen ja, wie das ist. Frauen hatten es damals schwer. Ich könnte Ihnen ein halbes Dutzend begabter Künstlerinnen nennen, die ähnlich übersehen wurden. Hinzu kommt, dass ihr Werk begrenzt ist. Viele Malerinnen müssen jahrelang arbeiten, um sich einen Ruf aufzubauen.«

»Und Sadie hat das nicht getan?«

»Nein, leider nicht. Die Danford Galerie hat zwei Ausstellungen ihrer Werke ausgerichtet. Die erste fand im November 1933 statt, die zweite im Oktober 1934, eine unglaubliche Schaffensexplosion, wenn man bedenkt, um was für einen kurzen Zeitraum es sich handelt. Viele der Maler, die wir vertreten, stellen vielleicht einmal alle fünf Jahre aus – einige sogar nur alle zehn. In weniger als einem Jahr ein Werk von solchem Umfang hervorzubringen, das ist schon beeindruckend. Aber danach kam nichts mehr.«

»Und warum nicht?«

Heidi brachte ihnen den Kaffee. Sie stellte das Tablett auf den Tresen, und Nerissa goss zwei Tassen ein und reichte eine an Rose weiter. »Da sind Zucker und Sahne«, sagte sie. »Sie wissen es also gar nicht?«

»Was denn?«

»Sadie ist zu ihrer zweiten Ausstellung nie erschienen.«

Rose gab Sahne in die kleine blaue Keramiktasse. »Ich wusste bis vor ein paar Monaten noch nicht einmal von ihrer Existenz. Ich bin zufällig auf einige Briefe von Sadie gestoßen, als ich nach dem Tod meiner Großmutter deren Sachen durchsah. Bis dahin wusste ich nicht einmal, dass meine Großmutter eine Schwester hatte. Sie hat sie nie erwähnt.«

Wieder ein Schulterzucken von Nerissa. »Familie …«

»Ich vermute, sie waren zerstritten.«

Sadie, das Nesthäkchen, war vielleicht Papas Liebling gewesen. Es war nicht schwer, sich vorzustellen, dass Edith, die Empfindliche, leicht Kränkbare, auf die jüngere Schwester eifersüchtig gewesen war und sich mit ihr überworfen hatte. Einige der Briefe ließen so etwas vermuten.

»Wie meinen Sie das?«, fragte sie. »Sie ist nicht zu ihrer eigenen Ausstellung erschienen?«

»Madge lud vor der eigentlichen Ausstellungseröffnung gern zu einer Vernissage ein – nur für geladene Gäste, Kritiker und Freunde und Verwandte des Künstlers. Tja, und alle kamen, außer Sadie.«

Rose starrte sie an. »Sie ist nicht zu ihrer Vernissage gekommen?«

Nerissa trank einen Schluck Kaffee. »Sie können sich wohl vorstellen, wie heikel das war. Alles wartet auf den Star, und er kommt nicht.«

»Wissen Sie, warum?«

Nerissa schüttelte den Kopf. »Madge hat es nie herausbekommen.«

»Ich verstehe nicht ganz. Hat sie kalte Füße bekommen?«

»Sadie hatte überhaupt nichts zu befürchten. Die Besprechungen nach ihrer ersten Ausstellung waren gut gewesen.«

Rose überlegte. Was konnte eine begabte junge Malerin, die gewiss hart dafür gekämpft hatte, ernst genommen zu werden, veranlasst haben, sich so plötzlich zurückziehen?

»Könnte es sein, dass sie zu einer anderen Galerie gewechselt hat?«

»Das glaube ich nicht. Die Szene ist klein, da kennt jeder jeden. Ich bin sicher, Madge hätte es gehört, wenn Sadie woandershin gegangen wäre.«

»Aber sie muss doch eine Begründung gegeben haben …«

»Madge hat nie wieder von ihr gehört. Kein Anruf, kein Brief, keine Erklärung. Sadie hat die Beziehung einfach abgebrochen.«

»Das ist doch sonderbar.« Und beunruhigend, dachte Rose für sich.

»Madge meinte damals, es wäre ihr vielleicht alles über den Kopf gewachsen, sie habe damit nicht umgehen können. Der Erfolg hat ja auch seine Probleme. Madge warf sich immer vor, sie hätte sie vielleicht zu sehr unter Druck gesetzt. Sie fürchtete, Sadie könnte wieder krank geworden sein.«

Nerissa wollte wohl andeuten, dass Sadie möglicherweise einen neuerlichen Nervenzusammenbruch erlitten hatte. Konnte es so gewesen sein? War sie im Oktober 1934 von ihrer Krankheit eingeholt und in irgendeine schreckliche Anstalt gesteckt worden, wo man sie einfach vergaß, weil damals psychische Krankheiten als Schande angesehen wurden? Was für ein entsetzliches Schicksal, wenn das zutraf.

»Wissen Sie, wann genau die Vernissage stattfand?«, fragte Rose.

»Das war am 16. Oktober. Madge hat einen Katalog aufgehoben.« Nerissa schob sich eine braune Locke hinters Ohr. »Als Malerin ist Sadie Lawless heute vergessen. Ich habe das immer traurig gefunden. Ich besitze zwei von ihren Gemälden. Madge hat sie mir hinterlassen. Möchten Sie sie sehen?«

»Gern, ja.«

»Heidi«, sagte Nerissa zu ihrer Mitarbeiterin, »ich gehe rauf in die Wohnung. Wenn Jonathan kommt, geben Sie mir bitte sofort Bescheid.«

Durch eine Tür im Korridor hinter der Galerie gelangte man zu einer schmalen Treppe. Die hohen, mit Stuck verzierten Räume der Wohnung oben, ganz in Altrosa und gedeckten Grüntönen gehalten, wirkten angenehm warm.

»Madge hat hier gewohnt«, bemerkte Nerissa. »Ich habe nicht viel verändert, sie hatte einen hervorragenden Geschmack.«

Sie wies zu zwei Gemälden, die den großen Fenstern gegenüber hingen.

»Es sind Ölgemälde«, sagte sie. »Sadie Lawless war eher als Grafikerin bekannt, aber sie war auch eine sehr gute Landschaftsmalerin. Ich finde, das Beeindruckendste an ihrer Arbeit ist, wie sie die Farben einsetzt. Sie war eine wahre Farbkünstlerin und hatte eine sehr abwechslungsreiche Palette.«

Rose fühlte sich tief angerührt bei der Betrachtung der Gemälde. Sie hatte das Gefühl, zum ersten Mal die wahre Sadie Lawless zu sehen. Vorher hatte Sadie nur auf dem Papier existiert – als ein Rätsel, das gelöst, ein Geheimnis, das entdeckt werden wollte. Diese Bilder sprachen zu Rose, als wäre Sadie selbst ins Zimmer getreten und hätte ihr auf die Schulter getippt.

Beides waren Landschaften. Das erste, abstraktere, war eine Komposition aus starken Farben, die sich in Bahnen von Gelb über Violett bis Indigo über die Leinwand zogen und Rose an sonnenhelle Felder unter einem gewittrig blauen Himmel denken ließen. Das andere zeigte eine ausgedörrte Landschaft, von der Sonne zu rotem Staub verbrannt, der über feuerroter Erde hing. Es wirkte, als würde gleich das ganze Land in Flammen aufgehen. Die Berge, die sich grauviolett in der Ferne erhoben, waren wie ein Traum von Kühle und Schatten. Oder wie eine Fata Morgana, ein Trugbild, das von der gnadenlosen Hitze erschaffen wurde.

Nerissa zeigte auf das erste Bild. »Das hier, *Lavendelfelder*, hat sie in der Provence gemalt. Das andere ist mein Lieblingsbild. Diese rote Pracht hat etwas Bedrohliches, finden Sie nicht auch? Es ist eines ihrer spanischen Gemälde aus dem Jahr 1933.«

Inmitten der rostfarbenen Felsen und Schluchten des zweiten Gemäldes konnte Rose ein paar hingeworfene schwarze und weiße Striche erkennen. Konnte es eine Gestalt sein? Wenn ja, wer? Ein Begleiter von Sadie? Oder ein Liebhaber? Oder vielleicht sogar sie selbst? Als sie näher trat, zerfiel der Eindruck in bloße Tupfer und Spritzer.

»Sagen Sie«, wandte sich Rose wieder an Nerissa, »hat Madge jemals von Tom und Diana Chiverton gesprochen?«

Nerissa zog die Augenbrauen hoch. »Tom Chiverton, dem Lyriker?«

»Ja. Die beiden haben damals in der Nähe von Sadie in Sussex gelebt.«

»Nein, ich kann mich nicht erinnern.«

Von unten rief Heidi herauf: »Nerissa, Jonathan ist da.«

»Tut mir wirklich leid. Das ist ein Kunde. Bitte entschuldigen Sie mich, Rose.«

Rose nahm eine Karte aus ihrer Tasche. »Wenn Ihnen noch irgendetwas einfällt, egal was, rufen Sie mich bitte an. Und danke vielmals, dass Sie sich die Zeit genommen haben, Nerissa. Das hat mir doch sehr weitergeholfen.«

Die Sonne brannte ihr in die Augen, als sie aus den kühlen Räumen der Galerie ins Freie trat, und sie kramte ihre Sonnenbrille aus der Tasche, während sie über das nachdachte, was sie erfahren hatte. Sadie, eine begabte und damals offenbar auch bekannte Grafikerin und Malerin, war zu ihrer zweiten Ausstellung nie erschienen. Madge Danford hatte danach nichts mehr von ihr gehört und Sorge gehabt, Sadie könnte einen neuerlichen Nervenzusammenbruch erlitten haben. Ein Satz aus Sadies letztem Brief an Edith fiel ihr ein: »Ich will hier nicht mehr sein, das Haus macht mir Angst. Es war nicht recht von Vater, es mir zu vermachen – das weiß ich jetzt.« Wovor hatte Sadie Angst bekommen? Hatte ihre Angst einen sachlichen Grund gehabt?

Die Vernissage zu Sadies Ausstellung hatte am 16. Oktober 1934 stattgefunden, aber Sadie hatte nicht an ihr teilgenommen. Ihr letzter Brief an Edith war am Tag zuvor geschrieben, dem 15. Oktober. Constance Meyrick aus Cambridge hatte ihrer Aussage zufolge etwa um diese Zeit die Verbindung zu Sadie verloren.

Ein Muster zeigte sich, das Rose verblüffte und beunruhigte. Trotz des schwülen Tages wurde ihr innerlich kalt, und sie rieb unwillkürlich mit dem Finger über das Krönchen des Smaragdrings, als sie sich auf den Weg zu Roberts Wohnung in Chelsea machte.

9

Sussex und London, Dezember 1930

Ein kräftiger Wind hatte das letzte Laub von den Bäumen geweht, und nun lag es in Haufen unter dem Fenster von Sadies Zimmer. Der Reisigbesen strich rau über den Asphalt, als sie es, auf dem unteren der beiden Dächer stehend, zusammenfegte. Gelb, braun und rot taumelten die Blätter über die Kante, bevor sie, von einer Bö erfasst, aufflatterten wie eine Schar farbenfroher Vögel und dann zu Boden schwebten.

Mehr als eine Woche war seit dem Tag vergangen, an dem Tom sie geküsst hatte. Seither hatte sie keinen der Chivertons gesehen, nur ein- oder zweimal Hufschlag auf dem Hohlweg gehört und flüchtig einen rotgoldenen Hund durch die Büsche laufen sehen. Tom bereute die Sache wahrscheinlich inzwischen oder hatte sie vergessen. Der Kuss war ein Produkt seiner Wut und Frustration über die Hemmnisse gewesen, die ihn an der Arbeit hinderten, die ihm etwas bedeutete. Er hatte sie geküsst, weil er zornig gewesen war, er war ein Mann, der seinen Zorn abreagieren musste.

Sie selbst durfte nicht an den Moment denken, als sein Mund auf ihrem gelegen und er sie an sich gezogen hatte. Sie musste sich ihre Mitschuld eingestehen und ihr Begehren in den Griff bekommen. Aber es war schwer. Gegen ihren Willen versank sie immer wieder in der Erinnerung an diesen einen Kuss.

Sie ging zurück in ihr Zimmer und schloss die Glastür. Während der Nachmittag langsam in den Abend überging, wurde der Sturm heftiger, und hin und wieder schlug ein Ast mit solcher Wucht auf das flache Dach, dass sie die Erschütterung im Wohnzimmer spürte. Die Bäume waren durch die Scheiben, an denen der Regen in Strömen herablief, nur noch verschwommen zu erkennen.

Im ersten Moment hatte sie Mühe, das Hämmern an der Tür vom Lärmen von Wind und Regen zu unterscheiden, dann lief sie hinaus und öffnete.

Tom Chivertons Regenmantel war durchnässt, sein Gesicht unter der wassertriefenden Krempe des Südwesters nur undeutlich zu erkennen. Hinter ihm wogten die kahlen Äste der Bäume.

»Darf ich reinkommen, Sadie?«

Was sollte sie sagen? Nein, Tom, ist mir egal, wenn Sie nass werden?

Natürlich ließ sie ihn herein, wenn auch zögernd.

Er zog den Hut vom Kopf und fuhr sich durch die von Nässe fast schwarzen Haare. »Der verdammte Zug hatte Verspätung«, sagte er ungeduldig. »Ich dachte, es ginge schneller, wenn ich den Hohlweg nehme, aber das ist der reinste Morast dort. Den Wagen hat Diana. Sie ist in Devon in der Klinik bei Maurice.«

Sadie erinnerte sich an Maurice, Dianas Bruder, den dunkelhaarigen Jungen, der in der großen schwarzen Limousine weggefahren war. »Ist Maurice krank?«

Tom runzelte die Stirn. »Ach, das wissen Sie ja gar nicht. Maurice hatte einen Autounfall. Er hat ziemlich was abbekommen.«

»Das tut mir leid, Tom«, sagte sie bestürzt. Sie nahm ihm den tropfenden Regenmantel ab und hängte ihn an einen Haken. »Wie furchtbar. Ist er schwer verletzt?«

»Er hat ein gebrochenes Bein und ein, zwei angeknackste Rippen. Er war selbst schuld, er fährt wie ein Wahnsinniger. Diana füttert ihn jetzt mit Schokolade und Weintrauben. Ich habe ihm von Foyles ein paar Bücher schicken lassen.«

Es gehörte sich, dachte sie, ihn hereinzubitten. »Kommen Sie doch rein, Tom, setzen Sie sich ans Feuer.«

Er nahm ein Päckchen aus seiner Manteltasche und hielt es ihr hin. »Ich hoffe, Sie nehmen das von mir an, Sadie, und meine Entschuldigung.«

Ihr Gesicht brannte, als sie das braune Papier entfernte. Tom hatte ihr eine Flasche französischen Kognak mitgebracht.

»Tom, das war wirklich nicht nötig.«

»Ich möchte nicht, dass irgendetwas zwischen uns steht. Haben Sie mir verziehen, Sadie?«

»Bitte vergessen Sie es. Aber danke, das ist nett von Ihnen.«

Er folgte ihr ins Wohnzimmer. »Was für eine Woche! Ich könnte wirklich einen Schluck gebrauchen.«

Seine Gestalt wirkte düster und von monumentaler Wucht in dem kleinen Zimmer, als hätte er die Schwärze der stürmischen Nacht mit hereingebracht. Seine Fäuste waren geballt.

»Es gab nicht eine ruhige Minute«, sagte er, »Diana hat ständig Angst um Maurice, und ich stecke in den endlosen Besprechungen mit dem Verlag wegen der Amerikareise.«

»Sie machen das also?«

»Ja.« Er schüttelte den Kopf, trotz der nassen Haare imposant wie das Haupt eines Löwen. »Edwin ist der Meinung, dass mich die Lesereise in den Staaten bekannt machen wird.«

»Und wann reisen Sie?«

»Mitte Januar, mit dem Schiff.« Mit einer schnellen, gereizten Geste strich er sich die Haare zurück, die ihm in die Stirn gefallen waren. »Sechs Wochen meines Lebens, verdammt noch mal!«

Sadie holte zwei Gläser. Als sie wieder ins Zimmer kam, stand Tom immer noch am Fenster.

»Das ist ein schönes Zimmer.« Zum ersten Mal lächelte er. »Ihre Aussicht übertrifft sogar unsere, Sadie. Ich muss Ihnen etwas beichten. Als ich hier eines Tages durch den Wald kam, konnte ich der Versuchung nicht widerstehen, mir das Haus von innen anzusehen. Es war lange bevor Sie eingezogen sind. Ein Einbrecher hat mir einmal gezeigt, wie man ein Schloss mit einer Haarnadel öffnet, und ich war neugierig auf das Haus. Ich fühle mich ihm irgendwie verbunden, ich empfinde *The Egg* als kleine Schwester von *Gull's Wing*.« Sein Ton war beinahe scherzhaft, als wäre das, was er ihr da erzählte, ohne Bedeutung. Doch es bestürzte sie zu hören, dass er das Haus ohne ihr Wissen betreten hatte. Sie hatte den Eindruck, dass er sich überhaupt nichts dabei gedacht hatte, fast so, als fühlte er sich zu einer solchen Grenzüberschreitung berechtigt.

»Einbruch, Tom«, sagte sie leicht ironisch. »Sie haben wirklich ungeahnte Talente. Aber so großartig ist die Aussicht hier gar nicht. Von *Gull's Wing* aus sieht man meilenweit übers Land.«

»*The Egg* ist ein Teil des Waldes. Als lebte man in einer Höhle oder einem Fuchsbau. Richtig urzeitlich.«

»Eher primitiv«, meinte sie trocken. »Wenn mir das Öl ausgeht oder der Strom ausfällt, interessiert mich vor allem, wie ich mich warm halte und wo ich einen Funken Licht herbekomme.«

Er setzte sich zu ihr. Sie war sich seiner Nähe sehr bewusst und der Frische, die er von draußen mit hereingebracht hatte.

»Ich würde mit Freuden einen ganzen Monat damit verbringen, mich mit einem einzigen kleinen Stück Land vertraut zu machen«, sagte er. »Ich habe nichts übrig für diese Maler und Schriftsteller, die meinen, sie müssten die ganze Welt bereisen, um sich Inspiration zu holen. Man sollte als Erstes die Landschaft zu begreifen versuchen, in die man hineingewachsen ist. Ich finde, es ist ein Zeichen fehlender Kraft – ich würde sogar sagen, fehlender Männlichkeit –, wenn wir unablässig herumreisen müssen. Wenn wir die Verbindung zu Land und Scholle verlieren, verlieren wir unsere Vergangenheit.« Er lachte, den Kopf auf dem kräftigen, muskulösen Hals nach hinten geworfen. »Sie müssen mir schon wieder verzeihen, Sadie. Diana nennt das mein Zurück-zur-Scholle-Plädoyer.«

»Sie sind hier geboren, oder?«

»In den Hampshire Downs, ja. Nationalität – Heimat – spielt eine Rolle für mich. Nicht im engen oder kleinlichen Sinn, aber dem Menschen ist die Liebe zu seinem eigenen Land angeboren.« Er griff nach der Kognakflasche und füllte ihre Gläser. »Seien Sie ehrlich. Sie empfinden doch auch so?«

»Ich bin in Hampstead geboren. Nicht gerade ein ländliches Paradies.«

»Aber Hampstead Heath hat etwas Großartiges. Ist das Land hier schon lang im Besitz Ihrer Familie?«

»Nein, keineswegs.« Die innere Spannung blieb, während sie erzählte, wie Edward Lawless zu dem Land in Paley High Wood gekommen war. »Mein Vater bemerkte eines Tages zufällig das Verkaufsschild, als er nach London zurückfuhr. Er erzählte mir, dass er das Auto abstellte und einen Spaziergang durch den Wald machte und innerhalb einer Stunde beschloss, das Land zu kaufen und zwei Häuser darauf zu bauen.«

»Ich kann mir vorstellen, dass Sie es niemals fertigbringen würden, dieses Haus hier zu verkaufen.«

»Nein, nie.«

»Ich werde *Gull's Wing* wie meinen Augapfel für Sie hüten, Sadie – das verspreche ich Ihnen.«

Als er sie so ansah, als sein Blick sie in seine unergründlichen Tiefen hineinzog, schmolzen Distanz und Widerstand dahin. Aus Angst, er könnte seine Wirkung auf sie bemerken, murmelte sie irgendetwas.

»Das Haus ist meine Zuflucht, meine Festung«, sagte er. »Bevor wir *Gull's Wing* kauften, haben Diana und ich in London gelebt, in Holborn, das hat mich kaputt gemacht. Ich habe dort monatelang nichts Anständiges geschrieben. Der Lärm, der Gestank, die schlechte Luft und natürlich die Menschen, die einen einfach nicht in Ruhe lassen können, sondern immer etwas von einem wollen – es war unmöglich.

Dann kam ich hierher, bin jeden Abend in den Wald gegangen, und in weniger als drei Monaten hatte ich alle Gedichte für *Mondsüchtig* beisammen.«

Sadie zog die Beine aufs Sofa. »Ich wünschte, bei mir würde dieser Zauber auch wirken. Meine Produktion ist ziemlich armselig. Das meiste, was ich gemacht habe, ist im Feuer gelandet.«

»Diese mageren Zeiten machen wir alle durch.«

Sie krümmte die Schultern und senkte den Kopf. »Ich bin froh, dass Sie das Haus haben. Sie haben einen Sinn für seinen inneren Zauber, das merkt man. Und Diana hat es wunderschön eingerichtet.«

»Die leuchtenden Farben sind ein Abbild ihrer Persönlichkeit. Diana ist eine starke und leidenschaftliche Frau, und ich bewundere sie, obwohl … die Leidenschaft kann manchmal …«

Er sprach nicht weiter, und die Trostlosigkeit in seinem Gesicht erschreckte sie. Sie berührte seinen Arm. »Tom, was haben Sie?«

»Die Liebe kann erstickend sein.« Die Flasche klirrte an seinem Glas, dann das kurze Schaben eines Streichholzes auf der Reibfläche, als er sich eine Zigarette anzündete. »Aber ich hasse mich dafür, dass ich das sage«, fügte er leise hinzu. »Ich hasse mich schon dafür, es zu denken. Ohne Diana wäre ich nichts. Sie schützt meinen Frieden und mein privates Leben, ihr verdanke ich meine Karriere.«

Sie sagte zaghaft: »Ich war ja nie verheiratet, aber besteht nicht immer eine Spannung zwischen unserem Bedürfnis nach Freiheit und dem nach Gemeinschaft?«

Er stieß eine Rauchwolke aus. »Unsere Ehe war immer schon bis zu einem gewissen Grad eine öffentliche Angelegenheit. Wenn meine Leser an mich denken, denken sie auch an Diana. Wenn eine Zeitschrift oder eine Zeitung über mich berichtet, berichtet sie auch über sie. Wir sitzen beim Essen nebeneinander, und auf Festen tanzen wir miteinander. Mein

Publikum liebt mich, aber es liebt auch Diana. Sie ist einer Leidenschaft und Intensität der Gefühle fähig, wie ich sie selten bei einem anderen Menschen angetroffen habe. Für sie ist es ganz einfach: Sie und ich sind eins.«

Vielleicht sollte sie sich dazu nicht äußern, vielleicht sollte sie das Gespräch auf weniger persönliche Dinge lenken – das Wetter oder die taumelnde englische Wirtschaft. Ja, das hätte sie tun sollen.

Sie sagte: »Aber für Sie ist es nicht einfach, Tom.«

»Nein.« Er lachte beschämt und richtete den Blick aus dem Fenster. Sein kühnes Profil war scharf umrissen vom Licht der Tischlampe hinter ihm. Als er sprach, war seine Stimme so leise, dass Sadie sich zu ihm neigen musste, um ihn zu hören. »Manchmal bekomme ich keine Luft mehr.«

»Sie lieben Diana«, sagte sie begütigend. »Das merke ich doch.«

Er drückte beide Hände an seine Stirn. »Aber nicht ausschließlich. Das kann ich nicht. Ich kann mich nicht binden, Sadie. So ist es mit den Frauen, und so ist es mit meiner Arbeit. Die Lyrik wird immer meine große Liebe sein, trotzdem würde ich den Verstand verlieren, wenn mir diese erregende Spannung beim Experimentieren mit anderen Formen verwehrt wäre. Ich muss ausprobieren und erforschen, sonst komme ich um. Ist das denn unrecht?«

»Nein, nein.« Wie käme sie dazu, ihn zu kritisieren? Gerade sie – dreißig Jahre alt, nie verheiratet, ohne berufliche Karriere. »Überhaupt nicht.«

»Ich hoffte, Sie würden mich verstehen.«

Wie beglückend war es, sich mit einem Mann zu unterhalten, der die Konflikte und Täuschungen des Herzens verstand. Wie erleichternd zu wissen, dass sie diesem Mann ihre eigenen Irrtümer und die Demütigungen, die sie erfahren hatte, bekennen konnte und verstanden werden würde. Tom Chiverton schrieb aus Berufung über das Wagnis der Liebe und ihre Unvernunft.

»Ich dachte, ich hätte den Mann gefunden, den ich mein Leben lang lieben würde«, sagte sie. »Aber es war ein Irrtum.«

»Haben Sie ihn denn geliebt, Sadie?«

»O ja, über alles.«

»Dann bereuen Sie es nie. Es gibt so viele Menschen, die nicht ein einziges Mal im Leben die echte Liebe empfinden.«

Er ergriff ihre Hände. Sie waren warm, rau – die Hände eines Mannes, der das Land bearbeitete. Sie zog sich nicht vor ihm zurück, dazu fehlte ihr die Willenskraft. Ihr Körper, der so lange allein gewesen war, sehnte sich nach seiner Berührung. Sie wünschte sich so sehr, er würde sie in die Arme nehmen, dass es kaum auszuhalten war.

Doch Tom entfernte sich von ihr. Er griff nach seinem Glas. »Hier, wir sollten die ganze verdammte Flasche austrinken.«

Er kippte achtlos Kognak in ihre Gläser und suchte dann in seiner Jackentasche nach seinen Zigaretten. Er hielt ihr die Packung Gold Leaf hin, und Sadie nahm sich eine. Als er sich zu ihr beugte, um ihr Feuer zu geben, seufzte er tief und strich ihr die Haare aus dem Gesicht. Ein heftiger Schauder durchrann sie bei seiner Liebkosung, und sie bot ihm den Mund zum Kuss.

Sie hatte vergessen, dass die Begierde einen fortreißen konnte wie ein brausender Strom, in dem die Sinne aufgepeitscht wurden wie von nichts sonst. Der Duft seiner Haare und seiner Haut, als er ihre Bluse aufknöpfte, war erregend, und seine Küsse, Salz und Tabak und ein Nachhall der feurigen Süße des Kognaks, wirkten wie ein Rauschmittel, sodass sie alles vergaß. Sie schleuderte die Schuhe von den Füßen, und er zog an ihrem Rock, und da dachte sie einen flüchtigen Moment lang an das ungeschützte Fenster und fühlte sich preisgegeben und von peinlicher Scham überwältigt, doch unter dem schmeichelnden Klang seiner Worte, die sie liebkosten und drängten, fielen alle Hemmungen von ihr ab, und als er zu ihr kam, hob sie sich ihm entgegen. Dann spürte sie ihn in sich und konnte an nichts anderes denken als an die Lust, die wie Feuer loderte und ihren ganzen Körper erfasste, bis sie aufschrie vor Verlangen nach mehr. Durch Haut, Muskel und Knochen schlug sein Herz mit ihrem, und als er Atem holte, tat sie es auch. Irgendwann schloss sie, von einem so intensiven Glücksgefühl erfüllt, dass es beinahe unerträglich war, die Augen. Draußen heulte noch immer der Sturm, aber sie hörte es nicht mehr.

Tom musste in der Nacht aufgestanden sein und aus ihrem Zimmer eine Decke geholt haben. Sadie spürte ihr Gewicht, als sie am Morgen erwachte – und die Wärme seines Körpers, seinen Arm, der sie umfangen hielt, seine Hand, die ihre Brust umschloss.

Sie hatten auf dem Sofa gelegen, als sie endlich eingeschlafen waren. Zum ersten Mal, seit sie in dem Haus lebte, hatte sie die Nacht durchgeschlafen.

Sie öffnete die Augen. Das Fenster, das die Bäume umrahmte. Die Äste jetzt reglos, der Sturm vorüber. Die Terrasse übersät von abgerissenen Blättern und Zweigen. Ihre Kleider auf den Fliesen verstreut. Die Kognakflasche fast leer, klebrige Reste auf dem Boden der Gläser.

Und in ihrem Mund ein saurer Geschmack. Der Kopf tat ihr weh. Was hatte sie getan? Alle Begierde war verraucht, nicht ein Fünkchen davon rührte sich mehr. Sie empfand nur Reue und Scham. Sie liebte ihn nicht. Sie mochte ihn nicht einmal immer.

Sie setzte sich auf und zog die Decke über ihre Brust. Sie hörte sein leises Lachen. »Endlich aufgewacht, kleine Sadie. Ich betrachte dich schon eine Ewigkeit. Ich wollte dich nicht wecken.«

Er küsste sie auf den Nacken, dann stand er auf und stellte sich vors Fenster. Sie merkte, dass er im Glas sein Bild betrachtete, seinen verdoppelten nackten Körper vor der

Kulisse der tropfenden Bäume bewunderte. Eine Hand strich über eine Gesäßbacke, dann hob er die Arme über den Kopf, streckte sich und wölbte seine Brust.

Diese selbstgefällige Pose verstärkte ebenso sehr wie das, was er als Nächstes sagte, ihre Reue und den Zorn auf sich selbst.

»Ich könnte Diana niemals verlassen. Das wäre das Ende meiner Karriere.«

Seine Worte waren hässlich und verletzend, und ihre automatische Erwiderung – »Tom, das würde ich nie verlangen« – wurde, wie sie bemerkte, mit Erleichterung aufgenommen. Sie mochte die zwei Sätze drehen und wenden, wie sie wollte, es war ihnen nichts Positives abzugewinnen, nichts, was sie hätte überzeugen können, dass sie nicht von reinstem Egoismus diktiert waren und Tom genau das meinte, was sie verstanden hatte: Auch wenn er ihr nach Lust und Laune etwas geben würde, sie durfte niemals fordern.

»Ich wusste, du würdest mich verstehen«, sagte er. »Süße Sadie.« Er goss den ganzen Charme seines Lächelns über ihr aus.

Die Anmaßung, mit der er seine Regeln festlegte und ihr ihre zukünftige Rolle in seinem Leben zuwies, zerstörte auch die letzte Illusion. Wieso hatte sie nicht früher die Wahrheit über diesen eitlen nackten Mann erkannt, der hier in ihrem Wohnzimmer stand? Wieso hatte sie dazu so katastrophal lange gebraucht? Wie dumm sie gewesen war – dumm und naiv in ihrer Bedürftigkeit.

Sie stand vom Sofa auf.

»Was tust du?«, fragte er.

»Ich zieh mich an.« Sie grapschte ungeschickt nach ihrer Unterwäsche.

»Diana ist weg. Wir haben den ganzen Tag.«

»Nein, Tom, du gehst jetzt.«

»Sei nicht albern«, sagte er nachsichtig wie zu einem Kind.

Sie zog sich hinter das Sofa zurück, während sie ihren

Rock zuknöpfte. »Du musst gehen, Tom. Es kann jederzeit jemand vorbeikommen. Uns sehen.«

Er lachte. »Du brauchst keine Angst zu haben.«

»Ich habe keine Angst.« Obwohl sie die hatte. »Ich möchte, dass du gehst.« Sie sah ihn an. »Dir muss doch klar sein, wie falsch das war.«

»Ich halte nichts davon, Leidenschaft zu verleugnen. Ich dachte, du würdest das genauso sehen.« Sein Ton war leicht gereizt, als hielte er sie für uneinsichtig.

Sie hatte ihre Bluse falsch geknöpft und fing noch einmal an, aber mittendrin senkte sie die Hände und sah ihn an.

»Du sagst das so, als könnte Leidenschaft alles entschuldigen, Tom. Als würde sie über allem stehen, selbst über so wesentlichen Dingen wie Treue, Loyalität und Hingabe. Aber so ist es nicht. Leidenschaft ist einfach etwas, das wir empfinden, wie Hunger oder Durst oder Kälte. Sie berechtigt nicht dazu, andere Menschen zu verletzen.«

»Ich habe nicht die Absicht, irgendjemanden zu verletzen. Ich dachte, das hätte ich klargestellt.«

»Aber wir werden jemanden verletzen – das musst du doch sehen.« Sie strich sich die zerzausten Haare aus dem Gesicht. »Ich weiß schon, jetzt sagst du gleich, es ist alles gut, solange wir vorsichtig sind. Aber genau *das* will ich nicht – auch wenn du vielleicht das Gegenteil glaubst. Ich will kein heimliches Verhältnis. Das wird uns Frauen immer gern angeboten, aber für mich kommt das nicht infrage. Also, zieh dich an, Tom, und geh einfach.«

»Ich hatte dich nicht für prüde gehalten.«

»Bin ich auch nicht. Oder wenn doch, ist es mir egal. Tatsache ist, dass ich entsetzt über mich bin. Ja, das trifft's ziemlich gut. Entsetzt.«

»Was redest du für einen Unfug?« Er warf die Hände in die Höhe. Seine Gestalt, so imposant hoch zu Pferd oder beim Lauf durch den Wald, wirkte jetzt im banalen häuslichen Rahmen ihres Wohnzimmers lächerlich auf sie.

»Weil es etwas ist, woran ich glaube«, erwiderte sie ruhig.

»Du liebst so, wie ich liebe. Das weiß ich.«

Sie kannte diesen Ton – gedämpft, leidenschaftlich, voller Emotion. Er verwendete ihn, wenn er ein Gedicht vorlas.

Sie sagte kühl: »Nein, das glaube ich nicht.«

»Blödsinn. Ich glaube dir einfach nicht, dass du dich nicht zu mir hingezogen fühlst.«

Das war so grenzenlos eingebildet, dass sie lachen musste. Ein Ausdruck der Wut flammte in seinem Gesicht auf, und jetzt griff er endlich zu seinem Hemd. Fast tat er ihr leid – war er je von einer Frau in seiner Eitelkeit gekränkt worden? Vermutlich nicht.

Sie war jetzt angekleidet bis auf die Strümpfe, die, schlaff und schwarz, irgendwie unter den Tisch geraten waren. Sie stopfte sie in ihre Rocktasche. Ihr Anblick war ihr peinlich.

»Wenn ich noch einmal liebe«, sagte sie ruhig, »dann will ich das mit einem Mann teilen, der empfindet wie ich, dem die Liebe teuer ist wie mir. Einem Mann, der achtsam und zart mit der Liebe umgeht und weiß, dass man sich an ihr verbrennen kann. Liebe ist nicht nur Leidenschaft, Tom. Zu ihr gehören Achtung, Bewunderung, Behutsamkeit und Großzügigkeit. Es geht nicht allein um die Steigerung des Selbstwertgefühls.«

»Glaubst du, ich weiß das nicht?« Er war jetzt fertig angezogen, hielt die Jacke lose über einer Schulter. »Mit welchem Recht spielst du dich als meine Richterin auf?«, fragte er heftig. »Was du zu wollen glaubst, ist nicht das, was du wirklich willst, Sadie. Ich kenne dich besser, als du dich selbst kennst. Ich habe gestern Nacht die wahre Sadie gesehen. Ich habe eine Frau voller Sehnsucht und Leidenschaft gesehen, nicht dieses grausame, gnadenlose Geschöpf, das du zu sein vorgibst.« Damit rannte er aus dem Zimmer.

Gleich darauf fiel krachend die Haustür zu, Sadie war allein. Sie ging im Zimmer umher, schüttelte hier ein Kissen auf, rückte dort einen Bücherstapel gerade, als könnte sie so mit den Geschehnissen der vergangenen Nacht aufräumen und Ordnung schaffen. Aber sie empfand ihre Bewegungen als plump und unkoordiniert. Sie hatte Tom Chiverton in ihr Haus eingeladen und seinen Kognak getrunken, obwohl sie gewusst hatte, was für ein Mensch er war. Sie hatte die Dinge laufen lassen, obwohl sie gewusst hatte, dass es nicht in Ordnung war und sie damit Diana betrog, die freundlich zu ihr gewesen war.

So wie sie sich verhalten hatte, war sie nicht anders als Felix, oberflächlich und rücksichtslos, und sie wusste, dass die vergangene Nacht unabsehbare Folgen haben konnte. Angenommen, Diana erfuhr, was sich abgespielt hatte? Die Vorstellung war so entsetzlich, dass sie gar nicht daran denken wollte. Tom hatte vielleicht Übung darin, seine Seitensprünge zu vertuschen – wahrscheinlich sogar –, aber selbst wenn Diana ahnungslos bleiben sollte, sie – Sadie – würde büßen müssen für das, was sie getan hatte. Jedes Mal, wenn sie aus dem Fenster blickte, musste sie damit rechnen, Tom oder Diana auf dem Hohlweg kommen zu sehen. Jeder Schritt, den sie vernahm, jede Stimme im Wald konnte den Mann ankündigen, mit dem sie geschlafen hatte, oder die Frau, die sie betrogen hatte. Jede Einladung nach *Gull's Wing*, jedes Lächeln würde sie an ihre Schuld erinnern.

Für ihn würde es vermutlich leichter sein. Sie war nicht so naiv zu glauben, dass sie Tom Chivertons erste Geliebte war. Die Frauen, denen sie in *Gull's Wing* begegnet war, waren alle jung und attraktiv. Alte und reizlose Gäste waren dort nicht willkommen. Ein Mann wie Tom, gut aussehend und berühmt, konnte wählen. Er hatte ja von seinen Zweifeln an der Ehe und den künstlichen Beschränkungen, die sie einem auferlegte, gesprochen – ging es deutlicher?

Dank seiner Prominenz bot sich ihm sicherlich Gelegenheit genug. Es war leicht, sich Tom bei einer Signierstunde vorzustellen, wie er seinen Namen auf das Titelblatt von *Mondsüchtig* kritzelte, dann aufschaute und seinen weiblichen Leserinnen gestattete, sich in seinem warmen Lächeln zu sonnen. Sie würden, genau wie sie selbst, den Fehler begehen zu glauben, dass der Mann, dem sie in den Texten von *Mondsüchtig* begegneten, der war, den sie vor sich sahen. Aber der war er nicht und, um fair zu sein, er hatte auch nie etwas anderes vorgegeben.

Das Tragische für Diana war, dass sie niemals den ersten Platz in Toms Herz einnehmen würde. Er liebte Diana auf seine Art, aber diese Liebe war nicht ungeteilt, es war eine gequälte, zwiespältige Liebe, denn für Tom würde stets seine Arbeit an erster Stelle stehen. Das hätte Sadie vielleicht ein Trost sein können, es bedeutete ja, dass sie immer nur einen winzigen Bruchteil seiner Aufmerksamkeit in Anspruch genommen hatte. Aber diese Überlegung führte nur dazu, dass sie sich selbst noch mehr verachtete.

Als sie in der Küche Teewasser aufsetzte, fiel ihr der Satz ein, den sie in *Gull's Wing* auf einen Zettel geschrieben gesehen hatte: *Die Unschuld der Begierde*. Aber Tom irrte. Begierde sprach einen nicht von Verantwortung frei. Man wusste immer, was man tat. Man blendete nur die mahnende Stimme aus.

Eine mögliche Folge dieser Nacht trieb sie um: Sie könnte schwanger sein. Sie glaubte es nicht, ihrer Berechnung nach passte die Zeit nicht, aber sie wusste in diesen Dingen nicht allzu gut Bescheid. Sie heizte den Boiler und ließ sich ein Bad einlaufen. Sie hoffte, das heiße Wasser werde austreiben, was sich vielleicht in ihr festgesetzt hatte.

Scham und Schuldgefühle jedoch ließen sich nicht austreiben. Ihre Generation hatte sich nach dem Gemetzel des Großen Kriegs ihre eigene Moral schmieden müssen. Jeder Mensch brauchte Liebe, und man suchte sie sich, wo man konnte. Manche ihrer Freundinnen hatten Männer geheiratet, die der Krieg zu Krüppeln gemacht hatte, andere liebten Frauen und fanden dort ihr Glück. Wieder andere hatten ein Kind adoptiert, das ein Zuhause brauchte. Manche, wie

Pearl, gingen Beziehungen mit verheirateten Männern ein. Sadie hatte selbst schon mit verheirateten Männern geschlafen, der Sorte, die sich darüber beschwerte, dass ihre Frauen fremdgingen oder sich nur für die Kinder interessierten. Sie hatte das vielleicht noch damit rechtfertigen können, dass sie sich ja nur ein kleines Stück von dem nahm, was andere Frauen nicht zu würdigen wussten. Vielleicht trieb sie auch nur die eigene Bitterkeit – warum sollte sie, der ein dauerndes Glück mit Mann und Kindern verwehrt geblieben war, nicht wenigstens ein kleines Glück genießen?

Mit nichts aber, dachte sie, während sie schwitzend und angstvoll im dampfenden Wasser lag, war zu entschuldigen, was sie jetzt getan hatte. Dafür gab es keine Rechtfertigung. Tom und Diana hatten sie in ihr Haus eingeladen, sie hatte mit ihnen am Tisch gesessen. Und was hatte sie getan? Sie hatte der Frau, die sie aufgenommen hatte, den Mann gestohlen, ein uraltes Gesetz der Gastfreundschaft mit Füßen getreten. Sie hatte zwar, wenn sie jetzt darüber nachdachte, nicht das Gefühl, dass Diana sie besonders gemocht hatte; aber soweit sie gesehen hatte, war Diana keiner der Frauen, die in *Gull's Wing* verkehrten, mit echter Herzlichkeit entgegengekommen. Diana liebte Tom. Ihr ganzes Gefühl galt Tom. Andere Frauen – die schönen, jungen, die zu Gast im Haus waren – stellten eine Bedrohung dar.

Tom war mit der Absicht zu Sadie gekommen, sie zu verführen, und sie hatte sich verführen lassen. Sie hatte es ihm leicht gemacht, ihn im wahrsten Sinn des Wortes mit offenen Armen aufgenommen.

»Du liebst so, wie ich liebe«, hatte er gesagt, aber das stimmte nicht. Diana würde Tom nächsten Monat in die Staaten begleiten, nach außen würde die perfekte Ehe der Chivertons mit all ihren versteckten Unterströmungen weitergehen wie zuvor.

Schon einmal hatte sie sich von den Emotionen aus der Bahn werfen lassen. Mit Felix hatte sie die grausame Macht der Liebe kennengelernt, die einen von Schmerz in die Höhen des Glücks katapultieren und gleich wieder in tiefsten Kummer stürzen konnte. Sie hatte die Einsamkeit in *The Egg* gesucht, weil sie Angst bekommen hatte vor der Frau, die sie geworden war, so nackt und verletzlich. Als das Badewasser abkühlte und sie herausstieg, wusste sie, dass sie sich verändern musste, wenn sie nicht immer wieder dieselben Fehler begehen wollte. Sie musste einen Weg finden, um mit ihrem Verstand und ihrem Herzen in Frieden zu leben, wie schwierig und einsam dieser Weg auch sein würde.

Wenn sie je wieder einen Mann liebte, musste sie ihn aus ganzem Herzen achten und bewundern können. Er musste aufrichtig sein, charakterfest und großzügig, er musste andere Menschen wichtiger nehmen als sich selbst. Besser, ein Leben als alte Jungfer, die sich mühselig von ihrer Kunst ernährte, als einen faulen Kompromiss einzugehen. Besser, alle ihre Kräfte für das einzusetzen, was sie beeinflussen und ändern, was sie erschaffen konnte. Sie wollte die Grenzen überwinden, die sie hinderten, etwas zu vollbringen, das Wert besaß.

Sie trocknete sich ab und kleidete sich an. Mit ihrem Skizzenblock setzte sie sich auf die Terrasse und zeichnete die Zweige und Efeuranken, die der Sturm herabgeschleudert hatte. Als sie etwa ein Dutzend Skizzen fertig hatte, ging sie in ihr Atelier und begann, die erste Platte für einen neuen Druck zu schneiden. Als das Licht zu schwach wurde, um noch etwas zu erkennen, wusste sie, dass ihre Arbeit zwar noch nicht gut war, aber zumindest die Voraussetzungen besaß, um gut zu werden.

Schneeflocken, klein wie Perlenknöpfchen, schwebten in der Luft, so leicht, dass man sich nicht vorstellen konnte, sie würden sich je setzen. Im Lauf des Tages wurde der Schneefall dichter, die Flocken wurden voller, duftiger. Es war sehr still, die Vögel hatten sich verkrochen, nur die wirbelnden

Flocken bewegten sich und versperrten den Blick zu jenen Himmelsfetzen, die zwischen den Ästen Platz hatten.

Eines Morgens sah sie beim Erwachen ihr Zimmer in einen grauen kalten Dämmerschein getaucht. Dicke Schneekrusten stauten sich vor den Fenstern des Hauses und wölbten sich von den Dachrinnen abwärts. Sie schlug eine Decke um sich und lief zum Fenster. Der Schnee hatte sich glatt wie Zuckerguss auf dem flachen Dach ausgebreitet. Sie stieß die Glastür auf, drückte den hart gefrorenen Schnee zurück und trat ins Freie. Ihre Fußsohlen brannten, als sie über die vereiste Kruste lief.

Im Hohlweg hörte sie Leute kommen. Ihre Stimmen und ihr Gelächter waren von der Kälte gedämpft. Von ihrem Ausguck aus sah sie die ungarischen Jagdhunde zwischen den Bäumen hindurchflitzen. Wie Wölfe, dachte sie und fragte sich, ob jemand bei ihr klopfen würde, ob gleich Diana unter den Bäumen hervortreten würde. Doch die Geräusche verklangen, und sie ging ins Haus zurück.

Ein paar Tage später begann es zu tauen. Der ganze Wald tropfte von schmelzendem Schnee, als Sadie vom Weg auf die Straße hinaustrat. Sie wollte zum Bahnhof, um nach London, zu Edith, zu fahren, bei der sie über Neujahr bleiben wollte.

Als sie hinter sich ein Auto kommen hörte, blickte sie sich um und erkannte den Wolseley der Chivertons. Sie trat an den Straßenrand und hob grüßend die Hand.

Der Wagen fuhr mit hohem Tempo an ihr vorbei. Sie sah ihm nach, bis er hinter der Biegung verschwand. Tom hatte am Lenkrad gesessen, Diana neben ihm. Sie mussten sie gesehen haben, mit ihrem Koffer und der Einkaufstasche, in der sie die Stechpalmenzweige verstaut hatte. Aber sie hatten nicht angehalten, um zu fragen, ob sie sie mitnehmen könnten. Sie hatten sie gar nicht zur Kenntnis genommen.

Sie war also jetzt Persona non grata, sie hatte es schon vermutet. Sie nahm ihren Koffer und ging weiter den Hang hinunter. Vielleicht hatte Diana erfahren, was passiert war. Vielleicht war jemand, einer von den Angestellten der Chivertons, in der Nacht vorbeigekommen und hatte sie durchs Fenster beobachtet. Oder vielleicht hatte Tom, von ihrer Zurückweisung gekränkt, Diana seinen Fehltritt gebeichtet, nur eben in entstellter Version. Möglicherweise hatten die Chivertons auch eine Vereinbarung: Tom suchte sich außereheliche Abwechslung, und Diana drückte beide Augen zu – etwas in der Art. Männer machten im Großen und Ganzen meistens, was sie wollten, und es war möglich, dass Diana, die Tom über alles liebte, bereit war, jeden Preis zu zahlen, um ihn zu halten. Es gab allerdings auch eine einfachere Erklärung: dass sie den beiden zu langweilig war. Sie war geprüft worden und durchgefallen.

Als sie von ferne das Pfeifen des Zuges hörte, rannte sie das letzte Stück zum Bahnhof. Sie selbst, dachte sie, während sie dem Bahnhofsvorsteher winkte und zum Schalter lief, hatte ja auch ihre Vorbehalte gehabt. Sie passten nicht zueinander, sie und dieses Paar; was zwischen ihnen an Sympathie vorhanden gewesen war, hatte sich verflüchtigt. Sie bedauerte es, es ihnen so leicht gemacht und vor lauter Sehnsucht nach Kontakt ihr gesundes Urteil verloren zu haben. Als der Zug anfuhr, war sie froh, dass sie bald wieder in der Stadt sein würde.

Sadie ging zu einem Silvesterfest in der Garratt Lane, einer langen Straße, die sich durch Tooting, Earlsfield und Wandsworth schlängelte. Tabakgeschäfte und Drogerien standen dicht an dicht mit Plakatwänden und billigen Unterkünften, die Betten für einen Schilling pro Nacht anboten. Ein Lumpensammler mit Schildmütze schob seinen Karren die Straße hinauf.

Sadie suchte die Wohnung einer Freundin von Pearl, Dulcie Clarke, bei der das Fest steigen sollte. Sie fand die Adresse schließlich, die Wohnung war über einem Bestattungsinstitut, in dessen Schaufenster ein paar verstaubte künstliche Lilien standen und die Fotografie eines Leichenwagens, der von vier Pferden mit schwarzen Federbüschen gezogen wurde.

Sie läutete unten. Als nichts passierte, drückte sie versuchsweise gegen die Tür und fand sie offen. Von oben rief jemand: »Kommt rauf!«, und sie stieg die Treppe hinauf und trat durch die offene Wohnungstür in ein nicht sonderlich großes Zimmer voll lachender, schwatzender Gäste. In einer Ecke tanzten ein paar Leute zum Klavierspiel einer jungen Frau mit einem jadegrünen Turban. Es waren weit mehr Frauen da als Männer.

Eine junge blonde Frau in einem Paisleykleid trat zu ihr. »Hallo! Und wer sind Sie?«

»Ich bin Sadie Lawless, eine Freundin von Pearl Foster. Sie hat mich eingeladen.«

Die blonde Frau sah sich im Zimmer um. »Ich glaube, Pearl ist noch gar nicht da. Ich bin übrigens Vee Evans.«

Sie gaben einander die Hand, und Vee bot ihr ein Glas Cider an.

»Danke. Vielleicht sollte ich Miss Clarke begrüßen. Können Sie mir sagen, wo sie ist?«

»Da ist sie, in dem grauen Kleid.« Vees Blick flog zum anderen Ende des Zimmers, zu einer zierlichen Frau mit einem knallroten Schal um die dunklen Haare. »Sie ist wahnsinnig schlecht gelaunt, weil sie sich mit Hugh gestritten hat. Und wenn Dulcie sauer ist, bekommt das jeder zu spüren. Ich würde lieber hierbleiben an Ihrer Stelle.«

»Ich hab dich bei der Versammlung vermisst, Vee.« Ein schmächtiger Mann mit Brille war zu Vee getreten. Die Augen hinter den Gläsern glänzten unnatürlich.

»Ich musste bei Mum bleiben.« Zu Sadie gewandt, erklärte Vee: »Sie ist bettlägerig. Meine Schwestern und ich wechseln uns ab. Und, wie war's?«, fragte sie den jungen Mann.

»Wal Hannington hat gesprochen.«

»Ja, klar, das musste ich natürlich verpassen.«

»Wirklich schade, dass du nicht kommen konntest. Er hat's wieder mal genau getroffen, wie immer. Die Kapitalisten und Profiteure, die den Zusammenbruch herbeigeführt haben, tun das, was sie immer tun, sacken die Moneten ein, und die Arbeitslosen zahlen für ihre Fehler. Die Kinder hungern und laufen ohne Schuhe rum, und die Reichen speisen im Ritz.« Der glänzende Blick richtete sich auf Sadie. »Wer ist das?«

»Ich bin Sadie Lawless.«

»Ich hab Sie noch nie hier gesehen.«

»Sie ist eine Freundin von Pearl, Arthur«, sagte Vee und tätschelte ihm den Arm. »Sie ist kein Polizeispitzel, keine Angst. Wir sind nämlich Kommunisten«, erklärte sie Sadie. »Sie haben Arthur ins Gefängnis gesteckt, und jetzt hält er jeden für einen Spitzel der Polizei.«

»Da müssen Sie bei mir keine Angst haben«, versicherte ihm Sadie.

Arthur zog eine Pfeife aus der Tasche, stopfte sie bedächtig und hustete dann beängstigend lange. Als er wieder sprechen konnte, sagte er: »Vee redet natürlich Quatsch. Aber wir müssen trotzdem ein bisschen vorsichtig sein. Wir stehen unter Beobachtung.«

Ein Pärchen gesellte sich zu ihnen, und es entspann sich eine hitzige Diskussion über die Organisation des nächsten Hungermarsches. Das Mädchen mit dem grünen Turban spielte »Jalousie«, und zwei Frauen tanzten mit abgezirkelten Bewegungen zu der Tangomelodie. Ein paar Leute in der Nähe von Sadie führten ein lebhaftes Gespräch über ihre Arbeit bei einer Zeitschrift, in das sie witzige kleine Anekdoten über ihre Kollegen einflochten.

Sadie, die an einen Sessel gelehnt ihren Cider trank, war erleichtert, der steifen Förmlichkeit von Ediths Haus entronnen zu sein. Das Weihnachtsfest mit Cyril und Edith war mühsam gewesen. Sadie vermutete, dass auch Edith es so empfunden hatte. Diese Menschen hier waren eher ihr Fall, Vagabunden und Außenseiter wie sie.

Als sie Pearl zur Tür hereinkommen sah, ging sie ihr entgegen.

»Sadie, entschuldige, dass ich so spät komme.« Pearl sah schön und elegant aus wie immer, aber ihre Augen waren gerötet und von dunklen Schatten umgeben. Besorgt fragte Sadie, ob etwas passiert sei.

»Ich muss unbedingt mit dir reden«, sagte Pearl leise. »Aber nicht hier – ich halte das nicht aus.«

»Wir können auch gehen, wenn du möchtest.«

»Macht dir das nichts aus?«

»Aber nein, gar nicht.«

Nachdem Sadie ihren Mantel geholt hatte, verließen die beiden die Wohnung.

Unten, auf der dunklen Straße mit den rußgeschwärzten Häusern, sagte Pearl unvermittelt: »Ich glaube, ich bekomme ein Kind.«

Sadie sah sie entsetzt an. »Bist du sicher?«

»Nein, nein, überhaupt nicht. Aber ich habe Angst, dass es so ist. Und Ralph auch. Und er muss es wissen, wegen Miriam, meine ich. Ich kann nicht zu unserem Arzt gehen, der kennt mich von klein auf. Und außerdem ist er ein Freund meiner Mutter.«

Pearls Stimme klang mutlos. Sadie hakte ihre Freundin unter. Arm in Arm gingen sie an einer Kohlenhandlung vorbei, wo schwarzer Staub auf dem Pflaster glitzerte. Von den Ställen wehte der Geruch von Pferdemist herüber.

»Wie hat Ralph reagiert, als du es ihm gesagt hast?«

»Er war wütend«, sagte Pearl im Ton tiefer Trostlosigkeit.

Augenblicklich war Sadie wütend auf Ralph, aber ehe sie ihrem Gefühl Luft machen konnte, fügte Pearl seufzend hinzu: »Er war wütend auf alles. Auf unsere Situation. Und dass wir solches Pech haben müssen. Er ist immer so vorsichtig.«

Nicht vorsichtig genug, dachte Sadie. Aber hatte sie ein Recht, über Ralph zu urteilen? Sie hatte selbst nicht an

Schutz gedacht, als sie mit Tom Chiverton geschlafen hatte. Als ihre Periode pünktlich gekommen war, hätte sie in Ediths Badezimmer am liebsten laut gejubelt.

»Miriam ist wieder schwanger«, fügte Pearl hinzu. »Ralph will kein Kind, und meins schon gar nicht, wenn ich wirklich eins bekomme. Er sagt, sie können es sich nicht leisten.«

»Gott, du Arme.« Sadie drückte Pearls Arm. »Was willst du jetzt tun?«

»Ich weiß nicht. Ich kann noch gar nicht wieder klar denken. Es war so furchtbar, es Ralph sagen zu müssen.«

Eine Weile gingen sie schweigend nebeneinanderher, schlugen vorsichtig einen Bogen um einen zerlumpten Mann, der in einem Hauseingang schlief.

»Ich musste mit dir reden. Ich hab ja sonst niemanden. Meiner Mutter kann ich es unmöglich sagen, die Aufregung würde sie umbringen.«

Sadie empfand tiefes Mitleid mit Pearl, die in genau der Falle saß, die alle Frauen fürchteten. Sie kannte Pearls Mutter oberflächlich, eine kultivierte, angenehme Frau, die ungeheuer stolz auf ihre schöne und begabte Tochter war.

»Ralph muss das gemeinsam mit dir entscheiden«, sagte Sadie. »Er kann die Sache nicht einfach ignorieren und sein Leben führen, als wäre nichts gewesen.«

Pearl warf ihr einen scharfen Blick zu. »Doch, das könnte er, wenn er wollte.«

»Und wird er, meinst du?«

»Nein, nie im Leben.«

Auf der anderen Straßenseite war ein Pub, *The Magpie* – ein schäbiges kleines Lokal. Sadie schlug vor, dort etwas trinken zu gehen. In dem für Frauen abgetrennten Bereich brannte ein Feuer im offenen Kamin, und man servierte ihnen Gin, der bläulich und klebrig war. Der einzige andere Gast in dem kleinen Raum war eine sehr alte Frau in einem fadenscheinigen Mantel, unter dem sie einen langen schwarzen Rock, eine hochgeknöpfte altmodische Bluse und mehrere wollene Schals trug. Sie saß mit einem Glas Bier dicht am Feuer.

Pearl sagte leise: »Ralph wird Miriam niemals verlassen. Und ich würde es auch gar nicht wollen. Ehrlich. Ich hab mal seine zwei kleinen Söhne getroffen, und sie waren so süß.« Sie wischte sich eine Träne von der Wange.

Sadie kam eine Idee. »Du könntest doch zu mir ziehen. Warum nicht? Im Haus ist reichlich Platz. Wir könnten das Baby gemeinsam großziehen. Es hätte zwei Mütter, und das wäre doch beinahe so gut wie Mutter und Vater. Stell dir vor, wie wunderbar es wäre, so ein kleines Würmchen zu haben, für das man sorgen kann.«

Eine Zeit lang malten sie sich begeistert aus, wie es werden würde, wenn sie gemeinsam für Pearls Kind sorgten: Leben würden sie, wenn auch bescheiden, von Sadies Erbe und dem, was sie mit ihrer Kunst verdienten, und das Kind könnte, sobald es ein bisschen größer war, draußen im Wald spielen.

Aber es war nur ein hübscher Traum.

»Sadie, das geht alles gar nicht«, sagte Pearl niedergeschlagen.

»Wieso nicht?«

»Schon wegen meiner Mutter. Sie bekommt nur eine winzige Witwenrente, sie könnte ihre Miete nicht bezahlen, wenn ich nicht mehr im Laden arbeite. Und ich würde ihr fehlen, und sie mir auch. Und Ralph würde mir auch fehlen.« Pearl sah Sadie mit ihren großen dunklen Augen offen an. »Ich weiß, du magst ihn nicht besonders, aber ich liebe ihn. Er ist nicht vollkommen, er kann ziemlich egoistisch sein, das sehe ich ein, und ich weiß, ich werde ihn immer teilen müssen, aber für mich ist das besser als nichts, verstehst du?«

Sadie dachte zum hundertsten Mal an die Nacht, die sie mit Tom verbracht hatte. »Pearl, ich würde mir nie ein Urteil über dich anmaßen. Ausgerechnet ich!« Sie schlug die Hände vor ihr Gesicht und flüsterte: »Ich habe etwas Unverzeihliches getan.«

»Was denn, Sadie? Was ist?«

»Es ist etwas passiert. Etwas, das nie hätte passieren dürfen.« Pearl liebte Ralph wenigstens. Begierde allein konnte nie eine Entschuldigung sein, die Liebe vielleicht schon – eine kleine zumindest.

»Du weißt, dass Tom Chiverton neben mir wohnt«, sagte sie.

»Ja.«

»Ich war mit ihm im Bett. Und jetzt wünschte ich, es wäre nie passiert.«

»Liebst du ihn?«

»Nein. Ich hab's mir eine Weile eingebildet, aber dann habe ich gemerkt, dass es überhaupt keine Liebe war. Ich wollte ihn einfach nur haben, unbedingt.«

»Ja, das ist das Schlimme«, sagte Pearl seufzend. »Dieses grenzenlose Verlangen. Aber das ist nicht das Einzige. Der Wunsch, geliebt zu werden, ist genauso unwiderstehlich.«

»Ich schäme mich in Grund und Boden. Seine Frau vergöttert ihn. Sie würde mich hassen, wenn sie es wüsste. Es ist nur ein Mal passiert, aber das war ein Mal zu viel.«

Pearl ging zum Tresen, um noch etwas zu trinken zu holen. Als sie an den Tisch zurückkam, sagte sie: »Ich fühle mich Miriam gegenüber immer schuldig, wirklich. Ich weiß, ich sollte Schluss machen, aber ich kann nicht. Wenn ich in der Arbeit einen schlechten Tag hatte, wenn Mrs. Kennedy mitten im Winter von uns verlangt, dass wir die Ladentür offen stehen lassen, und mir beinahe die Zehen abfrieren, oder wenn Maud krank ist und ich nicht mal Mittagspause machen kann und vor Hunger fast umkomme, dann tröste ich mich damit, dass ich bald Ralph sehen werde. Er macht mich glücklich.« Ihr Gesicht verdunkelte sich. »Manchmal jedenfalls.«

»Ich habe keine solche Entschuldigung. Ich habe Glück, ich brauche nicht zur Arbeit zu gehen.«

»Aber Sadie – Felix. Ich habe gesehen, was er dir angetan hat, wie sehr du gelitten hast. Da ist es doch nur verständlich, wenn du mal ein bisschen glücklich sein willst. Sieh bloß zu, dass dir nicht derselbe Blödsinn passiert wie mir.« Pearl zwinkerte ihr zu und schnäuzte sich.

Um die Stimmung ein wenig aufzuhellen, sagte Sadie: »Rate mal, was Tom zu mir gesagt hat, als ich ihn rausgeworfen habe.«

»Keine Ahnung.«

»Er sagte: Ich glaube dir nicht, dass du dich nicht zu mir hingezogen fühlst.«

Pearl warf den Kopf zurück und lachte. »Du bist eine alte Jungfer von dreißig Jahren, meine Liebe, da musstest du Tom Chiverton doch einfach verfallen.«

»Genau. Wie hätte ich ihm widerstehen sollen?«

»Du solltest ihm auf Knien danken, Sadie.«

Ihr Lachen wurde immer hemmungsloser, und ihre Bemerkungen mit jedem Satz spöttischer, und die alte Frau am Feuer beobachtete sie mit nachsichtigem Lächeln. Bis plötzlich, als wäre eine Seite in einem Buch umgeschlagen wurde, das Lachen verstummte und Sadie nur noch Scham empfand und eine diffuse Angst.

10

Sussex und Suffolk, Oktober 1970

Seit Roses letztem Besuch in *The Egg* war Moos an den schattigen Mauern emporgekrochen und hatte den Beton grün verfärbt. In der Luft hing ein dumpfer Geruch nach feuchter Erde und Schimmel, und sie hatte den Eindruck, dass das Anwesen stärker verwildert war, als sie es in Erinnerung hatte. Es war beinahe so, als wollte der Wald sich verlorenes Terrain zurückerobern, indem er junge Bäumchen trieb und den Boden mit totem Laub zudeckte.

Bei ihrem letzten Besuch vor fünf Monaten war Frühling gewesen und sie noch Roberts Frau. Ihre Tage waren erfüllt gewesen von der Sorge um die Kinder, dem Haushalt und ihren Pflichten als Gastgeberin, wenn sie Roberts Geschäftsfreunde bewirtete. Zur Abwechslung hatte sie Kreuzworträtsel gelöst und sich abends einen Drink gegönnt. An dem Tag, als sie von *The Egg* zurückgekommen war, hatte Robert ihr von Debra Peters erzählt.

Jetzt lebte sie von Robert getrennt mit den Kindern in der Wohnung in Weybridge, die früher ihrer Großmutter gehört hatte. Und sie leitete ein Luftfrachtunternehmen.

Sie und Dan hatten fast den ganzen Tag auf einem Flughafen bei Hayward's Heath verbracht. Dan war gefahren, damit sie im Auto noch ihre Unterlagen studieren konnte. Der Flughafen lag ungeschützt in offenem Land, am Himmel über ihm trieben bleigraue Wolken, und auf dem Rollfeld glänzten Pfützen. Sie hatten den ganzen Tag über lange, bisweilen hitzige Diskussionen mit dem Geschäftsführer der Firma geführt, Kevin Goode, mit dem Dan in Cardiff zusammengearbeitet hatte. Kevin hatte in der Zwischenzeit sein eigenes Luftfrachtunternehmen aufgebaut, Westfield Air, und Dan hatte vorgeschlagen, man solle ein gemeinsames Angebot für einen Großauftrag abgeben, den keine der beiden Firmen allein bewältigen konnte.

Kevin Goode war ein untersetzter, breitschultriger Mann, mit dauerhaft gerunzelter Stirn und stahlblauen Augen. Er erwies sich als beinharter Verhandlungspartner, und die Diskussionen dauerten fast den ganzen Tag.

Rose hatte beschlossen, auf der Rückfahrt einen Umweg über den Paley High Wood zu nehmen, weil sie die Nacht zuvor kaum geschlafen hatte. Sie hatte über das Haus nachgedacht, das ihre Großmutter ihr hinterlassen hatte, und über vieles andere dazu: die Kinder, die Firma, das Geld, die Zukunft. Die Umzugskartons waren ausgepackt, die Möbel in der neuen Wohnung in Weybridge aufgestellt, aber es war noch keine Ordnung eingekehrt – ständig musste sie irgendetwas suchen, weil vieles noch keinen festen Platz gefunden hatte. Alle drei schliefen sie schlecht, und manchmal half es nur, wenn sie alle zusammen in ein Bett krochen. Sie hoffte, dass sie sich eines Tages in der Wohnung wohlfühlen würde; bis jetzt war sie weit davon entfernt.

Regen peitschte die Äste der Bäume und sammelte sich auf dem leicht abfallenden Weg. Sie hatte Dan gebeten, im Wagen auf sie zu warten, überzeugt, dass sie nur ein paar Minuten brauchen würde, um sich im Haus umzusehen. In den letzten Stunden war sie innerlich immer kribbeliger geworden und brauchte jetzt einen Moment für sich allein.

Ein durchdringender Geruch, feuchtkalt und faulig, kam ihr entgegen, als sie die Haustür aufschloss. Sie sah sofort das schmutzige Wasser, das auf den Fliesen im Flur stand.

»Oh, verdammt«, sagte sie wütend. »So ein Mist.«

Sie schaute zur Decke hinauf. In einer Ecke zog sich ein breiter brauner Streifen kaskadenartig die Wand hinunter, sodass sie genau erkennen konnte, wo das Regenwasser eingedrungen war. Als sie mit einer Fingerspitze an dem verfärbten Mörtel kratzte, fiel ein Stück heraus.

»So ein Mist, so ein Mist«, wiederholte sie, als sie durch das Wasser im Gang tappte.

Dan saß in seinem Cortina und wartete. Über die Windschutzscheibe lief der Regen. Er und Celia hatten am vergangenen Abend Krach gehabt – wenn man es so nennen wollte, sie waren beide nicht der Typ, bei dem Geschirr flog.

Sie hatten zusammen gegessen, und beim Abdecken hatte Dan vorgeschlagen, sie sollten doch am Wochenende nach Paris fahren, um dort Celias dreißigsten Geburtstag zu feiern.

»Paris?«, fragte sie, während sie die Essensreste von den Tellern in den Mülleimer schabte. »Und woher kommt das Geld?«

Erstaunt und leicht gekränkt sagte er: »Das übernehme ich natürlich. Es ist ja dein Geburtstag.«

Statt sich zu freuen, reagierte sie gereizt und vorwurfsvoll. »Wenn du dein Geld für so was rauswerfen kannst, solltest du vielleicht mehr fürs Haus zurücklegen.«

Dan entdeckte einen erstaunlichen Groll in sich und versetzte heftig: »Herrgott noch mal, darf man sich denn nicht auch amüsieren?«

Und schon war der Streit in vollem Gang. Celia warf ihm Verschwendungssucht vor, und ihm ging ihre Einstellung zunehmend auf die Nerven. Sie wurden beide nicht laut, aber es gab auch keine Versöhnung im Bett. Celia blieb nicht über Nacht. Er brachte sie zwar zum Bahnhof, aber als er ihr einen Abschiedskuss geben wollte, drehte sie den Kopf weg, und seine Lippen streiften nur ihre Wange.

Während er jetzt in seinem Wagen auf Rose wartete, gestand er sich ein, dass er gestern Abend eine Seite von Celia gesehen hatte, die er nicht mochte, und er vermutete, dass es ihr mit ihm ähnlich ging. Das bedrückende Gefühl, dass zwischen ihnen unwiderruflich etwas gekippt war, hatte ihn den ganzen Tag verfolgt und sich jedes Mal, wenn er einen Moment zum Nachdenken gehabt hatte, in den Vordergrund gedrängt.

Er sah auf die Uhr. Rose war jetzt schon eine Viertelstunde weg – wo zum Teufel blieb sie? Ungeduldig stieg er aus dem Wagen und schaute sich um. Rundherum nichts als Wald. Sie hatte etwas von einem Haus gesagt. Es war wohl besser, er sah mal nach ihr.

Er nahm seine Krawatte ab und schob sie zusammengerollt in die Jackentasche, bevor er einen Fußweg einschlug, der sich zwischen den Bäumen hindurchwand. Mit jedem Schritt sammelte sich mehr Matsch an seinen Schuhen. Der Wind riss die welken Blätter von den Ästen und wirbelte das feuchte braune Laub vom Boden auf.

Zwischen den dunklen Stämmen konnte er ein Haus ausmachen. Er hatte etwas wie ein Wochenendhäuschen erwartet – Holzbalken, Strohdach, idyllische Gemütlichkeit –, aber es war ganz anders. Er war überrascht, einen solchen Bau in dieser Umgebung zu sehen: weiß, kompakt, kompromisslos in seiner Modernität. Am Fuß der Terrasse blieb er stehen und blickte zu den zwei Glaswänden hinauf, eine über der anderen, konnte darin jedoch nur die gespiegelte Landschaft erkennen.

Rose kniete auf dem unteren Dach und stocherte an etwas herum. Als er nach ihr rief, stand sie auf.

»Das Dach ist undicht«, erklärte sie. »Im Haus ist Wasser. Ich versuche, das Leck zu finden.«

»Ich komme rauf und helfe Ihnen«, erbot er sich.

»Die Tür ist um die Ecke.«

Als Dan das Haus betrat, sah er gleich, dass es sich um keine Kleinigkeit handelte – der ganze Flur stand unter Wasser. Am Fuß der Treppe zog er die Schuhe aus und schlüpfte erst wieder hinein, als er draußen auf dem Dach stand.

»Ich wollte den Teppich nicht versauen«, erklärte er, während er die Schnürsenkel band.

»Sehr rücksichtsvoll von Ihnen, aber wahrscheinlich umsonst. Ich fürchte, das ganze Haus wird gleich einstürzen.«

Rose, die meistens ruhige Entschlossenheit ausstrahlte, wirkte alarmiert. Sie ging in die Hocke und zeigte auf den Fenstersims, der sichtlich angefault war. »Ich habe das Gefühl, gleich bricht das Dach ein, und ich lande unten in der Küche.« Sie runzelte die Stirn und schob sich die Haare aus dem Gesicht. »Ich habe gerade überlegt, ob es eine Möglichkeit gibt, die Stelle hier trocken zu halten, bis ich eine Baufirma finde.«

»Ich seh mich mal nach etwas Wasserdichtem um«, schlug er vor.

Das Beste, was er finden konnte, war die Unterlegplane, die er benutzte, um den Kofferraum seines Wagens sauber zu halten. Auf dem Rückweg zum Haus sammelte er ein paar Steine, mit denen sie die Plane beschweren konnten. Wieder auf dem Dach, legte er zusammen mit Rose eine provisorische Abdichtung an.

Während Rose dann die anderen Zimmer überprüfte, fegte er das Wasser zur Tür hinaus, dann kehrten sie zum Auto zurück.

Es war fast dunkel, er hatte vergessen, wie tiefschwarz der Wald bei Einbruch der Nacht werden konnte.

Rose schien ihm bedrückt zu sein, und er versuchte sie aufzumuntern. »Wenn der Sims gerichtet ist, wird das bald alles wieder trocken.«

»Hoffentlich. Du lieber Gott, meine Schuhe!«

Als sie im Wagen saßen, sagte sie: »Im Dorf ist ein Laden. Da könnte ich vielleicht schnell vorbeigehen und fragen, ob sie eine Baufirma empfehlen können. Ich meine, wenn Sie nicht in Eile sind.«

»Nein, nein.« Er dachte an seine sauber aufgeräumte, stille Wohnung, an die Sachen, die Celia bei ihm deponiert hatte: Zahnpasta und Gesichtscreme im Badezimmer, ein Trenchcoat in der Garderobe.

Die kurvige Straße nach Nutcombe hinunter glänzte feucht im Licht der Scheinwerfer. Im Dorf parkte Dan vor dem Laden – *J. Thomsett, Lebensmittel und Backwaren* –, und Rose ging hinein. Ein Reklamefähnchen für Lyons-Maid-Eiscreme flatterte im Wind – dafür würde es heute wohl kaum Abnehmer geben, vermutete Dan. Neben der Ladentür standen ein Korb mit fleckigen Falläpfeln und große Tüten mit Kohlen und Feuerholz.

Eine Telefonzelle war auch da, er könnte Celia anrufen. Aber er ließ es sein und machte stattdessen einen kleinen Spaziergang. Das Dorf lag in einem Tal, und er konnte den Fluss riechen, bevor er ihn sah. Das Licht der Straßenlampen fiel auf kleine Häuser, auf deren Strohdächern Unkraut wuchs, und nur wenige größere Bauten, darunter ein Pfarrhaus, die Torpfosten so dicht von Efeu überwuchert, dass das Namensschild kaum noch zu erkennen war. Die Fenster eines Pubs leuchteten warm herüber, und Dan merkte, wie hungrig er war. Mittags hatte es nur ein paar spärlich belegte Brote und wässrigen Kaffee gegeben, während die Verhandlungen weitergelaufen waren. Er traute Kevin zu, dass er sie absichtlich hatte darben lassen, um sie mürbe zu machen.

Bei dem Streit mit Celia, dachte er, war es um mehr gegangen als nur ums Geld. Es war um Pragmatismus und Gefühl gegangen. Bis gestern hätte er sich der pragmatischen Fraktion zugerechnet, aber offenbar hatte diese Seite bei ihm auch Grenzen. Er hörte Rose hinter sich rufen und machte kehrt, um ihr entgegenzugehen.

»Und – was herausgefunden?«

»Ja, die Frau im Laden war sehr nett. Sie hat mir ein paar Namen genannt. Ich ruf da morgen gleich an.«

»Sie hätten nicht Lust, etwas zu trinken?«, fragt er.

Sie war überrascht und geriet ins Stottern. »Oh … ich, äh, ich weiß nicht …«

Er sagte schnell: »Sie wollen nach Hause. Zu Ihren Kindern.«

»Nein – es ist Freitag, da sind sie bei ihrem Vater.« Sie lachte ein wenig. »Warum nicht? Wir könnten auch gleich etwas essen. Ich habe einen Riesenhunger.«

Dan stand mit dem Rücken zu ihr am Tresen und bestellte zwei Imbissplatten und ihre Getränke. Roses Blick wanderte von den hellen, vom Regen wirren Haaren zu seinen breiten Schultern, dann seinen geraden Rücken hinunter zu den schmalen Hüften. Nicht schlecht, dachte sie anerkennend und rief sich sofort zur Ordnung: Lass das, Rose! Sie versuchte, sich mit einer Inspektion ihrer Schuhe abzulenken – hellbeiges Wildleder von Ravel, jetzt völlig verdreckt, vermutlich nicht mehr zu retten. Sie musste an das undichte Dach denken. Was würde die Reparatur kosten? Die Sache hätte zu keinem ungünstigeren Moment kommen können.

Dan kehrte mit einem Bier für sich und einem Gin Tonic für sie an den Tisch zurück. Er öffnete eine Chipstüte, für sie beide zum Knabbern, während sie auf das Essen warteten.

Rose nahm sich Chips. »Ist Kevin immer so?«

Dan lachte. »Er hat sich heute von seiner Schokoladenseite gezeigt, Rose, eigens für Sie. Er kann ziemlich jähzornig sein, dann ballert er schon mal los. Seit seiner Scheidung ist er noch empfindlicher geworden.«

»Aber Sie mögen ihn?«

»Ja. Er ist ein bisschen schwierig, aber anständig. Würde nie krumme Sachen machen.«

»Aber seine Bedingungen sind zum Teil völlig überzogen. Was er uns für die Nutzung seines Flughafens abknöpfen will, ist ein Heidengeld. Da muss ich schon überlegen.«

»Sie wollen ihn ein paar Tage schmoren lassen? Gute Idee. Wenn Sie mich fragen, braucht Kevin das Geschäft so dringend wie wir.«

»Das bezweifle ich«, entgegnete sie beinahe schroff. »Wenn ich nicht in den nächsten zwei Monaten eine beträchtliche

Summe auftreibe, können wir die nächste Rate des Bankkredits nicht bezahlen.«

Dan runzelte die Stirn. »Ich hatte gehofft, bei all den neuen Aufträgen, die jetzt hereinkommen, hätte sich die Lage gebessert.«

»Niemand bezahlt im Voraus. Viele unserer Kunden sind in der gleichen Situation wie wir und versuchen, ihre Zahlungen so lange wie möglich hinauszuschieben.«

Rose und Dan taten, was sie konnten, um Kosten zu sparen, neue Kunden zu gewinnen und die alten zufriedenzustellen. Während des Streiks der Hafenarbeiter im Juli waren viele Unternehmen auf Luftfracht umgestiegen, und Martineau Aviation hatte davon profitiert. Seit die Leute die Arbeit wieder aufgenommen hatten, waren einige der neuen Kunden bei ihnen geblieben, nicht alle nutzten wieder die preisgünstigere Seefracht.

»Haben Sie mit der Bank gesprochen?«, fragte Dan. »Gefragt, ob sie den Kredit verlängern?«

Die Bedienung brachte ihr Essen. Rose öffnete das kleine goldene Butterpäckchen. »Ja, natürlich. Sie haben abgelehnt.«

»Aber warum? Wir sind doch im Grunde eine solide Firma.«

Ihr Gespräch mit Mr. Nash, dem Filialleiter der Bank, war kurz und frustrierend gewesen. »Ich glaube, die Firma ist nicht das Problem.«

»Was dann?«

»Das Problem bin ich. Nash meinte, ich hätte weder Referenzen noch Erfahrung – und das stimmt ja auch. Ich konnte ihn nur damit vertrösten, dass ich schnell lerne.«

»Und?«

»Und er sagte, ich könne nicht erwarten, dass die Bank ihr Geld jedem kleinen Mädchen hinterherwirft, das sich einbildet, einen Geschäftsbetrieb leiten zu können.«

Er riss die Augen auf.

»Darauf haben Sie ihm natürlich gesagt, dass er sich seinen Kredit Gott weiß wohin stecken kann.«

»Nein. Ich war die Würde selbst, ich habe ihm freundlich die Hand gegeben und ihm gedankt, dass er sich Zeit für mich genommen hat. Aber innerlich habe ich getobt.«

»So viel Selbstbeherrschung.«

»Ich habe dann bei ein paar anderen Banken angerufen, aber da war es das Gleiche. Einer der Männer, mit denen ich gesprochen habe, hat mich ausgelacht. Er hat offen gelacht.« Sie zuckte mit den Schultern. »Aber das ist nicht wichtig. Wichtig ist nur, dass ich das Geld auftreibe.«

»Ich glaube, ich habe eine Firma gefunden, die bereit ist, das leer stehende Büro zu mieten. Das ist doch immerhin etwas.« Das größere der beiden Büros war bereits an eine Reparaturwerkstatt für Nähmaschinen vermietet. »Und ich habe mit einem Lieferanten gesprochen, der uns den Treibstoff billiger überlässt.« Es war warm im Pub mit dem offenen Kamin. Er zog seine Jacke aus. »Wir müssten allerdings bar bezahlen. Nach allem, was Sie sagen, dürfte uns das schwerfallen.«

»Ja.«

»Hat Vic nicht ein paar Ideen?« Vic war der neue Buchhalter, den Rose als Ersatz für Clive Miller eingestellt hatte.

»Bis jetzt nicht.« Rose schabte die Butter vom goldenen Papierchen. »Die Art kreativer Buchführung, wie Clive sie betrieben hat, liegt ihm nicht. Aber mir wird schon etwas einfallen, und wenn ich das Geld stehlen muss.« Sie sah ihn an. »Dan, das war ein Witz.«

»Angenommen, die Sache mit Kevin klappt, dann macht uns das auch nicht rechtzeitig wieder flott.«

»Nein. Nash hat nicht den geringsten Zweifel daran gelassen, dass er uns den Kredit kündigt, wenn wir nicht bezahlen.«

Sichtlich widerstrebend sagte Dan: »Sie könnten eine der DC-3s verkaufen, die ältere. Sehr viel würden Sie nicht dafür bekommen, aber es wäre besser als gar nichts. Die Maschine steht die meiste Zeit ja nur herum.«

Sie zupfte ein Stück Brot ab. »Das wäre für mich die letzte Option. Es würde ziemlich verzweifelt wirken, meinen Sie nicht? Ich könnte mir vorstellen, dass unsere Leute kalte Füße bekämen und sich nach einem anderen Arbeitsplatz umschauen würden. Aber es sind lauter gute Kräfte, Dan. Ich will niemanden verlieren.«

»Das werden Sie nicht, Rose.« Er sprach mit Gewissheit. »Die Atmosphäre in der Firma hat sich erheblich gebessert. Es ist geradezu unglaublich. Jetzt, wo Wilkinson weg ist und – entschuldigen Sie – Ihr Mann nicht mehr die Leitung hat, wissen die Leute, woran sie sind. Alle fühlen sich viel wohler.«

Nachdem Rose die Firma übernommen hatte, lernte sie schnell, sich auf Dans Erfahrung im Luftfrachtgeschäft, sein Urteil und seine Besonnenheit in Krisensituationen zu verlassen. Gab man ihm einen Auftrag, so erledigte er ihn prompt und zuverlässig, ohne viel Aufhebens, und tauchten Probleme auf, so fiel ihm meistens eine gute Lösung ein. Er hatte sie mehr als einmal davor bewahrt, eine Dummheit zu begehen. Und sie hatte hinter der Fassade der kühlen Nüchternheit mit der Zeit seinen Humor und seine Menschlichkeit entdeckt.

»Gilt das auch für Sie, Dan?«, fragte sie. »Sie haben doch nicht vor zu gehen, oder?«

»Höchstens, wenn Sie mich rausschmeißen.«

»Ich wüsste nicht, wie ich ohne Sie zurechtkommen sollte«, sagte sie.

»Ach was. Das würden Sie schon schaffen, Rose. Aber ich habe nicht die Absicht zu gehen.«

Sie lächelte und sagte mit unverhohlener Erleichterung: »Ich würde Ihr Gehalt erhöhen, wenn ich das Geld hätte.« Mit der Gabel schob sie die eingelegte Zwiebel auf ihrem Teller hin und her, die aussah wie ein braun verfärbter Augapfel, und beschloss, sie liegen zu lassen. »Ich liebe diese Arbeit, sonst würde ich bestimmt nicht die vielen schlaflosen Nächte in Kauf nehmen.«

»Ja, es ist kein einfaches Geschäft. Jeder Wetterwechsel kann einen aus der Bahn werfen. Aber ich mag die Fliegerei, das war schon immer so. Selbst wenn man alles wissenschaftlich erklären kann, empfinde ich das Fliegen immer noch wie Zauberei.«

»Haben Sie mal daran gedacht, Pilot zu werden?«

»Das kam nie infrage. Wegen meiner Augen. Ich habe eine starke Hornhautverkrümmung.«

Ihr war aufgefallen, dass er beim Autofahren eine Brille trug. Unwillkürlich sah sie ihm in die Augen, mittelblau mit einem schwachen Stich ins Grünliche, als könnte sie so den Fehler erkennen, aber dann wandte sie den Blick ab und konzentrierte sich auf ihr Essen.

Als sie später zum Auto zurückgingen, hatte es aufgehört zu regnen, die Luft war klar, und die Straße lag silbrig glänzend im Mondlicht.

»Erzählen Sie mir etwas über das Haus«, sagte er. »Gehört es Ihnen?«

»Ich habe es von meiner Großmutter geerbt. Ihr Vater hat es entworfen, er war Architekt. Er hat es ursprünglich meiner Großtante Sadie hinterlassen, und sie hat es dann meiner Großmutter geschenkt.« In aller Kürze erzählte sie ihm von ihrer Suche nach Sadie, den Entdeckungen, die sie gemacht hatte, und den Sackgassen, in die sie immer wieder geriet.

»Ich frage mich, ob sie ins Ausland gegangen ist«, sagte sie abschließend. »Einige Briefe kamen aus Frankreich und Spanien. Aber wenn ja, wieso weiß dann niemand, was aus ihr geworden ist? Soweit ich das überblicken kann, hatte sie einen großen Freundeskreis.«

»Und sie ist Mitte der 1930er-Jahre verschwunden, sagen Sie?«

»Ja.«

»In Europa sah es damals ziemlich finster aus, und es wurde immer noch finsterer. Vielleicht dachte sie, dass in den Staaten eine bessere Zukunft auf sie warten würde. Oder in Australien – irgendwo. Oder sie ist in Europa geblieben und in die allgemeinen Kriegswirren geraten.«

»Ich glaube, sie hätte trotzdem geschrieben«, sagte Rose. »Ich bin überzeugt, wenn sie ins Ausland gegangen wäre, hätte sie das ihren Freunden mitgeteilt. Sie wäre nicht einfach sang- und klanglos verschwunden, das weiß ich.«

Ich kenne Sadie, dachte sie. Ihre Freunde haben ihr am Herzen gelegen. Sie waren ihr wichtig, niemals wäre sie ohne ein Wort gegangen.

Als sie fast beim Auto waren, sagte sie: »Das Frustrierende ist, dass jemand, der Sadie damals kannte, als sie in *The Egg* lebte, noch heute nur zwei Kilometer entfernt wohnt.«

»Haben Sie mit ihm gesprochen?«

»Mit ihr. Es ist Diana Chiverton, die Witwe von Tom Chiverton, dem Dichter. Tom ist vor mehr als zehn Jahren gestorben, aber Diana wohnt immer noch in dem Haus, in dem sie lebten, als Sadie hier war. Es wurde übrigens auch von meinem Urgroßvater gebaut.« Sie schabte im Gras eine Schmutzkruste von ihrem Schuh. »Es heißt *Gull's Wing* und steht oben auf dem Grat. Ein wirklich spektakulärer Bau, Dan. Aber sie will nicht mit mir reden. Ich habe ihr mehrmals geschrieben, sie hat nicht geantwortet. Man kommt nicht einmal bis zu ihrer Haustür, weil das Tor abgeschlossen ist. Als ich mal draußen stand und geschaut habe, hat sie ihre Hunde rausgelassen.«

Dan sperrte den Wagen auf. Rose wollte gerade einsteigen, da rief sie plötzlich: »Oh, wie kann man nur so blöd sein. – Nicht Sie, Dan«, erklärte sie, als sie sein Gesicht sah. »Ich meine mich selbst. Die Lösung hängt direkt vor meiner Nase.«

Eine Straßenlampe auf der anderen Straßenseite beleuchtete das Schild über dem Dorfladen: *J. Thomsett Lebensmit-*

tel und Backwaren. Sadie hatte in ihren Briefen die Hilfsbereitschaft einer Mrs. Thomsett aus dem Laden in Nutcombe erwähnt. Sadie hatte einer Winnie Thomsett Zeichenunterricht gegeben. War es möglich, dass Winnie noch in Nutcombe lebte? Würde sie sich vielleicht an Sadie erinnern? War sie etwa die zierliche Frau um die fünfzig, mit der sich Rose vor erst einer Stunde in dem Geschäft unterhalten und die ihr eine Baufirma für die Dachreparatur empfohlen hatte?

Der Laden war jetzt dunkel, sie würde sich gedulden müssen. Sie fuhren aus dem Dorf hinaus und folgten der Straße durch das schwarze Hügelland des Weald. Sie hatte Männern, die mit einem Auto umzugehen wussten, immer gern beim Fahren zugesehen, und so schaute sie auch jetzt dann und wann unwillkürlich zu Dan hinüber, ihre Blicke verborgen in der Dunkelheit des Wagens.

Dan hatte seinen Wagen in die Werkstatt gebracht, weil er zwei neue Vorderreifen brauchte, und nahm deshalb am Samstag den Zug, der vom Liverpool Street Bahnhof aus über Ipswich nach Darsham fuhr.

Sein Vater holte ihn bei seiner Ankunft ab und führte ihn zu einem Morris-Minor-Lieferwagen, dessen Blech an den Radkästen von Rost durchlöchert war. Er klopfte stolz auf die Kühlerhaube. »Den hab ich für einen Spottpreis bekommen. Ich richte ihn her, dann verkauf ich ihn weiter. Die Leute stehen Schlange nach diesen Lieferwagen.«

Dan murmelte irgendetwas. Das Leben seines Vaters war voll von enthusiastisch begonnenen und bald wieder fallen gelassenen Unternehmungen und Projekten. Er hatte gelernt, sich nicht in diese Traumtänzereien hineinziehen zu lassen.

Auf der Fahrt zu der Wohnwagensiedlung in der Nähe von Southwold erzählte Mick weiter angeregt von seinen Plänen. »Sobald ich genug Geld auf der Bank habe, ziehe ich wieder nach London. Im Sommer ist es an der Küste ideal, aber wenn der Winter kommt, fühlt man sich schon ein bisschen wie in der Wildnis. Ich hab Kontakte in London, in der Gebrauchtwagenbranche.«

»Das ist prima, Dad.«

»Was fährst du denn für einen Wagen, Junge?«

»Einen Cortina.«

»Einen Cortina!«

Er hielt Dan eine Packung Embassy unter die Nase. Der schüttelte den Kopf. Mit etwas Akrobatik schaffte es Mick Falconer, sich auf der kurvenreichen Landstraße eine Zigarette aus der Packung zu nehmen und sie anzuzünden.

»Einen Cortina«, wiederholte er glucksend. »Ich hätte wenigstens einen Capri erwartet. In deinem Alter fährt man doch was Sportliches.«

Dan ließ seinen Vater weiter über Autos fachsimpeln. Das war die übliche Art des Gesprächs zwischen ihnen. Es gab zu viele Themen, die nicht berührt werden durften, zu viele offene Fragen, die nicht beantwortet werden konnten.

Sie hatten die Peripherie von Southwold erreicht, als Mick sagte: »Hast du deine Mutter mal gesehen? Lebt sie immer noch da oben im Lake District?«

»Ja, sie lebt noch in der Kommune. Ich hab sie vor einem Monat besucht. Es geht ihr gut.«

Dan besuchte seine Eltern abwechselnd einmal im Monat. Mehr hätte er nicht ausgehalten. Seiner Mutter ging es nicht gut – sie war dünn und sah krank aus –, aber er hielt es für sinnlos, das seinem Vater zu erzählen. Seine Eltern hatten seit Jahren keinen Kontakt mehr. Seine Mutter gab seinem Vater die Schuld an den Katastrophen in ihrem Leben, und sein Vater hatte immer in einer Fantasiewelt gelebt, in der die große Chance gleich um die Ecke winkte.

»Und deine Freundin?«, fragte Mick, während sie eine Straße entlangfuhren, die auf einer Seite von Marschland begrenzt war und auf der anderen von Sanddünen. »Sheila, richtig?«

»Celia.«

»Ich würde sie gern mal kennenlernen, mein Junge. Bring sie doch das nächste Mal mit.«

Dan stellte sich Celia in dem feuchten, kalten Wohnwagen seines Vaters vor. Sie würde nicht einmal den Mantel ablegen und versuchen, möglichst nicht mit den fleckigen orangefarbenen Sitzbezügen in Kontakt zu kommen. Er sagte nichts.

»Ihr zwei solltet heiraten.« Sein Vater schaltete krachend den Gang herunter, als sie sich der Einfahrt zur Wohnwagensiedlung näherten. »Ich weiß gar nicht, worauf du wartest. Du kannst ihr von mir sagen, dass sie gar nicht weiß, was für ein Glück sie hat, dass ein Mann wie du sich für sie interessiert.«

Dan war genervt vom eigensinnigen Beharren seines Vaters auf diesem Thema, dazu kam jedoch ein Gefühl, mit dem schwerer umzugehen war. Mick Falconer hatte größte Hochachtung vor dem, was sein Sohn erreicht hatte, und Dan hatte oft genug erlebt, wie er seine Freunde in irgendeinem Pub mit seinen Geschichten langweilte. »Universitätsabschluss in Maschinenbau… Schickt diese Flieger in ganz Europa rum… war immer eins a im Rechnen, der Junge!« Die kindliche Bewunderung seines Vaters war nicht so leicht abzutun.

Im Wohnwagen machte Mick Tee. Das Fahrzeug war durchaus geräumig, aber es hatte etwas Ungesichertes, so zwischen Marsch und grauer Nordsee. Dan störte die Kälte nicht, aber er sorgte sich, dass sein Vater, der Ende fünfzig war, mit den frostigen Wintern in Suffolk bald schwer zu kämpfen haben würde.

Später machten sie einen Spaziergang in den Ort. Dan wollte seinen Vater zum Mittagessen einladen, aber Mick sagte, Fish and Chips sei ihm lieber, und bestand darauf, für beide zu bezahlen. Sie verzehrten ihr Mahl auf einer Bank am Wasser, die Mantelkrägen hochgeschlagen zum Schutz vor dem Wind, der Micks Nase blau färbte. Der Anblick seines dünnen, schmuddeligen Anoraks deprimierte Dan. Sie schauten zum Wasser hinaus, das sich zu Wellen auftürmte, bevor es in durchscheinenden, grau-grünen Kaskaden herabstürzte und bei seinem Rückzug gebrochene weiße Schaumspuren auf Sand und Kies hinterließ.

Dan redete über Flugzeuge und die neuen Geschäftsverbindungen von Martineau Aviation mit einer Firma, die Oliven und Zitronen aus Italien und Austern aus Marseille importierte.

»Austern«, sagte sein Vater beinahe ehrfürchtig. »Und dieser Kerl … der Bursche mit der Nutte …«

»Robert Martineau? Hab ich seit Monaten nicht mehr gesehen. Seine Frau leitet jetzt die Firma. Das hab ich dir doch erzählt, Dad.«

»Und wie findest du's, für 'ne Frau zu arbeiten?«

»Es geht gut.«

»Sieht sie gut aus?«

»Ja, ich denke schon«, antwortete er reserviert.

Um den unvermeidlichen anzüglichen Witzen seines Vaters zu entkommen, lenkte Dan das Gespräch auf das unverfänglichere Thema Fußball. Auf dem Rückweg zum Wohnwagen kaufte er ihm seinen Protesten zum Trotz noch zwei große Tüten Lebensmittel. Bei Tee und süßlichen Keksen hing sein Vater seinen Erinnerungen an eine Vergangenheit nach, die er sich nach eigenen Vorstellungen zurechtgebogen hatte und die für Dan nicht wiederzuerkennen war.

Als Dan nach ungefähr einer Stunde aufstand und sagte, er müsse fahren, wollte sein Vater ihn überreden, über Nacht zu bleiben. Dan wehrte taktvoll ab, und so stiegen sie wieder in den Morris Minor und fuhren zum Bahnhof in Darsham. Auf dem Bahnsteig versiegte die Redseligkeit seines Vaters, er sah alt und müde aus.

Er wollte Dan zum Abschied die Hand geben, aber der nahm ihn stattdessen in den Arm.

»Pass auf dich auf, Dad. Ich besuch dich bald wieder.«

Auf der Rückfahrt aus Suffolk verfiel er jedes Mal in eine Stimmung schwarzer Ausweglosigkeit: Seine Schuldgefühle, weil er seinem Vater nicht geben konnte, was dieser sich wünschte, vermischten sich mit Groll und Ärger darüber, dass dieser sich überhaupt anmaßte, etwas von ihm zu verlangen. Nach einer Weile ließ der Zug die launenhafte, unbeständige Küstenlandschaft Suffolks hinter sich, der Blick durchs Fenster zeigte geordnete Felder und schmucke Dörfer. Sie schienen Dan eine Klarheit zu spiegeln, um die er in seinem persönlichen Leben kämpfte.

Der Zug fuhr langsamer, als sie die Vororte von Ipswich mit ihren Reihenhäusern, kleinen Fabriken und Gaswerken erreichten. Am Bahnhof stieg Dan aus und ging hinüber zum Bahnsteig, auf dem die Züge nach London abfuhren. Ein eisiger Wind pfiff über die Gleise, viele Reisende suchten Schutz im Wartesaal, aber Dan blieb draußen stehen, unberührt von der Witterung.

11

Surrey, Sussex und London, November 1970

Rose war noch dabei, sich zu schminken, bevor sie zur Arbeit fuhr, als sie Geschrei aus der Küche hörte.

»Lass mich in Ruhe!« Katherines Stimme.

»Ich will aber auch was!« Das war Eve.

»Du magst ja Rice Krispies nicht mal! Du hast gesagt, dass du keine magst! Du hast gesagt, die werden immer matschig.«

»Aber jetzt mag ich sie. Gib her!«

»Hör auf, du blöde Gans.«

Mit dem Mascarabürstchen in der Hand rannte Rose in die Küche und sah gerade noch, wie Eve ihrer Schwester den Karton mit den Zerealien aus der Hand riss. Es regnete Rice Krispies.

»Hört sofort auf, alle beide! Was fällt euch eigentlich ein?«

»Sie gibt mir keine Rice Krispies.«

»Ich will ihr blödes Gesicht nicht sehen, wenn ich frühstücke.«

»Katherine, das reicht«, sagte Rose scharf. Sie trug die Mauer aus Zerealienschachteln, die Katherine auf dem Tisch um sich herum aufgebaut hatte, ab und stellte alles in den Schrank.

»Mama!«, beschwerte sich Katherine.

»Benehmt euch anständig. Schaut euch an, wie es hier aussieht!« Sie sah auf die Uhr. »Wir müssen in zwei Minuten los. Beeilt euch jetzt mit dem Frühstück.«

»Bringst du uns in die Schule, Mama?«, fragte Eve.

»Nein, heute nicht. Ihr geht mit Nadine.«

Nadine Kent war die Kinderfrau, die Rose angeheuert hatte, um die Kinder zu versorgen, wenn sie arbeitete. Nadine hatte selbst einen fünfjährigen Sohn, Jonathan, der dieselbe Schule besuchte wie Katherine und Eve, und außerdem eine kleine Tochter, die noch im Säuglingsalter war. Die neue Schule der Kinder war eine freundliche, gut geführte Einrichtung, über die sie nur Erfreuliches gehört hatte. Das Schulgeld bezahlte Robert. Rose konnte es sich nicht leisten. Sie nahm sich nur ein kleines Gehalt, solange die Firma noch nicht sicher auf den Beinen stand.

Sie setzte die Kinder morgens um Viertel nach acht bei Nadine ab, sodass sie selbst kurz nach halb neun in der Firma sein konnte. Um halb vier holte Nadine die beiden dann von der Schule ab und nahm sie mit zu sich, wo Rose oder, freitags, Robert sie nach Arbeitsschluss einsammelten.

Gerade heute musste sie pünktlich in der Firma sein, weil sie am Nachmittag zu Westfield Air hinauswollte, um mit Kevin Goode letzte Einzelheiten des Gemeinschaftsvertrags durchzugehen. Danach wollte sie sich in *The Egg* mit einem Bauunternehmer wegen der Dachreparaturen treffen.

»Aber du sollst uns hinbringen, Mama.« Eve begann zu weinen.

Rose drückte sie an sich und wischte ihr die Tränen ab. »Ich hole euch morgen von der Schule ab, Schätzchen. Na, wie ist das?« Schon als sie das Versprechen gab, ergriff sie Panik. Es bedeutete, dass sie eine Besprechung versäumen würde, und dabei sie hatte so viel zu erledigen.

»Ich hasse diese Schule«, erklärte Katherine. »In der alten Schule war's viel schöner.«

Rose stellte die Milch in den Kühlschrank, die Frühstücksschalen in die Spüle und ließ heißes Wasser darüberlaufen.

»Ich hab Sehnsucht nach Abbie.« Abbie war Katherines beste Freundin gewesen.

»Das kann ich verstehen, Schatz.« Sie streichelte Katherines Kopf. »Aber du findest neue Freunde, glaub mir.« Noch einmal sah sie auf die Uhr und holte Handtasche und Aktenkoffer. »Kommt, holt eure Sachen, wir müssen los.«

Die Rice Krispies knirschten unter ihren Füßen, als sie die Kinder zur Tür hinausschob. Nachdem sie Katherine und Eve mit einem Kuss und einer Umarmung bei Nadine abgesetzt hatte, fuhr sie direkt weiter zum Flugfeld. Sie hatte den unangenehmen Verdacht, dass sie sich die Wimpern nur auf einer Seite getuscht hatte, und konnte sich nicht erinnern, ob sie ihr Schminktäschchen eingepackt hatte. Als sie bemerkte, dass der Tacho ihres Mini über hundert anzeigte – auf dieser schmalen, kurvigen Landstraße –, bremste sie ab und bemühte sich bewusst um Ruhe.

Nach einem Morgen voller Arbeit hinterließ sie Lucy und Dan eine Liste mit Dingen, die noch zu erledigen waren, und fuhr über Land zu Westfield Air hinaus. Kevin war umgänglicher diesmal, beinahe charmant, und die Feinheiten des Vertrags waren schnell zur beiderseitigen Befriedigung ausgearbeitet.

Auf der Fahrt nach *The Egg* begleitete sie leichter Regen. Der Bauunternehmer, Mr. Jackson, wartete schon in seinem Wagen an der Straßenbiegung.

Rose führte ihn ins Haus und zeigte ihm den Fleck an der Wand, bevor sie mit ihm auf das Dach hinauskletterte. Unter viel »Hm, hm, hm« und »Ts, ts, ts« hob er die provisorische Abdeckung an, die sie und Dan über dem faulenden Fensterrahmen angebracht hatten.

Er stocherte mit einem Kugelschreiber so lange im Holz, bis Rose es vor Spannung nicht mehr aushielt und fragte: »Werden Sie den ganzen Rahmen austauschen müssen?«

»O nein. Nur diesen Teil hier. Schauen Sie, da ist er noch in Ordnung.«

Dann inspizierte er das Dach unter dem Asphaltbelag und erklärte es für gut reparierbar.

Erleichtert gab Rose dem Mann ihre Adresse und bat ihn um einen Kostenvoranschlag.

»Ich lass gleich morgen früh eine Plane über das Dach legen«, versprach Mr. Jackson. »Damit's trocken bleibt, bis die Arbeiten erledigt sind.«

Nachdem er sich verabschiedet hatte, unternahm sie noch einen schnellen Rundgang durch das Haus und fegte gleich das Laub vom Dach. Sie erinnerte sich an ihren letzten Besuch, als sie auf dem Dach gestanden und zu Dan hinuntergeblickt hatte – wie seine hellen Haare im Wind geflattert hatten und die länger werdenden Schatten die Grübchen und Kanten seines Gesichts hervorgehoben hatten.

Sie sperrte ab und ging zu ihrem Mini. Der Himmel war dunkel verhangen, im feinen Sprühregen verschwammen die Konturen der Bäume, und bald tauchten, vom dunstiggrauen Licht umhüllt, die Häuser von Nutcombe vor ihr auf.

Sie parkte und trat in den Laden. Hinter dem Tresen stand die zierliche Frau mit dem schmalen Gesicht und dem grauen Pagenkopf, die ihr beim vorherigen Besuch der Bauunternehmer empfohlen hatte. Ein junger Mann in Parka und ölbefleckter Jeans mit langem, glatt zurückgekämmtem dunklem Haar, einem Bleistift hinterm Ohr und Aknenarben kaufte Zigaretten und ein KitKat. Der Laden war so klein, dass er mit nur drei Leuten voll wirkte. Der anheimelnde Geruch nach Äpfeln, Brot und süßem Gebäck, die Gläser mit den Pfefferminz- und Malzbonbons und den Fruchtmischungen erinnerten sie an die Lebensmittelgeschäfte ihrer Kindheit. Der junge Mann bezahlte und ging. Rose nahm sich eine Packung Schinkenspeck und einen Weißkohl und zum Verwöhnen drei kleine Kuchen zum Tee. Dann dankte sie der Frau für die Empfehlung Mr. Jacksons.

»Larry ist ein guter Kerl«, sagte diese, während sie die Einkäufe in die Kasse eingab. Sie warf Rose einen neugierigen Blick zu, und Rose bemerkte, dass ihre Augen von einem klaren blassen Graublau waren. »Da oben im Haus war ja seit Monaten kein Mensch mehr. Ich dachte, sie würden neu vermieten. Kommen Sie von der Agentur?«

»Nein. Das Haus gehört mir. Ich bin Rose Martineau, ich habe es von meiner Großmutter geerbt, die es von ihrer Schwester Sadie Lawless übernommen hatte.«

Die hellen Augen weiteten sich. »Den Namen habe ich ja ewig nicht gehört. Sie sind also Sadies Nichte – nein, Großnichte. Ja, gibt's das! Ähnlich sehen Sie ihr nicht… obwohl, um die Augen herum…«

Roses Herz klopfte schneller. »Sind Sie zufällig Winnie Thomsett?«

»Ich war Winnie Thomsett. Aber seit mehr als fünfunddreißig Jahren bin ich Winnie Ferrers.«

Der Name Ferrers sagte Rose etwas, aber sie konnte ihn nicht gleich einordnen. »Dann haben Sie Sadie gekannt, als sie hier gelebt hat«, sagte sie.

»Ja.«

»Haben Sie einen Moment Zeit? Ich würde mich so gern mit Ihnen über sie unterhalten.«

Die Ladenglocke bimmelte, eine Frau mit zwei kleinen Jungen kam in den Laden. Winnie wog drei Pfund Kartoffeln ab und packte sorgfältig einen Karton mit zwölf Eiern ein.

Als sie wieder allein waren, sagte sie: »Was möchten Sie denn über sie wissen?«

»Ach, alles eigentlich. Wie sie aussah, was für ein Mensch sie war… Wie sie hier im Dorf aufgenommen wurde.«

Winnie, die Staub von den Kartoffeln aus der Waagschale wischte, gab einen Laut der Geringschätzung von sich. »Gar nicht. Manche haben sich sogar über sie lustig gemacht, weil sie so ausgefallene Sachen trug und allein lebte. Aber sie war eine wirklich nette Person. Überhaupt nicht eingebildet. Sie kam fast jeden Morgen zum Laden runtergeradelt und hat sich immer eine Weile mit mir unterhalten. Sie hat einen nie so behandelt, als stünde sie über einem, was ich von einigen anderen nicht behaupten kann.«

Rose sah Sadie vor sich, wie sie hier gestanden hatte, wo jetzt sie selbst stand, Brot und Milch kaufte und angestarrt wurde, als käme sie von einem anderen Stern, weil sie irgendein ungewöhnliches Kleidungsstück trug. Weil sie es vielleicht gewagt hatte, sich in einer langen Hose zu zeigen.

Winnie Ferrers schob mit kleinen Stößen die Zeitungen und Zeitschriften auf dem Tresen zurecht. »Sie haben sie also nie kennengelernt?«, fragte sie.

»Ich habe überhaupt erst nach dem Tod meiner Großmutter von ihrer Existenz erfahren.« Dieser Satz war inzwischen zum Refrain geworden, und je öfter sie ihn wiederholte, desto unglaublicher erschien es ihr. Eine Schwester zu verleugnen – das, dachte Rose, ließ auf Schuldgefühle schließen oder Wut. Oder vielleicht auf beides. Sie dachte an die Zankerei ihrer Töchter beim Frühstück. Man glaubte, kindlicher Groll und kindliche Eifersucht würden im Laufe der Zeit verschwinden, aber manchmal geschah das nicht – manchmal schwelten sie weiter.

»Ich habe in der Wohnung meiner Großmutter Briefe von Sadie gefunden«, erklärte sie. »In einem schrieb sie, dass sie Ihnen Zeichenunterricht gegeben hat.«

»Das stimmt.« Winnie lächelte wie zu sich selbst. »Ich war nicht besonders begabt, aber Colin.«

Rose erinnerte sich, was Sadie an Edith geschrieben hatte: »Ich werde ihr vorschlagen, sich mit Colin Ferrers zusammenzutun, dann wird es billiger für die beiden.«

»Sie haben Colin Ferrers geheiratet?«

»Ja. Dort haben wir uns kennengelernt, in Sadies Haus.«

»Erinnert er sich an sie?«

»Colin ist am D-Day bei der Landung in der Normandie gefallen.«

»Oh, das tut mir leid.« Sie empfand die Standardwendung als unzulänglich. »Wie traurig.«

Die Schale kam wieder auf ihren Platz auf der Waage, und Winnie wischte sich die Hände an ihrer rosafarbenen Latzhose ab. »Colin hatte Sadie auch gern. Ich weiß noch, dass er sagte, sie sei die beste Lehrerin, die er je hatte – und er war immerhin auf der Kunstakademie. Sadie konnte alles zeichnen oder malen. Wenn sie einen Vogel zeichnete, sah er aus, als würde er gleich wegfliegen. Sie versuchte, uns beizubringen, die Dinge wirklich zu sehen.«

»Erinnern Sie sich noch, wann Sie sie das letzte Mal getroffen haben?«

Winnie runzelte die Stirn. »Das war ungefähr sechs Wochen vor unserer Heirat. Die Trauung war am 8. Dezember 1934, es muss also im Oktober gewesen sein. Ich wollte gern im Winter heiraten – in so einem kleinen Cape mit pelzverbrämter Kapuze, wissen Sie. Sadie und ich haben hier im Laden ein bisschen miteinander getratscht, sie wollte zur Hochzeit kommen. Aber sie kam nicht. Mich hat das traurig gemacht, ich meine, dass wir einfach so die Verbindung verloren haben, als wäre nichts gewesen. Ich fand, dass wir Freundinnen waren. Na ja, im neuen Jahr sind Colin und ich dann nach Manchester gezogen, kurz danach wurde ich schwanger, und da hatte ich eben anderes im Kopf.«

»Erinnern Sie sich zufällig, ob Sie sie vor oder nach ihrer Ausstellung in London das letzte Mal gesehen haben?«

»Es war vorher. Am Tag vorher. Ich weiß, dass Sadie mir erzählte, sie würde am nächsten Tag nach London fahren.«

»Wie hat sie denn auf Sie gewirkt? War sie nervös … aufgeregt?«

»Das reinste Nervenbündel. Als sie bezahlen wollte, ließ sie ihren Geldbeutel fallen, ich weiß noch, die Münzen rollten durch den ganzen Laden. Ich habe versucht, sie zu beruhigen. Nichts im Leben ist so wichtig, dass man sich deswegen so aufregen muss.«

»Sie hatte einen Nervenzusammenbruch, bevor sie hierher zog.«

»Ach? Das wusste ich nicht. Die Arme. Sie war immer ein bisschen angespannt.« Winnie fuhr mit dem Staubtuch über die Bonbongläser. »Ich habe ihr ab und zu die Einkäufe nach Hause gebracht. Wir haben dann immer eine Tasse Tee zusammen getrunken. Manchmal hat sie mir gezeigt, woran sie gerade arbeitete. Sie hat wirklich hart gearbeitet. Ich weiß noch, ihr konzentriertes Gesicht, wenn sie über ihrer alten Presse hing – sie hat dann kaum ein Wort geredet.« Sie zog die Brauen zusammen. »Aber einmal, das war komisch … Ich bin mit ihr ins Atelier raufgegangen, und sie hatte da eine Matratze auf dem Boden liegen. Mit Kopfkissen und Decke und allem. Sie sagte, sie schliefe nicht gern in ihrem Zimmer, weil sie Angst hätte, dass jemand reinschaut.«

Sadies Zimmer war im ersten Stockwerk von *The Egg* gewesen, oben bei den Ästen der Bäume. »Das verstehe ich nicht«, sagte Rose. »Wie hätte da jemand hineinsehen können?«

»Ja, unverständlich, nicht wahr? Aber wie gesagt, Sadie war immer irgendwie angespannt. Andererseits kommt man sich da oben in dem Haus mit diesen Riesenfenstern wahrscheinlich schon ziemlich ungeschützt vor.«

Als das Telefon läutete, ging Winnie hin. Während sie irgendjemandem Auskunft über eine verspätete Lieferung gab, ließ Rose sich durch den Kopf gehen, was sie soeben erfahren hatte. Sadie hatte Winnie erzählt, dass sie am nächsten Tag nach London zu der Ausstellungseröffnung fahren würde. Aber in der Danford Galerie war sie nie erschienen. Was war ihr in den vierundzwanzig Stunden dazwischen zugestoßen? Wohin war sie verschwunden?

Winnie legte den Hörer auf und strich mit der Hand über den Tresen. »Im Krieg war jede Reise ein Unternehmen, und ich hatte Tag und Nacht zu tun, mit dem Laden und den Kindern. Und dann ist Colin gefallen. Danach bin ich nach Nutcombe zurück. Ich hab's da oben nicht ausgehalten. Manchester ist so eine nasskalte, graue Stadt, ich hab mich nie dran gewöhnt. Ich bin eine Landpomeranze, ich gehöre hierher. Ich dachte, Sadie wäre vielleicht auch zurückgekommen, aber das war sie nicht. Oben im Haus wohnten damals Offiziere der Royal Air Force. Als die wieder abzogen, wurde das Haus vermietet.«

Unter dem Gebimmel der Ladenglocke kam ein Junge mit einem Bündel Abendzeitungen herein. Winnie dankte ihm und schnitt mit einem Messer die Schnur des Bündels durch. Sie begann, Namen und Zahlen auf die oberen Ränder der Blätter zu kritzeln.

»Sadie war oft monatelang im Ausland«, sagte sie. »Dann ließ sie manchmal Freunde im Haus wohnen.« Sie lächelte. »Ein Wochenende haben die da mal eine Riesenfete gefeiert. Ich weiß gar nicht, wie sie alle Platz hatten. Aber auf die Weise hatte wahrscheinlich immer jemand ein Auge auf das Haus. Waren nette Leute, sie haben hier eingekauft – ganz anders als die Bagage in *Gull's Wing*, die immer nach Crowborough gefahren sind, weil sie ja was Besonderes haben mussten.«

»Sie meinen die Chivertons?«

Winnie legte die Zeitungen ordentlich übereinander, für den Zeitungsjungen, vermutete Rose. »Mrs. Chiverton ist höchstens einmal im Monat hier aufgekreuzt«, sagte Winnie. »Damals waren wir ihr wohl nicht gut genug. Jetzt sieht's anders aus. Ich seh sie manchmal mit ihren Hunden. Janice, meine Enkelin, bringt ihr die Einkäufe rauf.«

»Ein junges Mädchen mit rotblonden Haaren und einer Brille?«

»Ja, das ist unsere Janice.« Winnie lächelte. »Sie ist ein gutes Kind.«

»Ich habe sie einmal getroffen, als ich mir *Gull's Wing* ansah. Ich hatte gehofft, mit Mrs. Chiverton sprechen zu können.«

Wieder so ein Prusten der Geringschätzigkeit. »Da werden Sie kein Glück haben. Die Frau lebt wie eine Einsiedlerin.«

»Und Tom Chiverton? Kannten Sie ihn? Hat Sadie ihn gekannt?«

»O ja, und ob sie ihn gekannt hat.« Winnies Stimme war voller Verachtung. »Am Anfang, als sie hier eingezogen ist, war sie ständig bei ihm drüben. Partys und so. Aber um die

Zeit, als sie anfing, Colin und mir Stunden zu geben, wollte sie nichts mehr mit ihm zu tun haben, Gott sei Dank.«

»Warum sagen Sie das?«

Und wieder bimmelte die Glocke. Winnie rief: »Hallo, Carol«, als eine Frau mittleren Alters eintrat. »Deine Zeitschrift ist da.« Sie nahm eine Strickzeitschrift aus einem Fach und legte sie auf den Tresen.

Während Carol im Laden herumstöberte, erzählte Winnie mit gesenkter Stimme weiter. »Sadie war jung und hübsch. Und er, na, der war kein Kostverächter. Der hat nichts anbrennen lassen, wenn Sie verstehen, was ich meine – kein Hausmädchen war vor ihm sicher. Ich weiß von einem Mädchen hier aus dem Dorf – Ivy Long. Ivy und ich waren zusammen in der Schule. Sie war oben in *Gull's Wing* Dienstmädchen. Sie hat durchgehalten, solange es ging. Damals fand man ja kaum Arbeit, den Bauern ging's allen schlecht, da blieb einem Mädchen hier nicht viel anderes übrig, als in Stellung zu gehen. Ivys Mutter war nicht gesund, darum wollte sie in ihrer Nähe bleiben. Am Anfang war sie froh, die Arbeit gefunden zu haben. Aber am Schluss hat sie gekündigt und sich was in London gesucht.«

»Wegen Tom Chiverton?«

Carol bezahlte die Zeitschrift und eine Tafel Schokolade. Winnie erkundigte sich nach Carols Hund, und Carol versicherte, es gehe ihm wieder viel besser, bevor sie sich verabschiedete und den Laden verließ.

Winnie schaute zur Straße hinaus. »Was vorbei ist, ist vorbei«, sagte sie, »und man soll die Toten ruhen lassen. Aber Tom Chiverton war ein widerlicher Kerl. Ich hab mal gesehen, wie er auf Sadie losgegangen ist.« Sie nickte zum Fenster hin. »Da draußen, am helllichten Tag. Er hat sie angebrüllt. Wie von Sinnen war er. Sie hat zurückgeschrien, er solle sie in Ruhe lassen. Ich wollte schon rauslaufen und ihm sagen, er soll verschwinden mit seiner ganzen Dichtkunst, aber da ist sie aufs Rad gestiegen und gefahren.«

»Wissen Sie, worum es bei dem Streit ging?«

Winnie schüttelte den Kopf.

Rose schaute zur Wanduhr hinauf. »Ich muss gehen«, sagte sie. »Herzlichen Dank, Winnie. Danke, dass Sie mir von Sadie erzählt haben.«

Das Gesicht der alten Frau wurde weich. »Ich habe jahrelang nicht an sie gedacht. Das ist alles so lang her. Es ist so schade, dass sie weggegangen ist. Sie hätte sich an Colin erinnert. Es wäre schön gewesen, mit ihr über ihn zu reden. Tja, wer weiß, wohin sie gegangen ist, aber ich hoffe, sie ist glücklich geworden. Sie hätte es verdient gehabt. Aber wir bekommen ja nicht immer, was wir verdienen, nicht wahr?«

Die Müllarbeiter streikten seit Wochen, auf den Bürgersteigen häuften sich die Abfälle zu Bergen. Der faulige Gestank wehte Dan entgegen, als er an der Haltestelle Camden Town aus der Untergrundbahn kam.

Celia erwartete ihn schon in dem indischen Restaurant, in dem sie verabredet waren. Sie hatten ihren Streit beigelegt und sich geeinigt, ihren Geburtstag mit einer Nacht in einem Hotel in Bath zu feiern. Aber es hatte sich etwas verändert, Dan merkte, dass ihn Dinge an ihrer Beziehung störten, die er vorher nicht bemerkt hatte. Oder vielleicht hatte er sie nicht bemerken wollen.

Sie waren bei Papadam und Mango-Chutney und unterhielten sich darüber, was sich bei ihnen in der Woche getan hatte, als Celia sagte: »Roberta hat gekündigt, sie heiratet. Du weißt schon – Mr. Simmons' Sekretärin.« Mr. Simmons war der Filialleiter der Bank in der City, bei der Celia arbeitete.

»Bewirbst du dich um die Stelle?«

»Ich hätte Lust dazu. Roberta sitzt immer nur da und macht ihre Fingernägel oder telefoniert mit ihren Freunden, wenn ich zu ihr ins Büro komme. Es ärgert mich schon, dass sie halb so viel arbeitet wie ich und doppelt so viel Geld bekommt.«

»Dann sag ihnen doch, dass du interessiert bist.«

Celia tunkte ein Stück Papadam ins Chutney. »Du hast nichts dagegen? Ich meine, wenn ich die Stellung bekomme, muss ich in Tufnell Park bleiben.«

Sie hatten immer wieder einmal darüber gesprochen, ein Haus zu kaufen und probeweise zusammenzuziehen. Aber da Celia in London arbeitete und Dan draußen in Surrey, hatten sie sich bisher nicht über den Wohnort einigen können.

»Versuch's«, sagte er.

»Na schön. Du könntest dir ja auch was Zentraleres suchen, Dan.«

»Die Flughäfen sind alle draußen auf dem Land.«

»Du brauchst doch nicht auf einem Flughafen zu arbeiten. Ich dachte sowieso, du hättest das langsam satt.«

»Was soll ich satthaben?«

»Für diese Frau zu arbeiten.«

Es ging ihm auf die Nerven, dass Celia Rose nie beim Namen nannte, wenn sie von ihr sprach, aber er schluckte seine Gereiztheit hinunter und erwiderte nur: »Ich arbeite gern mit Rose zusammen.«

»Du hättest so viele andere Möglichkeiten mit deinem Studium.«

Der Kellner räumte ihre Teller ab.

Als sie wieder allein waren, sagte Dan: »Es gibt schon etwas, was ich gern tun würde. Ich hätte gern mein eigenes Luftfrachtunternehmen.«

Celias Lachen klang säuerlich. »Du lieber Gott! Wo kommt das denn her?«

»Den Gedanken trage ich schon eine ganze Weile mit mir rum.«

»Mir hast du nie davon erzählt.«

Große Ziele – Träume –, hatte er entdeckt, traten hervor, wenn man Zeit und Raum hatte, sie Gestalt werden zu lassen. In den ersten fünfundzwanzig Jahren seines Lebens hatte er sich aufs Überleben konzentriert, sich bemüht, sein Schiff einigermaßen auf Kurs zu bringen. Erst in den letzten Jahren hatte er sich Träume erlaubt.

»Wahrscheinlich weil ich einen solchen Plan für unrealistisch gehalten habe«, sagte er.

»Ein eigenes Unternehmen ... Das ist doch viel zu riskant. Dabei kann man alles verlieren. Sieh dir Andy an.« Andy war Celias älterer Bruder, ein Kiffer, der am liebsten keinen Finger krumm machte und einen großen Teil der Ersparnisse seiner Eltern in eine windige Schallplattenfirma gesteckt hatte, die innerhalb von zwei Jahren pleitegegangen war.

»Ich bin nicht Andy«, sagte er. »Denk lieber an Rose – sie hat's einfach angepackt. Das muss man wirklich bewundern. Keine Erfahrung, kaum finanziellen Rückhalt, nur Schweiß und harte Arbeit.«

»Aber du bist nicht wie sie, Dan.« Eine Falte bildete sich zwischen Celias Augenbrauen. »Wenn's schiefgeht, räumt bestimmt jemand hinter ihr die Scherben zusammen.«

»Woher willst du das wissen?«

»Dan, solche Leute haben es immer leicht.«

Celias Vorurteile ärgerten ihn. »Ich glaube, Rose hat es ganz und gar nicht leicht«, widersprach er.

Sie prustete verächtlich. Er sah weg, konzentrierte seinen Blick auf die Darstellungen hinduistischer Gottheiten auf den orangefarbenen Wänden. Während das Schweigen zwischen ihnen drückender wurde, kehrte der Kellner mit Wärmeplatten und dampfenden Schüsseln an den Tisch zurück.

Kevin Goode war auch jemand, der einfach die Ärmel hochgekrempelt hatte. Kevin stammte aus Nordlondon, hatte eine Mittelschule besucht, kam aus einer einfachen Familie und hatte genauso kämpfen müssen wie Dan. Und jetzt gehörte ihm ein Luftfrachtunternehmen. Oft, wenn er an Kevin dachte, fragte sich Dan, worauf er selbst eigentlich noch wartete.

»Schau mal«, begann er versöhnlich, »es muss nicht riskant sein. Ich lasse mir Zeit. Ich sage ja nicht, dass ich gleich morgen früh losziehe und ein Flugzeug kaufe.«

»Na, hoffentlich nicht.«

»Aber in zwei Jahren ... oder fünf, falls ich so lange warten muss ... Wenn ich eben so weit bin.«

Celias sah ihn mit zusammengekniffenen Augen verständnislos an. »Ein Flugzeug kaufen ...«

»Kaufen oder chartern. Ohne geht's nicht.«

»Spar dir den Sarkasmus.«

»Tut mir leid.« Er bemühte sich, ruhig und vernünftig zu bleiben. Wenn er in der Vergangenheit daran gedacht hatte, Celia von seinem Plan zu erzählen, hatte sie in seiner Vorstellung interessiert, beifällig und ermutigend reagiert.

»Ich weiß, wie man die Kosten am Anfang niedrig hält«, sagte er. »Ich würde klein anfangen. Ich würde eine alte Maschine in ordentlichem Zustand kaufen oder chartern und ein Flugfeld pachten. Ich kenne mich in dem Geschäft inzwischen aus wie in meiner Westentasche. Ich weiß, was Geld einbringt und was nicht, und ich habe eine ziemlich genaue Ahnung davon, was in Zukunft laufen wird. Es wird etwas kosten, aber vielleicht nicht so viel, wie du glaubst.«

Sie hakte ein. »Und woher kommt das Geld?«

»Ich habe was gespart.«

»Das ist für unser Haus, Dan.«

»Ich dachte, wir wären uns gerade einig gewesen, dass wir vorläufig nicht nach einem Haus schauen, wenn du diese neue Stellung anpeilst.« Trotz allen Bemühens war sein Ton scharf geworden.

»Das heißt aber nicht, dass du *unser* Geld einfach für ein Flugzeug ausgeben kannst.«

Celias Gesicht war gerötet vor Ärger, ihre kleinen Augen blitzten. Sie stocherte mit einem Suppenlöffel in einer der Schüsseln, dann legte sie ihn weg. Über Reis und Madras-Huhn hinweg schwiegen sie einander finster an.

»Ich weiß nicht, was in dich gefahren ist«, sagte sie schließlich. »Du hast dich verändert. Früher warst du nie so … alle diese hochfliegenden Ideen.«

Und er hörte sich sagen: »Wenn das stimmt, bin ich enttäuscht von mir. Wir sind zu vorsichtig, Celia. Manchmal muss man etwas wagen.«

»Mit *unserem* Geld wirst du gar nichts wagen. So sind wir nicht, Dan. Wir sind nicht extravagant … unvernünftig.«

»Nein, da hast du recht, das sind wir nicht.« Er erkannte plötzlich mit erschreckender Klarheit, wie sie stattdessen waren. »Wir sind bieder und brav. Vielleicht sogar schlimmer. Ich glaube, wir sind – kleinlich und engstirnig geworden.«

Der Zorn war ihr deutlich anzusehen. »Ich bin nicht kleinlich. Wie kannst du so was sagen.«

»Nein, als wir uns kennenlernten, warst du's nicht, aber jetzt bist du's. Und ich genauso. Ich bin genauso schuld daran wie du – vielleicht mehr noch als du. Wir haben uns gegenseitig zu kleinlichen, engstirnigen Menschen gemacht. Wir gehen auf Nummer sicher. Jeder bringt beim anderen die schlechtesten Seiten zum Vorschein. Ich glaube, wir tun einander nicht gut, Celia.«

Das war nicht das, was er hatte sagen wollen. Er sah den Schock in ihrem Gesicht, die Tränen in ihren Augen. In die Stille platzte eine Gruppe grölender Männer, die, offensichtlich betrunken, die Restauranttür aufstießen und lauthals etwas zu essen verlangten.

Celia zwinkerte die Tränen weg, richtete sich auf und sagte mit mühsamer Würde: »Dann sollten wir es vielleicht beenden. Es tut mir leid, wenn ich dich enttäuscht habe, Dan.«

»Celia, bitte.« Er fühlte sich scheußlich. »Es tut mir leid.«

»Aber so denkst du doch, oder?«

Er konnte sich vorstellen, wie viel Mut es sie gekostet haben musste, die Frage zu stellen, und wusste, dass er ehrlich antworten musste. »Ja.«

Sie senkte den Kopf.

»Es ist meine Schuld«, sagte er, »nicht deine. Es liegt an mir.«

Sie stand stolpernd auf und stieß dabei ihre Handtasche von der Bank. Er hob sie auf und reichte sie ihr.

»Celia …«

»Nein, sag nichts. Das kann ich nicht ertragen.«

»Dann lass mich dich wenigstens zur Haltestelle bringen.«

Celia schüttelte mit zusammengepressten Lippen den Kopf, dann nahm sie ihren Mantel und ging. Die Gäste am Nachbartisch glotzten.

Dan warf ihnen einen wütenden Blick zu, nahm ein paar Geldscheine aus seiner Brieftasche, schob sie halb unter seinen Teller und verließ das Lokal.

Ein Stück weiter die Straße hinauf war ein Pub, er ging hinein und bestellte einen doppelten Whisky. Da die Tische alle besetzt waren, stellte er sich einfach an die Wand und trank, bis seine schwarze Stimmung im Alkohol verschwamm. Er wusste, dass er sie verletzt hatte, und war nicht stolz auf die Art, wie sie auseinandergegangen waren.

Aber die Trennung war unvermeidlich gewesen. Er hatte Celia nicht geliebt, von Anfang an nicht, und sie ihn ebenso wenig. Jeder hatte im anderen eine praktische Lösung gesehen, um das Leben auf Distanz zu halten. Es war Vermeidung von Leidenschaft gewesen, nicht die Suche nach ihr.

Er überlegte, ob er sich noch einen Whisky bestellen sollte, ging dann aber lieber. Die Straßen waren dunkel, der Asphalt glänzte feucht, der Regen weichte die Zeitungen und Pappe auf den Müllbergen zu grauem Matsch auf. Wasserbögen spritzten auf, wenn hin und wieder zischend ein Auto vorbeifuhr, und die Lichter verschwammen im feinen Regen. Auf der anderen Straßenseite zerrte ein Mann eine Frau auf Plateauschuhen, die sich stolpernd einen Weg durch die Abfälle suchte, ungeduldig am Arm, in der Ferne heulten Sirenen, und blaue Lichter huschten über die Häuserwände.

Ein Gefühl überkam ihn, dass die Welt, die ihm vertraut war, ins Chaos zu stürzen drohte und alles, was er kannte und schätzte, zerfiel. Die Risse im Gefüge der Gesellschaft zeigten sich auch in den ständigen Konflikten zwischen den Gewerkschaften und Bossen und in den wiederholten Störungen des täglichen Lebens – so wie jetzt mit den streikenden Müllmännern. Sein eigenes Leben war verkorkst. Wieder hatte er eine Beziehung abgebrochen. Es war immer das gleiche Muster: Seine Entscheidungen waren von Streben nach Sicherheit diktiert, und wenn er sich für das Sichere entschieden hatte, meinte er, daran zu ersticken.

Rose hatte ihren Vater zum Essen eingeladen. Als sie später in der Küche zusammen das Geschirr spülten und abtrockneten, erzählte sie ihm von der finanziellen Notlage der Firma.

»Es ist immer schwer, auf die Beine zu kommen«, meinte ihr Vater. »Wenn es dir gelingt, die ersten zwei Jahre zu überleben, hast du eine gute Chance, auch die nächsten zehn durchzuhalten. Wollen wir etwas trinken?«

»Ich nicht, ich muss noch arbeiten. Aber nimm dir bitte.«

»Soll ich uns dann vielleicht einen Kaffee machen?«

Rose trug alles auf einem Tablett ins Wohnzimmer und stellte eine Tasse auf den Beistelltisch neben dem Sessel ihres Vaters. Eve kuschelte sich bei ihrer Mutter auf den Schoß, Katherine kniete auf dem Boden und zeichnete ein Flugzeug. Ihre Nase berührte fast das Papier. Sie musste dringend zum Augenarzt, dachte Rose – ein weiterer Punkt auf der Liste.

Giles fragte: »Wie viel brauchst du, damit die Bank Ruhe gibt?«

Rose zog ein Gesicht. »Fünfzehnhundert Pfund.«

»Die leih ich dir.«

Rose, die Eve die Haare kraulte, hielt abrupt inne. »Dad, nein, das geht nicht. Das ist eine Riesensumme. Viel zu viel.«

»Es ist eine Riesensumme, die auf meinem Konto liegt und zu nichts nütze ist. Wofür soll ich das Geld ausgeben? Für ein paar Runden Golf … ein paar Bücher oder Platten? Für dich bedeutet es eine Verschnaufpause, Liebes. Du zahlst es mir zurück, wann du kannst.«

Eve drückte sich fester in Roses Schoß – ein warmes, tröstliches Stück Leben. »Dad …«

»Ende der Diskussion. Du bist meine Tochter, ich möchte dir helfen. Sag mir, auf wen ich den Scheck ausstellen soll.«

Eve fielen die Augen zu. Sie schlief. Wie ein kleines Tier in seinem Nest, dachte Rose und drückte ihrer Tochter einen Kuss aufs dunkle Haar.

»Danke, Dad. Du wirst es nicht bereuen.«

»Das weiß ich.«

Als ihr Vater wenig später ging, trug Rose Eve hinüber in ihr Bett. Sie wachte nicht auf, als sie sie auskleidete und in ihren Schlafanzug steckte. Eve beharrte auf einem gemeinsamen Zimmer mit Katherine, obwohl in der Wohnung Platz genug war, um jedem Mädchen ein eigenes Zimmer einzurichten. Katherine beschwerte sich zwar, jedoch nur halbherzig, weshalb Rose den Verdacht hatte, dass auch sie im Grunde froh war, nachts nicht allein sein zu müssen. Sie hatten eben alle drei noch mit dem neuen Leben und der neuen Umgebung zu kämpfen.

Nachdem auch Katherine zu Bett gegangen war, klappte Rose ihren Aktenkoffer auf und nahm den neuen Sanierungsplan heraus, den Dan ihr am Nachmittag auf den Schreibtisch gelegt hatte. Dank der Großzügigkeit ihres Vaters war Martineau Aviation nun fürs Erste vom stärksten Druck befreit. Bis zum Frühjahr würden sie mithilfe der Zahlungen aus den neuen Aufträgen, die sie und Dan an Land gezogen hatten, den finanziellen Engpass überwinden. Ihre Zuversicht kehrte zurück und damit auch ihr Selbstvertrauen. Sie stellte sich Dans Erleichterung vor, wenn sie ihm sagen würde, dass sie aus dem Schneider waren. Beinahe hätte sie zum Telefon gegriffen und ihn angerufen – aber vielleicht war er gerade beschäftigt, sie wollte ihn auf keinen Fall stören. Vielleicht war er gerade mit seiner Freundin zusammen. Sie wusste nichts über sein Privatleben.

Sie legte das Papier zur Seite und schenkte sich nun doch einen Drink ein. Zitronen waren keine mehr da, und das Gefrierfach im Kühlschrank war völlig vereist, weil es nie abgetaut worden war. Noch zwei Punkte für die Liste, die sie ständig im Kopf hatte. Während sie ihren Wodka Tonic trank, schlug sie den Band mit Tom Chivertons Gedichten auf, den sie in einer Buchhandlung in Weybridge gekauft hatte. Beim Durchblättern blieb ihr Blick an ein paar Zeilen hängen.

Die Eulen sind zurück
Ich höre ihre Wechselrufe im Wald
Relikte im toten Laub, eine Feder, Knochen, eine Klaue
Sie hat sich in einen Geist verwandelt, der mich verfolgt.

Das Gedicht mit dem Titel »Vergeltung« wurde nicht zum Besten gezählt, was Chiverton geschaffen hatte. Ihm fehlte, meinten die Kritiker in den Fußnoten, das Lyrische, das viele seiner früheren Gedichte auszeichnete.

Rose fand es dennoch aufschlussreich. »Sie hat sich in einen Geist verwandelt, der mich verfolgt.« Der Geist, von dem Tom Chiverton sich verfolgt gefühlt hatte, war eine Frau gewesen. Er hatte sie als absichtsvoll beschrieben – sie wollte ihn auf einen kläglichen Rest von Federn, Knochen und Klauen reduzieren. Aber wer war der Jäger und wer der Gejagte?

Was für ein Mensch war Tom Chiverton gewesen? Der Dichter, der in der Biografie »Dichter der Downs« dargestellt wurde, war eine Ausnahmeerscheinung, die alle ihre Zeitgenossen weit überragte, ein Genie, das von seiner Liebe zur Sprache und zur Landschaft von Sussex getrieben war. Nirgends auf den sechshundert Seiten, die Rose durchgeackert hatte, fand sich auch nur die Spur einer Andeutung, dass Tom Chiverton seine Frau betrogen haben könnte oder – um es mit Winnie Ferrers' Worten zu sagen – kein Hausmädchen vor ihm sicher gewesen war.

Welcher war der wahre Tom Chiverton – Winnie Ferrers' egozentrischer Schürzenjäger oder das Dichtergenie des Biografen Geoffrey Cranham? Es war möglich, dass er beides gewesen war. Man konnte ein großer Dichter und ein Casanova sein. Damals, als Sadie in *The Egg* gelebt hatte, musste es Tom Chiverton ein Leichtes gewesen sein, seine Geheimnisse zu bewahren. Es waren andere Zeiten gewesen. Nutcombe war sicher viel isolierter gewesen als heute, seine Bewohner nicht nur nach Stand getrennt, sondern auch nach Geschlecht. Wenn Ivy, das Dienstmädchen, sich beschwert hätte, wer hätte ihr geglaubt? Die Vorurteile, denen Rose selbst begegnet war – der Bankdirektor, der sie ausgelacht hatte, die Kunden, die, wenn sie ihre Stimme hörten, automatisch annahmen, sie sprächen mit der Sekretärin – mussten damals noch viel fester verankert gewesen sein. Tom Chiverton hatte es vielleicht für sein gottgegebenes Recht gehalten, das Hausmädchen zu betatschen. *War doch nur Spaß.* So etwas sagten Männer ja gern. Auf den Übergriff folgte der Groll und schließlich die Selbstrechtfertigung. *Sie war aufreizend. Sie hat's doch gewollt. Das konnte ich schon daran sehen, wie sie gekleidet war.*

Rose dachte an Sadie, allein in *The Egg*, die Fenster rundherum. Und an Tom Chiverton, einen »widerlichen Kerl«, der keinen Kilometer entfernt lebte. Sadie hatte sich mit ihm überworfen. Es gab eine Zeit, da war sie gern in seiner Gesellschaft gewesen, jetzt aber mochte sie es nicht, wie er sie ansah. Sein Blick folgte ihr, wenn sie durch den Wald ging. Sie mied den Höhenweg und *Gull's Wing*, dennoch kreuzten sich ihre Wege, das war unvermeidbar. Auf dem Bahnsteig, wenn der Zug einfuhr, hob sie den Blick und sah ihn auf der Fußgängerbrücke. Als sie mit ihrem Liter Milch und der *Times* aus dem Laden trat, sah sie ihn auf der anderen Straßenseite stehen, neben ihrem grünen Fahrrad.

12

London und Sussex, April – August 1931

Sadie war bei Edith in London zu Besuch. Sie war zu einem Abendessen eingeladen, mit dem Ediths 41. Geburtstag am 5. April gefeiert werden sollte. Die Mitte der Tafel schmückte ein Arrangement aus weißen Narzissen, die das Silber und das cremeweiße Porzellan in seiner ganzen kühlen Pracht zur Geltung brachten.

»Sind Sie nicht heilfroh, dass Ihre Schwester hier ist und Ihnen helfen kann?«, meinte eine der Geladenen, eine Mrs. Campbell, die Frau eines Kollegen von Cyril. Sie war Mitte vierzig, klein, dunkel und trug ein Abendkleid aus braunem Samt und dazu ein strassglitzerndes Stirnband.

»Ja, unglaublich«, antwortete Edith trocken.

»Sie ist so eine entzückende Person.« Mrs. Campbell strahlte Sadie über den Tisch hinweg an.

Der Abend ging von Anfang an schief. Kurz bevor die ersten Gäste eintrafen, wurde Cyril zu seiner Mutter gerufen, der es offenbar nicht gut ging. Im Hinauslaufen rief er scherzhaft, er hoffe, er werde zum Nachtisch wieder da sein.

Edith stand wie erstarrt, als die Tür zugefallen war, hochrot im Gesicht vor Verwirrung und von der Hitze in der Küche. »Anrufen und den Leuten absagen kann ich jetzt nicht mehr«, sagte sie zu Sadie. »Dafür ist es jetzt zu spät. Aber ich kann sie doch auch nicht einfach wegschicken, wenn sie hier ankommen, das wäre wahnsinnig unhöflich. Und was würde ich mit dem ganzen Essen anfangen? Und Gertrude liegt auch nicht im Sterben. Ich kenne diese Geschichten von ihr.«

Die Campbells und die Macmillans kamen pünktlich, im Salon gab es Cocktails, dann wurde zum Essen gebeten. Der Abend entwickelte sich nur schleppend und wollte nicht in Schwung kommen. Cyril fehlt, dachte Sadie, seine unverkrampfte und humorvolle Art, sein Talent, gute Stimmung zu verbreiten. Edith wirkte angespannt. Sadie nahm an, sie sorgte sich um Cyril und ihre Schwiegermutter, und sie versuchte selbst einzuspringen, wenn das Gespräch ins Stocken geriet.

Um die Gäste zu unterhalten und Edith etwas zu entlasten, gab sie ein wenig die exzentrische Künstlerin, obwohl ihr das eigentlich nicht lag, und die Gäste reagierten vorhersehbar mit hochgezogenen Augenbrauen und halb amüsiertem, halb schockiertem Gelächter. Roland MacMillan, der ein hohes Tier im India Office war, zwirbelte sein Bärtchen.

Als Bernadette mit dem Roastbeef hereinkam, sagte Sadie, die wusste, wie sehr Edith das Tranchieren hasste: »David, würden Sie das Amt übernehmen?«

»Mit größtem Vergnügen«, antwortete David Campbell, der neben ihr saß. »Her mit dem Tierchen.« Er zückte das Tranchiermesser, während Edith sich mit ihrer Serviette Luft zufächelte.

Der Abend schleppte sich weiter. Cyril war auch zum Nachtisch noch nicht wieder da. Sadie erzählte von ihrem ersten Abend in *The Egg*, als sie es nicht geschafft hatte, den Herd anzuzünden, und kalte Suppe aus der Dose essen musste, weil der Karton mit dem Geschirr beim Umzug verloren gegangen war. Die Campbells und die MacMillans amüsierten sich königlich. Komplimente über das Essen wurden gemacht und Edith angemessen bedauert, dass sie ohne ihren Mann auskommen musste. Sadie wurde nach ihrem Haus und ihrem Beruf ausgefragt, und David Campbell erklärte, er sei noch nie einer leibhaftigen Künstlerin begegnet – als wäre sie irgendein Fabeltier, ein Einhorn oder ein Vogel Greif, dachte sie unwillkürlich.

Um Mitternacht brachen die Gäste auf, verabschiedeten sich, von reichlich Speise und Trank ein wenig aufgekratzt, mit Küsschen für Sadie und Dankeshymnen auf Edith. Cyril kam wenig später nach Hause, sichtlich erschöpft und besorgt. »Mama geht es gar nicht gut«, sagte er. »Der Arzt fürchtet, aus dem Husten könnte eine Lungenentzündung geworden sein.« Er tätschelte Sadies Schulter und gab Edith einen Kuss. »Danke euch, ihr Lieben, dass ihr so tapfer die Stellung gehalten habt.«

Edith schickte ihn mit dem Versprechen ins Bett, ihm noch einen Grog zu bringen.

»Den kann ich doch machen, wenn du willst«, sagte Sadie.

»Nein, danke. Ich weiß, wie Cyril ihn am liebsten trinkt.« Edith maß sie mit kühlem Blick. »Ist der schiefe Saum an deinem Kleid Absicht?«

»Ja, schon.«

Sadie liebte ihr neues Kleid, das sie gemeinsam mit Pearl genäht hatte. Breite Stoffbahnen aus schwarzer und bronzefarbener Seide waren zu einem asymmetrischen Rock geschnitten, der auf einer Seite beinahe bis zu den Fesseln reichte.

»Sehr eigenwillig«, sagte Edith spitz.

Sadie hoffte, ihre Schwester, die offensichtlich schlecht gelaunt war, würde es dabei belassen. Doch auf dem Weg zur Küche drehte sich Edith noch einmal um. Bitter brachen die Worte aus ihr hervor. »Dir lassen die Leute immer alles durchgehen. Du kannst dich anziehen, wie du willst, du kannst reden, wie du willst, es ist immer fabelhaft. Wenn ich das wagen würde, würden sie mich hinter meinem Rücken auslachen, aber bei dir … Ich weiß nicht, wie du das schaffst. Ich hab's nie begriffen. Es ist einfach unfair.«

Sadie ging ins Gästezimmer hinauf. Sie war erschöpft, nachdem sie den Abend über hatte witzig und amüsant sein und die Leute unterhalten müssen, mit denen sie kaum etwas gemeinsam hatte. Müde ließ sie sich aufs Bett fallen. Sie hatte Edith helfen wollen, sie am Ende aber nur verärgert. Sie wusste nicht, was sie falsch gemacht hatte. Sie spürte nur, während sie ihre Ohrringe abnahm, einen dumpfen Groll und Sehnsucht nach dem nächsten Morgen, wenn sie nach *The Egg* zurückkehren würde.

Der Zug fuhr mit zehn Minuten Verspätung in East Grinstead ein. Sadie musste rennen, um den Bummelzug nach Nutcombe zu erreichen, der am anderen Bahnsteig wartete. Sie nahm das nächste freie Abteil und stieß die Tür zu.

Eine wogende Dampfwolke schob sich vors Fenster, und der Pfiff zur Abfahrt ertönte. Sadie kuschelte sich in eine Ecke und wollte gerade ihr Buch aufschlagen, als die Abteiltür aufgestoßen wurde. Sie hob den Kopf und erkannte Tom Chiverton.

Er schloss die Tür hinter sich und setzte sich auf den Mittelplatz ihr gegenüber. »Hallo, Sadie.« Er lachte. »Du siehst aus wie ein erschrockenes Reh.«

Sie zog ihren Mantel enger um sich. »Was willst du hier, Tom?«

Er wedelte mit seinem Fahrschein. »Ich habe bezahlt.« Dann breitete er in einer versöhnlichen Geste die Hände aus. »Ich werde mich nicht über dich lustig machen, versprochen.«

Sie antwortete mit einer kurzen Handbewegung: *Und wenn schon. Wir sind erwachsene Menschen und können mit der Situation umgehen.* In dem Schweigen, das folgte, empfand sie seinen Blick wie sengende Glut.

Einander fünfzehn Minuten lang gegenüberzusitzen, ohne ein Wort zu reden, das würde unerträglich werden. Das enge Abteil knisterte vor Spannung. Besser war es, den Bann zu brechen und ein wenig Konversation zu machen. Sie würde so tun, als wäre nie etwas gewesen.

»Ich wusste gar nicht, dass ihr aus Amerika zurück seid.«

»Schon über einen Monat. Wir waren anschließend noch in Südfrankreich.«

»War die Lesereise ein Erfolg?«

»O ja. Das ist wirklich ein ungewöhnliches Land. Manchmal war ich wie berauscht davon, dann wieder fand ich es abscheulich. Die Landschaft ist großartig.« Er lehnte den Kopf ans Polster und streckte die langen Beine aus, sodass sie wie eine Schranke zwischen Sadie und der Tür lagen. »Man hat mir eine Gastprofessur in Neuengland vorgeschlagen, aber ich habe abgelehnt.«

Sadie murmelte etwas Unverbindliches.

Tom beugte sich vor. »Willst du mich nicht fragen, warum?«

»Das würde ich mir nicht anmaßen.«

»Ich könnte dort nicht schreiben. Und außerdem bist du hier.«

»Das sollte dir doch egal sein«, sagte sie kalt.

»Findest du? Ich habe sehr viel an dich gedacht, während wir weg waren.«

Gelangweilt von seinem Gerede wollte sie aufstehen. Er hob eine Hand. »Nein, ich wollte dich nicht verschrecken.«

»Ich bin nicht verschreckt. Ich habe nur genug von diesem – albernen Geschwätz.«

»Wenn's dir lieber ist, sag ich kein Wort mehr.« Bei seinem Lächeln musste sie an den bösen Wolf aus *Rotkäppchen* denken. »Ich werde mich einfach an deiner Schönheit sattsehen.«

Sie seufzte. »Tom, lass das endlich. Du bist lächerlich.«

Der Zug ratterte einschläfernd. Draußen im Gang rannten mit Geschrei zwei kleine Jungen in Schuluniformen vorbei.

Sie fragte plötzlich: »Weiß Diana von uns?«

»Nein«, sagte er etwas zögerlich, »das glaube ich nicht.«

»Ich dachte nur ...« Jetzt fand sie sich selbst albern. Womöglich glaubte er, sie wäre eingeschnappt, weil sie von der Gästeliste der Chivertons gestrichen war.

Und als hätte er ihre Gedanken erraten, sagte er: »Sie findet nur, du passt nicht zu uns.«

Dass diese Beleidigung sie so kränkte! Sie hätte lachen sollen.

Er fügte hinzu: »Es wäre ja auch heikel gewesen – ich meine, wenn du bei allem, was zwischen uns ist, weiter nach *Gull's Wing* gekommen wärst.«

»Zwischen uns ist gar nichts, Tom«, entgegnete sie müde. »Ich dachte, daran hätte ich keinen Zweifel gelassen. Es war ein Fehler, den ich tief bedaure. Und das solltest du auch tun.«

»Das kann ich nicht, Sadie.«

»Warum nicht?«

»Weil ich dich liebe.«

»So ein Unsinn«, sagte sie scharf. Sie beugte sich vor und sah ihn ärgerlich an. »Du findest mich vielleicht attraktiv – oder hast dich in mich verguckt –, vielleicht fühlst du dich auch in deiner Eitelkeit gekränkt, weil ich dich nicht anhimmle wie die anderen Frauen. Aber ganz sicher liebst du mich nicht.«

»Doch. Du kannst von mir denken, was du willst, es ist wahr.«

Sie sah ihn zornig an, erwartete Spott und Selbstgefälligkeit in seinem Blick und entdeckte nichts davon. Alles Falsche, Aufgesetzte war verschwunden, und sie hatte den Eindruck, dass sie ausnahmsweise den wahren Tom Chiverton sah, ohne alle Selbstgerechtigkeit und Arroganz – nackt und verletzlich. Es erschütterte sie, und sie schaute zum Fenster hinaus, wo die blauschwarzen Schatten der Ulmen und Eichen auf die Felder fielen, die eben zu grünen begannen.

Als der Zug bei der Einfahrt nach Nutcombe langsamer wurde, stand sie auf und knöpfte ihren Mantel zu. »Tom, du bist ein verheirateter Mann«, sagte sie. »Diana liebt dich abgöttisch, ihr ganzes Leben dreht sich um dich. Das ist Liebe, und ich bin sicher, das weißt du. Nicht das blinde Gefummel zwischen zwei Leuten, die viel zu betrunken waren, um zu wissen, was sie taten.«

Sie streckte sich, um ihren kleinen Koffer aus dem Gepäcknetz zu holen, doch er, einen Kopf größer als sie, kam ihr zuvor. Als er ihr den Koffer reichte, sagte er mit gesenkter Stimme: »Ich kann dich nicht vergessen, Sadie. Du solltest das auch nicht von mir verlangen. Jedes Mal, wenn ich durch den Wald laufe, denke ich an dich. Wenn ich dein Haus sehe, frage ich mich, was du tust und ob du an mich denkst. Ich werde immer da sein. Ich bin dein Schatten. Ich bin die Blätter, die in den Bäumen rascheln.«

Sie riss ihm gereizt den Koffer aus der Hand und lief in den Gang hinaus. Sobald der Zug anhielt, stieß sie die Tür auf und rannte den Bahnsteig hinunter, ohne sich noch einmal umzudrehen.

Als sie den kleinen Koffer in den Korb ihres Fahrrads stopfte, das sie vor dem Laden stehen hatte, hörte sie das Geräusch eines startenden Motors. Auf der anderen Straßenseite stieg Tom in den Wolsley. Hinter dem Lenkrad war Dianas Kopf zu erkennen.

Während Sadie verbissen bergan radelte, stellte sie sich vor, wie sie mit Pearl über Toms hochtrabendes Gerede lachen würde – »Ich bin dein Schatten. Ich bin die Blätter, die in den Bäumen rascheln« –, aber schon im nächsten Moment wusste sie, dass das nicht passieren würde. Was er gesagt hatte, hatte sie zu sehr aus der Fassung gebracht. Sie hätte heulen können vor Enttäuschung. Während der langen Abwesenheit der Chivertons hatte sie sich eingeredet, sie könne das Geschehene hinter sich lassen. Sie sollte froh sein, hatte sie sich gesagt, dass die Nacht mit Tom keine schlimmeren Folgen gehabt hatte, und dann hätte sie das Ganze vergessen sollen. Es war ein tiefgreifendes Erlebnis gewesen, und trotzdem flüchtig und bedeutungslos.

Jetzt war sie sich nicht mehr so sicher. Sie hätte gern geglaubt, dass Tom sich nur über sie lustig gemacht hatte, aber es war nicht ausgeschlossen, dass er sich tatsächlich einbildete, sie zu lieben. Und das war zutiefst beunruhigend.

Während ihrer Abwesenheit war in *The Egg* die kalte Stille des Waldes eingezogen. Das Licht ihrer Taschenlampe fiel auf schmutzige Fußabdrücke auf den weißen Fliesen, als sie die Tür aufsperrte. Sie musste sie selbst hinterlassen haben, als sie vor ein paar Tagen das Haus verlassen hatte, in Eile, um rechtzeitig zum Zug zu kommen.

Sie machte Licht. Am liebsten hätte sie ihren Stiefel neben einen der Fußabdrücke gestellt, um sich zu vergewissern, dass die Größe übereinstimmte, fand das aber sofort absurd und ließ es. Sie trug den Koffer nach oben. Die Tür zum Atelier war offen, das Licht aus dem Flur traf ihre Collage, die am Klapptisch lehnte. Die schwarzen Äste wie Risse im Eis, dazu die zerrupften Taubenfedern.

Im Schlafzimmer knipste sie die Nachttischlampe an. Schatten sammelten sich in den Zimmerecken und bildeten dunkle Streifen unter mehreren Kommodenschubladen, die unregelmäßig hervorstanden, als hätte jemand sie geöffnet und in Eile nicht wieder richtig geschlossen. Sie hatte Felix' Ring in London nicht getragen, weil sie wusste, dass Edith die Nase gerümpft hätte. Sie zog eine Schublade auf und sah nach, ob der Ring noch da war. Natürlich. Sie steckte ihn wieder an den Finger.

Die Nacht kroch ins Zimmer, und sie spürte ihren schwarzen Druck im Nacken, während sie ihr Abendkleid aus dem Koffer nahm, ausschüttelte und in den Schrank hängte. Gerade als sie nach unten gehen wollte, um sich etwas zu essen zu machen, schien ihr, als bewegte sich hinter dem Fenster etwas. Die Hände aufs Glas gedrückt, schaute sie hinaus auf das flache Dach voll welker Blätter. »Ich bin dein Schatten. Ich bin die Blätter, die in den Bäumen rascheln.«

Unten, während sie Eier aufschlug und Käse rieb, um sich ein Omelett zu machen, dachte sie über das Gespräch nach. Wie konnte Tom es wagen, so etwas zu ihr zu sagen? Hätte er nicht einfach so tun können, als wäre nichts geschehen? So wie sie das versucht hatte.

Er wagte es, dachte sie, weil sie sich ihm damals praktisch an den Hals geworfen hatte. Sie hatte es ihm leicht gemacht. So sah er sie: als leichte Beute.

Blassgoldenes Licht fiel schräg durch das Laub und bildete Kringel und Sprengel auf einem Teppich aus braunen Bucheckern. Überall in den Bäumen war Vogelgezwitscher zu hören, und von den regennassen Ästen tropfte es auf die Sternblüten von Schöllkraut und Buschwindröschen.

Sadie hatte ihre Staffelei auf der anderen Seite des Hohlwegs aufgestellt, von wo sie freien Blick auf die Hänge hatte, die, im Licht des Frühlingsnachmittags gebadet, zum Tal herabfielen. Sie arbeitete konzentriert, hielt Himmel, Hügel, Wald und Fluss als blaue, grüne und ockerfarbene Streifen auf der Leinwand fest. Sonnenlicht funkelte auf den Hügeln und brach sich glitzernd im Fluss.

Sie nahm einen flüchtigen weißen Schimmer unten in der dunklen Mulde des Hügels wahr, wo die Bäume sehr dicht standen. Sadie kehrte zu ihrer Arbeit zurück und versuchte, in die Ruhe der Konzentration zurückzufinden. Als sie das nächste Mal aufblickte, sah sie es deutlicher, bleich vor den Baumstämmen. Hin und wieder begegnete man in Paley High Wood einem Damhirsch. Konzentrier dich, Sadie. Sie hielt einen Moment inne.

Der weiße Schimmer verdichtete sich zu einem Mann, der zwischen den Bäumen herumlief. Dunkle Hose, weißes Turnhemd, schwarze Haare. Würde er sie bemerken? Der Pinsel auf der Leinwand zitterte, und sie musste gegen den Impuls kämpfen, die Staffelei zusammenzuklappen und in die Sicherheit des Hauses zu fliehen.

Als sie wieder hinsah, war er verschwunden. Ihre Konzentration war dahin, und nach einer halben Stunde packte sie endlich ihre Sachen zusammen und machte sich auf den Heimweg. Als sie sich dem Haus näherte, zeigte sich seine helle Betonhülle in zackigen Splittern zwischen den Stämmen und Ästen, die Fragmente eines Hauses, das langsam vom Wald verschlungen wurde.

Sadie und ihre jüngsten Schülerinnen, Iris, Hazel und Heather, wollten die Glockenblumen malen, die unter den Buchen blühten. Sie baute auf einer Lichtung einen kleinen Klapptisch auf, legte Papier zurecht und stellte einen Becher mit Pastellkreiden daneben. Als Erstes wollte sie ihnen beibringen, genau hinzusehen, die Farbe der Blumen so zu sehen, wie sie wirklich war, und dann mit der Kreide den Ton herauszuarbeiten, der irgendwo zwischen blau und lila lag. Sie saßen über den Tisch gebeugt und kritzelten mit runden Händen eifrig die Farben übereinander. Sadie hörte Hufschlag und blickte auf. Zwei Reiter trabten am Feldrain entlang. Diana Chiverton ritt voraus, in Reithose und weißer Bluse mit offenem Kragen. Das dunkle Haar fiel ihr in gezähmten Wellen auf die Schultern. Tom folgte ihr auf seinem großen schwarzen Pferd. Ihre Stimmen wurden auf der Luft herübergetragen.

Tom sagte: »Das würde heißen, dass ich mehrere Wochen unterwegs bin.«

Und Diana: »Ich schreibe die Hotels vorher an, wie immer.«

»Herrgott noch mal, das ist doch nicht nötig. Ich brauche kein Kindermädchen.«

»Liebster, ich weiß doch, dass du es gern bequem hast.«

»So ein Quatsch. Das ist mir völlig egal. Ich würde auch draußen in den Hügeln schlafen, wenn ich dann etwas Frieden hätte. Du weißt genau, ich kann nicht arbeiten, wenn ich nicht hier bin.«

»Dann blas es ab.«

»Das kann ich nicht. Ich habe mich verpflichtet. Es ist mir wichtig, dass ich mit meiner Arbeit auch die gewöhnlichen Menschen erreiche.«

»Die können ja in die öffentliche Bibliothek gehen.«

Tom, gereizt: »So einfach ist das nicht. Du hast keine Ahnung. Wie solltest du auch, du hattest es immer leicht. Ich finde, es ist besser, du kommst nicht mit. Du wirst dich nur langweilen.«

Die Stimmen verklangen. Hazels Kreide brach, und das Kind begann zu weinen. Sadie kniete neben ihr nieder und redete tröstend auf sie ein. Als sie wieder hochsah, waren die Chivertons hinter den grauen Stämmen der Buchen verschwunden.

London roch nach regennassen Bürgersteigen und feuchtem Gabardine. Unter Schirmen, die auf und nieder schwankten wie Quallen in einem von Regen gepeitschten Meer, rannten unzählige Büroangestellte in die Mittagspause. Autos warfen Wasserfontänen aus Pfützen auf, in denen Zigarettenkippen schaukelten. Ein Radfahrer mit gesenktem Kopf, die Mütze fast über den Augen, verfehlte Sadie nur um Haaresbreite, als er unmittelbar vor ihr über die Straße flitzte.

Sadie hatte sich für den Tag mit Lachlan Brodie verabredet; sie kannte ihn von der Slade Akademie, wo er halbtags unterrichtete. Er war ein kräftiger, breitschultriger Schotte, und sein schwarzer Bart kitzelte sie im Gesicht, als er sie mit einer Umarmung in seinem Atelier in Chelsea empfing.

»Du lebst also in Sussex«, sagte er, nachdem Sadie ihre nassen Sachen über einen Stuhl gehängt hatte. »Da bist du wohl jetzt Vegetarierin und machst Volkstanz, wie?«

»Kann alles noch kommen, Lachlan.«

Er ließ Wasser in den Kessel laufen und zündete den Spirituskocher an, der in einer Ecke des Raums stand. Sadie fühlte sich wie zu Hause in dem Durcheinander von Papier und Druckfarben, ausgequetschten Tuben und farbstarren Putzlappen. Der Regen prasselte auf die Dachfenster, und auf einer Seite tropfte Wasser durch den morschen Rahmen in eine rostige Konservendose, die unter dem Leck auf dem

Boden stand. Lachlan wollte eine neue Auflage drucken, und Sadie hatte angeboten, ihm dabei zu helfen. Das erste Blatt, das *Regen* heißen sollte, zeigte ein Gewoge dunkelgrüner, rosafarbener und schwarzer Hüte, Regenschirme und Gesichter. Drei weitere Blätter sollten folgen: *Schnee*, *Nebel* und *Wind*.

Der Druck war gegen Ende des Nachmittags fertig und wurde für gelungen erklärt. Sie feierten bei Fish and Chips und verbrachten ein paar vergnügliche Stunden im Pub damit, die künstlerischen Schwächen diverser Bekannter zu erörtern.

Als sie sich an der Untergrundbahn trennten, sagte Lachlan: »Danke dir für die Hilfe, Sadie. Ohne dich wär's halb so gut geworden. Du hilfst mir doch bei den anderen auch, ja? Wenn du jemals beschließen solltest, Sussex und der vegetarischen Lebensweise den Rücken zu kehren, wartet hier immer Arbeit auf dich.«

Der Sommer kam, zunächst zögerlich, verhalten, bis er sich entschloss, endgültig zu bleiben, und seine Wärme und sein Licht in verschwenderischer Fülle ausgoss. An einem heißen Nachmittag zog Sadie ihren Badeanzug an und trat durch das Schlafzimmerfenster auf das Flachdach hinaus. Auf einem ausgebreiteten Badetuch ausgestreckt, sog sie die Sonnenhitze auf, die durch ihre Haut bis tief in die Muskeln vordrang.

Sie schob die Träger herunter, um ihre Schultern bräunen zu lassen, und stellte sich vor, sie sähe sich aus der Vogelperspektive: der schwarze Anzug, das rechteckige weiße Tuch, das Asphaltdach.

Fast wäre sie eingenickt, da hörte sie das Knacken eines Astes. Ein Fasan stieg flügelschlagend in die Luft.

Ihren Badeanzug an die Brust gedrückt fuhr sie in die Höhe und schaute zu den Bäumen hinaus. Den ganzen Tag hatten die Blätter matt in der feuchtheißen Luft gehangen.

Jetzt aber lief ein Zittern durch Kastanie und Ulme. Die Blätter dürften sich nicht bewegen, dachte sie. Es war ein windstiller Tag.

Da draußen strich jemand herum, sie war ganz sicher. Als sie aufstand, sah sie einen Schatten unter den Ästen davongleiten. Sie vernahm den leisen Schritt trotz des lauten Hämmerns ihres Herzens. Irgendjemand schlich da im Unterholz um das Haus herum.

»Tom? Bist du das?«, rief sie laut. »Bist du das?«

Keine Antwort.

»Tom?«, rief sie noch einmal, zornig jetzt. »Das bist doch du. Ich weiß es.«

Im Schlafzimmer zog sie einen Morgenrock über und lief nach unten. Sie hatte die Glastür im Wohnzimmer weit geöffnet, um frische Luft hereinzulassen. Das Sonnenlicht, das durch die Glasfront strömte, spielte mit den unruhigen Schatten der Bäume auf den weißen Fliesen.

Sie ging auf die Terrasse hinaus. Sie empfand das Gefühl, beobachtet zu werden, wie einen körperlichen Angriff. »Tom?«, rief sie wieder. »Tom?«

Keine Antwort. Während ihr Blick suchend über die Bäume schweifte, kam ihr in den Sinn, dass sie zwar das Haus schützten, zugleich aber alles verbargen, was sich jenseits befand.

Sie ging wieder hinein, schloss die Glastür und sperrte die Hitze mit sich ein.

Im Badezimmer, das nur ein kleines Milchglasfenster hatte, zog sie sich um. Sie versuchte sich einzureden, dass vielleicht ein Tier durch die Bäume gehuscht war oder jemand aus dem Dorf im Wald Pilze gesucht hatte. Oder vielleicht hatte Ivy, das Dienstmädchen der Chivertons, auf dem Heimweg eine Abkürzung genommen und war vor Schreck über die halb nackte Frau auf dem Dach auf und davon gelaufen. Es gab nicht einen einzigen Hinweis darauf, dass Tom sich auch nur in der Nähe aufgehalten hatte.

Die vielen Leute, die sie davor gewarnt hatten, sich hier draußen von der Welt abzukapseln, hatten recht gehabt. Zu viel Alleinsein tat keinem Menschen gut. Am Ende bekam man noch Wahnvorstellungen.

Sadie suchte eine Kunstgalerie in der Jermyn Street auf. Lachlan Brodie, der mit der Eigentümerin, Madge Danford, befreundet war, hatte sie dort empfohlen. Madge trug das dunkle Haar glatt und war, bis auf den dunkelroten Lippenstift, diskret geschminkt. Ihr minzgrünes Kleid, modisch schräg geschnitten, schmiegte sich schmal um ihre Hüften. Sie hatte die Galerie erst vor Kurzem eröffnet, hatte Lachlan Sadie erzählt, und suchte nach neuen, jungen Künstlern.

Es war ein Gefühl, dachte Sadie, die zusah, wie Madge schweigend ihre Mappe durchblätterte, als würden ihre Kinder bewertet und beurteilt und für ungenügend befunden. Sie zwang sich, ein zuversichtliches Gesicht zu machen, und versuchte, ihr Herzklopfen mit tiefen Atemzügen zu beruhigen.

»Das gefällt mir«, sagte Madge zu einem Druck von frisch umgepflügten Feldern. Sie legte das Blatt zur Seite, um eine Gruppe Ulmen zu betrachten, die sich in grün-goldenem Frühlingslicht am Hügelhang erhob. »Und das gefällt mir auch sehr. O ja.«

Sie warf Sadie einen Blick zu und lachte. »Machen Sie nicht so ein ängstliches Gesicht. Ich bin begeistert. Sie besitzen ein Gespür für Farben. Schwarz-Weiß sollten Sie lassen« – eine Radierung wurde achtlos weggelegt – »aber diese hier, ja. Haben Sie noch mehr?«

»Ein paar. Nicht sehr viele«, ergänzte sie ehrlich. »Ich habe eine ziemliche Durststrecke hinter mir. Aber in letzter Zeit arbeite ich wieder mehr.«

Madge machte ein nachdenkliches Gesicht. »Ich werde Sie jetzt noch nicht in meine Kartei aufnehmen, Sadie«, sagte sie. »Sie haben nicht genug Material, und ich habe das Gefühl, Sie befinden sich gerade in einem Prozess der – sagen wir –

Metamorphose. Aber arbeiten Sie fleißig, und lassen Sie uns in Kontakt bleiben. Kommen Sie in sechs Monaten wieder, oder in einem Jahr – wann immer Sie so weit sind –, dann reden wir weiter.« Sie sah Sadie mit einem offenen, aufmunternden Lächeln an. »Ich kann kaum erwarten zu sehen, was aus Ihnen wird.«

Mit ihrer Mappe unter dem Arm eilte Sadie beschwingt die Piccadilly hinunter zu dem Modegeschäft, in dem Pearl arbeitete. Ihre Arbeiten hatten Madge Danford gefallen. Das Leben war plötzlich voll aufregender Möglichkeiten. Sie war endlich über den Berg.

Sie und Pearl aßen in einer Lyons-Teestube zu Abend. Pearl war nicht mehr mit Ralph zusammen. Ihre Beziehung hatte das Schwangerschaftsdrama, das mit einer Fehlgeburt geendet hatte, nicht überlebt. Bei Sardinen auf Toast erzählte Pearl, dass sie ihre Stellung in dem Modegeschäft gekündigt hatte und im Herbst als Kunstlehrerin an einer Mädchenschule in Hertfordshire anfangen würde.

»Ich komme mir vor, als würde ich ins Kloster gehen, Sadie«, sagte sie. »Aber ich muss raus aus London. Unbedingt.«

Sie verabschiedeten sich mit Küssen und Umarmungen voneinander, und Pearl versprach, Sadie bald in *The Egg* zu besuchen. Im Victoria Bahnhof erwischte Sadie den Zug nach East Grinstead in letzter Minute und stürzte sich ins erstbeste Abteil, in dem noch ein Platzt frei war. Der Mann ihr gegenüber, mit Filzhut und schmuddeligem Trenchcoat, starrte sie unverhohlen an, und sie zog automatisch ihren Rock tiefer.

»Das war aber höchste Eisenbahn, Miss«, sagte er.

»Ja, ein Glück, dass ich noch mitgekommen bin. Mein Mann holt mich ab.« Sie hatte Handschuhe an, er konnte also nicht sehen, dass sie keinen Ehering trug.

Er beugte sich vor und hielt ihr eine Packung Fruchtgummis hin. »Wenn ich Ihr Mann wäre, würde ich so ein hübsches Ding wie Sie nicht allein durch die Weltgeschichte fahren lassen.«

»Nein, danke«, sagte sie frostig und schaute demonstrativ zum Fenster hinaus. Wenn er versuchen sollte, die Jalousie herunterzuziehen, würde sie sich ein anderes Abteil suchen. Sie holte ihr Buch heraus und begann zu lesen.

Es war schon dunkel, als sie auf den Fußweg durch Paley High Wood abbog. Zu Hause angekommen, lehnte sie ihr Fahrrad an die Wand und schob den Schlüssel ins Haustürschloss. Er bewegte sich keinen Millimeter. Als sie versuchsweise den Türknauf drehte, entdeckte sie bestürzt, dass die Tür gar nicht abgesperrt war.

Im Flur machte sie Licht. Sie wollte rufen, fragen, ob jemand im Haus sei – doch was hätte sie getan, wenn ihr eine Stimme antwortete? Sie bekam den nächsten Schreck, als sie Fußabdrücke auf den Fliesen bemerkte. Diesmal stellte sie ihren Fuß neben den Abdruck – dass die Größen übereinstimmten, beruhigte sie.

Sie hatte in ihrer Aufregung über das bevorstehende Treffen mit Madge Danford einfach vergessen abzusperren, als sie am Morgen aus dem Haus gegangen war. Es gab überhaupt keinen Grund, sich zu ängstigen. Unten in Nutcombe schlossen die Leute wahrscheinlich nie ihre Haustüren ab.

Aber als sie die Lichter im Wohnzimmer anmachte, überkam sie von Neuem das ungute Gefühl, dass jemand sie beobachtete. Sie schaute sich um, prüfte nach, ob alles so war, wie sie es am Morgen verlassen hatte. Tasse, Untertasse und Teller, die sie zum Frühstück gebraucht hatte, lagen auf dem Abtropfbrett des Spülbeckens. Eine Flasche Milch stand zur Kühlung in einem Eimer Wasser. Ihre Bücher, Zeitungen, Stifte und Zettel lagen auf dem Tisch im Wohnzimmer verstreut wie immer.

Auch oben im Schlafzimmer war alles, wie es sein sollte. Das Bett war nicht gemacht, weil sie am Morgen keine Zeit mehr gehabt hatte. Mehrere Kleidungsstücke hingen über einem Stuhl, und ihr Schmuck und die Börse, in der sie das Geld aufbewahrte, das ihre Schüler ihr bezahlten, lagen sicher in einer Schublade. Das Buch, das sie gerade las, wartete aufgeschlagen auf dem Nachttisch, und ein heruntergefallener Seidenschal war halb unter die Kommode gerutscht. Sie hob ihn auf und schlang ihn sich um die Hand.

Sie ging ins Atelier. Sie verfügte über ein gutes visuelles Gedächtnis, und während ihr Blick durch den Raum schweifte, kehrte das Unbehagen zurück. Diese Farbtube lag doch eindeutig nicht da, wo sie sie zurückgelassen hatte. Ganz sicher hatte sie die Skizzen für ihren neuen Druck nicht so unordentlich herumliegen lassen.

Dann sah sie, dass jemand rote Farbklumpen auf die Collage geschleudert hatte, die am Klapptisch lehnte. Statt des einen roten Spritzers, den sie aufgesetzt hatte, zogen sich jetzt breite Streifen über das Bild und überdeckten die hellen Taubenfedern und die kohleschwarzen Äste. Kreuz und quer fuhren die blutroten Streifen über das stille Monochrom des Bildes, als hätte eine unsichtbare Hand gewütet.

Sadie, die in ihrem Zimmer keinen Schlaf fand, schleppte schließlich einen bequemen Sessel in die Küche und kuschelte sich, in eine Decke gehüllt, hinein. Trotzdem schlief sie nicht ein, bis vor dem Fenster der graue Morgen dämmerte. Als sie ein paar Stunden später erwachte, erschienen ihr die Schrecken der Nacht übertrieben und irrational. Sie war nicht beraubt worden und auch nicht in ihrem Bett ermordet. Einzig eins ihrer Bilder – und nicht einmal ein besonders gutes – hatte Schaden genommen.

Sie wusste, wer in ihr Haus eingebrochen war. »Ich werde immer da sein«, hatte er gesagt. »Ich bin dein Schatten.« Tom Chiverton hatte behauptet, sie zu lieben, und geschworen, sie zu verfolgen. Er wusste, wie man ein Türschloss knackte. Er war schon früher ins Haus eingebrochen. Er hatte die Collage aus Wut über ihre Zurückweisung zerstört. Die roten Male der Gewalt waren seine Botschaft an sie: Ich bin noch da, Sadie. Vergiss mich nicht.

Sie fand die Cadmiumtube platt gedrückt und ohne Verschluss unter der Druckpresse. Sie trug die Collage nach unten und schlug sie mit einer Axt in Stücke. Danach schob sie die Teile in den Ofen.

Am Nachmittag fuhr sie nach East Grinstead und besorgte in einem Textilgeschäft viele Meter cremefarbenen Baumwollstoff.

Als sie am Abend auf dem Boden im Wohnzimmer ihre Vorhänge schnitt, hoffte sie, er sähe ihr zu. »Jetzt kannst du mich nicht mehr sehen, Tom. Ich werde dich aus meinem Leben ausschließen.«

Der August begann mit einer Hitzewelle. Eines Morgens holte Sadie Edith in Nutcombe vom Bahnhof ab. Der Zubringerzug, mit dem ihre ältere Schwester eben angekommen war, stieß seine Dampfwolken aus und fuhr mit schrillem Pfeifen schon wieder an, um nach East Grinstead zurückzukehren.

Das Licht, das durch die Bäume sickerte, fiel in kaleidoskopartig wechselnden Schnipseln auf den Bahnsteig und auf Edith, die mit Strohhut und in einem Sommermantel aus beigefarbenem Leinen gekleidet war. Sie hatte nur einen Sonnenschirm und eine kleine lederne Handtasche dabei.

»Wo ist dein Koffer?«, fragte Sadie.

»Mein Koffer?« Edith zog die Nase hoch, wie sie das gern tat, wenn jemand etwas Dummes gesagt hatte.

»Mit deinen Sachen.«

»Ich habe keinen Koffer mit.«

»Aber ich dachte, du bleibst über Nacht!«

»Ich habe doch in meinem Brief klar und deutlich geschrieben, dass ich unmöglich länger als einen Tag kommen kann.«

»Aber du hast…« Sadie musste sich zusammennehmen. Sie war sicher, dass Edith zugestimmt hatte, über Nacht zu bleiben. Oder zumindest hatte sie nicht klar gesagt, dass sie nicht bleiben würde.

Edith zeigte dem Bahnhofsvorsteher ihren Fahrschein, dann machten sie sich auf den Weg. Die Enttäuschung nagte an Sadie, während sie mit der leicht schnaufenden Edith zusammen den Hügel hinaufging. Sie hatte eine Wanderung und ein Picknick geplant gehabt. Sie hatte das Haus geputzt und aufgeräumt. Sie hatte Edith ihr Schlafzimmer geben und selbst auf dem Sofa schlafen wollen und hatte eigens neue Bettwäsche gekauft. Sie hatte zwei ihrer Kommodenschubladen geleert und einen Spiegel, einen Wasserkrug, ein Glas, eine Waschschüssel und einen Strauß Wiesenblumen auf den Toilettentisch gestellt. Ihr war erst bewusst geworden, wie stark ihr Wunsch war, einmal eine Nacht nicht allein in *The Egg* verbringen zu müssen, als Edith ihr gesagt hatte, dass sie nicht bleiben würde.

Nun würde es ein unbefriedigender, gehetzter Tag werden. Sie bemühte sich, nicht weinerlich zu klingen, als sie sagte: »Wir reden seit einer Ewigkeit davon, dass du mal übers Wochenende kommst. Die Reise ist ja doch weit und ziemlich mühsam für nur einen Tag.«

Edith, die rot war vor Anstrengung und Hitze, tupfte sich das Gesicht mit einem kleinen gestickten Taschentuch. »In East Grinstead hat der Zug eine Viertelstunde herumgestanden, das Fenster klemmte – ich konnte es nicht aufmachen. Gleichzeitig habe ich mich nicht aus dem Wagen getraut, um mir im Erfrischungsraum etwas Kaltes zu trinken zu holen, weil ich Angst hatte, er würde jeden Moment abfahren.«

Sadies Verärgerung ließ nach, Edith tat ihr leid. »Wir sind gleich da. Ich lass dir ein schönes kaltes Glas Wasser einlaufen, sobald wir zu Hause sind.«

Sie bogen von der Straße auf den Fußweg unter den Bäumen ab. Edith ging auf Zehenspitzen, um ihre weißen Wildlederschuhe nicht zu beschmutzen, und meinte brummend, etwas Kies auf dem Weg könne nicht schaden. Der Waldboden war gescheckt mit hartem Licht.

Als sie sich dem Haus näherten, rief Edith: »Aber es ist ja alles völlig zugewachsen. In meiner Erinnerung steht das Haus auf einer Lichtung.«

»Bäume wachsen nun mal«, meinte Sadie trocken.

»Du brauchst nicht gleich sarkastisch zu werden.«

»Ich bin nicht sarkastisch.« Aber vielleicht war sie es doch gewesen, ein kleines bisschen. »Ich kann sie nicht selbst zurückschneiden. Aber du hast recht, ich muss jemanden finden, der sie stutzt. Das wird nur wahrscheinlich wahnsinnig teuer werden.«

Im Haus ließ Edith sich schwer in einen der Liegestühle fallen, die Sadie auf der Terrasse aufgestellt hatte, in der Hoffnung, dass es am Abend mild genug würde, um draußen zu sitzen.

Sadie machte in der Küche zwei Gläser Wasser zurecht und trug sie ins Wohnzimmer. Sie öffnete die Glastür. »Komm rein, Edith, hier drinnen ist es kühler.«

Edith setzte sich aufs Sofa und trank das Wasser, während Sadie Tee machte und einen Teller mit Keksen richtete. Sie trug das Tablett ins Wohnzimmer.

»Wie geht es Louisa?«

»Sehr gut, danke. Ich soll dir liebe Grüße sagen.«

»Bitte grüß sie zurück. Ich dachte, sie würde vielleicht mitkommen.«

»O nein, sie ist bei einer Freundin zu Besuch, in Whitstable.«

»Bei einer Schulfreundin?«

»Ja. Sie heißt Marjorie Lester«, erzählte Edith weitschweifig. »Ihr Vater ist Anwalt. Ihre Mutter, eine sehr sympathische Person übrigens, ist die Leiterin der Damenmannschaft im Tennisklub. Louisa hat sich in diesem Sommer zu einer begeisterten Tennisspielerin entwickelt. Sie spielt eine großartige Rückhand. Neulich hat Mrs. Lester uns geschrieben, um anzufragen, ob Louisa zum Sommerfest im Klub kommen darf. Sie versprach natürlich, die beiden Mädchen unter ihre Fittiche zu nehmen. Ich habe Louisa ein Abendkleid aus rosa Tussahseide geschneidert. Sie sieht entzückend aus darin.«

»Und was macht Cyril? Geht es ihm gut?«

»O ja, abgesehen von seinen gelegentlichen Magengeschichten.«

Sadie erschien dieser Wechsel zwischen Redseligkeit und Wortkargheit wie eine Vermeidungsstrategie, als wollte Edith an irgendetwas nicht heran. Beim Tee erzählte Edith ausführlich von einer alten Freundin ihrer Eltern, mit der sie sich zum Mittagessen in dem großen Peter-Jones-Kaufhaus am Sloane Square getroffen hatte.

Danach schlug Sadie ihrer Schwester einen Rundgang durch das Haus vor.

»Ich hatte vergessen, wie klein es ist«, bemerkte Edith, die ihr in die Küche folgte.

»Für mich hat es genau die richtige Größe.«

»Ich weiß nicht, wie du ohne Gasherd zurechtkommst.«

»Ach, so ein kleines Feuerchen zu machen ist doch kein Kunststück«, sagte sie und fragte sich, was sie eigentlich mit ihrer künstlichen Munterkeit bezweckte. Sie ging Edith bestimmt auf die Nerven damit, sich selbst im Übrigen auch. Wahrscheinlich fühlte sie sich durch Ediths Bemerkungen herausgefordert, die ihr alle wie boshafte kleine Seitenhiebe vorkamen.

»Für eine ganze Gesellschaft zu kochen wäre heikel, das gebe ich zu«, fügte sie hinzu. »Wenn du das nächste Mal kommst, musst du Cyril mitbringen, dann versuch ich's mit einem Essen für drei.«

»Man hat Cyril einen Posten in Indien angeboten«, sagte Edith.

»In Indien?« Sadie starrte sie an.

»Ja.« Edith faltete ein Geschirrtuch und strich mehrmals glättend darüber. »Es ist eine großartige Chance. Der Staatssekretär hält sehr viel von ihm.«

Der Gedanke schoss Sadie durch den Kopf, dass Edith nur aus diesem Grund heute gekommen war: um ihr von Cyrils Berufung nach Indien zu erzählen, nicht weil es ihr um den lange überfälligen Besuch ging.

»Und du?«

»Ich gehe selbstverständlich mit. Du weißt ja, er wollte immer reisen. Und jetzt, wo Gertrude nicht mehr ist, hält uns hier nichts. Ich meine …« Edith geriet ins Stottern.

Sadie beobachtete sie, wie sie versuchte, ihre taktlosen Worte neu zu formulieren.

»Ich meine, es wäre herzlos gewesen zu gehen, solange es Gertrude so schlecht ging«, schloss Edith.

Sadie sah sie nachdenklich an. »Ich verstehe nicht ganz, was du mir gerade erzählen willst. Dass Cyril noch überlegt, den Posten anzunehmen? Oder dass er sich bereits entschieden hat?«

»Er hat ihn angenommen. Sadie, er hatte keine andere Wahl.« Edith sah trotzig und schuldbewusst aus, als wäre sie bei einer Missetat ertappt worden. »Er hätte unmöglich ablehnen können. Er muss an seine Karriere denken. Es tut mir leid, dass wir so weit voneinander entfernt sein werden, aber ich komme ja hin und wieder zu Besuch, und ich schreibe natürlich.«

Cyril musste an seine beruflichen Ziele denken. Edith, ihre einzige Schwester, musste ihn auf die andere Seite der Welt begleiten. Viele ihrer Freunde und Bekannten hätten zweifellos geglaubt, ihr würde das nichts ausmachen. »Wir verstehen uns nicht besonders gut …« Wie oft hatte sie diesen Satz gesagt, wenn sie mit ihren Freunden über Edith geredet hatte. Und doch fühlte sie sich, als hätte man ihr den Boden unter den Füßen weggezogen. Sie musste daran denken, dass sie nun bald ganz allein sein würde.

»Wie lange werdet ihr fort sein?«

»Das wissen wir noch nicht.«

»Monate oder Jahre?«

Edith wurde rot. »Wohl eher Jahre.«

Jahre. »Wann fahrt ihr?«

»Im Oktober. Am fünften.«

Oktober. In weniger als zwei Monaten, und so, wie es sich anhörte, war die Passage schon gebucht, waren die Koffer fast gepackt und mit Etiketten versehen. »Oh, ich sollte mit Sadie reden«, hatte Edith wahrscheinlich in Richtung Cyril gemurmelt, während sie damit beschäftigt war, einen Schiffsspediteur herauszusuchen und Tropenhelme zu bestellen. Fast hätte Sadie geweint bei der Erkenntnis, wie unwichtig sie ihrer Schwester war.

Edith sagte: »Wir reisen eine Woche nach Schulanfang, wenn Louisa wieder im Internat ist.«

»Du nimmst sie nicht mit?«

»Sadie, ich kann nicht. Sie muss die Schule fertig machen. Wenn wir warten bis zu ihrem Abschluss …« Sie hatte wieder diesen halb trotzigen, halb schuldbewussten Ton. »Es war ein großes Glück für Cyril, dass ihm diese Chance geboten wurde. Eine zweite wird es nicht geben.«

»Ich versteh nicht, wie du es über dich bringst, deine eigene Tochter zurückzulassen.« Die Worte klirrten vor Härte.

»Glaubst du, es fällt mir leicht?«, schoss Edith zurück. »Glaubst du, ich habe nicht nächtelang wach gelegen und mich gefragt, ob ich das Richtige tue?«

Sadie blickte zu den drei runden Fenstern hinauf, die wie Bullaugen eines Schiffs die Wand der Küche durchbrachen. Vom grellen Sonnenlicht umrissen standen die Silhouetten der Bäume schwarz und glanzlos da.

»Tut mir leid«, murmelte sie.

»Komm, streiten wir nicht. Wer weiß, wann wir uns wiedersehen. Ich hätte dir vielleicht schreiben sollen, um dich vorzuwarnen … Ja, vielleicht hätte ich das tun sollen. Obwohl – du bist ja selbst nicht gerade eine große Briefschreiberin, Sadie.«

»Ich antworte immer auf deine Briefe.«

»Ja, sicher, du antwortest... aber es wäre nett gewesen, wenn auch mal was von dir gekommen wäre... wenn du mal vorbeigekommen wärst... dich nach einem Termin bei Dr. Sprott mit mir zum Kaffee getroffen hättest.«

Warum nur musste Edith immer so tun, als läge alle Schuld bei ihr? Warum versuchte sie ständig, ihre eigenen Fehler auf andere abzuwälzen? Trotzdem fühlte sich Sadie plötzlich von schlechtem Gewissen geplagt und musste, so zuwider es ihr war, an die vielen Ausflüge nach London denken, bei denen sie sich mit Pearl, Jimmy oder Lachlan, ach, mit jedem getroffen hatte, nur mit ihrer Schwester nicht.

Edith legte das Geschirrtuch mit einem letzten energischen Klaps zur Seite und sagte dann, endlich wieder gefasst: »Mir ist klar, dass das ein ziemlicher Schock ist. Aber jetzt zeig mir doch erst mal, was du aus dem Haus gemacht hast, ja? Wir können später drüber reden.«

»Wie du meinst«, antwortete Sadie kurz.

Im fensterlosen Flur und über der Treppe staute sich die Hitze. Schweigend gingen sie nach oben. Der Tag hatte etwas Sinnloses bekommen und war, so empfand es Sadie, nicht mehr zu retten. Edith würde nach Indien gehen. Es würden vielleicht Jahre vergehen, ehe sie sich wiedersahen. Ihre Familie, schon vom Tod der Eltern auseinandergerissen, war jetzt vollends in Stücken.

In Sadies Schlafzimmer sah Edith zum Fenster hinaus auf das Flachdach und die Bäume. »Du hast Vorhänge«, stellte sie fest.

»Ja. Ich weiß, Vater hätte sie nicht gemocht, aber –«

»›Bürgerlich und hässlich‹«, zitierte Edith ihren Vater.

Sadie lächelte. »Ich konnte nicht schlafen«, erklärte sie. Bevor sie die Vorhänge angebracht hatte, hatte es immer wieder Nächte gegeben, in denen sie die Matratze in ihr Arbeitszimmer schleppte und dort übernachtete, wo sie sich nicht wie auf dem Präsentierteller fühlte.

»Es kann dir nicht guttun, ganz allein hier zu leben.«

»Ich hab doch gar keine andere Möglichkeit, als allein zu leben.«

»Wie lange willst du denn noch hier wohnen bleiben?«

Sadie stellte sich vor, wie Edith mit Cyril über sie sprach: »Wir müssen überlegen, was wir mit Sadie machen.«

»Ich weiß es nicht«, antwortete sie gereizt.

»Du könntest das Haus doch vermieten und dir etwas anderes suchen.«

»Ich fühle mich wohl hier.«

»Ich mach mir Sorgen um dich.«

»So groß können die Sorgen nicht sein, wenn du nach Indien gehst.«

»Sadie! Das ist wirklich unfair.«

Ja, vielleicht, dachte sie voll Bitterkeit. Was dieses eine Mal betraf, hatte Edith vielleicht recht.

»Deine Sorge um mich war jedenfalls nicht groß genug, um mir zur Seite zu stehen, als ich dich am meisten gebraucht habe.«

Da war er heraus, der Groll, den sie seit mehr als einem Jahr mit sich herumtrug, und es war eine Genugtuung, ihm Luft zu machen, ein ähnliches Gefühl, wie wenn man mit einem Stock auf eine Staude Wiesenkerbel einschlug und zusah, wie die hohen Stängel knickten.

»Wovon redest du?« Edith schoss wieder die Röte ins Gesicht.

»Von dieser grässlichen Anstalt, in die du mich damals gesteckt hast. Diese Nervenklinik.«

»Die Nervenklinik? Es war die beste Klinik, die ich finden konnte. Dr. Chisholm hatte sie empfohlen.« Zwei rote Flecken brannten auf Ediths Wangen, und ihr Pony fiel ihr strähnig über die hohe Stirn.

»Es war eine verdammte Hölle, und das weißt du ganz genau.«

»Bitte, hör auf so zu fluchen.«

Sadie lachte.

»Du liebe Güte, Edith! Das sind Worte. Einen Menschen zu verlassen – im Stich zu lassen –, wenn er am Boden liegt – ist das nicht viel schlimmer?«

»Ich habe dich nicht im Stich gelassen. Mach dich nicht lächerlich.«

»Ich hätte ein wenig Halt gebraucht. Deine Hilfe. Ich hätte meine Familie gebraucht. Aber du wolltest nichts mit mir zu tun haben.«

»Das ist nicht wahr!«, stieß Edith halb erstickt hervor.

»Du hast mich weggeschickt, weil du dich für mich geschämt hast.«

Es verschaffte Sadie ein Gefühl wilden Triumphs, endlich laut auszusprechen, wovon sie im Inneren seit so langer Zeit überzeugt war.

»Geschämt?« Edith, sonst immer so beherrscht, schrie jetzt. »Geschämt? Ich hatte Todesangst um dich. Ich habe mich bemüht. Ich habe mein Bestes getan, weiß Gott – aber bei dir geht das ja Schlag auf Schlag. Erst dieser fürchterliche Mann – und ich habe dich vor ihm gewarnt. Und dann musstest du allen guten Ratschlägen zum Trotz weiter unterrichten, obwohl du offensichtlich völlig am Ende warst.«

Auch Pearl hatte ihr zugeredet, die Arbeit eine Zeit lang ruhen zu lassen. Sie hatte nicht auf sie gehört. Sadie schob die Erinnerung weg.

»Ich musste Geld verdienen«, sagte sie. »Im Gegensatz zu dir.« Ihre Schwester hatte nie in ihrem Leben gearbeitet. »Du hast Cyril. Aber ich muss mich auf mich selbst verlassen.«

»Du hattest dein Erbe. Was Vater dir vermacht hatte. Du hattest die beiden Häuser.«

In Ediths Stimme schwang eine Feindseligkeit mit, die Sadie wie ein unerwarteter Schlag traf. Sie hatte das Gefühl, plötzlich an einem Abgrund zu stehen. Etwas Finsteres und Hässliches tat sich auf, und wenn sie nicht achtgab, würde sie hineinstürzen.

Ehe sie etwas erwidern konnte, sagte Edith mit einer ausholenden Geste: »Vater hat dir *alles* hinterlassen. Aber du hast *Gull's Wing* verkauft. Er hat das Haus geliebt.«

»Edith …«

Ediths Angriff nahm Sadie den Atem.

»Ich hatte keine Wahl. Ich musste es verkaufen.«

»Blödsinn. Es gab genug andere Möglichkeiten. Du hättest es zum Beispiel vermieten können.«

»Nein, das ging nicht. Das habe ich dir gesagt. Ich habe es dir erklärt, aber du hast offensichtlich nicht zugehört. Das Haus war mit einer Riesenhypothek belastet. Ich hätte sie niemals abbezahlen können.«

»Ach, irgendeinen Weg hättest du schon gefunden. Ich habe dieses Haus immer geliebt. Du hättest dafür sorgen müssen, dass *Gull's Wing* in der Familie bleibt. Das hätte Vater von dir erwartet.«

Das tat weh.

Sadie erinnerte sich an die Abende, an denen sie und ihr Vater über den Rechnungen gesessen hatten, die gnadenlos detailliert die steigenden Kosten des Projekts belegten. *Gull's Wing* hatte Unsummen verschlungen; die Kosten hatten das von Edward Lawless bereitgestellte Budget schon überstiegen, bevor das Haus auch nur halb fertig war. Wie kam Edith in ihrer Ignoranz und Überheblichkeit dazu, ihr einen Vorwurf daraus zu machen, dass sie es verkauft hatte?

Sie sagte kalt: »Du hast keine Ahnung, wie viel Kraft Papa aufbringen musste, um überhaupt durchhalten zu können, bis die Häuser fertig waren. Du hast keine Ahnung, wie viel Zeit es ihn gekostet hat – wie erschöpft er war. Du hast nicht gesehen, wie schwer er zu kämpfen hatte – um die Grundstücke zu kaufen, die Genehmigungen zu bekommen und Baufirmen zu finden, die überhaupt imstande waren, die Arbeiten auszuführen. Du warst ja nicht da. Du warst mit Cyril verheiratet. Du weißt nichts darüber, was *Gull's Wing* ihn gekostet hat. Nichts.«

»Ja, du hast recht.« Ediths Gesicht war verkniffen, sie sah hässlich aus. »Was weiß ich schon? Ihr zwei habt mich ja immer ausgeschlossen.«

»Das ist nicht wahr.«

»Doch. Und das weißt du auch, Sadie.«

Sadie nahm sich mit zitternder Hand eine Zigarette aus der Packung, die auf dem Bücherregal lag, und zündete sie an.

»Du hast dich selbst ausgeschlossen, Edith«, sagte sie, äußerlich ruhig. »Das tust du immer. Du kapselst dich von anderen ab. Du hast ein kaltes Herz, in dem für mich nie Platz war.«

»Wie kannst du so etwas Gemeines sagen!«

Sadie stieß mit gespitzten Lippen Rauch aus. »Wieso? Ich dachte, es wäre der Moment der Wahrheit. Ich war dir doch immer ein Dorn im Auge. Du hast mich nie gemocht.«

Unkontrolliert schleuderte sie die Worte heraus, eine Salve giftiger Pfeile. Doch sobald sie ausgesprochen waren, brach das Hochgefühl zusammen, und sie fühlte sich ermattet, als hätten ihr die Worte alle Luft aus der Lunge gesogen.

Edith setzte sich aufs Bett. Sie schloss die Augen, auch sie wirkte erschöpft, ausgelaugt. Mit einer steifen, ungelenken Bewegung hob sie die Hand, um eine feuchte Haarsträhne hinter ihr Ohr zu schieben. Vage spürte Sadie ein erstes Aufflackern von Bedauern, als ihr die Erkenntnis dämmerte, dass es Worte gab, die, einmal ausgesprochen, nie mehr aus der Welt geschafft werden konnten.

Ediths Stimme war leise und rau, als sie schließlich sagte: »Vielleicht hast du recht, vielleicht habe ich dich nie gemocht. Aber haben wir denn überhaupt eine Chance bekommen, uns zu lieben, wie Schwestern sich lieben sollten? Ich bin nicht blind, ich habe von Anfang an gesehen, wie es war. Du warst vom Tag deiner Geburt an Vaters Liebling. Mutter hätte mich trösten müssen, sie hätte das ausgleichen müssen, aber sie hat's nicht getan. Sie lebte in ihrer eigenen Welt. Er war ihre Sonne, ihr Leben kreiste nur um ihn, und alles, was er tat, war richtig. Das Schlimmste war, dass ich immer verstehen konnte, warum er dich mehr liebte. Du warst hübscher, gescheiter und hattest viel mehr Charme als ich. Aber es war trotzdem nicht in Ordnung. Ich bin selbst Mutter, ich weiß das.« Sadie sah das kalte Urteil in ihrem Blick, als sie den Kopf hob. »Dein Problem ist, dass du glaubst, für dich hätten die normalen gesellschaftlichen Regeln keine Gültigkeit, Sadie. Du glaubst, du könntest tun, was dir beliebt, und alle würden sich nach dir richten. Vater war genauso. Und wenn das Geld dann alle ist oder dein Mann sich eine andere sucht, fällst du aus allen Wolken und erwartest, dass andere die Scherben hinter dir zusammenfegen. Ich habe versucht, dich zu schützen, aber es ist unmöglich. Und jetzt ist es damit vorbei. Endgültig.«

Edith stand auf und ging aus dem Zimmer. Sadie war übel, sie lief zum Fenster und riss am Riegel, um es zu öffnen. Die Luft, die ihr entgegenkam, war heiß und stickig. An den Rahmen gelehnt, rieb sie sich mit einer Hand den Arm. Verrückt, dass ihr bei dieser Hitze plötzlich kalt war.

Als sie in den Flur hinunterkam, sah sie, dass Ediths Hut und Mantel nicht mehr da waren. Sie schaute in die Küche, dann ins Wohnzimmer, beide leer, wie sie geahnt hatte. Auf der Terrasse blickte sie zum Fußweg hinüber, der zur Straße führte, als könnte dort eine Spur von Edith zurückgeblieben sein – ein Schuhabdruck, ein Taschentuch, das im Gebüsch hängen geblieben war –, aber es war nichts da.

Sie durfte Edith nicht einfach gehen lassen, dachte sie. Wenn sie das Rad nahm, konnte sie ihre Schwester einholen, bevor sie den Bahnhof erreichte. Aber sie tat nichts. Es war schon zu spät, nichts konnte wiedergutgemacht werden.

Am Nachmittag, als ihr die Zigaretten ausgingen, radelte Sadie zum Laden hinunter. Der Tag war unerträglich heiß, sie wischte sich den feuchten Hals, nachdem sie das Rad an einen Zaun gelehnt hatte. Der dumpfe Schmerz in ihrem Herzen drängte sie, zum Bahnhof zu laufen, als könnte sie dort noch die einsam auf dem Bahnsteig stehende Edith finden, aber sie unterdrückte den Impuls. Edith war sicher schon vor Stunden abgefahren, und selbst wenn aus irgendeinem Grund kein Zug gefahren war – was sollte sie ihr sagen? Ediths Beschuldigungen waren zum Teil begründet gewesen. Ihr Vater war nicht gerecht mit seinen beiden Töchtern umgegangen. Das anzuerkennen verstärkte ihre innere Bedrängnis. Sie musste sich eingestehen, dass der Mann, der ihr Abgott gewesen war, eben doch nicht vollkommen gewesen war.

Sie betrat den Laden, in dem Winnie Thomsett hinter der Theke stand. Eine Gruppe Feldarbeiter, denen der Erntestaub in Haaren und Kleidern hing, drängte sich in dem kleinen Raum, und Sadie musste warten, bis sie alle ihren Tabak und ihre Limonade bekommen hatten.

Wieder draußen im Freien, stellte sie sich in den Schatten und zündete sich eine Zigarette an. Als sie aufblickte, sah sie drüben, auf der anderen Straßenseite, Tom Chiverton neben ihrem Fahrrad stehen. Der Zorn, den die Auseinandersetzung mit Edith entzündet hatte, flammte wieder auf.

Sie lief über die Straße. »Lass mich endlich in Ruhe«, fuhr sie ihn an.

Er besaß die Unverschämtheit, den Überraschten zu spielen. »Was?«

»Hör endlich auf damit, Tom.«

»Aufhören? Womit?«

»Um mein Haus herumzuschleichen. Mich zu beobachten.«

»Sadie, das würde ich nie tun.«

»Ach, gib's wenigstens zu. Du hast mich beobachtet, als ich in der Sonne lag. Stimmt doch, oder nicht? Los, komm, gib's zu.«

Scham war ihm offenbar fremd, doch die Art, wie er zur Seite schaute, war wie ein Schuldeingeständnis. »Ich habe dich nicht beobachtet«, sagte er. »Ich bin zufällig spazieren gegangen und habe dich gesehen. Das kannst du mir nicht zum Vorwurf machen.«

»Ach, und du bist sicher auch nur zufällig in mein Haus eingebrochen?«

»Was redest du da?«

»Tu doch nicht so!«, rief sie ärgerlich.

»Ich war seit der Nacht damals nicht mehr in deinem Haus.« Er senkte die Stimme nicht. Es schien ihm egal zu sein, ob jemand sie hörte oder nicht.

»Das glaube ich dir nicht. Du wolltest, dass ich es merke. Warum hättest du das sonst getan?«

»Was getan?« Er wirkte beleidigt. »Ja, ich habe ein-, zweimal durchs Fenster geschaut. Ja, ich habe dich hin und wieder im Wald gesehen. Was ist daran so schlimm?«

»Ach, und du findest es auch nicht schlimm, Farbe über mein Bild zu kippen?«

Er sah sie verständnislos an.

»Farbe?«

»Rote Farbe! Über meine ganze Collage.« Ihr Zorn kochte hoch. »Du weißt genau, wovon ich rede.«

»Das bin ich nicht gewesen.« Jetzt war auch er wütend. »Wovon redest du überhaupt?«

»Ich rede davon, dass du in mein Haus eingebrochen bist und meine Collage zerstört hast, Tom. Versuch nicht, mir vorzumachen, das wärst du nicht gewesen.«

»Sadie, so was würde ich nie tun.« Sein Ton war laut und heftig. »Wie kannst du so was von mir denken?«

Diese Verlogenheit. Aufgebracht erwiderte sie: »Ich *weiß* es, Tom. Lieber Gott, warum kannst du mich nicht einfach in Ruhe lassen?«

Er wurde plötzlich ruhig und nachdenklich. »Rote Farbe auf einem Bild …?«

»Du sagst es.«

Er schüttelte den Kopf. »Du musst mir glauben, Sadie. Ich habe nie eine deiner Arbeiten angerührt. So etwas würde ich niemals tun. Das wäre nicht anders, als würde man ein Gedicht entstellen. Niemals.«

Sein Gehabe gekränkter Ehre reichte, um Sadie, noch aufgewühlt von ihrem Streit mit Edith, davon zu überzeugen, dass es gar keinen Sinn hatte, mit ihm zu reden. Sie drängte sich an ihm vorbei, packte ihr Fahrrad und rief im Davonfahren: »Lass mich in Ruhe, Tom, lass mich einfach in Ruhe.«

Diese Verlogenheit, dachte sie wieder, als sie den Anstieg in Angriff nahm. Von jedem anderen hätte sie sich vielleicht überzeugen lassen. Aber nicht von Tom. Wer sonst hätte so etwas tun sollen?

Sie hatte den Anstieg fast hinter sich, als die Antwort sich ihr aufdrängte. Und trotz der Hitze und der Anstrengung war ihr, als legte sich eine eisige Hand auf ihre Schulter.

Diana.

13
Suffolk, Dezember 1970

Dans Vater, der noch unter den Nachwehen einer Bronchitis litt, hatte die Reise nach London nicht auf sich nehmen wollen, deshalb fuhr Dan zwei Tage nach Weihnachten zu ihm nach Southwold. Sie tauschten Geschenke aus – er hatte Mick einen neuen Anorak gekauft, den sein Vater mit Hallo und Bewunderung entgegennahm, und Mick schenkte ihm einen Werkzeugkasten.

»Ich weiß noch, wie du mit Begeisterung Nägel in jedes Stück Holz geschlagen hast. Du warst noch ganz klein, vielleicht drei oder vier«, sagte er. »Du wolltest mir immer helfen, wenn ich etwas zusammengezimmert habe. Zimmermännerei, hast du's genannt.« Sein Vater lachte und schüttelte wie verwundert den Kopf. »Zimmermännerei.«

Es fiel Dan schwer dahinterzukommen, was ihn mehr deprimierte: dass er bereits einen Werkzeugkasten besaß, von besserer Qualität als der, den sein Vater ihm geschenkt hatte, oder dass er keinerlei Erinnerung an die gemeinsamen Arbeiten mit seinem Vater hatte und sich unwillkürlich fragte, ob die Geschichte nicht Micks Fantasie entsprungen war.

Sie aßen zusammen kaltes Hühnchen, das vom Abendessen seines Vaters am Vortag übrig war, dazu den Salat, den Dan mitgebracht hatte, und hinterher Kuchen, ebenfalls ein Mitbringsel Dans. Den Vorschlag seines Vaters, einen Spaziergang zu machen, versuchte Dan mit dem Argument abzuwehren, dass die raue Luft bei seinem Husten sicherlich nicht gut sei, doch darauf ließ Mick sich nicht ein. Der Wind schlug ihnen ins Gesicht, und Mick begann zu husten, sobald sie aus dem Wohnwagen stiegen. Der Platz war ein einziger Sumpf nach den letzten Regengüssen, und Dan blieb dicht an der Seite seines Vaters, um ihn stützen zu können, sollte er ausrutschen.

Sie nahmen eine Schotterstraße zum Hafen. Das Klirren und Klimpern der Takelage der Boote begleitete sie, als sie an den teilweise verrottenden, teilweise mit schwarzem Anstrich adrett herausgeputzten Hütten vorübergingen. Sein Vater hatte bereits nach seiner Mutter gefragt und teilnahmsvolle Kommentare zum Bruch mit Celia abgegeben, sie hatten sich über Autos und Fußball unterhalten, es waren also alle Gesprächsthemen erschöpft. Mick war stiller als sonst, was Dan seinem schlechten Befinden zuschrieb; das Pfeifen des Windes übertönte ihr Schweigen.

Im *Harbour Inn* fanden sie einen gemütlichen Tisch gleich am offenen Feuer, und Dan holte zwei Bier vom Tresen. Sie stießen auf das Weihnachtsfest an, und dann leerte Mick sein drittes Glas, bevor er sagte: »Sie haben mir gekündigt. Sie haben einige Leute entlassen. Mich hat's garantiert wegen meinem Alter erwischt. Die Alte, Alice Welton, die haben sie behalten, weil sie 'ne Verwandte ist oder so. Die möcht ich sehen, wenn sie diese zentnerschweren Kisten schleppt.« Es klang verbittert.

Dans Stimmung verdüsterte sich weiter. Sein Vater hatte zweieinhalb Tage in der Woche in einem Gemischtwarenladen in Southwold gearbeitet, um die kleine Betriebsrente aufzubessern, die er von einem früheren Arbeitgeber erhielt.

»Das tut mir leid, Dad«, sagte er. »Wie kommst du zurecht?«

»Ganz gut«, behauptete Mick mit einem munteren Lächeln. Er wischte sich mit dem Handrücken den Schaum von der Oberlippe. »Ich hab vor, mich selbstständig zu machen. Da spielt's keine Rolle, wie alt man ist oder mit wem man verwandt ist. Ich bin neulich im *Nelson* mit einem Mann ins Gespräch gekommen. Der macht prima Geschäfte mit dem Verkauf von Reinigungsmitteln – Spülmittel, Bodenpolitur und solche Sachen –, und er hat gesagt, ich könnte mich in seine Firma einkaufen. Man kriegt das Zeug en gros, spottbillig, und verkauft's dann dem Kunden mit fünfzigprozentigem Aufschlag. Nein, hör mir zu, Junge.« Er hob die Hand, um Dans Einwurf abzuwehren. »Man braucht keinen Laden oder Verkaufsraum, das ist ja das Gute daran. Man geht von Haus zu Haus und zieht eine kleine Nummer ab. Das kann ich. Du kennst mich doch, im Quasseln bin ich gut.«

»Wie viel musst du für den Kauf der Ware hinlegen?«

»Fünfzig Pfund, das ist alles«, sagte sein Vater triumphierend. Er schob die Hand in den Beutel mit den Kartoffelchips und verstreute dabei einen Teil des Inhalts auf dem Tisch.

»Ach, und das hast du auf der hohen Kante?« Dan wusste selbst, dass die Frage grausam war.

»Nein, aber ich kann ja den Wagen verkaufen.«

»Ach, Herrgott noch mal …«, rief Dan gereizt. »Kein Mensch gibt dir fünfzig Pfund für den Wagen. Und selbst wenn, wie willst du denn ohne ihn zurechtkommen? Und wie lang, meinst du, wird es dauern, bis du deine fünfzig Pfund wieder herein hast? Diejenigen, die ganz unten sind, die Verkäufer, die verdienen nie bei diesen Geschäften. Die Einzigen, die dabei gut abschneiden, sind die Leute, die ihnen für fünfzig Pfund ihren Plunder andrehen.«

Mick wollte etwas entgegnen, ließ es aber dann. Er schwieg lange, bevor er sagte: »Blauäugigen Trotteln wie mir, meinst du?«

»Dad …«

»Du hast ja recht, Dan. Ja, klar. Ich seh ein, dass du recht hast.«

Von Neuem breitete sich Schweigen aus. Draußen vor dem Pub kreisten kreischend die Möwen. Im Allgemeinen ging er nachsichtiger mit seinem Vater um, aber der Gedanke, dass Mick auf dem Weg war, noch tiefer in die Armut zu rutschen, machte ihn wütend. Er wollte nur noch verschwinden, in sein Auto steigen und nach Hause fahren, wo alles klar und ordentlich und vernünftig war.

»Du warst immer ein guter Rechner, Dan«, sagte Mick schließlich. Seine Stimme war heiser. »Ich war immer stolz auf dich. Deinen Grips musst du von deiner Mutter haben, von mir hast du ihn jedenfalls nicht. Ich find schon wieder was. Ich hör mich in den Pubs um. Ich hab ja schon oft hinter dem Tresen gearbeitet. Die nehmen mich mit Handkuss, wirst sehen.«

Dan grub einen Fingernagel in seinen Daumenballen, bis es schmerzte. »Ja, Dad. Aber lass mich dir bis dahin ein bisschen unter die Arme greifen.«

»Kommt nicht infrage. Ich schaff das schon. Du trinkst doch noch eins mit?«

»Nur ein kleines.«

Sein Vater ging zum Tresen. Dan blieb in einem Zustand starrer Anspannung sitzen und versuchte, an nichts zu denken, weil er unfähig war, einen Gedanken zu fassen, der nicht Gekränktheit oder Wut in ihm auslöste. Die Gekränktheit war schlimmer als die Wut, aber das war immer schon so gewesen. Es kränkte ihn für seinen Vater, dass dieser wieder einmal die Arbeit verloren hatte. Und gleichzeitig war ihm klar, dass sein Vater seine Arbeit immer schon nur mit halbem Herzen getan hatte. Er war der Meinung gewesen, sie sei unter seiner Würde, entsprechend hatte er ständig etwas zu meckern gehabt – über die langen Arbeitszeiten, das frühe Aufstehen und die elende Schlepperei. Er war seinen Vorgesetzten mit Geringschätzung begegnet, weil er sich selbst für klüger und tüchtiger hielt, und hatte sich bei seinen Rauch- und Mittagspausen jedes Mal ein paar Minuten extra gegönnt, morgens unweigerlich irgendeine Ausrede parat gehabt, wenn er wieder einmal zu spät zur Arbeit gekommen war. Aber was man ihm früher vielleicht wegen seiner Jugend und seiner gewinnenden Art hatte durchgehen lassen, war jetzt nicht mehr akzeptabel; nur war er selbst leider unfähig, das zu erkennen. Dan hatte oft gedacht, wie viel leichter das Leben sein musste, wenn man zwei finanziell zuverlässige und tüchtige Eltern hatte. Gleichzeitig empfand er eine tiefe Scham, die er bis heute nicht hatte abschütteln können – als wären die Unzulänglichkeiten seiner Eltern irgendwie seine Schuld.

Mick kam an den Tisch zurück. Er sah niedergeschlagen aus, und das rief bei Dan sogleich neue Wut und Gereiztheit hervor. Es wäre leichter gewesen, einfach den Mund zu halten und ihn sein bisschen Geld hinauswerfen zu lassen. Aber was dann?

»Ich wollte eigentlich zu deiner Mutter zurück«, sagte sein Vater.

Dan sah ihn erstaunt an. »Ja? Wann denn?«

»Nachdem Cheryl mich rausgeschmissen hatte.« Cheryl war die Friseurin in Weymouth gewesen. »Aber ich war zu feige. Ich war zu feige, mit ihr zu reden und ihr zu sagen, dass ich einen Fehler gemacht hatte. Das tut mir bis heute leid. Ich hätt's versuchen sollen. Ich hätte für euch da sein sollen.«

Er hätte jetzt seinem Vater die Hand auf die Schulter legen und sagen sollen, dass es keine Rolle mehr spielte, dass das Schnee von gestern sei und dergleichen. Aber er schaffte es nicht. Stattdessen tranken sie beide schweigend ihr Bier aus und gingen zurück zum Wohnwagen.

Sie tranken noch eine Tasse Tee zusammen, aßen ein Stück Kuchen dazu, und als Mick in die Toilette ging, schob Dan zwei Zehnpfundscheine unter die Teedose.

Dann erfand er einen dringenden Termin in London und ergriff die Flucht.

Aber der Gedanke an seine leere Wohnung war wenig verlockend, und statt direkt nach Hause zu fahren, bog er auf halbem Weg spontan auf die schmale Straße nach Dunwich ab. Ein strammer Spaziergang am Strand würde seine schlechte Laune vielleicht vertreiben.

Er kannte die Geschichte des Ortes. Im Lauf der Jahrhunderte hatten die Sturmfluten, die immer wieder diese Küste heimsuchten, die blühende Hafenstadt, die dort gestanden hatte, verschlungen, nichts war von ihr geblieben als einige wenige Häuser. Als er den Wagen parkte und zum Kiesstrand hinunterging, begann es dunkel zu werden, der tief hängende granitgraue Himmel hatte die gleiche Farbe wie das Meer. Spektakulär türmten sich die schwarzen Wellen auf und stürzten schäumend auf den Kies hinunter. Eine Stadt mit Kirchen und Häusern war in diesem Meer versunken, eine Geschichte ausgelöscht. Dans eigene Geschichte lag wie eine Last auf ihm, als er den Strand entlangstapfte.

Kalte Tröpfchen salzigen Wassers sprühten ihm ins Gesicht, und er dachte an Rose. Er hatte viel über Rose nachgedacht seit der Weihnachtsfeier von Martineau Aviation vor drei Wochen, und es war angenehmer, über Rose nachzudenken als über Mick.

Der klirrend kalte Hangar, ein Kassettenrekorder auf volle Lautstärke gedreht, Wurst mit Brötchen und Chips in Plastikschalen, und die gesamte Mannschaft, die aus vollem Hals »Yellow River« sang. Bunte Luftschlangen und ein Weihnachtsbaum mit glitzernden Kugeln. Der Notgenerator stand bereit, falls der Strom ausfallen sollte – zur Abwechslung streikten gerade die Arbeiter der Versorgungsbetriebe. Rose hatte an dem Abend mit jedem getanzt – mit den Piloten, Copiloten, dem Hausmeister und dem Lademeister, der zwei linke Füße hatte. Alle hatten sie unermüdlich getanzt, auch Dan, weil sie sonst umgekommen wären vor Kälte in dem riesigen, zugigen Hangar.

Den ganzen Abend beobachtete er sie, fasziniert von der Energie, die von ihr ausging, vom Wirbel der langen, dunklen Haare, von dem Lachen in ihren blitzenden Augen. Wie schön sie war, dachte er – ein Bild vollkommener Schönheit –, und als die ersten Töne von »Yesterday« in die kalte Luft aufstiegen, forderte er sie zum Tanzen auf. Sie glitten leicht in den Rhythmus der Musik. Er roch den Duft ihres Parfums. Ihre Haare streiften seine Wange, und er spürte ihren weichen, biegsamen Körper unter seinen Fingern.

Er hätte blind sein müssen, um nicht zu sehen, dass Rose eine attraktive Frau war, doch er fand sie nicht nur körperlich anziehend. Er mochte sie, und er bewunderte und achtete sie. Er konnte sich ungefähr vorstellen, was es sie an Mut und Entschlossenheit gekostet haben musste, nach dem Tiefschlag des Skandals wieder aufzustehen und neu anzufangen. Man konnte nur den Hut ziehen vor dieser Frau, die sich in einem von Männern dominierten Bereich so erfolgreich einen Platz geschaffen hatte.

Er hatte keinen Anlass zu glauben, dass Rose mehr in ihm sah als einen tüchtigen Betriebsleiter. Sie schien nichts gegen seine Gesellschaft zu haben, und sie arbeiteten gut zusammen. Aber das war alles. Sie war schließlich immer noch verheiratet. Wenn er ihr jetzt sagte, was er für sie empfand, würde er so vieles, was ihm wichtig war, aufs Spiel setzen – seine Arbeit, seine Zukunft und seine finanzielle Sicherheit.

Und was hatte er ihr schon zu bieten? Sie erschien ihm in jeder Beziehung überlegen, nicht nur weil sie seine Chefin war, sondern auch charakterlich und im Hinblick auf Bildung und Herkunft.

An diesem Abend, in der weihnachtlichen Stimmung allein an einem menschenleeren Strand, drängte sich ihm wieder die altbekannte Angst vor dem Versagen auf, berührte dann und wann seine Schulter, wie um ihn daran zu erinnern, dass sie ihn nie verlassen würde. Die Angst war, dachte er, als er stehen blieb und zum Meer hinausblickte, beinahe wie eine alte Freundin. Man jagte Aufstieg und Erfolg nach, man legte Geld auf die hohe Kante, man achtete darauf, dass die Wohnung immer sauber und aufgeräumt war, und trotzdem war da immer der Verdacht, dass einem alles, wofür man sich mit solcher Anstrengung abstrampelte, gleich unter den Fingerspitzen wegrutschen würde.

Auf dieser einsamen Wanderung am Strand, den Blick auf das Auf und Ab der Wellen gerichtet, schämte er sich dafür, seinem Vater wehgetan zu haben. Er versuchte, nicht daran zu denken, wie demütig Mick die Standpauke, die er ihm im Pub gehalten hatte, hingenommen hatte, aber es gelang ihm nicht. Und das machte ihn wütend. Weshalb sollte er, Dan, der immer zuverlässig und fleißig gewesen war und finanziell auf eigenen Beinen gestanden hatte, immer wieder Rücksicht nehmen auf Mick Falconer und seine hoffnungslosen Fantastereien.

Aber eine Bemerkung seines Vaters hallte nach. »Ich war zu feige, mit ihr zu reden.« Vielleicht war er doch nicht so anders als sein Vater. Er war zu feige, Rose zu sagen, was er für sie empfand. Er ging auf Nummer sicher wie immer, darauf bedacht, das Risiko zu meiden, sich ja nicht zu weit vorzuwagen.

Irgendwann kam der Moment, wahrnehmbar erst, als er vorüber war, da die Dunkelheit in die Nacht überging. Auf dem Rückweg, auf der einen Seite das Meer, auf der anderen die Küstenfelsen, musste er seinem Gedächtnis folgen, um den Wagen zu finden. In diesen Augenblicken verstand er, warum man vielleicht einfach davonlief, wie sein Vater das getan hatte, warum man vielleicht vor dem Wirrwarr und der Last des Lebens floh und dem Dunklen weiter entgegenging.

14

London, August 1931

Es war der letzte Tag im August. Sadie betrat die American Bar des Savoy, wo Alma Rathbone und ihre Freunde mit White-Lady-Cocktails Almas einundvierzigsten Geburtstag feierten. Zu Sadies Begrüßung wirbelte Alma einmal im Kreis herum, dass der Rock ihres Kleids aus Silberlamé flog. »Nicht unbedingt dezent, ich weiß! Aber wer möchte schon an seinem Geburtstag dezent sein?«

Der Schmuck der Frauen, die Diamanten und Perlen und Preziosen aus Muranoglas, spiegelten sich im goldenen Handlauf des Tresens. In Flaschen und Gläsern, in polierten Tischplatten und den Spiegeln der Puderdosen, wenn sie gezückt wurden, blitzten Fragmente auf: blassblaue Moiréseide, die Fransen einer chinesischen Stola, das goldene Armband einer Cartier-Uhr. Ein emailliertes Etui mit rosa, blauen und gelben Cocktailzigaretten wurde aufgeklappt. Der Hauch eines schwül nach Tuberose duftenden Parfums wehte Sadie in die Nase.

Die Glasperlen eines winzigen Abendtäschchens, das uber einer Stuhllehne hing, klimperten, als seine Eigentümerin, eine magere, hohläugige, schlecht gelaunt aussehende junge Frau den Stuhl in gefährlichem Winkel nach rückwärts kippte.

»Ich hasse diese Geschichten, Sie nicht?«

»Geburtstagsfeiern, meinen Sie?«, fragte Sadie.

Die Frau wedelte mit der langen, schmalen Hand. »Ich meine, was macht man denn schon? Man zieht um die Häuser und trinkt viel zu viel. Und morgen bin ich völlig verkatert, und dann muss ich auch noch nach *Wiltshire*.«

»Wollen Sie denn nicht nach Wiltshire?«

»Nein, überhaupt nicht.«

»Warum fahren Sie dann?«

»Weil meine Mutter es will.«

»Ja, dann bleibt Ihnen wohl nichts anderes übrig.«

Das Gesicht der jungen Frau wurde noch missmutiger. »Ich weiß nicht, wie ich das aushalten soll.« Ihr Blick flog durch das Lokal. »Ich dachte, Lewis wäre hier.«

»Lewis wer?«

»Lewis Finch. Ein Traum von einem Mann. Ich möchte ihn heiraten«, erklärte sie mit trotzig vorgeschobenem Kinn.

»Und Ihre Mutter will das nicht?«

»Nein.« Das Mädchen – und sie war nur ein Mädchen, so blutjung noch – machte ein so unglückliches Gesicht, dass sie Sadie leidtat.

»Kopf hoch. O Gott, ich weiß noch, wie ich es gehasst habe, wenn ich rettungslos in einen Mann verliebt war und jemand das zu mir gesagt hat. Sie sind in ihn verliebt, nicht?«

»Ja, seit Ewigkeiten.«

»Tja, oft hat man es nicht leicht, wenn man jemanden liebt.«

Das Mädchen warf ihr einen uninteressierten Blick zu. »Wir sind einander nicht vorgestellt worden, oder? Waren Sie auf der Fete bei den Maxwells?«

»Nein. Ich heiße Sadie Lawless.«

»Ich bin Pansy Wade. – Das ist ein schickes Kleid.«

»Danke.« Sie hatte ihr Abendkleid aus kaffeebrauner Seide an.

»Ich kann diese Farben nicht tragen, die machen mich so blass. Finden Sie dieses Korallenrot zu kleinmädchenhaft? O Gott, da ist er.«

Der Stuhl kippte nach vorn, und Sadie hob automatisch die Hand, um ihn festzuhalten. Zwei Männer waren in die Bar getreten und gingen auf Almas Gruppe zu. Der größere der beiden sah tatsächlich blendend aus, groß, gut gebaut, lockiges braunes Haar, ein humorvolles Blitzen im Auge.

»Ist er das?«, flüsterte Sadie.

»Schhh. Nein, der doch nicht.« Pansy verzog geringschätzig den Mund. »Das ist Kit Massingham. Nein, der andere.« Ihr Blick suchte den zweiten Mann, einen schmächtigen Menschen mit einem Rattengesicht und braunen Haaren, die er glatt aus der Stirn gestrichen trug. Er küsste Alma auf die Wange und zog einen Hocker heran, um sich zu ihr zu setzen.

Pansy ließ ihr Täschchen zu Boden fallen. »Ach, mein Gott, mein Gott.«

»Reden Sie mit mir. Tun Sie so, als hätten Sie ihn nicht bemerkt.«

»Das kann ich nicht.«

»Natürlich können Sie. Erzählen Sie mir etwas – erzählen Sie mir, was Sie gern tun.«

Kopfschütteln. »Nichts, nichts. Ich bin so durcheinander. Warum schaut er mich nicht an?«

»Was macht Ihnen Spaß? Reiten? Tanzen? Spielen Sie gern Tennis, oder lesen Sie lieber Romane? Irgendetwas muss es doch geben.«

Etwa zwanzig Minuten lang brachten sie ein stockendes Gespräch zustande. Frische Cocktails wurden bestellt, und Lewis Finch unterhielt sich weiter mit Alma, während Pansy auf den Fingernägeln kaute. Als alle da waren, verließ die ganze Meute das *Savoy* und verteilte sich auf mehrere Taxis.

Große Umwälzungen hatten sich in den Wochen seit Ediths Besuch in *The Egg* ereignet – der Rücktritt von Premierminister Ramsay MacDonald und die Bildung einer *National Government*, einer Mehrparteienregierung, eine Maßnahme, durch die man hoffte, eine finanzielle Krise abzuwenden, die das soziale Gefüge des Landes zu sprengen drohte. Die schwüle Sommerhitze verstärkte das Gefühl einer heraufziehenden Katastrophe. Der Himmel hatte eine Unheil kündende Färbung, und südlich der Themse türmten sich lilafarbene Ambosswolken über der Stadt auf. In den

Häuserschluchten stand die Hitze, und im Taxi zupfte Sadie an ihrem Rock, der an ihren Beinen klebte. Dennoch war sie froh, *The Egg* einmal verlassen zu haben. Sie war sie leid, die Schatten und Spiegelungen, die alles Reale zu verzerren schienen, war es leid, sich ständiger Beobachtung ausgesetzt zu fühlen.

Im *Trocadero* stieß eine weitere Gruppe von Almas Freunden zu ihnen. Der Kellner, ein gebrechlich wirkender alter Mann, stellte mehrere Tische zusammen. Ein Kressesalat wurde gereicht, Champagner eingeschenkt. Der Mann, der neben Sadie saß, redete von dem Haus, das er sich gerade auf dem Land baute. Sie zeigte sich beeindruckt, erwähnte aber nicht, dass ihr Vater Architekt gewesen war. Der ganze Themenbereich schien ihr wie vergiftet.

Edith einfach vergessen – wenn sie das nur könnte! Die Worte, die zwischen ihnen gefallen waren, und die Endgültigkeit ihres Abschieds belasteten sie. War es wirklich unrecht von ihr gewesen, *Gull's Wing* zu verkaufen? Es war eine der schwersten Entscheidungen gewesen, die sie je hatte treffen müssen. Sicher, sie hatte – weit besser als Edith, im Übrigen – gewusst, was das Haus ihrem Vater bedeutet hatte, aber das gab Edith noch lange nicht das Recht, ihr den Verkauf vorzuwerfen. Ihre Bemerkung, »Du hättest dafür sorgen müssen, dass das Haus in der Familie bleibt«, war eine Gemeinheit, die sie nie vergessen würde. Das Haus ihrer Eltern in Hampstead war zur Finanzierung des Baus von *Gull's Wing* bis unters Dach mit Hypotheken belastet worden. Sie hatte einen großen Betrag für die Erbschaftssteuer aufbringen müssen. Wenn sie statt *Gull's Wing The Egg* verkauft hätte, hätte das Geld nicht gereicht.

Ihr Vater war auf dem Rückweg nach England gewesen, um die letzten Arbeiten am Haus zu überwachen, als sein Flugzeug abgestürzt war. Gab es in ihr etwas, das *Gull's Wing* die Schuld an seinem Tod zuschrieb? Hatte sie es deshalb verkauft? Diese Fragen waren nicht zu beantworten, und sie war ihnen in den zweieinhalb Jahren seit dem Unglück beharrlich ausgewichen. Allerdings erinnerte sie sich an die rücksichtslose Zielstrebigkeit, mit der ihr Vater der Verwirklichung seines Traums nachgegangen war. Das Haus war ihm zur Besessenheit geworden, die ihn blind und taub gemacht hatte für die Bedürfnisse anderer, und sie merkte, wie sie sich innerlich von ihm entfernte, auch wenn sie ihn vor Edith verteidigt hatte.

Der Salat wurde abgetragen, ein Fischgericht serviert. Ein schriller Schrei vom anderen Ende der langen Tafel – der gut aussehende Mann, der in Begleitung von Pansy Wades Schwarm gekommen war, baute eine Pyramide aus Champagnergläsern auf.

»Oh, das kann er, der gute Massingham«, sagte der Mann mit dem Haus auf dem Land. »Das wird lustig.«

»Wenn man mir dabei zuschaut, dann kann ich's nicht«, erklärte Massingham.

»Blödsinn, Kit«, rief eine junge Frau. »Du machst es überhaupt nur deshalb, weil du es liebst, wenn dir alle zuschauen.«

Sadies Nachbar fragte: »Mögen Sie Seezunge nicht, Miss Lawless?«

»Nicht besonders.« Edith hatte ihr einmal das gleiche Gericht serviert, kalte Seezunge in Meerrettichsoße. Sie hatte es damals nicht gemocht und mochte es jetzt nicht – der kalte, glibberige Fisch, die beißend scharfe Soße. Sie fühlte sich schwermütig, und sie hatte Kopfweh. Sie legte Messer und Gabel auf ihrem Teller ab und begann einen oberflächlichen kleinen Flirt mit dem Mann auf ihrer anderen Seite.

Als die Gläserpyramide vollendet war, kippte Kit Massingham Champagner in das oberste der Gläser, und während sich die Flüssigkeit unter aller Applaus perlend in die unteren Gläserreihen ergoss, gesellte sich Martin Rathbone zu ihnen, noch Reste von Theaterschminke im noblen Gesicht. Er setzte sich neben Alma, verschlang in Windeseile die drei Gänge, die man für ihn auf die Seite gestellt hatte, und erzählte dabei belustigt, dass während der Aufführung jemand im Publikum ohnmächtig geworden war.

Reden wurden gehalten, Alma wurde mit einem Orchideenbukett bedacht, und immer neue Weinflaschen wurden entkorkt. Jemand erwähnte *Ciro's*, und die ganze Clique marschierte mit viel Lachen und Geschrei die Piccadilly hinunter. Pansy Wade hing wie eine Klette an Lewis Finch und wollte sich jedes Mal kaputtlachen, wenn sie sich mit ihren hohen Absätzen auf den Saum ihres Abendkleids trat. Ein Taxi brauste vorbei, hinter einem der Fenster ein Mädchengesicht, und die Luft war von Staub und Ozon geschwängert. Ein Mann in schmuddeligem Hemd und zerlumpter Hose drückte sich in die Türnische eines Ladens und packte seine Habe aus: eine Zeitung, eine Dose Tabak, Zigarettenpapier und eine braune Flasche, die, so dachte Sadie, vermutlich Bier enthielt.

Martin Rathbone schloss sich Sadie an. »Schön, Sie zu sehen, Sadie. Wie geht es Ihnen?«

»Sehr gut, danke. Und Ihnen? Ist das Stück gut?«

»Es ist eine Katastrophe. Eine Farce, die nicht komisch ist. Es ist nicht gerade meine große Stunde. Wird vermutlich bald abgesetzt. Und was treiben Sie so dieser Tage?«

»Ein Freund hat mich um Mitarbeit gebeten, bei einer großen Druckserie. Ich ziehe für die nächsten Monate nach London.« Lachlan hatte ihr angeboten, als technische Assistentin mit ihm zusammenzuarbeiten, und sie hatte die Gelegenheit dankbar ergriffen. Sie würde sich mit einer Freundin, die in Earl's Court wohnte, ein Zimmer teilen.

»Ich habe nicht den Eindruck«, bemerkte Martin, »dass es Tom und Di guttut, sich da draußen zu vergraben. Sie waren ja immer schon stark auf sich selbst bezogen, und das ist jetzt noch schlimmer geworden.« Er sah sie mit einem amüsierten Lächeln an. »Was? Ah, ich weiß, was Sie denken. Dass ich der Selbstbezogene bin.«

»Nein, das habe ich nicht gedacht. Aber Sie haben recht – ich freue mich, da rauszukommen.«

»Ich wollte so gern den Hamlet spielen«, sagte er. »Aber ich bin inzwischen zu alt. Also, greifen Sie an, Sadie, ich komm dann und applaudiere, wenn Ihre Arbeiten in einer Galerie im West End hängen. Oh Gott, die ist ja sturzbetrunken.« Martins Blick war auf Pansy Wade gerichtet.

»Kennen Sie sie?«

»Sie ist meine Cousine. Eine absolute Nervensäge. Ich würde sie ja ihrem Schicksal überlassen, aber meine Tante bringt mich um, wenn sie in ihrem Suff mit irgendeinem Kerl ins Bett steigt.«

Martin führte Sadie gleich zu einem Foxtrott auf die Tanzfläche, als sie das Lokal betraten. Die Spiegelbilder der Tanzenden brachen und überschnitten sich im Glasboden, die Farben der Frauenkleider, Rosa, Blau, Silber, wischten wirbelnd über die schwarzen Splitter der Abendanzüge der Männer.

Nach dem Tanz kehrte Martin zu Alma zurück, und noch bevor Sadie sich einen Platz suchen konnte, fragte neben ihr jemand: »Haben Sie Lust zu tanzen?«

Sie drehte den Kopf, und Kit Massingham verneigte sich leicht.

Sie merkte, während sie mit ihm im Quickstepp über die Tanzfläche glitt, wie ihr leichter ums Herz wurde.

»Das war raffiniert«, sagte sie zu Kit, »was Sie da mit den Champagnergläsern veranstaltet haben.«

Um seine dunkelblauen Augen bildeten sich kleine Fältchen, als er lächelnd antwortete: »Das ist mein Partytrick. Und Ihrer?«

»Ich glaube, ich habe keinen.«

»Das nehme ich Ihnen nicht ab. Jeder hat einen. Er bringt Leben in die Bude, wenn's zu still wird. Es sei denn, Sie ziehen unnahbares Schweigen vor.«

»Seh ich unnahbar aus?«

»Ich weiß nicht. Ein bisschen vielleicht. Verlockend unnahbar.«

»Finden Sie? Ein bisschen Unnahbarkeit kann manchmal ganz nützlich sein.«

Ein echter Flirt, dachte sie, und es machte ihr ungeheuer Spaß. Es war genau das, was sie brauchte, ein Flirt mit einem attraktiven Mann. Zum Teufel mit Edith und ihren ewigen Vorwürfen und Schuldzuweisungen, und zum Teufel mit Tom Chiverton, der sich einbildete, er könnte sich in ihr Leben drängen.

Sie widmete dem Gespräch nur die halbe Aufmerksamkeit, beschäftigt damit, den Schwung von Kit Massinghams Mund und das Ebenmaß seines Profils zu bewundern. Er war älter als sie, und er war amüsant und selbstbewusst. Er wirkte wie ein Mann, der sich auskannte.

Als sie das *Ciro's* verließen, hatte es draußen in dicken, schwarzen Tropfen zu regnen begonnen, und ein Wind war aufgekommen, der im Laub der Platanen raschelte. Sie hakte sich bei Kit ein und lehnte sich leicht an seine Schulter. Sie redeten von unwichtigen Dingen, und sie war froh drüber.

Ein Donnergrollen, und Kit zog sein Jackett aus und hielt es über ihre Köpfe, als sie losrannten. Unter dem Jackett lag sein Arm um ihre Schultern, sein Daumen streichelte ihren Nacken und rief ein angenehmes Prickeln hervor. Im Schutz einer Türnische blieben sie stehen und küssten sich.

Später landeten sie in einem anderen Klub, wo die Kellner in Teufelskostümen bedienten und die Tische wie Särge aussahen. Lampen in Form von Skeletten schaukelten unter der Decke. Sadie ging zur Toilette, um ihre Haare zu richten, die vom Regen mitgenommen waren. Pansy Wade hing bleich und weinend über einem Becken. Alma sah Sadie über ihre Schulter hinweg kurz an und verzog das Gesicht, bevor sie sich wieder tröstend über das junge Mädchen neigte. Die Toilettenfrau kniete auf dem Boden und nähte den Saum von Pansys Kleid hoch.

Es war nach zwei Uhr morgens, als die Ersten aus der Gruppe aufbrachen, entweder nach Hause oder zu anderen

Vergnügungen. Sadie stand am Rand der Tanzfläche. Hinter ihr unterhielt sich eine Gruppe Männer mit lauten Stimmen, um die Dreimannkapelle zu übertönen.

»Die Regierung muss das Arbeitslosengeld kürzen, und zwar richtig, sonst bleibt Österreich nicht das einzige Land, wo die verdammten Banken in die Knie gehen.«

»Mosley hat in vielem recht.«

»Also, ich kann den Burschen nicht ausstehen. Ein eitler und eingebildeter Kerl.«

Sadie erkannte ein Gesicht im Gewühl. Ein rothaariger junger Mann, mit markanten, wie gemeißelt wirkenden Gesichtszügen, ganz allein. Sie wiegte sich im Rhythmus, während sie versuchte, ihn einzuordnen. Als er begann, sich weich zu dem Tango zu bewegen, erinnerte sie sich.

Sie tippte ihm auf die Schulter. »Sie sind doch Rufus, nicht? Wir sind uns bei den Chivertons begegnet.«

Er drehte sich um und lächelte. »Sadie.«

»Ah, Sie erinnern sich an mich.«

»Aber natürlich erinnere ich mich an Sie. Und an meine taktlose Bemerkung über das Haus, das Ihr Vater gebaut hat.«

Sie lachte. »Längst vergessen. Wie geht es Ihnen?«

»Ach, man lebt. Und Sie?«

Es gehe ihr gut, sagte sie. »Arbeiten Sie nicht mit Tom zusammen an einem Ballett?«

»Nicht mehr. Es ist nichts draus geworden. Kann ich Ihnen vielleicht etwas zu trinken holen, als Wiedergutmachung für meine frühere Plumpheit?«

Sie bat um einen Whisky Soda. Das Lokal war voll, aber sie fanden ein Plätzchen an der Kante eines Sargs.

Sie fragte: »Sehen Sie sie noch? Die Chivertons, meine ich?«

»Seit das Ballett gestorben ist, nicht mehr.« Er lächelte ironisch. »Ich dachte, wir wären Freunde, aber ich habe mich offensichtlich getäuscht. Und Sie?«

Sie schüttelte den Kopf. Aber es gab etwas, was sie gern wissen wollte. »Als sie noch bei den Chivertons ein und aus gegangen sind, kam Ihnen da je der Gedanke, dass Tom …«

»Was?«, fragte er.

»Dass er flirtete. Ich meine, mit anderen Frauen.«

Rufus lachte. »Ach, andauernd. Tom ist ein unverbesserlicher Casanova, das weiß jeder.« Er strich mit der Hand über die Kante des Sargs. »Tom ist immer von Frauen umgeben. Sie himmeln ihn an. Ich glaube allerdings nicht, dass sich je eine länger gehalten hat. Da sorgt schon Diana dafür. Warum fragen Sie?«

»Nur so. Es hat mich interessiert.«

Sie tranken ihren Whisky aus, dann verabschiedete sich Rufus von ihr, um zu tanzen.

Wenn sie ihre Zusammenarbeit mit Lachlan abgeschlossen hatte, wollte Sadie ins Ausland gehen. Es gab andere Grafiker, in Frankreich und Spanien zum Beispiel, die gute technische Assistenten brauchten. Sie würde arbeiten und reisen und sich eine Mappe mit eigenen Arbeiten zurechtmachen, auf die sie stolz war. Dann würde sie sich bei Madge Danford in der Galerie melden und sie bitten, sie in ihre Kartei aufzunehmen.

»Ich glaube nicht, dass sich je eine länger gehalten hat«, hatte Rufus bei dem Gespräch über Tom Chivertons Frauengeschichten gesagt. Das war eine ungeheure Erleichterung. Wenn sie nach *The Egg* zurückkehrte, würde Tom sie vergessen und irgendeine andere Frau am Wickel haben. Und Dianas Hass – wenn wirklich Diana und nicht Tom ihre Collage zerstört hatte – würde sich inzwischen einer anderen Konkurrentin zugewandt haben.

Eine Hand berührte leicht ihren Arm. »Ich glaube, wir ziehen weiter.«

Als sie aufblickte, sah sie Kit Massingham neben sich. Sie ließ sich von ihm ihre Stola um die Schultern legen. Der Regen hatte den Staub von den Straßen und parkenden Autos gewaschen und die Abfälle und Zigarettenkippen durch die Rinnsteine fortgespült. Jetzt roch die Luft frisch und sauber und umfing ihre Haut kühl wie Seide.

Zwei Taxis fuhren vor, und sie quetschten sich alle hinein. Sadie saß auf Kits Schoß, und er streichelte mit der Rückseite seiner Finger ihren Nacken. Sie betrachtete ernsthaft seine Züge und stellte sich vor, wie sie das kräftige Kinn, den Schwung des Mundes und die Augen unter den schweren Lidern vielleicht zeichnen würde.

»Die anderen wollen noch irgendwohin«, murmelte er. »Aber vielleicht hast du Lust, lieber noch auf ein Glas zu mir zu kommen.«

Ja, dachte sie. Sie wusste, dass sie auf der Schwelle zu einem Abenteuer stand, und eine Erregung wie früher, die sie beinahe vergessen hatte, erfasste sie. Sein Mund streifte ihren, er zog sie näher, und sie küssten sich, während das Taxi durch die vom Regen glänzenden Straßen fuhr.

15

London und Surrey, Januar 1971

Da die Postarbeiter seit mehr als zwei Wochen streikten und man sich nicht auf die pünktliche Beförderung von Briefen und Dokumenten verlassen konnte, hatten Rose und Dan beschlossen, einen Kunden in London persönlich aufzusuchen, um dort letzte Vertragseinzelheiten auszuhandeln. Der Kunde war ein bulliger kleiner Mann in den Fünfzigern, Peter Rickman, nicht gerade ein Ausbund an Liebenswürdigkeit, dafür angenehm direkt. Er empfing sie in einem Nadelstreifenanzug mit weißem Hemd, dessen Kragen offensichtlich eine Spur zu eng war, so wie er hin und wieder daran zog. Um halb vier waren die letzten Punkte geklärt, und Rose und Dan schlüpften in ihre Mäntel.

Rickman blickte zur dunstigen Straße hinaus. »Das Land geht in die Binsen. Irgendwann wird man das Militär einsetzen müssen. Wo kommen wir hin, wenn wir uns von einem Haufen Gesindel erpressen lassen?«

Draußen atmete Rose auf. »Das war ja fast mit Blut unterschrieben.«

»Ja, Rickman ist eine harte Nuss.«

»Ich dachte schon, er würde nie unterschreiben. Dreimal hat er angesetzt und wieder zurückgezogen, ehe er seinen Namen daruntergesetzt hat.«

Sie waren auf dem Weg zur U-Bahn in der Liverpool Street.

Dan lachte. »Sie haben mitgezählt?«

»Ja, natürlich hab ich mitgezählt.« Sie sah ihn strahlend an. »Fünf Jahre Arbeit für uns, Dan. Fünf Jahre!«

»Ich weiß. Es ist fantastisch.« Selbst Dan, der so leicht nicht aus der Ruhe zu bringen war, sah hocherfreut aus. »Das haben Sie gut gemacht, Rose. Sie wussten genau, wie Sie ihn zu nehmen hatten.«

Im Zug nahm Rose dankbar den letzten freien Platz, während Dan im Gang stehen blieb. Sie war wie berauscht. Die Firma, noch vor drei Monate kurz vor dem Absturz, war wieder im Aufwind. Die Auftragsbücher waren voll, sie gewannen neue Kunden, und dank der Großzügigkeit ihres Vaters hatten sie keine ihrer Maschinen verkaufen müssen. Wenn das Unternehmen weiter wuchs, würde es ihnen gelingen, innerhalb der nächsten zwei Jahre sowohl den Bankkredit als auch das Darlehen ihres Vaters zurückzuzahlen. Die Firma würde wieder auf sicheren Füßen stehen.

Sie hatte Erfolg mit ihrer Arbeit. Sie war *gut*, sie wusste es.

Der Zug rumpelte durch die Tunnel. Als die Lichter flackerten, fasste Rose ihren Aktenkoffer fester. Normalerweise nahm sie Bus oder Taxi, wenn sie in London unterwegs war. Sie war nur wegen Dan in die Untergrundbahn gestiegen, er sollte auf keinen Fall glauben, sie gehörte zu diesen albernen Frauen, die Zustände bekamen, wenn sie mit der Untergrundbahn fahren mussten.

Sie hörte Dan fragen: »Wie geht es den Mädchen?«

Der Zug war in Chancery Lane eingefahren. Solange er auf einem Bahnhof stand, war alles gut – zu schaffen machten ihr die Tunnel.

»Eve hat eine Erkältung, die Arme«, sagte sie. »Ich wollte sie heute Morgen schon zu Hause lassen, aber sie wollte unbedingt zur Schule gehen.«

»Und ihre Schwester? Der Flugzeugfan?«

Der Zug fuhr wieder an. Sie fand es sympathisch, dass Dan sich an Katherine erinnerte, obwohl er ihr nur ein-, zweimal begegnet war.

»Ihr geht es gut. Sie gewöhnt sich langsam an die neue Schule. Im ersten Halbjahr hat sie morgens manchmal geweint, wenn wir losmussten, aber das hat in letzter Zeit aufgehört. Ich denke, sie lebt sich allmählich ein.«

Der Zug hielt plötzlich mitten im Tunnel an. Das fand sie am unangenehmsten: diese schleichende Angst, die ihr den Atem nahm, wenn ein Zug in dem engen, rußschwarzen Rohr eines Tunnels stillstand. Sofort überfielen sie dann Gedanken an die schlimmsten Katastrophen – Brände, Unfälle, Bomben.

»Er wartet bestimmt auf ein Signal«, sagte Dan. »Wird gleich weitergehen.«

»Ja, natürlich.« Sie sah, dass die Knöchel ihrer Hand, die den Aktenkoffer umklammert hielt, weiß angelaufen waren, und fragte sich, ob Dan es bemerkte. Wenn das verdammte Ding nur endlich losfahren würde. Warum standen sie immer noch? Wie schafften es die anderen Passagiere im Wagen, seelenruhig weiter ihren *Evening Standard* zu lesen oder in ihren Taschenbüchern zu blättern? Wieso musste gerade sie diejenige sein, die ihre kindische Angst nur mit größter Mühe in Zaum hielt?

Dan beugte sich ein wenig zu ihr hinunter. »Konnten Sie eigentlich diese Tante, von der Sie mir erzählt haben, die in Sussex lebte –«

»Großtante«, sagte sie automatisch.

»Richtig, Großtante. Haben Sie inzwischen eine Spur von ihr gefunden?«

Sie bekam keine Luft. Ihr Hals war wie zugeschnürt. Mit Mühe konzentrierte sie sich auf Dans Frage.

»Sie hatte Streit mit Tom Chiverton«, sagte sie. »Die Frau im Laden, Winnie Ferrers, hat mir das erzählt.«

»Und wissen Sie, worum es bei dem Streit ging?«

»Äh… keine Ahnung…«

»Alles gut, Rose.« Sein Ton war beruhigend. »Gleich fahren wir weiter, keine Sorge.«

O Gott, er hatte es bemerkt. »Ich weiß, ich weiß«, stieß sie hervor, den Blick wie gebannt auf ihn gerichtet, als wäre sein Anblick ihr Rettungsanker. »Es ist so dumm. Ich weiß, es ist so dumm.«

»Versuchen Sie, an andere Dinge zu denken.«

»Warum geht es nicht weiter?«

»Sie wissen doch, wie oft uns eine Maschine auf der Rollbahn stehen bleibt. Es ist bestimmt nur irgendeine Kleinigkeit. Das wird gleich erledigt sein.«

Es war eine Wohltat, Dan Falconer anzusehen. Kornblumenblaue Augen und helles Haar, vom Dunst leicht gelockt. Und die Ruhe selbst, obwohl sie in diesem grauenhaften Tunnel irgendwo tief unter der Erde festsaßen.

Sie versuchte krampfhaft, auf andere Gedanken zu kommen. »Ich frage mich, ob Tom Chiverton damals versucht hat, sich ihr anzunähern.«

»Sadie, meinen Sie?«

»Ja. Oder ob er und Sadie vielleicht sogar eine Affäre hatten und die Sache schiefging. Irgend so etwas. Er war ein Schürzenjäger, das hat Winnie mir erzählt.«

»Glauben Sie, dass sie noch lebt?«

»Anfangs, ja, da hielt ich es für möglich, aber jetzt...« Es gab Rose einen Stich, als ihr klar wurde, dass sie schon seit einiger Zeit nicht mehr glaubte, Sadie könnte noch am Leben sein. »Nein«, antwortete sie. »Das glaube ich nicht. Ich glaube, sie ist tot, Dan. Ich glaube, sie ist schon vor langer Zeit gestorben.«

Die Lichter erloschen plötzlich, und der Zug versank in Finsternis. Rose unterdrückte einen Angstschrei.

Sie hörte Dan sagen: »Geben Sie mir die Hand.«

Ihre Hand streifte seine. Sie fühlte sich besser, als er ihre Hand nahm, nicht mehr so allein. Er begann, von dem Vertrag zu reden, den sie gerade unterschrieben hatten, von all den kleinen Details, die sie im Auge behalten mussten, und während sie in kurzen, flachen Stößen atmete, zwang sie sich, nur auf seine Stimme zu hören, nur auf den leichten Druck seiner Finger zu achten.

Die Lichter flammten auf, ein zitternder Ruck ging durch den Zug, und sie setzten sich langsam in Bewegung. Dan ließ ihre Hand los. Als sie in Holborn einfuhren, sagte er: »Wollen Sie aussteigen? Ein Taxi nehmen?«

»Nein, es geht schon.«

Am Bahnhof Tottenham Court Road stiegen sie um in die Northern Line. Die Angst legte sich, ihr Verhalten war ihr peinlich. »Ich sollte es vielleicht mal mit Hypnose versuchen«, sagte sie verlegen.

»Sie haben auch Angst vorm Fliegen, stimmt's?«

So beiläufig, wie er das sagte, begriff sie sofort. »Das wissen Sie auch?«

»Ich hab's mir gedacht.«

»Aber Sie haben nie etwas gesagt.« Sie hatte geglaubt, ihre Angst immer gut kaschiert zu haben.

»Ich dachte, es wäre Ihnen lieber.«

»Und woran haben Sie es gemerkt?«

»Ach ... zum einen daran, dass Sie jedes Mal, wenn Eric Sie fragte, ob Sie nicht Lust auf eine Spritztour hätten, dringend etwas anderes zu tun hatten.«

Rosa ärgerte sich über seinen leicht amüsierten Blick.

»Und dann ...« Er zählte an den Fingern ab, »... wollten Sie sich nicht mal das Cockpit anschauen. Ach, und als Roy diese Schiebelandung hinlegte, da wurden Sie ganz grün im Gesicht.«

Sie wäre am liebsten im Boden versunken. »Wissen es die anderen auch?«

»Eric und Roy schließen Wetten darauf ab, wer von ihnen Sie zuerst zu einem Flug überreden kann.«

»Sie machen nur Spaß, Dan, oder?«

Er lächelte. »Eric ist sich seiner Sache ziemlich sicher.«

»Lachen Sie ja nicht.«

»Ach, kommen Sie, Rose. Sie müssen zugeben, es hat schon etwas Komisches, wenn die Chefin einer Fluggesellschaft Angst vorm Fliegen hat.«

»O ja, es ist zum Totlachen«, sagte sie, als der Zug im Waterloo Bahnhof einfuhr und sie zur Rolltreppe eilten. Oben, in der Halle, sah sie zur Anschlagtafel hinauf. In fünf Minuten ging ein Zug nach Weybridge.

»Danke für heute, Dan«, sagte sie spontan. »Sie waren eine Riesenhilfe. Ohne Sie hätte ich das nicht geschafft. Und danke auch, dass Sie mich vorhin im Zug davor bewahrt haben, mich bis auf die Knochen zu blamieren. Es war ein wunderbarer Tag.«

Zu ihrer eigenen Überraschung schlang sie ihm die Arme um den Hals. Und dann küssten sie sich plötzlich, sie spürte seine Lippen, kühl und fest, seinen Körper, der an ihren drängte, und sie roch den Duft seines Rasierwassers, während hastende Reisende sie anrempelten, und am liebsten hätte sie nie aufgehört, ihn zu küssen, und zum Teufel mit dem Zug nach Weybridge.

Dann trennten sie sich. »Ich muss laufen«, sagte sie außer Atem und rannte ohne einen Blick zurück zu ihrem Bahnsteig.

Als sie später mit den Mädchen, die Ranzen und Regenmäntel hinter sich herschleiften, nach Hause kam, sah sie automatisch in ihren Briefkasten, obwohl wegen des Streiks kaum etwas zu erwarten war. Doch es war ein Brief da, und mit einem Blick stellte sie fest, dass er den Stempel eines privaten Postdiensts trug. Sie steckte ihn in ihre Handtasche.

Jetzt Essen machen, Hausaufgaben überwachen, Kinder in die Wanne setzen. Nicht zurückdenken an diesen unglaublichen Moment auf dem Bahnhof, als sie Dan Falconer geküsst hatte. Sie verbannte alle Gedanken daran, um sie später, wenn sie allein war, hervorzuholen.

Eve schien es besser zu gehen. Katherine lag bäuchlings auf dem Boden, die Nase in einem Buch.

»Wo ist deine Brille, Schatz?«, fragte Rose.

»Ich brauch keine Brille.«

»Wenn du so liest, bekommst du Kopfweh.«

»Ich hasse diese Brille. Außerdem kann ich sie nicht finden.«

»Katherine, du musst auf sie aufpassen«, sagte Rose ärgerlich. »Sie war teuer.« Sie suchte in Katherines Manteltaschen und Ranzen und entdeckte die Brille unter einem zusammengeknüllten Turnhemd.

»Kommt Daddy heute?«, hörte sie Katherine fragen.

»Heute nicht, nein. Er holt euch am Freitag von der Schule ab.«

»Ich wollte mit ihm reden.«

»Ich versuch mal, ob ich ihn am Telefon erreichen kann.«

Nachdem sie die Nummer gewählt hatte, reichte sie ihrer Tochter den Hörer und hob Spielzeug und diverse Kleidungsstücke vom Boden auf, während Katherine, auffallend einsilbig, mit Robert sprach. Nach einer Weile hielt Katherine ihr den Hörer hin.

»Daddy will dich auch noch sprechen.«

»Geht es ihr gut?«, fragte Robert besorgt.

»Ich glaube schon, ja. Sie wollte nur deine Stimme hören.«

»Es war kaum ein Wort aus ihr herauszubekommen.«

»Sie ist müde. Vielleicht hat sie sich auch bei Eve mit der Erkältung angesteckt.«

Erst als die Mädchen im Bett waren, fiel Rose der Brief wieder ein, und sie holte ihn aus ihrer Handtasche. Mit einem Anflug gespannter Erwartung sah sie, dass er von Sadies Freund war, von Jimmy Corrigan, dem sie nach ihrem Gespräch mit Constance Meyrick in Cambridge geschrieben hatte. Jimmy Corrigan – der rothaarige Schotte mit der Wohnung in Victoria und dem politischen Journal, *The Splinter*. Jimmy Corrigan, der, wenn man Constance glauben konnte, Sadie geliebt hatte.

»Sehr geehrte Mrs. Martineau«, schrieb er, »Sie haben mir letztes Jahr geschrieben, um sich nach Sadie Lawless

zu erkundigen. Ich war einige Monate verreist und habe Ihren Brief leider erst heute erhalten. Ich habe versucht, Sie telefonisch zu erreichen, hörte aber, dass Sie umgezogen sind. Die neuen Hausbewohner haben mir diese Nachsendeadresse angegeben. Ich hoffe sehr, dass mein Brief Sie erreicht, denn ich habe Sadie in sehr lieber Erinnerung.«

Danach eine Einladung, ihn zu besuchen, und dazu eine Telefonnummer. Sie wählte die Nummer, aber es meldete sich niemand.

Sie legte den Brief weg. Ihre Gedanken wanderten zu Dan. Sie hätte ihn wahrscheinlich nicht küssen sollen, aber sie bedauerte es nicht. Es war ein Moment solcher Wärme und unerwarteter Leidenschaft gewesen, und, ach, ihr hatte offenbar genau das so sehr gefehlt, dass es sie glücklich machte, nur daran zu denken. Sie hatte Dan Falconer geküsst, und sie hatte ein Geschäft abgeschlossen, das der Firma für die nächsten fünf Jahre ein zuverlässiges Einkommen garantierte. Kein schlechter Tag, alles in allem. Sie fühlte sich herrlich beschwingt, als sie aufstand, um sich einen Gin Tonic zu mixen.

Grauer Reif lag am nächsten Morgen über dem Flugfeld, und die umgebenden Wiesen und Äcker leuchteten weiß und kalt. Rose war in ihrem Büro und ging mit Lennie, dem Lademeister, den Flugplan für den nächsten Monat durch. Dan hatte sie noch nicht gesehen.

Lucy schaute zur Tür herein. »Telefon, Rose.«

»Ach, sagen Sie doch bitte, ich rufe später zurück.«

»Es ist die Lehrerin Ihrer Tochter.«

Rose ging zu Lucy hinüber und hob den Hörer ans Ohr.

»Rose Martineau.«

»Mrs. Martineau, Lomax hier.« Miss Lomax war Katherines Klassenlehrerin. »Ich dachte, Sie hätten Katherine heute zu Hause gelassen, aber nun habe ich eben mit Mrs. Kent gesprochen, und sie sagte mir, dass sie Katherine heute Morgen hier abgesetzt hat.«

Nadine Kent war die Kinderfrau, die sich nachmittags um die beiden Mädchen kümmerte.

»Katherine müsste in der Schule sein, Miss Lomax«, sagte Rose verwirrt.

»Das ist sie aber leider nicht. Jonathan fühlte sich bei der Morgenandacht nicht wohl, und da hat Mrs. Kent ihn abgeholt. Ich traf zufällig mit ihr zusammen und fragte, ob den Kleinen die gleiche Erkältung erwischt hätte wie Katherine. Darauf sagte Mrs. Kent, sie habe Katherine heute Morgen ganz normal zur Schule gebracht. Aber Ihre Tochter war bei der Anwesenheitskontrolle nicht da. Ich habe schon mit Eve gesprochen, und die sagte auch, Katherine sei in der Schule. Aber hier ist sie nicht, wir haben überall nach ihr gesucht.«

Jetzt war Rose beunruhigt. »Sehen Sie noch einmal nach«, sagte sie scharf. »Ich komme sofort. In zehn Minuten bin ich da.« Sie legte auf.

Lucy reichte ihr Mantel und Handtasche. »Das klärt sich bestimmt«, sagte sie beschwichtigend. »Das ist sicher irgendein Missverständnis.«

»Ja. Ja, wahrscheinlich. Können Sie Clément anrufen?«

»Dan und ich machen das schon. Fahren Sie.«

Schon im Hinauslaufen schlüpfte Rose in ihren Mantel. Der Anlasser ihres Mini hustete nur, und sie rüttelte am Lenkrad. »Spring an, verdammt.« Sie holte tief Atem und versuchte es von Neuem. Diesmal sprang der Motor ohne Murren an.

Nebelfetzen trieben über die Straße, als sie wie auf der Flucht in Richtung Weybridge fuhr. Lucy hatte sicher recht. Es konnte sich nur um ein Missverständnis handeln. Sie hatte Katherine und Eve an diesem Morgen etwas zeitiger als sonst bei Nadine abgesetzt, weil sie eine Menge Arbeit vor sich hatte. Nadine hatte die Mädchen zur Schule gebracht, also musste Katherine auch dort sein. Vielleicht war sie auf der Toilette gewesen, als Miss Lomax die Anwesenheitskontrolle vorgenommen hatte, oder vielleicht hatte sie sich in der Bibliothek versteckt und gelesen. Wenn sie in der Schule ankam, würde Miss Lomax Katherine aufgespürt haben und die Sache sich in Wohlgefallen auflösen. Die Angst, die erwacht war, sobald Miss Lomax gesagt hatte, »Ihre Tochter war bei der Anwesenheitskontrolle nicht da«, würde verschwinden.

Sie parkte vor der Schule. Miss Lomax erwartete sie im Sekretariat.

»Haben Sie sie gefunden?«, fragte Rose.

Miss Lomax schüttelte den Kopf. »Sie ist nicht hier. Miss Harper und ich haben überall nachgesehen.«

»Aber sie muss hier sein. Auf dem Hof –«

»Mrs. Martineau, Katherine ist nicht in der Schule. Bitte setzen Sie sich.« Die Lehrerin sah sie mit gerunzelter Stirn an. »Wie wirkte sie denn heute Morgen auf Sie?«

»Katherine? Genau wie immer.«

»Nicht gedrückt oder verärgert?«

Rose dachte zurück. Sie hatte es eilig gehabt und die Kinder angetrieben. Sie konnte sich kaum noch erinnern, was sie miteinander gesprochen hatten. Doch ihr fiel ein, dass Katherine sehr schweigsam gewesen war.

»Sie war still«, sagte sie widerstrebend. »Sie ist morgens nie in Hochform.«

»Katherine war in letzter Zeit ziemlich schwierig. Ich hatte mir schon vorgenommen, Sie deshalb anzuschreiben. Sie gibt freche Antworten und arbeitet nicht mit. Ihre Leistungen haben stark nachgelassen. Ich habe mehrmals mit ihr gesprochen. Könnte es sein, dass es zu Hause Probleme gibt?«

Die Worte der Lehrerin trafen Rose wie ein Schlag. »Mein Mann und ich leben getrennt«, sagte sie. »Das habe ich Ihnen doch erklärt, als die Mädchen hier anfingen. Katherine nimmt es schwer.«

»Ja, Kinder brauchen manchmal eine Weile, um sich an neue Lebensumstände zu gewöhnen.«

»Könnte vielleicht eine ihrer Freundinnen wissen, wo sie ist?«

»Das ist auch etwas, worüber ich mit Ihnen sprechen wollte, Mrs. Martineau. Katherine fällt es schwer, Anschluss zu finden. Sie hat eigentlich keine richtigen Freundinnen an der Schule.«

Die Vorstellung, dass ihre Tochter in den Pausen allein auf dem Schulhof stand, erschütterte sie. Aber selbst dafür war jetzt keine Zeit. »Ich muss sie suchen.« Rose stand auf. »Ich nehme an, sie ist nach Hause gelaufen.«

»Ja, Sie haben sicher recht. Würden Sie mir Bescheid geben, wenn Sie sie gefunden haben? Und dann sollten wir einen Termin vereinbaren, um die anderen Dinge zu besprechen.«

Rose setzte sich in ihren Wagen, um nach Hause zu fahren. Eine eiskalte Furcht hatte sich ihrer bemächtigt, eine Furcht, die weit tiefer ging als die gestrige Panik in der Untergrundbahn. War das erst gestern gewesen? Es schien Ewigkeiten zurückzuliegen.

Als sie den Wagen startete, dachte sie, ich weiß nicht, wo Katherine ist. Meine kleine Tochter, sieben Jahre alt, und ich weiß nicht, wo sie ist. All die Neuigkeiten, die sie soeben gehört hatte, überschlugen sich in ihrem Kopf – dass Katherine in der Schule nicht mitmachte und ihre Leistungen nachgelassen hatten. Warum hatte sie, Katherines Mutter, davon nichts gewusst?

Sie erinnerte sich, mit welcher Sicherheit sie am Vortag zu Dan gesagt hatte: »Im ersten Halbjahr hat sie morgens manchmal geweint, wenn wir losmussten, aber das hat in letzter Zeit aufgehört. Ich denke, sie lebt sich allmählich ein.« Wenn jemand aufhörte, über etwas zu weinen, hieß das noch lange nicht, dass es ihm nichts mehr ausmachte – gerade sie, Rose, hätte das wissen müssen. Wann hatte sie das letzte

Mal einen ganzen Tag allein mit Katherine verbracht? Nicht mehr, seit sie Martineau Aviation übernommen hatte.

Sie bog in die Straße ein, in der ihre Wohnung lag, und hielt den Blick auf die Bürgersteige gerichtet. Die Angst hielt sie so fest im Griff, dass ihr übel zu werden drohte. Katherine konnte nicht in der Wohnung sein, sie hatte ja keinen Schlüssel, sie musste draußen warten. Als sie auf den Parkplatz fuhr, flog ihr Blick suchend zum Haus. Kein blauer Mantel hob sich vom roten Backstein ab.

Vielleicht hatte jemand sie ins Haus gelassen. Sie hatte sicher geläutet, und ein Nachbar hatte ihr aufgemacht.

Rose stellte den Wagen ab, sperrte die Haustür auf und rannte nach oben. Das Treppenhaus war leer. »Katherine?«, rief sie laut, aber nur der Widerhall ihrer Stimme antwortete ihr.

Sie sperrte die Wohnungstür auf. Die schwache Hoffnung, dass Katherine den Zweitschlüssel mitgenommen hatte, starb, sobald die gähnende Leere der Räume Rose umfing. Wo war ihr Kind? Das Entsetzen über das, was da gerade passierte, überschwemmte sie. Sie drückte beide Hände auf den Mund.

Ruhig bleiben, du musst klar denken. Sie rief Nadine an. Die bestätigte, was Miss Lomax ihr schon gesagt hatte: Sie hatte die Mädchen am Morgen wie gewöhnlich zur Schule gebracht.

»Sie haben sie auf den Hof begleitet?«

»Ja. Wir haben uns verabschiedet wie immer, und dann ist sie mit Eve und Jonny reingegangen.«

»Haben Sie gewartet, bis sie im Gebäude war?«

»Nein.« In Nadines Stimme war die Furcht zu hören. »Martha hat geweint.« Martha war Nadines kleines Töchterchen. »Sie war gerade im Kinderwagen eingeschlafen, aber als wir vor der Schule gehalten haben, ist sie wieder aufgewacht. Sie war die ganze Nacht sehr unruhig, und ich wollte, dass sie möglichst schnell wieder einschläft. Es tut mir wirklich leid, Rose.«

»Sie können nichts dafür, Nadine.« Sie wusste, dass ihr Zorn unberechtigt war. »Aber würden Sie mir bitte einen Gefallen tun und bei sich im Haus und im Garten nachsehen, ob Katherine irgendwo ist? Sie kennt Sie, und sie hat Sie gern. Vielleicht ist sie zu Ihnen gegangen. Sie kennt ja sonst kaum jemanden in Weybridge.«

»Das mach ich jetzt gleich. Fünf Minuten, Rose. Ich ruf Sie zurück.«

Sie stellte sich ans Fenster, während sie auf Nadines Rückruf wartete, und sah zum Parkplatz und zur Straße hinunter. Sie konnte noch immer nicht glauben, was gerade passierte. Wenn sie sich nur richtig konzentrierte, würde sie Katherine, ihre geliebte, ewig unordentliche kleine Tochter mit dem falsch geknöpften Mantel und den offenen Schuhbändern, ihren Schulranzen übers Pflaster schleifend, unten durch die Haustür trotten sehen. Wenn sie sich heute Abend zum Essen setzte, würde sie ihre beiden Töchter ansehen, sich an diese Momente lähmenden Entsetzens erinnern und glücklich und dankbar sein, dass sie vorüber waren.

Dann wieder rasten ihre Gedanken durch finstere Gassen, und sie sah Katherine hilflos und allein durch die Straßen einer Stadt irren, die sie kaum kannte. Oder sie sah einen Mann, der mit Süßigkeiten oder einem jungen Hündchen winkte, um Katherine vom Schulhof zu locken.

Nein. Bitte, nein. Nicht das.

Das Telefon läutete.

Gib, dass Nadine sie gefunden hat. Bitte gib, dass Nadine sie gefunden hat.

»Hallo?«

»Hier ist sie nicht, Rose.«

Sie drückte die zur Faust geballte Hand fest an die Brust. »Danke, Nadine. Wenn sie bei Ihnen auftauchen sollte, rufen Sie mich gleich an, ja? Ich bin zu Hause.«

»Ja, natürlich.«

»Danke noch mal.« Sie beendete das Gespräch.

Tiefe Angst stieg in ihr auf. Sollte sie die Polizei anrufen? Sie griff zum Telefon, aber ließ die Hand dann sinken. Sie ging in Katherines Zimmer. Spielsachen und Kleidungsstücke lagen auf dem Boden verstreut, das Bett war nicht gemacht.

Ihr Blick fiel auf Katherines Sparbüchse – eine rote Metalldose in Form eines Briefkastens. Sie lag umgekippt auf der Kommode. Der Boden war geöffnet, die Dose leer. Katherine war eine gewissenhafte kleine Sparerin, jeder Penny Taschengeld, jeder Schein, den sie zum Geburtstag bekam, wanderte in ihre Sparbüchse. Rose konnte weder auf der Kommode noch auf dem Tisch Münzen oder Scheine entdecken. Sie begann im Schrank, in den Regalen und im Durcheinander auf dem Boden nach Katherines buntem Plastikgeldbeutel zu suchen.

Wenn Katherine beschlossen hatte, von zu Hause wegzulaufen, wo würde sie dann Zuflucht suchen? Bei ihrem Vater? Ihrem Großvater?

Sie musste Robert anrufen. Vielleicht wusste er etwas – Katherine hatte vielleicht etwas gesagt. Sie blätterte ihr Adressbuch durch und rief nacheinander jede seiner Firmen an, bat darum, ihm auszurichten, er möge sich umgehend bei ihr melden. Als sie zum Schluss noch bei dem Unternehmen anrufen wollte, bei dem ihr Vater beschäftigt war, klingelte das Telefon.

Sie riss den Hörer in die Höhe. »Robert?«

»Ja. Was ist los, Rose?«

»Es ist Katherine.« Sofort schossen ihr Tränen in die Augen. Sie zwinkerte sie weg und presste einen Moment die Lippen aufeinander, um das Weinen zu unterdrücken. Dann berichtete sie ihm von Katherines Verschwinden.

»Ihre Sparbüchse ist leer, und ihr Geldbeutel ist nicht da«, sagte sie. »Ich glaube … Ich glaube nicht, dass jemand sie mitgenommen hat. Ich glaube, sie ist weggelaufen, Robert.«

»Wie viel Geld hat sie?«, fragte er knapp und sachlich.

»Fünf oder sechs Pfund. Dad hat ihr zu Weihnachten Geld geschenkt. Du kennst sie ja, sie gibt nie etwas aus.«

»Ich lasse gleich jemanden bei mir zu Hause nachsehen. Was ist mit deinem Vater?«

»Er ist im Büro. Ich wollte ihn gerade anrufen.«

»Ich fahre bei ihm vorbei. Verdammt noch mal, Rose, wo kann sie denn sein?«

»Ich habe keine Ahnung. Ich dachte, du wüsstest vielleicht etwas.« Ihre Stimme wurde schrill vor Angst.

»Ich kann mir nicht vorstellen, dass sie zu mir kommen würde. Das ist ein verdammt weiter Weg für eine Siebenjährige.«

»O Gott, Robert, sie ist noch so klein.«

»Rose«, sagte er, »du musst jetzt einen klaren Kopf behalten. Wir finden sie, das versprech ich dir.«

Seine Stimme beruhigte sie. »Ja.«

»Was ist mit dem Flugfeld? Sie war doch immer schon verrückt nach Flugzeugen.«

Ein Schimmer Hoffnung. Wieso hatte sie daran nicht gedacht? Robert hatte recht, Katherine liebte es, am Rollfeld zu stehen und die Maschinen zu beobachten. Sie sagte: »Ich ruf gleich dort an und bitte die Leute, das ganze Gelände abzusuchen.«

»Reg dich nicht auf«, sagte er. »Sie ist ein vernünftiges Kind.«

»Hör mal, es ist doch nicht vernünftig, einfach durchzubrennen. Dumm ist das und gefährlich. Und an so einem bitterkalten Tag. Wenn ich mir vorstelle, wie sie da mutterseelenallein …«

»Ich rufe die Polizei an.« Eis umklammerte ihr Herz. Ein verschwundenes Kind … So etwas hörte man in den Nachrichten und mochte sich kaum vorstellen, was die Eltern durchmachten. Aufrufe der Polizei an die Öffentlichkeit. Taucher in Flüssen und Kanälen. Sie grub die Fingernägel in ihre Handfläche. »Ja«, flüsterte sie.

»Ich komm jetzt rüber, Rose. Vorher fahre ich bei deinem Vater und in der Schule vorbei. Ich will auf jeden Fall mit

Eve reden. Kann gut sein, dass sie mehr weiß, als sie zugibt. Danach komme ich zu dir. Ruf du inzwischen den Flughafen an und bleib, wo du bist, falls sie doch zurückkommt. Ich bin in etwa einer Stunde da, okay?«

»Okay«, murmelte sie.

»Es tut mir so leid, Rose. So entsetzlich leid.«

»Es ist nicht deine Schuld.«

»O doch, ich glaube schon.« Er legte auf.

Rose rief Lucy an, die versprach, sofort eine Suchaktion im Gebäude und auf dem Gelände zu starten. Danach sprach sie mit ihrem Vater, der sagte, er werde gleich nach Hause fahren.

Sie starrte zur Straße hinaus: Der Postbote auf seinem Fahrrad; eine Frau mit Kinderwagen und einem kleinen Mädchen an der Hand.

Robert hatte recht, sie hätte gleich mit Eve reden sollen. Die Mädchen stritten häufig, aber ebenso oft heckten sie ihre Streiche gemeinsam aus. Gut möglich, dass Eve den Plan ihrer Schwester aus falsch verstandener Loyalität verschwiegen hatte. Miss Lomax hatte gesagt, dass Katherine in der Schule nur schwer Anschluss fand. Das konnte bedeuten, dass sie sich umso mehr an ihre Schwester hielt.

Sie erinnerte sich, wie Katherine wütend erklärt hatte, »Ich hasse diese Schule«, wie sie von ihrer Sehnsucht nach ihrer besten Freundin in der alten Schule gesprochen hatte – Abbie. Sie hatten vorgehabt, Abbie einmal einzuladen, aber Rose hatte es einfach vergessen.

War es möglich, dass Katherine zur alten Schule zurückgekehrt war, um ihre Freundin wiederzusehen? Dass sie ihr gespartes Geld eingesteckt hatte, um die Fahrkarte für Bahn oder Bus zu bezahlen, und nach Walton-on-Thames gefahren war, das sie immer noch als ihr Zuhause betrachtete?

Rose sah auf die Uhr. Es war Viertel nach zehn. Robert hatte sie gebeten, auf ihn zu warten, aber sie hielt es nicht aus, untätig herumzusitzen. Sie musste Katherine suchen. Sie schlüpfte in ihren Mantel, steckte die Schüssel ein und rannte zum Wagen hinaus.

Der Nebel wurde dichter, und alles Licht zerfloss in Grau, als sie Walton-on-Thames erreichte. Auf den vollen Straßen staute sich der Verkehr immer wieder wegen Bauarbeiten, sodass sie häufig nur im Schritttempo fahren konnte. Sie hatte Robert einen Wohnungsschlüssel und eine kurze Nachricht bei einem Nachbarn hinterlassen. Der Nachbar hatte versprochen, nach Katherine Ausschau zu halten. Während der Mini im Schneckentempo dahinkroch, suchte Rose mit verzweifelten Blicken auf den Bürgersteigen zu beiden Seiten nach einem Kind in einem blauen Mantel.

Wegen des Halteverbots vor der Schule parkte sie in einer Seitenstraße, stieg aus und rannte die Straße hinunter. Da bildete man sich die ganze Zeit ein, irgendetwas wäre ungeheuer wichtig, und entdeckte dann, dass es völlig bedeutungslos war. Sie hatte sich vom Wichtigsten in ihrem Leben ablenken lassen – der Sorge um ihre Kinder. Sie hatte über lauter Unwichtigkeiten versäumt, dafür zu sorgen, dass sie sich geliebt und geborgen fühlten. Sie hatte zu viel Zeit an Zweitrangiges verschwendet – die Firma, ihren eigenen Kummer und Zorn und auch noch an die Suche nach Sadie. Sie hatte allein Robert die Schuld am Scheitern ihrer Ehe und der daraus resultierenden tiefen Verunsicherung ihrer Kinder gegeben, aber sie war selbst nicht ohne Schuld. Wenn sie jetzt über ihr Verhalten nachdachte, erschien es ihr völlig besinnungslos: Besuche in *The Egg* … zu viele lange Abende, zu viel morgendliche Hetze.

Sie dachte daran, wie großartig sie sich gestern gefühlt hatte, euphorisch und hochzufrieden mit sich selbst, weil der Vertrag unter Dach und Fach war, und ihre kleine Katherine hatte derweilen einsam und elend in der verhassten Schule ausgehalten. Und dann hatte sie auch noch Dan Falconer geküsst. Was hatte sie sich dabei gedacht, mit einem Angestellten herumzuturteln, wenn doch das einzig Wichtige das Glück und die Gesundheit ihrer Kinder war? Seit dem Skandal hatte sie das Wesentliche aus den Augen verloren und würde nun vielleicht bitter dafür bezahlen müssen.

Der schwarzgraue Nebel, der alles einhüllte, erhöhte das Gefühl des Irrealen. Der Tag wurde dunkler, nicht heller. Bäume und Häuser, die einmal zum täglichen Schulweg ihrer Kinder gehört hatten, waren in den dichten Schwaden kaum noch zu erkennen. Katherine war ein so vertrauensvolles Kind. Sich vorzustellen, dass sie in diesem Moment vielleicht irgendwo allein herumirrte, jedem böswilligen Menschen ausgeliefert, war unerträglich. Der Gedanke, der da war, seit sie den Anruf aus der Schule erhalten hatte, ließ sich nicht länger verdrängen: Sie würde ihre Tochter vielleicht nie wiedersehen. Der flüchtige Kuss, mit dem sie sich am Morgen von ihr verabschiedet hatte, in Gedanken schon mitten in ihrem Arbeitstag, war vielleicht der letzte gewesen.

Sie war an der Schule. Suchend spähte sie durch das wogende, beinahe undurchdringliche Grau. Nein, es war niemand da, der Bürgersteig leer, darüber nur die farblosen Flederwische der Linden. Sie hätte die Polizei gleich nach dem Gespräch mit der Lehrerin anrufen sollen. Sie hätte nicht warten sollen.

Im grauen Dunst ein blauer Schimmer. Ein schwankender Schatten, der im wässrigen Schein einer Straßenlampe Gestalt annahm. »Katherine?«, rief Rose laut. Sie rannte los. »Katherine, bis du das?«

Nachdem sie von einer Telefonzelle aus Robert angerufen hatte, der mittlerweile in ihrer Wohnung angelangt war, gingen sie in ein Café. Katherine fror, sie hatte Mütze und Handschuhe in dem Zug liegen gelassen, den sie von Weybridge nach Walton-on-Thames genommen hatte, und Rose fühlte sich nach den Erschütterungen der letzten Stunde nicht imstande, Auto zu fahren. Und vielleicht, dachte sie, war ein Gespräch in neutraler Umgebung jetzt genau das Richtige.

Sie bestellte heiße Schokolade und Rosinenbrötchen. Katherine schlang erst ihr Brötchen, dann Roses heißhungrig hinunter. *Was sollte das? Was hast du dir dabei gedacht? Kannst du dir vorstellen, was für eine Angst ich um dich hatte?* Das alles musste ausgesprochen werden, aber nicht jetzt. Noch nicht.

Stattdessen sagte sie: »Das war aber eine weite Fahrt so ganz allein, Liebes.«

»Ich wusste genau, wie's geht, Mama.«

»Trotzdem, so ganz allein mit dem Zug …«

»Ich habe mir einfach am Bahnhof eine Fahrkarte gekauft. Als ich ausgestiegen bin, hab ich den Weg nicht mehr gewusst, aber da hab ich einen Mann getroffen, der sagte, ich könnte mit ihm gehen. Er hatte einen Hund dabei, der hieß Raffles.«

Rose unterdrückte ein Schaudern. Es war reines Glück gewesen, dass Katherine an einen netten, hilfsbereiten Menschen geraten war. Es hätte auch ganz anders kommen können.

Katherine lehnte sich mit dem Kopf an Roses Arm. »Ich wollte zu Abbie.«

»Zu deiner besten Freundin.«

»Ja, sie fehlt mir so, Mama.«

»Ich weiß, Liebling. Und Dad fehlt dir auch, nicht?«

Katherine nickte. »Ja, ständig.«

»Es tut mir so leid, Schätzchen. Ich werde versuchen, das zu ändern. Das verspreche ich dir.«

»Ich möchte, dass Dad wieder zu uns kommt.« Rose hörte die leisen Worte kaum.

Sie hielt ihre Tochter im Arm und ließ sie weinen. Sie hätte selbst am liebsten geweint, aber sie nahm sich zusammen. Die Kaffeemaschine fauchte, hin und wieder kam ein neuer Gast ins Café und brachte einen Schwall Nebel und Kälte mit.

Katherine drehte sich in ihrem Arm um und hob den Kopf, um sie anzusehen. »Fehlt er dir auch, Mama?«

Mit einer Papierserviette wischte Rose ihr die Tränen weg und den Schokoladenmund sauber. »Ja, manchmal schon.«

»Warum kann er dann nicht wieder zu uns kommen?«

Hatte sie sich je mit ihrer Tochter hingesetzt und in Worten, die einer Siebenjährigen verständlich waren, zu erklären versucht, woran ihre Ehe gescheitert war? Sie meinte, es getan zu haben, aber offensichtlich hatte sie ihre Sache nicht gut gemacht.

»Du weißt doch, Schatz, dass man sich manchmal mit einem Freund streitet – dass es Dinge gibt, über die man sich einfach nicht einigen kann. So war es bei Dad und mir. Er hat etwas getan, was mich traurig gemacht hat, deshalb haben wir entschieden, eine Weile getrennt zu leben.«

»Hat Daddy was Schlimmes getan?«

Sie sah ihrer Tochter in die Augen und versuchte es von Neuem und mit aller Behutsamkeit. »Er hat etwas getan, was nicht sehr lieb war, was mir wehgetan hat. Weißt du noch, diese andere Freundin von dir, das Mädchen mit den Zwillingsbrüdern …?«

»Margot.«

»Ja, Margot. Weißt du noch, dass sie manchmal gemein zu dir war und du dann traurig warst?«

»Daddy hat was Gemeines getan?«

»Das tun wir alle ab und zu, Liebes.«

»In der Schule sagt Sarah Robinson dauernd gemeine Sachen zu mir.« Katherine senkte den Blick zum Boden und wippte mit dem Fuß, sodass er immer wieder gegen das Tischbein stieß. »Sie nennt mich Brillenschlange.«

»Ach, Katherine.«

»Ich hasse meine Brille. Ich hasse diese Schule.«

»Ach, Schatz.« Sie zog ihre Tochter auf ihren Schoß. »Das tut mir so leid. Aber es wird besser werden, ich verspreche es dir.«

»Hat Daddy gesagt, dass es ihm leidtut?«

»O ja.« So oft.

Wieder drehte sich Katherine zu ihr um. »Könnt ihr euch dann nicht wieder vertragen? Mama?«

Wäre das möglich? Wäre es ihr möglich, den Schritt zu tun, der die zerrissene Familie wieder zusammenbringen würde?

»Ich weiß es nicht, Schatz«, sagte sie leise. »Ich weiß es nicht.«

Roses Vater räumte gerade das letzte Geschirr vom Abendessen ab, als Robert, der die Mädchen zu Bett gebracht hatte, ins Zimmer kam.

»Die beiden werden bestimmt gleich schlafen«, sagte er.

»Ich mache Kaffee.«

»Nein, Rose, den mach ich«, entgegnete ihr Vater. »Setz du dich hin.«

Sie war so angespannt, dass sie nicht still sitzen konnte. Sie räumte das Wohnzimmer auf, sammelte Spielsachen ein, stellte Bücher ins Regal. Das Gefühl, um ein Haar der Katastrophe entgangen zu sein, hielt an.

Als das Telefon läutete, ging sie hin. Roberts Mutter wollte sich nach Katherine erkundigen. Sie redeten ein paar Minuten miteinander.

Robert stand am Fenster, als sie wieder ins Zimmer kam, und ihr Vater stellte das Tablett mit dem Kaffeegeschirr auf den Tisch. »Ich gehe jetzt«, sagte er.

»Dad, nein, bleib doch und trink mit uns einen Kaffee.«

»Nein, nein, ich muss nach Hause. Gib ihnen morgen früh einen Kuss von mir.«

Sie umarmten sich, Giles gab Robert einen kurzen Klaps auf die Schulter, dann ging er.

Robert sah noch einmal nach den Mädchen, um das Licht auszumachen. Als er ins Wohnzimmer zurückkam, sagte er: »Ich könnte jetzt einen Schluck vertragen, du nicht?«

»Doch. Der Kaffee kann warten.«

Er goss zwei Gin Tonics ein und setzte sich neben sie aufs Sofa. Mit einem Kopfschütteln sagte er: »Ich bete zu Gott, dass ich so einen Tag nie wieder erleben muss. Einen Moment lang dachte ich heute …«

»Ich auch.«

Sie schwiegen beide, überwältigt von der Vorstellung, was hätte geschehen können. Dann rieb sich Robert mit einer Hand das Gesicht. »Eve wusste es«, sagte er. »Ich musste ihr praktisch die Daumenschrauben anlegen, um es aus ihr herauszubekommen. Loyalität, vermute ich.« Er lächelte, aber seine Augen blieben trübe. »Die muss sie von dir haben.«

»Ach, Robert«, sagte sie leise.

»Das war meine Schuld.«

»Nein, ich habe genauso Schuld. Ich habe ihr nicht zugehört.«

»Rose, das ist alles meinetwegen passiert – ausschließlich, das weiß ich. Es wäre nie so weit gekommen, wenn ich nicht so ein Idiot gewesen wäre. Nein, das stimmt nicht, das klingt, als hätte ich nur einen Fehler begangen, aber die Wahrheit sieht anders aus. Ich war egoistisch und gierig und habe mir einfach genommen, was ich haben wollte, weil ich dachte, ich käme damit durch. Dumm war ich also auch noch. Und ich habe die Menschen verletzt, die mir die liebsten sind. Es tut mir so unendlich leid, Rose – ich kann dir nicht sagen, wie sehr. Ich wollte, ich könnte das alles einfach tilgen, aber das geht nicht – es wird immer da sein.«

Sie legte die Arme um ihn und hielt ihn lange so, ihren Kopf an seiner Schulter. Auch wenn er ihr beinahe unerträglichen Schmerz zugefügt hatte, er war wenigstens vertraut. Es tröstete sie, dass er da war, weil sie wusste, dass er ihre eigenwillige kleine Tochter verstand.

Nach einer Weile sagte sie: »Wir haben beide versagt. Schau mich an – ich war so sehr davon besessen, mir zu beweisen, dass ich noch etwas wert bin, dass ich überhaupt nicht gemerkt habe, wie unglücklich Katherine war. Und so berauscht von meiner neuen Rolle als Eigentümerin von Martineau Aviation, dass ich meine Hauptaufgabe darüber völlig vergessen habe.«

Sie hatte ihren Töchtern das Heim genommen, das sie liebten, und die Schule, die ihnen vertraut war. Eve hatte sich relativ schnell umgestellt, aber Katherine hatte zu kämpfen gehabt. »Du findest neue Freunde« – sie schämte sich, als sie sich an diese oberflächliche Bemerkung erinnerte.

»Vielleicht sollte ich aufhören zu arbeiten.« Der Gedanke begleitete sie schon den ganzen Tag.

»Kommt nicht infrage.«

Die Vehemenz seiner Entgegnung reizte sie, und sie sagte scharf: »Ich kann nicht zwei Aufgaben gleichzeitig gerecht werde, Robert. Das eine oder das andere wird immer zu kurz kommen. Und nach dieser Geschichte werde ich die Kinder bestimmt nicht wieder hintanstellen.«

»Das brauchst du auch nicht. Wir schaffen das schon. Wir finden eine gute Lösung. Was wäre das denn für eine Botschaft an die Mädchen, wenn du jetzt deine Arbeit hinwirfst? Du hast alles richtig gemacht. Ich bin derjenige, der etwas ändern muss. Du machst deine Sache großartig, Rose. Du bist ein guter Mensch – von Natur aus. Aber ich nicht. Ich lass mich zu Impulshandlungen hinreißen. Und manchmal sind diese Impulse verdammt destruktiv, und ich mache alles kaputt.«

»Es hat doch keinen Sinn, jetzt darüber zu streiten, wer was getan hat. Wir müssen einfach versuchen, es besser zu machen.«

»Ich will es nicht ›besser machen‹. Ich möchte, dass alles wieder so wird, wie es war. Sie fehlen mir. Ich habe das Gefühl, ich gehöre gar nicht mehr zum Leben meiner Töchter. Ich bin einer von diesen Wochenend-Vätern geworden. So was hätte ich nie von mir erwartet. Ich habe das Einzige, worauf ich stolz war, gründlich zerstört.«

»Das stimmt nicht, Robert. Die Mädchen lieben dich. Sie brauchen dich.«

»Aber ich habe sie unglücklich gemacht.« Er ballte die Hände zu Fäusten. »Kinder brauchen Zuverlässigkeit. Sie brauchen Eltern, die sich einig sind. Sie brauchen uns beide, Rose.«

Er stand auf und ging wieder zum Fenster, als suchte er nach etwas Verlorenem. Er hatte recht, Rose konnte es nicht leugnen. Katherine und Eve brauchten Mutter *und* Vater.

»Der Mensch kann sich ändern«, sagte er. »Ich habe mich geändert, und ich verspreche dir, Rose, ich werde versuchen, alles besser zu machen. Mir ist nichts wichtiger als meine Familie. Nichts wichtiger als du, und ich werde alles tun, wirklich alles, damit du wieder an mich glauben kannst. Ich liebe dich.«

Sie war den Tränen nahe, und ihr Herz hämmerte wie rasend. Sie wusste, was sie tun musste, und brachte es trotzdem nicht über sich.

»Ich möchte, dass wir es noch einmal versuchen.« Seine Hand durchschnitt mit einer heftigen Bewegung die Luft. »Ich spreche nicht davon, wieder zusammenzuziehen oder dergleichen. Ich weiß, dass ich das Recht verwirkt habe. Aber ich bitte dich – ich bitte dich inständig, Rose –, lass uns versuchen, wieder freundschaftlich miteinander umzugehen. Dinge gemeinsam zu unternehmen. Für die Mädchen. Wir können es ja ganz langsam angehen, und mit der Zeit, vielleicht… Es war doch gut, Rose, oder nicht? Ehe ich alles kaputt gemacht habe, war es doch gut.«

Es stimmte schon, früher einmal war es gut gewesen. Früher einmal waren sie eine glückliche Familie gewesen.

»Ja«, sagte sie leise.

»Wollen wir es nicht noch einmal versuchen?« Seine dunklen Augen bettelten. »Für Katherine und Eve? Können wir wieder eine Familie werden, nicht weil ich es mir wünsche, sondern weil unsere Töchter uns brauchen?«

Einige Tage zuvor hatte Dan einen Anruf von Kevin Goode von Westfield Air erhalten. Kevin hatte gemeint, sie könnten sich doch auf ein Bier treffen. Es hatte wie ein beiläufiger Vorschlag geklungen, aber Dan kannte Kevin und war deshalb innerlich gerüstet, als er das Pub betrat, und nur mäßig überrascht, als sein Freund ihm eine Stellung bei Westfield anbot. Kevins Gehaltsvorschlag allerdings kam völlig unerwartet.

»Ich will noch eine Maschine kaufen«, erklärte Kevin, »und suche nach einem zweiten Flughafen. Westfield kann das Verkehrsvolumen, das sich bei uns entwickelt, nicht mehr bewältigen. Ich brauche einen versierten Betriebsleiter, der selbstständig arbeiten und denken kann und nicht ständig an die Hand genommen werden muss. Da bist du mir als Erster eingefallen, Dan.«

Dan zeigte sich geehrt, lehnte aber dankend ab. Er suche nichts Neues, sagte er, er arbeite gern für Rose und sei zufrieden mit seiner Tätigkeit.

»Quatsch«, widersprach Kevin, kippte sich den letzten Rest Chips in die Hand und warf ihn in den Mund. »Du bist nicht zufrieden. Du bist nie zufrieden, Dan. Du bist ehrgeizig, so wie ich – gib's zu. Wenn das Geld nicht stimmt, dann sag's, und ich seh, was ich tun kann.« Er stand auf und zog seinen Mantel über. »Überleg's dir.«

Zwei Tage später fuhren Dan und Rose nach London, um den Rickman-Vertrag zu unterzeichnen. Und dann dieser unfassbare Kuss am Waterloo Bahnhof. Er hatte alles verändert. Als er sich, von einer Riesenwelle des Optimismus getragen, von Rose trennte, sah er Kevins Angebot in einem neuen Licht. Wenn Rose wunderbarerweise tatsächlich etwas für ihn empfand, wenn dieser Kuss mehr war als ein Ausdruck überschwänglicher Freude über ein lukratives Geschäft, nicht ausschließlich der tiefen Erleichterung darüber geschuldet, dass sie endlich der Untergrundbahn entronnen waren, dann, das stand für Dan fest, konnte er nicht bei Martineau Aviation bleiben. Liebesbeziehungen am Arbeitsplatz waren immer heikel, und dann gar eine zwischen Chefin und Angestelltem! Das würde unweigerlich Gerede geben. Bei den Angestellten würde es Argwohn und vielleicht Groll hervorrufen, weil er möglicherweise bevorzugt behandelt wurde. Kunden und Konkurrenten würden sich die Mäuler zerreißen: »Na, lang hat sie nicht gewartet«, oder: »Was meinst du, hat sie vor, die komplette Belegschaft durchzuprobieren?« Alles, wofür Rose so hart geschuftet hatte, würde zunichtegemacht. Nein, wenn sich wirklich eine tiefergehende Beziehung zwischen ihnen anbahnte, musste er bei Martineau Aviation kündigen.

Am folgenden Morgen dann kam Lucy Holbrook zu ihm ins Büro und erzählte ihm, dass Roses Tochter Katherine verschwunden war. Die Leute hatten alles stehen und liegen gelassen, und Dan hatte eine Suchaktion des Gebäudes und des gesamten Geländes angeordnet. Er stapfte am Rande des Rollfelds entlang, ständig darauf gefasst, die arme Kleine halb erfroren unter einer Hecke zu entdecken, als ein lauter Ruf ihn erreichte. Lucy sprang die Arme schwenkend auf dem Feld auf und nieder. »Sie haben sie gefunden, Dan!«, rief sie. »Sie haben sie gefunden.«

Am liebsten hätte er Rose sofort angerufen, um zu fragen, wie es ihr ging, um sie vielleicht zu trösten, aber natürlich konnte er das nicht tun. Rose und ihre Familie mussten jetzt erst einmal in Frieden gelassen werden. Und genau das war der Moment, in dem sich die ersten Zweifel meldeten. Er hatte keinen Platz in ihrem Leben. Sie hatte eine Familie, und die würde ihr immer das Wichtigste sein. Mochte dieser Schürzenjäger von einem Ehemann noch so widerlich sein, er war der Vater ihrer Kinder.

Wach auf, Dan, dachte er, als sie alle wieder an ihre Arbeit gingen. Eine Liebesbeziehung mit Rose war reine Fantasie. Vergiss den Kuss, Mann.

Rose kam am nächsten Tag verspätet zur Arbeit. Er klopfte bei ihr an.

»Wie geht es Katherine?«

»Es ist alles wieder in Ordnung, danke. Sie ist zu Hause bei ihrem Vater.«

»Und Ihnen? Sie haben sicher große Angst gehabt.«

»Danke, mir geht's gut«, sagte sie kurz und sachlich.

Unter ihren Augen lagen bläuliche Schatten. »Sie sehen müde aus.« Als er sich zu ihr neigte, fuhr sie zurück.

»Dan, nein!«

Sein Arm fiel herab. »Entschuldigung.«

Sie machte eine Handbewegung, als wollte sie etwas wegfegen. »Ich muss weitermachen.« Sie drückte einen Stapel Papiere wie einen Schild an ihre Brust. »Was neulich passiert ist...« Ihr Blick war steinern, als sie ihn ansah. »Es war eine Dummheit.«

Ihre Worte trafen ihn wie ein körperlicher Schlag. »So sehen Sie das? Als eine Dummheit?«

»Ja. Und Sie auch, nehme ich an, Dan.«

»Nein.« Er runzelte die Stirn. »Nein.«

Sie schob die Papiere in einen Ordner. Mit gesenktem Kopf sagte sie: »Robert und ich wollen es noch einmal miteinander versuchen.«

»Das verstehe ich nicht.«

»Wegen der Kinder. Ihr Wohl steht an erster Stelle.«

»Aber Sie lieben ihn doch nicht.«

Mit einem Ruck riss sie den Kopf hoch, und er sah den Zorn in ihrem Gesicht. »Woher wollen Sie das wissen? Das geht Sie nichts an. Wie kommen Sie dazu, so etwas zu sagen? Sich ein Urteil über meine Ehe zu erlauben? Ich glaube, es ist besser, Sie gehen jetzt.«

Allein in seinem Büro, schloss er einen Moment die Augen und atmete tief durch. Rose wollte ihrer Ehe eine zweite Chance geben. Er konnte es verstehen, er wusste, was eine Scheidung für ein Kind bedeutete. Aber er liebte sie, und deshalb konnte er nicht bleiben. Sie jeden Tag zu sehen, das wäre unerträglich.

Er schaute hinaus zum eisgrauen Flugfeld. Die tief einfallenden Strahlen der Sonne blitzten auf den Tragflächen der Argosy. Dan griff er zum Telefon und wählte Kevin Goodes Nummer.

Nachdem Dan gekündigt hatte, musste Rose unwillkürlich an Sadie denken. Sie fragte sich, ob sie nach der gescheiterten Beziehung mit ihrem Verlobten je wieder geliebt hatte, ob das Herz, wenn es zu oft gebrochen wurde, vielleicht nie wieder gesund wurde, vielmehr für immer gequetscht, ein Krüppel blieb.

Vergiss Sadie. Sadie war tot. Der Strom der Zeit war über sie hinweggerauscht und hatte sie verschlungen.

Dan war ihr Angestellter gewesen. Sie war eine verheiratete Frau mit zwei Töchtern. Sich in einen Mann zu vergaffen – sich seine Liebe zu wünschen – machte ihr Leben, das ohnehin schon in höchstem Maß fordernd war, nur noch komplizierter. Was auch immer sie für Dan empfand – was auch immer sie sich unter anderen Umständen gewünscht hätte –, ihm mehr als Freundschaft entgegenzubringen war ein grundlegender Fehler gewesen, also musste sie auch ihn vergessen.

16

Madrid, Juli – August 1933

NACHDEM SIE DEN WINTER IN LONDON verbracht und dort für Lachlan Brodie gearbeitet hatte, war Sadie 1932 nach Frankreich gereist, wo sie verschiedene Künstlerfreunde besuchte, viel zeichnete und malte. Immer wieder kehrte sie währenddessen nach *The Egg* zurück und konzentrierte sich ganz darauf, eine Mappe ihrer Arbeiten zusammenzustellen, die sie Madge Danford vorlegen wollte.

Im Sommer 1933 ging sie nach Madrid und arbeitete dort mit einem Grafiker namens Gabriel Martinez zusammen an der Herstellung einer Ausgabe von zweihundert Drucken. Das Atelier befand sich im obersten Stockwerk eines großen Häuserblocks. Die Böden waren gefliest, die Wände weiß gekalkt, und die hohen Fenster, die nach Norden blickten, ließen nur ein mildes, klares Licht in den Raum. Sie arbeiteten an großen Holztischen, und die Regale quollen über von allem, was ihr vertraut war: Dosen mit Druckfarben, Walzen, Nadeln, Sticheln, Schneidwerkzeugen. Immer roch es durchdringend nach Terpentin und Testbenzin. Die Mauern und Fenster dämpften die Geräusche von außen, dennoch begleitete Sadie bei der Arbeit fast immer das Lärmen nachbarlichen Lebens: Kinderweinen, Hundegebell, erregte Stimmen streitender Paare.

Gabriel, in den Fünfzigern, bärtig, war ein untersetzter Mann mit wuchtigem Oberkörper. Manchmal sprach er Englisch mit Sadie – er hatte in jüngeren Jahren eine Weile in London gelebt – und manchmal Spanisch; es störte ihn offenbar nicht, dass sie, mit ihren dürftigen Spanischkenntnissen, vieles von dem, was er sagte, nicht verstand. Bei der Arbeit stand er stets tief gebeugt und mit einer Miene angestrengter Konzentration über der Kupferplatte, in die er seine Komposition grub. Auf Störungen reagierte er lediglich mit einem Knurren.

Sie entdeckte bald, dass er ein launischer Mensch war. Häufig kam er heiter und beschwingt ins Atelier, lobte ihre Arbeit, verließ abends als Letzter das Café oder die Bar, wo sie den Arbeitstag beschlossen hatten. Doch seine Stimmung konnte von einer Minute zur anderen umschlagen, und dann reagierte er überempfindlich und konnte sich zu plötzlichen Wutanfällen hinreißen lassen. Sadie lernte die Zeichen erkennen, das finstere Gesicht, das düstere Schweigen, das rastlose Umherlaufen im Raum.

Wenn Gabriel gut gelaunt war, überließ er ihr das Atelier und seine Druckpresse für ihre eigenen Zwecke. Sie arbeitete an einer Reihe von Drucken, die nach Fotografien und Skizzen entstanden, die sie auf ihren Reisen durch Spanien angefertigt hatte.

Sie hatte sich beinahe von dem Moment an in das Land verliebt, als sie mit Jimmy Corrigan zusammen in seinem Austin 7 von Frankreich aus über die Grenze gefahren war. Der Wagen machte mit bestürzender Regelmäßigkeit schlapp, aber Jimmy verstand es, ihn immer wieder ins Rollen zu bringen. Gemeinsam erforschten sie die Iberische Meseta, übernachteten in Städten und Dörfern, deren Kirchen und Häuser aus sandfarbenem Stein erbaut waren. In den kleinsten Dörfern rannten magere Kinder barfuß durch den Staub, und Frauen mit wettergegerbten, eingefallenen Gesichtern beäugten sie von schattigen Türnischen aus.

Auf Schotterstraßen ratterten sie quer durch das platte, sepiafarbene Land, das sich, von Steinmauern, ausgetrockneten Wasserläufen und Felsformationen durchschnitten, ins Endlose zu dehnen schien. In der Ferne hoben sich violett schimmernde Bergketten vom Saphirblau des Himmels ab. An manchen Tagen fuhren sie stundenlang und begegneten kaum einer Menschenseele, kamen allenfalls hier und dort an einer verfallenden Hütte vorüber oder an einem Hirten mit seinem Vieh, das so rotbraun war wie die staubige Erde. Eidechsen glitzerten in Felsspalten, und mittags suchten Sadie und Jimmy unter dem Schirm einer Baumgruppe Schutz vor der Sonne. Der Schatten eines hoch am Himmel kreisenden Adlers glitt über das fahlbraune Land, und das Klicken und Surren von Sadies Kamera klang laut in der glühenden Stille. Jimmy wanderte eine Weile herum, setzte sich dann auf einen Felsbrocken und schrieb. Abends, wenn sie wieder im Dorf waren, tranken sie *vino tinto*, und er las ihr Auszüge von dem vor, was er an diesem Tag verfasst hatte.

Sie trennten sich in Madrid, Jimmy fuhr nach Italien weiter, Sadie blieb, um für Gabriel zu arbeiten. Sie mochte Madrid auf den ersten Blick – die gleißende, trockene Hitze und den weißen Glanz des Sonnenlichts auf den Pflastersteinen; das lebhafte abendliche Treiben auf den Straßen und Plätzen, wo Familien mit herausgeputzten kleinen Kindern umherspazierten, von schwarz gekleideten Großmüttern begleitet, die immer wieder stehen blieben, um in die Läden zu schauen und die Früchte an den Marktständen zu begutachten.

Sie suchte sich ein Zimmer unweit des Ateliers und zog, um Geld zu sparen, mit einer Frau namens Vera Butterworth zusammen. Vera war klein und vollbusig und hatte einen dunklen Lockenkopf; sie kam aus Manchester und war mit einem Madrilenen verlobt, ihrem Spanisch hörte man an, dass sie aus Lancashire kam. Sie halte nichts von falscher Höflichkeit, erklärte sie Sadie. Sie nahm kein Blatt vor den Mund, wenn sie den Tee zu dünn fand, und gab Sadie gern Ratschläge bezüglich ihrer Garderobe. Aber sie war gutmütig, und da sie beide zu unterschiedlichen Zeiten arbeiteten – Sadie den ganzen Tag im Atelier, Vera an einer Abendschule, wo sie Englisch unterrichtete – kreuzten sich ihre Wege nicht allzu oft.

Das Zimmer war geräumig, befand sich allerdings direkt unter dem Dach eines fünfstöckigen Hauses, wo sich die Sommerhitze der Stadt fing. Es hatte ein schmales Fenster mit Spitzenvorhang und zwei gleichermaßen schmale Eisenbetten. Auf dem Toilettentisch breitete Vera Häkeldeckchen für ihren Yardley-Puder, ihr Coty-Parfum und den knallroten Elizabeth-Arden-Lippenstift aus. In einem kleinen Schrank in einer Ecke des Zimmers bewahrten sie ihr Geschirr und ein paar Vorräte auf, Tee, Zucker, Kekse. Sie frühstückten Orangen und Brötchen, die sie beim Bäcker an der Ecke holten, und saßen an einem runden Tisch.

Gabriel machte sie mit seinen Freunden bekannt, die in den Cafés und Bars von Lavapiés verkehrten. Es waren Maler, Musiker, Dichter und Journalisten verschiedenster Nationalität, Spanier, Franzosen, Iren, Engländer, Amerikaner, außerdem der ein oder andere Pole oder Tscheche. Man redete über Konzerte, die man besucht, Bücher, die man gelesen hatte, oder über den neuesten Skandal in Politik oder Gesellschaft, am unterhaltsamsten war immer beides zugleich. Und natürlich ging es um den Aufstieg Hitlers und Mussolinis, Männer, die man bei ihrem ersten Erscheinen auf der politischen Bühne als Witzfiguren und Demagogen abgetan hatte, die aber offenbar Ausstrahlung und Charisma besaßen sowie einen Riecher für die Unzufriedenheit und den Groll der Leute und denen es erschreckenderweise gelang, Stimmen zu sammeln und Macht anzuhäufen, sodass sie plötzlich nicht mehr lachhaft waren, sondern gefährlich.

Spanien litt an seinen eigenen anhaltenden Problemen und Konflikten. Es ging um die Katalanen und die Basken, die die Selbstverwaltung anstrebten; um die Macht der Kirche und des Adels mit ihrem riesigen Landbesitz; um den Einsatz von Wanderarbeitern in der Landwirtschaft, der zu niedrigeren Löhnen für die ohnehin bettelarme Landbevölkerung führte und anarchistische Tendenzen förderte. Es hatte Erhebungen gegen die Zweite Republik gegeben, und der rechte

Flügel gewann an Stärke, da er das Militär zu reduzieren und liberale Maßnahmen zuzulassen versprach; tatsächlich war von Frauenwahlrecht und Scheidung die Rede. Madrid war in den bewegten frühen 1930er-Jahren eine Brutstätte neuer Ideen sowie der Angst und Empörung angesichts dieser Ideen. Auf den Straßen, in den Bars und Cafés redete man über nichts anderes als über Politik, bis irgendjemand verzweifelt in die Sommernacht hinausschrie, er habe die Nase voll von Politik, es müsse doch noch andere Themen geben.

Eines Abends waren Sadie und Gabriel zum Essen bei einem Ehepaar eingeladen, das eine Wohnung in der Calle del Mesón de Paredes hatte. Padraig – Paddy – O'Connor war Journalist und Autor, seine Frau Mary war Krankenschwester, eine nüchterne, pragmatische blonde Amerikanerin mit einem Gesicht voller Sommersprossen. Zwei weitere Paare saßen mit am Tisch, alte Freunde von Paddy und Mary. Der siebte Gast kam allein – ein Spanier, der hervorragend Englisch sprach. Er war ein schlanker, schmalgliedriger Mensch, der sich, wie Sadie auffiel, als er sich erhob, um Mary zu helfen, durch eine besondere Anmut und Ökonomie der Bewegungen auszeichnete. Wenn er etwas zu sagen hatte, tat er es mit Bedacht. Sie hielt ihn für einen Mann, der sich in den vergoldeten Salons der Reichen ebenso ungezwungen bewegte wie in der kleinen Wohnung von Paddy und Mary. Er hatte einen dieser komplizierten spanischen Familiennamen mit einem »de« darin, den sie postwendend vergaß. Sie merkte sich nur, dass Paddy und Mary ihn Andrés nannten.

Er fiel ihr auf, aber er berührte sie nicht besonders. Keinesfalls war es – von ihrer Seite jedenfalls nicht – Liebe auf den ersten Blick.

Sie begegnete ihm ein paar Tage später im *Barbieri* wieder, einem Café mit Säulen und Spiegeln und geschrubbten Holztischen, in dem sich Gabriels Clique mit Vorliebe traf. Es ging immer laut und lebhaft zu, sodass man häufig schreien musste, um sich Gehör zu verschaffen. Die Gäste waren teilweise zwielichtige Gestalten, Taschendiebe, Haschischdealer und halbseidene Damen in schmuddeliger Spitze und grellfarbener Seide, und immer war ein Musiker da, der Gitarre spielte und dazu sang. Allerdings wurden selbst die Taschendiebe still, wenn ein Dichter mit abgewetztem Hemdkragen und schiefgetretenen Schuhen mit geschlossenen Augen und leiser, inbrünstiger Stimme seine Werke vortrug.

Gabriel und seine Freunde saßen stets hinten im Café, wo sie fünf oder sechs Tische zu einer langen Tafel zusammenschoben. Als Sadie an diesem Abend kam, bemerkte sie sogleich Andrés, der am Ende der Tafel saß. Sie war ihm nur das eine Mal begegnet, aber als sie sich neben ihn setzte, war ihr so warm und froh ums Herz, als träfe sie einen alten Freund. Sie musterte seine Züge, während sie sich unterhielten: eine schmale, vorspringende Nase, ein klar gezeichneter Mund mit kleinen Lachfältchen an den Winkeln, grüne Augen unter langen Wimpern. In seinem kurzen schwarzen Haar glitzerten hier und dort graue Fäden. Seine Kleidung war elegant, aber getragen.

Als der Abend nach Mitternacht zu Ende ging, erbot er sich, sie nach Hause zu begleiten. Sie plauderten, verglichen die Vorzüge spanischen Weins und englischen Biers, und er lieferte ihr eine grobe Übersetzung eines der Gedichte, das sie gehört hatten. Viel zu bald erreichten sie ihre Wohnung. Sie könne ihn leider nicht noch zu einem Kaffee heraufbitten, sagte sie, da sie das Zimmer mit einer Freundin teile. Kein Problem, meinte er und sagte dann, beinahe unsicher, wenn sie Lust habe, könnten sie ja noch ein Stück laufen.

Arm in Arm spazierten sie durch das nächtliche Viertel. Mondlicht von unwirklicher Klarheit erhellte die Höfe und schmalen Gassen und warf einen satten silbernen Glanz auf die Pflastersteine. Er fragte sie nach der politischen Situation in England, und von da kamen sie auf die Zustände in Spanien, wo sich in diesen seltsamen, aufregenden Zeiten der Zweiten Republik immer tiefere Risse im Gewebe der

Gesellschaft auftaten, die von den extremen Rechten und Linken für ihre Zwecke genutzt wurden.

»Keine Ahnung, wie das alles enden wird«, sagte Andrés ernst. »Nicht gut, fürchte ich.«

Doch als sie später auseinandergingen, nachdem sie zu ihrer Überraschung festgestellt hatten, dass mehrere Stunden vergangen waren, blieb bei Sadie vor allem ein Gefühl des Friedens und der inneren Ruhe. Beim Einschlafen musste sie daran denken, wie er einem Kind, das in einer Tornische schlief, einige Peseten in die kleine Hand gedrückt hatte; wie er schützend den Arm um sie gelegt hatte, als sie an einer Gruppe heruntergekommener Männer vorbeigekommen waren. Und sie rief sich immer wieder die Berührung seiner Lippen ins Gedächtnis, als er ihr zum Abschied die Hand geküsst hatte.

Sadie rief Mary an, die amerikanische Krankenschwester, und verabredete sich mit ihr zum Mittagessen. Sie erkundigte sich nach Andrés, aber unauffällig, wie sie meinte, ganz beiläufig, nachdem sie Salat und Käse verzehrt und eine ganze Weile von den verschiedensten anderen Dingen gesprochen hatten.

»Er ist ein wirklich netter Kerl«, sagte Mary, während sie sich ein Stück von ihrem Sahnetörtchen nahm. »Unheimlich sympathisch. Er würde alles für einen tun.«

»Er sagte, dass er schreibt.«

»Im Moment vor allem für die Zeitung. Eigentlich ist er Historiker. Paddy hat einige seiner Bücher gelesen, über irgendwelche spanischen Könige, und er sagt, sie seien sehr gut. Seine Artikel werden in vielen Zeitungen und Zeitschriften veröffentlicht.« Mary sah von ihrem Törtchen hoch. »Hat er dir von seinem Schloss erzählt?«

»Schloss?«, fragte Sadie.

»Andrés hat ein Schloss in …« Eine ausholende Geste, die Sadie dahingehend auslegte, dass das Schloss irgendwo im heißen, leeren Hinterland von Madrid gelegen war.

»Interessierst du dich für ihn?«, fragte Mary, und Sadie merkte, dass sie rot wurde.

»Ich kenne ihn ja kaum.«

Ein kurzes Lachen. »Als ob das jemals eine Rolle gespielt hat. Er ist verheiratet.« Sie warf Sadie einen Blick zu, den diese als mitleidig empfand. »Andrés hat ein Kind – einen Sohn. Seiner Frau bin ich nur einmal begegnet. Eisig, kann ich nur sagen. Seine Ehe ist nicht glücklich, das steht fest.« Mary stand auf, strich sich über die ondulierten blonden Haare und schnippte einen Krümel von ihrem blauen Kleid. »Ich muss in die Klinik zurück.«

Es war sehr heiß an diesem Nachmittag. Das Sonnenlicht lag blendend hell im Atelier, die Hitze nahm einem die Luft zum Atmen, und Gabriel hatte mal wieder eine seiner Launen. Bei Sadies erstem Druckabzug war die Registrierung eine Spur unpräzise. »Kriegst du nicht mal das richtig hin?«, schnauzte er sie an. »Teures Papier verschwenden, weil eine hirnlose Idiotin nicht aufpasst.« Er knüllte den Druck zusammen und schleuderte ihn in eine Ecke. Danach arbeitete sie konzentrierter.

Um sieben verkündete Gabriel, es sei viel zu heiß zum Arbeiten, warf sein Werkzeug in die Kiste und stapfte aus dem Atelier.

Sadie räumte auf und arbeitete dann eine Zeit lang an einem ihrer eigenen Drucke. Beim Schneiden in die Linoleumplatte dachte sie an Andrés, der verheiratet war und einen Sohn hatte. Sie dachte an Pearl und daran, wie unglücklich die Affäre mit einem verheirateten Mann sie letztlich gemacht hatte, und sie dachte an ihre eigene törichte und verheerende Geschichte mit Tom Chiverton. Es gab in diesen Affären sicherlich Momente des Glücks, aber konnten diese vergessen machen, dass man für den Mann, den man liebte, niemals an erster Stelle stand und Gefahr lief, einen anderen Menschen zu verletzen? Mary hatte gesagt, *Seine Ehe ist nicht glücklich*. Änderte das etwas?

Am folgenden Morgen bewegte ein leichtes Lüftchen die stickige Luft. Gabriel war blass und sichtlich mitgenommen vom Alkohol des Vorabends, doch seine schlechte Laune war verflogen, sein Ton, wenn er überhaupt etwas redete, milde und versöhnlich. Sie erledigten eine Menge an diesem Tag und konnten sich am Abend über zwanzig gelungene Drucke freuen.

Eine Woche später besuchte Sadie ein Fest bei Leuten, die unweit des Puerto del Sol wohnten. Die Klänge des Klaviers waren im lauten Stimmengewirr und Gelächter nur als rhythmische Schwingungen wahrnehmbar. Sadie lachte über die Witze ihres Nachbarn, ein Freund bot ihr eine Zigarette an, und sie schützte das Flämmchen des Streichholzes mit der gekrümmten Hand. Sie merkte – sie hätte nicht sagen können, woran –, dass jemand sie beobachtete, und als sie sich umblickte, sah sie Andrés. Ihre Blicke trafen sich, und er beendete das Gespräch, das er führte, mit einem Lächeln und einer kurzen Geste. Als er auf sie zukam, wurde ihr leicht. Auch wenn sie sich zu ihm hingezogen fühlte, brauchten sie ja nicht gleich eine Liebesbeziehung anzufangen. Sie konnten Freunde sein. Mehr wollte er vielleicht auch gar nicht.

Am Ende des Abends bot er wie schon beim letzten Mal an, sie nach Hause zu begleiten. Sadie legte sich die Seidenstola um die Schultern. »Erwartet Ihre Frau Sie nicht?«

»Meine Frau ist mit meinem Sohn ihn Frankreich. Sie hat dort Familie.«

Seine Hand lag an ihrem Ellbogen, als er sie an einer Gruppe Feiernder vorbeiführte, deren lautes Grölen auf der Plaza widerhallte. Es war nach Mitternacht und sehr warm, und die Stadt war immer noch voller Leben.

»Ich hätte es Ihnen sagen sollen«, bemerkte Andrés. »Wenn ich jetzt sage, dass ich nicht den rechten Moment finden konnte, klingt das wie eine Ausflucht. Aber wenn ich gleich damit herausgeplatzt wäre, dass ich verheiratet bin,

Frau und Kind habe ... hätten Sie das womöglich so verstanden, dass ich etwas ... erwarte.«

»Für diesen Typ Mann halte ich Sie eigentlich nicht«, erwiderte Sadie ruhig.

»Ich würde nichts von Ihnen erwarten«, sagte er. »Aber vielleicht doch hoffen.«

Sie spürte ein Prickeln der Erregung. Vernunft und schlechte Erfahrungen mochten ihr raten, die Finger von diesem Mann zu lassen, aber sie hatte sich schon entschieden. Sie ließ ihre Hand auf seinem Arm.

Während sie gingen, erzählte er ihr, dass seine Frau Isabella die Tochter der engsten Freundin seiner Mutter war. Die beiden Frauen kannten sich schon aus Internatszeiten, hatten am selben Tag geheiratet und ihre ersten Kinder – im Fall von Andrés' Mutter das einzige – im Abstand von einer Woche zur Welt gebracht. Seine Ehe, könnte man sagen, war also schon geplant worden, als er noch in der Wiege lag.

Mit vierundzwanzig, nach fünf Jahren Studium in Salamanca, hatte er Isabella zum ersten Mal wiedergesehen und sich rettungslos in sie verliebt.

»Sie war eine schöne Frau«, sagte er. »Von dieser dunklen, strengen Schönheit, die ich unwiderstehlich fand, als ich jünger war.«

Er war fünfundzwanzig gewesen, erzählte Andrés weiter, als er und Isabella geheiratet hatten. Und wie lang hatten sie gebraucht, um ihren Fehler zu erkennen? Nicht sehr lang.

»Wie sich das zwischen uns entwickelt hat – das war meine Schuld. Ich war nicht der Mann, für den sie mich gehalten hatte. Sie glaubte, sie würde den Señor Moreno mit Herrschaftssitz, Ländereien und gesellschaftlicher Stellung heiraten. Stattdessen sah sie sich an einen Mann gebunden, der sein kümmerliches Auskommen mit dem Verfassen von Büchern verdient, mit Büchern, die kaum jemand liest, und Artikeln, die weder bei ihr noch bei den meisten unserer Freunde Anklang finden. Aber das Entscheidende ist, dass Isabella überzeugte Katholikin ist und davon ausging, sie werde einen ebenso gläubigen Mann heiraten. Aber mir ist der Glaube im Lauf der Zeit abhandengekommen. Es ist kaum noch so viel davon da.« Er hielt Daumen und Zeigefinger einen winzigen Spalt auseinander. »Das kann sie mir nicht verzeihen. Nach der Geburt unseres Sohnes Raoul hat sie mir unmissverständlich erklärt, dass sie damit ihre Pflicht mir gegenüber als erfüllt betrachtet. Seitdem leben wir nicht mehr als Mann und Frau zusammen.«

»Das tut mir leid«, sagte sie.

»Das braucht es nicht, Sadie. Es geht mir nicht darum, mich zu rechtfertigen oder Ihnen gar mein Herz auszuschütten. Ich wollte Ihnen nur erklären, wie die Dinge liegen.«

Er wollte die Karten auf den Tisch legen, dachte sie. Ihr sagen, schau her, der bin ich.

Sie schritten an einer Mauer vorüber, die voll mit politischen Plakaten war, mit Ankündigungen von Konzerten, Lesungen und Stierkämpfen.

»Isabella und ich leben neun Monate des Jahres in Madrid«, fuhr er fort. »Die Sommermonate verbringt sie mit Raoul in Frankreich bei ihrer Familie, die ganz im Süden, in der Nähe der Pyrenäen, ein Anwesen am Atlantik besitzt. Sie findet das Klima dort angenehmer.«

Sie bogen in eine lange, schmale Straße ab, die sich wie eine dunkle Schlucht zwischen den hohen Wohnblocks hindurchzog.

»Ich glaube nicht«, sagte er, »dass sie mich überhaupt geliebt hat. Isabella ist ungeheuer pflichtbewusst. Für mich steht schon lange fest, dass sie mich nur geheiratet hat, weil ihre Mutter es so wollte. Soweit ich weiß, gibt es keinen anderen Mann in ihrem Leben. Manchmal denke ich, es wäre alles leichter, wenn sie jemanden hätte.«

»Warum?«

»Weil ich dann auf jemanden wütend sein könnte. Unglück lässt sich leichter ertragen, wenn man einem anderen die

Schuld daran geben kann, finden Sie nicht?« Er lächelte voll Selbstironie. »Von Zeit zu Zeit suche ich mir Trost. Ich lebe nicht wie ein Mönch.«

»Man fühlt sich einsam.«

»Ja, genau. Ich bin immer diskret. Ich weiß, dass Isabella sich gedemütigt fühlt, ich möchte es nicht noch schlimmer machen. Außerdem denke ich an Raoul.«

Vor Sadies Haus blieben sie stehen. Sie wollte noch nicht hineingehen. Sie blieben draußen in der heißen, mondhellen Nacht, und Andrés erzählte ihr, dass er in den wirtschaftlich schwierigen Zwanzigerjahren den Familiensitz und einen Teil seiner Ländereien hatte verkaufen müssen. Er und seine Frau waren in ein Haus in Madrid umgezogen.

»Isabella hatte einen anderen Lebensstil erwartet«, sagte er. »Ich spreche nicht von Luxus, sie ist keine Frau, die auf dergleichen Wert legen würde. Aber in ihren Augen bedeutete der Verkauf einen Statusverlust, und den empfindet sie als erniedrigend. Ich bedauere das, aber ich hatte keine andere Wahl. Für mich war der Verkauf eine Erleichterung. Ich konnte endlich an etwas anderes denken als immer nur an die Schaben im Abfluss, an die Zimmerdecken, die kurz vorm Einsturz waren. Ich bemühe mich, die Leute zu unterstützen, die auf den Gütern leben, die ich noch besitze. Ich habe eine Schule bauen lassen und dafür gesorgt, dass jeder Zugang zu einem Arzt hat. Isabella hat eine ziemlich starre Sicht auf die Dinge. Ihrer Überzeugung nach ist das Schicksal eines Mannes, seine Stellung, seine Zukunft, seine Möglichkeiten, schon bei der Geburt besiegelt. Ein Adelsspross besucht die Schule, ein Bauernsohn nicht.«

»Mary O'Connor sagte, Sie besäßen ein Schloss.«

Er warf ihr einen amüsierten Blick zu. »Mary stellt sich wahrscheinlich Türme und Zinnen vor. Ich habe versucht, ihr zu erklären, dass das Dach eingestürzt ist und außer den Wildziegen niemand mehr im Schloss wohnt, aber das will sie nicht hören. Es ist ein wirklich schöner Ort. Überall Zitronenbäume, und der ganze Boden ist mit Thymian bedeckt. Ich war seit Jahren nicht mehr dort. Eine Tages würde ich es Ihnen gern zeigen, Sadie.«

Ein Pferdekarren, der mit Säcken voll Zwiebeln und Feuerholz beladen war, ratterte vorüber. Sadie beobachtete Andrés' Mienenspiel und den Schimmer des Mondlichts auf seinen Zügen.

»Und Ihr Sohn, Andrés?«, fragte sie. »Wie alt ist er?«

»Raoul ist jetzt vierzehn. Er ist ein gut geratener Junge, zum großen Teil Isabellas Verdienst, sie ist sehr geduldig und liebevoll. Er fehlt mir. Die Wohnung wirkt so leer ohne ihn.«

Er wollte mehr über sie wissen. Sie erzählte ihm, dass sie nie geheiratet hatte und kinderlos war. Sie sei einmal verlobt gewesen, sagte sie, aber die Verbindung sei auseinandergegangen. Dann streifte sie kurz ihre Beziehungen zu Kit Massingham und einem Mann, den sie im Sommer zuvor in Südfrankreich kennengelernt hatte – ein Maler namens Jules.

»So ein lustiger Mensch«, sagte sie. »Er hat alles auf die leichte Schulter genommen. Als Maler nicht so gut, wie er glaubte, aber angenehm.« Und dann, in dem Bewusstsein, was es ihn gekostet haben musste, offen über seine gescheiterte Ehe zu sprechen, ergänzte sie: »Kit war ein guter Freund – ist es immer noch –, und Jules und ich schreiben uns hin und wieder Ansichtskarten, aber geliebt habe ich keinen von beiden. Felix habe ich wirklich geliebt, meinen Verlobten. Nach der Trennung hatte ich einen Zusammenbruch. Heute kann ich sehen, dass er nicht der Richtige für mich war und es auf Dauer nicht gegangen wäre, aber dieses Erlebnis hat mich verändert. Es tut mir so leid, Andrés, dass es für Sie nicht glücklicher ausgegangen ist.«

Er antwortete mit einem kleinen Schulterzucken. »So was kommt vor. Aber es hat natürlich Folgen. Für Isabella ist Scheidung eine Sünde, und in den Augen der Kirche besteht für uns kein Grund zu einer Scheidung. Ich würde ihr auch niemals etwas zumuten wollen, was so unvereinbar ist mit allem, woran sie glaubt. Ich habe ihr schon Enttäuschung und Demütigung genug bereitet. Wir führen getrennte Leben, Isabella hat ihre Freunde und Interessen, und ich habe meine. Schon wegen unseres Sohnes bemühen wir uns, höflich miteinander umzugehen. Die letzten zwei Sommerwochen reise ich nach Frankreich, um mit meinem Sohn zusammen zu sein, dann schwimmen und reiten wir zusammen.«

Sadie würde in der ersten Septemberwoche nach England zurückkehren, um die für November geplante Ausstellung in der Galerie Danford vorzubereiten. Zu Beginn des Abends hatte eine Stimme sich in ihr gemeldet und sie gewarnt, sich nicht zu tief auf Andrés einzulassen, sondern vorsichtig zu sein, wie es für das sprichwörtlich gebrannte Kind ratsam war. Doch dieser Moment war längst vorbei.

Sie standen unter einer Straßenlampe, die grünliches Licht aufs Pflaster warf. Der Impuls, ihn zu berühren, war unwiderstehlich. Mit den Fingerrücken streichelte Sadie sein Gesicht, seine Wange, seine Mundwinkel, als wollte sie ihn zum Lächeln bringen.

»Ich fürchte, die gute Vera wird schon oben in ihrem Bett liegen und tief schlafen«, bemerkte sie. »Sagten Sie nicht, dass Ihre Wohnung sich leer anfühlt, Andrés?«

Er ergriff ihre Hände und küsste sie. »Nichts wünsche ich mir mehr, als dass Sie mit zu mir kommen.«

Dann küssten sie sich, und in ihr sprang ein Feuer auf.

»Wollen wir gehen?«, murmelte er, und sie machten sich Arm in Arm auf den Weg.

Die Vorhänge im Schlafzimmer waren aus grüngoldenem Brokat, sehr *ancien régime*. Andrés nahm sich Zeit, als er sie auskleidete, und mit jedem Kleidungsstück, das von ihrem Körper glitt und zu Boden fiel, begehrte sie ihn heftiger. Sein Körper war schlank und fest, und sie schob ihre Hand über die glatten Flächen seiner Schulterblätter und die schnurgerade verlaufende Vertiefung seines Rückgrats hinunter, bis er sie aufs Bett legte, ein Ungetüm von einem Himmelbett aus schwarzem geschnitzten Holz. Von den vier Ecken des Baldachins blickten Engel mit aufgeblasenen Pausbacken unfreundlich zu ihr herunter, deshalb schloss sie einfach die Augen und gab sich ganz den Gefühlen hin, die er in ihr wachrief, als seine Finger von ihren Brüsten über ihre Taille zu ihrem Bauch wanderten, sein Mund Schwung und Mulde von Hüfte und Schenkel erforschte, seine Hand sich jener Stelle näherte, die sich nach seiner Berührung am meisten sehnte. Schweiß sammelte sich zwischen ihren Brüsten, und sie brannte vor Begierde, als sie sich ihm öffnete.

Am Morgen, nachdem sie noch einmal miteinander geschlafen hatten, lief Andrés zum Bäcker, um etwas zu essen zu holen.

Sadie schlang den Bettüberwurf aus grünem Seidenbrokat um sich und ging ins Badezimmer, nicht ohne einen Blick in die Räume zu werfen, an denen ihr Weg sie vorbeiführte. Sie waren alle von gewaltigen Ausmaßen, mit schweren, klotzigen Möbeln eingerichtet, die für Riesen gemacht schienen. Alt und hässlich waren sie, diese Kredenzen und Chiffonieren, diese klobigen Truhen mit ihren Eisenbeschlägen. An den Wänden hingen düstere Porträts von Männern und Frauen mit großen Nasen und hervorquellenden Augen; neben den offenen Kaminen bäumten sich Bronzepferde mit geblähten Nüstern auf; riesige Majolikatöpfe waren in Senf, Lachs und Khaki bemalt. Decken mit Blumen- und Blättergirlanden wölbten sich hoch über ihr, und der Boden im Flur hatte Fliesen in einem Rot, das sie an Dosenfleisch erinnerte. Das Haus, dachte Sadie, sollte nicht einladend, sondern überwältigend wirken. Lediglich in den Büchern, die in den Glasvitrinen standen, in den Zeitungen und Zeitschriften auf einem Beistelltisch und dem Stapel Papiere, die mit Notizen in einer klaren, kräftigen Handschrift bedeckt waren, konnte sie den Mann erkennen, dem sie sich schon nahe fühlte.

Die Räume wirkten schäbig, als hätten sie bessere Tage gesehen. Die Gemälde und Bronzen waren für ihr Gefühl keine Wertstücke. Während ihres Gesprächs am vergangenen Abend hatte Andrés durchblicken lassen, dass er finanziell nicht gerade glänzend dastand. Vielleicht waren die wirklich wertvollen Stücke bereits verkauft worden. Staub hatte sich auf den Simsen und Tischplatten gesammelt; sie hätte ihren Namen hineinschreiben können. Es musste ein Heer von Dienstboten brauchen, um ein so großes Haus in Schuss zu halten, und sie hatte bisher keinen einzigen zu Gesicht bekommen. Im Badezimmer stand eine Wanne von der Größe eines mittleren Pools – besser, man war ein guter Schwimmer, wenn man da hineinsteigen wollte. Zur thronähnlichen Toilette führte ein langer Weg über eiskalte schwarz-weiße Fliesen, und sie wusch sich die Hände in einem betongrauen Marmorbecken unter einem Hahn, der mit Grünspan überzogen war.

Sie musterte sich im Spiegel. Sah sie anders aus jetzt, da sie wieder liebte? Denn sie liebte ihn, ja. Die Liebe und das Glück machten sie durchlässig und brachten sie zum Klingen wie Glas, und sie erlebte jeden Moment vollkommen ungetrübt. Sie konnte sich nicht erinnern, mit Felix Derartiges empfunden zu haben. Sie hatte sich seiner nie sicher gefühlt und war deshalb ständig von Eifersucht gequält gewesen. Es wunderte sie, dass es ihr mit Andrés nicht so ging, obwohl doch ihre Beziehung immer durch die äußeren Umstände gehemmt bleiben würde. Sie betrachtete ihr Spiegelbild mit zusammengekniffenen Augen, als könnte sie aus den Konturen und Nuancen ihrer Züge die Wahrheit herauslesen. Vielleicht war sie älter und klüger geworden. Es tat ihr gut, sich vorzustellen, dass die letzten Jahre, die so oft voll Einsamkeit und innerer Unruhe gewesen waren, sie stärker gemacht hatten. Aber vielleicht fühlte sie sich auch anders, weil sie instinktiv wusste, dass Andrés anders war, ein besonderer Mensch.

Als sie zum Schlafzimmer zurückging, wurde unten eine Tür geöffnet. Sie blickte über das Treppengeländer ins Erdgeschoss hinunter und bemerkte eine schwarz gekleidete Frau mit Schrubber und Eimer. Leise huschte sie zum Schlafzimmer zurück.

Sie sagte: »Ich weiß noch nicht mal deinen Namen. Ich meine, deinen vollen Namen. Ich kenne dich nur als Andrés.«

Sie lagen in der Wanne. Die Haushälterin hatte ihre Arbeit getan und das Haus verlassen, und sie hatten im Bett gefrühstückt. Klebrig an Gesicht und Händen von dem süßen Gebäck, das Andrés mitgebracht hatte, hatten sie beschlossen, ein Bad zu nehmen.

»Du willst meinen Namen wissen?« Er wusch ihr die Haare, und während er Shampoo in ihre Kopfhaut massierte, sagte er: »Luis Andrés Kindellan de Moreno. Ganz einfach also …«

»Einfach?«, prustete sie durch den Schaum und wiederholte dann den Namen.

»Kindellan war der Mädchenname meiner Mutter«, erklärte er. »Sie war Irin.«

»Der Name klingt unheimlich edel. Viel edler als Sadie Victoire Lawless.« Sie beugte sich vor, und er kippte einen Becher Wasser zum Spülen über ihre Haare.

»Sadie Victoire Lawless ist doch auch sehr edel. Und sehr schön. Genau wie es sich für eine so schöne Frau gehört.« Er drückte das Wasser aus ihren langen Haaren, und sie rückten zum Kuss zusammen, während um sie herum die schaumigen Wellen schwappten.

»Warum Victoire?«, fragte er.

»Nach meiner Mutter. Sie war Französin.«

»Und sprichst du Französisch?«

»Ja, ganz gut. Besser als Spanisch.«

»Ich liebe dein Spanisch.«

»Die Sprache ist unmöglich. Diese ganzen Chrr-Laute. Wie viele Sprachen sprichst du?«

»Nur fünf.«

»Welche?«

»Spanisch, Englisch, Französisch, Italienisch und Deutsch. Aber erzähl mir von dir, Sadie. Wie lebst du? In einem Haus, einer Wohnung? Groß, klein? In der Stadt oder auf dem Land?«

»Ich wohne in einem Haus mitten im Wald«, sagte sie. »In Sussex, im Süden von England. Es ist klein, sehr klein, und es heißt *The Egg*.«

»*The Egg*?« Er lachte.

»Dir würde es winzig vorkommen, ein Minihaus. Es würde wahrscheinlich in dein Wohnzimmer passen. Mein Vater hat es gebaut. Er war Architekt, seiner Zeit ziemlich voraus. Er stellte sich viele dieser kleinen Eggs auf Wiesen und in Wäldern vor, wo die Menschen ihre Kinder abseits vom Smog und Lärm der Städte hätten großziehen können. Nach seinem Tod habe ich es geerbt.«

»Und warum bist du aus deinem kleinen Haus im Wald fortgegangen?«

»Ich wollte die Welt sehen. Ich wollte dir begegnen.«

»Ich bin so froh, dass du das getan hast, *querida*.«

Sie gab ihm einen Kuss und stieg aus der Wanne. Er hüllte sie in ein Badetuch. Er habe etwas zu erledigen, sagte er und küsste sie noch einmal. Sie könne ja lesen oder noch ein kleines Schläfchen machen. Er werde in ein, spätestens zwei Stunden zurück sein.

Nachdem Andrés gegangen war, entwirrte Sadie ihre Haare mit dem Kamm aus ihrer Handtasche und legte sich dann nackt aufs Bett. Es war heißer denn je, und die Hitze senkte sich auf sie wie eine Decke.

Sie fiel in einen leichten Schlaf und träumte, sie wäre wieder im *The Egg*. Das Rascheln des Laubs, Vogelgezwitscher und all die kleinen Geräusche, die zum Haus gehörten; der leichte Schlag eines Asts gegen Glas und das scharrende Trippeln eines Eichhörnchens, das über das flache Dach rannte. Aber vielleicht kam das Scharren auch von einem Menschen, der durch die Bäume rannte, keuchend und in Panik, als er im Matsch ausrutschte und stolperte.

Sie erwachte. Unten wurde eine Tür geschlossen. Die Schritte, die sie jetzt hörte, waren Andrés'. Sie kannte sie schon, und voll Glück rannte sie ihm entgegen.

Er war ein Einzelkind und noch nicht volljährig, als seine Eltern starben. Nach seinem Studium hatte er zwei Bücher veröffentlicht: Das eine befasste sich mit dem *Siglo de Oro*, Spaniens goldenem Zeitalter, das andere mit dem Leben des spanischen Königs Karl III. Andrés war ein Mensch, der sich für vieles interessierte: die persische Kunst des Teppichknüpfens, das Wirken des menschlichen Geistes, die Ursprünge der verschiedenen Sprachen Spaniens, die Lyrik der englischen Romantik, Autos (er besaß einen Lancia Lambda) und, natürlich, die Politik – sein Wissen über Politik, nicht nur die Europas, sondern auch die Amerikas und des Fernen Ostens, war immens. Er spielte gut Klavier – hauptsächlich Klassisches, aber auch Jazz, da am liebsten Sentimentales in der Art von »Ain't Misbehaving« oder »After You've Gone«. Er las Romane und Gedichte und ging gern ins Theater. Sadie, die sich für ziemlich belesen gehalten hatte, entdeckte, dass ihr literarisches Wissen verglichen mit seinem doch recht lückenhaft war.

Kochen konnte er gar nicht und war jedes Mal außerordentlich dankbar, wenn sie in der kalten und überdimensionalen Küche ein einfaches Frühstück oder spätabends noch einen kleinen Imbiss zubereitete. Meistens aßen sie auswärts. Ein weiterer gähnender Raum im Haus bestand praktisch nur aus deckenhohen Wandregalen voller Wein. Für ihn war Wein eine ernste Angelegenheit, er fand es wichtig, dass er zum Essen passte, auch wenn es sich um etwas so Frugales handelte wie Käsetoast. Sie interessierten sich beide für russische Musik und für Tanz, für den Modernismus, sowohl in der Malerei als auch in der Architektur, sowie für die Werke Goyas und Velázquez'. Er versuchte, die Gemälde im Prado mit ihren Augen zu sehen, weil er glaubte, er könne von ihr lernen. Beide liebten sie Sonnenlicht und Wärme, während sie dem Winter wenig abgewinnen konnten. Aber darüber sprachen sie kaum, sie wussten, dass der erste kühlere Lufthauch die Trennung bringen würde.

Ihre Tage bekamen bald einen regelmäßigen Rhythmus. Fünf Tage in der Woche arbeitete sie von frühmorgens bis spätabends bei Gabriel im Atelier. Wenn Andrés nicht zu viel zu tun hatte, holte er sie zum Mittagessen ab. Er wartete unten auf dem Platz auf sie, und dann gingen sie in irgendein Café.

Das waren paradiesische Tage, an denen sie nach dem Mittagessen zu ihm gingen und sich liebten wie im Rausch, während das Sonnenlicht in blendenden Bändern durch die Läden fiel.

Die Liebe beflügelte Sadie in ihrer Schaffensfreude. Wenn Gabriel abends gegen sieben ins *Barbieri* abzog, arbeitete sie noch Stunden weiter. André kam oft nach der Arbeit vorbei und setzte sich auf das Fensterbrett, um ihr Gesellschaft zu leisten. Später gingen sie dann gemeinsam nach Hause, manchmal unterwegs noch auf einen Sprung in ein Lokal, um etwas zu trinken oder zu essen, manchmal, wenn ihr Bedürfnis, miteinander allein zu sein, zu stark war, auch nicht. Dann eilten sie Arm in Arm, Hüfte an Hüfte durch die Straßen, sie mit dem Kopf an seiner Schulter. In der kühlen marmornen Pracht der Vorhalle seines Hauses knöpfte sie ihre Bluse auf, noch bevor er die Tür abgesperrt hatte. Morgens, bevor die Haushälterin kam, sammelte er die verstreuten Kleidungsstücke ein, die wie gefallene Blätter auf den Treppenstufen lagen.

Bis Mitte August vollendete Sadie acht ihrer kastilischen Landschaften mit großflächigen Bahnen in Orange,

Rost und Tizianrot sowie mit kräftigen dunklen Grün- und Graublautönen, die an Wälder und Berge denken ließen. Sie war zufrieden mit ihrer Arbeit; es waren kühne und mutige Bilder, die zugleich etwas Geheimnisvolles hatten. Sie schrieb an Madge Danford und schickte einen der Drucke, sorgfältig in Karton und festes braunes Papier eingepackt, nach London.

Die Arbeit ging ihr mit einer Leichtigkeit von der Hand, wie sie es seit Jahren nicht mehr erlebt hatte, und Andrés liebte sie; nie war sie glücklicher gewesen.

Eines Tages erzählte Sadie Andrés von Edith. Vera, ihre Wohngenossin, war übers Wochenende mit ihrem Verlobten verreist; Sadie und Andrés lagen eng umschlungen in dem schmalen Bett.

»Wir haben uns gestritten«, erklärte sie. »Und seitdem reden wir nicht mehr miteinander. Ich schreibe ihr, aber sie antwortet nie.«

Er strich mit den Fingerspitzen von ihrer Kehle zu ihrem Bauch. »Worüber habt ihr denn gestritten, *querida*?«

»Das Haus. Es hat Edith tief verletzt, dass unser Vater es mir hinterlassen hat. Ihrer Meinung nach bedeutet das, dass er sie nicht geliebt hat.«

Sie erinnerte sich an den Tag vor zwei Jahren, als Edith nach *The Egg* hinausgekommen war, an die Stimmung voller Vorwurf und Verletztheit, ihren eigenen Groll und Ärger, die Dinge, die Edith zu ihr gesagt hatte.

Vielleicht habe ich dich nie gemocht. Aber haben wir denn je eine Chance bekommen, uns zu lieben, wie Schwestern sich lieben sollten? Ich bin nicht blind, ich habe von Anfang an gesehen, wie es war. Du warst vom Tag deiner Geburt an Vaters Liebling. Sadie hatte lange über das alles nachgedacht und zugeben müssen, dass es stimmte.

»Was für ein Mensch ist deine Schwester?«, fragte er. »Ist sie wie du?«

»Vom Äußeren her nicht. Sie ist größer und dunkler. Ich habe mir früher immer gewünscht, ich wäre so groß wie Edith. Sie wirkt immer elegant, egal, was sie anhat. Und sie ist eine sehr ordentliche Person, die auf jede Kleinigkeit achtet. In meiner Boheme-Phase habe ich mich darüber lustig gemacht, später habe ich es bewundert.«

»Du hattest eine Boheme-Phase?« Sein Ton klang amüsiert.

»O ja, das muss ich leider gestehen. Fransenschals, Perlenstirnbänder und zipfelige Röcke. Ich hab sie zum Glück überwunden.« Sie seufzte. »Ich vermute, ich wollte Edith gern als spießig und konventionell hinstellen, weil ich wusste, dass ich niemals haben würde, was sie hatte: einen Ehemann, ein Kind, einen ganz normalen Haushalt.«

»Nicht traurig sein, *querida*. Jetzt hast du mich.«

»Ja, jetzt habe ich dich, Liebster.«

Er nahm sie in die Arme und küsste sie. Nach einer Weile schlüpfte Sadie in ihren Morgenrock und machte Kaffee. Der Duft der frisch gemahlenen Bohnen erfüllte das kleine, stickige Zimmer.

Als sie Kaffee und Tassen auf den Nachttisch stellte, sagte sie: »Ich weiß jetzt, dass mein Vater sich nicht richtig verhalten hat. Man sollte kein Lieblingskind haben. Mein Vater hat mir so viel gegeben – zu viel, denke ich heute. Das Haus hätte Edith gebührt. Es ist komisch, aber ich hänge nicht mehr so sehr dran wie früher.« Sie wartete, bis der Kaffeesatz abgesunken war, dann schenkte sie zwei kleine Tassen ein und dachte an eine Collage von Eis und Federn, die mit roter Farbe übergossen wurde. »Es war nicht immer ein guter Ort, Andrés.«

»Und?«, fragte sie. »Was ist mit deinen Geliebten? Wie viele waren es? Hübsche Frauen? Warst du richtig verliebt?«

Sie lagen in dem gewaltigen Himmelbett mit den Seidenbrokatvorhängen, erhitzt und zufrieden von der Liebe, nur ein Leintuch über sich, mehr hätten sie in der Hitze nicht ertragen. Sie hatten das Licht ausgemacht, ihre Zigaretten waren rote Punkte in der Dunkelheit.

»Es waren nur wenige«, sagte er.

»Wie hießen sie?«

»Juana… Bianca. Gallina, eine russische Balletttänzerin. Sie war so kräftig wie ein Mann und hatte Muskeln wie ein Bauarbeiter. Geliebt habe ich keine von ihnen. Aber dich liebe ich, Sadie. Ich liebe dich so sehr.«

Sie redeten zum ersten Mal über diese Dinge. Sie wusste, dass sie Andrés liebte, seit Ewigkeiten, wie ihr schien, obwohl es, wenn man rechnete, nur drei Wochen waren. Aber sie hatte es nie ausgesprochen. Nicht weil sie fürchtete, er wäre der Typ Mann, der bei einem solchen Geständnis die Flucht ergriff – keineswegs. Aber ausgesprochen hätten diese Worte ihnen nur die Aussichtslosigkeit ihrer Situation vor Augen geführt. *Wir haben etwas Wunderbares gefunden, aber wir dürfen es nicht behalten.* Worte konnten wie Salz in einer offenen Wunde sein.

»Ich habe dich schon geliebt, bevor wir zusammengekommen sind«, sagte sie. »Ich glaube, es war an diesem ersten Abend im *Barbieri.* Ich kann mich an jede Straße erinnern, durch die wir an dem Abend gegangen sind. Ich weiß noch genau, was wir geredet haben.« Sie wandte sich um und küsste ihn auf die Schulter, die weiche Haut, die sich geschmeidig über Knochen und Muskeln spannte.

»Am nächsten Tag«, sagte er, »bin ich bei Gabriels Atelier vorbeigegangen. Ich konnte es nicht lassen. Ich wusste, dass du dort warst. Du standst draußen, an die Mauer gelehnt, das Gesicht in der Sonne, und hast eine Zigarette geraucht. Du hattest einen Overall voller Farbflecken an und dir die Haare mit einem Schal zurückgebunden, und ich fand, du wärst die schönste Frau, die ich je gesehen habe.«

In der Stille hörte sie ein Lachen von der Straße und in der Ferne die Glocke eines Polizeifahrzeugs.

»Es ist ein Drama, nicht wahr?«, sagte er leise in die Nacht. »Einundvierzig Jahre alt, und ich habe die Frau gefunden, mit der ich den Rest meines Lebens verbringen möchte. Guter Gott, das habe ich wirklich großartig hinbekommen. Ach, ich wollte, ich könnte dir mehr geben.«

»Ich will nichts, Andrés. Nun ja, bis auf dein Herz.«

»Das gehört dir schon.« Leise Trauer schwang in seiner Stimme. »Es gehört dir schon eine ganze Weile, Sadie.«

Am Samstagmorgen flüchteten sie alle vier, Sadie und Andrés, Paddy und Mary, vor der glühenden Hitze der Stadt aufs Land hinaus. Andrés fuhr sie in seinem Lancia in eine Gegend, wo Felsgruppen und Teiche Schatten und Kühlung versprachen.

Sobald sie eine ruhige Stelle entdeckt hatten, zogen sie ihre Badeanzüge an und sprangen von den heißen Felsen ins kalte Wasser, wo sie sich stundenlang mit ausgelassenen Wasserschlachten und Wettschwimmen von einem Teichufer zum anderen amüsierten. Sadie kletterte schließlich als Erste wieder ans Ufer. Auf einem Felsen liegend, ließ sie ihre Haare, die sie um sich ausgebreitet hatte, von der Sonne bleichen. Gegen Mittag picknickten sie im blauen Schatten der struppigen Bäume. Mary hatte Brot mitgebracht, rohen Schinken und ein Glas mit gesalzener Butter, das sie zur Kühlung ins Wasser stellten. Sadie steuerte Schokoladengebäck und saftige Pfirsiche bei, und die Männer machten den Wein auf.

Später gönnten sie sich alle ein Mittagsschläfchen, lagen schlaff und reglos in der Hitze wie gestrandete Fische, und als sie später benommen erwachten, bedauerten sie es, dass keiner daran gedacht hatte, eine Thermosflasche Kaffee mitzunehmen. Andrés und Mary sprangen noch einmal ins Wasser, um sich zu erfrischen; Sadie und Paddy setzten sich in den Schatten der Bäume.

Sadie nahm ihren Block auf die Knie und zeichnete die Szene vor sich, Mary, die mit tropfenden Haaren aus dem

Wasser auftauchte, Andrés, der sich im Seichten treiben ließ. Sie konnte sich nicht vorstellen, dass sie diesen Tag je vergessen würde, aber man konnte nie wissen, manchmal spielte das Gedächtnis nicht mit, und wenn sie diesen vollkommenen Moment auf Papier festhielt, würde er niemals ganz aus ihrer Erinnerung verschwinden.

»Andrés ist ein guter Kerl«, sagte Paddy. »Einer der besten. Ich bin froh, dass ihr zusammengekommen seid, Sadie. Er verdient ein bisschen Glück. Er hat ja weiß Gott kein leichtes Leben. Er liebt natürlich den Jungen, das ist sicher ein Trost, aber sonst – eine elende Situation! Ich will nicht behaupten, dass Mary und ich uns nie in die Haare kriegen, sie kann ganz schön wütend werden, und ich bin oft stur wie ein Panzer, da kracht's schon mal. Aber wenn's drauf ankommt, ziehen wir an einem Strang. Es muss eine Qual sein, mit einer Frau leben zu müssen, die in allem, was einem wichtig ist, gegenteiliger Überzeugung ist. Und noch was, Sadie: Wir hatten nie Geld, weder Mary noch ich. Mein Vater war ein kleiner Bauer in Donegal, und Mary ist in einem Slum in Chicago aufgewachsen. Ihre Eltern haben in einer Großfleischerei gearbeitet. Was man nicht kennt, vermisst man nicht. Wir haben ein Dach über dem Kopf, Klamotten und genug zu essen und sind vollauf zufrieden. Aber Andrés' Familie – das waren Großgrundbesitzer. Ich habe den Eindruck, dass das Vermögen im Lauf der Jahre ganz schön zusammengeschmolzen ist. Und dann hat er die Hälfte von dem, was noch da war, verschenkt, und der Rest ist irgendwie zerronnen. So ein altes Familienerbe kann ein Riesenklotz am Bein sein. Ich bin sicher, er hätte dieses Mausoleum, in dem er lebt, längst verkauft, wenn seine Frau nicht wäre.«

Sie konnte sich die Frage nicht verkneifen. »Was ist sie denn für ein Typ?«

»Ach, du kennst die Sorte. Rennt dreimal am Tag in die Messe und trieft vor Frömmelei und Selbstgerechtigkeit.« Paddy zündete zwei Zigaretten an und reichte ihr eine, ehe er sich wieder zurücklehnte und seinen Strohhut tiefer in die Stirn zog. »Na ja, vielleicht bin ich ungerecht. Ich kenne die Frau ja kaum. – Was hast du vor, wenn du nach England zurückgehst, Sadie?«

»Ich mache eine Ausstellung in einer Galerie in London«, antwortete sie.

»Bravo. Das ist toll. – Hey, Mary!«, rief er zum Wasser hinunter. »Sadie wird bald eine berühmte Malerin sein.«

»Ich weiß, Andrés hat's mir erzählt. Ist doch großartig, oder?«

Andrés, der rücklings auf dem Wasser trieb, hob träge eine Hand.

Vor zwei Tagen war ein Telegramm von Madge Danford eingetroffen. Der Text, in Großbuchstaben geschrieben, lautete: »ABSOLUT HINGERISSEN! BIN WAHNSINNIG GESPANNT!« Sadie hätte eigentlich euphorisch sein müssen, aber die Angst trübte ihre Freude. Die Zeit wurde mit jedem Tag kürzer, und ihr graute vor dem schwarzen Moment der Trennung von Andrés.

Paddy sah sie an. »Wann reist du ab?«

»Ende der Woche. Ich muss die Ausstellung vorbereiten.« Sie hob eine Handvoll rotbraune Erde auf und ließ sie zwischen ihren Fingern hindurchrinnen. »Andrés muss ja auch nach Frankreich zu Raoul und seiner Frau.«

»Tja, das Schlimme am wirklichen Leben ist«, sagte er teilnahmsvoll, »dass es sich manchmal dem in den Weg stellt, was einem am meisten bedeutet.«

Aber welches ihrer Leben war das wirkliche?, fragte sich Sadie. Sie hatte eine ganze Anzahl verschiedener Leben geführt: das der verwöhnten Tochter, der unbekümmerten Studentin, der erschöpften Lehrerin und verschmähten Geliebten und schließlich das der Einsiedlerin in *The Egg*. Es gab ganze Monate ihres Lebens in Sussex, an die sie sich kaum erinnern konnte, während jeder Tag ihres Aufenthalts in Madrid ihr in satte Farben getränkt zu sein schien.

Sie legte ihren Bleistift weg. »Du schaust nach ihm, ja, Paddy? Für mich.«

Er blies Rauch in die Luft und verzog den Mund. »Mary und ich überlegen schon eine Weile, ob wir nicht nach Amerika zurückgehen. Wir lieben Spanien, aber wir trauen dem Frieden hier nicht. Wir wollen mal Kinder haben, und denen soll es gut gehen, sie sollen eine gesicherte Zukunft haben. Nur, so wie die Dinge sich hier entwickeln, sieht die Zukunft eher düster aus. Ich fürchte, ich bin zu vielen Leuten auf die Füße getreten. Wer es wagt, an den Interessen der Reichen und Mächtigen zu rütteln, bekommt früher oder später die Quittung. Ich bin nicht mehr überall willkommen, und es gibt Zeitungen, die veröffentlichen nichts mehr von mir. Ich habe auch diesen oder jenen Drohbrief bekommen, du weißt schon, nach dem Motto, entweder Sie verschwinden aus Spanien, oder es passiert was. Bei Andrés ist es nicht anders. Er nimmt ja auch kein Blatt vor den Mund. Er hat sich als liberaler Kommentator einen Namen gemacht – ein Liberaler übelster Sorte, nach Ansicht vieler Leute. Sie sehen ihn als Verräter seines Standes. Er hat keine Angst, auch die Linksextremen zu kritisieren, und denen passt das gar nicht. Spanien hat seine Bilderstürmer, genau wie jedes andere europäische Land im Moment – die am liebsten keinen Stein auf dem anderen lassen und ganz neu anfangen würden.« Er lächelte Sadie zu. »Ich werd tun, was ich kann. Aber Andrés hat seinen eigenen Kopf, da werden meine guten Ratschläge nur Zeitverschwendung sein.«

Sadie ging hinunter zum Wasserrand. Ihr Spiegelbild sah ihr entgegen, feuchte Locken, die unter einem Tuch hervorquollen, eine steile Falte zwischen den Augenbrauen. Sie tauchte eine Zehe ins Wasser, und das Bild zerschwamm.

Am Abend, nach dem Essen, erzählte sie Andrés, was Paddy gesagt hatte. Sie saßen in einem düsteren kleinen Café, wo ein uralter, dünner Kellner mit hohem Kragen und weißer Schürze sie bediente. Wenn die Gäste ihn nicht brauchten, lehnte er sich an die getäfelte Wand und döste vor sich hin. Nur wenige Tische waren besetzt, viele Leute waren vor der sommerlichen Glut aufs Land geflohen. Das Essen war erbärmlich gewesen – vielleicht hatte auch der Koch das Weite gesucht.

»Versprich mir, dass du vorsichtig bist, Andrés«, sagte sie.

Ihre Hände lagen auf dem Tisch ineinander. »Ich bin immer vorsichtig.«

»Paddy ist anderer Meinung.«

»Zum Teufel mit Paddy.« Er runzelte die Stirn. »Ich kann nicht einfach schweigen, Sadie. Du sagst mit deinen Bildern, was dich bewegt. Ich sage es mit dem, was ich schreibe. Ich liebe mein Land, und du liebst deins, das höre ich aus allem, was du über England sagst. Ich muss das schreiben, woran ich glaube, was hätte die Schreiberei sonst für einen Sinn?«

»Das versteh ich ja, aber ich habe Angst um dich.«

»Das brauchst du nicht.« Er drückte ihre Hand. »Mir passiert nichts.«

Warum musste er derjenige sein? Warum konnte nicht ein anderer sich für die Wahrheit in Gefahr begeben? Sie sprach diesen Gedanken nicht aus.

Er goss den Rest aus der Karaffe zu gleichen Teilen in ihre beiden Gläser. Der schwere, dunkle Wein hinterließ violette Sprenkel auf dem Glas. Keine Schwermut heute Abend. Er sollte sie heiter und unbeschwert in Erinnerung behalten.

Er ergriff wieder ihre Hand. »Sieh mal, ich habe das Glück, dass mir eine Stimme gegeben wurde«, sagte er. »Ich bin nicht allein. Viele Menschen kämpfen mit mir für eine würdige Zukunft. Sadie, Liebste, ich bin kein blinder Narr. Ich gehe nachts nicht durch dunkle Gassen, und wenn ich mich mit jemandem treffe, dem ich nicht traue, dann am hellen Tag in der Öffentlichkeit. Aber wenn jemand sich wie ein Tyrann verhält, dann muss ich darauf hinweisen, gleich, wer er ist oder welche Position er innehat. Die Linke hat wenigstens die Entschuldigung jahrelanger Unwissenheit und Repressionen. Es sagt sich so leicht, dass die spanischen Arbeiter und Bauern – ganz egal, wie es in anderen Ländern läuft, in England oder Frankreich zum Beispiel – zu dumm und zu ungebildet sind, als dass man ihnen zutrauen könnte, die richtigen Entscheidungen zu treffen. Ich bin der Ansicht, wenn man Menschen wie Tiere behandelt, werden sie sich auch wie Tiere verhalten. Spanien hat die Menschen viel zu lange als Lasttiere missbraucht, und dafür bezahlen wir jetzt. Verstehst du, Sadie?«

»Mit dem Kopf, ja. Ich liebe dich, weil du bist, wie du bist. So mutig.«

»Ach, ja, der Kopf und das Herz.« Sie glaubte, einen bitteren Unterton in seinem Lachen zu hören. »Wenn ich doch eins von beiden ignorieren könnte! Das Leben wäre so viel leichter.«

»Andrés, natürlich verstehe ich dich. Ich habe nie zu denen gehört, die auf die Barrikaden gehen, ich verstecke mich lieber in meinem Wald.«

»Und darüber bin ich froh.« Sein Blick wurde weich. »Ich habe mir mein Leben anders vorgestellt, als ich jung war. Ich sah mich umgeben von Bücherwänden und Studenten, die an jedem meiner Worte hängen. Tja, das Leben geht seine eigenen Wege.«

Der Kellner kam an den Tisch, um abzuräumen. Ob er ihnen noch etwas bringen dürfe? Andrés bestellte Kaffee.

»Weißt du, mein Eintreten für die Demokratie«, sagte er, »ist etwas, das Isabella überhaupt nicht versteht.«

»Wünschst du dir manchmal, du könntest alles stehen und liegen lassen und einfach fortgehen?«

»Oft. Immer, seit du mir begegnet bist. Auch Raouls wegen. Er hat es nicht leicht mit mir, und das tut mir so leid. Und da wir gerade bei der Ehrlichkeit sind, will ich noch etwas anderes gestehen.« Er schwieg einen Moment und sah stirnrunzelnd vor sich hin. Dann nahm er ihre Hände. »Es gab Momente, in denen ich gezweifelt habe. An meinen eigenen Überzeugungen. Aber ich muss weiter daran glauben, dass die Demokratie wünschenswert ist, die einzige Lösung, mit welchen Schwächen und Fehlern sie auch behaftet sein mag. Bei all meinen Vorbehalten werde ich immer aufseiten der Demokratie stehen. Ich wünsche aus tiefstem Herzen, dass wir hier, in Europa, nicht aufhören, nach dem Weg zu einer gerechteren Gesellschaft zu suchen. Ich hoffe, wir finden ihn zu meinen Lebzeiten – aber wenn nicht, dann wenigstens zu Lebzeiten meines Sohnes. Aber ich werde vorsichtig sein, Sadie, das verspreche ich dir. Und du musst auch vorsichtig sein.«

»Ach, Liebling, ich führe so ein braves kleines Leben.« Sie streichelte seine Wange. »Mir passiert nichts.«

Ihren letzten Abend in Madrid verbrachten sie wie immer: Ein Glas Wein in einem Café, ein leichtes Abendessen, dann nach Haus, wo sie sich liebten. Sadie wollte am Morgen in aller Frühe einen Zug nach Barcelona nehmen und von dort nach Paris weiterreisen. Andrés würde am folgenden Tag mit dem Auto nach Frankreich fahren, zu Isabella und Raoul. Sie sprachen nicht über die Zukunft, weil sie beide wussten, dass es vielleicht keine geben würde. Den nächsten Sommer würde Isabella möglicherweise in Madrid verbringen – es wäre nicht das erste Mal. Er wollte sie zum Zug bringen, aber Sadie sagte, nein, sie hasse Abschiede. Sie wolle nicht von ihm Abschied nehmen, morgen nicht und niemals.

»Ich schreibe dir«, versprach er ihr. »In dein kleines Haus im Wald.«

Sie würde ihm in sein Büro schreiben. Nach Hause konnte sie ihm Isabellas wegen nicht schreiben. Sie dachte daran, wie sich das Haus verwandeln würde, wenn Isabella und Raoul wieder da waren. Irgendwie hatte sie es ein wenig als ihres empfunden, obwohl nichts darin ihr gehörte.

Sie schliefen unruhig in dieser Nacht. Einmal, als sie erwachte, drehte sie sich zu ihm um, leise, um ihn nicht zu wecken, und betrachtete ihn. Es war noch dunkel, und die Traurigkeit, die aus der Tiefe der Nacht aufstieg, überschwemmte sie, als sie unter den schwarzen Schatten den Bogen seiner Schulter und die Konturen seiner Züge erkannte. Würde sie ihn je wiedersehen? Es war leicht, sich das Ende einer Beziehung wie der ihren vorzustellen – die Briefe, die zusehends spärlicher kamen, bis der erste unbeantwortet blieb. Irgendwann vielleicht eine Entschuldigung, aber dann eine allmähliche Änderung im Ton, von Liebe und Leidenschaft zu Freundschaft und Wehmut.

Die Hindernisse, die sich ihrer Beziehung entgegenstellten, die unendlich langen Trennungen und seine familiären Verpflichtungen, schienen unüberwindlich. Sie hätte alles gegeben, um die Umstände ändern zu können. Die Tränen schossen ihr in die Augen, als sie daran dachte, was ihnen alles verwehrt bleiben würde: Reisen zu zweit, ein gemeinsames Haus, Kinder – ein dunkelhaariger Junge mit grünen Augen vielleicht und ein blondes, blauäugiges Mädchen –, die sie hätte lieben und verwöhnen können und die in ihrem Herzen die Leerstelle gefüllt hätten, deren Vorhandensein sie sich kaum je eingestand. All die Dinge, die sie hätten teilen können, Freude und Schmerz. Sie wären zusammen alt geworden, sie sah die Szene vor sich: wie er an einem kalten Winterabend am offenen Kamin saß und an der Biografie irgendeines spanischen Monarchen oder Politikers schrieb, von dem sie nie gehört hatte, während sie, das Auge nicht mehr ganz so scharf wie früher, mit dem Stift die markanten Linien seines Gesichts, den Wurf und Fall seiner Kleidung auf Papier bannte.

Sie hatte wohl ein Geräusch gemacht – vielleicht geseufzt oder geschluckt –, denn er drehte sich herum und zog sie sanft murmelnd an sich. Von seinen Armen umfangen, schloss sie die Augen und versuchte, sich wieder dem Schlaf zu überlassen. Tapfer sein, Sadie, sagte sie zu sich selbst. Am besten fängst du gleich damit an.

17

London, Suffolk und Sussex – April 1971

Dan, der seit Mitte Februar bei Kevin Goode angestellt war, hatte sich mit ganzer Energie in die Einrichtung des neuen Flughafens südlich von Croydon gestürzt. Häufig arbeitete er bis spät in die Nacht, selten gönnte er sich ein freies Wochenende. Die Wohnung in Kew, die er praktisch nur noch als Schlafplatz nutzte, hatte nichts Heimeliges mehr. Die Kräuter in den Töpfen, die Celia in der Küche auf dem Fensterbrett aufgestellt hatte, verdorrten, weil er vergaß, sie zu gießen, und er hatte sich angewöhnt, seinen Kaffee schwarz zu trinken, weil nie Milch im Haus war.

Manchmal war er sich bewusst, dass seiner Arbeitswut eine tiefe innere Unruhe und Gereiztheit zugrunde lag; nicht selten brach sie sich seinen Mitarbeitern gegenüber Bahn, sobald er irgendetwas zweimal sagen musste. Einen Besuch bei seinem Vater in Southwold sagte er unter dem Vorwand ab, dass er zu viel zu tun habe. Er wollte ihn nicht besuchen und konnte sich nur schwer eingestehen, dass es längst an der Zeit gewesen wäre.

An einem Freitagabend im April klingelte das Telefon, als er eben losgehen und sich eine Portion Fish and Chips holen wollte.

Auf sein kurzes »Hallo?« fragte eine Frau, deren Stimme ihm unbekannt war: »Spreche ich mit Daniel Falconer?«

Er bejahte.

Sie sei Krankenschwester im West-Suffolk-Krankenhaus in Bury St. Edmunds, erklärte die Frau, und teilte ihm mit, dass sein Vater mit schweren Verbrennungen eingeliefert worden war. Auf die Frage nach seinen nächsten Angehörigen habe er Dans Namen genannt.

Dans Herz setzte einen Schlag aus, bevor es wie wild zu hämmern begann.

»Ist es schlimm?«

»Wir haben die Verletzungen behandelt und ihm ein Beruhigungsmittel gegeben. Es geht ihm den Umständen entsprechend.«

»Ich komme, so schnell ich kann.«

Er ließ sich von der Schwester noch die Adresse des Krankenhauses geben, dann packte er, immer noch mit dem Schock kämpfend, ein paar Sachen zusammen und nahm die Autoschlüssel. Er hätte schon vor Wochen nach Southwold fahren sollen. Mehr als drei Monate waren vergangen, seit er seinen Vater zuletzt gesehen hatte. Verbrennungen, dachte er. Ihm war schlecht.

Er brauchte Ewigkeiten, um durch die Stadt zur Verbindungsstraße nach Norden zu kommen. Als er es endlich durch die Staus zur Hauptstraße geschafft hatte, raste er los, bis ein Beinahe-Zusammenstoß bei einem seiner halsbrecherischen Überholmanöver und das darauf folgende wütende Hupengeheul ihn zur Besinnung brachten. An der nächsten Tankstelle hielt er an, tankte und kaufte sich einen Schokoriegel, den er auf der Fahrt zur A1 aß.

Ein Bild verfolgte ihn auf dem Weg nach Norden – sein Vater in Verbänden in einem Krankenhausbett, von Schmerzen gequält. Seine Gefühle wechselten jäh zwischen Angst, Schuldgefühlen und Wut. Er hatte Angst um seinen Vater, dass er vielleicht nicht überleben würde; er fühlte sich schuldig, weil er all die Jahre so mit seiner Liebe gegeizt und es nicht fertiggebracht hatte, sie zu geben, ohne die Liebesbeweise seines Vaters gegenzurechnen. Und er war wütend über die Fahrlässigkeit seines Vaters. Was, zum Teufel, hatte er angestellt, dass er mit Verbrennungen zweiten und dritten Grades im Krankenhaus gelandet war?

Den Stadtplan von Bury St. Edmunds aufgeschlagen neben sich auf dem Beifahrersitz, suchte er sich seinen Weg durch die Stadt. Die Angst, zu spät zu kommen, verdrängte inzwischen alle anderen Gefühle. Ein letzter kurzer Blick auf den Plan, dann hatte er das Krankenhaus erreicht. Er stellte den Cortina auf dem Parkplatz ab und rannte ins Gebäude.

Eine Schwester führte ihn in ein mit Vorhängen abgeschirmtes Abteil. Beide Arme seines Vaters steckten in weißen Verbänden und hingen in Schlingen. Dan trat ans Bett.

»Dad?«, sagte er leise.

Mick öffnete die Augen. »Junge«, flüsterte er heiser, merklich benommen von dem Beruhigungsmittel, das er bekommen hatte. »Ich hab ihnen extra gesagt, sie sollen sich erst morgen bei dir melden. Ich wollte nicht, dass du nachts noch die Fahrt machst.«

»Das ist doch nicht schlimm, Dad.« Er hätte gern mehr gesagt, brachte aber nur ein »Wie fühlst du dich?« über die Lippen.

»Ein bisschen groggy.«

»Wie ist das denn passiert?«

Mick hob den Blick, um ihn anzusehen. »Ich wollte meine Hose trocknen. Ich wollte ins Pub, da treffe ich mich manchmal mit einem Bekannten, und wir trinken was zusammen. Aber ich hatte mir Öl auf meine gute Hose gespritzt, und die andere hatte ich gewaschen …« Er verzog angestrengt das Gesicht.

»Mach dir keine Gedanken, Dad.«

Aber sein Vater redete stockend weiter. »Sie war noch feucht. Da hab ich sie über den Ölofen gehängt. An dem Draht, mit dem die Vorhänge festgemacht sind. Das hab ich schon oft gemacht, und es hat immer gut geklappt. Dann hab ich mich an das Kreuzworträtsel in der *Mail* gesetzt, um die Zeit totzuschlagen und das alte Hirn ein bisschen zu trainieren. Und dabei muss ich eingeschlafen sein. Plötzlich hat's so verbrannt gerochen, im ersten Moment hatte ich keine

Ahnung, was los war, ich dachte, ich hätte meine Zigarette nicht richtig ausgedrückt.«

»Dad …«

»Die Hose muss auf den Ofen gefallen sein. Die Vorhänge haben Feuer gefangen. Ich wollt's löschen. So was Blödes.« Er schwieg einen Moment. Dann sagte er: »Tut mir leid, Dan.«

»Ist doch nicht so schlimm.« Vorsichtig tätschelte Dan die Schulter seines Vaters. »Versuch, nicht dran zu denken.«

»Was ist mit dem Wohnwagen?«

»Ich weiß es nicht. Ich bin direkt hierher gefahren. Ich seh ihn mir morgen früh an, okay?«

»War schön, mein kleiner Wohnwagen.« Seinem Vater fielen die Augen zu.

»Jetzt werd erst mal gesund, Dad, das ist die Hauptsache.«

Mick antwortete nicht. Dan zog sich einen Stuhl ans Bett und setzte sich. Sein Vater hatte seinen Wohnwagen in Brand gesetzt und, so wie es aussah, versucht, das Feuer mit bloßen Händen zu löschen. Er hätte dabei umkommen können. Es war schrecklich, ihn so am Ende zu sehen. Dans ganze Wut verflog, er fühlte sich nur noch elend und wäre in der nächtlichen Stille des Krankenhauses, in der nur das Schnarchen und Stöhnen der Patienten, die Pieptöne der Apparate und ab und zu das Knallen schneller Schritte auf dem Gang zu hören waren, am liebsten in Tränen ausgebrochen.

Die Liebe besteht. Die Worte sprangen ihn an, von Gott weiß woher. Mick Falconer war immer ein optimistischer Mensch gewesen, der es verstand, andere für sich zu gewinnen, und, bis vor relativ kurzer Zeit, nicht übermäßig an Skrupeln gelitten hatte. Dan war sich bis heute nicht sicher, ob sein Vater sich damals, als er Frau und Sohn verlassen hatte, auch nur die geringsten Gedanken gemacht hatte. Er vermutete, dass er es heute bereute, auch wenn er es nie gesagt hatte. Er selbst hatte sich von seinem Vater immer wieder tief verletzt gefühlt, hatte ihn häufig verachtet und manchmal gehasst. Aber er liebte ihn auch. Er war wütend auf seinen Vater, der die Familie verlassen und ihn während seiner Kindheit vernachlässigt hatte, ja, und auch darüber, dass die innere Bindung trotz allem weiterbestand. Unablässig hatte er dagegen angekämpft, bis zur Erschöpfung – war es nicht an der Zeit, damit aufzuhören? Es war nicht logisch, nicht klar und konsequent, jemanden zu lieben, der einen tief verletzt und immer wieder im Stich gelassen hatte, dennoch war die Liebe da, unzerstörbar, wie es schien.

Die Liebe besteht. Auch Rose liebte er. Obwohl sie mit einem anderen verheiratet war, obwohl sie ihm klipp und klar gesagt hatte, dass sie ihrer Ehe eine zweite Chance geben wollte und den einzigen Moment der Intimität, den es zwischen ihnen gegeben hatte, als Dummheit betrachtete. Er liebte sie, und damit musste er umgehen. Er sah klar, dass diese aussichtslose Liebe und der Schmerz, den sie ihm bereitete, der Ursprung seiner schlechten Laune seit seiner Kündigung bei Martineau Aviation waren. Er konnte an seinen Gefühlen nichts ändern, er konnte nur warten, dass sie mit der Zeit vergingen, was allerdings Jahre dauern konnte. Vielleicht ein ganzes Leben.

Allerdings durfte er seine Enttäuschung nicht länger an seinen Mitarbeitern auslassen. Wenn er so weitermachte, würde ihn am Ende niemand mehr ausstehen können; er würde ein Betriebsleiter werden wie Ted Wilkinson, der ihm bei Martineau Aviation die ersten Arbeitswochen zur Hölle gemacht hatte. Wenn ihm manches leichtfiel, was anderen Schwierigkeiten bereitete, hieß das noch lange nicht, dass sie dafür nicht umgekehrt Fähigkeiten besaßen, die ihm fehlten. Er musste lernen, das Beste in den anderen zu sehen, ihre guten Eigenschaften zu würdigen. Das galt auch für das Verhältnis zu seinem Vater. Mick hatte seine guten Seiten. Er war bescheiden, jammerte nie über sein kärgliches Dasein und bemühte sich stets, die Dinge positiv zu sehen, egal, wie hart die Realität war. Er bewunderte seinen Sohn so uneingeschränkt, wie er ihn liebte.

Schon wieder kamen Dan die Tränen, und er musste sie mit einem Zwinkern zurückdrängen, als die Schwester erschien, um ihm mitzuteilen, dass seine zehn Minuten um waren.

Draußen empfing ihn eine klare, kalte Nacht. Als er den Wagen aufsperrte, merkte er, dass er am ganzen Körper zitterte. Er war völlig erschöpft von der Aufregung und brauchte jetzt schnellstens etwas zu essen und eine Unterkunft für die Nacht.

Doch er blieb sitzen, wo er war, reglos im Fahrersitz, den Schlüssel im Zündschloss, ohne den Motor anzulassen, die Ellbogen auf dem Lenkrad, die Fäuste an die Wangen gepresst, den Blick starr auf die leere dunkle Straße gerichtet.

Ende April fuhren Rose und Robert mit den Mädchen nach *The Egg*. Während Robert noch den Jaguar absperrte, den er in der kleinen Parkbucht abgestellt hatte, rannten Katherine und Eve, froh, dass die Fahrt vorüber war, mit wildem Juhu-Geschrei durch die Bäume.

Rose sah dem Wochenende nicht mit so uneingeschränkter Freude entgegen. Versuchen wir's doch einfach, hatte Robert gesagt, als die Idee eines Ausflugs nach *The Egg* zur Sprache kam. Was genau wollten sie versuchen? Ob es ihnen gelang, ein Wochenende lang ohne Geschäfte, Cafés und Kinos auszukommen – oder ob ihre Aussöhnung tatsächlich funktionieren würde? Doch die Mädchen kannten *The Egg* noch nicht, und sie selbst war seit Monaten nicht mehr dort gewesen, seit der Dachreparatur nicht mehr; es war an der Zeit, nach dem Rechten zu sehen. Katherine und Eve waren sofort Feuer und Flamme, und zwei Tage fern der Stadt an der frischen Luft konnten ihnen nur guttun. Sie hatte ja immer vorgehabt, *The Egg* als Wochenendrefugium zu nutzen, sagte sich Rose, während sie über feuchte Erde und faulendes braunes Laub stapfte. Der Anblick des Hauses, das sich weiß und streng aus dem Frühlingsgrün der Bäume hob, bannte sie wie bei ihrer ersten Begegnung mit ihm.

Seit dem grauenvollen Tag, an dem Katherine weggelaufen war, hatten Rose und Robert vieles geändert. Jetzt holte Robert die Mädchen jeden Dienstag von der Schule ab, brachte sie nach Hause und blieb, bis Rose von der Arbeit heimkam. Dann aßen sie alle zusammen Abendbrot, das manchmal sogar Robert zubereitete. Er holte die beiden weiterhin freitags von der Schule und nahm sie mit zu sich nach Chelsea, wo sie dann über Nacht blieben. Rose hörte jetzt mittwochs früher auf, damit sie Katherine und Eve von der Schule abholen konnte. Sonntagnachmittags machten sie häufig Familienausflüge, in den Bushy Park oder zum alten Treidelpfad an der Themse, die ganz harmonisch verliefen. Oberflächlich betrachtet, dachte Rose bei sich, wirkten sie vermutlich wie eine glückliche Familie.

Rose hatte Katherine wieder in ihrer alten Schule in Walton-on-Thames angemeldet. Morgens fuhr sie sie zu ihrer Freundin Abbie, deren Mutter zugestimmt hatte, die beiden Mädchen zur Schule zu bringen, und brachte Eve dann nach Weybridge zurück. Die Abhol-Arrangements waren ähnlich umständlich – das ganze Hin und Her war anstrengend und kompliziert, aber es musste sein. Die Zeit, die sie im Betrieb verlor, machte Rose dadurch wett, dass sie abends und frühmorgens zu Hause nacharbeitete, was liegen geblieben war. Der Grat, auf dem sie sich bewegte, um Familie und Arbeit unter einen Hut zu bringen, war deutlich schmaler geworden, aber Katherine war sichtbar glücklich, und das war alles, was zählte.

Sie sperrte die Haustür auf und machte Licht. Der Flur war trocken, Gott sei Dank, aber es war bitterkalt im Haus, als wäre der Winter noch in den Räumen gefangen.

Mit Tüten und Kartons beladen, kam Robert ihr nach. »Mir hätt's beinahe die Füße weggezogen in dem Matsch«, sagte er. »Wäre nett gewesen, wenn dein Urgroßvater sich dazu durchgerungen hätte, einen Weg anzulegen.« Er stellte Tüten und Kartons ab, nahm die Mädchen bei den Händen, und sie zogen los, um das Haus zu besichtigen, während Rose die Nachtquartiere einteilte und die Betten machte. Katherine und Eve würden auf Luftmatratzen im kleinen Zimmer schlafen, Rose würde das Doppelbett im großen Schlafzimmer nehmen, und Robert würde auf dem Sofa im Wohnzimmer nächtigen.

Sie hatten unterwegs bei einer Tankstelle Brennholz und Koks besorgt – es gab keine Heizung in *The Egg*. Während Robert den Mädchen Kakao und Toast machte, kniete Rose vor dem Ofen im Wohnzimmer und fütterte ihn mit Brennholz und Anzündern. Sie riss ein Streichholz an, klappte die Ofentür zu, und die Flammen loderten auf. Draußen schlug der Wind die Äste der Bäume gegen die großen Glasscheiben, dass es sich anhörte, als forderte jemand Einlass. Sie zog die verblassten cremefarbenen Vorhänge zu, und gleich wurde es gemütlicher im Zimmer. Im orangen Licht des Feuers, das durch die Glasrauten des Ofenfensters drang, wirkte das Zimmer warm, auch wenn es das noch nicht war.

»Ich bring sie ins Bett«, rief Robert aus der Küche.

»Okay. Danke.« Sie hörte alle drei die Treppe hinaufpoltern und lauschte dem Lachen und Quietschen ihrer Töchter, als sie oben in ihre provisorischen Betten krochen.

Hin und wieder stahl sich ein Bild von Sadie in ihre Gedanken – wie sie in diesem Zimmer ein Buch las oder zeichnete –, aber sie schob es weg. Am Abend des Tages, an dem sie das erste Mal in *The Egg* gewesen war, hatte Robert ihr seine Verstrickung mit Debra Peters gestanden. Er hatte sie belogen und betrogen, und sie hatte die Suche nach Sadie aufgenommen, weil sie gemeint hatte, das könnte ihr über ihren Schmerz und die Wut hinweghelfen. Aber damit war sie fertig. Die Suche nach Sadie Lawless war nichts als eine Ablenkung gewesen, Zeitverschwendung, eine Schnitzeljagd ohne Aussicht auf einen Preis.

Das zweite Mal war sie mit Dan hier gewesen. Sie sah noch das schwappende Wasser im Flur, sah ihn neben sich auf dem

Dach hocken, als sie ihre provisorische Dachabdichtung konstruierten, erinnerte sich an ihren Besuch im Pub und wie gut er ihr gefallen hatte. An Dan zu denken tat weh. Und sobald sie an ihn dachte, begann sie ihre Gefühle für Dan gegen die für Robert abzuwägen, und es bestand die Gefahr, dass sie nicht zu dem Ergebnis kam, das sie sich wünschte, das sie sich um ihrer Töchter willen wünschen musste.

Sie ging in die Küche und begann, das Steak und die Pilze vorzubereiten, die sie zum Abendessen besorgt hatte. Etwas später kam Robert herunter. Er öffnete eine Flasche Rotwein und schenkte zwei Gläser ein.

»Was macht das Essen?«

»Ich warte nur auf die Kartoffeln, dann leg ich das Steak in die Pfanne. Der Herd ist ein bisschen eigenwillig.«

»Es riecht gut hier. *Du* riechst gut.« Seine Hand blieb einen Moment auf ihrer Schulter liegen. »Erinnerst du dich an unsere erste Wohnung?«, fragte er. »Die in Islington. Dagegen ist das Haus hier ein Palast.«

»Ach ja, diese Hausmeisterin, die überall ihre Nase reinsteckte.« Rose trat von ihm weg und begann, die Pilze zu putzen. »Weiß der Himmel, was sie von uns dachte. Wahrscheinlich, dass wir Marihuana anpflanzen.«

»Und das Klappsofa. Ich musste ihm jedes Mal erst einen Tritt geben.«

»Weißt du noch, das Paar nebenan? Jede Nacht Streit bis morgens um drei.«

»Die Versöhnungen waren schlimmer.«

Sie lachte. »Ja, stimmt.«

Sie setzten sich zum Essen und tranken den Wein dazu. Es gab kein Fernsehen im Haus, und sie hatten nicht daran gedacht, ein Radio einzupacken, also nahmen sie sich die Bücher vor, die sie mitgebracht hatten. Es war eine angenehme, entspannte Stille, dachte sie und begann zu glauben, dass es die richtige Entscheidung gewesen war, miteinander ins Wochenende zu fahren.

Um elf ging sie nach oben, um sich schlafen zu legen. Die Vorhänge waren von Motten befallen, und kleine Fetzchen Stoff schwebten wie Schneeflocken zu Boden, als sie sie zuzog. Durch die Ritzen zwischen den Stoffbahnen konnte sie draußen das flache Dach und die Bäume dahinter ausmachen. Sie erinnerte sich, dass Winnie Ferrers ihr erzählt hatte, Sadie sei zum Schlafen in das kleine hintere Zimmer umgezogen, weil sie das Gefühl hatte, dort nicht beobachtet werden zu können. Während sie dem Wind und dem Rascheln des Laubs lauschte, dachte sie, wie leicht es war, in den Geräuschen draußen Schritte zu hören, wenn man ganz allein im Haus war. Schritte im Wald, oder vielleicht, wenn man besonders angespannt war, ein Tappen auf dem Dach.

Auch sie hörte Schritte, die Roberts. Er ging die Treppe hinauf zum Bad. Etwas in ihr zog sich zusammen, und sie warf unwillkürlich einen Blick in den Spiegel. Augenblicke später das halb erwartete Klopfen an der Tür.

Sie machte auf. »Das Sofa ist unheimlich unbequem«, sagte Robert. Sie las die Hoffnung in seinem Blick. »Kann ich reinkommen?«

Sie ließ sich von ihm in den Arm nehmen. Es war das logische Ende des Wegs, dem sie in den vergangenen Monaten gefolgt waren. Der Wein und ein Jahr der sexuellen Enthaltsamkeit würden sicherlich ihre Wirkung tun. Ein Funke von Begehren flammte auf, als seine Hand ihren Rücken hinunter- und über die Krümmung ihrer Hüfte glitt; sie wünschte sich, er würde zum Feuer werden. Als er ihr das Nachthemd auszog, fühlte sie sich nackt und preisgegeben und schlüpfte hastig unter die Decke. Gott, war sie außer Übung – aber wenn sie dem Rhythmus folgte, der ihnen so vertraut war, musste sie doch wieder etwas fühlen, musste das Begehren doch erwachen. Sie brauchte das, brauchte ein Zeichen, dass sie eines Tages wieder fähig sein würde, ihn zu lieben.

Aber ihre Körper fanden nicht mehr so selbstverständlich zueinander wie früher, ihre Liebkosungen waren gehemmt und ungeschickt, von verlegenen Entschuldigungen begleitet. Das spärliche Flämmchen ihres Begehrens flackerte und erlosch, und sie konnte es nicht wieder entzünden. Die Erinnerung an jenen anderen Kuss am Waterloo Bahnhof, einen Kuss, der sie im Innersten berührt hatte, drängte sich in ihre Gedanken und ließ sich nicht verscheuchen, sosehr sie sich bemühte. Ihr Körper war wie versteinert; hart und kalt und schwer und ohne Durchlässigkeit, und am Ende spielte sie die Lust und war nur erleichtert, als er mit einem Aufstöhnen kam. Sie hielt ihn ohne Liebe in den Armen, Mitleid war das Einzige, was sie empfand.

Er schlief ein, aber sie lag wach. Sie wagte nicht, sich zu bewegen, weil sie nicht wollte, dass er erwachte. Sie konnte ihn nicht mehr belügen; was sie gerade getan hatte, war nicht richtig gewesen. Andererseits war sie noch nicht bereit zu dem Gespräch, das sie würden führen müssen.

Sie liebte Robert nicht. Sie liebte Dan. Sie wusste es seit Langem, aber sie hatte Angst davor gehabt, sich damit auseinanderzusetzen. Sie hatte Dan erklärt, sie wolle ihrer Ehe eine zweite Chance geben, doch das war ein Akt der Feigheit gewesen. Oder ein Akt der Verzweiflung, der Angst jenes Tages entsprungen, an dem sie geglaubt hatte, sie hätte ihr Kind verloren.

Das Sonnenlicht, das durch die Glasfront strömte, weckte sie am nächsten Morgen. Robert war schon auf. Sie hörte von draußen die lachenden hellen Stimmen ihrer Töchter und dazwischen Roberts dunklen Bass.

Er hatte für diesen Morgen eine Rundwanderung geplant. Den Höhenweg entlang und über die Hügel hinunter ins Tal. Das Braun und Grau der Wälder wurde vom lichten Grün knospender Zweige aufgelockert, und an den Rändern des Hohlwegs fanden sie würzig duftende weiße Blumen. Auf dem Höhenweg und den offenen Wiesen war die Luft wärmer, die Sonne hatte schon den Tau von den Gräsern gesogen.

Am Mittag erreichten sie Nutcombe und entdeckten ein Pub mit einem Biergarten. Robert schlug vor, dort zu Mittag zu essen. Sie habe einiges im Haus zu tun, aber er und die Mädchen sollten doch bleiben, meinte Rose und ging, bevor er ihr widersprechen konnte. Sie spürte seinen Blick in ihrem Rücken, bis sie in die Straße einbog, die von der Kirche aus in die Höhe führte. Hätten sie sich zusammen an den Tisch gesetzt, so hätte er sofort gemerkt, wie die Dinge lagen. Sie wollte nicht, dass das im Beisein der Mädchen passierte, und sie wollte nicht ausgerechnet in dem Pub mit ihm reden, in dem sie mit Dan gewesen war.

Ihre Jacke über eine Schulter geworfen, begann sie den Anstieg. Aus dem feuchten Unterholz stieg Wärme auf, man konnte sehen, wie es dampfte. Die Zukunft, die sie vor sich sah, war hart und gnadenlos und voller Fallen.

Irgendein Tier – ein Fuchs vielleicht, sie konnte nur einen rotbraunen Schimmer ausmachen – jagte zwischen den Bäumen hindurch. Als sie sich dem Haus näherte, bemerkte sie zu ihrem Befremden eine Frau auf der Terrasse, eine große, schlanke Person in einem langen schwarzen Mantel, einen schwarzen Hut auf dem Kopf. Sie stand da und starrte das Haus an. Nein, falsch, sie versuchte, ins Haus hineinzusehen.

»Hallo, kann ich Ihnen behilflich sein?«, rief Rose.

Die Frau drehte sich nach ihr um. Sie war alt – siebzig oder achtzig, schätzte Rose. Das Gesicht unter den weißen Haaren war hager und knochig, und der Mund, knallrot angemalt, hob sich in einer harten Linie von der schlaffen, kalkgrauen Haut ab. Die tief liegenden dunklen Augen jedoch sprühten in einem bemerkenswert lebhaften Glanz.

»Der Wald ist Privatbesitz«, sagte die Frau eisig.

Rose erkannte jetzt, dass das Tier, das sie für einen Fuchs gehalten hatte, ein Hund war. Ein zweiter kam durch das Unterholz gerannt, den länglichen Kopf auf dem langen Hals gesenkt, den Schweif erhoben, so kraftvoll in der Bewegung, dass das Muskelspiel unter dem glänzenden rotbraunen Fell erkennbar war. Rose erinnerte sich an ihren Besuch in *Gull's Wing* und die Hunde, die am Tor hochgesprungen waren. Die Frau musste Diana Chiverton sein.

Sie trat auf die Terrasse hinauf. »Verzeihen Sie die Frage, sind Sie Mrs. Chiverton?«

Sie kniff die Augen zusammen. »Ja, ganz recht.«

»Ich versuche schon seit einiger Zeit herauszufinden, was aus meiner Großtante geworden ist, Sadie Lawless. Ich glaube, Sie haben sie gekannt. Ich habe Ihnen deswegen geschrieben. Erinnern Sie sich? Ich bin Rose Martineau.«

»Tut mir leid, Sie irren sich. Ich habe nie von ihr gehört.«

Rose ließ nicht locker. »Es ist lange her, aber ich bin sicher, dass Sie sie gekannt haben. Man hat mir erzählt, dass Sadie oft bei Ihnen und Ihrem Mann in *Gull's Wing* zu Gast war, als sie Anfang der 1930er-Jahre hierher gezogen ist. Ich bin so froh, Sie zu treffen. Ich habe die ganze Zeit gehofft, ich könnte mich einmal mit Ihnen über Sadie unterhalten.«

Die Kälte in den großen dunklen Augen blieb, gleichzeitig sprach jetzt noch etwas anderes aus ihnen. Rose erkannte bestürzt, dass es Wut war.

»Nein, Sie täuschen sich«, sagte Diana Chiverton.

Rose beobachtete das Gesicht der alten Frau, während sie sprach. »Sadie war damals etwa in meinem Alter, blond, eine hübsche Frau«, sagte sie. »Sie war Malerin – Grafikerin und Malerin, genauer gesagt. Sie müssen sich doch an sie erinnern.«

Diana beugte sich zu ihren Hunden hinunter und kraulte zärtlich den Kopf des einen. Dann richtete sie sich auf, nahm eine Sonnenbrille aus ihrer Manteltasche und setzte sie auf. »Luna, Bran, kommt.« Auf ihren Stock gestützt, tastete sie sich vorsichtig die Terrassenstufe hinunter.

Im Schatten der Bäume wandte sie sich um und blickte zurück. Die dunklen Gläser der Brille machten schwarze Höhlen aus ihren Augen.

»Tom und ich hatten das Haus damals immer voller Gäste. Ich kann mich wirklich nicht an jeden Einzelnen erinnern. Versuchen Sie bitte nicht mehr, mit mir Kontakt aufzunehmen, Mrs. Martineau. Sonst muss ich meinen Anwalt einschalten.«

Die Hunde tänzelten um sie herum, während sie sich an ihrem Stock mühsam bergan zog. Was für eine arrogante Person, dachte Rose. Diese Überheblichkeit war vermutlich das Produkt einer ehemals besonderen gesellschaftlichen Position, die sie offensichtlich heute noch für sich in Anspruch nahm.

»Wissen Sie, was aus Sadie geworden ist, nachdem sie hier ausgezogen war, Mrs. Chiverton?«, rief sie ihr nach, und Diana blieb tatsächlich einen Moment stehen. Dann ging sie weiter.

Robert und die Mädchen kamen mit Einkäufen aus dem Dorfladen zurück. Während Rose die Sachen in der Küche auspackte, dachte sie über das Gespräch mit Diana Chiverton nach. In ihren Briefen an Edith hatte Sadie immer wieder ihre Besuche in *Gull's Wing* und ihre Freundschaft mit Tom und Diana Chiverton erwähnt. Winnie Ferrers hatte bestätigt, dass Sadie in der ersten Zeit ihres Aufenthalts in *The Egg* bei den Chivertons ein und ausgegangen war. War Sadie so farblos gewesen, dass sie bei Diana keinerlei Eindruck hinterlassen hatte?

Nein. Rose schob eine Flasche Milch in den Kühlschrank. Als sie Sadies Namen genannt hatte, hatte sie in Diana Chivertons Blick ganz deutlich etwas aufblitzen sehen, eine Erinnerung. Diana war überrascht gewesen und hatte automatisch reagiert. Sie hatte Sadie gekannt. Warum hatte sie das bestritten? Warum hatte sie gelogen? Wovor fürchtete sie sich?

Am Abend, als die Mädchen im Bett waren, ging Robert hinaus, um einen Sack Koks aus dem Schuppen zu holen.

»Mann, ist das kalt da draußen«, sagte er, als er wieder ins Wohnzimmer kam.

Sie wartete, während er vor dem Ofen kniend Koks nachlegte. Sie mussten reden, aber sie wusste nicht, wie sie anfangen sollte.

Er stand auf und wischte sich die Hände an seiner Jeans ab. Als er sich zu ihr herumdrehte, war sein Blick hart und sein Mund hatte einen scharfen Zug.

»Ich hatte gehofft«, sagte er, »dieser Ausflug würde uns einander wieder näherbringen. Aber ich habe den Eindruck, dass dir daran gar nichts liegt.«

»Ich habe mich bemüht, Robert.«

»Hätte es Sinn, dich um etwas mehr Bemühen zu bitten?«

»Nein.«

Er lachte kurz auf. »Das war deutlich.«

»Wir müssen ehrlich zueinander sein.« Sie sah ihn an. »Das ist doch das einzig Richtige. Oder findest du nicht?«

»Das einzig Richtige für wen?« Seine Stimme hatte einen schneidenden Unterton. »Für dich – oder für Katherine und Eve?«

»Letztlich für uns alle.«

»Tu nicht so, als wüsstest du, was gut für mich ist, Rose. Ich will die Trennung nicht. Ich liebe dich immer noch.«

»Wirklich?« Sie blickte ihm forschend ins Gesicht. »Ist das wahr? Ach, Robert, eine Zeit lang war ich dir genug, aber dann nicht mehr. Du wolltest mehr.«

»Ich hab doch versucht, es dir zu erklären. Das war reine Dummheit. Ich war ein Idiot.«

»Nein, das glaube ich nicht. Du warst immer ein ruheloser Mensch. Vielleicht findest du eines Tages das, was du suchst. Ich wünsche es dir.«

Sie hatten die Vorhänge noch nicht geschlossen. Er stand von der Nacht umrissen in einer Haltung geballter Wut vor dem Fenster. »Alles, was wir einmal hatten«, sagte er langsam, »alles, was wir uns über die Jahre aufgebaut haben –

bedeutet dir das gar nichts? Willst du alldem einfach den Rücken kehren und gehen?«

»Robert, es ist nichts geblieben«, entgegnete sie ruhig. »Gar nichts. Das musst du doch spüren. Ich wollte mir vormachen, dass vielleicht doch noch etwas da ist, aber es geht nicht. Ich kann keine Lüge leben. Auch nicht für die Kinder.«

Was zwischen Liebe und Hass lag, war Gleichgültigkeit; das hatte sie erfahren. Wenn man hasste, fühlte man sich wenigstens lebendig.

»Du hast mir also immer noch nicht verziehen«, sagte er scharf.

»Darum geht es gar nicht. Aber doch, ich glaube, ich habe dir verziehen.«

»Dann hast du eine merkwürdige Art, es zu zeigen.«

»Ich finde, wir müssen über eine Scheidung reden.«

Er sah sie feindselig an.

»Nein, Rose, wir werden nicht über eine Scheidung reden. Ich will nämlich keine.«

Sie ließ einen Moment verstreichen, dann sagte sie vorsichtig: »In einem waren wir uns doch immer einig, Robert. Wir müssen tun, was für die Kinder das Beste ist.«

»Und für die Kinder ist es das Beste, wenn sie mit beiden Eltern zusammenleben.«

»Glaubst du das wirklich, Robert? Wird es ihnen nicht schaden, wenn ihnen Tag für Tag eine schlechte Ehe vorgelebt wird? Glaubst du im Ernst, so ein Vorbild würde ihnen dabei helfen, selbst gesunde Beziehungen einzugehen, wenn sie dafür alt genug sind?« Sie rang um die richtigen Worte, um zu ihm durchzudringen und ihn zur Einsicht zu bringen. »Wir haben beide in den letzten Monaten viel erreicht. Wir haben versucht, unser Bestes zu tun, wir haben uns wirklich bemüht. Und die Mädchen sind ja auch wieder fröhlicher – besonders Katherine.«

»Katherine ist am glücklichsten, wenn wir beide zusammen sind.«

»Wenn zwischen uns Harmonie herrscht, ja. Aber zwischen uns würde es keine Harmonie geben, wenn wir wieder zusammenleben. Ich liebe dich nicht mehr, und ich kann die Liebe nicht herbeizwingen, Robert. Ich habe es versucht, aber es geht nicht. Und du würdest das spüren, du würdest es mir übel nehmen, wir würden streiten und uns wie Feinde gegenüberstehen. Und die Kinder würden es mitbekommen. Das wäre furchtbar, darauf lasse ich mich nicht ein.«

Sie sah, dass er sich bemühte, seinen Zorn zu zügeln. »Du hast uns doch kaum eine Chance gegeben. So etwas braucht Zeit –«

»Nein«, fiel sie ihm scharf ins Wort. »Egal, wie viel Zeit vergeht, du kannst mich nicht dazu bringen, dich wieder zu lieben.«

»Herrgott, Rose!«

Sie wusste, wie tief sie ihn getroffen hatte. Ihr selbst tat die gnadenlose Demontage ihrer Ehe genauso weh. Früher hatte es sie glücklich gemacht, ihn zu sehen, seine Schritte zu hören. Früher hatte sie geglaubt, sie wären verwandte Seelen, er wäre der Mann, der sie ergänzte. Nichts davon war geblieben. Sie konnte nur noch ein Streichholz an die Trümmer halten und zusehen, wie sie in Asche fielen.

»Und wenn ich einer Scheidung nicht zustimme?«

»Robert, ich will keinen Kampf mit dir.« Sie war innerlich wie ausgehöhlt. »Wir haben genug gekämpft.«

Er bückte sich und stocherte mit dem Schürhaken im Feuer. Die Flammen schlugen hoch, ihr Brausen erfüllte den Ofen. »Du erwartest offenbar, dass ich einfach klein beigebe und auf alles eingehe, was du willst. Ich weiß nicht, warum ich das tun sollte.«

»Wir sollten versuchen, höflich miteinander umzugehen.«

»Oh, ich werde höflich sein. Aber halte mich ja nicht für schwach, Rose. Das wäre ein großer Fehler.«

Sie verspürte weder Zorn noch Wut. Das alles lag hinter ihr, sie hatte ihr Quantum daran ausgeschöpft.

Sie versuchte es erneut. »Wir müssen höflich bleiben, denn wenn wir uns nur noch mit Bitterkeit und Groll begegnen können, wird das die Kinder verletzen. Es wird natürlich auch mich verletzen, aber das ist vielleicht genau das, was du willst.«

»Ja, genau, ich würde das Messer gern ganz tief reinrammen und in der Wunde drehen.« Sofort sah sie die Scham in seinem Gesicht. Er stieß heftig den Atem aus und ließ sich mit gesenktem Kopf in einen Sessel fallen.

»Ach, was rede ich da«, sagte er leise. »Wenn ich dir wehtue, tue ich Katherine und Eve weh. Ich habe dich schon genug verletzt. Irgendwo ist eine Grenze.«

»Das finde ich auch.«

Mit trübem Blick schaute er zu ihr hinauf. »Ich wollte, es könnte anders sein. Ich wollte, *ich* wäre anders gewesen. Du zwingst mich, neu anzufangen, Rose, und ich weiß nicht, ob ich das kann. Und was auch am Ende dabei herauskommt, es wird nie an das heranreichen, was wir hatten.«

»So muss es nicht sein.« Sie fühlte sich erschöpft vom Widerstreit ihrer Gefühle.

»Aber es wird so sein.«

Mondlicht lag auf der Terrasse, irgendwo in der Dunkelheit zwitscherte ein Vogel. Robert sagte: »Ich spreche mit meinem Anwalt.«

»Danke.«

»Wir fahren morgen in aller Frühe.« Er stand auf, sein Blick flog durch das Zimmer. »Hier halte ich es nicht mehr aus. Dieses Haus macht mich verrückt.«

Hatte Sadie, wie sie, wach in diesem Zimmer gelegen, wie erschlagen nach dem Scheitern ihrer Beziehung und der Trennung von dem Mann, den sie einmal geliebt hatte? War die Angst, von der sie Edith in ihrem letzten Brief berichtet hatte – »Ich will hier nicht mehr sein, das Haus macht mir Angst« –, war dies die Angst der Nacht gewesen, wenn Körper und Geist nach Schlaf lechzten, ohne ihn zu finden? Vielleicht hatte Sadie, wie sie, die Decken von sich geworfen und das Kopfkissen gedreht und gewendet, um eine kühle Stelle zu finden. Vielleicht hatte das Klopfen und Knarren der Äste sie aus dem Bett getrieben, und sie war zum Fenster gegangen und hatte angestrengt in die Dunkelheit hinausgespäht.

In den frühen Morgenstunden schlüpfte Rose in ihre Socken und zog sich einen Pulli über das Nachthemd, dann ging sie nach unten. Im Flur stieg sie in ihre Gummistiefel, knöpfte ihre Jacke zu und öffnete die Haustür – ganz leise, um Robert nicht zu wecken, der im Wohnzimmer schlief. Mit der Taschenlampe in der Hand trat sie aus dem Haus.

Die schneidend kalte Luft kündigte einen Kälteeinbruch an. Sie stapfte den Hohlweg hinauf zur Höhe des Grats, über sich den klaren Sternenhimmel, der frei und unbeeinträchtigt von künstlichen Lichtern war. Der Anblick der glitzernden Pracht hätte sie eigentlich erheben müssen, doch sie empfand nichts als ein dumpfes Gefühl totalen Versagens, das sich nicht abschütteln ließ. Ihre Ehe war gescheitert, und es würde ein Kampf werden, dem Leben ihrer Kinder wieder einen Hauch von Normalität zu geben. Sie sehnte sich nach Dan, aber sie hatte ihn zurückgestoßen, und nun wusste sie nicht, wie sie das rückgängig machen sollte, sosehr sie es wünschte. Sie wusste nicht einmal, ob er ihr tiefere Gefühle entgegenbrachte. Im Grunde war ja nichts Großes passiert. Sie hatte Dan geküsst, und er hatte den Kuss erwidert, wie jeder normale Mann das getan hätte. Als Katherine verschwunden war, hatte er sie trösten wollen – eine freundschaftliche Umarmung, ein paar wohlgemeinte Worte. Mehr war es nicht gewesen.

In der Dunkelheit erschienen ihr die nächtlichen Geräusche des Waldes laut und ungewöhnlich nah: ein Flügelschlag, das Bellen eines Fuchses. Je höher sie stieg, desto enger rückten die Bäume zusammen, so dicht, dass ihr Laub wie eine stumpfe schwarze Mauer vor ihr stand. Es brauchte einen Akt des Muts, sie zu durchstoßen und weiterzugehen, ohne erkennen zu können, was dahinter wartete. Auch den Erwartungen ihrer Großmutter war sie nicht gerecht geworden. Sadie Lawless war verschwunden, wie so viele unbekannte junge Frauen ihrer Generation, um die niemand trauerte. Roses Suche nach ihr war im Sand verlaufen, alles, was blieb, war ein anhaltendes Gefühl der Beunruhigung, wenn sie an sie dachte, die Überzeugung, dass irgendetwas Schlimmes passiert war.

Sie hatte die Straße erreicht und blieb verblüfft stehen, als sie sah, dass in *Gull's Wing* alle Fenster erleuchtet waren. Das Haus strahlte wie ein Leuchtturm in der Nacht. Lose Steine und ausgetrockneter Matsch knirschten unter den Sohlen ihrer Stiefel, als sie auf das Haus zuging.

Vor dem Tor hielt sie an und sah zu den Fenstern hinauf. Sie fragte sich, ob Diana Chiverton die Lichter jeden Abend anmachte, um die Einsamkeit in diesem Haus, in dem sie mit ihren Erinnerungen eingesperrt war, ertragen zu können. Oder ob auch sie in dieser Nacht keinen Schlaf fand – ob sie etwas erlebt hatte, das ihr die Ruhe nahm.

Auf dem Rückweg zu *The Egg* konnte Rose die Tränen nicht mehr zurückhalten. Von Schluchzen geschüttelt, hockte sie sich im Hohlweg nieder, im Stehen hätte sie die heftigen Stöße nicht ausgehalten. Als der Sturm sich legte, wischte sie sich das Gesicht am Ärmel ab und stand auf. Stolpernd folgte sie dem zitternden Lichtkreis der Taschenlampe den Rest des Wegs hinunter.

18

Segovia und Sussex, September – Oktober 1934

Magde Danford war hocherfreut über den Erfolg von Sadies erster Ausstellung in ihrer Galerie im November 1933; sie plante gleich eine weitere für den Oktober des darauf folgenden Jahres. Sadie befand sich in einem wahren Schaffensrausch und war sich jetzt der Eigenständigkeit und Kraft ihrer Werke sicher. Sie hegte die Hoffnung, dass die zweite Ausstellung ihren Ruf festigen würde.

Den Sommer 1934 verbrachte sie in Segovia, wo Andrés in der Wohnung eines Kollegen untergekommen war. Die Stadt war nur neunzig Kilometer von Madrid entfernt, Andrés konnte also, wenn nötig, in die Hauptstadt hinüberfahren, um seine Post zu holen und sich mit den Redakteuren der Zeitungen und Zeitschriften zu treffen, mit denen er zusammenarbeitete. Häufig war er mehrere Tage hintereinander unterwegs, wenn er in entlegene Regionen des Landes reiste, um für einen Artikel zu recherchieren. Manchmal begleitete Sadie ihn. Wenn er die Situation vor Ort für zu brisant hielt oder den Leuten, die er interviewen wollte, nicht traute, blieb sie zu Hause. Dann malte sie und übte sich in der spanischen Küche. Es war der glücklichste Sommer ihres Lebens.

Der Weg zur Wohnung führte durch ein altes Tor in eine der mittelalterlichen Gassen Segovias, die in einen mit Kräutern und Sonnenblumen bepflanzten Hof mündete. Weißes Sonnenlicht und dichte, tiefviolette Schatten spielten auf seinen Mauern. Durch die Haustür gelangte man in einen gefliesten Gang, in dem es immer kühl war, selbst an den glühendsten Tagen. Sadie hatte einen Topf Lavendel auf das breite Steinsims eines vergitterten Fensters gestellt. Die Fenster hatten Innenläden, um die Hitze abzuhalten, und wenn sie sie frühmorgens öffnete, fiel ihr Blick direkt auf die saftigen grünen Blätter wilden Weins.

Über eine Treppe gelangte man in die Wohnung, eine Reihe kleiner, sparsam möblierter Räume. Die Küche hatte einen großen gekachelten Herd und ein Keramikspülbecken. Schwarze Steinguttöpfe und Kupferpfannen standen zum Teil auf Holzborden, andere waren an einer eisernen Hängeleiste aufgereiht. Ein Flur führte ins Esszimmer mit einem Tisch und Stühlen aus dunklem Holz. Die Blicke der Menschen auf den Fotografien, die auf der Kredenz gruppiert waren, Männer mit hohen steifen Krägen und breitkrempigen Hüten, verfolgten sie, als sie mit den Fingerspitzen über die zerschlissenen, buckligen Rücken einer Reihe Bücher strich. Sie nahm sich einen Pfirsich aus der grünen Schale auf dem runden Tisch und genoss die Süße der saftigen Frucht zusammen mit der Kühle der Terrakottafliesen unter ihren nackten Füßen.

Im Schlafzimmer standen ein Toilettentisch mit Spiegel, ein Waschtisch und ein mit weißem Leinen bezogenes Messingbett. Als Andrés zu ihr trat, legte sie den Kopf in die Mulde seiner Schulter. Ihre Hände fanden zueinander, und sie küssten sich. »Du schmeckst nach Pfirsich«, sagte er.

Für Sadie war die Wohnung ihr Zuhause. »Komm, gehen wir nach Hause«, sagten sie nach dem Essen in einem Café oder Restaurant, und dann wandten sie dem Platz mit dem römischen Aquädukt den Rücken, um durch das Tor in den Hof mit den Sonnenblumen und Kräutern heimzukehren.

»Ich werde Edith *The Egg* überschreiben«, sagte sie.

Sie saßen im Hof und tranken ein Glas Wein. Andrés, der am Nachmittag aus Barcelona zurückgekommen war, sah müde aus. Sie hatten sich eine Bank im Schatten der Mauer ausgesucht. In der nur langsam kühler werdenden Luft hingen die Düfte von Rosmarin und Lavendel.

»Sie hätte es von Rechts wegen gleich bekommen müssen«, fuhr sie fort. »Mein Vater hat mir beide Häuser hinterlassen, und das war nicht richtig von ihm. Ich vermute, er hat es getan, um mich abzusichern. Er wusste, dass ich auf mich allein gestellt sein würde. Vielleicht hätte er sein Testament geändert, wenn er länger gelebt hätte und finanziell wieder auf die Beine gekommen wäre. Diese Häuser haben ihn ruiniert. Als er das Testament verfasst hat, muss er gewusst haben, dass er Edith und mir nur das bisschen Geld vererben konnte, das er bei unserer Geburt für uns angelegt hatte. Sonst war nichts mehr da.«

»Träume können teuer werden«, sagte Andrés.

»Ja.« Sadie beobachtete einen dicken weißen Falter, der eine der Kerzen umkreiste, die sie angezündet hatten. Sie fragte sich, ob ihr Vater in dem grauenvollen Moment, als er erkannt hatte, dass die abstürzende Maschine sich nicht wieder fangen würde und alles zu Ende war, den Preis für seinen Traum als zu hoch empfunden hatte.

»Ein Vater sollte nicht dem einen Kind mehr Liebe schenken als dem anderen. Ich habe lange gebraucht, um das zu erkennen. Ich hatte gar nicht richtig begriffen, was er angerichtet hatte. Ich möchte das wiedergutmachen.«

»Und wo willst du leben, wenn du deiner Schwester das Haus überlässt?«, fragte er.

Sie lachte. »Hier natürlich, bei dir.«

Unzählige Male hatten sie dieses Gespräch geführt. Jetzt, nur noch wenige Tage bis zu ihrer Rückkehr nach England, mussten sie es zu einem Ende bringen.

»Sadie, Liebling…« Er griff nach der Weinkaraffe und füllte ihre beiden Gläser auf. »Nichts wünsche ich mir mehr. Aber ich glaube nicht, dass es gut für dich wäre.«

»Unsinn«, sagte sie kurz und schmiegte sich an ihn. »Es wäre das Allerbeste für mich.«

In der Stille hörte sie eine Frau singen, ein Lied mit einer fremdartigen Melodie in hohen, aufwühlenden Tönen.

»Aber du bist so ganz und gar Engländerin, Sadie«, sagte er.

»Meine Mutter war Französin. Mein Vater war Engländer, ja, aber er hat in Deutschland studiert, und wir sind auf dem ganzen Kontinent gereist. Ich bin Engländerin, stimmt, und ich bin stolz darauf, aber ich bin auch Europäerin.«

»Ich höre doch, wie du von deinem Zuhause sprichst. Ich höre an deinem Ton, wie sehr du es liebst.«

Ja, und manchmal hasse ich es auch. »Ich liebe auch Spanien«, entgegnete sie. »Ich könnte nicht in Spanien malen, wenn ich es nicht so sehr lieben würde.«

In diesem Sommer war sie von den strengen Winkeln und geraden Linien abgekommen und hatte zu weicheren, ausschweifenderen Formen gefunden. In der Rückschau fragte sie sich, ob sie sich vielleicht in der Folge des Fiaskos ihrer Verlobung mit Felix davor gefürchtet hatte, Lebendigkeit und Fülle in ihr Leben zu lassen. Ihre spanischen Landschaften waren Farberuptionen in satten Grüntönen und dem glühenden Rostrot, Siena und Ocker der kastilischen Landschaft. Man hatte beim Blick auf die Leinwand beinahe den Eindruck, die von den Felsen abstrahlende Hitze spüren zu können oder den heißen, öligen Hauch der zähen, silbern glänzenden Blätter.

Er nahm ihre Hand. »Du darfst nicht das Leben, das du dir aufgebaut hast, für jemanden aufgeben, der dir so wenig zu bieten hat. Du darfst nicht das sichere England gegen das unsichere Spanien eintauschen.«

»Nichts im Leben ist sicher. Das weißt du.«

»Dann eben sicherer.«

»Du redest von einer möglichen Revolution.«

»Sie ist nicht nur möglich. Sie ist sehr, sehr wahrscheinlich. Revolutionen führen oft zum Bürgerkrieg. Und es gibt nichts Schlimmeres für ein Land.«

»Das ist mir klar. Aber vielleicht gibt es auch einen neuen europäischen Krieg. Das glaubst du doch auch, nicht wahr?«

»Ja.« Er seufzte. »Wir leben in einer Zeit der Wut und der Irrationalität. Die Staatsführer tischen den Leuten Lügen auf, und die Leute glauben ihnen. Ja, ich denke, es wird einen Krieg geben.«

Sie zog den Ring ab, den sie an ihrer rechten Hand trug, und zeigte ihm die Inschrift in seinem Reif. Er entzifferte mit zusammengekniffenen Augen die altmodische Schrift. »›Du, meine Erwählte, bist meine ganze Freude.‹«

»Du bist meine ganze Freude, Andrés, Liebster«, sagte sie zärtlich. »Du bist mein Erwählter. Da gibt es kein Wenn und kein Aber, nichts wird daran etwas ändern.«

Er zog sie an sich. »Ach, ich wollte, ich könnte dir mehr geben«, sagte er.

»Mehr brauche ich nicht. Mehr will ich gar nicht. Ich habe so viel, wenn ich noch mehr hätte, würde ich platzen vor Glück.«

»Eine Familie, ein Kind«, sagte er leise.

Manchmal, wenn sie daran dachte, was ihr ein Kind von Andrés bedeuten würde, hätte sie laut schreien können vor Schmerz. Sie hatte gelernt, den Schmerz für sich zu behalten, ihn zu verstecken, und ergoss ihre Liebe über die Kinder ihrer Freunde, aber er war immer da, diese tiefe, quälende Pein darüber, dass sie niemals Mutter, niemals Großmutter werden würde.

»Ich habe mich lange einsam und verloren gefühlt«, sagte sie. »Ich habe mir beibringen müssen, ohne die Dinge auszukommen, die die meisten Frauen vom Leben erwarten, auch wenn meine Arbeit mir eine Zuflucht und ein Trost war. Und dann habe ich dich kennengelernt, Andrés. Hier kann ich glücklich sein, ich weiß es. Ich fahre zur Ausstellung nach England zurück, aber sobald sie vorbei ist, komme ich wieder nach Spanien. Ich suche mir eine Wohnung in Madrid, oder auch Segovia, wenn das für dich besser ist. Ich weiß, dass du Verpflichtungen hast, deiner Familie und deiner Arbeit gegenüber. Ich habe auch meine Arbeit und bestimmt nicht die Absicht, das kleine Frauchen zu werden, das an dir herumnörgelt, weil es sich vernachlässigt fühlt.«

Er lächelte. »Du bist weiß Gott alles andere als eine nörgelnde Ehefrau …«

»In England werde ich meinen Anwalt bitten, die Papiere für die Überschreibung von *The Egg* an Edith fertig zu machen.«

»Wird sie es denn annehmen?«

Über diese Frage hatte Sadie auch nachgedacht. Seit ihrem Streit, seit Edith nach Indien gegangen war, schrieb sie ihrer Schwester zwei- oder dreimal im Jahr. Edith hatte nie geantwortet.

»Ich weiß es nicht«, antwortete sie.

»Lieben wird sie dich dafür vielleicht nicht.«

Sie verstand, was er meinte. Es war gut möglich, dass Edith ihr Geschenk als gönnerhaft und ärgerlich empfand und sich die Kluft zwischen ihnen nur noch weiter vertiefte. Aber sie musste es versuchen.

»Trotzdem, sie soll das Haus haben. Ich brauche es nach der Ausstellung nicht mehr. Sie ist der einzige Mensch, der weiß, welche Bedeutung es für unsere Familie besitzt.« Sie sah ihm in die Augen, diese dunklen grünen Tiefen. »Das verstehst du doch?«

»Ja, natürlich.« Mit der Fingerspitze strich er ihr eine Locke aus der Stirn. »Du musst mir etwas versprechen, Sadie.«

»Alles, was du willst, mein Schatz.«

»Versprich mir, jetzt noch nichts zu entscheiden. Fahr zurück nach England, Liebling, und genieß den Erfolg deiner Ausstellung. Triff deine endgültige Entscheidung, wenn sie vorüber ist. Vielleicht kommen dir doch noch Zweifel. Ich könnte das verstehen.«

»Ich habe keine Zweifel.«

»Trotzdem wär's mir lieber, du würdest mit deiner Entscheidung bis nach der Ausstellung warten.«

Sie gab ihm widerstrebend das Versprechen. Dann fragte sie: »Bist du glücklich, wenn ich nicht hier bin, Andrés?«

»Wie könnte ich?« Sein Blick schien sich zu verdunkeln. »Alle Probleme, alle meine Sorgen um unser Land verschwinden, wenn du bei mir bist.«

»Na also! Da siehst du's.« Sie küsste ihn auf die Handfläche.

»Ich glaube, meiner Frau gegenüber habe ich meine Pflicht erfüllt.«

Sie musterte ihn forschend. »Wie meinst du das?«

»Sobald Raoul mit dem Studium anfängt, trenne ich mich von Isabella. Wir müssen uns also nur noch ein oder zwei Jahre in den dunklen Ecken herumdrücken.«

»Andrés … Du musst das nicht tun.«

»Doch, ich muss. Eine Scheidung kommt nicht infrage, aber ich kann dieser Farce von einer Ehe ein Ende machen.«

Ein bräunlicher Falter flatterte im Lavendel. »Ich will dich nicht unglücklich machen«, murmelte sie.

»Du könntest mich nie unglücklich machen. Ich werde ebenfalls aus Madrid weggehen.«

»Aber deine Arbeit, Andrés.«

»Ich gehe aufs Land. Ich habe einen kleinen Hof, auf dem Grund, der mir noch gehört. Ich wollte, ich wäre mit dir einmal hingefahren, Sadie. Ich hätte ihn dir so gern gezeigt. Ich werde Wein und Oliven anbauen. Was meinst du, werde ich ein guter Olivenzüchter?«

»Ich bin überzeugt, du wirst ein toller Olivenzüchter.«

»Ich bewirtschafte das Land, und du malst. Und das werden wir noch tun, wenn ich ein runzliger, weißhaariger alter Mann bin.«

»Und ich eine dicke alte Frau.«

Er schüttelte den Kopf. »Nein, du wirst immer schön sein.«

Als er sie küsste, schloss sie die Augen und nahm ganz bewusst den Geschmack seiner Lippen und die Wärme seiner Berührung für die bevorstehenden Wochen der Trennung in sich auf.

Bei ihrer Heimkehr nach England war schon Herbst. Rote und gelbe Blätter taumelten von den Bäumen im Paley High Wood, und das faulende Laub auf dem Waldboden tüpfelte weißer Schimmelpilz. Bleigrau strömte der Regen vom Himmel – und dann teilten sich die Wolken, und aus einem Fetzen Blau übergoss helle Sonne die Hügel und Täler.

Ihre innere Bindung an *The Egg* lockerte sich, sie fühlte sich nur noch als Gast im Haus. Es war zu einem Ort geworden, der ihr vorübergehend Unterkunft bot und die Möglichkeit, letzte Hand an die Arbeiten zu legen, von denen sie hoffte, dass sie ihren künstlerischen Ruf festigen würden. Ihr wahres Leben war in Spanien, und sie sehnte sich danach. Oft dachte sie an Andrés, wie er morgens aufstand und dann im *Barbieri* seinen Kaffee trank. Oder wie er, von seinen Büchern und den alten Porträts umgeben, an seinem Schreibtisch saß und schrieb. Oder in ihrem gemeinsamen Lieblingsrestaurant zu Abend aß, wo der alte Mann ihn bediente, der, wenn er nicht gebraucht wurde, an die Wand gelehnt vor sich hin döste.

Sie fuhr nach London, um zwei Bilder rahmen zu lassen, und übernachtete bei Jimmy. In den Abendnachrichten wurde von Unruhen in Spanien berichtet, die der Generalstreik in Madrid nach sich gezogen hatte. Gerüchten zufolge hatte es einen revolutionären Aufstand der Bergarbeiter Asturiens gegeben, im Norden des Landes.

Nach ihrer Rückkehr nach *The Egg* erhielt sie einen Brief von Andrés, in dem er schrieb, er reise nach Asturien, um über den Streik der Bergarbeiter zu berichten. Sie hatten mehrere Städte besetzt und die Kaserne der *Guardia Civil* gestürmt. Es sei, schrieb er, weniger ein Streik als eine Revolution – oder der Beginn einer gnadenlosen Repression; es sei schwer zu sagen.

Sadie stellte sich vor, wie ein Pflasterstein, den jemand aus der Straße herausgebrochen hatte, durch die Luft flog; wie ein Militärpolizist wild in die Menge schoss. Sie sah, wie Andrés, der Gewalt verabscheute, in irgendeine Gräueltat hineingerissen wurde: die Zerstörung einer Kirche, die Exekution eines Priesters, Vergewaltigungen. Jeden Morgen fuhr sie als Erstes auf ihrem Fahrrad ins Dorf hinunter und kaufte sich die *Times*, die sie noch im Hinausgehen aufschlug, um nach den neuesten Meldungen zu suchen.

Nebel wälzte sich weiß die Hänge hinunter und verwandelte die Baumstämme in geisterhafte graue Stelen. Die Birken und Hainbuchen, die sich zum Grat hinaufzogen, schwankten und waberten wie der Nebel selbst.

Eine Gestalt hob sich aus dem Dunst: Sie erkannte Tom Chiverton. Sie wappnete sich. Dieser ganze Irrsinn, diese ganze Pseudo-Leidenschaft, dachte sie.

»Ich musste dich sehen, Sadie«, sagte er. »Ich wusste, dass du zurück bist, und ich musste dich sehen.« Sein Ton war voller Vorwurf und Enttäuschung.

Der Albtraum, von dem sie geglaubt hatte, sie wäre ihn los, war zurück, bedrängend und unausweichlich.

Als sie ins Haus gehen wollte, hielt er sie am Arm fest. »Bitte, Sadie, hör mich an.«

»Lass mich los, Tom.«

Seine Hand fiel herab. »Verzeih mir. Nur einen Moment, mehr verlange ich nicht.«

Seine schwarzen Haare waren von Grau durchzogen, und um seine Augenwinkel lagen feine Fältchen. Ein Teil der schönen Fassade begann zu bröckeln.

»Du hättest nicht herkommen sollen.« Sie sprach leise, als verberge sich jemand im Wald, im Nebel, jemand, der ihnen heimlich zuhörte. »Geh jetzt bitte.«

»Ich wollte dich vergessen, ich habe es versucht.« Er schob sich die dunstfeuchten Haare aus der Stirn. »Ich bin nicht dumm. Ich weiß, dass du nichts von mir willst und dass ich mich erniedrige, wenn ich hierherkomme und bettle. Aber ich kann dich nicht vergessen. Ich kann nicht so tun, als empfände ich nichts für dich. Ich kann nicht so tun, als wäre diese Nacht nicht gewesen.«

Nichts als Lust, dachte sie angewidert, Lust und Begierde. Nichts von beidem ist von Dauer. Aber das alles hatte sie ihm bereits früher gesagt, und er hatte schon da nicht zugehört. Ein Gedanke schoss ihr durch den Kopf, wie sie da im Nebel standen. Sie hatte seine Beteuerungen stets als Masche abgetan, hinter der sich nicht mehr verbarg als eine Art Eitelkeit. Aber vielleicht irrte sie sich. Sie selbst hatte Felix verfolgt, nachdem er ihre Verlobung gelöst hatte; sie war ihm auf eine Party gefolgt und hatte vor den versammelten Gästen und vor Dahlia Knight, der Frau, für die er sie verlassen hatte, um seine Liebe gebettelt. Sie musste Felix genauso auf die Nerven gegangen sein wie Tom jetzt ihr.

»Ich liebe dich nicht, Tom.« Sie sprach ruhig und eindringlich; er sollte ihr zuhören. »Und ich werde dich nie lieben können. Ich liebe einen anderen.«

Ein kurzes, heftiges Ausatmen. Er stieß mit der Schuhspitze in das faulige Laub. »Der Glückspilz.«

»Ja.«

»Ich freue mich für dich, Sadie – ehrlich. Ich wünsche dir alles Glück.«

Sie wünschte sich nur, er würde gehen, aber er blieb, den Blick zum bewaldeten Tal gerichtet. Sie waren allein, und doch kribbelte es sie im Nacken, es war ein Gefühl, als ob sie heimlich von jemandem feindselig beobachtet würde.

»Ich bin gerade mit der letzten Überarbeitung von *Ellipse* fertig geworden«, sagte er. »Bei *Mondsüchtig* floss es wie Wasser aus einem Krug. Bei *Ellipse* war's eher, als wollte man Blut aus einem Stein pressen. Tja, die Quellen sind versiegt – ich bin ins Klischee abgesunken. Und trotzdem sind es die besten Gedichte, die ich je geschrieben habe.«

»Es wird bestimmt ein Erfolg.« Geh endlich nach Hause, Tom.

»O ja, ganz sicher.« Sein Mund verzog sich zu einem höhnischen Lächeln. »Glänzende Besprechungen in der *Times* und ein Interview mit dem *Telegraph*. Man wird mich um eine Rundfunklesung bitten, und irgendjemand, irgendein Spielverderber, wird eine Kritik schreiben, um eine Kontroverse anzuzetteln. Und ich habe wieder ein Stück von mir selbst verkauft, um den Mythos aufrechtzuerhalten. Nur darum geht es noch, das ist aus dem geworden, was einmal meine tiefste Freude war: ein Mittel zum Zweck, zur Erschaffung dieses Dings, dieses Ungetüms, das Tom Chiverton nun ist. Und ich selbst habe es geschaffen – mit der Hilfe meiner gottverdammten Frau … Ich habe ein Monster geschaffen. Monster brauchen Futter, Sadie. Willst du wissen, wovon dieses Monster sich nährt? Von Klatsch und Tratsch und Fotografien. Von Zeitungsartikeln und von Abendgesellschaften mit den Reichen und Berühmten. Die Leute berühren seine Hand, als besäße es magische Kräfte. Frauen werden hysterisch, wenn sie ihm auf der Straße begegnen. Sie lesen die Untertitel der Fotos: ›Der Dichter beim Signieren seiner Bücher in einer New Yorker Buchhandlung‹. ›Der Dichter bei einem Empfang des Prinzen von Wales‹. ›Der Dichter beim Verkauf seiner Seele‹.«

»Dann kehr dem Ganzen doch einfach den Rücken, Tom«, sagte sie ruhig. »Geh einfach.«

Er berührte ihren Arm. »Soll ich dir sagen, warum mir das so schwerfällt? Erfolg macht süchtig. Man wird abhängig davon. Du weißt genau, was er aus dir macht, und er ist dir deshalb verhasst, aber du kannst ihn nicht lassen. Du hast Angst, dass du ohne ihn nicht leben kannst, dass dann nichts von dir bleibt. Und die ganze Zeit, die ganze Zeit schaust du zu, wie er deine Seele auffrisst.« Ein Lächeln zuckte auf und erlosch. »Und Diana«, murmelte er, »Diana hängt mir wie ein Mühlstein am Hals. Sie wird sich niemals abschütteln lassen. Sie würde mir bis in die Hölle folgen. Kannst du dir vorstellen, wie lästig einem totale Ergebenheit werden kann?«

Was auch immer an Lügen und stillschweigenden Übereinkünften zur Dramaturgie dieser Ehe gehörte, welche kleine Rolle Sadie darin einmal gespielt hatte, sie gehörte nicht mehr dazu. Sie wünschte sich nur eins, ihn nie wiederzusehen.

»Es tut mir leid, Tom«, sagte sie.

Gestalten bewegten sich im Nebel. War das ein Reh, dieser schwarzgraue Schatten, den sie da neben dem Baum zu erkennen meinte, oder vielleicht ein Fuchs?

»Ich werde dich immer lieben«, sagte er. »Das wird sich nie ändern. Du hast ein Feuer in mir entzündet. Manchmal wärmt es mich, und dann wieder verfluche ich es. Tja, damit werde ich wohl leben müssen, zur Strafe für all meine Sünden. Ich werde dich nicht wieder belästigen, Sadie. Das verspreche ich.«

Mit einem Stirnrunzeln wandte er sich ab. »Vielleicht hast du recht, vielleicht sollte ich einfach alles hinter mir lassen. Manchmal stelle ich mir das vor. Ich stelle mir vor, wie ich mich von *Gull's Wing* verabschiede. Wie herrlich es wäre, die Tür hinter mir zuzuschlagen und über die Hügel davonzugehen. Wie erleichtert ich wäre, wieder einfach zu leben, irgendwo in einer Schäferhütte oder unter einer Hecke zu nächtigen, wie ich das getan habe, als ich jünger war. Ich war nie wieder so glücklich wie damals.«

Er entfernte sich den Hügelhang hinauf, und innerhalb von Augenblicken hatte ihn der Nebel verschluckt.

Sadie ging ins Haus. Mit zitternder Hand setzte sie den Wasserkessel auf. Es war vorbei, sagte sie sich. Sie gab Tee in die Kanne. Endgültig vorbei. Tom hatte ihr versprochen, sich ihr nie wieder zu nähern, und dieses Mal glaubte sie ihm. Sie lehnte sich ans Spülbecken und schloss die Augen. Ihre Gedanken an Andrés waren von einer so verzehrenden Sehnsucht begleitet, dass es sie erschreckte.

19

London und Surrey, Mai 1971

Der Taxifahrer setzte Rose vor Ursula Palmers Wohnung in Holborn ab. Die weißen Dolden des Flieders neben der Vortreppe leuchteten im milden Abendlicht.

»Honky Tonk Women«, plärrte es aus einem Fenster im zweiten Stock, und ein starker Geruch nach Marihuana mischte sich mit dem Fliederduft, als Rose über die weiße Katze hinwegstieg, die es sich auf einer der Steinstufen bequem gemacht hatte. Sie klingelte.

Die Tür wurde aufgerissen. »Rose!«, kreischte Ursula.

»Urse! Alles Gute zum Geburtstag.«

Sie umarmten sich. Ursula trug ein ärmelloses Midikleid aus lila Crêpe de Chine, etwas zerknittert, und die glatten braunen Haare hingen ihr lose auf die Schultern. Seit ihrem zwölften Lebensjahr hatten sie gemeinsam die Schule besucht. In der Oberstufe, als Rose die wissenschaftlichen Fächer gewählt hatte, hatte Ursula sich für die Geisteswissenschaften entschieden und später mit einer Arbeit über das elisabethanische Sonett promoviert. Jetzt war sie Dozentin an der literaturwissenschaftlichen Fakultät des University College in London.

Auf dem Weg nach oben tauschten sie die letzten Neuigkeiten aus. Die Musik wurde lauter, und sie mussten um einige Pärchen herumsteigen, die trinkend und rauchend auf den Treppenstufen hockten.

Ursula ging Rose voraus in ihre Wohnung. »Es ist ein ziemliches Loch«, sagte sie gut gelaunt. »Wenn mein Buch die Millionenauflage erreicht, kauf ich mir was Größeres.«

»Millionen, im Ernst?«

Ursula lachte. »Fünfzig, vielleicht hundert Exemplare, wenn ich Glück habe.«

Eine Rigipswand verriet, dass der ursprüngliche Raum in zwei geteilt worden war. Den Proportionen tat das nicht gut, der offene Kamin quetschte sich direkt an die Trennwand, und der Platz reichte nur für wenige und kleine Möbel. Ein Alkoven gleich neben dem Kamin war vollgestopft mit Büchern, Zeitschriften und Papieren, die aus Umschlägen und Heftern quollen. Den bräunlichen Teppich vor dem Kamin sprenkelten verblasste Spuren früher verschütteten Rotweins, und in einem kleinen Messingbuddha glühten Räucherstäbchen, die Patschuliduft verströmten.

»Komm, wir holen dir was zu trinken«, schrie Ursula, um die Musik zu übertönen. »Dann möchte ich dir jemanden vorstellen.«

Die meisten Gäste drängten sich, wie es schien, in der kleinen, quadratischen Küche, die von einem schmalen Flur abging. Ursula machte Rose mit allen bekannt und schenkte ihr ein Glas pflaumenfarbenen Wein ein. Auf dem Tisch standen Schalen mit Chips, Riesenstücke Käse und französisches Weißbrot, auf dem Boden waren der Wein und die Party Seven-Bierdosen in Übergröße bereitgestellt. Eine davon versuchte ein Mann mit blondem Schnauzer gerade verzweifelt mit einem Schraubenzieher zu öffnen. Eine junge Frau in einem großblumigen Kaftan hockte im Schneidersitz auf der Arbeitsplatte und drehte sich einen Joint, während sich um sie herum alle lebhaft unterhielten.

»Ein wissenschaftliches Experiment ist eine Art Forschungsexpedition«, erklärte ein junger Mann mit John-Lennon-Brille ernsthaft. »Man hat keine Ahnung, wohin die Reise geht.«

Eine junge Frau in einem Spitzenblüschen, das nicht mehr ganz frisch war, sagte: »Aber wenn die Experimente zur nächsten Bombe führen oder zu etwas noch Schlimmerem …«

Ursula stieß mit Rose an. »Interessierst du dich noch für Tom Chiverton?«

Rose nahm sich eine Handvoll Chips. »Ich habe fast aufgegeben. Ich bin in einer Sackgasse gelandet.«

»Ich hab da jemanden kennengelernt, Ivan Merchant. Er ist an der Keele Universität und weiß eine Menge über deinen Tom, er ist fast so etwas wie ein Experte. Ah, da ist er.« Ursula wies auf einen Mann in einem gelben Hemd und Jeansjacke darüber, der im Gang stand und sich mit einer jungen Frau in einem Häkeltop unterhielt. »Toller Mann, oder?«

Rose warf einen Blick auf den großen, schlanken Mann. »Nicht übel.«

»Ivan«, rief Ursula, und er drehte sich um.

Gleich darauf kam er zu ihnen. »Ich glaube, ich habe dir noch gar nicht gratuliert, Ursula. Alles Gute, von Herzen.« Er gab ihr einen Kuss auf die Wange.

»Das ist meine Freundin Rose Martineau. Du erinnerst dich vielleicht, ich habe dir von ihr erzählt.«

»Die Freundin mit der Verwandten, die mit Tom Chiverton bekannt war? Freut mich, Sie kennenzulernen, Rose.«

Sie gaben sich die Hand. Ivan hatte hellbraunes Haar, blaugraue Augen und einen Mund mit halbmondförmigen Fältchen an den Winkeln, mit denen er immer aussah, als wollte er gleich lächeln.

»Ich thematisiere Chiverton in meinem Kurs«, erklärte er.

»›Sprechen durch die Natur: Englische Lyrik des neunzehnten und zwanzigsten Jahrhunderts‹«, zitierte Ursula. »Du solltest dir einen knackigeren Titel ausdenken, Ivan.«

Er lachte. »Es ist eine Spritztour durch den Kanon.«

»Meine Großtante, Sadie Lawless, wohnte in den 1930er-Jahren neben den Chivertons.«

»Lebt sie noch?«

»Ich glaube nicht.«

»Kannte sie Tom gut?«

»Am Anfang waren sie ziemlich eng, glaube ich, aber dann gab es anscheinend Streit.«

Ursula entfernte sich, um sich anderen Gästen zu widmen, und ließ Rose und Ivan an der Küchentür zurück. Mit einem leicht ironischen Lächeln sagte Ivan: »Tom und Diana hatten beide ein ziemliches Talent, sich mit anderen zu zerstreiten.«

»Ach ja?«

»Ja. Diana war ein Snob und Tom ein Choleriker. Einmal hat er einem Mann, der es wagte, sein Grundstück zu betreten, den Kiefer gebrochen, und dann gab's mal einen Zwischenfall – der natürlich vertuscht wurde –, bei dem er einen Einbrecher fast zu Tode geprügelt hat. Der gute Tom war nicht der bleiche, schwindsüchtige Poet, den man sich gern vorstellt – ganz im Gegenteil. Er trug regelmäßig Boxkämpfe mit einem der Gärtner aus, der in *Gull's Wing* angestellt war, und zwar mit bloßen Fäusten – also nichts für Leute mit schwachen Nerven. Er war außerdem ein ausgezeichneter Schütze. Er ging mit Vorliebe auf Jahrmärkte und räumte dann jedes Mal sämtliche Preise ab. Sein Vater war Wildhüter, sein Großvater Schmied, das lag ihm also alles im Blut. Er war auch sonst nicht zimperlich. Er konnte einem Huhn den Hals umdrehen, ohne mit der Wimper zu zucken, und die Schweine, die sie in *Gull's Wing* züchteten, hat er selbst geschlachtet.«

»In der Biografie, die ich gelesen habe, wurde das mit keinem Wort erwähnt.«

»Die von Geoffrey Cranham?« Ivan zuckte mit den Schultern. »Jeder weiß, dass der Text reine Schönfärberei ist.«

Neue Gäste drängten in die Küche und drückten Rose und Ivan in den Gang hinaus. »Wieso?«, fragte sie. »In welcher Hinsicht?«

»Da wird eine Menge unterschlagen.«

»Können Sie mir eine bessere empfehlen?«

Er schüttelte den Kopf. »Cranhams Biografie ist so ziemlich die einzige. Sie kam vor acht oder neun Jahren heraus, mit Diana Chivertons Segen. Wenn andere Autoren es versuchen, fährt sie jedes Mal sofort dazwischen.«

»Wie denn?«

»Sie verklagt sie – oder droht mit einer Klage. Da bekommen es die Verlage natürlich mit der Angst, und die Autoren fürchten um ihren mageren Vorschuss. Also lassen sie's. Diana gewährt niemandem Zugang zu Toms persönlichen Aufzeichnungen. Man kann aber keine gültige literarische Biografie schreiben, wenn man nicht die Briefe und die frühen Entwürfe der Werke des betreffenden Autors gelesen hat. Es ist allgemein bekannt, dass die Cranham-Biografie, abgesehen davon, dass sie erbärmlich geschrieben ist, außerordentlich viel unterschlägt. Trotzdem ist es leider so, dass es bis heute keine bessere gibt, weil Diana das nicht zulässt.« Er warf einen Blick auf Roses Glas. »Warten Sie, ich hole Ihnen noch etwas zu trinken.«

»Danke.«

Er verschwand in der Küche und kam ein paar Minuten später mit zwei Gläsern Wein und einem halben Weißbrot zurück, das er sich in die Jackentasche gestopft hatte. Sie machten sich auf die Suche nach einem ruhigeren Plätzchen zum Reden und hockten sich schließlich auf die unterste Stufe einer Treppe.

Ivan hielt Rose das Brot hin, und sie riss sich ein Stück ab. »Ich habe ein paarmal versucht, mit Diana Chiverton Kontakt aufzunehmen«, erzählte er. »Aber ich bekam nur einen Brief zur Antwort, in dem sie mir alles Mögliche androhte. Soviel ich weiß, hat es bisher niemand geschafft, an sie heranzukommen.«

»Doch, ich.«

Sie sah Diana Chiverton vor sich, wie sie unter den Bäumen hinter dem Haus stand: tief liegende schwarze Augen in einem weißen Gesicht.

»Wirklich?« Er sah sie interessiert an. »Dann sind Sie eine Ausnahme, Rose. Sie soll ja wie eine Einsiedlerin leben.«

»Es war Zufall.« Sie fragte sich inzwischen allerdings, ob das zutraf. Diana hatte den Eindruck vermittelt, dass sie die Wälder rund um *The Egg* als ihr Eigentum betrachtete. Gut möglich, dass sie zum Haus gekommen war, um eventuelle Eindringlinge abzuschrecken.

»Ihr Auftritt war beeindruckend«, fuhr Rose fort. »Sie lehnte es ab, mit mir über Sadie zu sprechen. Sie bestritt, sie gekannt zu haben, obwohl ich mit Sicherheit weiß, dass es anders ist.«

»Sie ist über achtzig. Vielleicht macht ihr Gedächtnis nicht mehr mit.«

»Kann sein, ja.« Aber Rose war überzeugt davon, dass Diana sich an Sadie erinnert hatte. »Sie war eine Schönheit, als sie jünger war, nicht wahr«, sagte sie. »In der Biografie war ein Foto von ihr.«

»Sie war groß und dunkel und sehr apart.« Er lächelte sie flirtend an. »Genau mein Typ.« Er rückte etwas näher zu ihr, um einen Mann mit einem Tablett voll Gläser vorbeizulassen, und fügte hinzu: »Diana betrachtet es als ihre Lebensaufgabe, den Chiverton-Mythos zu bewahren. Sie ist die grimmige Hüterin der Legende. Weh jedem, der auch nur anzudeuten wagt, Chiverton könnte kein Heiliger gewesen sein und ihre Ehe nicht die vollkommenste seit … tut mir leid, mir fällt gerade kein passendes Beispiel ein.«

»Gibt es die vollkommene Ehe überhaupt?«

»Keine Ahnung. Ich hab da keine persönliche Erfahrung.«

Sie bemerkte seinen kurzen Blick zu ihrer linken Hand. Seit Robert in die Scheidung eingewilligt hatte, trug sie ihren Ehering nicht mehr.

»Glauben Sie, Diana will etwas verbergen?«, fragte sie ganz direkt.

»Aber natürlich. Tom hatte reihenweise Affären. Das weiß jeder, aber solange Diana noch lebt, traut sich niemand, das laut zu sagen.«

»Glauben Sie denn, sie wusste davon?«

»Wie sollte sie nichts davon mitbekommen haben?«

Rose hatte nicht gewusst, dass ihr Mann bei einer Prostituierten verkehrte. Die Presse hatte es vor ihr erfahren.

»Wenn man einen Menschen liebt«, sagte sie langsam, »vertraut man ihm und möchte ihm vertrauen. Man glaubt an ihn, und es kann sehr schwer sein zu akzeptieren, dass man sich getäuscht hat.«

Ivan riss sich ein Stück Brot ab. »Tom Chiverton hatte nicht ein oder zwei Affären, Rose. Es waren Dutzende. Manche seiner Affären haben mit gelegentlichen Unterbrechungen Jahre gedauert, dazwischen hatte er immer wieder kurze Abenteuer. Nein, Diana wusste Bescheid. Sie hätte blind und taub sein müssen, um nichts zu merken.«

Aber wenn das zutraf, warum hatte Diana es toleriert? Und warum sollte ihr jetzt noch etwas daran liegen, Toms wahren Charakter zu verheimlichen? Stolz, dachte Rose. Angst vor Erniedrigung. Toms Affären stellten damals und heute ihre ganze Person infrage.

»Man muss Diana auch einen gewissen Respekt zollen«, fuhr Ivan fort. »Tom wäre ohne ihre Hilfe nie das geworden, was er war. Sie hat alles für ihn getan – sie war die Erste, die seine Texte gelesen und beurteilt hat, sie riet ihm, welche Einladungen er annehmen und welche er ausschlagen sollte, sie führte den Haushalt, sorgte für seine täglichen Bedürfnisse, hielt ihm die Journalisten vom Leib. Man könnte sagen, sie schützte ihn vor der Außenwelt.«

»Ich kann mir nicht vorstellen, dass Tom Chiverton sich je um sein Abendessen sorgen musste«, sagte Rose trocken.

»Sicher nicht, nein.« Sein Lächeln war amüsiert. »Diana stammte aus ganz anderen Kreisen als Tom. Ihre Vorfahren kamen mit Wilhelm dem Eroberer nach England, behauptet sie jedenfalls. Das ist wahrscheinlich ein Überbleibsel aus den Zeiten, als die Leute aus lauter Ehrerbietung die Schwächen der vermeintlich Oberen unter den Teppich kehrten. Deswegen lässt man ihr das durchgehen.«

»Ich habe eher den Eindruck, dass die Leute durchaus Lust darauf haben, die Schwächen der vermeintlich Oberen anzuprangern.« Rose wischte die Brotkrümel vom braunen Samt ihrer Pumphose. Es hätte sie interessiert, ob Ursula Ivan von dem Skandal erzählt hatte, in den Robert verwickelt gewesen war.

»Aber nicht, vor Gericht gezerrt zu werden«, entgegnete er.

»Nein, das wohl nicht.«

»Vielleicht ist man eher bereit, Dichtern zu verzeihen als, ich weiß nicht …«

»Politikern oder Geschäftsleuten?«

»Ja.«

Sein kurzer Seitenblick verriet ihr, dass er Bescheid wusste.

»Dichtern gesteht man einen gewissen Freiraum zu«, sagte er. »Man sieht sie als romantische Helden, als Vorreiter. Bei einem Dichter ist es völlig in Ordnung – ach was, es ist beinahe Voraussetzung –, dass er sich von seiner Leidenschaft fortreißen lässt. Wenn man eine Liste der fünfzehn wichtigsten englischen Lyriker der ersten Hälfte des zwanzigsten Jahrhunderts aufstellen wollte, müsste Tom Chivertons Name darauf stehen. Er wird nicht nur von den Literaten bewundert, Rose, seine Gedichtbände werden noch immer gekauft. Es gibt weiterhin viele, die ihn rein zum Vergnügen lesen. Vielleicht besteht einfach keine große Neigung, das Bild eines Helden zu beschmutzen. Trotzdem, wenn ich eine Biografie über Chiverton schreiben wollte, würde ich jetzt die Feder zücken.«

Rose runzelte die Stirn. »Warum gerade jetzt?«

»Diana wird voraussichtlich nicht mehr lange leben. Sie hatte vor einem Jahr einen Schlaganfall und ist seither sehr hinfällig. Wie lange wird sie noch die Kraft haben, den Kampf weiterzuführen, um das Liebesleben ihres Mannes zu verheimlichen? Irgendjemand wird demnächst die Katze aus dem Sack lassen. Und das wird einschlagen wie eine Bombe.«

Rose dachte an die Frau, die sie im Paley High Wood getroffen hatte. Die wütende Unbeugsamkeit dieser äußerlich so gebrechlichen alten Frau hatte sie überrascht. Vielleicht hielt Diana Chiverton so eisern am Leben fest, um den Mythos zu bewahren, an dessen Erschaffung sie mitgearbeitet hatte.

»Kennen Sie Tom Chivertons Werk, Rose?«

»Nur oberflächlich, ehrlich gesagt. Ursula und ich sind nach der Schule getrennte Wege gegangen. Ich habe Physik studiert.«

»Was arbeiten Sie?«

»Ich leite ein Luftfrachtunternehmen.«

»Wow!« Er setzte sich mit einem Ruck auf und lachte. »Ich glaube, ich bin noch nie einer Frau begegnet, die ein Luftfrachtunternehmen leitet. Bleibt da überhaupt noch Zeit, um Gedichte zu lesen?«

»Eigentlich nicht. Aber *Mondsüchtig* habe ich gelesen.«

»Und, wie fanden Sie es?«

»Wunderbar.« Und so war es. Tom Chiverton hatte die Landschaft Südenglands in mythischen Zauber getaucht. Bei ihren Besuchen in *The Egg* kamen ihr jetzt immer wieder Formulierungen aus seinen Gedichten in den Sinn, die sie die Wiesen und Wälder mit ganz anderen Augen sehen ließen. Die Landschaft hatte Tom Chiverton geformt, und er formte die Gedankenlandschaft seiner Leser.

»Die Gedichte, die Chiverton Ende der Zwanziger und Anfang der Dreißiger geschrieben hat, sind seine bedeutendsten«, sagte Ivan. »*Mondsüchtig* und *Ellipse* sind beides Meisterwerke. Nichts, was er später gemacht hat, reicht an sie heran. Er behauptete von sich immer, er sei ein Produkt der Landschaft, die ihn nährte, er könne nur schreiben, wenn er auf dem Land lebe. Und es musste genau die richtige Landschaft sein – das südenglische Hügelland –, Sussex oder Hampshire. Ursula hat dafür nur Spott übrig. Sie steht auf dem Standpunkt, dass die Worte eines Dichters aus dem Herzen kommen und der reale Aufenthaltsort keine Rolle spielen sollte. Ihr Leib- und Magendichter, Sir Thomas Wyatt, schrieb seine Gedichte in der Gefangenschaft im Tower von London. Keats schrieb, während er sich an der Schwindsucht zu Tode hustete. Aber für Chiverton war der Ort von entscheidender Bedeutung.«

Er bot ihr den Rest Weißbrot an. »Möchten Sie noch etwas von diesem altbackenen Brot?«

»Schon gut, nein danke.«

»Wollen wir nicht sehen, ob wir ein anständiges Restaurant finden«, fragte er, »und unser Gespräch dort fortsetzen? Sie könnten mir alles über Luftfracht erzählen.«

Warum nicht? Es wäre doch nett, mit einem gut aussehenden und interessanten Mann auszugehen, sich ein Essen schmecken zu lassen, das jemand anders gekocht hatte, einen anständigen Wein zu trinken statt Ursulas Fusel, ein bisschen zu flirten und hinterher vielleicht noch auf einen Kaffee zu ihm zu gehen. Und dann, wer weiß? Einen Moment war sie in Versuchung.

Aber sie sagte: »Danke, Ivan, das wäre nett, aber ich muss nach Hause zu meinen Töchtern.«

»Ah ja.« Er machte ein enttäuschtes Gesicht, dann lächelte er. »Es war schön, mit Ihnen zu reden, Rose.«

Draußen, auf dem Weg zu einem Bus, der sie zum Waterloo-Bahnhof bringen würde, fragte sie sich, warum sie Ivan Merchants Vorschlag abgelehnt hatte. Ihr Vater war bei Katherine und Eve und hatte ausdrücklich gesagt, sie brauche sich nicht zu beeilen.

Es war wegen Dan, das wusste sie. Sie begegnete anderen Männern, spürte ein Flackern von Interesse, dann dachte sie an Dan, und es erlosch. Nur ein lumpiger – wunderbarer – Kuss, und doch konnte sie sich nicht von ihm lösen.

Ihr war klar, dass sie ihn vielleicht nie wiedersehen würde. Sie hatte sich gefragt, ob sie ihm bei einem ihrer Besuche bei Kevin Goode von Westfield Air begegnen würde, aber er war jedes Mal an Kevins neuem Standort beschäftigt gewesen. Vielleicht war es am besten so, sagte sie sich. Sie hatten zwar nicht direkt Streit gehabt, aber sie hatten sich auch nicht im Guten getrennt. Sie hätte ihn nicht einfach anrufen und sagen können, »Tut mir leid, Dan, ich habe einen Fehler gemacht.« Rückblickend erkannte sie, dass sie ihn in eine Situation gebracht hatte, in der ihm nichts anderes übrig geblieben war, als bei Martineau zu kündigen. Er hatte keinen Grund, sie zu vermissen. Er war vermutlich glücklich und zufrieden, mochte seine neue Tätigkeit, hatte schon vor Monaten eine Freundin gefunden und sie vergessen.

Die Vorstellung deprimierte sie. Er fehlte ihr. Sein Nachfolger in der Firma, der neue Betriebsleiter Alan Stubbs, war angenehm und tüchtig, aber kein Ersatz für Dan. Er hatte so eine Art, sich geräuschvoll zu räuspern, die ihr zunehmend auf die Nerven ging, und seine Berichte, mit klecksigem Kugelschreiber geschrieben, waren mit ihren engen, krakeligen Zahlenreihen eine Zumutung, kein Vergleich zu den übersichtlichen und klaren Aufstellungen, die Dan für sie verfasst hatte. Reisen mit Dan hatten Spaß gemacht, sogar an die grauenvolle Fahrt in der Untergrundbahn dachte sie jetzt mit Sehnsucht zurück. Auto- oder Bahnreisen mit Alan waren eine Tortur mit diesem ständigen Räuspern und seiner absoluten Unfähigkeit, über irgendetwas anderes zu reden als über Verträge und Termine.

Sie trug es Alan nach, dass er nicht Dan war, dachte sie, und das war nicht fair. Sie sollte aufhören, an Dan zu denken, es machte sie nur traurig. Besser war es, über Tom Chiverton nachzudenken, über Sadie.

Im Bus fand sie einen Sitzplatz am Gang und überließ sich wieder ihren Gedanken. Sie erinnerte sich an Dianas Hunde, die kläffend am Tor von *Gull's Wing* hochgesprungen waren, und an die Bewegung des Vorhangs hinter dem Fenster. In den Tagen, als ihr eigenes Haus von Reportern belagert worden war, hatte sie auch die Vorhänge zugezogen und sich versteckt. Sie konnte verstehen, dass man sich einsperrte, wenn draußen die Geier lauerten. Öffentliche Bloßstellung brachte Demütigung und Leiden mit sich, sie veränderte das eigene Leben auf so verheerende Weise, dass man sich über Nacht ins Nichts geschleudert fühlte. Vielleicht hoffte Diana, die jetzt über achtzig war, nur noch, dass sie das Ende ihres Lebens erreichen würde, solange der Ruf ihres Mannes noch unangetastet war.

Aber warum hatte sie ihn nicht verlassen, wenn er ein so notorischer Schürzenjäger gewesen war? Die Frau damals vor Katherines Schule, die Rose unmittelbar nach dem Skandal als erbärmlich bezeichnet hatte, hielt sie für die Art Frau, die bereit war, Untreue hinzunehmen, wenn sie dafür das große Haus, das angenehme Leben und ihren Stand als Ehefrau behalten konnte. Und zweifellos gab es andere, die ihr genau das Gegenteil vorwarfen: dass sie sich hatte scheiden lassen anstatt zu Robert zu stehen.

Vielleicht hatte Diana sich eingeredet, dass Toms Affären belanglos wären. Für manche Frauen war Sex nicht so wichtig. Vielleicht war für sie das einzig Wichtige gewesen, zu wissen, dass sie in Toms Herzen an erster Stelle stand. Vielleicht war sie zufrieden gewesen mit ihrer Rolle als Ehefrau des großen Dichters.

Doch Rose fand es viel wahrscheinlicher, dass Diana von Toms Seitensprüngen gewusst und dass sie sie gequält hatten. Vor vierzig Jahren war eine Scheidung weit schwieriger gewesen und hatte, gerade für Frauen, mochten sie sich noch so tadellos verhalten haben, fast immer gesellschaftlichen Abstieg und Schande bedeutet. Diana hätte vor Gericht nachweisen müssen, dass Tom ihr untreu gewesen war. Vielleicht hatte sie es nicht fertiggebracht, sich einem Prozess zu stellen, bei dem die intimsten Dinge an die Öffentlichkeit gezerrt worden wären.

Vielleicht hatte sie sich eine Scheidung auch nicht leisten können. Vielleicht war sie finanziell von Tom abhängig gewesen. Vielleicht war sie, eine Frau, die einer anderen Zeit angehörte und anders erzogen worden war als die Frauen heute, nie einem Beruf nachgegangen. Die gute Diana hätte sich eine Arbeit suchen sollen, dann hätte sie diesen Lügner und Betrüger vor die Tür setzen können. Diana Chivertons gesellschaftliches Ansehen hatte an ihrer Jugend und ihrer Schönheit gehangen. Sie musste die Zeichen erkannt und fürchten gelernt haben: Toms unerklärte Abwesenheiten, die hastig versteckten Briefe, die Anrufe, die nicht zustande kamen, sobald sie den Hörer abnahm. Und sein Verhalten, das Gockelgehabe, jedes Mal, wenn er eine neue Eroberung gemacht hatte.

Vielleicht hatte sich Diana Chiverton infolge der finanziellen Abhängigkeit so ohnmächtig gefühlt, dass sie geglaubt hatte, keine andere Wahl zu haben als vor den Affären ihres Mannes die Augen zu verschließen. Ihre gesellschaftliche Stellung hatte auf Toms Ruf basiert. Hinter der moralischen Entrüstung, mit der die Presse Johnny Packenham, Debra Peters und Robert angeprangert hatte, hatte kaum verhohlene Schadenfreude gesteckt. Wie hätte die Öffentlichkeit der 1930er-Jahre auf einen Sexskandal reagiert? Ein König hatte auf den Thron verzichten müssen, weil er sich in eine geschiedene Frau verliebt hatte. Hätte Tom Chivertons Karriere es ausgehalten, wenn die Wahrheit über ihn ans Licht gekommen wäre? Hätten die Chivertons weiterhin mit den Großen dieser Welt gespeist, mit Bischöfen und Mitgliedern des Königshauses? Wären sie weiterhin zu großen Bällen in vornehmen Häusern eingeladen worden, wenn jemand von Toms Affären und seinen Techtelmechteln mit den Hausmädchen gewusst hätte?

Und trotzdem – wären alte Geschichten wie diese, so schmerzhaft sie sein mochten, Grund genug für Diana gewesen, sich bis zum Ende ihrer Tage in *Gull's Wing* einzusperren und ein Leben in Einzelhaft zu führen? Ging es einzig darum, den guten Namen ihres Mannes zu schützen – oder gab es noch einen anderen Grund? Hatte sich vielleicht in den abgelegenen Wäldern von Sussex noch etwas ganz anderes zugetragen?

Es war nach elf, als Rose zu Hause ankam. Die Mädchen schliefen beide. Sie umarmte ihren Vater und lud ihn zum Dank für Sonntag zum Mittagessen ein.

Nachdem er gegangen war, begann sie im Wohnzimmer zu suchen. Sie hatte keine Ahnung mehr, wo sie den Brief gelassen hatte, den sie am Tag, bevor Katherine weggelaufen war, von Sadies Freund, Jimmy Corrigan, erhalten hatte. Sie glaubte nicht, dass sie ihn weggeworfen hatte.

Sie fand ihn schließlich ordentlich verstaut in dem kleinen Schreibtisch in ihrem Schlafzimmer. »Ich hoffe sehr, dass mein Brief Sie erreicht«, hatte Jimmy Corrigan geschrieben, »denn ich habe Sadie in sehr lieber Erinnerung.«

Während sie sich im Badezimmer abschminkte, fiel ihr noch eine Möglichkeit ein, um Dianas Verhalten zu erklären: Diana hatte Tom so abgöttisch geliebt, dass sie ihn um jeden Preis behalten wollte. Gleich, welche Verfehlungen sie für ihn hatte verschweigen müssen, sie hatte nicht aufgehört, ihn zu lieben.

Eine Woche später war sie zum Mittagessen bei Jimmy Corrigan in Islington eingeladen.

Jimmy schüttelte ihr die Hand, nachdem er ihr auf ihr Läuten geöffnet hatte, und bat sie herein. Er war sehr groß und dünn, hager beinahe, und trug zu ausgebleichten Jeans ein weißes Hemd mit dunkelblauem Pullover darüber. Hin und wieder rutschte der weiße Hemdzipfel aus der Hose, und er stopfte ihn dann achtlos wieder hinein. Die ehemals roten Haare waren weiß geworden und umstanden wie der Flaum einer Pusteblume das sommersprossige Gesicht, das vielleicht nie besonders markant gewesen, dank dem Stahlblau der Augen darin aber trotzdem beeindruckend war.

Er bedankte sich für die Flasche Wein, die sie mitgebracht hatte, und sagte: »Kommen Sie mit in die Küche, Rose.«

Die Wände des schmalen Flurs waren fast von oben bis unten mit Fotografien, Drucken und politischen Plakaten bedeckt. Auf den glänzenden Holzdielen lagen orientalische Teppiche.

»Ich hoffe, es stört Sie nicht«, bemerkte er, ihr vorausgehend, »dass ich noch eine Freundin eingeladen habe.«

Die Küche lag im hinteren Teil des Hauses. Sie entpuppte sich als ein freundlicher, heller Raum, in dem neben dem üblichen Inventar eine Essecke, ein Tisch, Stühle aus Fichtenholz sowie ein braunes Leinensofa Platz hatten.

»Rose«, sagte Jimmy mit einer Geste zu der zierlichen, elegant gekleideten Frau auf dem Sofa, »das ist Pearl Massingham. Pearl, das ist Rose Martineau, Sadies Großnichte.«

»Pearl?«, fragte Rose. »Sadies Freundin Pearl?« Sadies Freundin Pearl, die für sie unauffindbar geblieben war, weil Sadie in ihren Briefen an Edith nicht ein Mal ihren Nachnamen erwähnt hatte.

»Ja.« Pearl hielt Rose lächelnd die Hand entgegen. »Damals hieß ich Pearl Foster.«

»Wenn Sie wüssten, wie sehr ich mich freue, Sie kennenzulernen.«

Roses Herz begann vor freudiger Erwartung zu rasen wie der Motor eines Flugzeugs, das vor dem Start an der Rollbahn Geschwindigkeit aufnahm.

Vierzig Jahre waren vergangen, und nun stand sie hier mit Sadies engsten Freunden zusammen. Wenn überhaupt jemand wusste, was aus Sadie geworden war, dann diese beiden, Jimmy und Pearl.

Als jeder etwas zu trinken hatte, setzten sie sich an den gedeckten Tisch, auf dem Platten mit Quiche, kaltem Braten und eine Schüssel Salat angerichtet waren.

»Ich habe ein Haus auf Mallorca«, begann Jimmy, nachdem alle sich bedient hatten.

»Es ist umwerfend, Rose«, unterbrach Pearl. »Auf einer Landzunge, mit Blick auf den schönsten Strand, den man sich denken kann.«

»Ich musste einen Roman fertig machen. Hier schaffe ich das nicht – zu viel Ablenkung. Bitte, nehmen Sie doch von dem Brot.«

»Jimmy schreibt Kriminalromane.« Pearl reichte Rose die Butterdose aus Keramik. »Unheimlich gute.«

»Das sind sie nicht, aber das Geld reicht für die Miete, und es macht mir Spaß, sie zu schreiben. Ich schreibe auch Bücher über Politik, aber die verkaufen sich nicht halb so gut. Nehmen Sie sich vom Schinken, Rose. Er ist gut, ich habe ihn aus Mallorca mitgebracht.«

»Er ist köstlich, Jimmy«, sagte Pearl.

»Ich hatte einen Abgabetermin und bin deshalb für sechs Monate nach Mallorca in Klausur gegangen. Darum habe ich auch Ihren Brief nicht bekommen, Rose. Als Sie sich dann auf meinen nicht gerührt haben, dachte ich, Sie hätten Sadie vielleicht vergessen.«

»Oder die Suche nach ihr aufgegeben«, ergänzte Pearl. »Bitte geben Sie nicht auf. Die Frage hat uns immer beschäftigt. Als Jimmy mir von Ihnen erzählte, musste ich einfach herkommen.«

»Pearl lebt in Schottland, in den Highlands. Eine weite Reise. Sie ist mit der Bahn gekommen, im Schlafwagen.«

»Nur einen Spritzer, Schatz«, sagte Pearl zu Jimmy, der den Wasserkrug über ihr Whiskyglas hielt.

»Welche Frage hat Sie immer beschäftigt?«, fragte Rose.

Sie sahen sie beide an. »Nun, was aus Sadie geworden ist«, antwortete Pearl. »Sie war unsere beste Freundin, und eines Tages war sie einfach verschwunden. Ich dachte – ich hoffte –, Sie könnten uns endlich sagen, was passiert ist.«

Roses Zuversicht trübte sich schlagartig. »Und ich hatte gehofft, *Sie* könnten es *mir* sagen!«

»Dann wissen Sie also nicht, was aus ihr geworden ist?«

Auch Pearl war offensichtlich enttäuscht.

»Natürlich weiß sie es nicht«, warf Jimmy ein. »Das habe ich dir doch gesagt.« Er drückte Pearls Hand.

Rose berichtete vom Erbe ihrer Großmutter und der Entdeckung, dass Edith eine Schwester gehabt hatte. »Ich habe versucht, mit Leuten Verbindung aufzunehmen, die Sadie gekannt haben«, sagte sie. »Ich habe mit ihrem Psychiater gesprochen.«

»Philip? Ach, der war so reizend.« Pearl strahlte.

»Und mit ihrer Freundin Constance. Und mit der jetzigen Eigentümerin der Galerie, in der sie früher ausgestellt hat. Sie hat mir davon erzählt, dass Sadie damals nicht zur Eröffnung ihrer Ausstellung erschienen ist.«

»Das war ein furchtbarer Abend«, sagte Jimmy. »Ein Haufen Leute, die alle erwartet haben, dass Sadie jeden Moment kommen würde, und sie kam einfach nicht.«

»Madge war wütend«, erinnerte sich Pearl.

»Und Sadie hat nicht angerufen oder geschrieben, um ihr Fernbleiben zu erklären?«

Jimmy schüttelte den Kopf und zündete sich eine Zigarette an. »Wir haben am Nachmittag vor der Eröffnung noch miteinander gesprochen. Wir hatten beide kein Telefon, sie rief mich von der Zelle im nächsten Dorf an – wie zum Teufel heißt es gleich wieder?«

»Nutcombe.«

»Richtig, Nutcombe. Ich habe damals bei einer Werbeagentur gearbeitet. Dort hat sie mich angerufen. Wir wollten uns am nächsten Tag zwei Stunden vor Beginn der Vernissage in einem Café in der Nähe der Galerie treffen.«

»Aber sie kam nicht?«

»Nein. Ich nahm an, sie hätte ihren Zug verpasst und würde mit dem nächsten kommen. Aber nichts da. Ich saß da wie bestellt und nicht abgeholt. Schließlich sagte ich mir, sie müsste unsere Verabredung verschwitzt haben, und ging allein zur Eröffnung.«

»Und sie ist nicht erschienen«, sagte Pearl.

»Und wir haben nie wieder von ihr gehört.«

»Kann es sein, dass sie vor diesem Auftritt Angst hatte?« Rose erinnerte sich an Winnies Bemerkung, dass Sadie das reinste Nervenbündel gewesen sei. »Dass sie es für besser hielt wegzubleiben?«

»Nein, das glaube ich nicht.« Pearl schob die Ärmel ihres schwarzen Kaschmirpullis hoch. »Sie hat sich auf die Ausstellung gefreut. Sie hatte ja im Jahr vorher auch schon eine gehabt, und die war ein Erfolg gewesen. Sadie war von ihrer Arbeit überzeugt. Sie wusste, dass sie gut war.«

Rose nahm den Ring aus ihrer Handtasche und zeigte ihn Pearl. »Den habe ich gefunden. Könnte er Sadie gehört haben?«

Pearl starrte den Ring an und presste die Hand auf den Mund. »Oh«, flüsterte sie und setzte, sichtlich erschüttert, ihre Lesebrille auf.

»Ist es ihrer?« Jimmy runzelte die Stirn.

»Ja, eindeutig. Weißt du nicht mehr, Jimmy – Felix hat ihn ihr geschenkt. Schau, da ist die Inschrift. ›Du, meine Erwählte, bist meine ganze Freude.‹« Pearl hielt ihm den Ring hin. »O Gott.« Sie hatte Tränen in den Augen. »Wo haben Sie ihn gefunden, Rose?«

»Draußen bei *The Egg*. Er lag im Unterholz, nicht weit vom Haus entfernt.«

»Sie hätte das verdammte Ding wegschmeißen sollen.« Jimmy klang wütend. »Ich hab's ihr oft genug gesagt.«

»Sie hat mir nie erzählt, dass sie ihn verloren hat.« Pearl gab Rose den Ring zurück.

»Sie hat diesem erbärmlichen Hohlkopf immer noch nachgetrauert.«

»Nein, nein, das stimmt nicht«, widersprach Pearl. »Sie war über ihn weg, das weißt du doch.«

Jimmy zündete sich am Stummel seiner Zigarette die nächste an.

»Jimmy«, murmelte Pearl, »denk dran, was der Arzt gesagt hat. Du willst doch nicht wieder diesen fürchterlichen Husten bekommen.«

Jimmy gab einen verächtlichen Laut von sich, legte jedoch die Zigarette auf den Aschenbecherrand, bevor er das Wort an Rose richtete. »Ich bin ein paar Tage nach der Vernissage zum Haus rausgefahren. Ich wollte wissen, was Sadie sich eigentlich dachte. Aber sie war nicht da. Ich hatte einen Schlüssel, ich hatte den Sommer über dort gewohnt, also bin ich rein. Es hätte ja sein können, dass sie krank war oder so was. Alle ihre Sachen waren weg – ihre Kleider, ihr Handtasche, ihre Skizzenbücher und Farben. Sogar die Druckpresse. Ich nahm an, sie wäre irgendwohin verreist.«

»Sie wäre doch nie verreist, ohne uns etwas zu sagen.« Pearls Einwand hörte sich an wie das müde Echo eines unendlich oft vorgebrachten Arguments.

»Vielleicht doch. Sadie konnte sehr verschlossen sein.«

»Wenn sie verreist wäre«, fragte Rose, »wohin dann Ihrer Meinung nach?«

»Auf den Kontinent«, antwortete Jimmy. »Sie ist gern und viel gereist.«

»Einmal ist sie für länger nach Frankreich gegangen.« Pearl spießte eine Olive auf.

»Dreiunddreißig sind wir beide, sie und ich, mit dem Wagen nach Spanien gefahren«, berichtete Jimmy. »Wir haben eine Tour durch Kastilien gemacht, sie hat gemalt, und ich habe für den *Splinter* einen Artikel über die Lebensbedingungen auf dem Land geschrieben. Sadie ist dann in Madrid geblieben, um zu arbeiten, und ich bin nach Italien weitergefahren. Spanien war damals – vor Franco – ein faszinierendes Land. Unglaubliche Armut und Unrast, da brodelte es wie in einem Kessel, bei dem gleich der Deckel hochfliegt, aber trotzdem berauschend schön. Es war eine wunderbare Reise. Sie hat mich vergessen lassen, was im übrigen Europa los war. Ich habe mich für immer in das Land verliebt.«

»Als Sadie zurückkam, war sie so glücklich«, sagte Pearl. »Es war so schön, sie wieder glücklich zu sehen.«

»Der Kerl kann genauso ein dämlicher Schnösel gewesen sein«, knurrte Jimmy. »Ihr Männergeschmack war immer schauderhaft.«

»Jimmy, wie kannst du so was sagen? Was ist mit Kit? – Kit ist mein Mann«, erklärte Pearl zu Rose gewandt. »Er und Sadie waren kurz liiert, lange bevor ich mit ihm zusammengekommen bin. Egal, er war jedenfalls überhaupt nicht wie Felix, Jimmy. Da bin ich ganz sicher. Sadie hat mir sehr viel von ihm erzählt.«

»Von wem?«, fragte Rose.

»Andrés.« Pearl legte das Besteck auf ihren Teller. »Er war ihr Geliebter. Er lebte in Madrid.«

»Oh.« Einen Geliebten in Madrid hatte Sadie in keinem ihrer Briefe an Edith erwähnt. Sie hatte die Sache wohl vor Edith geheim halten wollen.

»Wie war er? Was hat er gemacht?«

»Er war Schriftsteller.«

»Journalist«, fügte Jimmy hinzu. »Ein Linker. Ich bezweifle, dass er das Franco-Regime überlebt hat, wenn er in Spanien geblieben ist.«

»Er war Herzog oder Graf oder so was«, sagte Pearl mit einer unbestimmten Handbewegung.

»Quatsch«, widersprach Jimmy. »Andrés war verarmter spanischer Adel – die hatten mal Geld und Grundbesitz besessen, das war aber alles weg. Er hatte zweierlei Blut, wie Sadie. Seine Mutter war Irin, sein Vater Spanier.«

Pearl tätschelte seine Hand. »Sadie hatte immer Angst, sie könnte ihn verlieren. Es war schwierig für die beiden, wissen Sie, Rose. Andrés war verheiratet. Er hatte einen Sohn. Die Ehe war nicht glücklich, aber Andrés und seine Frau waren katholisch, da war eine Scheidung ausgeschlossen. Sadie ging im folgenden Sommer, 1934, nach Spanien zurück, weil sie bei ihm sein wollte.« Ein leiser Seufzer. »Es war schwer für sie, nach Felix noch einmal einem Mann zu vertrauen, und es war sicher für beide schwer, an eine Zukunft zu glauben. Aber Andrés war die große Liebe ihres Lebens.« Pearl sah traurig aus. »Davon bin ich überzeugt.«

»Ist es nicht möglich, dass sie nach Spanien zurückgegangen ist?«, fragte Rose. »Vielleicht hat ihr Andrés so sehr gefehlt, dass sie es nicht aushalten konnte, bis nach der Vernissage zu warten.«

Pearl legte in ihrem Schoß die Hände zusammen. »Sadie hat mir immer geschrieben«, sagte sie. »Immer. Ganz gleich, wo sie war und mit wem sie zusammen war. Sogar aus dieser entsetzlichen Klinik, in die man sie nach ihrem Zusammenbruch gesteckt hatte. Sie hat mir Dutzende Briefe und Karten geschrieben. Oft hat sie Skizzen dazugelegt – wunderschöne Landschaften oder witzige Karikaturen.«

Rose musste an die Karikatur auf der Postkarte denken, die sie unter Ediths Sachen gefunden hatte – die feine Dame mit dem Kapotthut, die auf hohen Absätzen eine Straße hinunterstolperte. »Bin ich nicht der letzte Schrei, Schatz?«

»Und diesmal hat sie nicht geschrieben?«, hakte sie nach.

»Nein. Weder mir noch sonst jemandem. Jimmy und ich haben herumgefragt. Sadie hatte viele Freunde. Niemand hatte etwas von ihr gehört.«

»Ich bin zur Polizei gegangen«, warf Jimmy ein. »Die hat das gar nicht interessiert. Sadie sei erwachsen, und es lägen keine Hinweise auf ein Verbrechen vor. Als ich von der Vernissage erzählte, hieß das für sie …«

»Sie war Künstlerin«, wandte Pearl ein. »Jimmy will damit sagen, dass die Polizei einfach davon ausging, dass sie ein lockeres Leben führte.«

»Sie erklärten mir, sie wäre wahrscheinlich mit einem Mann unterwegs. Daraufhin hab ich ihnen mal kurz die Meinung gesagt.«

»Und nicht gerade auf die feine englische Art, Schatz.«

»Nein. Sie haben mich rausgeworfen.«

»Sie hätte geschrieben«, beharrte Pearl. »Ganz bestimmt.«

Rose glaubte ihr. »Hat Sadie Ihnen gegenüber jemals Tom Chiverton erwähnt?«, fragte sie.

Pearl sah sie einen Moment unverwandt an, bevor sie sagte: »Sie hatte eine Affäre mit ihm.«

»Hatte sie nicht.« Jimmy warf Pearl einen zornigen Blick zu.

»Doch, Jimmy. Sie hat es mir selbst erzählt. Ich musste ihr versprechen, niemandem etwas zu sagen, aber ich finde, das spielt jetzt keine Rolle mehr. Rose sollte es wissen. Es war nur eine Nacht, und sie hat sich hinterher sehr geschämt.«

Jimmy spülte seinen Whisky in einem Zug hinunter. »Mist«, sagte er und begann, den Tisch abzudecken.

Pearl sah ihn liebevoll an.

»Sadie war einsam da draußen in dem Haus. Eines Abends erschien Tom Chiverton bei ihr und, na ja, ihr könnt es euch denken. Er war damals ein sehr attraktiver Mann. Später ging's natürlich bergab.« Pearl machte ein resigniertes Gesicht. »Wie mit uns allen leider.«

»Mit dir nicht«, versicherte Jimmy loyal.

»Lieb von dir, danke.« Sie lächelte ihm zu. »Sadie hat sich diese Geschichte mit Tom Chiverton selbst furchtbar übel genommen. Aber die Frauen unserer Generation hatten es schwer, Rose. Viele von uns haben nie geheiratet und hatten keine Kinder. Die Männer waren ja alle im Krieg gefallen. Und wir wünschten uns alle verzweifelt Liebe und Gemeinschaft – und Sex natürlich. Ich war fünfunddreißig, als ich Kit geheiratet habe, und noch ein Stück älter, als meine Söhne kamen. Ich hatte alle Hoffnung auf eine Familie aufgegeben, und ich weiß, dass es bei Sadie genauso war.«

»Sie hat Tom Chiverton also nicht geliebt?«

»Nein, keineswegs.« Pearl kniff die Augen zusammen. »Ich glaube, es hatte mehr damit zu tun, dass sie so ausgehungert war. Wir wissen doch, wie gefährdet man in so einem Zustand ist.«

Rose musste an den Kuss am Waterloo-Bahnhof denken. Wenn sie Dan nicht geküsst hätte, hätte er nicht bei Martineau Aviation gekündigt. Er würde heute noch dort arbeiten, und sie würde ihn jeden Tag sehen. Wäre das besser oder schlimmer?

»Es war also nur eine flüchtige Affäre? Und hat Tom das auch so gesehen?«

»Nein, offenbar nicht. Sie hat mir erzählt, dass er sie beobachtet hat, wenn sie zu Hause war. Sie kennen ja das Haus, nicht? Die riesigen Fenster.«

Rose dachte an Sadie in dem kleinen Haus und Tom Chiverton keine anderthalb Kilometer entfernt. Eine schwierige Situation, vorsichtig ausgedrückt. Bei der Vorstellung, dass Tom Sadie durch die Fenster beobachtet hatte, fröstelte es sie. Eine Theorie formte sich, ein erschreckender Verdacht, eine mögliche Antwort auf die Frage, was aus Sadie geworden war.

»Die Sache mit Tom Chiverton war einer der Gründe, warum Sadie ins Ausland gehen wollte«, sagte Pearl. »Aber sie war nicht der entscheidende Grund. Sadie wollte weiterkommen. Sie war so begabt. Sie wusste, dass sie zusätzliche Erfahrung brauchte, deshalb hat sie immer wieder als technische Assistentin für andere Grafiker gearbeitet. Manche dieser Leute sind geniale Zeichner oder Koloristen, aber für die technische Seite fehlt es ihnen an Kompetenz. Sadie konnte alles.«

»Schauen Sie sich die hier an.« Jimmy stand auf und wies Rose auf eine Serie gerahmter Drucke an einer der Wände hin. »Die sind alle von Sadie.«

Es waren Titelseiten seiner Zeitschrift, *Splinter*, abstrakte Darstellungen, durch geometrische Formen gekennzeichnet und in dunklen, schlammigen Farben gehalten, die durch gelegentliche rote Sprengsel zusätzliche Spannung erhielten. Sie spürte das gleiche Prickeln wie damals, als sie in der Danford Galerie Sadies Gemälde gesehen hatte – das Gefühl, in vergessene Zeiten und geheime Leben einzutauchen.

»Ich konnte ihr nichts bezahlen«, sagte Jimmy. »Die verdammte Zeitschrift hat mir nie auch nur einen Penny eingebracht. Ich habe sie dafür zum Essen eingeladen. Fish and Chips, wenn ich total pleite war.«

»Die Bilder sind großartig.« Und das waren sie: mutig, eindringlich und kraftvoll.

»Mir ging es darum, politische und künstlerische Themen zu verbinden.« Jimmy lachte. »Die 1930er-Jahre waren ja politisch eine wilde Zeit. Ähnlich wie heute im Übrigen. Man irrt sich, wenn man glaubt, man könnte sich vom Weltgeschehen abschotten.« Sein Blick war auf die Drucke gerichtet, als er nachdenklich sagte: »Ich glaube, dass ihr an dem Tag etwas zugestoßen ist.«

»Jimmy«, murmelte Pearl.

»Es muss einmal ausgesprochen werden, Pearl. Du hast's doch selbst gesagt, Rose sollte es wissen. Ich glaube, sie ist jemandem begegnet. Vielleicht hat ein fremder Autofahrer angehalten und sie mitgenommen, als sie zum Bahnhof hinunterging, oder sie hat sich im Zug nach London mit dem Falschen auf ein Gespräch eingelassen. Sadie war sehr kontaktfreudig, hat sich immer gern mit den Leuten unterhalten. Vielleicht hatte sie Pech. Sie war eine Frau … na ja, sie hatte eine starke Wirkung auf Männer.«

Rose meinte in Jimmys Stimme den Nachhall eines alten Schmerzes zu hören.

Und auch Pearl schien ihn zu hören, denn sie griff nach seiner Hand.

»Vielleicht hätte Rose gern eine Tasse Kaffee, Jimmy. Soll ich welchen machen?«

»Ich mach ihn schon. Bin gleich wieder da.«

Als Jimmys Schritte verklungen waren, sagte Pearl mit gesenkter Stimme: »Er hat sie abgöttisch geliebt. Ich bin überzeugt, er hat ihretwegen nie geheiratet. Ein paar Monate nach Sadies Verschwinden ist er nach Amerika gegangen. Er war im Ersten Weltkrieg an der Front und hat den nächsten

Krieg kommen sehen. Die Vorstellung, das alles noch einmal durchzumachen, war ihm unerträglich.«

Sie zog den Kragen ihres Pullis zum Kinn hoch. »Jimmy war immer überzeugt, dass Sadie etwas zugestoßen ist. Vielleicht hat er recht. Ich weiß nur, ohne Andrés hätte sie nicht leben können. Sie hat ihn so sehr geliebt. Ihr war schon einmal das Herz gebrochen worden – jeder Mensch kann schließlich nur ein bestimmtes Maß an Schmerz aushalten, hab ich recht?«

Nach ihrem Besuch bei Jimmy Corrigan fuhr Rose mit dem Bus nach Chelsea, um die Kinder abzuholen. Robert und Katherine spielten Monopoly, als sie kam, und Eve malte ein Bild.

Eve flog ihrer Mutter entgegen. Katherine sagte: »Ich hab die Schlossallee gekauft, Mama.«

»Bravo.« Den Arm um Eve geschlungen, trat sie zum Monopolybrett.

»Wir haben eben erst angefangen«, sagte Robert. »Die arme Katherine kann nie ein Spiel fertig machen.«

»Ich kann ja warten.«

»Ich wäre gern eine Weile mit ihnen an die frische Luft gegangen.«

Es lag Rose auf der Zunge zu sagen, dass er den ganzen Vormittag Zeit gehabt hätte, mit seinen Töchtern an die frische Luft zu gehen, aber sie verkniff sich die Bemerkung. Stattdessen setzte sie sich mit Eve aufs Sofa und drückte ihre Wange an das dunkle Lockengewirr ihrer Tochter, während Katherine und Robert weiterspielten. Sie spürte Roberts Groll über ihre Anwesenheit und wartete nur auf den nächsten Vorwurf. Seit er in die Scheidung eingewilligt hatte, war der Ton ihrer Gespräche häufig kalt oder sarkastisch.

Robert würde auf Zurückweisung niemals mit körperlicher Gewalt reagieren, aber ein Mann mit einem anderen Wesen, ein Mann mit hitzigem Temperament, täte es vielleicht. Man las von solchen Geschichten in der Zeitung. Eine Beziehung zerbrach, und danach sah sich die Frau ständiger Verfolgung ausgesetzt, bis sie eines Tages von dem verschmähten Ehemann oder Freund erwürgt oder totgeprügelt wurde. Die Boulevardblätter sprachen dann von »Verbrechen aus Leidenschaft«. Rose sah es anders: Diese Männer waren in ihrer Eitelkeit getroffen, nicht im Herzen. Nicht Liebe trieb sie zum Mord, sondern Eifersucht, Besitzgier und gekränkter Stolz.

20

London und Surrey, Juni 1971

Zwei Wochen später nahm Rose ein Taxi zur Brook Street. Sie war zu einem Empfang im Claridge's zur Feier von Kevin Goodes vierzigstem Geburtstag eingeladen. Im schwarzweiß gefliesten Foyer wies man sie zu einem Veranstaltungsraum im Erdgeschoss. An der Tür blieb sie einen Moment stehen. Die festlich bunten Kleider der Frauen leuchteten wie Juwelen auf dunklem Grund im Gedränge der schwarzen Abendanzüge. In einer Ecke des Raums spielte eine fünfköpfige Band, und einige Paare tanzten.

Sie wappnete sich innerlich, bevor sie in den Saal hineinging. Sie wusste, dass sie sich jeden Moment Dan gegenübersehen konnte. So wie sie ihn kannte, würde er ihr mit untadeliger Höflichkeit begegnen. Sie würden ein wenig über das Luftfrachtgeschäft fachsimpeln, dann würde einer von ihnen einen Vorwand finden, um sich zu verabschieden. Sie fand die Vorstellung so deprimierend, dass sie nur noch wünschte, der Abend wäre vorüber.

Als sie zu Kevin vorgestoßen war, küsste sie ihn auf die Wange und gratulierte ihm. »Kostet mich ein Vermögen, diese Sause«, knurrte er. »Aber Kelly war nicht davon abzubringen.« Kelly war Kevins junge Frau, mit der er erst seit kurzer Zeit verheiratet war.

Sie unterhielten sich eine Weile, dann trafen neue Gäste ein, und Kevin entschuldigte sich. Rose nahm sich ein Glas Wein von einem Tablett und wanderte ziellos im Saal umher. Überall standen Gruppen von Männern beieinander, die sich aus der Schule oder vom Studium kannten, vom Golfspielen, aus dem Rotary Club oder von den Freimaurern. Sie gehörte keiner dieser Gemeinschaften an, aber das war für sie, eine Frau in einer Männerbranche, nichts Neues.

Als sie Dan bemerkte, der nicht weit von ihr im hinteren Teil des Saals stand, durchzuckten sie Freude und Schmerz zu gleichen Teilen. Sie war hin- und hergerissen zwischen dem Wunsch, auf und davon zu laufen – niemandem, dachte sie, würde es auffallen –, und dem Verlangen, mit ihm zu reden. Sie würde versuchen, die Dinge ins Reine zu bringen. Sie würde ihm erklären, dass sie in ihrer Angst um Katherine alles andere vergessen hatte. Sie musste unbedingt mit ihm sprechen. Gerade hatte sie sich ein Herz gefasst, da trat eine blonde Frau in einem kurzen kobaltblauen Kleid zu ihm und küsste ihn auf die Wange. Dan neigte sich ihr zu, und die Blondine legte ihm die Hand auf die Schulter und flüsterte ihm etwas ins Ohr. Dan lächelte. Vielleicht lachte er sogar. Rose wandte sich ab und drängte sich durch die Menge zur anderen Seite des Saals.

»Sie sehen aus, als würde Ihnen ein bisschen Gesellschaft guttun«, sprach sie ein Mann an, etwa in ihrem Alter, rötliche Haare und darunter ein schwammiges, stark gerötetes Gesicht. Er starrte ganz ungeniert auf den Ausschnitt ihres cremefarbenen Cocktailkleids.

»Tut gut, in dieser Männerwirtschaft hier eine Frau zu sehen«, sagte er. »Und eine so schöne noch dazu. Ich bin übrigens Russell Litchfield.«

»Rose Martineau.«

»Warum trinken Sie keinen Champagner, Rose? Sie sehen mir nach einer Frau aus, die ein Glas Champagner zu schätzen weiß.«

Er ging davon. Sie hoffte, er würde nicht wiederkommen, aber nach ein paar Minuten war er mit einem Glas in jeder Hand zurück.

»Bitte sehr, Rose.« Champagner schwappte auf ihre Finger. Er starrte sie einen Moment an, dann begann er zu lachen. »Ach, von Ihnen hab ich doch gelesen, oder? *Rose Martineau*… Sind Sie nicht mit diesem Kerl verheiratet?«

Sie war sofort auf der Hut. Wenn sie von Robert gehört hatten, kamen manche Leute auf seltsame Ideen. Insbesondere Männer.

»Woher kennen Sie Kevin, Russell?«

Aber er ließ sich nicht ablenken. »Mit diesem Kerl aus der Zeitung«, fuhr er fort, hochzufrieden mit sich selbst. »Dem mit der Nutte. Ja, genau. Schön, Sie kennenzulernen, Rose. Kein Kostverächter, Ihr Mann, hm?« Er zog vielsagend die rötlichen Brauen hoch. »Ich könnte mir vorstellen, dass Sie auch nichts gegen ein bisschen Spaß haben.«

»Ich weiß nicht, wovon Sie reden«, sagte sie kalt.

Er zuckte mit den Schultern. »Na, was dem einen recht ist und so weiter.«

»Wenn Sie mich jetzt entschuldigen würden.«

»Ach, kommen Sie. Entspannen Sie sich. Trinken Sie aus. Das könnte der Beginn einer schönen Freundschaft werden.«

Rose stand an der Wand, Russell unangenehm dicht vor ihr. Sie wollte ausweichen und gehen, aber er versperrte ihr den Weg.

»Entschuldigen Sie«, sagte sie scharf. »Ich habe eben jemanden gesehen, mit dem ich sprechen muss.«

Er sah verdrossen aus.

»Jetzt seien Sie nicht gleich beleidigt. Ich hab doch nur Spaß gemacht. Wo ist Ihr Humor geblieben?«

»Ich glaube, Mrs. Martineau möchte, dass Sie gehen.« Dans Stimme war eisig.

Russell fuhr aufgebracht herum. »Hauen Sie ab, Mann. Sehen Sie nicht, dass wir uns unterhalten?«

»Mrs. Martineau möchte von Ihnen in Ruhe gelassen werden.«

»Dan, es ist schon gut.«

»Sehen Sie? Kümmern Sie sich um Ihren eigenen Kram, Falconer«, sagte Russell aggressiv.

»Sie sind betrunken, Mr. Litchfield. Sie sollten vielleicht nach Hause fahren.«

»Ach, schieben Sie ab.«

Beide Männer wurden handgreiflich. Dan packte Russell Litchfield bei der Schulter, und Litchfield schlug nach Dan – Rose hätte nicht sagen können, wer zuerst die Beherrschung verlor, vielleicht beide gleichzeitig. Doch dann versetzte Russell Dan einen so harten Schlag auf den Mund, dass dieser taumelte. Rose hörte sich selbst unterdrückt aufschreien. Sie wollte zu ihm, aber er hatte sein Gleichgewicht schon wiedergewonnen.

Seine Faust traf das Kinn des anderen, Russell fiel über ein Tischbein und riss den Tisch sowie eine Anzahl leerer Weingläser mit sich. Eine Frau schrie laut auf, als Russell Litchfield mit dumpfem Aufprall und vom Klirren splitternden Glases begleitet zu Boden schlug.

Alle im Saal drehten die Köpfe. Rose schlug beide Hände vor den Mund. Dan entspannte seine Faust und bot Russell die Hand, um ihm aufzuhelfen. Russell brüllte, er solle sich verpissen.

»Vorsicht, die Glasscherben«, sagte jemand.

Zwei Männer zogen Russell Litchfield auf die Beine. Er schüttelte einmal kurz und heftig den Kopf. »Sie blöder Arsch«, fauchte er Dan wütend an.

»Alles in Ordnung?«, fragte Rose Dan.

»Ja. Keine Sorge. Au!« Verwirrt untersuchte er seine Fingerknöchel. »Das ist eigentlich nicht meine Art.«

»Ich weiß, Dan. Kommen Sie, gehen wir an die frische Luft.«

Sie nahm ihn beim Ellbogen und schob ihn aus dem Saal. In einem Korridor stellten sie sich an ein offenes Fenster, und Rose suchte in ihrer Tasche nach einem Taschentuch.

»Warten Sie, lassen Sie mich.« Sie tupfte das Blut von seiner geplatzten Lippe. Seine Haare waren wirr, sein Anzug verrutscht. »Sie sehen schlimm aus.«

Als eine Bedienung mit einem Tablett voll leerer Gläser vorbeikam, bat Rose sie, ihnen Eiswürfel zu bringen. Dann wandte sie sich wieder Dan zu. »Das war wirklich nicht nötig«, sagte sie.

Dan hielt ihr Taschentuch an seinen Mund gedrückt. »Er hat Sie belästigt, dieser Idiot«, nuschelte er.

»Ja, das stimmt, aber ich kann auf mich selbst aufpassen. Sind Sie sicher, dass alles heil ist? Nichts gebrochen?«

Er schüttelte den Kopf, dann legte er eine Hand auf sein malträtiertes Gesicht. »Was ist mit Ihnen, Rose? Alles in Ordnung?«

»Mir geht's gut.« Sie spürte noch die Nachwirkungen des Schreckens – gleichzeitig fühlte sie sich allein durch das Zusammensein mit ihm wie befreit.

»Wie kommt Martineau Aviation ohne mich zurecht?«

»Wir wursteln uns so durch.« Sie lächelte. »Ich bemühe mich, Ihren Nachfolger einzuarbeiten, aber das ist nicht so einfach. Wie geht es bei Westfield?«

»Bestens – bis jetzt.«

»Wie meinen Sie das?«

»Litchfield ist einer unserer größten Kunden. Wir transportieren seine Erzeugnisse in alle europäischen Länder.«

Sie starrte ihn entsetzt an. »Lieber Gott, Dan.«

Er wischte über sein mit Champagner bespritztes Jackett und zog seine Krawatte gerade. »Ich habe sowieso daran gedacht zu kündigen. Ich bin mit der neuen Stelle nie warm geworden. Es ist nicht das Gleiche wie bei Martineau Aviation.« Er lächelte ihr zu, dann verzog er unter Schmerzen das Gesicht.

Die Bedienung brachte ihnen die Eiswürfel. Rose wickelte einige in ihr Taschentuch und riet Dan, es sich an die geplatzte Lippe zu halten. Er fragte nuschelnd nach Katherine und Eve, und sie sagte, es gehe ihnen gut.

»Katherine ist wieder auf ihrer alten Schule«, berichtete sie. »Sie fühlt sich viel wohler.«

»Gut«, sagte er gedämpft.

Sie schwiegen beide, keiner schien zu wissen, was er sagen sollte. So nahe beieinander, dachte sie niedergeschlagen, und trotzdem durch eine Schranke getrennt.

Gerade, als sie etwas sagen wollte, erschien mit klappernden hohen Absätzen die Blondine im kobaltblauen Kleid. »Ah, da sind Sie, Dan«, sagte sie. »Ich habe Sie schon überall gesucht. Sie müssen wieder reinkommen. Kevin besteht darauf, dass Sie sich entschuldigen.«

»Einen Moment noch«, erwiderte Dan kurz. »Sagen Sie Kevin bitte, ich komme gleich, Jenny.«

Jenny eilte von dannen. Dan fragte Rose: »Machen Sie noch viel für Pearson?«

»Ja, einiges.«

»Nehmen Sie nichts mehr an.« Er lispelte leicht mit der nun deutlich angeschwollenen Lippe. »Es wird gemunkelt, dass die Firma vor der Pleite steht. Sicher ist es nicht, aber es sieht nicht gut aus. Passen Sie auf, dass Sie sich da nicht zu abhängig machen.«

»Danke, Dan. Werd ich tun.«

»Ich muss gehen«, sagte er.

»Dan …«

Er blickte zu ihr zurück.

»Es tut mir leid«, sagte sie.

»Nicht nötig.«

Er war weg, bevor sie ihm erklären konnte, dass es ihr nicht um den Zwischenfall mit Litchfield ging, sondern um all das, was zwischen ihnen geschehen war. Widersprüchliche Gedanken schossen ihr durch den Kopf. Sie versuchte, sich die Ereignisse zu erklären, sie einzuordnen, aber es gelang ihr nicht. Dan hatte Litchfield in die Schranken gewiesen und sie vor Pearson gewarnt, das musste doch heißen, dass ihm etwas an ihr lag – oder nicht? Aber vielleicht hatte er einfach aus Ritterlichkeit gehandelt oder aus Pflichtgefühl. Jedenfalls hasste er sie nicht, und das war immerhin etwas.

Aber sie hatten nicht zu der selbstverständlichen Freundschaftlichkeit der letzten Monate bei Martineau Aviation zurückgefunden. Nichts war geklärt. Sie hatte ihm nicht einmal gesagt, dass sie sich von Robert scheiden ließ.

Sie konnte jetzt nicht wieder in den Saal gehen. Sie hatte bestimmt schon schlimmere Feste erlebt, dachte sie, als sie zur Garderobe ging, um ihre Jacke und ihren Aktenkoffer zu holen, aber im Moment fiel ihr keins ein.

Am nächsten Morgen rief Rose gegen elf bei Westfield Air an und wollte Dan Falconer sprechen. Er sei nicht in der Firma, erklärte man ihr.

»Können Sie mir sagen, wann ich ihn erreichen kann?«

»Mr. Falconer ist nicht mehr für unser Unternehmen tätig.«

Mit einem kurzen Wort des Dankes legte Rose auf. Sie überlegte einen Moment, dann ging sie hinüber zu Lucy.

»Lucy, haben wir Dans Privatnummer noch da?«

»Ich seh mal nach.«

Ein paar Minuten später kam Lucy mit einem Zettel mit der Nummer zu ihr ins Büro.

Rose wählte.

Es läutete lange. Rose wollte schon auflegen, als ein Mann – nicht Dan – sich meldete. »Hier bei Falconer.«

»Guten Tag«, sagte sie. »Mein Name ist Rose Martineau. Könnte ich Dan sprechen?«

»Tut mir leid, er ist nicht da. Er ist in der Firma.«

Oder auf dem Heimweg von der Firma, dachte Rose erbittert, weil er gerade vor die Tür gesetzt wurde. »Mit wem spreche ich denn?«, fragte sie.

»Dans Vater.«

»Oh, ach so. Entschuldigen Sie die Störung, Mr. Falconer.«

»Mick – nennen Sie mich Mick. Ich wohne vorübergehend bei Dan, bis es mir wieder besser geht.«

»Sie waren krank? Das tut mir leid.«

»Mein Wohnwagen ist abgebrannt. Beinahe wäre ich selbst nur noch ein Häufchen Asche gewesen.«

»Wie schrecklich«, sagte sie schockiert.

Als es an ihrer Tür klopfte, sah sie auf. Alan, Dans Nachfolger, schaute herein. »Augenblick«, artikulierte Rose lautlos mit übertriebenen Lippenbewegungen.

»Ich wünsche Ihnen baldige Genesung, Mick«, sagte sie ins Telefon. »Könnten Sie Dan etwas von mir ausrichten?«

Sie überlegte, unsicher, was sie sagen sollte, und entschied sich schließlich für »Bitte richten Sie ihm aus, dass Rose Martineau angerufen hat.« Sie buchstabierte ihm ihren Nachnamen.

Sie presste die geballte Faust an ihre Zähne, nachdem sie aufgelegt hatte. So vieles wollte sie Dan sagen, und nichts davon hatte sie gesagt. Sie war nicht einmal sicher, ob sie es wirklich sagen sollte.

Sie trug an diesem Tag Sadies Ring. Sie zog ihn von ihrem kleinen Finger und starrte auf die Inschrift im Reif. »Du, meine Erwählte, bist meine ganze Freude.« Sie hatte eine Ahnung, dass sie eines Tages vielleicht wieder Freude verspüren würde, und ein so positives Gefühl, schien ihr, hatte sie lange nicht gehabt. Nur den Weg dorthin, den konnte sie nicht sehen; der Wald, durch den er hindurchführte, war zu dicht.

21

Sussex, Oktober 1934

Sadies Fahrrad hatte einen Platten. Sie brachte es in die Werkstatt, wo Mr. Boxell versprach, den Schaden zu beheben. Auf dem Rückweg nach *The Egg* hörte sie kurz vor der Abzweigung zum Waldweg das Brummen eines Autos, das ihr den Hügel hinunter entgegenkam. Sie blickte auf und erkannte mit leichter Beunruhigung den Wolseley der Chivertons. In der Hoffnung, dass Tom vorbeifahren würde, trat sie an den Straßenrand zurück. Aber der Wagen bremste ab und hielt. Diana saß am Steuer, nicht Tom, und sie war allein.

Diana stieg aus dem Auto und rannte im Sturmschritt über die Straße auf Sadie zu. »Was tun sie hier?«, fauchte sie. »Sie hätten nicht zurückkommen sollen.«

»Ich verstehe nicht.«

»Warum konnten Sie nicht wegbleiben? Warum mussten Sie zurückkommen – nur um mich zu quälen?«

Sadie zwang sich, ruhig zu bleiben. »Hier ist mein Zuhause, Diana«, sagte sie in besänftigendem Ton. »Ich bin zurückgekommen, weil ich hier zu Hause bin.«

Dianas Gesicht blieb wutverzerrt, ihr Ton unverändert aufgebracht. »Ich habe zu hoffen gewagt, dass Sie für immer verschwunden sind, und schon sind Sie wieder da, praktisch vor unserer Tür, werfen sich ihm an den Hals und versuchen, ihn von mir wegzulocken. Aber das wird Ihnen nicht gelingen!«

»Tom?« Sadie hätte beinahe gelacht. »Reden Sie von Tom? Ich will nichts von ihm, Diana.«

»Hören Sie auf zu lügen!«, schrie Diana außer sich.

Sadie wich unwillkürlich einen Schritt zurück. »Aber es ist wahr«, beteuerte sie. »Sie müssen mir glauben.«

»Wie sollte ich ausgerechnet Ihnen glauben? Sie waren doch mit ihm im Bett!«

Die Worte waren ein Schmerzgeheul. Ein Abgrund schien sich vor Sadie zu öffnen; sie konnte es nicht bestreiten. Ihr Entsetzen darüber, dass Diana es wusste, vielleicht die ganze Zeit gewusst hatte, mischte sich mit ihrer fortdauernden Scham.

»Es tut mir leid«, sagte sie hastig. »Es war nicht –«

»Ich habe Sie gestern gesehen.« Dianas leise, gequälte Stimme unterbrach Sadies Entschuldigung, von der sie ohnehin wusste, dass sie nichts hätte gutmachen können. »Ich habe Sie mit Tom gesehen.«

Sie erinnerte sich, dass sie während ihrer Auseinandersetzung mit Tom das Gefühl gehabt hatte, beobachtet zu werden. Wie viel von dem Gespräch hatte Diana mitgehört? Ihr wurde eiskalt. Hatte Diana gehört, wie Tom ihr – Sadie – erklärt hatte, er werde sie immer lieben? Hatte sie gehört, wie er gesagt hatte, dass die Ergebenheit seiner Frau ihm lästig geworden war?

»Ich habe ihn weggeschickt.« Sie merkte, wie ihre eigene Stimme bei dem Versuch, sich zu verteidigen, lauter wurde. »Ich habe ihn nicht darum gebeten, zu mir zu kommen, ich wollte es ganz bestimmt nicht.«

»Das machen Sie mit Absicht, oder?« Dianas Mund verzog sich zu einem verächtlichen Lächeln. »Sie lassen ihn zappeln, weil Sie genau wissen, dass Sie ihn damit an sich binden. Tom ist Wachs in Ihren Händen, und Sie manipulieren ihn, wie es Ihnen gerade passt. Sie sind eine ganz abgefeimte Person, stimmt's, Sadie?«

»Das ist nicht wahr. Das ist lächerlich.« Dass Diana ihr die ganze Schuld zuschob, sie als raffinierte Verführerin hinstellen wollte und Tom als unschuldiges Opferlamm, war absurd und unfair. »Tom bedeutet mir nichts«, wiederholte sie. »Das müssen Sie mir glauben.«

»Tu ich aber nicht. Ich bin ja nicht naiv.« Diana trat näher und beugte sich ein wenig herab, sodass sie Sadie direkt in die Augen sehen konnte.

»Hören Sie mir gut zu. Ich werde nicht zulassen, dass Sie meine Ehe zerstören. Tom bedeutet mir alles. Ich kann ohne ihn nicht leben. Ja, ich kenne seine Schwächen. Ich weiß, dass er diesen albernen Frauenzimmern nachgibt, die sich nach einer Signierstunde wie die Kletten an ihn hängen, aber er kehrt immer zu mir zurück. *Immer.* Aber Sie – mit Ihnen ist es anders. Mit Ihnen war es immer anders. Ich sehe ihn an und weiß, dass er an Sie denkt. Ich lese das Gedicht, an dem er gerade arbeitet, und weiß, es geht um Sie. Und das tut mir weh. Fürchterlich weh. *Hier.*« Diana schlug sich mit der Faust auf die Brust. »Es ist die reine Folter. Ich kann damit nicht mehr leben.«

»Diana«, versuchte es Sadie noch einmal. »Es tut mir leid. Es war falsch von mir.«

»Verschwinden Sie«, sagte Diana. Ihre Augen hatten sich zu schwarzen Schlitzen zusammengezogen. »Ich mache das nicht mehr mit. Sie kriegen ihn nie. Sie hätten wegbleiben sollen. Verschwinden Sie jetzt, bevor es zu spät ist. Verschwinden Sie, Sadie, lassen Sie uns in Frieden, und kommen Sie ja nie zurück.«

Sadie, die bisher eher bestürzt und erschrocken gewesen war, packte der Zorn. Zorn über die Unruhe und die Angst, die die Chivertons in ihr Leben gebracht hatten, und über die Arroganz dieses Paares. Die beiden standen einander in nichts nach, dachte sie, in der Rücksichtslosigkeit, mit der sie andere als Schachfiguren für ihre kranken Spielchen missbrauchten.

»Es steht Ihnen nicht zu, solche Forderungen zu stellen«, sagte sie kalt.

»Und ob es mir zusteht.«

Ein Speicheltröpfchen traf Sadie auf der Wange, bevor sie sich, ihrer Bemühungen um Vernunft müde, abwandte.

Dianas hemmungsloses Geschrei – »Verschwinden Sie, und kommen Sie nie zurück« – folgte ihr, als sie den Waldweg hinaufging. Krähen flatterten kreischend aus den Bäumen auf, und ihr Atem war flach, als weigerte sich ihre Lunge, genügend Luft aufzunehmen.

Im Haus verriegelte sie die Tür. Sie ging zum Fenster und blickte hinaus, voller Unruhe, dass Diana ihr gefolgt sein könnte.

Aber es war niemand da, der Wald war leer.

Verschwinden Sie, und kommen Sie nie zurück. Genau das würde sie tun, auch wenn sie Diana Chiverton nicht die Genugtuung bereitet hatte, ihr diesen Entschluss mitzuteilen. Sie würde von hier verschwinden, sobald es ging, sobald die Ausstellung vorüber war, aber nicht, weil Diana es von ihr gefordert hatte, sondern weil sie Andrés liebte und bei ihm sein wollte.

Sie setzte Teewasser auf und schnitt sich eine Scheibe Brot ab. Aber sie brachte das Brot nicht hinunter und ertappte sich dabei, dass sie immer wieder ins Wohnzimmer lief und zum Fenster hinaus in die Bäume spähte. Sie zog die Vorhänge zu, um den Wald auszusperren, aber dadurch wurde es nur schlimmer, weil sie sofort anfing, sich zu fragen, was draußen vorging, und sich überlegte, wie viel einfacher es wäre, sich unbemerkt ans Haus heranzuschleichen, wenn die Vorhänge geschlossen waren. Am Ende zog sie sie wieder auf.

Sie versuchte, sich von ihren Ängsten zu befreien, indem sie sich sagte, dass sie sich schon genauso irrational verhielt wie Diana Chiverton. Aber auch das half nicht. Dianas Blick, diese ungehemmte Wut, hatte ihr Angst gemacht. Was würde Diana tun, wenn sie sich bedroht fühlte? Wie weit würde sie gehen, um Tom, der ihr Ein und Alles war, für sich zu behalten?

Sie fühlte sich nicht mehr sicher in *The Egg*. Als sie sich das eingestand, überschwemmte sie eine Welle der Angst, die sie eine Entscheidung treffen ließ. Die Vernissage zu ihrer Ausstellung in der Danford Galerie sollte am folgenden

Abend stattfinden und um sieben Uhr beginnen. Sie hatte geplant, den Zug am frühen Nachmittag nach London zu nehmen. Sie wollte nach der Vernissage in der Hauptstadt übernachten und am nächsten Tag nach *The Egg* zurückkehren, um zu packen und das Haus zu putzen, bevor sie nach Spanien abreiste.

Aber sie wollte nicht wieder nach *The Egg* zurück. Ihr graute bei dem Gedanken, diese Räume noch einmal betreten zu müssen. Sie hatte sich von einem Moment auf den anderen entschieden und lief nach oben, um zu packen. Wenn sie ihre Sachen heute in Ordnung brachte, würde sie nie wieder in das Haus zurückkehren müssen. Sie würde nie wieder Gefahr laufen, den Chivertons zu begegnen.

Sie begann in ihrem Atelier, stapelte Skizzen und Zeichnungen in ihrer Mappe und band sie zu. Kamera, Farben, Bleistifte, Kohle und Pinsel verstaute sie in einer Reisetasche. Die Druckpresse – was sollte sie mit der schweren, sperrigen Druckpresse machen, zu deren Beförderung es zwei oder drei Leute brauchte? Wenn sie in London war, würde sie versuchen, einen Käufer dafür zu finden. Von ihren Künstlerfreunden würde sich gewiss jemand über das Angebot freuen. Sie konnten den Hausschlüssel haben und selbst die nötigen Arrangements zur Abholung der Presse treffen.

Sie fuhr zusammen, als sie unten an der Haustür lautes Klappern hörte. Vorsichtig öffnete sie das Badezimmerfenster einen Spalt und sah erleichtert den Briefträger vom Haus weggehen. Unten hob sie die Post von der Matte auf und sah eilig die Briefe und Rechnungen durch. Von Andrés war nichts dabei. Zu ihrer Enttäuschung gesellte sich Angst. Sie hatte seit mehr als einer Woche nichts mehr von ihm gehört, und die Kämpfe in Asturien, wo er sich aufhielt, um über die Ereignisse dort zu berichten, wurden zunehmend erbitterter geführt. Was als Revolte begonnen hatte, war zum bewaffneten Kampf geworden, und die Regierung in Madrid setzte nun das Militär ein. In der *Times* war an diesem Morgen gemeldet worden, dass General Francisco Franco entsandt worden war, um den Aufstand niederzuwerfen.

Sadie stopfte Briefe und Rechnungen in ihre Handtasche. Sie wollte bei Andrés sein. Sie hätte bei ihm bleiben sollen, sie hätte mit ihm gehen sollen. Tränen sprangen ihr in die Augen, ihr war, als müsste sie umkommen vor Sehnsucht nach ihm.

Sie holte ein paarmal tief Luft, um sich zu beruhigen, dann ging sie ins Schlafzimmer hinauf, zog den Koffer unter ihrem Bett hervor und begann zu packen. Ihr Blick schweifte zum Fenster und den Bäumen. Konzentrier dich, Sadie. Sie band Andrés' Briefe zu einem Bündel, das sie zusammen mit ihrer Schreibmappe in die Reisetasche stopfte. Sie würde Koffer, Mappe, Handtasche und Reisetasche mit auf die Fahrt nehmen müssen. Mehr zu tragen war unmöglich.

Aber der Koffer war nicht groß genug. Es half auch nicht, dass sie sich auf den Deckel setzte, um ihn zu schließen. Sie warf alles wieder hinaus und begann von vorn, packte nur die Kleider ein, die sie in London für die Vernissage brauchen würde, und die Sachen für Spanien. Ihre Abendkleider, für die sie kaum Verwendung haben würde, beschloss sie per Post an Pearl nach Hertfordshire zu schicken. Sie hatte allerdings kein Packpapier mehr, das würde sie noch unten im Dorf besorgen müssen.

Dann die Küche. Was konnte sie mitnehmen, was nicht – das waren die beiden Kategorien, in die sie ihr altes Leben schonungslos aufteilte. Das meiste musterte sie nun aus. Töpfe und Pfannen, Geschirr und Besteck würde der nächste Bewohner von *The Egg* übernehmen können. Vielleicht würde Edith das Haus nutzen, wenn sie zum Urlaub nach England kam, vielleicht würde sie es auch vermieten.

Zu der Beklemmung, die von ihr Besitz ergriffen hatte, als sie erfuhr, dass Diana von ihrer Nacht mit Tom wusste, kam die Angst um Andrés. Mochte sie sich auch noch so oft sagen, dass kein Anlass zur Sorge bestand – dass aus einem

Kriegsgebiet kein regelmäßiger Postverkehr zu erwarten sei –, die Angst ließ sie nicht los. Wenn ihm etwas zugestoßen war? Sie würde es nicht ertragen können. Diana hatte gesagt, sie könne ohne Tom nicht leben. Sie hatten also etwas gemeinsam – Sadie wusste, dass sie ohne Andrés nicht würde weiterleben können. Sie setzte sich an den Küchentisch und schrieb einen Brief an Edith.

»The Egg *gehört jetzt Dir, Edith. Ich habe die Unterlagen an Mr. Copeland geschickt. Ich will hier nicht mehr sein, das Haus macht mir Angst. Es war nicht recht von Vater, es mir zu vermachen – das weiß ich jetzt. Wie groß die Differenzen zwischen uns auch sein mögen, Edith, Du bist meine Schwester. Ich wünsche Dir alles Glück.*«

Sie adressierte den Umschlag, zog ihre Jacke über und verließ das Haus. Sie ging schnell auf dem Weg durch den Wald und blickte immer wieder über die Schulter zurück. Als sie die Straße erreichte, fühlte sie sich sicherer, trotzdem bekam sie heftiges Herzklopfen, als sie ein Auto kommen hörte. Aber es war nur ein brauner Lieferwagen mit dem Namen einer Klempnerei auf der Karosserie. Der Fahrer mit der Schirmmütze nickte ihr grüßend zu, als er vorbeifuhr.

Sie gab den Brief auf, dann kaufte sie im Laden Packpapier und Paketschnur. Als sie ihre Geldbörse öffnete, fiel ihr in ihrer Nervosität das ganze Kleingeld heraus. Winnie kam hinter der Theke hervor und half ihr, die Münzen aufzusammeln. Sie redeten über die Vernissage und Winnies Hochzeit mit Colin Ferrers im Dezember. Sie hätte Winnie sagen sollen, dass sie nicht kommen würde, dachte sie, als sie aus dem Laden trat, aber schon die Vorstellung, eine lange Erklärung abgeben zu müssen, war ihr in dem Moment einfach zu viel.

Von der Telefonzelle aus rief sie Jimmy im Büro an und verabredete sich für den späten Nachmittag mit ihm in einem

Café. Dann machte sie sich auf den Heimweg. Auf dem Fußpfad zum Haus hörte sie das dumpfe Krachen von Gewehrschüssen. Diana schoss wohl wieder einmal auf die Krähen…

Drinnen ging ihr unaufhörlich eine Passage aus einem von Tom Chivertons Gedichten durch den Kopf, während sie im Wohnzimmer Bücher und Papiere durchsah.

Die Eulen sind zurück
Ich höre ihre Wechselrufe im Wald
Relikte im toten Laub, eine Feder, Knochen, eine Klaue…

Sie schob die Papiere, die sie nicht mehr brauchte, in den Ofen. Toms Gedicht sprach von ihrem Wald, dem Paley High Wood. Sie hatte Knochen und Federn unter den Bäumen gefunden und sie zu einer Collage gestaltet, und Tom hatte ein Gedicht gemacht. Ein Gedicht, eine Collage: Man zog die Haut ab und entblößte Herz und Gewebe.

Während sie vor dem Ofen kniete, strich sie mit dem Daumen über das Smaragdkrönchen ihres Rings und sah zum Fenster hinaus. Nebel drehte sich auf dem Waldboden und verbarg die Wurzeln der Bäume. Sie hätte heute fahren sollen, bevor der Nebel kam. Bei dem Gedanken, eine weitere Nacht in diesem Haus zu verbringen, packte sie das Grauen. »Verschwinden Sie, ehe es zu spät ist«, hörte sie immer wieder Dianas gellende Stimme, und plötzlich begriff sie, dass sie nicht Tom hätte fürchten sollen, sondern einzig Diana.

Sie sah auf ihre Uhr. Wenn sie sich beeilte und jetzt ihre Sachen holte, konnte sie den nächsten Zug nach East Grinstead noch erreichen. Ja, sie würde heute noch fahren, dachte sie und spürte eine tiefe Erleichterung.

Sie schleppte Koffer, Reisetasche und Mappe in den Flur hinunter. Dann ging sie ein letztes Mal durch die Räume, öffnete Schubladen und Schränke, um sicher zu sein, dass sie nichts von Wert liegen gelassen hatte. Als sie im Atelier einen vergessenen Stichel auf dem Fensterbrett liegen sah und an sich nehmen wollte, streifte sie eine Flasche Terpentin, die sie auf der Presse stehen gelassen hatte. Die Flasche knallte zu Boden und zersprang. Sie rannte nach unten, um einen Eimer und eine Kehrschaufel zu holen. Als sie zurückkam, stank der ganze Raum nach Terpentin. Sie las die Glasscherben auf, schnitt sich dabei in den Daumen und musste wieder nach unten laufen, um aus dem Koffer ein Taschentuch zu kramen, mit dem sie die Wunde verband. Danach schleppte sie einen Eimer Wasser nach dem anderen vom Bad ins Atelier und schrubbte den Boden.

Als sie fertig war, sah sie erneut auf ihre Uhr. Der Zug würde in weniger als einer Viertelstunde aus Nutcombe abfahren. Mit Schrecken wurde ihr klar, dass sie es mit ihrem ganzen Gepäck niemals schaffen würde, rechtzeitig zum Bahnhof zu kommen. Ach, hätte sie doch nette Nachbarn mit einem Auto oder ein Telefon, um ein Taxi zu rufen. Der nächste Zug ging erst in zwei Stunden, und sie konnte sich nicht erinnern, ob es dann auch eine passende Anschlussverbindung nach London gab.

Erschöpft und den Tränen nahe hockte sie sich auf den Boden. Sie konnte einfach nur ihre Handtasche nehmen und den Hügel hinunterradeln, und zum Teufel mit dem Gepäck; sie wusste, Jimmy würde nichts dagegen haben, nach der Vernissage herauszufahren und ihre Sachen abzuholen. Sie stand auf – da fiel ihr mit neuem Schrecken ein, dass ihr Fahrrad in der Reparatur war. Zu Fuß würde sie den Zug niemals erreichen, da konnte sie laufen, so schnell sie wollte.

Sie ging in die Küche hinunter und trank, mit geschlossenen Augen an den Herd gelehnt, den letzten Rest Kochsherry aus der Flasche. Sie stellte sich den Hof in Segovia vor, wie sie dort mit Andrés auf der Bank saß, während sie zusahen, wie die Schatten länger wurden. Sie spürte die Hitze und hörte seine Stimme, warm und beruhigend, und sie lächelte. Nicht mehr lang, dachte sie. Nicht mehr lang, dann sind wir für immer zusammen.

Es war Abend geworden, und sie ging ins Wohnzimmer, um die Vorhänge zuzuziehen. Am Fenster stehend, meinte sie zu erkennen, dass sich in den Bäumen etwas bewegte. Da war es wieder: das plötzliche Zittern eines Zweigs, das Aufflattern eines Vogels aus den Birken, als wäre er gestört worden.

Sadie öffnete die Glastür und ging zum Ende der Terrasse. Sie ließ ihren Blick über die Bäume schweifen. Da war nichts außer den schwarzen Augen der Nacht. Gerade wollte sie sich abwenden, um ins Haus zurückzugehen, da schlängelte sich ein brauner Hund aus dem Unterholz. Dann erschien Diana unter den Bäumen und ging auf sie zu. Sie trug eine Flinte.

Sadie starrte ihr entgegen, gebannt vor Angst.

Diana hob die Flinte an ihre Schulter und sagte: »Sie hätten verschwinden sollen. Ich habe es Ihnen doch gesagt.«

Sadie rannte, weg vom Haus, durch die Bäume. Stolpernd vor Panik rutschte sie im Matsch aus, raffte sich wieder auf und hielt auf den Hohlweg zu.

Das Krachen der Flinte brach sich an den Baumstämmen. Sie verspürte einen brennenden Schmerz, und als sie mit der Hand an ihr Bein griff, fühlte sie das glitschige Blut. Sie rannte hinkend weiter, von Todesangst getrieben, doch ihre Bewegungen wurden langsamer, sie merkte, wie die Kraft sie verließ.

Diana, die ihr auf den Fersen war, hatte Zeit, sie ins Visier zu nehmen.

Sadie fiel im Dickicht unter den Bäumen auf die Knie. Sie wusste, dass sie hier sterben würde, fern von Andrés und allen, die ihr lieb waren. Sie würde sterben, und Diana würde sie unter den Bäumen verscharren, und niemand würde je erfahren, was ihr zugestoßen war. Andrés würde es nie erfahren.

Sie riss den Ring von ihrem Finger und ließ ihn ins tote Laub fallen: ein Zeichen, ihr letztes.

Sie lag auf dem Waldboden und spürte die kühle Erde. Die Bäume begannen zu verschwimmen, als lösten sie sich im Nebel auf. Ihre Wipfel drehten sich in einem gewaltigen Kreis und wurden dann verdrängt von Dianas Gestalt. Der Duft der Blätter verging, und die Dunkelheit kam.

22

London, Surrey und Sussex, Juni 1971

In letzter Zeit waren die Arbeitsflächen in Dans Küche ständig mit verschüttetem Tee bekleckert. Sein Vater, der seit seiner Entlassung aus dem Krankenhaus bei ihm lebte, trank ungefähr jede halbe Stunde eine Tasse. Dan konnte es nicht mit ansehen, wenn Mick sich seinen Tee kochte. Es brachte ihn fast um den Verstand. »Trag doch den Teebeutel nicht quer durch die Küche zur Spüle«, hätte er am liebsten gebrüllt. »Du tropfst den ganzen Boden voll. Und wirf deine Teebeutel nicht erst ins Spülbecken, wo sie braune Flecken hinterlassen, sondern gleich in den Müll.«

Aber er sagte nichts von alledem, weil er froh war, dass Mick nach den schweren Brandverletzungen seine Hände überhaupt wieder gebrauchen konnte. Und er war entschlossen, die Beziehung zu seinem Vater zu verbessern, auch wenn ihn das ein wenig Zähneknirschen kostete. Er wollte seinem Vater verzeihen, die Vernachlässigungen seiner Kindheit vergessen, und er wollte angemessen auf ihre veränderten Lebensumstände reagieren. Es stand infrage, ob sein Vater je wieder arbeiten würde. Mick war fast sechzig, seinen Händen fehlte es an Beweglichkeit, er litt an Raucherhusten, und die Arbeitslosigkeit im Land stieg.

An einem Donnerstagnachmittag, während sein Vater seinen gewohnten Spaziergang machte, räumte Dan die Wohnung auf. Er warf stapelweise alte *Daily Mirrors*, Rätselmagazine und Gärtnereiprospekte weg und sortierte die Klamotten – Anorak, Pullis, Schuhe, Socken –, die Mick überall herumliegen ließ. Als er die Sachen alle an ihren Platz gelegt hatte, leerte er die Aschenbecher aus und sammelte ein halbes Dutzend Henkelbecher mit braunen Teepfützen auf dem Boden ein, die er neben der Spüle aufreihte. Ins Spülbecken konnte er sie wegen der zahllosen alten Teebeutel, die darin ihr Unwesen trieben, nicht stellen. Zum Schluss suchte er alle losen Papiere zusammen – Quittungen, Einkaufslisten, Merkzettel –, die sein Vater angehäuft hatte. »Schmerzmittel nehmen«; »Bibliotheksbuch«; »Hundeheim« – Mick wollte sich einen Hund zulegen.

In der Sofaritze entdeckte er einen letzten Fetzen Papier, zog ihn heraus und glättete ihn. Als er las, was darauf stand, blieb er einen Moment reglos. »Rose Martineau«, stand dort in der Handschrift seines Vaters. Stirnrunzelnd legte Dan den Zettel auf den Küchentisch.

Eine Viertelstunde später kam Mick nach Hause, redete vom Wetter und schwenkte ein Netz voll Einkäufe, die er für Dan erledigt hatte. »Dunkles Brot hatten sie nicht, drum hab ich weißes genommen«, sagte er und klopfte sich auf den Bauch. »Ist sowieso gesünder für den Magen. Bei dunklem Brot muss ich immer rülpsen.«

»Was ist das hier, Dad?« Dan hielt seinem Vater den Zettel mit Roses Namen hin.

Mick kramte seine Brille aus der Jackentasche und setzte sie auf. »Ach ja, sie hat mal angerufen.«

Dan kämpfte um Geduld. »Wann?«

»Ist schon eine Weile her«, antwortete Mick unbestimmt. »Soll ich uns eine Tasse Tee machen?«

»Lass nur, ich mach das schon.« Dan ließ Wasser in den Kessel laufen. »Weißt du noch, warum Rose angerufen hat? Was sie wollte?«

Sein Vater packte die Einkäufe aus und stellte alles an den falschen Platz. Ausnahmsweise war es Dan egal.

»Sie hat nur gesagt, ich soll dir ausrichten, dass sie angerufen hat«, berichtete Mick, während er vorsichtig eine Tüte Zucker zwischen die Konservendosen schob.

Rose hatte ihn privat angerufen. Dan fragte sich, ob es nach Kevins Feier vor vierzehn Tagen gewesen war – es schien wahrscheinlich. Er hatte damals selbst vorgehabt, sich bei ihr zu melden, hatte es dann aber gelassen. Wozu Gefühle aufrühren, die ihm nur Schmerz bereiten würden? Er hatte sich vor ihr schon zu oft zum Narren gemacht.

Als sein Vater es sich mit dem Kreuzworträtsel und einem Becher Tee bequem gemacht hatte, ging Dan in den Flur und rief bei Martineau Aviation an. Lucy meldete sich. Er bat sie, ihn mit Rose zu verbinden.

»Sie ist nicht da«, sagte Lucy. »Sie hat eben angerufen, um Bescheid zu sagen, dass sie vom Krankenhaus direkt nach Hause fährt. Wegen der Mädchen.«

»Krankenhaus?«, wiederholte er. »Ist sie krank?« fragte er beunruhigt.

»Nein, sie nicht – Eric.« Er hörte sie seufzen. »Es war ein furchtbarer Tag, einfach furchtbar, Dan. Bei der DC-3 ist bei der Landung ein Reifen geplatzt, und sie ist von der Landebahn abgekommen.«

»Um Gottes willen. Ist Eric verletzt?«

»Nur ein paar Schrammen, zum Glück, aber er hatte Schmerzen in der Brust, deshalb haben sie ihn ins Krankenhaus gebracht. Rose hatte Angst, es könnte ein Herzinfarkt sein, aber sie hat uns vor einer Stunde angerufen und gesagt, der Arzt meint, es sei Angina pectoris.«

»Und jetzt ist sie nach Hause gefahren?«

»Ja, sie wollte die Mädchen bei der Kinderfrau abholen. Sylvia ist bei Eric geblieben.« Sylvia war Erics Frau.

»Ist Rose bei ihrem Mann in London?«

»Nein, wieso?« Lucy schien erstaunt. »Sie müsste in ihrer Wohnung in Weybridge sein. Haben Sie ihre Adresse, Dan? Soll ich sie Ihnen geben?«

Die Mädchen waren bis halb sieben bei Nadine geblieben und hatten dort auch zu Abend gegessen. Rose ließ ihnen ein Bad einlaufen, als sie nach Hause kamen, dann durften sie zwanzig Minuten herumplanschen. Während sie Eve abtrocknete und in ihren Schlafanzug half, musste sie unablässig daran denken, wie das Flugzeug nach dem ohrenbetäubenden Knall von der Landebahn gerutscht war und Alan und Max dann Eric, der mit schmerzverzerrtem Gesicht die Hand auf die Rippen gedrückt hielt, aus dem Cockpit geholfen hatten.

Die Sprechanlage summte. Sie meldete sich.

»Rose, ich bin's, Dan.«

»Dan?« Sie verstand nicht, was er bei ihr wollte. Es war wunderbar, seine Stimme zu hören, aber sein Besuch ergab keinen Sinn.

Sie drückte auf den Türöffner.

Ein kurzes Klopfen, und sie öffnete ihm. Bei seinem Anblick tat ihr Herz einen kleinen Sprung.

»Ist es gerade ungünstig, Rose?«

»Nein, überhaupt nicht. Ich wollte nur gerade die Mädchen ins Bett verfrachten.« Es war ein schlimmer Tag gewesen, aber Dans Besuch gab ihm nun eine andere Note. »Kommen Sie herein.«

»Lucy hat mir von dem Unfall erzählt. Wie geht es Eric?«

»Er braucht erst mal Ruhe. Sie behalten ihn ein paar Tage im Krankenhaus. Zur Beobachtung. Ich habe gesehen, wie es passiert ist«, sagte sie gedrückt. »Ich dachte, die Maschine würde sich überschlagen.«

»Alles in Ordnung, Rose?«

»Ja, ja, alles gut. Nur …« Sie seufzte auf. »Ich bin so froh, dass nichts Schlimmeres passiert ist.«

»Haben Sie gegessen?«

Sie musste nachdenken. »Seit dem Frühstück nicht mehr.« Sie hatte nichts Essbares da – sie hatte ursprünglich vorgehabt, auf der Heimfahrt einzukaufen.

»Soll ich uns Fish and Chips holen?«

»Ach, ja. Das ist eine gute Idee.«

Er ging wieder. Während er weg war, versuchte Rose recht planlos, die Wohnung aufzuräumen. Eve holte ihre Schachtel mit den Kreiden und den Filzstiften heraus und leerte sie über dem Tisch im Esszimmer aus. Rose war drauf und dran, ihr zu sagen, dafür sei es zu spät, sie müsse gleich ins Bett, hielt aber dann den Mund. Das Leben war zu zerbrechlich für solche Kleinlichkeiten. Sie hatte zum Fenster hinausgesehen, als die DC-3 zur Landung hereingekommen war. Der Vorfall hatte sich in Blitzesschnelle ereignet, aber in ihrer Erinnerung hatte sich alles – das Bersten des Reifens, das Aufspringen der kleinen Flämmchen auf dem Asphalt, das Ausbrechen der Maschine, wie sie schlingernd von der Bahn raste, während Eric und der Copilot sie zu bändigen versuchten – wie in Zeitlupe abgespielt.

Als Dan zurückkam, machte sie Platz auf dem Tisch. »Mama!«, beschwerte sich Eve, »meine Kreiden sind nach Farben geordnet.«

Sie breiteten die beiden Packungen Fish and Chips in der Mitte des Tisches aus und bedienten sich direkt aus dem Papier. Rose aß mit einem Heißhunger, als hätte sie tagelang gefastet; sie hatte keine Ahnung gehabt, dass Angst so hungrig machen konnte. Eve nahm sich einen Kartoffelschnitz und zog ihn bedächtig durch den Ketchup, während Katherine um den Tisch herumsauste und immer wieder ein paar Fritten stibitzte. Normalerweise hätte Rose ihr das verboten, aber diesmal ließ sie es ihr durchgehen.

Dan erkundigte sich nach der Maschine.

»Die Felge hat einiges abbekommen, aber Max meint, er kann sie reparieren. Wird vielleicht ein, zwei Tage dauern. Nur glaube ich leider nicht, dass Eric wieder fliegen kann.«

»Muss er sterben, Mama?«, fragte Katherine.

»Nein, Schatz.«

»Aber er ist doch im Krankenhaus.«

»Ja, damit er wieder gesund wird. Das wird ihm das Herz brechen, Dan. Fliegen war sein Leben.«

»Er war bei der Battle of Britain dabei. Er ist damals eine Hawker Hurricane geflogen.«

»Ich weiß. – Eve, dein Ärmel hängt gleich im Ketchup.« Rose seufzte. »Ich überlege die ganze Zeit, ob wir ihm etwas anderes in der Firma anbieten können, einen Bodenjob – wenn er so etwas überhaupt annimmt. Aber so lange –«

»So lange fehlt Ihnen ein Pilot.«

»Ja.« Wie gut es tat, die Ereignisse des Tages mit Dan besprechen zu können, der wusste, was Sache war, und die Betroffenen kannte. Die Spannung, die sie seit dem Unfall im Griff gehabt hatte, begann sich ein wenig zu lösen.

»Reden Sie doch mal mit Kevin«, schlug Dan vor. »Er kann Ihnen vielleicht einen Piloten empfehlen. Es gibt genügend gute Leute – erfahrene Leute, die früher bei der Royal Air Force waren. Es dürfte nicht allzu schwer sein, jemanden zu finden.«

»Sie und Kevin reden noch miteinander?«

»O ja.« Dan hob einen Kartoffelschnitz auf, der Eve auf den Boden gefallen war. »Er findet Litchfield genauso unmöglich wie ich. Es gelingt ihm nur besser, seine Meinung für sich zu behalten.«

»Mir tut das alles so leid, Dan. Ich bin schuld an der Sache.«

»Unsinn. Für mich war's sowieso an der Zeit zu gehen. Das wusste ich. Und Kevin wusste es auch.«

»Dan, ich bin schuld, dass Ihnen gekündigt worden ist.«

»Stimmt nicht. Ich hab's noch geschafft, meine Kündigung einzureichen, bevor Kevin mich rauswerfen konnte.«

»Dan«, sagte sie leicht gereizt, »das ist doch Haarspalterei. So genau braucht man es auch wieder nicht zu nehmen.«

»Tut mir leid. Schlechte Angewohnheit von mir.« Er sah sie an. »Ich brauchte eine Veränderung, Rose. Glauben Sie mir, für mich gibt's nichts zu bereuen.«

»Für wen arbeiten Sie jetzt?«

»Für mich. Ich gründe meinen eigenen Luftfrachtbetrieb.«

Sie betrachtete ihn nachdenklich. Ja, eigentlich war klar

gewesen, dass er das machen würde. Und natürlich würde er es gut machen.

»Bravo«, sagte sie. »Wurde auch Zeit, Dan. Sie werden das großartig hinkriegen. Und danke für die Warnung wegen Pearson. Ich habe gehört, die Firma hat Konkurs angemeldet.«

Eve setzte sich wieder an ihr Malbild – eine Unterwasserszene. Katherine steuerte eine Qualle bei, die dick und rosarot zwischen den Fischen hing.

Während die Mädchen beschäftigt waren, sagte Rose gedämpft: »Es hat mir so leidgetan zu hören, was Ihrem Vater passiert ist. Ein Brand – das muss ja schrecklich gewesen sein. Wie geht es ihm denn?«

»Schon viel besser, danke.«

»Er wohnt bei Ihnen?«

Dan stöhnte leise. »Genau.«

»Und wie geht es?«

Er breitete die Hände aus. »Er macht mich wahnsinnig, Rose. Er will unbedingt helfen. Neulich hat er meine Hemden gewaschen, aber gleich noch ein Staubtuch mit reingestopft. Jetzt ist alles gelb. Mindestens zweimal hat die Grillpfanne Feuer gefangen, als er gekocht hat. Eines Tages wird die ganze Bude in Flammen aufgehen, so wie sein Wohnwagen. Und wenn ich nicht da bin, geht er ans Telefon und vergisst dann, mir zu sagen, wer angerufen hat. Ich hätte keine Ahnung gehabt, dass Sie angerufen haben, wenn ich nicht zufällig einen Zettel mit Ihrem Namen in der Sofaritze entdeckt hätte.«

Dan hatte also ihren Anruf nicht ignoriert, weil er von ihr genug hatte, oder den Rückruf verschwitzt oder einfach keine Lust dazu gehabt – alles Möglichkeiten, mit denen sie sich in den letzten vierzehn Tagen herumgequält hatte. Es machte sie ungeheuer froh, dass nichts davon zutraf.

Während Dan einen Hummer für Eve zeichnete, trug Rose die fettigen Papiere zum Mülleimer in der Küche und machte Kaffee. Als sie mit dem Tablett ins Esszimmer kam, stand er am Fenster und sah sich den Korrekturabzug eines Buchs an, den sie Anfang der Woche mit der Post bekommen hatte.

Sie blieb an der Tür stehen, um ihn zu betrachten. Ja, sie genoss den Anblick dieses attraktiven Mannes, aber vor allem wurde sie sich bewusst – es traf sie wie ein Pfeil ins Herz –, wie wohl sie sich mit ihm fühlte, wie leicht es ihr fiel, mit ihm zu reden, wie natürlich sie das Zusammensein mit ihm erlebte. Sehnsucht und Freude mischten sich: Es war, als wäre sie einen langen Weg gegangen und könnte endlich das Ziel erkennen.

Dan blickte auf. »Ist das Manuskript gut?«

Das Buch mit dem Titel *Dunkles Feuer* war eine neue Chiverton-Biografie, von einem Journalisten der *Daily Mail* namens Ricky Walker geschrieben. Ursulas Bekannter Ivan Merchant, der Literaturwissenschaftler, hatte ihr den Korrekturabzug geschickt. Walker hatte in akribischem Detail sämtliche Liebesbeziehungen und Affären Tom Chivertons aufgeführt. Die Liste der Geliebten hatte Rose beim Lesen zu langweilen begonnen – die trübseligen und die anstrengenden, die berühmten und die unbekannten; die einen gierig, die anderen aufdringlich, alle waren sie am Ende von Tom verschmäht worden. Diana war nichts erspart geblieben – die Ehe der Chivertons entpuppte sich als unglückliche Farce. Die Biografie würde Schlagzeilen machen, wenn sie in einigen Wochen herauskam.

»Es ist sehr aufschlussreich«, sagte sie. »Ich fahr am Samstag raus zu Diana Chiverton.«

»Sie ist bereit, mit Ihnen zu reden?«

Rose lachte. »Nein, aber ich setz mich vor ihr Haus und hämmere so lange an das Tor, bis sie mir die Wahrheit erzählt, nur um mich loszuwerden. Diana weiß, was Sadie zugestoßen ist – da bin ich ganz sicher. Sie hat mich angelogen, als sie meinte, sie habe Sadie nicht gekannt. Ich glaube, er hat ihr etwas angetan. Ich glaube, Tom Chiverton hat ihr etwas angetan.«

Er runzelte die Stirn. »Im Ernst?«

»Ja. Es ist die einzig logische Erklärung. Ich glaube, Diana hat immer davon gewusst und will ihn schützen.«

»Rose, seien Sie vorsichtig. Vielleicht sollten Sie erst mal abwarten.«

»Das kann ich nicht. Diana ist krank; sie lebt vielleicht nicht mehr lange. Nein, ich bin fest entschlossen.« Sie deutete auf das Buch. »Ich leihe es Ihnen, wenn es Sie interessiert.«

»Sie haben es fertig?«

»Ich konnte es nicht aus der Hand legen.« Sie sah ihn lächelnd an. »Es ist keine hohe Literatur, aber man kann es lesen.«

Eve, die auf einen Stuhl gestiegen war und versuchte, die Schachtel mit den Malstiften auf ihrem Kopf zu balancieren, verlor das Gleichgewicht. Die Stifte flogen in alle Richtungen, als sie fiel und sofort in wildes Geheul ausbrach.

Rose hob sie auf und tröstete sie. »Marsch, ins Bett jetzt, ihr beiden. Es ist nach acht.«

Das Telefon läutete, als sie Eve hinaustrug. Sie hob ab. Es war Robert, der sich darüber beschwerte, dass sie am Nachmittag einen Termin beim Anwalt versäumt hatte.

»Robert, ich bin gerade dabei, die Mädchen ins Bett zu bringen. Kann ich dich zurückrufen? Ja, ich weiß, es tut mir leid, aber wir hatten am Flughafen ein Problem. Ja, ich weiß, dass es wichtig ist. Ich wollte nicht sagen ...«

»Ich geh jetzt und lasse Sie in Frieden«, murmelte Dan.

Sie rief ihm ihren Dank nach – für das Essen, für seine Gesellschaft, dafür, dass er da gewesen war, als sie einen Menschen gebraucht hatte. Mit Eve auf der Hüfte und mit den Füßen die verstreuten Stifte zusammenschiebend, versuchte sie, Robert zu besänftigen. Dann brachte sie Katherine und Eve zu Bett.

Als sie aus dem Kinderzimmer hinausging und die Tür einen Spalt offen ließ, wie ihre Töchter es gernhatten, fiel ihr auf, dass sich in Dans Blick, als er von seinem Vater erzählt hatte, die gleichen Gefühle gespiegelt hatten, die sie selbst an diesem Tag erlebt hatte, als sie voller Angst, das Flugzeug könnte explodieren, zur Landebahn hinausgerannt war. Und ihr war klar, dass auch Dan dieser schmale Grat zwischen Angst und Schrecken auf der einen Seite und einer immer gefährdeten Sicherheit auf der anderen nur allzu vertraut war.

Am Freitag besichtigte Dan einen kleinen Flughafen östlich von Woking. Abends ging er mit seinem Vater auf ein Curry und ein Bier ins Pub. Als sie nach Hause kamen, setzte sich sein Vater aufs Sofa, schlug den *Daily Mirror* auf und schlief augenblicklich ein.

Dan machte sich einen Kaffee und begann das Buch zu lesen, das Rose ihm geliehen hatte. Ihre Einschätzung war richtig gewesen. Es war leicht und spannend zu lesen, der Autor vermied jegliche Analyse von Chivertons Gedichten und konzentrierte sich ausschließlich auf dessen bewegtes Privatleben. Dan hatte seine Eltern für verantwortungslos gehalten, aber was sie getan hatten, war nichts im Vergleich zu Tom Chivertons Verhalten, der Dutzende von Affären gehabt hatte. Chiverton hatte dank seines Ruhms und seines blendenden Aussehens genügend Angebote gehabt, dachte er, während er behutsam seinen Vater weckte, ihm eine Tasse Tee machte und ihm ins Bett half. Eine Verehrerin bei einer Signierstunde, ein Script Girl bei der BBC, eine Werbeassistentin in New York: Alle diese Frauen und noch etliche andere hatten Tom Chivertons Bett geteilt, manchmal nur für eine Nacht, manchmal im Rahmen einer längeren Beziehung, die sich, mit Unterbrechungen, über Monate oder sogar Jahre hinzog.

Hatte ihn Leidenschaft getrieben, fragte sich Dan, während er um Mitternacht herum die Küche aufräumte, oder hatte Tom Chivertons Untreue andere Gründe gehabt? Die Abenteuer hatten in den 1930er-Jahren zugenommen. Dan glaubte nicht, dass man da von Liebe reden konnte, bei diesem Grad von Promiskuität. Liebe ging tiefer, Liebe brauchte Zeit und war von Dauer, sie zog sich durch das Leben eines Menschen wie ein leuchtender Faden, der sich nicht einfach abschneiden ließ. Das Wiedersehen mit Rose, diese gemeinsame Stunde in der wohltuend familiären Umgebung ihres Zuhauses, hatte ihm gezeigt, wie tief seine Gefühle für sie waren.

Und jetzt wagte er sogar zu hoffen. Seinem Eindruck nach hatte Rose ihn gern bei sich gehabt. Wenn auch vielleicht immer noch nur als Freund, obwohl er das nicht glaubte. Sie lebte nicht mit ihrem Mann zusammen. Ihre Stimme hatte bei dem Telefongespräch mit ihrem Mann geklungen, als müsste sie mühsam die Geduld bewahren. Dan erinnerte sich, dass sie diesen Ton immer in der Firma angeschlagen hatte, wenn es galt, einen aufgebrachten Kunden zu beruhigen. Die Versöhnung der beiden war allem Anschein nach gescheitert.

Während er eine Milchflasche ausspülte, dachte er darüber nach, ob Tom Chiverton die Frauen, mit denen er schlief, vielleicht nicht einmal gemocht hatte. Es gab einen Typ Mann, der Frauen verachtete, was jedoch seiner Lust, mit ihnen zu schlafen, keinen Abbruch tat. Vielleicht war Chiverton so ein Mann gewesen. Das würde zu Roses Theorie passen. »Ich glaube, Tom hat ihr etwas angetan… Ich glaube, Diana hat es immer gewusst und will ihn schützen.« War das möglich? Ausschließen konnte man es nicht, wenn man die Biografie mit ihren drastischen Beschreibungen von Tom Chivertons hitzigem Temperament und seiner Gier nach Frauen gelesen hatte.

Der Autor von *Dunkles Feuer* betonte auch, wie sehr Diana Tom geliebt hatte. Dianas Liebe zu ihrem Mann sei grenzenlos gewesen. Sie hatte keine Kinder gehabt, ihre ganze Liebe war auf den einen Mann gerichtet. Es gab nicht den Hauch einer Andeutung, dass Diana ihm jemals untreu gewesen wäre oder ihm ihre Liebe entzogen hätte; eine umso größere Qual mussten seine Affären für sie gewesen sein. Dan ging hinaus, um sich zu vergewissern, dass die Wohnungstür abgeschlossen, sein Vater nicht etwa zwischendurch aufgestanden war, um eine Zigarette zu rauchen, und die brennende Zigarette im Aschenbecher liegen gelassen hatte, und die ganze Zeit nagte etwas an ihm. Mit einem unguten Gefühl dachte er daran, dass Rose zu Diana Chiverton hinausfahren wollte. Beinahe hätte er sie angerufen, aber es war nach eins, da hätte er womöglich die Kinder geweckt. Im Übrigen konnte er ja auch gar nicht genau sagen, was ihn eigentlich beunruhigte. Wahrscheinlich bildete er sich alles nur ein.

Der Samstag zog strahlend schön herauf. Der Himmel leuchtete in einem klaren Vergissmeinnichtblau, und überall in den Hecken blühten die Rosen, als Rose nach Nutcombe fuhr. Die Wälder und Gehölze an den Hügelhängen zeigten sich in den unterschiedlichsten Grüntönen.

Ivan Merchant hatte gesagt, Diana Chiverton sei dem Tod nahe. Ricky Walker, der Autor von *Dunkles Feuer*, hatte Ähnliches angedeutet. Ihr Vorhaben hatte deshalb eine gewisse Dringlichkeit bekommen. Walkers Verlag schien ja ebenfalls überzeugt zu sein, dass Diana mittlerweile zu hinfällig war, um vor Gericht zu ziehen.

In *Dunkles Feuer* hatte man dasselbe Foto von Tom Chiverton verwendet, das in *Dichter der Downs* abgedruckt worden war: Tom Chiverton mit seelenvollem dunklen Blick und windzerzausten schwarzen Haaren. Doch Rose war inzwischen überzeugt, dass sich hinter der attraktiven Fassade ein düsteres Geheimnis verbarg.

Sadie schlug ihre Zelte in *The Egg* auf. Sie war jung, schön und innerlich noch wund nach der gescheiterten Verlobung. Sie und Tom waren Nachbarn, sie trafen aufeinander. Anfällig und trostbedürftig, wie sie zu dieser Zeit war, erlag sie flüchtig seinem Charme. Er war ein Frauenheld, der sich seiner Attraktivität und seiner Wirkung auf Frauen sicher war. Sie brach die Affäre ab, aber Tom war nicht bereit, das zu akzeptieren, und beobachtete sie fortan in ihrem Haus. Sadie bekam Angst vor ihm. Sie ging ins Ausland – zum Teil auch, um ihm zu entkommen. Sie glaubte, er würde sie vergessen, aber sie irrte sich. Sie hatte Angst, sich in *The Egg* aufzuhalten, diesem Glaskasten, in dem sie sich ihm preisgegeben fühlte. Deshalb beschloss sie, das Haus Edith zu überlassen, ihrer Schwester, mit der sie sich überworfen hatte. Am 15. Oktober 1934 schrieb sie ihr: »*The Egg* gehört jetzt Dir, Edith. Ich habe die Unterlagen an Mr. Copeland geschickt. Ich will hier nicht mehr sein, das Haus macht mir Angst.« Aber sie hatte zu lange gewartet, und eines Tages erschien Tom im Haus, voller Wut und Rachedurst.

Und dann … was? Rose lenkte den Mini durch eine enge Kurve und ließ ihre Fantasie treiben. Tom geriet außer sich, schlug Sadie, und sie stürzte und schlug mit dem Kopf auf? Vielleicht. Ja, vielleicht.

In *Dunkles Feuer* war die Ehe der Chivertons als ein wirres Gespinst von Groll und Abhängigkeit dargestellt. Diana hatte Toms Liebe gebraucht, seine Strahlkraft und seine Genialität; Tom wiederum war von Dianas bedingungsloser Unterstützung abhängig gewesen, die es ihm erst möglich machte zu schreiben.

Mick Falconer, der immer schon ein Frühaufsteher gewesen war, brachte Dan an diesem Samstagmorgen den Tee ans Bett, nicht ohne unterwegs ein Gutteil davon auf Untertasse und Teppichboden zu verschütten. Während Dan seinen Tee trank, überflog er die letzten Kapitel von *Dunkles Feuer*. Diana Chiverton hatte ihren Mann in den letzten Jahren seiner Krankheit bis zu seinem Tod an Lungenkrebs im Jahr 1957 gepflegt. Der Autor behauptete, Tom habe seine Frau da längst gehasst, und die Ehe sei nur noch Fassade gewesen. Wenn das zutraf, musste die Abhängigkeit von ihr während seiner langen Krankheit unerträglich für ihn gewesen sein. Dennoch hatte Diana nach dem Tod ihres Mannes weiter alles darangesetzt, seinen Ruf zu schützen, obwohl er sie betrogen und verachtet hatte.

Das Gefühl des Unbehagens kehrte zurück, während Dan sich für den Tag fertig machte. »Ich glaube, Tom Chiverton hat ihr etwas angetan ... Ich bin fest entschlossen.« Er dachte an Rose, die heute nach Sussex fahren wollte, um Diana Chiverton mit dieser Wahrheit zu konfrontieren. Er rief bei ihr an, aber niemand meldete sich.

Eigentlich hatte er am Morgen zum Flughafen hinausfahren und später, am Nachmittag, mit seinem Vater zu einem Fußballspiel gehen wollen, aber als er am Herd stand und Mick ein paar Eier mit Schinkenspeck briet, überfiel es ihn plötzlich. Und wenn Rose nun alles falsch interpretiert hatte? Schließlich gab es noch eine andere Erklärung für Sadies rätselhaftes Verschwinden: Hatte vielleicht gar nicht Tom sie getötet? War es vielmehr Diana gewesen, die liebende Ehefrau, die immer wieder verletzt worden war?

Dan nahm seinen Wagenschlüssel, umarmte seinen Vater flüchtig und war aus der Tür.

Rose lenkte den Mini um die Kirche herum und die schmale, gewundene Straße durch den Wald hinauf, vorbei an der Abzweigung des Wegs, der zu *The Egg* führte, weiter und weiter aufwärts. Zitternde Lichtkringel sprenkelten den Asphalt unter den Bäumen. Bisweilen drang ein Sonnenstrahl durch das Laubdach, und der Wald zu ihren Seiten wurde immer dichter.

Sie fuhr mit offenem Fenster und hörte die Hunde bellen, sobald sie die Höhenstraße erreichte. Das eiserne Tor von *Gull's Wing* stand weit offen. Sie parkte auf der gegenüberliegenden Straßenseite und ging direkt zum Haus. Als sich auf ihr Klopfen hin nichts rührte, folgte sie dem erregten Kläffen und Winseln in den Hof neben dem Haus.

Diana Chiverton lag lang hingestreckt auf dem Kopfsteinpflaster, neben ihr eine Flinte. Die Hunde rannten in Panik um sie herum.

»Sind Sie verletzt?«, rief Rose. »Warten Sie, ich helfe Ihnen.«

»Diese verdammten Vögel. Verdrecken den ganzen Hof …« Dianas Stimme klang schwach und atemlos.

»Hier, nehmen Sie meine Hand.«

Diana umfasste die dargebotene Hand mit offensichtlichem Widerwillen. Als sie aufrecht saß, rutschte sie ein Stück zurück, um sich an die Mauer lehnen zu können. Ihre weißen Haare waren schmutzverklebt, und etwas Blut aus einer Schramme an der Schläfe rann ihr Gesicht hinunter.

»Ich bin ausgerutscht«, erklärte sie unwirsch.

»Ich hole Ihnen ein Glas Wasser«, sagte Rose.

»Luna, hierher. Bran.« Diana schnalzte mit den Fingern. Sofort wurden die Hunde still. »Sie können jetzt gehen«, sagte sie zu Rose.

»Sie sind verletzt. Sie brauchen einen Arzt.«

»Wozu soll das gut sein?« Diana zupfte mit merkwürdig abgehackten und sich ständig wiederholenden Bewegungen an ihren Kleidern, als wollte sie sie in Ordnung bringen.

»Dann lassen Sie sich wenigstens ins Haus helfen.«

»Ich habe gesagt, Sie sollen gehen. Verschwinden Sie von meinem Grundstück.«

Was hatte diese Frau so kontaktscheu gemacht? Was hatte Diana Chiverton, die einmal große Gesellschaften gegeben hatte und der Mittelpunkt eines erlesenen Kreises gewesen war, zu einer Einsiedlerin gemacht, die sich von der Welt isolierte?

Rose ließ sich nicht vertreiben. »Ich bin hergekommen, weil ich mit Ihnen über Sadie reden möchte«, sagte sie. »Ich habe Sie nach ihr gefragt, als wir uns in *The Egg* begegnet sind. Erinnern Sie sich? Sie war meine Großtante, und ich versuche seit längerer Zeit, den Weg nachzuverfolgen, den sie gegangen ist. Sie hat vier Jahre lang mit Unterbrechungen hier gelebt, und dann ist sie von heute auf morgen verschwunden. Ich habe mit vielen Leuten gesprochen, die sie gekannt haben, aber niemand hat eine Ahnung, was aus ihr geworden ist.«

Diana brummte feindselig. Einer der Hunde stimmte ein – mit einem leisen, drohenden Knurren.

»Das ist doch merkwürdig, finden Sie nicht?« Rose sprach sanft mit Rücksicht auf die Gebrechlichkeit der alten Frau. »Am fünften Oktober 1934 hat sich Sadie mit einem Freund in London verabredet, aber sie ist dort nicht erschienen, und es hat niemand je wieder von ihr gehört. Ich glaube – und ich habe mit einer Reihe von Leuten gesprochen, deshalb habe ich keinen Anlass, anzunehmen, dass ich mich irre –, dass Sadie zuletzt in *The Egg* lebend gesehen worden ist.«

Die abgehackten Handbewegungen hörten auf. Die Hündin stellte die Ohren auf, bevor sie ihren langen, kupfern schimmernden Kopf auf den Oberschenkel ihrer Herrin legte.

»Ich glaube, ich weiß, was ihr zugestoßen ist«, sagte Rose.

»Tatsächlich?« Diana lächelte geheimnisvoll vor sich hin. »Das bezweifle ich.«

»Sie erinnern sich an sie, nicht wahr?«

Diana richtete die dunklen Augen, die immer noch ein gewisses Feuer besaßen, auf Rose. »Wie könnte ich sie je vergessen«, murmelte sie.

Rose verspürte ein Prickeln der Erregung. »Dann reden Sie!«

»Was gibt es da zu reden? Sie war ein Luder – ein habgieriges, gemeines kleines Luder.«

Der Hass in ihrer Stimme erschütterte Rose, aber sie ließ nicht locker. »Sadie und Tom hatten eine Affäre, nicht wahr?«

»Sie hat ihn verführt.« Diana Chivertons Züge waren jetzt wutverzerrt. »Sie hat ihn einfach nicht in Ruhe gelassen.

Immer wieder kam sie hierher zurück, nur um ihn von mir wegzulocken. Aber ich hätte ihn ihr nie überlassen.« Dianas Ton wurde weicher, und ein zärtliches Lächeln glättete einen Moment lang die Furchen in ihrem Gesicht und ließ sie jung erscheinen.

Sie sprach leise, als erzählte sie sich selbst eine Geschichte. »Kein Paar hat je so tief und wahrhaftig geliebt wie Tom und ich. Er war mein Leben, und ich war seins. Dass sie überhaupt zu glauben wagte, sie könnte ihn mir nehmen! Ich musste dem Ganzen ein Ende setzen. Ich musste dafür sorgen, dass sie mich nicht mehr quälen konnte.«

In diesem Moment wäre Rose am liebsten gegangen. Alter Hass und alter Verrat – zum ersten Mal kam ihr in den Sinn, dass es vielleicht besser gewesen wäre, das alles ruhen zu lassen.

Trotzdem sagte sie: »Ich glaube, dass Tom Sadie getötet hat. Und ich glaube, Sie wussten es und haben ihn all die Jahre hindurch geschützt.«

Diana lachte schrill. »So, so, das glauben Sie.«

Dann hob sie die Flinte. Das schwarze Loch in der Mündung starrte Rose an, und sie wich einen Schritt zurück.

»Was sind Sie doch für ein einfältiges Ding«, sagte Diana. »Nicht Tom hat Sadie erschossen – ich war es. Und dann haben wir sie im Wald vergraben.«

Die Straßen wurden schmaler und kurviger, als Dan sich Nutcombe näherte. Rose hatte ihm erzählt, dass *Gull's Wing* am Höhenweg lag, und in *Dunkles Feuer* war der Weg vom Dorf den bewaldeten Hang hinauf in atmosphärischem Detail beschrieben worden.

Auf dem Grat lichteten sich die Bäume, der plötzliche Sonnenglanz blendete ihn einen Moment. Dann erblickte er weiter vorn an der Straße ein großes, prachtvolles Haus. Licht blitzte in den vielen Fenstern. Als er abbremste, hörte er einen Schuss krachen. Er sprang aus dem Wagen und lief los.

Rose, die neben Diana Chiverton auf dem Pflaster kniete, hob den Kopf, als sie Schritte hörte, und sah Dan Falconer, der um die Ecke in den Hof gerannt kam.

»Ist Ihnen etwas passiert?«, rief er ihr zu.

»Nein, nein, mir geht es gut.« Doch ihre Stimme zitterte.

»Mein Gott, Rose … Ist dir wirklich nichts passiert? Du bist nicht verletzt? Ich habe einen Schuss gehört.«

Es schüttelte sie am ganzen Körper vor Schreck, und ihre Muskeln waren wachsweich. Diana Chiverton war jedoch zusammengebrochen, bevor sie hatte abdrücken können.

»Ich glaube, sie hatte einen Schlaganfall.« Sie presste die Fingerspitzen in ihre Arme, um das Zittern zu beruhigen. »Das Gewehr ist auf sie gefallen, und ich wollte es ihr abnehmen und ihr dann helfen, da ist es losgegangen.« Sie grub die Zähne in ihre Unterlippe. »Ich habe noch nie ein Gewehr in der Hand gehabt, Dan.«

»Hey«, sagte er leise und strich ihr über den Kopf. Er hob die Flinte auf, nahm mit sicherem Griff die Munition heraus und legte sie auf den Holzstoß. Dann half er Rose auf.

Sie setzte sich auf einen rostigen Stuhl, während Dan sich über Diana Chiverton beugte. »Ich rufe einen Krankenwagen«, sagte er.

Er rannte ins Haus. Rose starrte zu der Frau hinunter, die reglos auf dem Pflaster lag. »Nicht Tom hat Sadie erschossen – ich war es. Und dann haben wir sie im Wald vergraben.« Der Widerhall von Diana Chivertons Worten schien immer noch im Hof von *Gull's Wing* zu vibrieren. Diana hätte Rose erschossen, wenn ihr am Ende nicht doch die Kräfte versagt hätten. Man behauptete gern, dass man für einen Menschen, den man liebte, alles tun würde. Diana Chiverton hatte diese leicht dahingesagten Worte in aller Konsequenz umgesetzt.

Dan kam mit einem Glas Wasser für Rose aus dem Haus. »Der Krankenwagen ist unterwegs.«

Sorgsam breitete er über Diana eine schmuddelige orange Decke aus, die er im Haus aufgestöbert hatte. Vom Knall des

Schusses verschreckt, hatten sich die Hunde in eine entfernte Ecke des Hofs zurückgezogen. Dann und wann wagten sie sich winselnd ein paar Schritte in Richtung ihrer Herrin vor.

Rose trank das Wasser. »Sie ist tot, oder?«

»Ja, ich glaube schon.«

»Sie hat Sadie getötet, Dan. Sie hat es mir gesagt. Halt mich fest, bitte, du musst mich jetzt festhalten.« Sie schloss die Augen und lehnte den Kopf an seine Schulter, und er legte die Arme um sie. So blieben sie, eng umschlungen, ohne sich zu rühren.

Sie warteten im Hof, während Diana Chivertons Leichnam in den Krankenwagen verladen wurde. Als er abgefahren war, gingen sie ins Haus, um Leinen für die Hunde zu suchen. Rose meinte, sie sollten sie zu Winnie Ferrers in den Laden bringen. Sie wisse sicher jemanden – einen Bauern, einen Hundefreund –, der sie aufnehmen konnte, bis ein passender Platz für die Tiere gefunden war.

Während Dan sich um Luna und Bran kümmerte, ging Rose langsam durch die Räume von *Gull's Wing*. Das Haus bot einen Anblick der Verwahrlosung – überall lagen Stapel vergilbter alter Zeitungen, Lumpen und alte Kleidungsstücke, haufenweise Briefe und Rechnungen, viele ungeöffnet. In der Küche brummten Fliegen über einer geöffneten Dose Hundefutter, ihr drehte sich der Magen um bei dem Gestank nach sauer gewordener Milch und verdorbenem Fleisch.

Im oberen Stock führte eine Flügeltür in ein Wohnzimmer, das fast die ganze Länge des Hauses einnahm. Auch hier hatten Zeit und Vernachlässigung einen Raum verwüstet, der einmal atemberaubend gewesen sein musste. Und doch, wenn sie die Augen halb zusammenkniff, konnte sie sehen, wie es vor vierzig Jahren hier ausgesehen haben musste, als Sadie zu ihrem ersten Abendessen in *Gull's Wing* eingeladen worden war: Teppiche in kräftigen Farben, Vasen voller

Rosen, Bilder an den Wänden. Jemand spielte eine alte Melodie auf dem Klavier, und die schönen und berühmten Gäste der Chivertons redeten und lachten. Und Sadie sah auf, ihr Blick fiel auf Tom Chiverton, und von diesem Moment an war ihr Schicksal für immer mit seinem verflochten.

Rose schloss leise die Tür hinter sich und ging wieder nach unten. Dan wartete mit den Hunden an der Leine im Hof. Hand in Hand gingen sie den Hang hinunter.

Am frühen Nachmittag fuhren sie zur Polizei in Crowborough. Dan rief von einer Telefonzelle aus seinen Vater an, um ihm zu erklären, dass er es zum Fußballspiel nicht schaffen würde, während Rose mit einem gewissen Sergeant Nesbit redete, einem nicht übel aussehenden Mann mit hellen Haaren und wasserblauen Augen, der um die Mitte herum allerdings ein wenig dicklich war.

Sie berichtete ihm, was Diana Chiverton ihr gesagt hatte: »Nicht Tom hat Sadie erschossen – ich war es. Und dann haben wir sie im Wald vergraben.«

Als sie zum Ende gekommen war, sah Sergeant Nesbit von seinem Block hoch. »Diana Chiverton war Anfang achtzig, sagten Sie?«

»Ja.«

»Und Sie glauben, dass sie einen Schlaganfall hatte?«

Als Diana das Gewehr auf sie gerichtet hatte, war eine Hälfte ihres Gesichts plötzlich in sich zusammengefallen, völlig aus der Form geraten. Das Gewehr war ihren Händen entglitten.

»Ja, das meinten auch die Sanitäter.«

»Sie war also nicht bei klarem Bewusstsein.«

»Nachdem es passiert war, nicht mehr, nein.« Diana hatte noch einmal zu sprechen versucht, aber nur unartikulierte Laute hervorgebracht. »Vorher schon.«

»Ich würde mir über diesen Unsinn keine Gedanken machen, Mrs. Martineau. Sie war eine kranke Frau, das wissen wir. In gesegnetem Alter, verwirrt – Sie wissen ja, wie das mit den Alten ist. Vielleicht haben Sie nur gedacht, sie hätte etwas von dieser, äh, Sally gesagt, und Sie haben sich verhört.«

»Sadie. Nein, ich habe mich nicht verhört. Diana Chiverton hat mir gesagt, dass sie Sadie getötet und dann im Wald vergraben hat.«

»Lassen Sie die Sache auf sich beruhen, Mrs. Martineau – das wäre mein Rat.« Rose sah ihm an, dass er sie für eine hysterische Ziege hielt.

Dan fuhr sie nach Nutcombe zurück, wo ihr Mini stand. Als *Gull's Wing* in Sicht kam, sagte Rose leise: »Sie war wahnsinnig, Dan. Sie war absolut wahnsinnig.«

»Ja.«

Und dann: »Du hast mir gefehlt.«

Er parkte den Wagen und wandte sich ihr zu. »Redest du von der Arbeit?«

»Auch, ja.« Sie seufzte. »Alan fehlt dein Gespür. Ich meine aber nicht nur die Arbeit.«

»Oh? Das ist gut.« Lächelnd strich er ihr ein paar Haare aus der Stirn. »Du hast mir gefehlt, Rose. Du hast mir so sehr gefehlt.«

Sein Mund streifte ihre Stirn, ein warmer Hauch auf ihrer Haut. Sie neigte sich ihm entgegen und bedeckte sein Gesicht mit Küssen, als wollte sie sich jedes seine Grübchen und Fältchen einprägen.

Irgendwann in der Nacht erwachte Rose mit dem Gedanken, sich einen Spaten zu besorgen und selbst nach Sadie zu suchen. Das Zeugnis von Diana Chivertons Raserei bloßzulegen, Erde und faulendes Laub zu wenden, bis sie auf die weißen Gebeine stieß. Aber der Paley High Wood erstreckte sich über ein Gebiet von mehr als 40 Hektar. Der Boden musste von Tierknochen durchsetzt sein. Tom und Diana konnten Sadies Leichnam überall vergraben haben. Sadies Geschichte würde nie einen Abschluss finden, und das machte sie traurig.

23

Lake District, Surrey und Paris, Herbst 1971 – Frühjahr 1972

Was für ein chaotisches Leben sie und Dan führten, dachte Rose oft. Verabredungen wurden getroffen und nicht eingehalten. Karten fürs Theater wurden bestellt, und dann bekamen Katherine und Eve die Windpocken. Sie hatte alles für ein gemeinsames Wochenende in den Cotswolds geplant, da starb völlig unerwartet Dans Mutter. Mary Martineau kam, um die Kinder zu hüten, damit Rose mit Dan zur Beerdigung im Lake District fahren konnte. Eine Nachbarin hatte versprochen, ab und zu nach Mick Falconer zu sehen. Es musste dafür gesorgt werden, dass der Betrieb in den Firmen während der Abwesenheit ihrer beiden Eigentümer reibungslos weiterlief.

Die buddhistische Trauerfeier in der Kommune, in der Angela Falconer bis zu ihrem Tod gelebt hatte, war schlicht und bewegend. Am Abend versuchte Rose, Dan zu trösten.

»Ich habe ihr die Schuld gegeben«, sagte er. »Ich war immer so wütend auf sie.«

Sie machten einen Spaziergang am Windermere. Die Blätter an den Bäumen begannen sich gelb zu färben.

»Du hast dich bemüht, Dan.« Sie rieb ihm tröstend die Schulter. »Du hast sie nie fallen lassen. Du hast sie immer geliebt, sie war dir wichtig, und du hast dich bemüht. Das ist doch das, was zählt.«

»Ich habe ihr nie gesagt, dass ich sie liebe. Es fällt mir schwer, jemandem das zu sagen. Ach, ich liebe dich, Rose. Ich liebe dich wirklich sehr.« Er nahm sie in die Arme und drückte sie an sich.

Sie war vorsichtig, sie wusste, dass sie ihren Kindern nicht von heute auf morgen ein neues Leben überstülpen durfte. Sie hatten in den letzten anderthalb Jahren genug Umbrüche erlebt. Katherine und Eve sollten sich langsam an Dan gewöhnen. Er kam ab und zu zum Abendessen zu ihnen, blieb aber nie über Nacht. Nach ein paar Monaten kam er zu diesem oder jenem Familienausflug mit – einer Märchenaufführung in Richmond, zum Schlittenfahren auf dem Box Hill.

Kurz vor Weihnachten rief Jimmy Corrigan sie an. »Ich habe mich ein bisschen umgehört«, sagte er. »Als ich damals in Chicago gelebt habe, war ich mit einem Journalisten bekannt. Mit dem habe ich mich in Verbindung gesetzt und gefragt, ob Andrés ihm ein Begriff ist. Er hat einen Freund namens Paddy O'Connor, der in den 1930er-Jahren in Madrid gelebt hat, vor dem Bürgerkrieg. Kurz und gut, er hat ihn wegen Sadie angesprochen, und dieser Paddy erinnert sich an einen Mann, den er damals in Madrid kannte – einen spanischen Journalisten, der eine englische Freundin hatte. Und jetzt passen Sie auf, Rose: die Freundin war Malerin.«

»Wie hieß der spanische Journalist?«

»Luis Andrés Kindellan de Moreno. Kindellan, Rose. Das ist ein irischer Name. Sadies Andrés hatte eine irische Mutter.«

»Glauben Sie, dass er das war?«, frage sie.

»Es kann gut sein.«

»Was ist aus ihm geworden? Meinen Sie, er lebt noch?« Als sie die Frage stellte, fiel ihr Jimmys Bemerkung ein, dass Andrés als linker Journalist das Franco-Regime wohl kaum überlebt haben dürfte.

Am anderen Ende der Leitung seufzte Jimmy Corrigan. »Tut mir leid Rose, kein Happy End. Der Mann ist 1934 umgekommen. Er war zu der Zeit in Oviedo, in Nordspanien, um über den Bergarbeiteraufstand zu berichten. Spanien war damals in Aufruhr, aus einem Streik ist eine

Revolution geworden, die der Regierung gefährlich wurde. Die Aufständischen wurden vom Militär brutal niedergekämpft. Andrés wurde verhaftet und kam ins Gefängnis, weil er versucht hatte, die Wahrheit über die Folterungen und Exekutionen ans Licht zu bringen. Zwei Tage später wurde er von Offizieren der Fremdenlegion erschossen.«

Sobald sie eine freie Minute hatte, setzte sich Rose in die Stadtbibliothek und schlug den Bergarbeiterstreik in Asturien nach. Er hatte Anfang Oktober begonnen und war noch vor Ende des Monats vom Militär niedergeschlagen worden. Sadies Geliebter, Andrés, war also etwa um dieselbe Zeit ums Leben gekommen wie Sadie. Sie hatte vermutlich nie vom Schicksal ihres Geliebten erfahren. Und vielleicht war das gut so. Ein Herz konnte nur ein gewisses Maß an Kummer ertragen.

Rose machte sich auf die Suche nach Drucken und Gemälden von Sadie. Sie fand es traurig, dass Sadie so ganz vergessen war, ihr Ruf als Malerin untergegangen im Strom der Jahre. Nerissa Taylor von der Danford Galerie unterstützte sie und hatte versprochen, eine Ausstellung zu kuratieren, wenn genügend Material auffindbar wäre. Nerissa besaß selbst zwei Gemälde von Sadie, und Jimmy hatte angeboten, die Drucke zur Verfügung zu stellen, die Sadie für den *Splinter* geschaffen hatte. Auch Pearl Massingham besaß zwei frühe Werke.

Roses Schwager, George Martineau, hatte sich bereit erklärt, ihr bei ihrem Unterfangen zur Hand zu gehen. Es war eine Aufgabe, die ihn interessierte. Er und sein Freund, ein Innenarchitekt namens Hal Tillyard, verbrachten manches vergnügte Wochenende damit, auf Spurensuche in Hals altem Sportwagen kreuz und quer durchs Land zu fahren. George hatte sich öffentlich zu seiner Homosexualität bekannt und Hal seinen Eltern vorgestellt. Er war ein sympathischer Mann, und Rose mochte ihn sehr, genau wie es im Lauf der Zeit auch die anderen Martineaus taten. George und Hal entdeckten ein Ölgemälde in einer Galerie in den Cotswolds und eine Serie von einem Dutzend Drucken beim Verkauf der Inneneinrichtung eines Herrenhauses in Oxfordshire. Rose kaufte sie mit dem Geld, das sie von ihrer Großmutter geerbt hatte. Einer der Drucke zeigte *The Egg* mit Blick auf den Wald. Auf dem Bild sah es aus, als würde das Haus von den Bäumen verschlungen.

Im Frühjahr wollte Rose *The Egg* verkaufen. Die Verhandlungen zum Verkauf von *Gull's Wing* an eine Gruppe Leute, die einen Verein zur Erhaltung des Werks von Edward Lawless ins Leben gerufen hatte, war in Gang. Der Verein besaß bereits ein Haus in Hampstead, eine Villa in Berlin und einen Staffagebau im Park eines Herrenhauses in Buckinghamshire. Die Gruppe hatte auch Interesse an *The Egg* bekundet, und für Rose war das Haus mit zu vielen düsteren Assoziationen verbunden, als dass sie es hätte behalten wollen.

Die DC-3 wartete mit laufenden Motoren auf der Rollbahn. Chris, Erics Nachfolger, würde die Maschine nach Paris fliegen. Eric war mittlerweile in Teilzeit in der Akquise bei Martineau Aviation tätig.

Chris und Tony, der Copilot, begrüßten Rose an Bord, und Lennie, der Lademeister, verstaute ihren kleinen Koffer. Man wechselte ein paar Bemerkungen über das Wetter, während sie sich nervös anschnallte. Wenn sie doch nur nicht ins Cockpit hätte sehen können, wo kurz vor der Anfahrt sämtliche Zeiger der Anzeigegeräte zitterten wie verrückt. Wenn sie doch hätte aufhören können, an berstende Reifen zu denken, an einknickende Fahrwerke, an Bruchlandungen im Nebel und Abstürze in einem Schneesturm vor der Küste von Sussex.

Die DC-3 setzte sich in Bewegung, die Motoren donnerten, als die Maschine Geschwindigkeit aufnahm. 100 Kilometer die Stunde… 150… Rose hielt den Atem an. Die Nase schob sich in die Höhe, die Maschine ächzte an sämtlichen

Nähten, als ihr das scheinbar Unmögliche gelang und sie sich vom Boden hob. Im Rütteln und Schütteln des Rumpfes wagte sie kaum Luft zu holen. Atme, Rose, atme. Obwohl sie als Physikerin wusste, dass es lächerlich war zu glauben, die DC-3 brauche ihren Willen und ihre Konzentration, um in der Luft zu bleiben, hatte sie genau dieses Gefühl, und es dauerte eine Weile, ehe ihre Gedanken sich wieder mit den gewohnten Dingen beschäftigen konnten: den Kindern, der Firma, Dan.

»Sie haben sich einen guten Tag ausgesucht, Rose«, bemerkte Chris. »Schauen Sie raus. Herrlich, oder?«

Durch das Cockpitfenster der schräg liegenden Maschine sah sie die Erde. Die Pracht goldener Felder und grüner Wälder durchzog kreuz und quer die dunkleren Bänder der Straßen und Hecken. Die Maschine stieg immer noch weiter hinauf ins Blau, und Rose richtete ihren Blick zu dem gewaltigen Himmelsgewölbe hinauf. Ja, es war herrlich. Ihr Herz öffnete sich.

Philippe, der Import-Export-Vertreter von Martineau Aviation in der französischen Hauptstadt, holte sie am Flughafen ab und fuhr sie in ihr Hotel, wo sie ihren Koffer absetzte. Er hatte für diesen Vormittag mehrere Treffen mit einigen Stammkunden der Firma für sie vereinbart. Am Nachmittag sollte sie eine Fabrik in Le Bourget besuchen. Martineau Aviation bot sich hier eine gute Gelegenheit, in Zukunft den Transport von Maschinenteilen zu den Fabriken in Großbritannien zu übernehmen. Da Philippe bereits mit einem anderen Kunden verabredet war, würde sie die Verhandlungen allein führen müssen, und nur aus diesem Grund war sie nach Paris geflogen. Immerhin sprach sie fließend Französisch. Sie hatte daran gedacht, die Fähre zu nehmen, aber dann hätte sie die Mädchen noch länger allein lassen müssen. Außerdem musste man sich irgendwann einmal seinen Ängsten stellen.

Nach den Verhandlungsgesprächen in Le Bourget fuhr sie mit der Métro bis Châtelet Les Halles und ging dann zu Fuß durch das Marais zur Place des Vosges. Es war Frühling in Paris, überall saßen die Leute in den Straßencafés zusammen und plauderten.

Als sie unter den schattigen Arkaden der Place des Vosges hindurchging, fiel ihr Blick auf einen Mann, der in einem Café an der Ecke des Platzes an einem Tisch im Freien saß. Sie blieb einen Moment stehen und betrachtete sein Profil, die Haltung seiner Schultern unter dem dunkelblauen Hemd. Selbst wenn er still saß, dachte sie, strahlte er eine kaum gebändigte Energie aus.

»Dan?«, rief sie, und er stand auf. Er nahm sie in die Arme und küsste sie.

»Wie war der Flug?«

Sie deutete auf sich selbst: Du siehst, ich hab's überlebt. »Es hat beinahe Spaß gemacht«, sagte sie.

Sie wollte die Grübchen an seinen Mundwinkeln küssen und ihre Hand über seinen Rücken gleiten lassen. Sie wollte die Augen schließen und seinen Duft atmen und die Wärme seiner Haut spüren. Sie wollte mit ihm allein sein.

»Ich hab mir gedacht«, sagte er, »entweder essen und dann zurück ins Hotel oder zurück ins Hotel und dann essen. Es kommt ganz auf dich an, Rose.«

»Hast du Hunger?«

Er schüttelte den Kopf.

»Ich auch nicht«, sagte sie, und sie gingen Arm in Arm zum Hotel.

Sie flog am folgenden Morgen mit einer Trident von Orly aus nach England zurück, während Dan in Paris blieb, um sich ein Flugzeug anzusehen. In Heathrow angekommen, nahm sie ein Taxi nach Weybridge. Sie wollte ihren Koffer abstellen, ihren Wagen holen und dann zum Flughafen hinausfahren.

Ihr Vater war über Nacht bei den Kindern geblieben und hatte die Wohnung in tadelloser Ordnung hinterlassen: So war es immer. Sie wusste, wie froh sie sein konnte, dass es ihn gab. Bei ihrem unregelmäßigen Leben wäre sie ohne die Hilfe von Verwandten und Freunden aufgeschmissen gewesen.

Sie legte das Ensemble ab, das sie in Paris getragen hatte, und tauschte es gegen ein dunkelblaues Kostüm mit weißer Bluse. Als sie vor dem Spiegel ihr Make-up auffrischte, läutete das Telefon. Sie ging hin.

»Mrs. Martineau?« Eine Männerstimme.

»Ja. Bitte?«

»Hier ist Sergeant Nesbit von der Polizeidienststelle Crowborough.«

Sie brauchte einen Moment, um sich an den Polizeibeamten zu erinnern, der sie am Tag von Diana Chivertons Tod so herablassend behandelt hatte.

»Was kann ich für Sie tun?«

»Wenn ich vielleicht kurz auf etwas zurückkommen darf, was Sie mir gegenüber erwähnt haben, Mrs. Martineau. Als wir am, Moment, am 18. Juni 1972 miteinander gesprochen haben, sagten Sie, Ihre Verwandte sei verschwunden.«

»Meine Großtante, Sadie Lawless, ja.«

»Und wann war das?«

»Im Oktober 1934.«

»Wenn ich es recht in Erinnerung habe, sagten Sie, sie sei Künstlerin gewesen.«

»Ja, das stimmt.«

»Was für eine Künstlerin? Hat sie gemalt?«

»Sadie hat gemalt, ja, aber sie war auch Grafikerin.«

»Ah.«

Sein Ton ließ sie aufhorchen. »Gibt es etwas Neues, Sergeant?«, fragte sie.

»Wir haben eine Druckpresse gefunden, total verrostet, aber eindeutig eine Druckpresse.«

»Wo?«, fragte sie aufgeregt. »Wo haben Sie sie gefunden?«

»Sie war im Paley High Wood vergraben. Deshalb dachte ich an Sie, Mrs. Martineau. Ein riesiges, unförmiges Ding, wiegt bestimmt eine Tonne, aber irgendjemand hat sich die Mühe gemacht, sie ganz nah bei Ihrem Haus zu vergraben.«

24

Sussex, April 1973

Die Edward-Lawless-Gesellschaft hatte *The Egg* gekauft und das vergangene Jahr auf seine Renovierung verwendet. Der Vorsitzende der Gesellschaft, ein Architekt namens Richard Spencer, ein schmächtiger, herzlicher Mann, erwartete Rose an einem Sonntagmorgen im Frühling vor dem Haus.

»Rose!« Er reichte ihr die Hand. »Ich freue mich sehr, dass Sie kommen konnten. Es ist ein *Privileg*, der Urenkelin von Edward Lawless unser Werk vorstellen zu dürfen. Und ein *großes* Vergnügen.« Er hatte die Angewohnheit, bestimmte Wörter besonders zu betonen.

»Ich freue mich, dass Sie mich eingeladen haben, Richard.«

Im Haus bot Richard Spencer ihr Kaffee an, doch sie lehnte dankend ab. Beim Rundgang durch die Räume erzählte er ihr von den Arbeiten, die im Auftrag der Gesellschaft ausgeführt worden waren: Farben und Tapeten waren den alten Mustern angepasst worden, deren Reste man in versteckten Ecken entdeckt hatte; man hatte das Haus in seinen Originalzustand zurückversetzt; die Haushaltsgeräte aus den 1960er-Jahren – Kühlschrank und Waschmaschine von Ediths Mieter – waren durch Geräte ersetzt worden, wie sie zwischen den Kriegen in Gebrauch gewesen waren; die sanitären Installationen in Küche und Bad waren gereinigt und instand gesetzt worden.

»Natürlich basiert manches auf *Vermutungen*«, fügte Richard Spencer hinzu. »Uns liegen zwar viele der Originalentwürfe vor, aber ein Teil der Aufzeichnungen zu den letzten Details des Baus fehlt. Sie sind wohl bei dem Flugzeugabsturz verloren gegangen.«

Oben öffnete er die Tür zum kleineren Zimmer, und Rose warf einen Blick hinein.

»Sie haben es also als Schlafzimmer eingerichtet?«, meinte sie.

Der Raum, in dem einst Sadies Druckpresse gestanden hatte, war jetzt mit einem schmalen Bett mit weißem Überwurf und einer kleinen Art-déco-Kommode ausgestattet.

»Wir haben versucht, das Haus so wiederherzustellen, wie es zu Lebzeiten von Edward Lawless war, wie es gewesen *wäre*, wenn Sie so wollen, wäre er nicht vorzeitig gestorben. Wir haben uns bemüht, uns streng an das zu halten, was ihm vorschwebte. Wir haben das ausführlich diskutiert, glauben Sie mir, Rose, und die Entscheidung ist uns nicht leichtgefallen.« Als er die Tür des Schlafzimmers hinter sich schloss, fügte er hinzu: »Ich hoffe, Sie sind einverstanden. Ich weiß, dass *The Egg* lange Zeit Ihrer Großmutter gehört hat.«

»Ja, aber sie hat nie hier gelebt. Ihre Schwester Sadie war eine Zeit lang hier, etwa vier Jahre lang.«

»Sadie, ja – Lawless' jüngere Tochter.« Er schwieg, vielleicht weil ihm bewusst wurde, dass er ein trauriges Thema angesprochen hatte.

»Sadie hat *The Egg* ihrer Schwester Edith – meiner Großmutter – kurz vor ihrem Tod geschenkt.«

»Eine schreckliche Geschichte.« Er schüttelte den Kopf. »Schrecklich, wirklich schrecklich.«

Sadies Überreste waren, zusammen mit ihrer Druckpresse, in einem Grab neben dem Haus entdeckt worden. Man hatte sie anhand einer Halskette aus Bakelitperlen identifiziert, die noch um ihren Hals lag. Pearl Massingham hatte das Schmuckstück wiedererkannt. In den Knochen ihres Beins hatte man Schrotkugeln gefunden. Die gerichtliche Untersuchung, bei der Rose aussagte, endete mit der Feststellung eines Tötungsdelikts.

Sergeant Nesbit hatte Rose zugestimmt, dass Diana Chiverton die Möglichkeit und das Motiv gehabt und Sadie aller Wahrscheinlichkeit nach ermordet hatte, wobei Tom ihr geholfen haben musste, das Verbrechen zu verheimlichen. Selbst eine Frau von der Größe und Körperkraft Dianas hätte die schwere Druckpresse nicht allein transportieren können. Die beiden hatten sie wohl vergraben, um jeden, der Fragen nach Sadies Verschwinden stellte, davon zu überzeugen, dass sie das Haus aus freiem Willen verlassen hatte. Ihre übrigen Sachen – Kleider, Bücher, Papiere, Farben – hätten sich verbrennen lassen, aber nicht die Presse. Wirklich beweisen ließ sich nach so langer Zeit allerdings nichts mehr, da die Hauptakteure alle tot waren.

Das Licht, das durch die Fenster strömte, blendete sie einen Moment, als Richard Spencer die Tür zum größeren der beiden Schlafzimmer öffnete.

»Standen die beiden Schwestern sich nahe?«, fragte er Rose.

»Nein. Leider gar nicht. Sie waren altersmäßig weit auseinander, und Edith, meine Großmutter, ist Anfang der 1930er-Jahre nach Indien gegangen.«

Wie immer ihre Großmutter zu der Schwester gestanden hatte, zu der sie die Verbindung verloren hatte – ob sie erleichtert gewesen war oder ihrer mit Schuldgefühlen oder Zorn gedacht hatte –, sie musste am Ende auch Trauer verspürt haben, sonst hätte sie Sadies Briefe sicher nicht aufgehoben.

Sie sah zum Fenster hinaus. »Ich nehme an, manchmal waren sie sich nahe. Es gab sicher Momente, in denen sie sich gut verstanden haben. Ich kann dazu nichts sagen, ich bin ein Einzelkind.«

Er kam auf die Dächer zu sprechen. Sie waren dringend reparaturbedürftig gewesen. Edward Lawless war von einigen seiner Zeitgenossen dafür kritisiert worden, dass er im regnerischen England Flachdächer hatte bauen lassen.

»Es ist schon wahr, dass sie für ein mediterranes Klima besser geeignet wären«, sagte er. »Aber die Kosten und der Aufwand für die Reparatur der Dächer auf diesem Bau sind *nichts* im Vergleich zu dem, was es uns an Zeit und Geld kosten wird, die von *Gull's Wing* instand zu setzen. Es ist ein Mammutprojekt, ich rechne mit *mindestens* fünf Jahren. Wollen Sie sich das Haus gleich noch ansehen, Rose? Ich führe Sie gern.«

»Nein, danke, Richard. Das ist sehr freundlich von Ihnen, aber ich muss zurück zu meinen Kindern und meinem Verlobten.«

»Dann ein andermal.«

Rose murmelte ihren Dank. Sie wusste, dass sie nie nach *Gull's Wing* zurückkehren würde. Und auch *The Egg* würde sie nach diesem Tag nicht wieder besuchen. Sie würde vielleicht von Zeit zu Zeit nach Nutcombe kommen, um Blumen auf Sadies Grab auf dem Dorffriedhof zu legen, aber mehr nicht.

Sie gingen wieder hinunter ins Wohnzimmer. »Wir werden das Haus bald der Öffentlichkeit zugänglich machen«, bemerkte Richard Spencer. »An ausgesuchten Tagen zunächst, aber wenn Interesse besteht, und davon bin ich überzeugt, werden wir die Öffnungszeiten ausdehnen. Auf lange Sicht haben wir vor, *The Egg* als Archiv für den Nachlass von Edward Lawless zu nutzen. Ich sehe dieses Zimmer hier schon als die Bibliothek.«

»Und *Gull's Wing*?«, fragte sie.

»Kann gut sein, dass wir noch vor Abschluss der Renovierung eingeschränkte Öffnungszeiten anbieten werden, um Geld für die Arbeiten einzunehmen.« Er sah sie mit einem resignierten Lächeln an. »Ich fürchte, da wird uns der traurige Ruhm des Hauses eine Hilfe sein. Die Arbeiter haben mir erzählt, dass sie oft Gaffer und Journalisten vertreiben müssen.«

»Die Leute mögen eben Skandale.«

»Ja, das ist wahr.« Dann sagte er mit aufrichtigem Gefühl: »Wir sind Ihnen alle so dankbar, dass Sie sich entschlossen haben, uns das Haus zu verkaufen. Rose. Edward Lawless war seiner Zeit voraus. Er wollte Neues und Bahnbrechendes schaffen – er war ein Pionier. Die Häuser sind beide etwas so Besonderes, gerade deshalb ist es wichtig, sie den kommenden Generationen zu erhalten. Sie sollten stolz auf ihn sein.«

Das sei sie, antwortete sie und dankte ihm.

»Interessieren Sie sich für Architektur, Rose?«

»Nein, leider nicht.«

Vor drei Monaten waren sie, Dan und die Mädchen in ein Haus am Rand von Weybridge gezogen. Es war ein ganz gewöhnliches Haus, groß und bequem, in den 1950er-Jahren aus rotem Backstein erbaut. Sie hatte sich manchmal überlegt, ob das Leben in einem außergewöhnlichen Haus die Chivertons dazu verleitet hatte, sich selbst als außergewöhnlich zu sehen und zu glauben, dass für sie die normalen gesellschaftlichen Regeln nicht gälten. Ihre Familie – die neue Familie, die sie mit Dan gründete – würde dem Haus das Profil geben, nicht andersherum. Dan, Katherine und Eve und das ganz normale Haus, das ihr sehr gefiel: Das war ihre Zukunft.

Vor *The Egg* verabschiedete sie sich mit einem Händedruck von Richard Spencer und ging durch die Bäume davon, den sonnenbeschienenen Wiesen jenseits des Hohlwegs entgegen, wo sie sich zum Picknick treffen wollten. Einmal wandte sie den Kopf, als erwartete sie, Sadie zu sehen, wie sie in einem Overall voller Farbkleckse aus dem Haus kam. Dann aber, als sie Dans Stimme und das Lachen ihrer Töchter hörte, ging sie weiter, ohne sich noch einmal umzusehen.

Dank

Während meiner Arbeit an diesem Roman habe ich von vielen Seiten Hilfe erhalten. Zuallererst möchte ich meinem Mann, Iain Smith, danken, der mich in Sussex herumkutschierte, unsere Spanienreisen organisierte und mir ein kenntnisreicher und geduldiger Berater in allen Fragen der Luftfahrt war.

Großen Dank schulde ich auch meiner Schwester, Danielle Stretch, die mir einiges über Druckgrafik und Druckpressen beigebracht hat, und ich bedanke mich bei Steve und Rosie Garwood für ihre großzügige Gastfreundschaft in Sussex. Meiner Schwägerin Victoria Bethencourt-Smith sei Dank für unsere anregenden Gespräche über Spanien und die spanische Sprache.

Manche Romane werden unter größeren Mühen geboren als andere, und bei diesem hier ging es manchmal bis nah an die Schmerzgrenze. Ich schulde daher meiner Agentin Margaret Hanbury großen Dank für ihre nie nachlassende Unterstützung. Mein Dank gilt auch meiner Lektorin beim Piper Verlag, Bettina Feldweg, für ihre schlüssigen und hilfreichen Kommentare. Clare Foss schließlich, meine Lektorin bei Headline, hat mit ihren einfühlsamen und einfallsreichen Vorschlägen wesentlich dazu beigetragen, dem vorliegenden Buch seine endgültige Form zu geben.